PRéDatEuRs
# 약탈자

PRÉDATEURS BY MAXIME CHATTAM

COPYRIGHT©ÉDITIONS ALBIN MICHEL, 2007
KOREAN TRANSLATION COPYRIGHT©2010 BY SODAM&TAEIL PUBLISHING CO., LTD.

THIS KOREAN EDITION IS PUBLISHED BY ARRANGEMENT WITH ALBIN MICHEL S.A. THROUGH SHINWON
AGENCY. ALL RIGHTS RESERVED.

# 약탈자

펴낸날 | 2010년 8월 28일 초판 1쇄

지은이 | 막심 샤탕
옮긴이 | 이원복
펴낸이 | 이태권
펴낸곳 | (주)태일소담
　　　　서울시 성북구 성북동 178-2 (우)136-020
　　　　전화 | 745-8566~7　팩스 | 747-3238
　　　　e-mail | sodam@dreamsodam.co.kr
　　　　등록번호 | 제2-42호(1979년 11월 14일)
　　　　홈페이지 | www.dreamsodam.co.kr

ISBN 978-89-7381-607-1　03860

• 책값은 뒤표지에 있습니다.
• 잘못된 책은 구입하신 곳에서 교환해드립니다.

PRéDatEuRs
# 약탈자

막심 샤탕 지음
이 원 복 옮김

소담출판사

"인간은 인간에게 늑대처럼 행동한다."

- 플로트 -

이 책을 읽으면서 음악을 즐기고 싶다면 다음 영화음악을 추천한다. 내가 이 소설을 쓰는 동안 즐겼던 음악들이다.

- 한스 짐머의 「크림슨 타이드」
- 하워드 쇼어의 「양들의 침묵」
- 존 윌리엄스의 「뮌헨」

이 소설을 선택한 당신을 환영한다. 아무 생각 없이 승선한 당신이 이 끔찍한 전쟁 이야기에서 무사히 하선하기를 바란다.

2007년 1월 2일
에지콤에서

세상은 온통 잿빛이었다. 하늘은 무기력한 빛만 여과시키는, 반투명한 그물처럼 햇빛을 붙들고 있었다.

막사에는 수천 명의 병사들이 담배꽁초나 이쑤시개를 입에 문 채 카드놀이나 주사위놀이를 하면서 또는 나무상자 주위에서 대화를 나누면서 출전 명령을 기다리고 있었다.

몇몇 연대는 이미 부두에 정박한 군함에 승선해서 선상 생활을 하고 있었다.

병사들은 초조하게 기다리고 있었다.

출전 명령을.

출전 명령은 처음에는 소문처럼 떠돌다가 사령부나 장교 식당에서 퍼져나갈 것이다. 그러면 이곳에 밀집한 수천 명의 병사들은 몇 분 만에 명령을 전달받고 출전 준비를 마칠 것이다.

그리고는 대열을 정비하고 남쪽으로 떠날 것이다. 두 가지 슬픈 미래를 향해. 그들은 전투 중에 죽거나 살아남을 것이다.

항구에는 사령부 건물이 우뚝 솟아 있었다. 붉은 벽돌, 하얀 접합부, 모서리, 코니스.

크레이그 프레윈 중위는 3층 홀에서 창문을 내다보고 있었다. 창으로는 막사 주위에서 폭소를 터뜨리고 소음을 내고 욕설을 퍼붓는 병사들이 보였다. 막사의 냄비에서는 끊임없이 김이 모락모락 피어올랐다.

프레윈은 뒷짐을 지고 있었다. 단단한 근육, 넓고 탄탄한 어깨, 회색빛이 도는 금발, 우락부락한 얼굴, 새로 나기 시작한 수염……. 가느다란 코와 두툼한 입술이 강인한 인상에 부드러운 매력을 부여했다. 그는 마흔에 다가가고 있었다. 잊을 수 없는, 이 당당한 외모에서 검은 광채를 뿜는 담갈색 눈을 빼놓을 수 없었다.

프레윈 중위는 콜린 토드워스 사단장의 설교를 듣고 있었다.

"크레이그, 자네와 나는 서로 알게 된 지가 얼마 안 되었네. 솔직하게 얘기하지. 자네는 좋아하지 않겠지만 선택의 여지가 없네. 헌병대는 병력이 부족해. 자네 부하들은 전투 소대나 중대에 배치될 거야."

프레윈은 건방져 보일 정도로 아주 침착하게 대답했다.

"사단장님, 저희는 여러 전투 소대에 분산 근무할 수 없습니다. 그것은 상식에서 벗어난 일입니다. 저희는 전투원이 아니라 헌병대 수사관입니다."

초조해진 콜린 토드워스는 단어마다 힘을 주어 말했다.

"나도 알아. 다만…… 상황이 바뀌었을 뿐이야. 자네들이 전선에 있는 것만으로도 병사들은 단결할 거야. 우리는 지옥 같은 전투를 예상하고 있어. 탈영하고 싶은 병사도 생길 거야. 엄벌을 내려서라도 탈영을 막게. 자네에게는 헌병으로서의 특권이 있지만 항상 지휘관과 협력하게."

프레윈이 반박했다.

"저는 그런 일을 하기 위해 헌병대에 지원한 것이 아닙니다."

"유감이지만 내 결정이 아냐. 그래도 나는 자네 팀이 가장 먼저 상륙하는 부대에 배치되지 않도록 신경을 썼어."
프레윈이 차갑게 내뱉었다.
"그러니까 이미 결정된 사항이군요."
사단장은 콧수염을 만지작거리면서 덧붙였다.
"자네는 드레이크 부대에 배치되었네. 구축함인 스워드피시 호에 승선하게."
프레윈은 결국 체념할 수밖에 없었다.
"제가 직접 부하들에게 이 소식을 전하게 해주십시오."
토드워스는 10초쯤 고민하다가 눈썹을 찡그리며 허락했다. 그는 부성애와 경탄이 섞인 감정으로 이 건장한 장교를 바라보았다. 프레윈은 헌병대에서 수사에 흥미를 가진 유일한 부하였다. 대부분의 헌병대 장교들은 토드워스가 부여한 권한을 기꺼이 행사했다. 하지만 프레윈은 일반적인 임무는 회피하고 병적인 수사를 좋아했다. 그는 언제나 시체를 조사하고 범인을 추적하는 일에 지원했다. 그의 수사 방식은 독특했다. 또한 그는 심리학회에 참석하기 위해 휴가를 신청하는, 유일한 장교였다.

어느 날 토드워스는 프레윈이 전사(戰死)가 아니라 횡사(橫死)에 관심이 많다는 사실을 깨달았다. 사단장은 그 이유를 물었다. 그는 프레윈의 대답을 결코 잊지 못할 것이다. "범인이 누군가를 살해하기로 결심한, 그 예민한 순간에 모든 인생이 요약되어 있기 때문입니다."

프레윈은 군대에서 살인사건이 발생하면 말 한마디 없이 즉시 달려갔다. 그때마다 그의 눈은 탐색이라도 하듯이 반짝반짝 빛났다. 그래서 토드워스는 프레윈 중위가 나타나면 야릇한 감정, 이를테면 일종의 두려움을 느꼈다. 이 부하 장교는 너무 까다로운 성격 탓에 강건한 육신을 혹사시키고 있었다.

프레윈이 문지방에서 돌아보았다.

"언제 출발합니까?"

사단장이 머리를 흔들며 대답했다.

"참모 본부가 결정할 거야. 지금은 풍랑이 심해서. 하지만 출항이 임박한 것 같아. 내가 말해줄 수 있는 것은 이게 전부야."

*

크레이그 프레윈은 하모니카를 불거나 시끌시끌하게 잡담을 즐기면서 대기 중인 병사들을 헤치고 나아갔다. 모두 시간을 죽이고 있었다. 그는 부하들의 천막 한복판에 위치한 자신의 막사로 돌아왔다. 얼굴에 여드름 자국이 심하게 남아 있고 팔다리가 이상할 정도로 긴 케빈 매터스가 작은 접이식 의자에 앉아 만화 신문을 읽고 있었다. 그는 세심하고 헌신적인 중사였다. '쌍둥이'라는 별명이 붙은 클라우비츠와 포럴—얼굴이 주근깨로 뒤덮이고 머리는 적갈색인, 이 두 사람은 외모만 닮았을 뿐이다—은 수상쩍은 잡지에서 오려낸 여자 사진을 보며 이야기 중이었다.

케빈 매터스는 상관이 나타나자 고개를 들었다. 그는 상관이 무슨 말이든 할 것이라 예상했다. 하지만 프레윈은 말없이 막사로 들어가더니 문을 닫았다. 사단장의 명령을 심사숙고할 시간이 필요했다. 그는 흥분한 상태로 부하들에게 지시를 내리지 않는 것을 철칙으로 삼았다. 햇빛이 희미하게 천막으로 스며들었지만 편지를 쓸 수 있을 만큼 밝지는 않았다. 그는 석유등에 불을 붙이고 간이 의자를 끌어다가 책상으로 쓰는 탁자 앞에 앉았다. 그리고 만년필을 꺼내 글씨를 휘갈기기 시작했다. "사랑하는 패티에게. 보고 싶어……." 그는 이마에 손을 얹고 밀물처럼 떠오르는 단어들을 진정시켰다. 그는 첫 줄을 만년필로 그어버리고는 생각에 잠겼다가 갑자기 편지지를 구겨버렸다. 그리고 이번에는 쉬지 않고 편지를 써내려갔다.

사랑하는 아내에게

장모님 댁의 우리 방에 있던 벽시계를 기억하겠지? 당신은 불면증에 시달릴 때는 집요하게 흔들리는 시계추가 도망치는 시간을 상기시킨다고 말하곤 했지. 야영지의 떠들썩한 소음이 그 벽시계처럼 집요하게 울리고 있어. 상당히 불안한 분위기야. 모두 막연히 두려워하고 흥분하고 있어.

우리는 인간의 발명품 중 가장 엄청난 거래가 이루어지는 전쟁터로 향하기 위해 출전 명령을 기다리고 있어. 전쟁터에서는 우리의 목숨이 거래되지. 거기서는 우리의 목숨을 구하기 위해 다른 사람들의 생명을 빼앗아야 해. 우리는 저주를 받은 거야. 우리가 자행하는 악행이 너무 끔찍해서 이 저주가 미래 세대에까지 영향을 미치지 않을까 걱정이야.

지난주 일요일 식량 보급을 위해 마을에 내려갔다가 두 명의 아이와 마주쳤어. 나는 아이들을 보면서 부끄러웠어. 우리 자신이 창피했어. 아이들에게 역사를 가르친 우리가 부끄러웠어. 이 모든 문명, 이 모든 발전, 이 모든 약속이 결국 우리의 갈등을 학살로 해결하기 위한 것이란 말인가. 우리 군인들은 대부분 싸우러 가는 이유조차 모르고 있어. 분명히 적들도 마찬가지일 거야.

미안해. 오늘은 제대로 글을 쓸 수가 없군. 감정이 너무 격해서. 용서해줘. 오늘 저녁이나 내일 아침에 다시 쓸게. 당신이 보고 싶어. 하지만 당신도 알다시피 나는 이곳을 떠날 수 없어.

당신의 크레이그


프레윈은 만년필을 놓고 손가락에 잉크가 묻지 않았는지 확인한 후 편지지를 세 번 접었다. 그리고 겉봉에 이름을 썼다. "패티 프레윈". 하지만 주소는 쓰지 않았다. 그리고 그는 초록색의 철재 트렁크를 열었다. 두꺼운 트렁크 안에는 60여 통의 편지가 차곡차곡 쌓여 있었다. 주소도, 수신자도 없었다. 일부 편지는 몇 달 전부터 잠들어 있었는지 누렇게 변해 있었다.

잠에서 빠져나오는 것은 한동안 숨을 참은 채 수면 위로 떠오르는 것과 같았다. 감각과 지표의 갑작스러운 변화. 앤 도슨은 꿈에서 빠져나와 다시 숨을 쉬기 시작했다.

벽이 펼쳐지고 천장은 꼼짝도 하지 않았다.

앤 도슨은 의무대에 있는 자신의 숙소에 누워 있었다.

앤은 침대에서 저녁식사를 한 후 손에 책을 든 채 잠들었다. 불은 켜져 있었다……. 아니, 머리맡 탁자에 켜둔 불은 꺼져 있었다.

내가 언제 불을 껐지?

기억나지 않았다. 방을 비추는 것은 복도의 전구였다.

앤은 누군가의 목소리에 잠을 깼다. 누군가 그녀의 어깨를 만졌다. 천천히 고개를 돌렸다.

누군가의 얼굴이 보였다. 속삭이는 목소리가 들렸다.

"앤…… 앤……, 일어나."

통통한 볼, 짙은 눈썹, 길고 곧은 머리털. 작달막한 중국인의 실루엣. 클라리스였다. 그녀는 적십자가 그려진, 하얀색의 간호사 가운을 걸치고 있었다. 앤은 정신을 되찾으려 애썼다. 몇 시나 되었을까?

두 시간밖에 자지 않은 것 같았다.

클라리스가 입을 열었다.

"저 아래가 소란스러워. 무슨 일이 있나 봐."

앤이 잠이 덜 깬 목소리로 물었다.

"무슨 일?"

"모르겠어. 군인들은 아직 자고 있는데 헌병들이 도착했어."

앤은 피곤으로 뻣뻣해진 몸을 일으켜서 자명종의 바늘을 바라보았다. 새벽 1시 30분이었다.

"방금 헌병들이 와서 의사는 찾지 않고 들것병만 불러달래. 불길한 징조야."

앤은 이불을 잡아당겼다. 이불 밖으로 드러난 가냘픈 다리가 추위에 움츠러들었다.

클라리스가 사과했다.

"한밤중에 깨워서 미안해. 헌병대가 폭력사건을 조사하는 것 같으면 알려달라고 했잖아."

앤이 고개를 끄떡였다.

"맞아. 고마워……."

앤은 세수하기 위해 개수대로 갔다. 책에서 찢어낸 문구가 거울 밑에 붙어 있었다. "인생에서 변하지 않는 것은 없다. 최소한 인간은 자신의 주인이다." 앤은 이 문장을 수없이 읽었다. 그녀는 거울에 반짝이는 물방울을 튀기면서 입김을 불었다.

앤은 잠시 거울을 보면서 피곤으로 부어오른 얼굴을 만졌다. 그녀의 피부는 평소에는 무척 고왔다.

"사건은 어디에서 일어났지?"

"순양함 시걸 호에서."

"현장에 누가 파견되었는지 알아?"

"몰라. 하지만 심각한 것 같아. 우리를 찾아온 군인은 몹시 창백했어. 그가 비밀을 지켜달라고 했어."

앤이 혀로 입술을 축였다. 심각하다고? 시간이 없었다. 그녀는 급히 하얀 가운과 스커트를 입었다.

"클라리스, 고마워. 내려가도 좋아. 15분 후에 들것병을 보내. 그리고 다른 사람들에게는 입도 뻥끗하지 마."

*

의무대에서 나온 앤은 매달린 등잔에 의지해 천막 사이를 지나갔다. 기지를 뒤덮은 짙은 안개 속에서 불빛은 흐릿한 후광에 지나지 않았다. 그녀는 식량, 탄약, 군수품이 산더미처럼 쌓여 있는 부두에 도착했다. 여름 해변에 설치된 감자튀김 판매대처럼 막사가 줄지어 있었다. 다른 점이라면 공포의 냄새가 기름 냄새를 대체한다는 것뿐이었다. 병사들은 극심한 두려움으로 창자가 비틀리고 구토에 시달리며 대변의 색깔은 엷어졌다. 항구에는 역겨운 악취가 진동했다.

수미터 아래에서 바다가 찰랑거렸고 안개는 다소 엷어졌다.

육중한 군함들이 불쑥 나타났다. 밤안개 속의 군함은 해골을 닮았다. 거대한 굴뚝, 로프, 작은 깃발, 포탑(砲塔), 호리호리한 대포……. 이 '바다의 거인들'은 거대한 선체 꼭대기에서 모습을 드러냈다.

앤은 한 무리의 군인이 석유등과 손전등을 들고 시걸 호의 승선용 다리에 서 있는 것을 보았다. 그녀는 순양함으로 다가가면서 승선용 다리 입구에 서 있는 헌병대 장교의 옆모습을 보았다. 짧은 머리, 사각 턱, 건장한 어깨, 훤칠한 키. 그는 무장한 초병 두 명, 해군 장교 한 명과 한창 대화를 나누고 있었다. 헌병대 완장을 두른, 적갈색 머리의 군인 한 명과 아주 젊은 중사 한 명이 그 뒤에 서 있었다.

앤은 심호흡을 하고 가슴을 편 다음 당당한 걸음걸이로 다가갔다. 그리고 상냥하게 인사했다.

"안녕하세요."

매터스는 흠칫 놀라며 앤의 얼굴을 들여다보았다.

앤이 말을 이었다.

"도움이 필요하다면서요?"

프레윈은 대화를 멈추고 간호사에게 돌아섰다.

"당신, 여기서 뭐 하는 겁니까?"

앤은 눈썹을 치켜 올리고 놀란 표정을 지었다.

"나는 의무대의 당직 근무자예요. 이곳으로 가라는 지시를 받았어요."

프레윈은 짜증을 내며 격렬하게 머리를 흔들었다.

"내게 필요한 것은 들것 하나와 들것병 두 명이오! 간호사는 필요 없어요!"

앤은 그의 카키색 웃옷에 붙은 이름표를 읽었다. 크레이그 프레윈. 그녀는 눈을 깜박거렸다. 프레윈 중위. 군대에서 30명 이상의 살인자를 체포했던 장교가 아닌가. 누구도 그의 수훈에 관심을 갖지 않았다. 앤을 제외하고는. 어떻게 그를 알아보지 못하겠는가. 그녀는 프레윈 중위와 그의 수사기법에 대해 많은 것을 조사했다. 사람들은 그가 건방지고 대담하며 변덕스럽고 감정을 드러내지 않는다고 평가했다. 이번이 그런 평을 직접 확인할 수 있는 절호의 기회였다. 이 기회를 놓칠 수 없었다.

앤이 움직이지 않고 말했다.

"내가 잘못 알아들었나 봐요."

하지만 앤은 프레윈 중위가 자신을 순양함에 태우지 않으리라는 사실을 깨달았다. 클라리스는 호들갑을 떤 것이 아니었다. 사건은 정말 심각해 보였다. 난처해진 앤은 새로운 카드를 꺼냈다.

"나는 들것병들에게 시신을 가릴 담요를 준비하라고 했어요. 담요는 필요 없나요?"

프레윈이 그녀에게 한 걸음 다가왔다.

"시신 이야기는 누구에게 들었습니까?"

앤은 자신이 똑바로 서 있는지를 끊임없이 의식하면서 눈도 깜박이지 않고 자신 있게 중위를 바라보았다.

프레윈은 논리적인 추론과 타당성을 좋아해. 특히 의료인들에게 둘러싸이는 것을 좋아하지! 그는 수사를 위해 모든 학문을 동원하지!

"헌병대가 새벽 2시에 의무대로 찾아와서 들것병을 요청했어요. 그런데 현장에는 중위님까지 나와 있네요. 술 취한 병사나 순찰 중에 발목을 삔 초병 때문에 당신 부하들이 이 시간에 당신을 깨웠을 리는 없죠. 내가 틀렸나요?"

이어지는 난처한 침묵은 그녀가 정곡을 찔렀음을 의미했다.

프레윈은 결국 침묵을 깨뜨렸다.

"매터스, 들것을 찾아와. (그는 간호사에게 돌아섰다.) 따라오세요. 어쩌면 저 안에서 우리를 기다리는 사건을 해결하는 데 당신이 도움이 될지도 모르죠."

앤은 기쁨을 억눌렀다. 그녀는 성공했다. 매터스가 그녀 뒤에서 한숨을 쉬었다.

프레윈이 덧붙였다.

"지금부터 보고 듣는 모든 것은 비밀로 해야 합니다. 알겠소?"

"잘 알겠습니다."

중위는 그녀에게 따라오라고 고갯짓을 했다. 그들은 순양함 갑판으로 올라갔다.

프레윈이 물었다.

"이름이 뭐죠?"

"앤 도슨."

그때 안개가 자욱한 항구에서 종소리가 울렸다.

앤은 깜짝 놀랐다.

지금은 정신을 집중해서 정확하고 효율적으로 움직여야 했다. 특히 말을 조심해야 했다. 너무 서두르면 안 되었다. 신중하고 적절하게 처신해야 했다. 대체 이 군함에서 어떤 사건이 벌어진 걸까?

앤은 시걸 호에 승선한 후에야 두 사람을 안내하는 해군 장교의 얼굴이 얼마나 창백한지를 깨달았다.

자세히 보니 해군 장교는 몸을 떨고 있었다.

멀리서 다시 종소리가 울렸다.

그리고 갑판의 승강구가 닫혔다.

순양함의 바닥으로 이어지는 계단은 가팔랐다. 철재 계단은 발걸음을 뗄 때마다 그 메아리를 증폭시켰다.
크레이그 프레윈은 재빨리 걸음을 옮기는 해군 장교 뒤에 바짝 붙어서 희끄무레한 야등이 비추는 방수문을 넘고 미로처럼 뒤얽힌 긴 복도를 돌았다.
순양함은 조용했다. 속삭이는 소리도, 윙윙대는 기계 소리도 들리지 않았다. 도관이 늘어선 복도는 쥐 죽은 듯이 조용했다.
프레윈은 헌병대에서 거의 20년을 근무했다. 그는 논리적인 사고와 침착성 덕분에 고속으로 승진했고 마침내는 수사팀을 지휘하게 되었다. 그는 주로 병사들의 악행이나 난투극을 수사했다. 그리고 가끔 폭행사건과 살인사건을 조사했다. 그는 자신의 일은 물론이고 군대의 생리와 군인들의 사고방식을 잘 알고 있었다. 엄격성. 모든 것이 조직적이고 기능적이었다. 그래서 수사는 대체로 쉬웠다. 대부분의 범행은 같은 원인에서 비롯되었다. 인내의 한계를 넘어서 돌발적으로 벌어진 폭행. 드물기는 하지만 상관이 저지른 강간치사 사건은 흔히 은폐되었다. 동성애는 군대에 사고의 불씨를 뿌리고 다녔다. 남성우위의 체제와 남성다움에 대한 예찬은 이곳에서 허용되고 조장되는 유일한 '종교'였다.

당직사관의 증언에 따르면 시체를 발견한 초병은 공포에 사로잡혀 있었다. 초병은 반인반수의 모습을 한 시체를 묘사하고 악마가 배에 있다고 횡설수설했다. 소문이 퍼질 것을 걱정한 당직사관은 즉시 초병을 의무대로 내려보냈다. 하지만 이미 초병들 사이에 소문이 퍼져 있었다. 그래서 당직사관은 직접 사건을 파악하기로 결심했다. 그때부터 그의 안색이 좋지 않았다.

당직사관은 프레윈에게 경고했다.

"마음의 준비를 단단히 하십시오. 저 아래에서 벌어진 사건은 믿을 수가…… 없습니다. 정말로…… 악랄합니다! 범인들을 찾아야 합니다. 신속히!"

프레윈은 순양함 밑으로 내려가면서 당직사관의 말을 떠올렸다. 당직사관은 잠시 멈칫거리다가 '악랄하다'는 말을 선택하고 강조했다. 또 '범인들'이라고 했다. 대체 저 아래에서 어떤 사건이 기다리고 있을까?

당직사관인 쿨리지는 매우 길고 좁은 복도 중간에서 걸음을 늦추더니 어느 문 앞에 멈춰 섰다. 복도의 양 끝에 야등이 켜져 있었지만 그곳은 불빛이 닿지 않는 중간 지점에 위치해서 깜깜하기만 했다.

쿨리지는 돌아서서 프레윈, 앤 도슨, 클라우비츠를 기다렸다.

"간호사님은 밖에서 기다리는 게……."

앤은 당직사관의 이마에 흐르는 한 줄기의 땀을 보고는 그의 말을 중단시켰다.

"나는 강심장이니 걱정하지 마세요."

쿨리지는 고집을 부리지 않고 입을 비죽이는 것으로 그쳤다. 마침내 그가 손잡이를 돌려 문을 열었다.

프레윈이 부하를 바라보며 명령했다.

"여기 남아서 매터스 외에 아무도 들여보내지 마."

놀랍게도 홀은 깜깜한 어둠에 잠겨 있었다. 빛은 전혀 없었다.

프레윈이 물었다.

"당신이 불을 껐습니까?"

"아닙니다. 시체를 발견했을 당시 정확히 이런 상태였습니다. (떨리는 목소리가 메아리를 일으켰다. 홀이 넓은 모양이었다.) 나는 스위치를 올렸고 나오면서 스위치를 내렸습니다."

프레윈은 몇 걸음을 떼다가 멈췄다.

갑자기 전구들이 눈부시게 반짝이기 시작했다.

의자와 식탁이 보였다. 기다란 식기대와 배식대가 나타났다. 식당이었다. 100여 명이 동시에 밥을 먹을 수 있는 거대한 식당.

식당 한가운데에는 팔다리를 무기력하게 늘어뜨린 시체 한 구가 매달려 있었다. 카키색의 제복은 거무스름한 얼룩으로 더럽혀져 있었다. 그런데 시체의 목 위에는 괴물의 머리통이 올려져 있지 않은가! 두 개의 검은 왕방울 눈, 끝이 구부러진 두 개의 뿔, 축축한 콧방울, 위협적인 턱을 드러내기 위해 제거된 입술.

이 미노타우로스 (인간의 몸에 소의 머리를 가진 괴물─옮긴이) 는 마치 허공에서 나부끼는 것 같았다.

앤은 비명이 새어나가지 못하도록 두 손으로 입을 막았다.

어깨를 꿰뚫은 두 개의 정육용 갈고리는 철근 장선에 걸려 있었다.

프레윈은 믿을 수 없다는 표정으로 천천히 다가갔다.

쿨리지가 경고했다.

"발을 조심하세요!"

프레윈이 고개를 숙이자 발아래에 피 웅덩이가 있었다. 그는 그답지 않게 욕을 하면서 걸음을 멈췄다. 평소에 그는 얼마나 세심했던가! 그는 다시 반인반수의 시체를 바라보았다. 이런 것은 본 적이 없었다. 범인은 희생자의 머리를 잘라낸 다음 꿰매어 동물의 머리통을 붙여놓았다. 접합부는 피투성이였고 제복의 상의는 온통 더러워져 있었다.

쿨리지는 다른 사람들의 심기가 불편해진 것을 보고 원기를 되찾은 듯이 더욱 자신 있게 말했다.

"마음의 준비를 단단히 하라고 했잖습니까. 범인들을 빨리 체포해야 합니다."

프레윈이 눈살을 찌푸리며 물었다.

"왜 범인이 다수라고 생각합니까?"

"시체를 훔치려면 여러 명이 있어야 합니다. 혼자서는 시체를 옮길 수 없습니다."

프레윈이 반문했다.

"시체를 훔쳤다고요? 무슨 말인지 모르겠습니다."

"그렇습니다. (그는 시체를 가리켰다.) 분명해요! 이건 영안실에서 훔친 시체입니다. 아주 비열한 장난이에요."

앤은 당직사관의 주장에 흠칫 놀라며 수사관의 반응을 살폈다.

프레윈은 당직사관을 노려보면서 차분하게 입을 열었다.

"당신의 낙관적인 추론이 맞았으면 좋겠군요. 하지만 이건 훔친 시체가 아닙니다. 살인사건이 아닐지 걱정입니다."

쿨리지는 어색한 미소를 지으며 반박했다.

"아닙니다. 절대로 아닙니다. 누가 감히 이런 짓을 할 수 있겠습니까? 이곳은 보호시설이 아니라 군함입니다. 저 숫염소의 머리통을 보세요. 저것은 엉뚱한 자들이 저지른 짓입니다. 살인범은 저런 짓을 하지 않아요! 그러니 분명합니다. 숫염소의 머리통! 얼마나 기괴한 짓입니까!"

앤이 낮은 목소리로 말했다.

"저건 숫양의 머리예요."

프레윈은 앤에게 시선 한 번 주지 않고 쿨리지를 무시한 채 주위를 둘러보았다. 두 개의 식탁 사이에서 고인 피가 썩고 있었다. 주홍색 피가 바닥 여기저기에 흩뿌려져 있었다. 수많은 선과 점을 통해 동맥이 잘리면서 피가 어떻게 분출했는지를 추측할 수 있었다. 프레윈은 시체 주위를 돌면서 관찰하고 메모했다. 그의 얼굴에서는 어떤 감정도 읽을 수 없었다. 하지만 그는 신경질적으로 왼손을 쥐락펴락했다.

프레윈은 꼼꼼하게 조사한 후 식탁에 앉아서 시체를 응시했다. 갈고리는 견갑골에 박혀 있었다.

프레윈은 얼굴을 돌리지 않고 물었다.

"밤에는 이곳의 문을 열쇠로 잠가둡니까?"

"아닙니다. 병사들이 취침하기 때문에 그럴 필요가 없습니다. 전시에는 함장의 지시에 따라 네 명이 갑판을 순찰하고 두 명이 내부를 순찰합니다. 현재 우리 순양함에는 세 개 중대, 즉 600여 명의 군인과 승조원들이 탑승하고 있습니다. 엄청난 숫자입니다. 게다가 장교들이 병사들과 함께 행동합니다. 만일 소란이 있었다면 그 많은 군인들이 듣지 못했을 리가 없습니다."

프레윈이 피로 얼룩진 희생자의 두 손을 가리켰다.

"이곳에서는 들키지 않고는 싸울 수 없다는 말입니까?"

"글쎄요……. 이 주위에는 선실이 없습니다만 싸움이 벌어져도 오래가지는 않을 겁니다. 초병이 15분이나 20분마다 순찰을 도니까요. (쿨리지는 잠시 망설이다가 마지못해 덧붙였다.) 중위님은 살인사건이라고 확신하는군요. 그렇다면 어떤 싸움이 이런 끔찍한 일을 초래했다고 생각합니까?"

프레윈은 당직사관을 힐끗 쳐다보았다. 당직사관은 군의 엄격한 시각과 헌병대 중위의 터무니없는 추측 사이에서 고민하는 듯 마음이 불편해 보였다. 프레윈은 이 끔찍한 범행을 합리적으로 설명해야 했다. 그는 더 이상 당직사관을 배려하지 않기로 했다.

"당신은 두 사람이 싸우다가 승자가 패자의 머리 위에 숫양의 머리를 올려놓는 것을 본 적이 있습니까?"

쿨리지는 대답하지 않았다. 앤은 범행 현장을 제대로 바라보기 위해 뒤로 물러났다. 그녀는 추운 듯이 두 팔을 몸에 꼭 붙이고 두 손을 호주머니에 넣었다.

쿨리지는 이마를 찌푸리고는 의심하는 듯한 말투로 물었다.

"정말로 살인사건이라고 생각합니까?"

프레윈은 잠시 생각하다가 대답했다.

"마닥에 피가 많이 고여 있습니다. 그리고 피가 많이 솟구치기도 했구요. 동맥과 정맥을 자를 때까지도 심장이 뛰고 있었다는 뜻입니다. 영안실에서 훔친 시체가 아니라는 말입니다. 유감입니다."

쿨리지는 입을 다물고 다시 생각에 잠겼지만 헌병대 수사관의 의견을 받아들일 수는 없었다.

프레윈이 덧붙였다.

"미리 계획한 겁니다."

당직사관이 중얼거렸다.

"그럴 리가······."

"군함에 숫양이 있습니까? 숫양의 머리는 아직도 싱싱합니다. 와서 보세요."

식당 입구에 앉아 있던 쿨리지는 자리에서 일어나서 두 손을 허리띠에 얹었지만 움직이지는 않았다.

프레윈이 말을 이었다.

"초병은 순찰할 때마다 이곳을 확인합니까?"

"아닙니다······. 두 명의 초병은 여러 층을 순찰해야 합니다. 순찰할 곳이 너무 많아서 맨 처음, 중간, 그리고 마지막에만 확인합니다. 오늘밤에 보초를 섰던 두 부하에게 물었더니 22시 무렵에 이곳을 확인했답니다. 그리고 시체는 새벽 1시에 발견되었습니다."

"그럼 범인은 세 시간 사이에 살인을 저지른 거군요. 범인은 군함의 사정을 잘 아는 놈입니다."

프레윈은 팔짱을 끼고 시체를 보면서 생각에 잠겼다.

당직사관이 다시 물었다.

"중위님은 희생자가 살아 있었다고 확신합니까?"

"피가 얼마나 솟구쳤는지 보세요. 150센티미터에서 200센티미터쯤 됩니다. 살인범이 목을 잘랐을 때 심장이 박동하면서 피를 분출시킨 겁니다. 심장이 계속 뛰면서 이 피를 퍼 올렸겠지요."

프레윈은 뒤로 세 걸음 물러나더니 입구에서 멀지 않은 곳에 고여 있는 피 웅덩이를 가리켰다.

"희생자는 두 식탁 사이에서 불시에 습격을 당했습니다."

갑자기 앤이 다가와서 쭈그리고 앉았다.

"글자가 있어요."

프레윈은 글자를 확인하기 위해 몸을 숙였다.

큼직한 피 웅덩이를 지나자 작은 피 웅덩이가 연달아 나타났고 핏자국은 시체가 매달려 있는 곳까지 점점이 이어졌다. 범인은 피해자를 질질 끌거나 어설프게 옮긴 것 같았다. 앤은 피로 쓴 두 개의 글자를 가리키며 큰 소리로 읽었다.

"O. T. 어떤 단어의 머리글자일까요?"

프레윈이 덧붙였다.

"아니면 성과 이름의 머리글자일 겁니다."

앤은 코로 숨을 들이쉬었다. 이것은 평정을 지키는 데 도움이 되었다. 그녀는 간호사가 되면 피에 익숙해질 거라고 예상했다. 하지만 그렇지 않았다. 피에 무감각해지고 찢어진 살갗 가운데 사는 법을 배웠지만 결코 익숙해지지는 않았다. 하지만 끔찍한 상황을 받아들일 수밖에 없었다. 몇몇 동료는 피를 보고 어떤 감정도 드러내지 않았다. 앤은 그녀들을 불쌍히 여겼다. 그녀들은 '생명'이라는 본질을 잊어버릴 정도로 자신들이 보는 것이나 하는 일과 거리를 두고 있었던 것이다. 피가 흐를 때 흩어지는 것은 완전한 상태의 생명이다. 피는 생명의 근원으로 핏방울마다 존재의 깃발이 반짝인다. 앤은 피를 아주 독특한 방식으로 이해했다. 그녀는 환자를 치료할 때마다 타인과 자신에 대해 숙고했다. 전쟁이 지속되는데다 피에 대해 특별한 관심이 있었기 때문에 앤은 자신의 직분에 충실하기로 결심했다.

앤이 용기를 내서 물었다.

"희생자가 공격자의 정체를 밝힐 단서를 남기려 하지 않았을까요?"

프레윈은 침묵했다.

앤은 눈을 동그랗게 뜨고 물었다.

"그렇게 생각하지 않으세요? 희생자의 두 손과 손가락 끝에 피가 묻었잖아요."

프레윈은 고개를 젓고는 침울하게 입을 열었다.

"도슨 양, 목이 베인 초병을 본 적이 있소? 그런 경우 희생자는 공포에 사로잡히죠. 그 공포는 살갗에 박혀서 피부, 근육, 정맥, 동맥, 성대를 절단하는 칼만큼이나 끔찍한 고통을 희생자에게 줍니다. 피는 내부에서, 기관에서, 그리고 외부에서 흘러나오기 시작해요. 희생자는 절단되어 죽어가는 자신을 보면서 고통만큼이나 끔찍한 공포를 느껴요. 희생자는 단서를 남겨서 공격자의 정체를 밝혀야겠다는 생각을 할 수 없어요. 믿으세요. 단 한 사람도 그런 적이 없어요. 물론 소설에서는 가능해요. 현실에서는 꾸르륵 소리, 고통, 헤아릴 수 없는 두려움뿐이죠."

"그럼 저것은 뭘까요? 우연히 찍힌 표시는 분명히 아니에요!"

프레윈은 사실임을 강조하려는 듯이 그녀에게 두 손을 펼쳤다.

"살인범이 직접 쓴 겁니다."

앤이 얼굴을 찡그렸다.

"왜 그랬을까요? (그녀는 돌아서서 바닥을 가리켰다.) 저 글자는 의자 밑에 거의 가려져 있어요."

"그건 나도 몰라요."

프레윈은 건성으로 말하고는 다른 것에 관심을 보였다. 그는 벽으로 가더니 야등을 가리켰다. 야등은 깨져 있었고 바닥에는 유리 파편이 반짝이고 있었다.

쿨리지가 물었다.

"이곳에서 싸움이 벌어졌을까요?"

"아닙니다. 이곳에는 피가 없어요. 그들이 싸움을 벌인 것 같지는 않습니다. 살인범은 대개 뒤에서 목을 찌릅니다. 내 생각에 희생자는 뭔가 중대한 결정을 내리기 위해 한밤중에 이곳에 왔을 겁니다. 야등이 깨져 있었기 때문에 캄캄했겠지요. 그런데 왜 희생자는 대형 전등을 켜지 않았을까요? 초병에게 들키지 않으려고?"

쿨리지는 동의하지 않는 듯이 고개를 저었다.

"아닙니다. 불빛이 문틈으로 새어나가지 않기 때문에 불을 켜도 상관없습니다."

프레윈은 자신의 생각을 분명하게 이야기했다.

"하지만 희생자는 캄캄한 식당에 들어와서 잠시 머물렀고 이곳까지 몇 미터를 걸어오기까지 했습니다. (그는 손가락으로 피 웅덩이와 점점이 찍힌 피를 가리켰다.) 그는 어둠이 좋았거나 전원 스위치가 어디 있는지 몰랐을 겁니다."

"범인은 이 순양함에서 근무하지 않는 사람일까요?"

프레윈이 천천히 고개를 끄덕였다.

"범인은 뒤에서 불쑥 나타났습니다. 피가 분출된 지점은 매우 국한되어 있습니다. 희생자는 기습을 당했기 때문에 저항하지 못했죠. 범인은 순식간에 희생자를 살해했을 겁니다."

앤이 끼어들었다.

"범인이 덫을 놓았을 거예요……."

"아마 그렇겠죠. 희생자는 부름을 받아 이곳에 왔을 겁니다. 범인은 공격을 준비한 후 야등을 깨뜨렸을 거예요."

쿨리지가 자신 있게 말했다.

"그리고 살인범은 현장을 떠나면서 전등을 껐군요!"

프레윈이 식당을 둘러보며 말했다.

"식당에는 특별히 구석진 곳이 없습니다. 입구에서 보면 식탁 아래는 훤히 보일 정도로 아주 넓어서 몸을 숨길 수 없습니다."

하지만 쿨리지는 자신의 주장을 굽히지 않았다.

"중위님의 고집을 이해할 수가 없습니다! 불은 켜져 있었을 겁니다! 정말로 살인사건이라면 결투입니다. 두 사람은 분명히 서로 아는 사이입니다. 희생자가 잠시 등을 돌렸을 때 비극이 벌어진 겁니다!"

프레윈은 턱으로 깨진 야등을 가리켰다.

"그럼 왜 야등을 깨뜨렸을까요? 일부러 저랬다면 식당을 어둡게 하려는 속셈이었겠죠. 아무것도 보이지 않게 말입니다. 살인범은 희생자가 식당으로 들어오길 기다렸다가 덮칠 계획이었습니다. 야등을 깬 살인범은 희생자가 불을 켜지 않고 들어올 거라는 사실을 알았습니다. 어떻게 알았는지는 모르지만 아무튼 살인범은 알고 있었습니다!"

그때 문이 열리더니 매터스가 문지방에 나타났다.

"중위님, 들것병들이 도착했습니다······."

매터스는 짐승의 머리가 달린 시체를 보고 입을 다물었다.

프레윈이 명령했다.

"매터스, 들어와."

매터스는 매달린 시체에서 눈을 떼지 않은 채 상관의 명령에 따랐다.

"매터스, 나와 함께 이 식당을 수색하지. 어떤 흔적이 남지 않았는지 확인하고 싶어. 앤!(간호사는 소스라치게 놀라며 중위에게로 고개를 돌렸다.) 도와주시오. 식탁 밑을 살펴보세요."

그들은 프레윈의 지시에 따랐다. 앤은 도움을 요청받고는 놀라움과 함께 모종의 안도감을 느꼈다. 덕분에 그녀는 숨을 돌릴 약간의 여유를 되찾아 숫양의 머리가 달린 시체에서 다른 것으로 생각을 옮길 수 있었다.

모든 것이 깨끗하고 세심하게 정리되어 있었다. 옆의 홀로 통하는 문이 하나 있었다. 넓은 부엌과 부속실이었다. 그들은 단서가 될 만한 것은 하나도 찾지 못했다. 프레윈은 실망을 감추지 않았다.

"매터스, 클라우비츠에게 야영지로 가서 포렐을 깨우라고 해. 그리고 함께 부엌을 샅샅이 수색해. 벽장, 가구 등 모든 것을 뒤져. 쓰레기통도 잊지 마. 놈은 분명히 흉기로 목을 벴고 범행 후에는 몸도 씻었을 거야."

매터스는 명령에 따라 복도로 나갔다.

앤이 용기를 내서 말했다.

"놈이 범행을 계획했다면 흉기를 미리 준비했을 거예요."

시체를 관찰하는 것 자체는 역겹지 않았다. 앤의 속을 뒤집어놓는 것은 시체에서 발산되는 것이었다. 바로 살인의 고통. 전상(戰傷)과는 전혀 관계가 없었다. 이곳에서는 핏방울 하나하나마다 모종의 쾌락을 주는 자발적인 행위가 연상되었다. 머리를 짐승의 머리로 바꾸는 것까지.

프레윈이 말했다.

"간호사님, 살인범이 그 정도로 치밀하게 범행을 준비했다면 걱정스럽네요. 자, 따라오세요. 시체를 좀 더 자세히 살펴보고 전문적인 의견을 말해주세요."

앤은 심호흡을 한 다음 단호한 걸음으로 중위를 따라갔다.

프레윈은 매달린 두 다리 옆에 놓인 의자로 올라가더니 간호사는 반대편 의자로 올라가게 했다. 시체와의 거리는 10센티미터 정도밖에 되지 않았다.

프레윈이 말했다.

"목을 보세요. 여러 곳에 상처가 났어요. 살인범의 손이 여러 번 빗나갔던 모양이에요."

앤은 늘어진 살에 주목했다. 붉은 덩어리들이 대롱대롱 매달려 있었다. 피부는 불규칙적으로 잘게 찢어져 있었다. 범행이 얼마나 잔인했는지를 말해주는 대목이었다. 범인은 희생자의 목을 단번에 베지 않았다. 오히려 끔찍한 고통 속에서 서서히 죽어가도록 장난스럽게 목을 벴다. 앤은 직업상 시체에 익숙했지만 범인이 자행한 끔찍한 고문을 쉽게 떨쳐버릴 수 없었다.

앤은 그 이유를 잘 알고 있었다.

그녀는 이곳에 우연히 온 것이 아니었다. 그녀는 이 순간을 오랫동안 기다렸다. 살인범과 대면하기 위해.

앤은 고개를 숙여 목덜미를 살피면서 말했다.

"숫양의 머리가 그냥 붙어 있을 리 없어요. 머리와 몸통을 단단히 연결하려면 금속성의 뭔가가 필요해요. 아마 칼이나 포크가 꽂혀 있을 거예요······."

그녀는 눈을 감고 정신을 집중했다. 그녀의 심장은 평소보다 더욱 빠르게 고동쳤다.
 누군가 그녀의 팔을 붙잡았다. 그녀는 당장 눈을 떴다.
 프레윈이 그녀를 바라보고 있었다.
 "좋습니다. 이제 내려가세요."
 "아니에요. 조금 더 살펴보고……."
 "앤, 고집부리지 말아요. 자, 내려가요."
 프레윈은 매터스에게 그녀를 잡아주라는 신호를 보냈다. 그리고 다시 시체를 조사했다. 군복 아래로 군번줄이 삐져나와 있었다.
 그는 신원을 파악하기 위해 군번줄을 천천히 잡아당겼다.
 "인식표가 있어요. 이름은…… 퍼거스 로스데일…… 스물다섯 살."
 의자에서 내려온 프레윈은 간호사의 실망스런 눈빛을 알아차렸다. 그녀는 더 많은 도움을 줌으로써 자신의 가치를 증명하고 싶었다.
 프레윈은 부관에게 지시했다.
 "들것병들을 들여보내. 그리고 도슨 양을 의무대로 모셔다드려. 이런 장면에 진저리가 났을 거야. 그리고 시체를 수습하자고."
 앤은 입을 열어 항의하려 했지만 프레윈의 얼굴에서 단호한 결심을 읽었다. 중위는 어떤 말도 듣지 않을 것이다.
 매터스는 상황을 이해한 듯이 혀를 차면서 잠시 머뭇거리다가 물러났다.
 프레윈은 여전히 흔들거리는 시체를 조사하고 있었다.
 매터스가 물었다.
 "중위님, 괜찮습니까?"
 프레윈이 마지못해 대답했다.
 "그래……."
 매터스는 상관의 말을 믿지 않았다. 그는 상관의 마음이 편치 않으리라 느꼈다. 그 역시 마음이 불편했다. 그는 고개를 들어서 숫양의 머리를 단 시체를 바라보았다.

붉은 잇몸이 강렬한 빛 속에서 반짝이고 있었다.

매터스는 심장이 가슴을 짓누르는 것을 느꼈다. 그는 몹시 충격을 받았다. 희생자가 저렇게 흉측한 괴물의 모습이라면 살인범의 모습은 대체 어떨까?

# 4

 그들은 수사본부를 '벌통'이라고 불렀다. 프레윈과 그의 부하들이 이동할 때마다 첫 번째 임무는 수사본부를 설치할, 이상적인 장소를 찾는 것이었다. 수사가 시작되면 수사본부는 즉시 북적이기 시작했다. 헌병대의 수사관들은 정보와 단서를 수집하고, 커피향이 나는 훈훈한 분위기 속에서 대형 코르크 게시판과 칠판에 자료를 게시했다.
 수사본부는 가로 10미터에 세로 5미터의 대형 천막 하나와 소형 천막 네 개로 이루어져 있었다. 서로 문으로 연결된 소형 천막들은 사무실이나 공동침실로 쓰였다. 신문은 프레윈의 지시에 따라 천막 밖에서 이루어졌다. 프레윈은 처음에는 용의자, 특히 다루기 힘든 용의자를 누구의 시선도 닿지 않는 숲 속으로 데려감으로써 그를 불안하게 하는 것이 상당히 효과적이라고 매터스에게 설명했다. 용의자는 격리되는 것이 두려워서 자신감을 잃는 법이다.
 여전히 밤이었다. 수사본부에 매달린 등잔들이 타오르면서 바닥의 진한 초록색 양탄자로 프레윈의 육중한 그림자가 투사되고 있었다.
 일곱 명의 수사관이 접이식 의자에 앉아 있었다. 그들 가운데는 적갈색 머리카락의 호탕한 클라우비츠와 포럴도 있었다. 매터스는 언제라도 상관을 보좌하기 위해 서 있었다.

프레윈 중위는 분필을 들고 칠판에 희생자의 이름을 적었다.

"퍼거스 로스데일. 골드 중대 2소대 병사야. 새벽 1시에 시체로 발견되었지. 목이 잘렸어. 그의 머리는 발견되지 않았고. (그는 대충 숫양의 머리를 그린 다음 현장에서 발견한 사실을 알려주었다.) 희생자의 신원을 확인해보니 퍼거스 로스데일은 시걸 호에 탈 이유가 전혀 없었지. 한마디로 그는 시걸 호에 승선해서는 안 되었어. 그는 순찰대 몰래 승선했거나 아는 초병이 있었을 거야. 혹은 초병을 매수했겠지. 답을 찾는 것은 여러분의 몫이야. (그는 칠판에 다음과 같이 썼다. '로스데일은 어떻게 시걸 호에 승선했을까?') 나는 살인범이 어둠 속에서 그를 기다리고 있었을 거라 생각해. 살인범은 그가 식당에 들어오자마자 목을 벴어. 놈은 식당을 완전히 어둡게 하기 위해 야등을 깨뜨렸지. 따라서 놈은 로스데일이 식당 안에 들어와서 불을 켜지 않으리라는 사실을 알고 있었어. 왜 로스데일은 불을 켜지 않았을까?"

수사팀에서 가장 나이가 많은 필 콘래드―그는 50대에 다가가고 있었다―는 의자에서 몸을 반듯이 폈다.

"그들은 약속을 했을 겁니다."

근육이 발달한 갈색 머리의 베이커가 물었다.

"왜 어두운 곳에서 약속을 했을까요?"

헌병대 수사팀에 갓 들어온 도노반이 말했다.

"두 사람은 동성연애자가 아닐까요?"

콘래드는 희끗희끗한 관자놀이를 긁으면서 놀란 표정으로 말했다.

"배에서?"

"로스데일은 숨어서 누군가를 기다리지 않았을까요?"

수사팀의 또 다른 거인인 라르손이 추측했다.

"로스데일은 나쁜 의도를 가지고 있었을 수도 있습니다. 가령 마약 같은 것을 주고받기 위해 약속을 잡은 것이 아닐까요? 처음이 아닐 겁니다!"

프레윈은 부하들의 흥분을 가라앉히기 위해 휘파람을 불었다. 그는 부하들이 집중하도록 잠시 기다렸다가 칠판에 이렇게 적었다. "살인범은 로스데일을 불러들이기 위해 어떻게 했을까? 그는 어둠 속에서 어떻게 로스데일을 죽였을까?"

프레윈은 분필 끝으로 칠판을 톡톡 치면서 말했다.

"범인은 마법사가 아니기 때문에 불빛이 없으면 아무것도 볼 수 없어. 놈은 아주 꼼꼼해. 우리는 현장에서 아무것도 찾지 못했어. 칼도, 무기도 없었어. 매터스는 가까이의 개수대에서 혈흔을 찾았지. 그것은 살인범이 도망치기 전에 손을 씻었다는 의미야. 놈은 희생자를 매달기 위한 정육용 갈고리와 숫양의 머리 등 범행 도구를 가져왔어. 계획적인 범죄였지. 범인은 불안해하지 않았어. 놈은 초병이 새벽 1시 전에는 식당을 순찰하지 않으리라는 사실을 알고 있었어. 따라서 범인은 승조원이야. 오늘밤에 근무한 초병들과 그 직전에 근무한 초병, 그 세 명부터 신문해."

프레윈이 재빨리 말하고는 본론으로 들어갔다. 많은 수사—2년 동안 살인사건은 여섯 건이 발생했다—에서 프레윈을 보좌했던 매터스는 상관이 이처럼 긴장한 모습을 본 적이 없었다. 매터스 자신도 평소와는 다른 두려움을 느끼고 기분이 좋지 않았다.

이번 범인은 살인을 즐겼다.

매터스는 발언권을 얻기 위해 집게손가락을 살며시 들었다.

"중위님, 우리가 찾는 범인은 건장한 놈입니다. 시체를 들어 올려 갈고리에 걸려면 상당한 힘이 필요합니다."

프레윈이 결론을 내렸다.

"매터스, 잘 봤어! 역시 자네는 총명해. (그는 다른 부하들에게 돌아섰다.) 매터스는 부엌을 수색하다가 피를 닦는 데 사용한 삼베 조각을 찾아냈어."

포럴이 손을 들었다.

"중위님은 사방에 피가 있었다고 하지 않았습니까? 살인범이 고작 삼베 한 조각으로 온몸에 묻은 피를 닦아낼 수 있었을까요?"

"나도 생각해봤어. 바닥에 피가 많이 흐른 것으로 봐서는 꼼짝도 않고 한자리에서 싸운 것 같지는 않아. 게다가 범인은 분명히 시체를 옮겼어. 따라서 발자국을 찾아낼 수 있었겠지. 하지만 발자국은 전혀 나오지 않았어. 범인은 식당을 나가기 전에 발자국을 모두 지웠어."

도노반이 놀라서 물었다.

"중위님은 범인이 그렇게 용의주도한 놈이라고 생각하세요?"

"범인은 희생자에게 덫을 놓았어. 놈은 목을 벨 도구와 동물의 머리를 가져왔지. 놈은 희생자를 갈고리에 매달았어. 따라서 범인은 용의주도한 놈이야. 이건 일반적인 살인 수법이 아니야. 난투극이나 주먹다짐이 아니라고. 이건 계획적인 살인이야."

이번에는 얼굴에 주근깨가 가득하고 머리카락은 적갈색인 클라우비츠가 외쳤다.

"범인이 발자국을 지웠다면 왜 다른 범행 흔적은 없애지 않았을까요? 놈은 시체도 숨길 수 있었습니다!"

매터스가 상관보다 먼저 입을 열었다.

"희생자의 시체를 전시하고 싶어서지! 놈은 자신의 정체를 드러낼 흔적은 씻어냈지만 모두에게 자신의 범행은 보여주고 싶었던 거야."

프레윈이 동의했다.

"바로 그거야. 좋은 소식은 아니지. 범인은 악질이야. 아주 난폭한 미치광이. 빨리 범인을 밝혀내야 해. 놈은 살인을 멈추지 않을 거야. (그는 부하들을 둘러보았다.) 여러분은 두 시간 동안 취침한 후 기상하자마자 이 낡아빠진 시걸 호에 승선한 모든 사람을 신문해야 해. 매터스는 여러분이 파악한 정보를 취합하고 연락을 맡을 거야. 어떤 것도 소홀히 하지 말기를. 우리 부대가 당장 체포해야 할 살인범이 있어. 우리는 곧 남쪽으로 떠나야 하지만 이 미치광이를 체포하지 못하면 출발할 수 없어."

\*

수사관들이 수사본부를 떠났다. 도노반이 매터스에게 다가가더니 안경을 코끝으로 밀어내며 물었다.
"중사님은 중위님을 잘 알죠?"
"나는 거의 2년간 중위님을 모셨어."
"그럼 중위님이 전에 무엇을 했는지 알겠네요. 중위님은 원래 경찰이었어요?"
매터스는 자신의 천막으로 향하면서 부하를 바라보았다.
"아니야. 중위님은 20년째 복무중이야."
"아, 그래요? 중위님은 살인사건을 어떻게 처리해야 하는지를 잘 아는 것 같아요. 하지만 군에는 그 정도의 요령을 익힐 수 있을 만큼 살인사건이 많지는 않은데……."
"살인 훈련을 받은 병사들이 하루 24시간 내내 비좁은 곳에 모여 생활하고 있는데 이들 중에 사고를 치는 자가 없을 거라고 생각해?"
도노반은 귀를 긁으면서 생각에 잠기더니 고개를 끄덕였다.
"맞습니다. 사실 이곳이 수사를 배우기에는 가장 좋은 곳이 아닐까 하는 생각을 했습니다. 무례한 말은 아니죠? 헌병대 수사관이 최고일 거라고는 생각하지 않았는데. 전쟁이 끝나면 경찰이 되고 싶습니다. 헌병대 근무가 많은 도움이 될 거라고 생각했어요……. 그래서 헌병대에 지원했죠."

"매우 열에 들뜬 지원자네."

"뭐라고요? 왜 그렇게 생각하죠?"

젊은 매터스는 발걸음을 재촉하면서 한숨을 내쉬었다.

"그만두자."

도노반은 서둘러 그를 따라잡았다.

"사람들이 중위님에 대해 떠드는 말이 사실이에요?"

매터스가 눈살을 찌푸렸다.

"그게 뭔데?"

"중사님도 소문을 잘 아실 텐데……."

매터스는 굳은 표정으로 걸음을 멈췄다.

"당장 집어치워! 그 따위 험담은 썩게 내버려둬! 누구도 중위님의 발끝에도 미치지 못해. 입 닥치고 가서 쉬기나 해. 내일이면 네가 어떤 능력을 갖고 있는지 알게 될 테니까!"

\*

이른 아침 햇살에 조립식 샤워실에서 서로 밀고 밀리던 몸뚱이들이 달아오르기 시작했다. 조금 더 멀리 야외 식당 밖에는 여러 무리의 병사들이 기다란 의자에 앉아서 김이 나는 커피를 마시고 있었다.

앤은 음흉한 시선과 감탄 어린 휘파람을 무시한 채 고약한 땀 냄새와 싸구려 비누 냄새를 뚫고 지나갔다. 그녀는 전투 전날 군인들의 반응을 이해하는 법을 배웠다. 군인들은 적을 죽일 각오를 하기 위해 예의를 잊어버리고 가장 잔인한 본능 쪽으로 퇴행한다.

수십 벌의 군복이 걸려 있는 빨랫줄을 따라 통로가 나 있었다. 그 통로로 접어든 앤은 열두 개 정도의 천막이 촘촘히 세워진 헌병대 구역으로 들어섰다. 프레윈의 천막은 안쪽에 있었다. 앤은 강철 지주를 두드렸다.

쉰 목소리가 들렸다.

"들어오세요."

앤은 천막 안으로 들어갔다. 천장에서 두 개의 석유등이 흔들거렸다. 프레윈은 야전침대에 누워 책을 읽고 있었다. 그는 간호사의 천사 같은 얼굴을 보고 놀라움을 감추지 못했다. 호기심이 많은 앤은 고개를 숙이고 책 제목을 읽었다. 코넌 도일의 『셜록 홈스의 회상』이었다.

"설마 이 책을 읽는 것은 아니겠죠!"

자존심이 상한 프레윈이 몸을 일으키면서 조심스럽게 책을 머리맡의 상자 위에 올려놓았다.

"이 소설은 배울 점이 많아요."

앤은 만남을 빈정거림으로 시작한 것을 후회했다. 먼저 시비를 건 사람은 분명 그녀였다.

"죄송해요. 기분 나쁘게 할 생각은 아니었는데."

프레윈은 일어나서 앤과 마주 보았다. 키가 머리 두 개 정도 더 큰 그가 그녀를 내려다보면서 그녀보다 두 배쯤 더 나가는 체중으로 그녀를 위압했다.

프레윈이 물었다.

"무엇을 도와드릴까요?"

"솔직히 돕고 싶은 것은 나예요. 시체를 보려고 의무대 영안실에 갔어요."

프레윈은 크게 당황한 듯이 고개를 흔들었다.

"도슨 양, 더 이상 그러지 마세요. 나는 아직 당신을 용서하지 않았어요. 이제부터는 내 일이오. 그리고 의사가 검시할 거고."

앤은 잠시 입술을 깨물었다가 입을 열었다.

"내 말을 들어주세요. 의사들을 헐뜯고 싶은 생각은 없어요. 하지만 그들은 사망자보다는 부상자에게 훨씬 관심을 많이 기울여요. 나는 의사들을 잘 알아요. 전쟁이 터지면 의사들은 정신없이 바빠요. 그들이 생존자를 더 많이 배려하는 것은 당연해요!"

프레윈이 입을 비죽거렸다.

"당신은 의사들을 잘 파악하고 있군요. 당신은 젊은 간호사치고는 꽤 명석해요. 좋습니다. 당신은 적어도 환멸을 느끼지는 않겠군요."

앤은 짜증스러운, 중위의 온정주의적인 말투를 무시하고 말을 이었다.

"나는 날마다 의사들을 보기 때문에……."

프레윈은 고개를 끄덕이면서 말을 계속하라고 손짓을 했다.

"시체를 다시 보려고 영안실에 갔어요. 그리고 깊게 베인 목의 상처를 조사했죠. 범인은 의학을 모르는 사람이에요. 힘들게 목을 벴거든요……. 그리고 범인은 오른손잡이예요."

프레윈은 더 이상 입을 비죽거리지 않았다.

"왜 그렇게 추측하죠?"

"자상(刺傷)을 보면 알 수 있어요. 깊게 베인 상처를 보면 칼에서 가장 두꺼운 부분과 가장 날카로운 부분을 모두 볼 수 있어요. 상처는 끝이 뾰족하고 길쭉한 타원형을 닮았어요. 그리고 모든 상처는 한 방향으로 나 있지요. 그리고 잘못 벤 부위의 상처가 가늘다는 사실을 알 수 있어요. 견갑골에는 두 개의 커다란 혈종이 있었구요. 중위님의 가정대로 공격자는 뒤에서 희생자의 목을 찌른 거예요. 로스데일은 쓰러졌고, 공격자는 무릎으로 희생자의 견갑골을 짓누른 채 목을 벴어요. 모든 흔적은 칼이 왼쪽에서 오른쪽으로 움직였음을 보여줘요……. 범인이 뒤에 있었다면 놈은 틀림없이 오른손잡이예요."

"간호사치고는 이 분야에 굉장히 소질이 있군요."

"꼼꼼한 성격 탓이죠. 사실 나는 이 분야에 관심이 많아요."

"혼자서 시신을 조사하러 갈 정도로요?"

앤은 자신의 관심이 지나쳤다는 생각에 사과의 의미로 두 손을 들었다.

"내가 지나쳤다면······."

프레윈이 그녀의 말을 끊었다.

"잘했어요, 도슨 양."

앤은 몸을 펴고는 눈웃음을 지었다.

"앤이라고 불러주세요."

"자세히 알려줘서 고마워요."

난처한 침묵이 이어졌다. 앤이 침묵을 깼다.

"아까는 시신을 보고 조금 흥분했어요. 다시는 그러지 않을 거예요. 약속할게요."

"무슨 말을 하고 싶은 거죠?"

앤이 급하게 대답했다.

"네, 말씀드리죠. 중위님과 나는 의사들이 헌병대의 수사를 위해 움직이지 않는다는 사실을 아주 잘 알아요. 따라서 간호사가 중위님에게 도움이 될 수 있어요. 나는 긴급한 질문에 대답해줄 수준은 되지요. 내 동료들은 중위님에 대해 자주 얘기해요. 중위님이 범행 현장에서 누군가의 도움이 필요하다면 나를 불러주세요. 기꺼이 시간을 내겠어요. 밤이든 낮이든 언제라도 달려갈게요."

프레윈은 말없이 그녀를 바라보았다. 그는 이 다정하고 열정적인 얼굴을 타오르게 하는 결연한 태도를 높이 평가했다. 그는 친절한 목소리로 말했다.

"실망시켜서 미안해요. 항상 간호사가 필요한 것은 아니라서······."

"이번 사건에는 내가 필요할 거예요. 다른 견해를 제시하겠어요."

"이미 제시했잖소. 그만 돌아가시죠?"

"중위님, 이 사건은 전혀 해결되지 않았어요! 조만간 다른 살인사건이 일어날 거예요! 분명해요!"

프레윈의 얼굴이 굳어졌다.

"왜 그렇게 생각하죠?"

앤은 침을 삼키고는 처음으로 자신의 생각을 큰 소리로 털어놓았다.

"로스데일은 단순히 살해만 된 것이 아니라 잔혹하게 살육되고 전시되었어요. 살인범은 그를 전시한 거예요. 일반인은 그런 짓을 하지 않아요. 사람들은 누군가를 죽이는 것을 치욕스럽게 여기죠. 그것은 전시(戰時)에도 마찬가지예요. 따라서 누군가를 살육하고 시체를 훼손하는 것은 범인이 정신이상자임을 입증하는 거예요."

프레윈이 천천히 고개를 흔들었다.

"복수일 수도 있어요. 잔인하지만 단순한 복수라면 걱정할 필요가 없을 거요……."

앤은 프레윈이 이 사건을 복수라고 믿지 않으면서도 자신을 시험하기 위해 이렇게 말하는 것이라고 느꼈다.

"범인은 치밀하게 준비했어요. 그리고 아주 침착했죠. 놈은 범행 순간에도 당황하지 않았을 정도로 범행을 치밀하게 꾸몄어요. 놈은 발자국까지 지웠죠."

"어떻게 그걸 알았죠? 우리가 현장에 도착했을 때 당신은 그곳에 없었는데……."

앤이 중위의 말을 끊었다.

"포럴에게 물어봤어요. 그를 나무라지 마세요. 군대에서 여자는 그다지 어렵지 않게 정보를 입수할 수 있어요. 아무튼 살인범은 믿을 수 없을 만큼 침착했어요. 냉정을 되찾는 데 많은 시간이 걸리지 않았죠. 따라서 놈은 살인 직후에도 태연했어요. 아무리 앙심이 깊은 사람일지라도 끔찍한 범행을 저지른 후 그렇게 차분할 수는 없을 거예요."

프레윈이 팔짱을 꼈다.

두 사람은 말없이 서로를 노려보았다.

갑자기 앤이 시선을 떨어뜨렸다. 흥분이 가라앉자 그녀는 자신의 대담성이 오해를 받을 수 있다는 사실을 깨달았다.

마침내 프레윈이 물러섰다.

"알았어요. 누군가가 필요하면 당신을 부르겠소. 잘해봅시다."

이를 활짝 드러내고 미소를 짓는 그녀의 얼굴은 더욱 아름다웠다.

"중위님, 후회하지 않을 거예요!"

앤은 간결하고 완벽하게 정리된 막사를 살펴본 후 돌아섰다. 그녀가 막사를 나가기 직전 프레윈이 불렀다.

"앤!"

프레윈은 잠시 할 말을 찾았다.

"어떻게…… 어떻게 당신 같은 여자가 살인범의 행동을 그렇게 잘 파악할 수 있죠?"

앤은 미소를 잃지 않고 대답했다.

"대수롭지 않은 비밀이 있어요."

"그럼 준비 잘하세요. 당신의 추측이 맞을까 봐 두렵소. 어서 체포하지 않으면 놈은 다시 범행을 시작할 거요."

43

토드워스 사단장은 버럭 고함을 질렀다.
 "놈이 다시 살인을 저지를 거라고? 설상가상이로군! 하지만 이곳은 군대야!"
 토드워스는 프레윈에게 등을 돌린 채 창가로 걸어가서 군함들과 천막들을 바라보았다. 멀리 잿빛 바다에서는 군함의 굴뚝과 함교가 규칙적으로 흔들거렸다.
 사단장이 말했다.
 "저기를 봐! 병사들은 출항한다는 생각만으로도 불안해서 죽으려고 해. 그런데도 자네는 살인범이 여차하면 다시 범행을 저지를 거라는 소리를 하고 싶어? 도대체 어떻게 된 거야? 자네가 쫓고 있는 범인이 전설적인 살인마 잭(19세기 말 영국 런던의 밤거리를 공포로 몰아넣은 희대의 연쇄살인범으로 범인의 정체는 끝내 밝혀지지 않았다―옮긴이)이라도 되는 거야?"
 프레윈은 고집을 꺾지 않았다.
 "저를 시걸 호에 배치해주십시오. 범인을 찾기도 전에 출항 명령이 떨어진다면 시걸 호에 승선하고 싶습니다. 범인은 시걸 호에 있습니다. 저는 확신합니다."

"그렇게 확신하면 당장 범인을 체포해!"

"저의 확신은 추론에 근거한 겁니다. 살인범은 승조원들 가운데 한 명입니다. 놈은 초병의 순찰 시간을 알고 있었습니다. 그래서 실수하지 않고 태연히 범행을 저질렀던 겁니다. 분명히 승조원입니다. 그렇지 않으면 시걸 호에 승선한 병사입니다."

사단장은 콧수염을 매끈하게 가다듬고는 다시 프레윈을 바라보았다.

"내가 한 번 해보지. 하지만 일어나지도 않은 범죄 얘기는 집어치워! 자네는 점쟁이가 아니라 헌병이야!"

"사단장님, 제 얘기는 추측이 아니라 추리입니다! 무기에 지문이 남는 것처럼 살인범은 범행 현장에 흔적을 남기기 마련입니다. 현장을 읽을 줄만 알면 됩니다. 제가 어젯밤에 보았던 것을 분석해보면 살인범은 자신의 범행을 자랑스럽게 여기고 다시 살인을 저지를 겁니다!"

"자네의 주장은 황당하고 모호해! 좋아, 밝혀야 할 범죄가 있으면 수사해. 하지만 상상 속의 증거가 아니라 구체적인 증거를 내놔!"

*

프레윈은 오전이 끝날 무렵 '윙윙거리는 벌통'으로 돌아왔다. 매터스는 이미 여러 보고서를 요약해서 첫 번째 칠판을 가득 채웠고 이제는 두 번째 칠판을 메우고 있었다. 신문을 받은 초병마다 특기 사항은 전혀 없었다고 단호하게 증언했다. 그러면서도 누군가 은밀히 승선할 수도 있다고 털어놓았다. 초병들은 무단으로 승선하는 병사들을 통제하고는 있지만 몰래 숨어드는 침입자까지 막을 수는 없는 것 같았다.

클라우비츠는 희생자의 소지품을 조사했다. (로스데일의 중대는 부두 근처의 건물에 머물고 있었다.) 로스데일은 포커에서 딴 여러 갑의 담배 이외에는 특별히 숨겨둔 것이 없었다. 동료들은 그에게 원한을 품은 사람은 없다고 증언했다. 적어도 희생자가 다른 누군가와 다투는 것을 목격한 사람은 없었다. 실종된 날 저녁 희생자는 상당히 일찍 잠자리에 들었고 누구도 그를 다시 보지 못했다. 그의 간이침대는 전혀 흐트러진 흔적이 없었다. 그는 침대에서 자지 않았던 것이다. 동료들은 몰래 외출하는 것은 아주 쉬운 일이라고 말했다. 창문에는 쇠창살이 없었다. 모두 이구동성으로 그가 상냥한 청년, 유쾌한 재담꾼이라고 말했다. 사교적인 그는 군 기지에서 많은 사람들을 사귀었고 포커판에서 돈을 긁어모았다. 두 명의 동료는 휴가 때마다 그가 여자들의 꽁무니를 쫓아다녔다고 덧붙였다. 그리고 같은 막사에서 생활하고 희생자의 바로 위쪽 침대를 사용하는 병사는 로스데일이 참모본부의 한 여직원과 사귀고 있을 것이라고 추측했다. 그녀의 이름은 리사 하이버그였다. 클라우비츠는 그 여자를 찾아갔다. 리사는 끔찍한 소식을 듣고 그 자리에 털썩 주저앉았다. 그녀는 분명 로스데일의 정부였다. 그녀는 대성통곡했다. 클라우비츠는 그녀가 발작을 일으키기 전에 간호사들을 불러 의무대로 데려가게 했다.

*

매터스는 칠판에 보고서의 요점을 옮겨 적은 후 큰 글씨로 이렇게 썼다.

"로스데일, 사교성이 좋고 명랑한 성격. 적이 없음."

그리고 다음과 같이 덧붙였다.

"살인범은 로스데일에게 덫을 놓기 위해 리사 하이버그를 이용했을까?"

 프레원은 이 질문에 살며시 고개를 끄덕였다. 매터스는 끊임없이 그를 놀라게 했다. 부관은 빠른 속도로 수사를 배우고 있었다.

 엘리엇 먼로가 수첩을 든 채 무뚝뚝한 표정으로 들어왔다. 그는 매터스에게 수첩을 건네면서 말했다.

 "보급계 장교를 신문했습니다. 창고 뒤편에 가축 우리가 있습니다. 믿기지가 않지만 닭, 돼지 등이 있습니다! 하지만 숫양은 없습니다. 따라서 숫양의 머리는 거기서 가져온 것이 아닙니다. 숫양의 머리는 영내 어디서도 구할 수 없습니다."

 프레원은 분필을 쥐고 또 다른 칠판에 적기 시작했다.

 "살인범은 범행 전날과 당일 외출 허가를 받았음."

 놀란 매터스가 물었다.

 "외출이 허락됩니까?"

 프레원이 얼굴을 찡그렸다.

 "출전을 기다리는 병사들이 스트레스로 사기를 잃지 않도록 외출을 허가해주지. 어떤 병사는 필수품을 사거나 우편물을 찾으러 시내에 나가야 한다고 외출을 요청하지. 간혹 다른 핑계를 대고 외출하는 병사도 있고. 그래서 매일 200명이 영외에 있어. 물론 16시 이전에 귀대해야 하지만. 외박을 허락받은 병사는 저녁에 부대를 떠나지."

 먼로가 말했다.

 "살인범은 그전에 외출했을 겁니다."

 프레원이 고개를 저었다.

 "아니야. 숫양의 머리는 싱싱했어. 내 말을 믿어. 나는 아주 가까이에서 봤어. (그는 매터스에게로 돌아섰다.) 당직사관에 따르면 시걸 호에는 세 개 중대와 승조원들이 생활하고 있어. 약 1500명이 거주하는 셈이지. 살인사건이 일어나기 전 48시간 이내에 기지를 떠났던 병사들의 명단을 입수하고 그들 중 오른손잡이를 가려내."
먼로가 즉시 대답했다.
"알겠습니다."
프레윈이 팔짱을 꼈다. 그들은 수사를 서둘렀지만 시간이 많지 않았다. 프레윈은 출항이 시시각각 다가오고 있음을 느꼈다. 그렇게 되면 더 이상 자신의 숙련된 수사팀을 마음대로 활용할 수 없을 것이다. 토드워스의 말대로라면 며칠 혹은 몇 시간이나 남았을까? 그리고 하나의 생각이 머리에서 떠나지 않았다. 그는 클라우비츠나 포럴을 시켜서 앤 도슨을 조사하고 싶었다. 그녀는 왜 살인사건에 관심을 갖는 걸까? 어떻게 그처럼 정확히 살인범의 특징을 파악할 수 있을까? 프레윈은 망설였다. 그들에게는 시간이 없었다······. 당분간은 그녀와 함께 수사를 해야 할 것이다. 총명한 그녀는 도움이 될 것이다.

프레윈은 매터스의 질문을 듣고 몽상에서 깨어났다.
"머리글자 O. T.는 어떡하죠? 시걸 호에 승선한 모든 사람의 명단을 작성할까요?"
프레윈이 무기력하게 고개를 끄덕였다. 시간이 별로 없었기 때문에 그는 그다지 낙관하지 않았다.
"명단부터 작성해······. 그리고 급한 일이 있으면 즉시 보고하고. 나는 야전병원에 있을 거야."
프레윈은 말 그대로 날아갔다. 그는 바둑판처럼 배치된 천막을 가로질러 깃발이 펄럭이는 광장까지 달려갔다. 병원의 로비에서는 소독약 냄새가 진동했다. 프레윈은 살며시 계단으로 들어가서 니스를 칠한 카운터 앞에 도착했다. 머리가 희끗희끗한 부인이 코를 치켜들었다.
"무엇을 도와드릴까요?"
"모든 병사의 진료자료를 갖고 있겠죠?"

질문이라기보다는 확인이었다.

"이 기지에 있는 모든 병사의 진료자료가 있어요. 중대별로 보관되어 있지요."

프레윈은 얼굴을 찌푸렸다. 그는 안절부절못한 채 손가락으로 카운터를 두드렸다.

"중대 이름을 대면 진료자료를 보여줄 수 있습니까?"

여직원은 헌병 완장을 보고 대답했다.

"인사자료는 보여줄 수 있지만 진료자료는 의사의 허가를 받아야 해요. 죄송해요."

"나는 병사들의 행동과 관련된 기록을 찾고 있어요. 인사자료든 진료자료든 정신질환과 관련된 기록이 있을까요?"

여직원의 갈색 눈이 휘둥그레졌다.

"정신질환의 정도에 따라서……"

프레윈은 잠시 이마를 문지른 다음 고개를 저었다. 시간을 낭비한 것이다. 그는 여직원에게 인사를 한 후 투덜거리면서 발길을 돌렸다. 그는 살인범이 전형적인 군인이 아닐 것이라고 확신했다. 덫을 놓아 건장한 남자를 죽이고 태연하게 목을 자른 후 동물의 머리를 올려놓은 것만 봐도 놈은 특이한 정신을 가지고 있었다. 빈약한 도덕성, 잠재된 마키아벨리적 잔인성. 이런 병사는 어디서든 눈에 띄지 않을 수 없었다. 놈은 이미 상관들의 불신을 샀을 것이다. 프레윈은 복잡한 계급제도 탓에 진료자료를 쉽게 입수할 수 없을 것이다. 그는 장교들을 직접 신문해야 했다.

\*

프레윈은 야외 식당에 앉아 햄과 강낭콩을 먹다가 포럴과 마주쳤다. 포럴은 몇 분 전부터 상관을 찾고 있었다.

"오늘 오후 시걸 호에 승선한 세 개 중대를 하선시킬 겁니다. 중위님이 지시한 대로 장교들은 전체 점호를 실시하고 최근 외출한 병사들과 오른손잡이들을 선별할 겁니다. 연대장님은 이번 점호가 오랫동안 배에 갇혀 있던 부하들에게 유익할 거라고 했습니다. 장교들은 승조원들에게도 같은 조치를 취할 겁니다. 그들은 모든 병사와 승조원의 명단을 작성하고 있습니다. 명단은 곧 완성될 겁니다."

프레윈은 식사를 중단하고 디저트로 빵을 씹으면서 말했다.

"잘했어. 그럼 가볼까?"

소문이 퍼지기 시작했다. 시걸 호에서 일어난 살인사건과 시체에 대해 얘기가 떠돌았다. 프레윈은 사람들의 집요한 시선을 느꼈다. 모두 헌병대가 분주히 움직이는 이유를 알고 있었고 분위기가 좋지 않았다. 범인은 틀림없이 내부가 아니라 적진에서 왔을 것이다.

프레윈은 오후 내내 200명씩 편성된 세 개 중대의 분열행진을 지켜보았다. 중대장들은 한참 동안 점호를 실시했다. 프레윈은 48시간 이내에 외출증을 받았던 모든 병사들을 찾아달라고 부탁했다. 사령부는 중대별로 두 개 소대씩 교대로 외출을 허락했다. 외출했던 병사들은 레이븐 중대의 3, 4 소대에 소속된 70명이었다. 레이븐 중대장이 왼손잡이는 일보 전진하라고 지시했다. 왼손잡이는 스무 명이 채 되지 않았다.

매터스는 즐겁게 이 장면을 관찰하다가 상관에게 범인이 속임수를 쓴 것 같지는 않으냐고 물었다. 범인이 왼손잡이 행세를 할 수도 있지 않은지. 프레윈은 불가사의한 미소를 짓고는 부두를 가리켰다.

"그래서 먼저 왼손잡이부터 가려낸 거야. 우리가 왼손잡이들에게 관심이 있는 척하려고. 매터스, 자네는 단체 생활을 대수롭지 않게 생각하지. 병사들은 서로를 잘 알고 있어. 만일 오른손잡이가 왼손잡이 행세를 한다면 그들은 즉시 알아챌 테고 조만간 우리 귀에까지 들어올 거야. 믿게. 그들은 놈을 알고 있어. 살인범이 이들 중에 있다면 놈은 쉽사리 들키지 않을 거야. 범인은 극히 치밀하게 범죄를 저지른, 용의주도한 놈이야."

중대장이 왼손잡이들에게 다시 승선하라고 하자 모두 깜짝 놀랐다. 50여 명의 병사들이 남았다. 중대장은 프레윈에게 돌아섰다.

"준비됐습니다. 세 개 중대 중에서 여기 모인 오른손잡이들만이 최근 48시간 동안 외출한 적이 있습니다. 우리가 차례로 호명할 테니 당신들이 신문하세요."

승조원들에게도 같은 방식이 적용되었다. 하지만 시걸 호의 승조원들 중에는 최근 이틀 동안 기지를 떠난 사람이 없었다. 이제 용의자는 레이븐 중대원들 가운데 외출 허가를 받았던 50여 명의 오른손잡이 병사들로 좁혀졌다. 프레윈은 이들을 조사해야 했다. 시간이 얼마 남지 않았다.

18시. 프레윈이 수사본부에 앉아 목록을 정리하는데 토드워스 사단장이 불쑥 나타났다. 그는 곧장 프레윈에게 다가오더니 다짜고짜 낮은 목소리로 말했다.

"크레이그, 오늘밤이야. 오늘밤 출항해."

조금 전까지만 해도 사람들로 북적이던 막사에 차가운 정적이 감돌았다.

사단장이 덧붙였다.

"나는 자네가 원한 대로 조치했네. 시걸 호에 승선하게."

\*

두 시간 후 케빈 매터스는 배낭의 가죽 띠를 잡아당겼다. 그는 승선 명령을 받고 모든 소지품을 배낭에 넣었다. 수사팀은 시걸 호 앞의 승선용 다리에서 22시에 만나기로 했다. 사령부는 살인사건을 심각하게 여기고 프레윈 중위의 요청을 받아들였다. 그들은 함께 지낼 것이다.

매터스는 야전침대에 조용히 앉았다. 마침내 출항 명령이 떨어졌다. 죽음의 시간이 시시각각으로 다가오고 있었다. 그는 야릇한 감정에 휩싸였다. 두려움일까? 흥분일까? 그는 최전선에는 나가지 않을 것이다. 그의 역할은 화약을 사용하는 것이 아니라 병사들을 감시하는 것이었다. 어떤 면에서 보면 모든 병사는 곧 살인자가 되고 자신은 이 살인자들의 감시자가 될 것이다…….

케빈 매터스는 그런 생각만으로도 몸을 부르르 떨었다. 그는 발기를 느끼기 시작했다. 이 강렬한 흥분은 도무지 설명할 수 없었다. 이것은 신경성 흥분이 아니라 성적 흥분이었다.

매터스는 손톱으로 손바닥을 찔렀다. 흥분되는 생각들을 하지 않기 위해. 자신을 강렬한 도취 상태로 빠뜨리는 불길한 생각들을 쫓아내기 위해. 서로 부딪치는 몸뚱이들, 노출된 피부, 고함 소리……. 안 돼!

매터스는 벌떡 일어나서 얼굴에 찬물을 흠뻑 뿌렸다.

불길한 이미지를 씻어내기 위해. 정신을 정화하기 위해. 마지막 생각까지 씻어내고 지워버리고 잊어버리기 위해.

매터스는 심호흡을 하고 두 눈을 감았다. 물방울이 볼에서 흘러내렸다. 심장이 고동쳤다.

그의 성기는 여전히 발기해 있었다.

매터스는 이를 악물었다. 그는 아무리 노력해도 격정을 억누를 수 없었다. 울렁거리는 흥분은 이제 관자놀이까지 올라왔다. 그는 이 증상이 무엇을 의미하는지 알고 있었다. 그의 이성은 성적 충동에 조금씩 길을 내주고 있었다.

시간이 흐를수록 욕망은 강한 도취로 변했다. 기지에 거주할 때부터 이 증상은 더욱 심해졌다. 처음에 그는 성적 욕망을 불쾌한 욕구로 여기고 다시는 이런 일이 일어나지 않을 것이라 생각하면서 욕망을 충족시켰다. 하지만 욕망은 더욱 커져만 갔다.

이윽고 그는 욕망의 노예가 되어버렸다.

하지만 오늘 저녁은 생각조차 할 수 없는 일이었다. 사람들이 너무 많았다. 그는 어떻게 해서라도 욕망을 억눌러야 했다.

매터스는 이를 악물었다.

신속히 해결해야 했다. 너무 늦지 않게.

매터스는 문 역할을 하는, 늘어진 천막 입구까지 걸어가서 아무도 들어오지 못하도록 천막 자락을 묶었다. 그는 다시 참으려 했다.

그러나 결국 그는 허리띠를 풀었다.

성기가 옷 밖으로 빠져나오자 매터스는 강렬한 해방감에 사로잡혔다. 성기는 어둠 속에서 꿈틀거렸다.

그는 성기를 꽉 움켜쥐었다. 손가락이 하얗게 될 정도로 아주 세게. 그리고 그 상태에서 자위를 시작했다.

그는 곧 오르가슴에 도달했다. 가늘고 긴 정액 줄기가 분출하면서 접이식 식탁에 퍼졌다. 그는 입술에 거품을 뿜고 헐떡거리면서 다시 눈을 떴다.

그는 시력이 아주 좋았다. 그는 어둠 속에서도 사물을 뚜렷이 식별했다.

그는 숨을 깊게 들이마셨다. 가슴에서 강력한 힘이 느껴졌다. 하지만 성기는 다시 자위를 요구했다. 흥분이 가라앉지 않았던 것이다. 몇 분 후 그는 다시 집요하고 강렬한 도취 상태에 빠졌다. 그는 다른 것은 더 이상 생각할 수 없었다.

매터스는 머리를 흔들고 헐떡거리면서 다시 자위를 시작했다. 격렬하게.

그는 변했다. 그는 이 사실을 잘 알고 있었다.

하지만 얼마나 이 사실을 숨길 수 있을까?

크레이그 프레윈은 소속 소대로 황급히 뛰어가던 두 명의 부사관을 떠밀었다. 그는 배에 승선하기 위해 부두로 흘러가는 인파를 거슬러 올라갔다. 병원의 남쪽 출입구에 도착한 그는 마침 하얀 가방을 둘러메고 나오던 두 명의 간호사를 넘어뜨릴 뻔했다.

출항 소식이 전해지자 안내 데스크조차 몹시 들떠 있었다. 로비에는 다급한 발소리들이 울려 퍼졌다. 프레윈은 근무 중인 안내원에게 물었다.

"앤 도슨 간호사에게 편지를 전해줄 수 있습니까?"

"그녀는 2층에 있을 거예요. 직접……."

"아닙니다. 시간이 없어서요. (그는 간호사의 이름이 적힌 작은 봉투를 안내원에게 건넸다.) 아주 중요한 겁니다."

그리고 그는 돌아섰다.

프레윈은 용의자 명단이 입수되면 바로 보내줄 테니 즉시 인사자료와 진료자료를 확보해달라고 편지에 썼다. 그는 더 이상 함께 일할 수 없어서 아쉽다는 의미로 해석될 수 있는, 어설픈 감사의 말로 편지를 마무리했다. 실제로 프레윈은 앤을 이해하고 그녀가 수사에 관심을 갖는 진짜 이유를 알아낼 시간이 부족해서 아쉬웠다.

밖으로 나온 프레윈은 항구를 가득 메운 수많은 군인을 바라보았다. 중대와 소대별로 집결한 수천 명의 군인이 자신들을 수송할 군함 앞에서 발을 구르고 있었다. 땀 냄새와 기름 냄새가 선체를 규칙적으로 후려치는 파도의 상큼한 냄새와 뒤섞였다. 군인들은 이미 며칠 전에 승선했음에도 시걸 호 주위는 여전히 조용하지 않았다. 참모본부는 출항 직전 두 개 중대를 더 승선시키기로 했다.

프레윈은 군인들의 침묵에 강한 인상을 받았다.

대부분의 군인은 동료들의 얼굴을 바라보지 않고 멍하니 옆 사람의 더플백을 쳐다보았다. 그리고 걱정에 사로잡혀 서로 한마디 말도 나누지 못했다. 그들은 신속하게 승선하는 동료들을 바라보면서 목이 메고 가슴이 뛰었다. 그들은 아침이 오면 공기 중에 화약 냄새와 기관총 소리가 포화되고 영혼이 떠난 수많은 육신들이 수북이 쌓일 것이며 자신들의 추억도 영원히 변질될 것이라는 사실을 알기 때문에 묵묵히 저녁 시간을 음미하고 있었다.

프레윈은 시걸 호의 갑판으로 올라갔다. 그는 항해 중 매터스와 함께 사용할, 작은 선실이 어디 있는지 승조원에게 물었다. 매터스의 소지품은 그물침대 아래 쌓여 있었지만 부관은 보이지 않았다.

긴장감이 감돌았다. 수천 명의 군인이 강렬한 흥분 속에서 부지런히 움직였다. 그들은 너무 긴장한 나머지 창자가 뒤틀리고 위장이 묵직했다. 여기서는 아주 미세한 불티라도 대화재를 일으킬 것 같았다. 프레윈은 다시 갑판으로 올라가고 싶었다. 그는 복도를 지나 군인들이 상자들을 부리던 어느 계단에 도착했다. 갑판의 3분의 2는 군인들이 차지하고 있었다. 프레윈은 부두 위로 불쑥 솟아 있는 상갑판의 난간에 자리를 잡았다. 부두는 여전히 군인들로 붐볐다. 불이 그다지 밝지 않아서 얼굴을 알아볼 수 없었다. 게다가 앞쪽의 승선용 다리를 통해 승선하는 사람들밖에 볼 수 없었다. 뒤쪽의 승선용 다리는 너무 멀었고 거무스름한 황갈색 만경에 잠겨 있었다.
부사관인 승조원 한 명이 그에게 다가와서 경례했다.
"중위님, 선실로 내려가야 합니다. 항해 중에는 선실이 안전합니다."
프레윈이 중얼거렸다.
"나도 그런 말은 들었어.(그는 헛기침을 하고는 몸을 일으켰다.) 하지만 나는 헌병이고 수사 중이기 때문에 잠시 이곳에 있어야 해."
완장을 보고 당황한 부사관은 머뭇거리다가 결국 물러나고 말았다.
"알겠습니다……."
부사관은 프레윈을 살짝 쳐다본 후 돌아서서 새로 승선하는 군인들이 아래 갑판으로 들어가는지를 확인했다.
프레윈은 매터스를 기다렸지만 모르는 얼굴뿐이었다. 간호사들을 비롯해서 적십자 완장을 두른 의료진이 승선용 다리에 나타났다. 의료진의 책임자가 담당 장교에게 서류를 건넨 후 의료진이 승선하기 시작했다. 그때 프레윈은 휘둥그레진 눈으로 주위를 둘러보는 앤 도슨을 발견했다. 그는 성큼성큼 그녀 앞으로 걸어갔다. 그녀는 갑판을 밟고 있었다. 한 부사관이 서류를 다시 읽고 명단을 확인했다.
프레윈이 말을 걸었다.
"여기서 뭐 해요?"
앤은 잠시 그의 얼굴을 빤히 쳐다보더니 웃으면서 밝은 목소리로 대답했다.
"시걸 호로 전근왔어요. 이곳에 승선한 세 개 중대 가운데 한 소대에 배치될 거예요. 소대는 아직 정해지지 않았어요."
프레윈은 강렬하게 그녀를 응시했다. 그는 잠시 침묵한 후 입을 열었다.

"당신이 병사들과 함께 떠나게 될 줄은 몰랐어요."

젊은 여인의 시선은 더욱 날카로웠다. 하얀 모자를 쓰고 머리핀을 찔렀음에도 금발의 곱슬머리가 바람에 나부꼈다.

"중위님은 나에 대해 모르는 게 많아요. 이번 수사를 돕고 싶다고 했잖아요."

"어떻게……."

부사관이 그의 말을 중단시켰다.

"간호사님, 여기 있으면 안 됩니다. 선실로 내려가세요. 자, 어서요! 동료들을 따라가세요."

부사관은 의료진이 몰려가던 문 쪽으로 간호사를 밀었다.

앤은 프레윈을 바라보면서 수상쩍은 미소를 지었다.

한 시간도 걸리지 않아 모두가 승선을 마쳤다. 마지막 상자들이 실리자 시걸 호는 출항을 준비했다.

프레윈은 매터스를 보지 못했지만 분명히 선실에 있을 것이라 생각하고 걱정하지 않았다.

시걸 호가 닻을 올리자 하늘이 별안간 밝아졌다. 군함 주위에서 바닷물이 거품을 내며 부글거리기 시작했고 선체가 가볍게 흔들렸다. 굴뚝에서 강철 문어의 먹물 같은 연기가 치솟았고 부두가 서서히 멀어지기 시작했다. 귀를 멍하게 하는 사이렌 소리에 공기가 진동했다. 그 소리는 바다 괴물의 구슬픈 울음소리를 닮았다. 다른 사이렌이 응답하듯이 차례로 울렸다.

해병이 함교에 나타나서 백파이프를 불었다. 선실에 신선한 공기가 들어가도록 갑판의 승강구가 모두 열려 있었기 때문에 수백 명이 이 우울한 멜로디를 들었다.

프레윈은 어두운 군항에서 활기차게 움직이는, 군인과 무기를 가득 실은 소해정, 중급 군함, 순양함, 대잠수함 호위함을, 그리고 그들이 물 위에 그려낸 흘수선을 바라보았다.

대함대는 30분 만에 정박지인 군항에서 벗어났다. 이윽고 엔진이 전속력으로 회전하고 바람이 복도에서 윙윙거렸다. 음악이 멈췄다. 승조원들이 승강구를 닫자 진짜 항해가 시작되었다.

새벽은 폭발의 진원처럼 하얗다가 이윽고 진홍빛을 띨 것이다.

프레윈이 상갑판의 난간에서 손을 뗐을 때는 해안의 불빛이 희미한 점처럼 보였다.

그는 살기 위해 죽여야만 하는 군인들 가운데 쾌락을 위해 고문하는 진짜 살인범이 숨어 있다고 생각했다.

어떻게 범인의 정체를 밝힐 수 있을까? 몇 시간 후면 군함은 군인들을 악몽의 해변에 내보낼 것이다. 군인들은 적의 총탄 아래에서 산산이 흩어질 것이다. 어떻게 수사를 진행한단 말인가.

결국 이 혼란 속에서 살인범의 종적을 찾으려면 놈이 다시 살인을 저지를 때까지 기다려야 했다.

프레윈은 무력감에 두 주먹을 불끈 쥐었다.

집요하고 괴로운 흔들림.
휴식을 주는 어둠. 원기를 회복시켜주는 습기.
프레원은 잠들었다. 은총의 시간.
느리고 깊은 호흡.
평온한 심장.
의식적인 감각은 없었다. 기력을 되찾아주는 망각의 수면뿐이었다.
그때 갑자기 강렬한 굉음이 들려왔다.
프레원의 심장이 즉시 고동치기 시작했다. 심장이 너무 격렬하게 뛰어서 가슴이 터질 것만 같았다.
머리 위에서 붉은 태양이 반짝였다.
의식은 전속력으로 지표들을 집결시켰다.
강철벽……. 배. 시걸 호.
사이렌이 다시 울부짖으면서 고막을 괴롭혔다. 붉은 전구들은 이미 켜져 있었다.

적의 어뢰가 나타났을까? 포격이 임박했을까?

프레윈은 그물침대에서 벌떡 일어났다. 매터스는 겁에 질린 얼굴로 그물침대에 앉아 있었다. 적어도 한 가지만은 긍정적이었다. 젊은 부관이 복귀했다는 사실.

프레윈은 편상화를 신고 끈을 반쯤 묶더니 부관에게 움직이지 말라고 손짓했다.

사이렌은 일정한 간격으로 날카롭게 울부짖었다.

좁은 복도에는 아무도 없었다.

프레윈은 그렇게 가만히 있었다……. 기다릴 것. 잠자코 있을 것. 승조원들을 방해하지 말 것. 그는 군함의 움직임을 추측하기 위해, 항로 변화를 알아내기 위해 정신을 집중했지만 실패했다. 기껏해야 선체가 미세하게 앞뒤로 흔들리는 것을 느꼈을 뿐이다. 그는 두 손으로 귀를 막았다. 왜 이 고약한 사이렌 소리는 멈추지 않을까?

해병이 나타나자 프레윈이 급하게 손짓했다.

"무슨 일이야?"

해병은 격렬하게 머리를 흔들고는 사라졌다.

마침내 사이렌 소리가 멈추면서 고막의 고통이 사라졌다. 붉은 불빛만이 변함없이 반짝였다.

프레윈은 처음에는 조용하게 윙윙대는 기계 소리밖에 듣지 못했다. 이윽고 여기저기에서 속삭이는 소리가 들려왔다. 불안감은 뜨거운 바람처럼 슬그머니 배에 스며들었다. 프레윈은 위험을 무릅쓰고 좁은 복도로 몇 걸음 내디뎠다.

규칙적인 발소리가 들렸다. 여러 사람이 계단에서 달리고 있었다. 네 명의 부사관이 나타나더니 프레윈 앞에서 둘로 갈라졌다. 그들은 병사들에게 출입을 금한다고 전달했다.

스피커가 울리기 시작했다.

"함장이다. 승선한 모든 장병에게 전한다. 모든 장병은 지정된 자리에서 움직이지 마라. 어떤 경우에도 움직이지 마라. 승조원들에게 전한다. 모두 자기 구역을 지켜라. 지금은 비상 상황이다."

부사관들이 명령에 따르기 위해 문이 닫혔는지를 확인하면서 달려 나갔다.

한 중사가 프레윈 앞에서 멈췄다. 그는 프레윈의 계급을 확인하고는 경례를 했다. 그리고 다급하게 말했다.

"중위님, 선실로 들어가야 합니다. 이건 명령입니다."

프레윈은 명령을 따르려는 듯이 뒷걸음질하면서도 건장한 몸으로 복도를 막았다.

"무슨 일인가? 적의 공격을 받았나?"

"아닙니다. 조금도 염려하지 마십시오……."

프레윈이 다시 물었다.

"확실한가?"

중사는 위압적인 프레윈 중위를 밀어내기 위해 팔을 뻗었다. 그는 중위와 눈을 마주치지 않고 교묘히 길을 텄다. 그리고 멀어지면서 외쳤다.

"선실 안으로 들어가서 문을 닫으십시오! 누구도 선실 밖으로 나올 수 없습니다!"

매터스는 두려움을 숨기지 못했다.

"무슨 일인지 감이 잡히세요?"

프레윈이 고개를 저었다.

"전혀."

중위는 몸을 앞으로 숙이고는 복도에서 무슨 일이 일어났는지 살펴보려 했다.

매터스가 용기를 내서 말했다.

"문을…… 문을 닫으라고 했습니다."

프레윈이 어깨를 으쓱했다. 아무도 보이지 않자 그는 다시 복도로 나갔다.

"중위님! 어떻게……."

"적의 공격이 아닌 것 같아. 살짝 살펴볼 테니까 자네는 여기 있어."

프레윈은 계단까지 걸어갔다. 짓누르는 듯한 붉은 불빛에 잠겨 있는 복도에는 아무도 없었다. 부사관들은 지휘소가 있는 위쪽이 아니라 아래쪽으로 갔다. 프레윈은 배 밑바닥으로 내려가기로 했다. 배가 충격을 받을 경우에 대비해서 그는 계단 손잡이를 단단히 붙잡고 아래층으로 내려갔다. 그의 직감에 따르면 폭발이나 포격은 없었다. 폭발이 있었다면 중사가 그런 식으로 반응하지는 않았을 것이다. 중사는 두려워하는 것 같았다……. 프레윈은 고개를 끄덕였다. 중사는 분명 두려워했다. 프레윈은 상황을 파악할 수 없었다. 함장은 모든 군인을 전투초소로 보내야 하지 않을까? 그런데 그는 그러기는커녕 군인들에게 금족령을 내렸다. 분명 어떤 문제가 있을 것이다.

프레윈은 뱃머리에서 고물로 이어지는 T 자형 복도에 이르렀다. 열려 있는 일련의 갑문은 자줏빛 불빛 속에서 장관을 이루었다. 아무도 없었다. 프레윈은 한숨을 쉬었다. 그는 마치 자신의 목숨이라도 걸린 일처럼 돌아다니면서 무엇을 하고 있는 것일까? 그는 자신을 불안하게 하는 공포를 추격하고 있었다.

프레윈이 발길을 돌리려는데 다른 계단 쪽에서 천장을 비추는 불빛이 보였다. 사람들이 손전등을 들고 아래 갑판에서 달리고 있었다. 프레윈은 급히 계단을 내려가서 계단 밑에 웅크렸다.

복도 벽에는 하얀 점들이 어지럽게 뿌려져 있었다. 프레윈은 전속력으로 달려가는, 무장한 서너 명의 실루엣을 발견했다. 그는 거리를 두고 그들을 쫓기 시작했다. 금속, 핏빛의 전구들, 수직으로 뻗은 계단, 천장을 가로지른 도관들. 20미터쯤 가자 오른쪽 모퉁이에서 목소리들이 들려왔고 하얀 불빛이 보였다.

프레윈은 숨으려 하지 않고 직각으로 꺾인 복도로 들어갔다. 여러 해군 장교들이 일그러진 얼굴로 문 옆에 서 있었다. 경기관총으로 무장한 병사들 가운데 한 명이 홀로 들어설 때 한 장교가 프레윈을 발견했다.

"당신이 여기서 할 일은 없소!"

프레윈이 헌병 완장을 가리켰다.

"헌병입니다. 무슨 일입니까?"

장교는 목소리를 낮춰 조심스럽게 물었다.

"함장이 보냈습니까?"

"토드워스 사단장이 보냈습니다."

사단장은 육군 소속이었지만 해군 장교들은 그처럼 높은 계급을 듣고는 눈이 휘둥그레졌다. 프레윈은 해군 장교들의 눈에서 당혹감을 읽었다. 평시라면 그들이 해군 군함을 타고 있는 한, 육군 사단장은 별문제가 될 수 없었다. 하지만 임무 중인 부대를 수송하는 경우라면 사정이 달랐다. 해군 장교는 한 번 더 헌병 완장을 확인한 후 수사를 서둘러야 한다고 판단했다.

"우리는 이 구역을 통제하고 있습니다."

프레윈이 다가갔다. 물러나 있던 두 명의 장교 가운데 한 명이 벽에 매달린 수화기를 들었다.

프레윈이 물었다.

"무슨 일입니까?"

"저 안에…… 누가 있습니다. 그는…… 그는 죽었습니다. 그리고…… (그는 불안한 표정으로 말을 더듬었다.) 믿기지가 않습니다. 범인이 그에게 한 짓은……."

불그스름한 불빛 속에서 프레윈이 별안간 유령처럼 창백해졌다. 장교는 똑같은 어조로 덧붙였다.
"우리는 이런 짓을 저지른 흉악한 놈을 붙잡을 겁니다. 놈은 틀림없이 이 문 뒤쪽 어딘가에 있습니다!"

중무장한 다른 세 명의 초병이 복도에 나타나더니 홀로 들어갔다. 프레윈이 대화를 이어갔다.

"누가 언제 시체를 발견했습니까?"

"한 병사가 화장실에 다녀오다가 자신의 소대를 찾아 이 앞을 지나갔습니다. 그는 공포에 사로잡혀서 비상벨을 눌렀습니다. 20분도 지나지 않은 일입니다."

프레윈은 살짝 열린 문을 살폈다. 손전등 불빛이 홀에서 규칙적으로 새어나왔다.

"살인범이 아직 현장에 있을 거라고 생각하는 이유가 뭡니까?"

해군 장교는 잔인한 사건을 처리하기 위해 전문 수사관이 급파되었다고 생각하고는 서둘러 설명했다.

"이곳은 휴게실이고 보다시피 출입구는 하나뿐입니다. 범인이 휴게실을 나왔다면 빠져나갈 수 있는 곳은 두 방향뿐입니다. 놈이 저쪽(그는 프레윈이 걸어온 복도를 가리켰다)으로 도망쳤다면 승조원들과 마주쳤을 겁니다. 승조원들을 신문한 결과 저곳으로는 아무도 지나가지 않았습니다. 그리고 반대쪽의 좁은 복도로 가면 곧장 공동침실들이 나옵니다. 눈에 띄지 않고 그곳을 드나들기는 어렵습니다. 복도 끝에는 철통같이 경계를 서는 무기고가 있습니다. 초병들의 눈에 띄지 않는 것은 불가능한 일입니다."

프레윈은 잠자코 있었다. 어떻게 사건 발생 15분 만에 믿을 만한 의견을 들을 수 있겠는가.

"희생자의 신분은 확인했습니까?"

해군 장교는 고개를 흔들었다. 프레윈이 문에 다가갔다.

해군 장교가 경고했다.

"기다려야 합니다……."

"그냥 위험을 감수하겠습니다."

프레윈이 휴게실 안으로 들어서자 한 병사가 즉시 손전등을 들이대며 막아섰다.

프레윈은 얼굴을 찌푸리면서 자신을 소개했다.

"헌병대 소속의 프레윈 중위야."

초병은 눈부신 손전등을 내리고 속삭였다.

"범행 현장은 아직 안전하지 않습니다."

프레윈은 휴게실이 어둠에 잠겨 있는 것을 확인하고 단호하게 말했다.

"나는 입구에 있겠네. 불은 자네가 껐나?"

"아닙니다. 꺼져 있었습니다."

초병이 바닥을 비추자 유리 조각이 반짝이기 시작했다. 전구가 깨져 있었다.

프레윈은 몸을 떨었다.

벌써부터 이렇게 떨면 안 돼.

프레윈이 불쑥 물었다.

"시체는 어디 있지?"

손전등이 어슴푸레하게 어둠을 비추었다. 긴 의자들이 옻칠한 나무탁자를 사이에 두고 마주 보고 있었다. 휴게실 내부에는 소형 응접실들과 연결되는 문이 있었다. 무장한 병사들이 손전등을 들고 조심스럽게 응접실 쪽으로 걸어갔다.

손전등 불빛이 프레윈을 지나 가장 멀리 있는 식탁까지 비췄다. 어두운 물체에서 불쑥 튀어나온 손 하나가 그곳에 시체가 있음을 말해주었다. 팔뚝은 천장을 향해 뻗어 있고 손은 무기력하게 늘어져 있었다. 손가락은 죽어가는 거미가 발을 몸으로 끌어당기듯이 접혀 있었다. 프레윈은 조금씩 다가갔다. 발걸음을 옮길 때마다 잔인성이 점점 더 분명히 드러났다.

편상화가 한 짝 벗겨져 있었다. 희생자는 식탁에 등을 댄 채 누워 있었고 그 팔다리가 건들거렸다. 시체는 테이프로 칭칭 감겨 있었다. 폭이 넓은 검정 테이프. 시체를 식탁에 묶고 칭칭 감으려면 수십 미터의 테이프가 필요했다. 사람의 윤곽이 보이지 않을 정도로 시체를 휘휘친친 테이프로 감았다. 여섯 개의 빈 롤러가 바닥에 버려져 있었다.

보이는 것은 한쪽 신발의 끄트머리, 한쪽 손 그리고 입뿐이었다.

입은 밀봉되어 있었다.

범인은 희생자의 입을 벌린 다음 굽은 못을 밀어 넣어 입술을 꿰매버렸다.

프레윈은 몸을 숙였다. 그의 코는 시체로부터 20센티미터밖에 떨어져 있지 않았다. 병사는 입구에서 여전히 시체를 비추고 있었다. 프레윈은 시체를 자세히 보기 위해 라이터를 켜야 했다. 작은 불꽃이 그림자를 밀어냈다.

피는 못 구멍에서 흘러나왔다. 프레윈은 상처 주위에 고인 흥건한 피가 무엇을 의미하는지 알았다. 희생자는 학대 순간에 살아 있었던 것이다. 사후에는 피가 흐르지 않는다. 희생자는 중력의 효과만으로도 너무 많은 피를 흘렸다.

갑자기 머리부터 허리까지 공포가 스쳐 지나갔다. 그는 희생자의 목을 만져보기 위해 손가락 끝으로 테이프 아래를 뒤졌다. 범인은 희생자가 죽었는지 확인했을까? 피부는 아직 따뜻했다. 희생자는 아직 살아 있을까? 아니면 사망한 지 얼마 되지 않았을까? 프레윈은 맥박을 감지할 수 없었다. 그는 손목을 돌려가며 희생자의 목덜미에 손가락을 쑤셔 넣었다. 아무것도 없었다. 프레윈은 한참 동안 뒤지다가 체념하고 바스락거리는 목덜미에서 손을 꺼냈다.

프레윈은 아직도 체액이 스며 나오는 상처를 자세히 살폈다.

라이터가 뜨거워졌다.

바로 그때 프레윈은 왼쪽 볼에서 미세하게 찢어진 상처들을 찾아냈다. 그는 더 자세히 살펴보기 위해 테이프를 찢었다. 상처는 여섯 개였다. 상처마다 0.5센티미터쯤 찢어져 있었다. 구멍이 뚫린 피부는 부어 있었다……. 프레윈은 눈살을 찌푸렸다. 상처는 입 안쪽에서 바깥쪽으로 나 있었다! 못일까? 프레윈이 몸을 일으켰다. 범인이 희생자에게 날카로운 뭔가를 씹게 했을까?

대체 이곳에서 무슨 일이 일어난 거지…….

라이터가 뜨거워지자 그는 뚜껑을 닫아 불을 껐다.

붉은 불빛이 살짝 열린 문틈으로 새어나왔고 병사들의 손전등이 어두운 휴게실을 환히 비추었다. 프레윈은 소매로 축축한 이마를 닦았다.

무장한 초병들이 출입구 쪽으로 왔다. 순찰대 조장이 상관에게 보고했다.

"이곳은 비어 있습니다. 아무도 없습니다."

프레윈도 밖으로 나왔다. 장교 한 명이 벽에 걸린 수화기를 들더니 함장에게 보고했다. 다른 장교는 병사들에게 물러가라고 손짓했다.

"출입구에 한 명만 남고 나머지는 돌아가서 쉬어."

프레윈이 손을 들었다.

"방해가 되지 않는다면 초병들과 함께 휴게실에서 단서를 찾고 싶습니다. 초병들은 체계적인 교육을 받았고 손전등을 갖고 있습니다."

장교가 허락했다.

"그렇게 하세요."

프레윈은 순찰대에게 돌아섰다.

"각자에게 수색할 곳을 지정해주겠다. 바닥에서 천장까지 샅샅이 조사하기 바란다. 무엇이든 찾아내면 즉시 보고할 것. 헝겊이나 파편이라도 좋다. 무엇이든 놓치지 말기 바란다."

키가 가장 큰 초병이 물었다.

"수색하는 데 요령이 있습니까?"

"넓은 곳부터 시작해서 점점 범위를 좁혀갈 것. 아주 사소한 것이라도 찾으면 즉시 내게 알릴 것. 나는 프레윈 중위이다."

초병들이 고개를 끄덕였다. 프레윈이 각자에게 수색할 구역을 알려주자 병사들은 어두운 휴게실 안으로 들어갔다.

프레윈이 장교에게 물었다.

"이 복도 끝에 공동침실이 있다고 했습니까?"

"그렇습니다."

"누가 사용합니까?"

"육군 전투병들입니다."

"중대의 이름을 압니까?"

조금 전 수화기를 들고 있던 장교가 대답했다.

"알토 중대와 레이븐 중대입니다."

프레윈은 소스라치게 놀랐으나 내색하지 않았다. 레이븐 중대. 첫 번째 살인이 일어나기 직전 48시간 동안 외출을 허가받았던 50명의 오른손잡이가 소속된 중대가 아닌가.

프레윈이 다시 물었다.
"레이븐 중대의 모든 소대가 공동침실을 사용합니까?"
"아닙니다. 공동침실의 입구 쪽에는 3소대만 있습니다. 나머지 소대는 아래 갑판에 있습니다. 아래 갑판에 가려면 선체를 완전히 한 바퀴 돌아야 합니다. 우리는 병사들이 돌아다닐 수 없도록 승강구를 닫았습니다."
이번에는 모든 퍼즐 조각이 맞아떨어졌다. 레이븐 중대의 3, 4 소대만이 외출을 나갔었다. 이제 용의자 명단이 줄어들었다. 살인범은 다른 곳에서 들어올 수 없었다. 군함에서 한밤중에 돌아다녔다면 초병들의 눈에 띄어 체포되었을 것이다. 범인이 이런 위험을 감수했을 리가 없었다. 놈은 틀림없이 3소대 소속일 것이다. 이 복도 끝에 있는 레이븐 중대 3소대.
프레윈이 무슨 말을 하려는데 얼굴에 깊은 주름이 잡힌, 작달막한 대머리가 정장 차림으로 나타났다. 장교를 대동한 함장이었다. 승조원들은 차려 자세를 취한 후 나지막이 몇 마디를 나누었다. 마침내 함장은 프레윈에게 고개를 돌리고는 근엄한 표정을 지었다. 프레윈은 다가오는 함장에게 경례를 했다.
함장은 프레윈을 조금 떨어진 곳으로 데려갔다.
"중위."
"함장님, 저는 사단장님의 요청으로 이 군함에 승선했습니다……."
함장은 손짓으로 그의 말을 중단시켰다.
"이미 알고 있으니 그만하게. 자네는 저 안에 들어갔다 왔나?"
"네, 함장님. 동일범의 소행입니다. 두 살인사건은 관련이 있습니다."
프레윈은 함장의 현명함에 안도감을 느꼈다. 함장은 곧장 본론으로 들어갔다.

"잘 듣게, 중위. 자네를 방해할 생각은 추호도 없네. 자네는 헌병이니 내 군함을 수사할 수 있네. 그런데 나는 2천여 명을 책임지고 있네. 그리고 세 시간 안에 이들을 적의 대포 아래 내려줘야 하고. 나는 더 이상 긴장을 조성하고 싶지 않아. 무슨 뜻인지 알겠나?"

"신중하게 수사하라는 말입니까?"

"장교 이외에는 누구도 신문하지 말게. 유감이지만 우리에게는 시간이 없네. 모든 병력이 상륙하면 자네 좋을 대로 하게. 우선 내가 자네에게 허가하는 활동 구역은 범행이 일어난 휴게실과 자네의 선실이네."

"함장님, 살인범은 다시 살인을 저지를 겁니다. 조만간. 이틀 만에 두 건의 살인사건이 일어났습니다······."

함장은 더욱 가까이 다가와서 조용히 말했다.

"우리가 놈을 현장에서 잡았다면 이미 구속했을 거야. 분명하지. 하지만 불행하게도 그러지 못했네. 새벽이 되면 이 함선에 타고 있는 모든 젊은이가 적에게 총질을 하러 가네. 여기 불안감을 더해줄 필요는 없지. 그들에게 충격을 주지 말게. 그들이 친구를 의심하게는 하지 말게."

프레윈은 함장의 말에서 사단장의 뜻을 알아차렸다. 지휘관들은 내부의 공황을 두려워했다. 편집증을 두려워했다.

함장이 재촉했다.

"알겠나?"

프레윈은 조용히 고개를 끄덕이며 물었다.

"그럼 의사의 도움은 받을 수 있습니까?"

"그렇게 해주겠네. 자네의 수사가 마무리되면 내게 알려주게. 새벽 5시 전에는 이 휴게실을 비울 수 있도록 서두르게. 병사들을 상륙시키려면 우리는 비상근무를 해야 하고 자네 역시 선실에서 차례를 기다려야 하네."

함장은 부관에게 지시를 내리더니 그와 함께 멀어졌다.

프레윈은 무장한 초병이 휴게실 앞에서 자신을 기다리고 있음을 깨달았다. 그는 초병을 좀 더 기다리게 하고 또 다른 초병에게 매터스 중사를 불러오게 했다. 그리고 그는 무장한 초병에게 돌아섰다.

"수색은 끝났습니다. 약간 변조된 손전등을 제외하면 특기할 만한 것은 없습니다."

프레윈은 손전등 불빛에도 불구하고 어두운 휴게실 안으로 들어서면서 되물었다.

"변조되었다고?"

한 초병이 시체 앞에 경직된 자세로 서서 손전등으로 역겨운 시체를 비추고 있었다. 삐져나온 손과 접힌 손가락이 벽에 위협적인 그림자를 투영했다.

프레윈은 초병들에게 기다리라는 신호를 보내고 시체 앞의 초병에게 다가갔다.

"괜찮나?"

초병은 기괴한 손에서 눈을 떼지 않고 고개를 끄덕였다. 그는 잠시 후 입을 열었다.

"저는 자문하고 있었습니다. 저 희생자는 누구일까요? 분명 우리가 아는 사람일 겁니다."

"왜 그런 말을 하지?"

초병은 어깨를 으쓱했다.

"모르겠습니다. 저는 처음으로 시체를 봤습니다. 저는 시체가······."

프레윈은 초병의 솔직한 이야기에 깜짝 놀랐다. 초병은 별로 젊어 보이지 않았고 전쟁은 대부분의 전투원들이 죽음을 목격했을 정도로 상당 기간 지속되고 있었다. 프레윈은 초병의 어깨를 톡톡 쳐주고 복도에 나와 있던 초병들에게로 돌아왔다.

콧수염을 기른 초병이 프레윈에게 몸을 숙이고 나지막이 털어놓았다.

"중위님, 걱정하지 마십시오. 저 녀석은 상륙하면 금세 익숙해질 겁니다."

좁은 복도에서는 해병이 금발의 젊은 병사와 말씨름을 하고 있었다.

"돌아다니지 말고 침실로 돌아가."

"소변을 보려는데 우리 쪽 변소가 너무 더러워……."

금발 병사는 헌병을 보고서 잠시 말을 멈췄다.

"제기랄. 그렇게 심각한 사건이야?"

프레윈은 등을 돌렸다. 휴게실을 수색했던 초병들 가운데 한 명이 자신이 발견한 것을 내밀었다. 군용 손전등이었다. 한 가닥의 긴 전선이 스위치에서 삐져나와 있었다.

초병이 말했다.

"저희가 찾아낸 것은 이게 전부입니다. 전선은 6미터입니다. 그리고 전선 끝에 이게 있었습니다."

프레윈은 스위치와 플라스틱으로 구성된, 작은 배(梨)를 닮은 것을 받았다. 누군가가 손전등을 원격조정하기 위해 만들어낸 장치였다. 프레윈이 스위치를 누르자 초병의 손에 들려 있던 손전등에 불이 들어왔다.

프레윈은 즉시 불빛에 관심을 가졌다. 손전등에는 파란 불빛이 켜졌다. 다양한 신호를 보내기 위해 손전등에는 한 세트의 컬러 필터가 갖추어져 있었다. 컬러 필터는 손전등의 하단부—돌려서 풀 수 있다—에 붙어 있었다. 살인범은 뭔가를 새로 만들지 않았다. 그는 수중에 있는 것을 활용했을 뿐이었다.

프레윈은 왜 범인이 손전등을 사용했는지 깨달았다. 한 가지 의문이 방금 밝혀졌다.

"중위님?"

매터스의 목소리였다. 프레윈은 복도로 나가 그를 맞았다.

매터스가 말했다.

"저는······."

프레윈이 그의 말을 끊었다.

"오늘 오후에 작성한 명단이 필요해. 명단을 받았어?"

매터스가 얇은 종이 뭉치를 흔들었다.

"출항하기 전에 받았습니다. 레이븐 중대원의 명단입니다. 최근 이틀 사이에 외출했던 오른손잡이들의 이름에는 빨간 줄을 쳤습니다."

"매터스, 자네가 내 생각을 읽었군."

중사가 뭐라고 대답하려 했지만 프레윈이 서둘러 말을 이었다.

"3소대원의 명단이 필요해."

매터스가 깜짝 놀랐다.

"3소대라고요?"

프레윈은 뭔가를 예감하고 물었다.

"무슨 문제라도 있어?"

매터스가 중얼거렸다.

"저는 범인이 누구인지 알 것 같습니다······. 저는 살인범의 신원을 확인했습니다."

매터스는 3소대의 명단을 펼쳤다.

"중위님이 나간 후 저는 불안을 떨쳐내기 위해 열심히 일했습니다. 빨간 볼펜으로 밑줄 친 이름들 중에 O. T. 라는 머리글자가 없는지 한 번 더 확인했습니다. 하지만 하나도 없었습니다. 그러자 이런 생각이 들었습니다. 로스데일이 부상으로 공황에 빠진 상태에서 공격자의 정체를 제대로 밝힐 수 있었을까? 휘갈겨 쓴 글자는 마치 희생자가 공격자에게 숨기고 싶었던 것처럼 의자 밑에 가려져 있었습니다……."

프레윈은 어서 본론을 듣고 싶었다. 그는 퉁명스럽게 중사의 가정을 받아들였다.

"알았네. 결론은 뭐지?"

"만일 로스데일이 머리글자를 끝까지 쓸 시간이 없었다면요? 그는 O. T. 가 아니라 Q. T. 를 쓰려고 하지 않았을까요? 마침 첫 번째 살인사건이 일어나기 전에 외출했던, 레이븐 중대의 오른손잡이들 중에 퀜틴 트렌턴(Quentin Trenton)이라는 병사가 있습니다. 그는 3소대 소속입니다."

프레윈은 5초 동안 생각하다가 중사의 어깨를 커다란 손으로 감쌌다.

"매터스, 자네는 역시 날카로워. 아주 좋은 추리야."

젊은 중사는 자랑스러운 듯이 환한 미소를 지었다.

프레윈은 의사처럼 보이는 실루엣을 바라보면서 말을 이었다. 초병이 그에게 어두운 휴게실을 가리켰다.

"내게도 좋은 소식이 있어. 나는 살인범이 어떻게 희생자들을 어둠 속으로 유인했는지 알아냈어. 놈은 희생자들을 항상 어두운 홀로 들어오게 했지. 이번 희생자가 휴게실에 들어서자 2, 3초 후에 한쪽 구석에서 손전등이 켜졌지. 문은 희생자가 직접 닫았거나 범인이 살인을 저지른 후 닫았을 거야. 희생자는 어떻게 반응했을까?"

매터스 중사는 얼굴을 찌푸리면서 여드름 자국이 가득한 볼을 긁적였다. 그가 어찌 알겠는가.

"어둠 속에 있는데 갑자기 불빛이 나타났다고 상상해봐! 인간이라면 본능적으로 돌아서서 불빛을 보게 되어 있어! 그러면 범인은 희생자를 뒤에서 덮칠 수 있게 되지."

"범인이 손전등을 켰다면 놈은 희생자 뒤에 있을 수가 없습니다……."

프레윈은 몇 걸음 떨어진 곳에 서 있던 초병에게로 다가가 범행 현장에서 찾아낸 손전등을 빼앗고 기다란 전선을 들어 올렸다.

"만일 놈이 전선을 연장해서 멀리서 손전등을 켰다면?"

"아주 교활한 놈이군요."

프레윈이 이 말에 적극적으로 동의했다.

"범인은 영리하고 사악한 놈이야. 함장이나 부관에게 가서 퀜틴 트렌턴에 관한 정보를 모조리 찾아달라고 해."

매터스는 상관에게 경례를 한 다음 자신을 휴게실까지 안내했던 부사관을 데리고 급히 그곳을 떠났다.

복도 입구를 지키던 해병과 금발 병사의 목소리가 높아졌다.

부사관이 급히 달려가서 해병에게 무슨 일이냐고 물었다. 금발 병사는 결국 이를 악물고 발길을 돌렸다.

"알았어. 물러가지. 정말 기분 나빠."

프레윈은 돌아서서 의사를 맞으면서 금발 병사는 정말 고집쟁이라고 생각했다. 그는 군대식 인사를 피해 손을 내밀면서 자신을 소개했다.

"헌병대 소속의 프레윈 중위입니다."

관자놀이가 희끗희끗하고 부은 얼굴에 두꺼운 안경을 쓴 40대 남자가 대답했다.

"카르후스 박사입니다. 상황은 보고받았어요. 무엇을 도와드릴까요?"

프레윈은 손전등을 집더니 의사의 팔을 붙잡고 휴게실로 들어갔다.

"수사할 시간이 거의 없습니다. 신문할 여유도 없어요. 따라서 다른 방법을 쓸 수밖에 없습니다."

프레윈이 비추는 하얗고 동그란 불빛이 두 사람을 시체가 있는 곳까지 안내했다. 의사가 얼굴을 찌푸렸다.

프레윈이 말을 이었다.

"단서도, 증인도 없으면 한 가지 방법밖에 없습니다……."

의사가 중위를 노려보았다.

"그게 뭐죠? 시체를 부검하자는 말인가요? 지금 당장? 당신, 미쳤소?"

"이 방법밖에 없습니다."

"안 됩니다! 그럴 수 없어요! 아직도 따뜻한 시신을 부검할 수는 없어요! 게다가 그것은 내 소관이 아니에요. 나는 법의학자가 아니라 의사예요!"

"당신은 군함 소속의 외과의입니다. 그러면 된 겁니다."

프레윈은 의사의 어깨를 잡았다. 그의 어깨는 의사보다 두 배는 컸다.

"이 짓을 저지른 미치광이는 곧 범행을 재개할 겁니다. 놈을 체포해야 합니다. 모든 정보는 중요합니다. 그러니 지체 없이 부검해주세요. 1분도 아깝습니다."

프레윈은 의사를 어둠 속에 남겨두고 출구 쪽으로 달려갔다.

카르후스는 난처한 목소리로 물었다.

"어디 가세요?"

"함장을 보러요. 나는 당신에게 부검을 강요할 수 없지만 함장이라면 가능하죠."

\*

조용히 윙윙대는 기계 소리만이 프레윈이 군함에 있다는 사실을 상기시켜주었다.

협소한 시걸 호의 수술실은 회청색의 벽 때문에 더 좁아 보였다. 철재 캐비닛은 벽에 고정되어 있었고 무영등(無影燈)만이 수술대 위에서 반짝이고 있었다. 수술실을 두 개의 공간으로 분리한 커튼이 출입문을 마주한 채 천천히 흔들렸다. 프레윈은 한 손으로는 수첩을 들고 다른 손으로는 수술대의 가장자리를 붙들었다. 카르후스 박사는 옆에 메스 세트를 내려놓더니 팔짱을 끼고는 검은색의 거대한 바퀴벌레를 닮은 시체를 관찰했다. 시체와 식탁을 묶었던 테이프를 조심스럽게 떼어내자 눌렸던 복부가 솟아올랐다. 시체를 친친 감은, 검은 테이프가 불빛 아래에서 반짝였다. 테이프에 뒤덮이기 직전, 마지막까지 도움을 구했던 손은 여전히 구부러져 있었다.

의사가 물었다.

"왜 시체를 동여맨 테이프를 제거하지 않았죠?"

"이건 무엇이든 들러붙는 테이프입니다. 이 가엾은 젊은이를 미라로 만들기 위해서는 무수한 움직임과 에너지가 필요했을 겁니다. 그런 상황에서 머리카락도 빠졌을 테지요. 조금이라도 운이 있다면 범인의 머리카락을 찾아낼 수 있을 겁니다. 그러면 범인의 머리털이 무슨 색깔인지 알 수 있습니다."

카르후스가 눈을 들었다. 그의 눈은 피로로 붉어지고 과음으로 노래져 있었다.

의사가 소리쳤다.

"중위님은 영리한 분이군요. 헌병학교에서 그런 것도 가르치나요?"

프레윈이 시체에서 눈을 떼지 않고 차분하게 대답했다.

"아주 작은 경험도 유용한 법입니다."

핀셋을 든 카르후스는 팔에 대형 확대경을 들이대고 시체를 관찰하기 시작했다. 그는 집중하는 사람이 흔히 그렇듯 낮고 느린 어조로 말했다.

"중위님을 보면 상대를 매우 의연하게 신문할 것 같소. 중위님의 체격은 격투사의 체격과 닮았어요!"

프레윈은 의사처럼 온화한 어조로 반박했다.

"신문은 공손하게 합니다."

카르후스는 중위를 곁눈질하면서 물었다.

"격투기를 하나요? 나도 대학생 때 해봤지요!"

의사는 핀셋으로 테이프 조각을 떼어내기 시작했다. 하지만 쉬운 일이 아니었다. 테이프 전체가 단단하게 들러붙어 있었기 때문이다. 그는 접착면 안쪽을 조사하기 위해 겹겹이 들러붙은 테이프를 메스로 자르기 시작했다.

프레윈은 대답하지 않고 의사의 동작을 지켜보았다. 그는 수년 동안 헌병의 완장과는 상관없이 엄격하게 공과 사를 구분했다. 덕분에 고함과 폭력을 싫어하는 그는 용의자들과 대면해서도 냉정을 잃지 않았다. 젊은 프레윈은 학교 성적이 우수했고 몸이 좋았기 때문에 사관학교에 들어갔다. 장교가 위엄 있고 존경받는 직업 같았다. 그는 입대 몇 달 전에 패티를 만났다. 그는 그녀에게 깊은 인상을 주고 싶었다. 그들의 첫 키스는 디자이너와 만화가의 꿈을 꺾었다. 단 한 번의 정열적인 키스로 그는 사랑하는 여인과 미래의 가정을 돌보기 위해 고심하는 사려 깊은 젊은이로 변했다. 그는 연필과 노트를 사관학교와 바꿨던 것이다. 어느 날 수업이 끝날 무렵 누군가가 헌병에 대해 얘기했다. 호기심 많은 그는 즉시 헌병이라는 직업에 매료되었다. 그때부터 그는 자신이 군에서 무엇을 하게 될지 깨달았다.

처음 몇 달은 지옥이었다. 그는 태연한 모습만을 보이기 위해 천성적인 냉소를 없애는 법을 배워야 했다. 그는 근무 시간에는 친절함을 잊으려 애썼다. 그가 맡은 업무는 고집불통인 군인들을 올바른 길로 되돌려놓는 것이었다. 그는 스스로에게 용기를 주기 위해 권투를 시작했다. 그리고 체력 단련실을 자주 찾아가 몸집을 더욱 불렸다. 그는 과도하게 권투에 몰두했고 순진한 인상을 주는, 볼의 발그레한 색조를 없앴으며 피로와 고뇌로 얼굴을 주름지게 했다. 애석하게도 아내는 점점 더 무정해지는, 젊은 남편을 바라보고 있어야만 했다. 군대는 그의 어두운 부분을 분출시키고 불안과 의심을 키웠다.

처음 몇 년 동안 프레윈은 세상과 단절하기 위해 근육과 결의로 자신의 요새를 만들었다. 그는 스무 살 때까지 비밀의 정원을 만들고 자신의 세계에 틀어박혀 있었다. 패티만이 그의 정원 열쇠를 갖고 있었다.

세월이 흐름에 따라 프레윈은 아내가 자신의 예민한 성격을 보듬는 열쇠임을 깨닫고 더욱 놀랐다. 그녀는 그에게 말하는 법과 그를 만지는 법을 아는, 유일한 사람이었다. 그녀가 장난기 어린 눈짓을 하고 매력적인 미소를 지으면 프레윈은 자신의 진정한 본성을 되찾았다. 그러면 요새가 살짝 열리면서 천진난만한 젊은이가 다시 나타났다.

패티…….

"……나는 격투기를 아주 좋아합니다. 격투기는 고대 그리스로 거슬러 올라가죠. 당신은 격투기를 자주 하나요?"

프레윈은 추억에서 벗어났다. 그의 얼굴은 아무것도 드러내지 않았다. 두 눈만이 강렬하게 반짝이고 있었다. 그는 침을 삼킨 후 또박또박 말했다.

"권투요. 나는 권투를 합니다."

의사는 손을 멈추고는 테이프 아래의 어두운 점을 응시했다.

"뭔가를 찾은 것 같아요. 저기………. 머리카락이나 털 같아요. 기다려봐요……."

의사는 둘둘 감긴, 아주 작은 섬유 뭉치를 핀셋으로 집어서 확대경 아래로 옮겼다.

"작은 털 매듭이군요. 분명히 합성섬유예요."

프레윈은 방증이 될 만한 물건을 보고 현실감을 되찾았다.

"어디서 나온 건지 알 수 있을까요?"

카르후스는 두꺼운 안경테 위로 그를 빤히 쳐다보았다.

"전혀 모르겠어요. 현미경으로 봐야 할 것 같아요. 나중에 알려줄게요."

그들은 이제 검시를 해야 했다. 시간이 많지 않았다. 프레윈은 머리를 끄덕이며 검시에 찬성했다.

카르후스는 소중한 증거물을 철재 상자에 넣고 테이프를 계속 조사했지만 아무것도 찾지 못했다. 중위는 몹시 실망했다.
"그게 전부예요. 놈은 테이프로 시체를 감싸면서 머리카락 한 올도 흘리지 않을 만큼 신경을 썼나 봐요."
"불가능합니다. 동분서주하다 보면 흔적을 남기기 마련입니다."
"중위님도 보다시피 아무것도 없어요. 놈은 대머리이거나 복면을 썼을 거예요. 내가 말씀드릴 수 있는 것은 이게 다예요. 아니면 놈이 그저 운이 아주 좋았던지."
핀셋을 내려놓은 의사는 대신 가위를 들고 째각째각 소리를 냈다. 그리고 그는 테이프를 조금씩 떼어냈다.
시체가 조금씩 드러났다.
머리부터. 끈적대고 축축한 테이프에 달라붙은 머리털. 테이프의 압력으로 빨간 줄무늬가 새겨진 이마와 볼. 난폭하게 테이프를 감다가 깨진 듯한 코는 압력으로 납작해진 채 부어올라 있었다. 희생자는 주름살 하나 없는, 갓 스물을 넘긴 젊은이였다.
프레윈은 희생자의 눈을 응시했다.
튀어나온 두 눈은 온통 까맸다.
혈관을 파열시킬 정도로, 공막(鞏膜)을 물들인 채 음산한 형상을 보여줄 정도로 눈에는 피가 몰려 있었다. 프레윈은 홍채를 알아볼 수 없었다. 이 불투명한 테이프 속에 갇혀 있는 것은 사람이 아니라 괴물이었다. 어두운 눈. 주홍색 침이 방울져 떨어지는, 뾰족한 못으로 꿰맨 아가리.
카르후스는 입술에 박힌 못은 건들지 않았다. 그는 열심히 목과 어깨의 테이프를 제거했다.
목은 보라색이었다. 목의 앞쪽에는 3분의 2에 걸쳐 넓고 깊은 홈이 패어 있었다.
의사가 속삭였다.
"사망 원인을 찾은 것 같아요. 폭이 2~3센티미터쯤 되는, 가늘고 불규칙적인 물건으로 교살했어요."

"교살로 눈이 이렇게 되나요?"

"그럼요. 게다가 눈이 유난히 검어요. 공격자가 희생자의 가슴을 깔고 앉았다면 흉곽 압박으로 이렇게 될 수 있죠. 아직은 범행 시나리오를 추론하기 어려워요. 테이프를 더 제거해봅시다."

몸을 일으킨 프레윈은 자신이 여전히 수첩을 쥐고 있음을 깨달았다. 그는 확인된 사실을 기록하기 시작했다.

카르후스는 시체에서 테이프를 모두 떼어냈다. 희생자는 카키색 군복을 입고 있었다. 의사는 상체를 숙이고 목에 걸려 있는 군번줄을 잡아당겨 인식표를 읽었다.

"개빈 토머스. 군번이 도움이 될 거요."

의사는 중위가 군번을 적을 수 있도록 자리를 비켜준 후 한 걸음 물러나서 시체 전체를 관찰했다.

오른팔은 팔꿈치까지 수술대에 놓여 있고, 아래팔은 위에 있는 뭔가를 가리키듯이 강철 천장을 향해 직각으로 뻗어 있었다. 카르후스는 손목을 당겨보았다.

"시체는 이미 경직되기 시작했어요."

"놀라운 일인가요?"

"초병들의 증언에 따르면 살인이 벌어지고 채 세 시간이 지나지 않았어요. 팔이 이렇게 빨리 경직될 리 없어요. 보통 경직은 목과 턱 부위부터 시작해서 팔, 손, 가슴, 배 쪽으로 내려가요. 내가 알기로 시체는 서너 시간이 경과한 후부터 경직이 시작되고 여덟 시간 내지 열두 시간이 지나야 완전히 굳어져요."

"법의학자도 아닌데 대단합니다."

"법의학자는 아니지만 시체는 자주 보거든요. 아무튼 이 시체는 이미 상당히 굳었어요. 놀라운 일이에요……."

의사는 망자의 턱을 만지고 볼을 더듬었다.

"분명히 시체는 경직되었어요. 아마 다른 이유가 있을 거예요."

"무슨 말씀이죠?"

"내가 확인한 바로는 매우 긴장한 상태로 움직이던 사람이 살해될 경우 매우 빠른 속도로 경직이 일어납니다. 강력한 근육 활동이 경직을 촉진하는 것 같아요."

"이 사람은 범행 순간에는 움직일 수 없었어요. 물론 죽기 전에는 저항을 했겠지만 말이죠."

"물론이죠! 하지만 유감스럽게도 지금 말할 수 있는 것은 이게 다예요."

프레윈은 생각에 잠긴 채 중얼거렸다.

"흥미로운 일이야……."

프레윈은 첫 번째 살인사건 때부터 매우 힘이 센 살인범을 상대하고 있다고 생각했다. 범인은 로스데일의 경우 시체를 높이 들어 올려 매달 수 있을 만큼, 토머스의 경우 살기 위해 필사적인 사람을 제압할 수 있을 만큼 힘이 셌다. 범인은 근력이 대단하고 요령도 뛰어나지 않을까? 순식간에 적을 제압하는 훈련을 받은 특공대에서 범인을 찾아야 할까?

카르후스가 말했다.

"입을 열어보겠습니다."

그는 망자의 입술을 잡고는 연한 피부를 뚫고 들어간 여러 개의 못들 가운데 하나를 잡아당겼다. 못을 빼자 짙은 적자색의 작은 구멍이 나타나고 피가 턱으로 흘러내렸다. 카르후스는 그렇게 못을 모두 제거했다. 마지막 못을 빼냈지만 입술은 온갖 분비물이 엉겨서 여전히 붙어 있었다. 입 주위는 축축한 상처투성이였다. 카르후스는 달라붙은 두 개의 크레이프 빵을 떼듯이 두 손으로 입술을 벌렸다.

의사는 두 개의 턱뼈를 동시에 누르고는 하악골을 벌렸다. 혀가 나타났다.
의사가 중얼거렸다.
"맙소사……. 입 안을 보세요!"
잇몸은 군데군데 해체되어 있었고 입천장은 수많은 상처로 헐어 있었다. 볼은 구멍이 뚫리고 부어 있었다.
프레윈이 물었다.
"범인이 무슨 짓을 했을까요? 이런 모습을 본 적이 있나요?"
카르후스는 말없이 고개를 저었다. 그는 손전등을 잡고 목구멍 안쪽을 비추었다. 피가 여기저기에 작은 웅덩이를 이루고 있다가 조금만 움직여도 흘러내렸다. 희생자는 고문을 당하는 동안 많은 피를 흘렸던 것이다.
"희생자가 바늘과 면도날을 먹은 것 같아요. 아니, 씹었어요!"
"더 자세히 알아볼 수 없을까요?"
카르후스가 메스를 집으면서 대답했다.
"위를 조사해보면 알 수 있어요."
그는 순식간에 군복을 잘라내고 잠시 살펴본 다음 시체의 턱 밑에 메스를 댔다.
"준비되었어요?"
프레윈은 대답 대신에 그의 두 눈을 똑바로 바라보았다. 의사는 단호하게 메스를 살에 꽂았다. 그리고 불규칙하고 단속적인 동작으로 처음에는 흉골까지, 그다음에는 배꼽 직전까지, 마지막에는 배꼽을 우회해서 치부 입구까지 살을 벴다. 이 죽음의 선을 따라서 자줏빛 피가 조금씩 흘러나왔다. 카르후스가 거침없이 베어내자 피부—탄력은 있지만 연약하고 무른—가 빵 반죽처럼 갈라졌다.
가슴은 붉고 단단했지만 복부에는 복잡하게 뒤얽힌, 끈적끈적한 장기들뿐이었다.
의사가 흉곽의 검은 점들을 가리켰다.

"멍이에요. 우리 추측대로 가슴이 심하게 짓눌렸던 거죠. 공격자는 희생자의 가슴을 깔고 앉았을 거예요."

프레윈은 이미 검시를 참관한 적이 있고, 상당히 많은 시체와 전투에서 입은 끔찍한 부상을 보았다. 하지만 그는 기분이 좋지 않았다. 그의 시선은 치켜든 손에 끊임없이 끌렸다. 의사는 아직도 그 손을 끌어내리지 않았다. 개빈 토머스는 살아 있는 것 같았다.

카르후스도 그 점을 확인시켜주었다.

"중위님, 아직도 따뜻해요! 내 만년에 이처럼 잊을 수 없는 추억을 선물해줘서 고맙습니다."

의사는 근육을 하나씩 잘라서 검사한 후 시체 주위에 늘어놓았다. 그리고 예리한 메스로 갈비뼈를 하나씩 잘라냈다. 또 횡격막을 자르고 흉곽을 떼어내서 보닛처럼 생긴 운반대에 올려놓았다.

카르후스는 얼굴을 젖히기 위해 개빈 토머스의 턱 밑을 가운뎃손가락으로 밀었다. 식도 입구는 열려 있었다. 의사는 개빈의 얼굴 밑에 메스를 찔러 넣고 구강기저를 잘랐다. 잠시 후 그가 긴 식도를 잡아당기자 훼손된 혀가 나타났다.

의사가 중얼거렸다.

"시험을 볼 때보다 쉽군."

그는 붉게 물든 장갑을 낀 채 식도를 들고 있었다.

그때 목구멍이 뭔가를 삼키려는 듯 움직이기 시작했다.

이윽고 살덩이가 점점 더 크게 움직였다.

크레이그 프레윈이 뻣뻣해졌다.
"무슨 일이죠?"
의사가 천천히 고개를 젓더니 끄트머리에 혀―갈기갈기 찢긴 채 축 늘어진―가 달린, 음산한 식도를 놓지 않고 한 걸음 물러났다. 식도가 움직이고 있지 않은가. 내부에서 뭔가가 이동하고 있었다.
카르후스는 경직된 자세로 움직임을 주시했다.
이윽고 식도 아래에서 거슬러 올라온 정체불명의 존재가 붉은 혀 근처에 있는 구멍으로 빠져나왔다.
안쪽으로 휘어진 집게발. 납작한 몸통. 끊임없이 움직이는, 가느다랗고 마디가 달린 다리들. 머리 위로 치켜든, 긴 꼬리. 공격 자세를 취한, 위협적이고 뾰족한 독침.
갈색의 전갈이었다.
카르후스는 모든 것을 내려놓고 급히 물러났다. 전갈은 다시 흉강 쪽으로 내려가더니 모습을 감췄다.
의사가 외쳤다.
"맙소사! 보았어요? 식도에 있던 놈을 보았어요?"

프레윈이 고개를 끄덕였다. 놀라움이 사라지자 그는 가슴을 진정시키고 정신을 집중하려 했다.

"이 전갈이 개빈 토머스의 입을 물어뜯었겠죠?"

의사는 숨을 헐떡거렸고 여전히 굳어 있었다. 그는 시체를 살피면서 속삭였다.

"나는 이 고약한 동물이 정말 무서워요!"

그는 평정을 되찾기 위해 길게 숨을 내쉬고는 다시 수술대로 다가갔다. 프레윈이 의사를 지켜보았다.

"못으로 밀봉한 입······. 몸 안의 상처······. 전갈의 독침에 쏘여 부어오른 부위. 밀봉된 입 안에 갇힌 전갈은 밖으로 빠져나오기 위해 닥치는 대로 물어뜯었어요. 결국 놈은 유일한 통로인 식도로 들어갔지요."

프레윈이 지적했다.

"혀 밑을 비롯해서 여기저기 피가 고여 있는 건 개빈이 살아 있었다는 뜻 아닌가요?"

카르후스는 눈을 깜박이면서 젊은 병사의 끔찍한 얼굴을 바라보았다.

"정말 무서운 놈이에요."

프레윈은 주먹을 쥐었다가 재빨리 폈다. 그것은 어떤 아이디어가 떠오를 때 나오는, 반사적인 동작이었다. 살인범은 희생자들을 불시에 공격했고 얼굴을 마주치지 않기 위해 손전등에 전선을 달았다. 몸싸움은 일어날 수 없었다. 일찌감치 사후 경직이 일어난 것은 미라가 된 개빈 토머스가 전갈에 물렸을 때 극도로 몸부림을 쳤기 때문이다. 그 상황에서는 누구라도 미쳤을 것이다. 개빈은 답답한 구속 상태에서 벗어나기 위해 상당히 오랫동안 사력을 다해 근육을 긴장시켰을 것이다. 범인은 직접적인 대면을 피하기 위해 사전에 조치를 취했다.

의사가 발치에 놓인 양동이를 집어 들었다.

"저…… 저 끔찍한 전갈을 잡아야 해요. 중위님 뒤에 있는 긴 핀셋으로 이 창자를 수직으로 잡고 있으세요……."

프레원은 생각을 몰아내고 의사가 시키는 대로 했다.

아무것도 생각하지 말고 차분하게 움직이자. 느낌이 아니라 행동에 집중하자. 핀셋이 장밋빛 창자 밑으로 들어갔다. 두 번째 핀셋도 창자 밑으로 들어갔다. 혀가 입천장에서 떨어질 때처럼 축축한 소리가 들렸다.

전갈은 그 창자 아래에 있었다. 집게발은 길을 트기 위해 창자를 유린하고 있었다.

카르후스는 세 번이나 실패한 후 간신히 핀셋으로 전갈의 꼬리를 붙잡았다. 그는 전갈을 치켜들고 자세히 살폈다. 길이 6센티미터의 전갈은 핀셋에서 벗어나기 위해 꿈틀거렸다. 의사는 양동이에 전갈을 넣었다.

카르후스는 고개를 들고 두꺼운 안경 너머로 프레원을 빤히 쳐다보았다.

"기왕 이 사건을 맡았으니 세 시간 전 구내식당에서 무슨 일이 일어났는지 분석해보겠소."

그는 무화과처럼 열려 있는 시체를 바라보며 덧붙였다.

"벌써 좋은 생각이 떠올랐어요. 하지만 중위님의 마음에는 들지 않을 거요."

\*

케빈 매터스는 다리 한쪽을 그물침대 밖으로 내놓은 채 좌우로 흔들고 있었다. 그는 영감이 떠오르기를 기다리면서 연필로 수첩을 톡톡 쳤다. 두 시간 전 프레원 중위가 퀜틴 트렌턴에 관한 정보를 입수하라고 지시하자 그는 함교로 올라가서 잠시 함장을 면담했다. 그리고 한 장교가 그를 3층 아래에 있는 어느 사무실로 안내했다. 그곳에서 트렌턴을 알고 있는 소대장과 얘기를 나눴다. 소대장은 퀜틴 트렌턴을 별로 탐탁하게 여기지 않았다. 매터스는 하나도 빠뜨리지 않고 메모했다.

매터스는 선실로 돌아와서 상관을 기다렸다. 시간이 흘렀다. 그는 흥분과 가벼운 옆질 탓에 다시 잠들지 못했다. 밖의 날씨는 좋지 않은 듯했다.

프레윈은 여전히 돌아오지 않았다. 검시는 대체 언제쯤 끝날까?

매터스는 모든 관점에서 이 사건을 검토하고 모든 자료를 분석해서 연관성을 찾으려 했지만 실패했다. O. T.가 아니라 Q. T.라는 머리글자만 빼놓고. 이것도 이미 하나의 성과였다. 또 뭐가 있을까?

매터스는 머리를 뒤로 젖혔다. 눈은 피곤으로 따끔따끔했다. 선실 구석에 놓인 자신의 소지품, 귀중품이 들어 있는 철재 트렁크, 그리고 가방이 보였다. 프레윈의 소지품과 트렁크도 보였다.

상관의 트렁크를 보자 좋은 생각이 떠올랐다.

중위의 트렁크를 훔쳐보면 그의 인성을 더 자세히 알 수 있지 않을까? 살짝 보기만 하는 거야.

매터스는 중위와 함께 많은 시간을 보냈지만 이런 기회는 찾아오지 않았다.

안 돼. 절대로 안 돼!

하지만 매터스는 일어나서 잠금장치를 살폈다. 맹꽁이자물쇠는 없고 손잡이뿐이었다.

아주 잠깐이면 될 거야.

안 돼. 있을 수 없는 일이야.

매터스는 닫힌 문을 바라본 후 트렁크를 응시했다.

그냥 보기만 하자⋯⋯. 1초밖에 걸리지 않아. 뒤지지 말고 그냥 보기만 하고 다시 닫는 거야.

매터스는 그물침대에서 뛰어내려 철재 트렁크 앞에 무릎을 꿇었다.

그리고 열림 단추를 눌렀다. 뚜껑이 열렸다.

두꺼운 모포 한 장과 수통 하나 그리고 몇 개의 전투 식량이 트렁크를 가득 채우고 있었다.

매터스는 눈살을 찌푸렸다. 실망스러웠다. 다른 것은 없을까? 자극적인 것은 하나도 없을까?

그는 출입문을 살핀 후 모포를 들어 올렸다.

수십 통의 편지가 나타났다. 모든 봉투는 밀봉되어 있었고, 수신자는 한 사람이었다. 패티 프레윈. 매터스는 중위의 필체를 알아보았다. 그는 침을 삼켰다. 왜 편지를 보내지 않았을까? 그런데 중위의 부인은…….

매터스는 봉투를 하나 열고 싶었다.

안 돼! 이건 아니야!

눈매가 날카로운 프레윈은 당장 눈치챌 것이다. 누군가가 그의 비밀을 엿보았다는 사실을 알게 되면 어떤 일이 벌어질까? 그에 관한 소문은 심상치 않았다. 매터스는 문득 중위가 얼마나 난폭해질 수 있을지 궁금했다. 탄탄한 근육, 거대한 체격. 중위는 한 손가락만으로도 그의 허리를 부러뜨릴 수 있을 것이다. 그는 정예부대조차 놀라게 했다. 그가 질서를 잡기 위해 내무반에 들어가면 누구도 불만을 표시하지 못했다. 매터스는 상관이 만취해서 경례를 하지 않은 병사의 멱살을 잡는 광경을 본 적이 있었다. 중위가 어찌나 거칠게 병사를 치켜들었는지 병사는 중위와 코를 맞대기도 전에 술이 깼다.

한 통만 읽어볼까? 단 한 통만.

매터스는 가슴이 뜨거워지고 떨렸다. 그는 호기심 이상의 욕망을 느꼈다. 중위는 아내에게 뭐라고 썼을까? 젊은 중사의 성기가 천천히 떨리기 시작했다.

갑자기 뒤에서 문이 열렸다.

매터스는 모포와 트렁크 뚜껑을 동시에 놓고 상관을 맞이하기 위해 몸을 일으켰다. 심장이 고동쳤다.

갑작스런 당혹감에 놀라움이 덧붙여졌다. 선실에 들어온 것은 중위가 아니라 간호사였다.

간호사가 사과했다.

"노크 없이 들어와서 죄송해요. 이렇게 문을 연 것이 벌써 세 번째예요. 문을 열 때마다 엉뚱한 사람들만 깨웠지요. 당신들을 찾는 게 쉽지는 않더군요."

간호사는 순백의 가운을 입었고 금발 머리는 뒤로 모아서 한 가닥으로 길게 땋았다.

매터스는 트렁크가 있는 곳에서 걸어 나왔다.

"무슨 일로……. 무엇을 도와드릴까요?"

"중위님께 할 말이 있어요."

"중위님은 안 계십니다. 전할 말이 있습니까?"

앤은 망설였다. 그녀는 짜증 난 손길로 하얀 치마를 쓰다듬었다.

"중위님이 금방 돌아올까요?"

"모르겠습니다."

앤은 의혹의 눈초리로 물었다.

"왜죠? 무슨 일이 일어났나요?"

"모릅니다. 무슨 말을 전해드릴까요?"

앤이 말을 더듬었다.

"당신들이…… 어느 중대에…… 배치될지 알고 싶어요. 나는 근무 구역을 마음대로 선택할 수 있거든요. 그래서 당신들을 도우려면 당신들이 어느 중대에 배치되는지 알아야 해요."

매터스는 무슨 대답을 해야 할지 몰랐다. 중위는 그녀를 수사에 참여시키고 싶어 하는 것 같았다.

매터스는 결국 털어놓았다.

"레이븐 중대입니다. 이 중대에 퀸틴 트렌턴이라는 용의자가 있어요."

아무튼 중위는 간호사를 좋아했다. 그는 이 간호사에게도 수사 정보를 알려주지 않았던가. 앤은 그들을 도와줄 수 있을 것이다.

"레이븐 중대, 트렌턴……. 알았어요. 다른 문제는 내가 알아서 할게요. 고마워요."

앤은 급하게 인사한 후 문을 닫고 나갔다. 매터스는 그녀가 있으면 마음이 편치 않았다. 자신을 관찰하는 간호사의 눈빛이 마음에 들지 않았다. 그는 난처한 상황이었기 때문에 용의자의 이름을 순순히 알려주었다. 이제부터는 그녀를 피하는 것이 좋겠다. 그렇다. 불필요하게 만나지 않는 것이 현명할 것이다. 그는 이 간호사를 좋아하지 않았다. 그녀의 시선과 태도가 마음에 들지 않았다. 이 여자는 그에게 방해가 되었다.

5분 후 프레윈은 평소처럼 표정 없는 얼굴로 돌아왔다. 매터스는 즉시 자신의 수첩을 집어 들었다.

"검시는 어땠습니까? 뭔가를 찾았습니까?"

프레윈은 곧장 자신의 트렁크 쪽으로 갔다. 매터스는 등골이 오싹했다. 만일 중위가 자신의 물건을 뒤졌다는 사실을 알아챈다면? 중위는 수통을 꺼내 얼굴에 물을 붓고 눈썹을 비볐다. 그리고 천천히 말했다.

"희생자의 이름은 개빈 토머스야. 방금 확인했어. 그는 알토 중대의 병사야. 알토 중대는 다른 중대와 같은 숙소를 사용했어. 어떤 중대인지 알아맞혀봐!"

"레이븐 중대입니까?"

"맞았어. 레이븐 중대 3소대. 이제 수사 범위는 줄어들었어. 알토 중대와 레이븐 중대 3소대가 같은 숙소를 사용했기 때문에 범인이 희생자를 함정으로 유인하는 것은 쉬웠겠지. 범인은 희생자를 혼란에 빠뜨리고 죽음으로 밀어 넣기 위해 뒤에서 상당히 잔인하게 목을 졸랐어. 그리고 희생자를 식탁 위에 눕히고 테이프를 감아 미라로 만들었지. 이어서 범인은 희생자의 가슴을 깔고 앉아서 살아 있는 전갈을 입 안에 집어넣고 못으로 입을 봉했어. 토머스가 테이프에서 빠져나오기 위해 필사적으로 몸부림치는 동안 혼비백산한 전갈도 밖으로 나오려고 닥치는 대로 물어뜯고 독침을 쏘았지. 그래서 잇몸, 볼, 입천장에 수많은 상처가 났어. 이상이 시체로부터 추론할 수 있는 사건의 개요야."

매터스가 말했다.

"살아 있는 전갈이라고요? 그렇다면 살인범은 현장에 남아 있을 필요가 없었겠네요. 놈은 희생자가 죽기 전에 자리를 떴겠군요."

프레윈이 고개를 저었다.

"아니야. 내 생각에 범인은 그곳에 머물렀어. 범인이 개빈에게 얼마나 잔인하게 굴었던지 의사도 혀를 내둘렀어. 하지만 범인은 그를 죽일 정도로 난폭하지는 않았어. 목과 가슴을 짓누른 것은 치명적이지 않았어. 범인은 전갈 쇼를 벌이기 위해 다양한 방법으로 희생자를 학대했어."

"쇼라고요?"

"일종의 쇼지. 아무리 복수심에 불타오르더라도 그런 식으로 사람을 죽이지는 않아. 범인은 살인 도구가 될 전갈을 입 안에 넣기 위해 냉정하게 계산된 절차를 밟았던 거야. 내가 가르쳐준 피의 언어를 떠올려봐."

매터스는 즉시 기억해냈다. 프레윈은 잔인한 폭력이 학대를 받은 정신 혹은 잘못 형성된 정신의 표현이라고 확신했다. 폭력은 일종의 언어이다. 폭력은 범죄 현장에서 글자 역할을 하는 피와 멍, 구두

점 역할을 하는 훼손된 물체, 그리고 때때로 범인이 시체나 흉기를 옮기면서 생긴 특정한 양식의 도형으로 기록된다. 범인이 무슨 말을 하고 싶었는지를 이해하기 위해서는, 정신의 흐름을 통해 범인을 파악하기 위해서는 범죄 현장을 읽고 분석해야 한다. 범행의 '글씨'는 반사적인 것이다. 범죄 현장을 해독하는 것은 범인을 밝히고 그의 개성을 파악하는 것이다.

프레윈은 독서 등으로 얻은, 모든 지식을 종합해서 수사에 적용했다.

"내 추론에 따르면 살인범은 자네와 나처럼 성장하지 않았고 우리보다 표현력이 빈약하다는 사실을 알 수 있어. 단 살인을 통해 자신의 생각을 표현할 때를 제외하고. 범인은 살인할 때는 표현의 한계를 극복하지. 놈은 자신이 원하는 것은 뭐든 말할 수 있어. 완전히 도취적인 자유를 만끽하면서. 지금으로서는 범인이 폭력과 병적인 관계가 있는, 사악한 놈이라고만 말할 수 있어. 놈은 살인 직전까지 갔을 때 범행 현장을 떠나는 것을 좋아하지. 왜일까? 이유는 둘 중 하나야. 첫 번째 가정은 권력이지. 놈은 사람을 죽일 수도 있고 살릴 수도 있다는 사실을 확인하고 싶은 거야. 자신의 힘을 실험해보는 거지. 자신을 전혀 믿지 못하는 놈은 자신이 어디까지 갈 수 있는지 알고 싶은 거야. 범인에게 희생자가 누구인지는 조금도 중요하지 않아. 범인에게 희생자는 인격체가 아니라 충동을 만족시키는 수단일 뿐이야. 범인이 추구하는 것은 두려움을 떨치고 자신의 역량을 음미하는 것이지. 두 번째는 희생자에게 경외감을 갖게 하는 것이지. 희생자에게도 역할이 있을 거야. 범인은 자신이 전지전능하다는 것을 희생자에게 보여주고 싶은 거야. 요컨대 생사여탈권을 과시하고 싶은 거지. 이것은 첫 번째 가정인 자신의 권력을 확인하는 것과 일맥상통하지. 하지만 방식은 달라. 이번에는 타인의 시선을 통해서야. 범인은 자신을 만족시키기 위해 희생자를 공포에 떨게 하지. 하지만 희생자에게 관심은 없어. 범인은 희생자를 거울처럼 쓸 뿐이야. 희생자는 범인에게 인격체로는 존재하지 않지만 작업 도구로는 중요하지."

매터스는 자신의 귀를 믿을 수 없었다.

"어떻게…… 어떻게 중위님은 겨우 시체만 보고 그처럼 자신 있게 주장할 수 있습니까?"

프레윈은 커다란 두 손을 천천히 허리에 얹었다.

"'피의 언어'에 대한 나의 이론을 이해한다면 간단한 논리적 추론으로 사실을 알 수 있지. 우리는 행동이 들려주는 말을 읽어야 해. 심리학서는 이럴 때 쓸모가 있지. 범인의 프로필을 만들려면 대인관계, 일탈행위와 그 결과를 파악해야 해. 나는 범인이 어떤 사람인지를 자문하고 있어. 범인은 유난히 자기중심적인 사람일까? 아니면 희생자와 그의 반응이 범인이 추구하는 것, 그가 하고 있는 일에 영향을 미칠까?"

"그게 차이가 있습니까?"

"엄청나게 차이가 있지. 만일 범인이 전적으로 자기중심적이라면 우리는 소심한 사람, 말수가 적고 내성적인 사람, 비사교적인 사람을 쫓고 있는 거야. 반대로 범인이 희생자에게 반발을 강요하고 반응을 살피고 모욕을 준다면 놈은 외향적인 사람, 대단한 수다쟁이 또는 이른바 '분위기 메이커'야."

프레윈은 카키색 티셔츠 자락으로 얼굴을 닦았다.

"퀜틴 트렌턴에 관해서는 알아봤나?"

매터스는 수첩을 흔들었다.

"신경이 날카로운 녀석입니다. 소대장에 따르면 트렌턴은 다루기 힘들고 공격적이며 충동적이라고 합니다. 하지만 그는 열심히 근무하고 있습니다. 그는 싸움판에서 세 사람에게 중상을 입힌 후 감옥에 가지 않기 위해 입대했습니다."

프레윈은 중사를 물끄러미 바라보다가 말을 끊었다.

"사과할게. 나는 로스데일의 범죄 현장에서 발견된 머리글자가 살인자의 불길한 서명일 거라고 생각했어. 그런데 지금 보니 자네가 옳은 것 같아. 로스데일에게는 공격자의 이름을 쓸 여유가 있었어. 트렌턴은 우리가 찾고 있는 범인의 프로필과 완전히 일치해."

매터스가 보충했다.

"트렌턴은 상당히 고독한 병사입니다. 폭력적인 사람, 머리글자가 일치하는 유일한 병사, 첫 번째 범죄 전날 외출 허가를 받았던 오른손잡이. 그는 어디선가 숫양의 머리와 전갈을 구해왔겠지요. 그는 첫 번째 살인사건이 일어난 날 밤 시걸 호에 승선해 있던 레이븐 중대 소속입니다. 그리고 그가 소속된 3소대는 두 번째 범죄 현장 바로 옆에 머물고 있습니다. 모든 것이 완벽하게 들어맞습니다."

"전투에서 그의 임무는?"

"트렌턴은 상륙 지점이 안정되면 2차로 투입됩니다. 소대장은 해변의 장애물을 제거하기 위해 그를 붙잡아두고 싶어 합니다. 아무래도 소대장은 그를 엄중히 감시하고 싶은 것 같습니다. 그가 1차로 투입되면 놓치기 쉽습니다."

"좋아. 당장 함교로 올라가서 우리가 트렌턴과 같은 상륙용 주정에 탈 수 있게 조치해두도록. 나는 수사 내용을 정리할게."

매터스는 본능적으로 물러났다.

"우리가 놈과 같은 상륙용 주정에……. 왜 즉시 체포하지 않습니까?"

"무슨 증거로? 그의 소지품을 뒤지면 증거가 나올 것 같나? 나는 그렇게 생각하지 않아. 그에게는 사병용 장비밖에 없겠지. 그는 자신을 위태롭게 할 만한 것은 챙기지 않았을 거야. 물러서서 관찰하는 것이 좋아. 놈은 조만간 실수를 저지를 거야. 그때 덮치자고."

갑자기 군함 전체가 떨리기 시작했고, 거대한 굉음이 긴 복도에 바람을 일으켰다.

시걸 호가 함포를 발사했던 것이다. 첫 번째 포성이 울렸다. 프레윈은 말없이 반짝이는 눈동자로 부관의 눈을 응시했다. 그들은 서로를 이해했다.

매터스는 급히 복도로 돌진해서 계단을 올라갔다. 공격이 시작되었다.

# 11

 그날 새벽은 수의(壽衣)를 닮았다. 들쭉날쭉하게 주름이 잡힌, 회색의 긴 장식 띠가 수평선을 두르고 있었다. 해안이 어렴풋이 보였다. 갈색의 술 장식이 격렬한 파랑(波浪) 밑에서 춤추고 있었다. 대포는 거의 40분 동안 쉬지 않고 공격을 퍼부었다. 선체는 대포의 리듬을 따라 격렬하게 흔들렸다. 주갑판으로 올라가서 상륙용 주정에 승선하라는 명령이 떨어졌을 때 병사들은 다리가 휘청거리는 것이 공포 탓인지, 바닥의 진동 탓인지 알 수 없었다. 신선한 바깥 공기는 앞 갑판을 차지하고 있던 병사들에게 활력을 되찾아주었고 이슬비는 병사들의 굳은 얼굴을 부드럽게 풀어주었다. 군함은 거의 멈춰 있었다. 바람은 병사들의 군복을 헤집고 긴장된 정적을 후려쳤다. 분별없는 몇몇 병사들만이 마침내 전쟁터에 도착했다며 기쁜 표정으로 들떠 있었다.
 시걸 호는 갑판이 후끈거리고 대포가 달아오를 정도로 포탄을 퍼부었다. 바람은 콧구멍을 간질이고 눈을 따갑게 하는 화약가루를 멀리 날려 보내지 못했다.
 크레이그 프레윈 중위와 케빈 매터스 중사는 병사들과 함께 물러나 있었다. 매터스는 고집을 부려서 그들이 퀜틴 트렌턴과 같은 상륙용 주정에 탈 수 있도록 허가를 받았다. 그들은 전투 군장을 꾸렸다. 군모는 철모로 대체되었고 어깨에서 허리로 비스듬히 둘러멘 가방에는 수류탄, 소형 삽, 하루치 전투 식량 등 일반 장비와 보충용 탄약이 들어 있었다.

트렌턴은 두 헌병과 5미터 떨어진 철재 벽에 등을 기대고 있었다. 갈색 머리의 그는 중키에 어깨가 넓었다. 윗입술은 튀어나왔고 피부는 거무스름했다. 눈썹은 진했고 철모 아래의 이마가 넓었다. 보조개부터 턱까지 가느다란 흉터가 있었다.

특별히 거만한 구식도, 뚜렷이 악랄한 점도 없는 평범한 얼굴이었다. 트렌턴은 소총을 움켜쥔 채 멍하니 허공을 바라보고 있었다. 그는 웃옷의 단추를 완전히 잠그지 않았다.

프레원은 줄곧 되뇌었다.

모든 것이 범인의 프로필과 일치해.

공격적인 용모, 엉성한 옷차림. 비사회성이 살인범을 만든 것은 아니겠지만 트렌턴은 사교성이 좋아 보이지 않았다.

시걸 호를 에워싸고 있는 군함들이 대포를 발사하는 소리가 요란한 바람 소리를 뚫고 들려왔다. '강철 아가리' 같은 함교는 바닷바람에 날려가는 하얀 구름 사이로 비죽비죽한 수백 개의 안테나를 드러냈다.

군함이 흔들리더니 더 이상 나아가지 않았고 포성도 멎었다. 장교들은 서로를 바라보았고 병사들은 숨을 멈췄다.

짧은 순간 이 모든 것이 대규모의 장난에 지나지 않으니 즉시 안전한 선창으로 들어가라는 명령이 떨어질 것만 같았다.

호루라기 소리가 들릴 때까지는.

별안간 날카로운 호루라기 소리가 들리더니 심장이 세 배는 빠르게 뛰었다. 장교들은 차례로 자신의 소대를 큰 소리로 부르기 시작했다. 상갑판의 난간 근처에 있던 병사들이 무리를 지어 허공으로 사라졌다. 프레윈은 잔걸음으로 나아갔고, 매터스가 그 뒤를 바싹 따랐다. 철모들은 군함의 가장자리에서 흔들리다가 사라지곤 했다. 이윽고 그들의 차례가 왔다.

병사들은 자기 소대의 이름을 외쳤다.

한 무리의 병사들이 허공으로 돌진했다. 트렌턴은 중간에, 프레윈과 매터스는 뒤에 섰다. 큰 소리로 명령을 내지르는 장교 앞에 다다른 중위는 밧줄로 선체에 동여맨 사다리를 보았다. 사다리는 파도에 흔들리는 상륙용 주정 쪽으로 늘어뜨려져 있었다. 중위는 조심스럽게 카키색 줄을 따라 내려갔다. 그는 토사물과 비슷한 것을 밟아 하마터면 미끄러질 뻔했다. 그가 수면과 가까워질수록 상륙용 주정은 파도를 따라 더욱 위험하게 요동쳤다. 키잡이가 시걸 호와 충돌하지 않게 상륙용 주정을 움직일 때마다 모터 소리가 요란하게 울렸다. 상륙용 주정 옆에 매달아놓은 타이어들이 충격을 줄여주었다. 사다리 끝은 상륙용 주정의 움직임에 맞춰 흔들거렸다. 대부분의 병사들은 마지막 1미터를 남겨두고 상륙용 주정으로 뛰어내렸다. 프레윈이 뛰어내리자 병사들이 붙잡아주었다. 매터스도 뒤따랐다. 평화롭게 이동하는 동안에는 영웅이 없었다. 군장을 너무 많이 꾸려 비틀대는, 미숙한 병사들뿐이었다.

마지막 세 명의 병사가 상륙용 주정에 뛰어내리자 수송 장교는 출발 명령을 내렸다. 모터 소리가 더욱 요란해지더니 상륙용 주정은 다른 주정에 자리를 내주기 위해 뱃머리를 들고 육지로 출발했다.

프레윈은 매터스가 멀리 있지 않은 것을 확인하고 밀집한 병사들 틈에서 트렌턴을 찾았다. 어깨에 소총을 둘러맨 30여 명의 병사는 아군의 점령지에 상륙한다는 사실, 적의 주력부대와 싸우지 않는다는 사실을 되뇌면서 두려움을 떨치려 했다. 하지만 시체와 지뢰가 가득한 해변에 내린다는 생각만으로도 그들의 안색은 납빛이 되었다.
 몇몇 병사는 무거운 무기 대신 권총과 헌병 완장만을 소지한 두 헌병을 바라보았다. 프레윈은 특히 트렌턴의 시선을 끌지 않기 위해 완장을 떼고 병사들 틈에 섞일까도 생각했지만 금세 포기했다. 일단 해변에 도착하면 헌병으로서의 권한을 행사해야 하고 특히 트렌턴을 감시하기 위해 몇몇 임무는 포기해야 할 것이다. 트렌턴은 헌병들이 자신을 감시하기 위해 이곳에 있다고는 생각하지 못할 것이다. 대부분의 수송선은 병사들의 탈영 의지를 꺾고 포로들을 감시하기 위해 헌병대를 상륙시켰다. 프레윈은 답답하고 은밀한 것보다는 노출이 되더라도 자유로운 상대를 선호했다.
 프레윈이 명령했다.
 "매터스, 내 말을 명심해. 트렌턴의 뒤를 졸졸 따라다녀야 해. 나는 그를 엄중히 감시하고 싶어. 절대로 개입하지 마. 지금은 아니야. 그가 위험해 보일 때를 제외하고는 절대 개입하면 안 돼. 위험을 감수하지 말고 그냥 위협만 해. 그가 무기를 버리지 않으면 발포해도 좋아. 놈은 짐승이고 사냥꾼이야. 그런 놈 때문에 나와 부하들의 생명을 위태롭게 하고 싶지 않아."
 트렌턴은 구석에서 한쪽 어깨를 벽에 기댄 채 말없이 서 있었다. 프레윈은 그를 강렬한 시선으로 바라보았다. 면도하지 않은 얼굴, 하얀색의 가느다란 흉터와 검붉은 딱지로 지저분한 두 손. 훈련을 받다가 생긴 상처일까? 아니면 그가 학살했던 희생자들에게 입은 상처일까?
 프레윈은 트렌턴이 입술을 오므리고 뭔가를 삼키려는 듯이 목을 꿈틀대는 것을 보았다. 두려운 걸까? 아마 그럴 것이다. 소수의 미치광이들을 제외하면 이곳에 있는 대부분의 병사처럼 두려울 것이다.
 프레윈은 주위의 병사들을 관찰했다.

주근깨가 있는, 적갈색 머리의 병사는 긴장을 풀기 위해 입으로 길게 숨을 들이마시고 내쉬었다. 30대의 병사는 끊임없이 껌을 씹고 있었다. 그는 닳아빠진 두 아이의 사진을 꺼내더니 부적이라도 되는 듯이 입을 맞췄다. 그 뒤에 있는 불그레한 안색에 키가 아주 작은 병사는 두 눈을 감고 있었다. 잠든 것 같았다.

자세히 보니 많은 병사들이 눈을 감고 있었다. 그들은 전쟁을 보러 가는 것으로만 알고 있었다. 그들의 역할은 해변을 점령한 부대를 지원하고 포로들을 호송하며 전차가 진입할 수 있도록 모래를 치우는 것이었다. 그들은 나중에 새로운 고지를 점령할 때 지원병으로 파견되어 육지에서 전투를 치를 것이다. 하지만 언제쯤? 오늘 저녁? 내일? 일주일 후? 그들은 언제나 날아오는 총탄을 보게 될까?

프레윈은 걱정스러운 웅성거림이 모터 소리 및 파도 소리와 중첩되고 있음을 깨달았다.

멀리서 포성이 희미하게 울렸다. 함대의 포성과 다른 무수한 총성. 이윽고 둔탁한 총성이 감지되었다.

그들은 해변에 다가가고 있었다. 키잡이와 수송 장교 외에는 누구도 상륙용 주정 바깥을 볼 수 없었다. 그들은 어디쯤 왔을까? 해변으로부터 얼마나 떨어져 있을까?

프레윈은 돌아서서 키잡이와 수송 장교를 살폈다. 그들은 뭔가를 찾기 위해 우측 전방을 살피고 있었다. 그들은 짜증을 내며 낮은 목소리로 대화를 나누고 있었다.

프레윈은 깨달았다.

그들은 당황하고 두려워하고 있어.

폭음이 더욱 가까워졌다.

병사들은 서로를 바라보았다. 혼돈의 소음이 커지면 커질수록 불안도 함께 커졌다. 갑자기 휘파람 소리가 들리더니 덩어리 하나가 상륙용 주정을 스쳐 지나갔다. 상륙용 주정이 진동하기 시작했다.

한 병사가 외쳤다.
"포탄이다!"
충돌의 순간이 다가오고 있었다.
프레윈은 상륙용 주정의 상단과 하얀 하늘을 바라보았다. 그들은 죄수들처럼 높이 3미터의 널찍한 장방형 강철 선박 밑바닥에서 꼼짝 않고 있었다.
검은 꽃 한 송이가 50미터 위쪽에 나타났다. 즉시 쾅 하는 폭음이 들렸다. 포탄이었다.
프레윈은 가슴이 철렁이면서 심장이 점점 빠르게 뛰는 것을 느꼈다. 그는 바깥 상황을 볼 수 없어 답답했다. 아직도 해변과 멀리 떨어져 있을까? 주위에 다른 상륙용 주정들이 있을까?
그들은 안전한 해변에 상륙할 예정이었는데 왜 포성과 총성이 들리는 걸까?
매터스가 정적을 깨뜨렸다.
"이게…… 정상입니까?"
프레윈은 그를 빤히 쳐다보았다. 매터스는 풋내기에 지나지 않았다. 모든 상황으로 보아 매터스가 이곳에서 할 일은 없었다. 그는 떨고 있었다.
윙윙거리는 모터 소리가 약해지더니 상륙용 주정은 속도를 잃었다.
프레윈은 키잡이에게 주의를 집중한 채 매터스에게 대답했다.
"아니야."
매터스는 떨리는 목소리로 말했다.
"중위님, 군화 끈이 풀렸군요."
프레윈은 한밤중에 사이렌 소리에 깨서 급하게 신발을 신었던 것을 떠올렸다. 그는 웅크리고 앉아서 끈을 묶기 시작했다.
갑자기 그들 주위에서 세찬 바람 소리와 함께 짧고 강력한 굉음이 들렸다. 물은 일제사격 때처럼 상륙용 주정의 왼쪽 측면을 거칠게 후려쳤다. 밑바닥이 꺼지면서 튕겨나간 병사들은 서로를 움켜잡고 오른쪽 벽에 매달렸다. 공중으로 솟구친 바닷물이 그들에게 쏟아져 내리면서 한 명도 빠짐없이 모두 물에 잠겼다. 군화 끈을 묶고 있던 프레윈은 가방 위로 쓰러졌다. 간신히 몸을 일으킨 그는 물로 가득 한 철모를 건져냈다.

부르릉거리는 모터 소리가 다시 주위의 소음을 압도하기 시작했다.

병사들은 말없이 두려운 표정으로 서로를 살폈다.

폭발은 아주 가까운 곳에서 일어났다.

그들은 아군이 미리 점령한 해변 쪽으로 접근하지 않았던 것이다.

긴장이 풀리면서 잡담이 시작되기 직전 수송 장교가 우현을 가리키자 키잡이는 항로를 바꾸기 위해 키를 돌렸다. 그들은 항로를 되찾았다.

상륙용 주정은 다시 바람을 가르면서 전속력으로 달리기 시작했다. 그들은 더 이상 해변 쪽으로 가지 않고 해안선을 따라 항해하고 있었다.

병사들은 파도가 선수를 후려칠 때마다 흔들렸다. 아드레날린은 뱃멀미를 예방해주었지만 두려움을 막지는 못했다. 위액이 식도를 통해 고통스럽게 거슬러 올라왔다.

바로 그때 굉음이 울리면서 철갑탄이 상륙용 주정의 빈약한 철판을 뚫고 들어왔다. 포성이 고막을 후려치면서 뼛속에까지 울려 퍼졌고 상륙용 주정 위쪽에서 불꽃이 치솟았다.

상륙용 주정의 측면에 열다섯 개가량의 구멍이 생겼다. 구멍은 골프공만 했다. 중포가 숨어서 그들을 쏘고 있었다. 매터스는 숨이 막힌 듯이 입을 벌렸다. 적의 공격은 충격적이었다. 하지만 그들은 아무것도 볼 수 없었기 때문에 속수무책이었다. 죽음은 끔찍한 공격과 더불어 불쑥 나타났다.

5분 후 그들은 속도를 줄이지 않고 다시 항로를 변경했다. 프레원은 방향 감각이 탁월했다. 그는 하늘밖에 볼 수 없었지만 상륙용 주정이 다시 해변으로 접근하고 있는 것을 알아차렸다. 이 속도라면 곧 해변에 닿을 것이다.

더 이상 포격도, 폭발도 없었다. 적은 멀리 우측과 좌측에서 그들을 포위하고 있었다. 그들은 안전한 통로에 상륙할 것이다. 그들은 적어도 몇 시간 동안은 강렬한 흥분에 휩싸일 것이다. 바람 소리, 찰랑거리는 파도 소리, 포성의 반향에도 불구하고 날카롭게 따르륵거리는 소리가 들렸다. 아주 가까이에서.

프레원의 청각기관이 경고했다.

총알이 철판에 맞아 튀고 있다! 뒤로 물러나!

프레원은 돌아섰다. 수송 장교는 보이지 않았고 키잡이는 쓰러져 있었다. 키잡이의 상체는 어두운 얼룩으로 더럽혀져 있었다. 눈 깜짝할 사이에 조타실은 비었다. 프레원은 상황을 파악했다.

그들은 해변을 향해 전속력으로 돌진하고 있었다. 키를 잡은 사람은 아무도 없었다.

기관총이 상륙용 주정의 전면을 공격했다. 방탄 문에 수십 개의 총 구멍이 생겼다.

프레원은 가로대를 움켜쥐었다. 예상대로 된 것은 하나도 없었다. 완전히 실패했다. 아군이 장악한 해변은 어디에도 없었다.

그들은 늑대의 소굴로 돌진하고 있었다.

포탄은 상륙용 주정 바로 옆에서 폭발했다. 바닷물이 솟구치면서 상륙용 주정을 덮쳤다. 충격파로 죽은 물고기 한 마리가 병사들의 발에 짓밟혔다.

프레윈은 가로대를 움켜쥐고 벽을 기어올랐다. 왼쪽에서는 두 명의 병사가 선미루로 가기 위해 사다리를 오르고 있었다. 프레윈은 두 번의 도약으로 힘차게 난간을 뛰어넘어 조타실 뒤로 들어갔다. 키잡이의 시체는 여전히 조타실에 있었다. 바닥은 피로 미끄러웠다.

프레윈은 주위를 둘러보았다.

갑자기 뱃머리 밑의 회청색 바다가 잔잔해지면서 거대한 모래언덕이 나타났다.

10미터 전방에 어설픈 장애물 하나가 보였다. 상륙용 주정은 무서운 속도로 달리고 있었다.

프레윈은 시간이 없음을 깨달았다. 상륙용 주정은 해변으로 돌진했다. 그는 반사적으로 키잡이의 시체를 밀어젖힌 다음 전력을 다해 키를 움켜쥐고 머리를 숙였다.

상륙용 주정은 해변에 부딪치면서 뱃머리를 치켜들었다. 튕겨나간 병사들은 난폭하게 바닥에 떨어지자마자 다시 튀어서 상륙용 주정의 문에 부딪쳤다. 부러진 팔다리, 움푹 파인 갈비뼈, 짓눌린 얼굴…….

프레윈 옆에 있던 병사는 바다로 날아갔고, 다른 병사는 난간에 부딪쳐 두개골이 박살 났다.

그사이 상륙용 주정은 부서질 듯 요란하게 삐걱거리면서 모래밭에 거대한 홈을 팠다. 하얀 연기가 선회하더니 '체코 고슴도치(대전차 장애물과 상륙용 주정 장애물─옮긴이)'가 불쑥 나타났다. 상륙용 주정이 체코 고슴도치 위로 나아가면서 여러 개의 철근이 문에 박혔다. 체코 고슴도치는 요란하게 부딪치는 소리를 내면서 구르기 시작했다.

이윽고 모든 것이 멈췄다. 모래는 잠시 더 나선을 그리며 윙윙대더니 상륙용 주정을 뒤덮었다.

상륙용 주정은 조용해졌다. 이윽고 신음 소리, 욕설, 저주가 들리기 시작했다.

프레윈은 계기판에 쓰러져 있었다. 손잡이가 복부에 타박상을 입혔지만 그는 잘 견뎌냈다. 눈을 뜬 그는 고통으로 눈살을 찌푸리면서 몸을 일으켰다. 아래쪽 광경은 처참했다.

충격으로 짓눌린 병사들은 서로 뒤엉켜 있었다. 체코 고슴도치의 뾰족한 끝부분이 방탄 문을 관통했다. 뾰족한 철근 위에 떨어진 병사는 까닭도 모르는 채 발버둥치고 있었다. 다치지 않은 몇몇 병사들이 부상자들을 도와주었다.

공중에서 굉음이 터졌다. 좌초된 상륙용 주정은 중기관총의 총격을 받아 울부짖기 시작했다.

프레윈은 계기판 뒤에서 무릎을 꿇고 상체를 숙인 다음 무슨 일인지를 살폈다. 열 발 중 한 발이 선체를 관통했다. 순식간에 일어난 일이었다. 강철에 구멍이 날 때마다 다리 하나가 산산조각이 났다. 총소리는 매번 뒤늦게 들려왔다. 육신을 관통하는 탄환의 휘파람 소리, 물렁하거나 딱딱한 충돌 소리, 비명 소리······.

프레윈은 공포에 사로잡힌 병사들 사이에서 매터스를 찾아보았다. 운이 조금이라도 있다면 젊은 중사는 바닥에 엎드려 있거나 가방 뒤에 숨어 있을 것이다. 하지만 어디에서도 매터스를 볼 수 없었다.

매터스가 없다니! 이럴 수는 없어.

이번에는 포탄이 날아들기 시작했다. 폭발음이 병사들의 청각을 마비시켰고 모래가 비 오듯이 쏟아지기 시작했다.

프레윈은 선미루에 혼자 있었다. 그는 해변으로 뛰어내리면 포탄을 피할 수 있었다. 하지만 병사들은 어떻게 빠져나간단 말인가? 체코 고슴도치는 여전히 상륙용 문을 막고 있었다.

사방에 하얀 깃털이 날리면서 공포의 현장은 기이한 모습을 띠었다. 이번에는 빨간 깃털이 나타나 몽환적인 장면을 연출했다. 프레윈은 어찌된 일인지 파악했다. 총알이 목과 허리 사이를 관통할 때마다 점퍼 속에 든 깃털이 날아올랐던 것이다.

이윽고 수백 개의 깃털이 바람을 타고 춤추기 시작했다.

프레윈은 후퇴할 방법을 찾다가 두 부상자 사이에서 매터스를 찾았다. 부관은 무사해 보였다. 두 시선이 마주쳤다.

*

매터스는 한쪽 구석에 웅크린 채 몸을 떨면서 무슨 일인지를 파악하려고 했다. 중위가 조타실로 가는 순간 그의 몸이 날아갔다. 이어서 총알이 쏟아졌다. 그는 몇 차례 바닥에서 튕긴 후 하늘에서 떨어진, 돌보다 무거운 어느 병사의 몸에 짓눌려 숨이 멎을 정도로 놀랐다.

주위에서 모든 것이 찢어졌다. 부상병들이 울부짖는 소리와 상륙용 주정에 쏟아지는 끔찍한 총성이 들렸다. 그는 힘겹게 숨을 쉬었다.

프레윈은 부관에게 죽음의 상자에서 일어나 벽을 기어오르라고 손짓했다.

포격이 거세졌고 모래 회오리가 그들 주위에 쏟아졌다. 누가 포탄에 맞아 죽을지 알 수 없는, 절박한 순간이었다. 매터스는 이 지옥을 떠날 방법을 찾기 시작했다. 이곳에서 빠져나가야 했다.

모두 서로를 도왔다. 상처를 동여매고 출혈을 막았으며 경상자들을 일으켰다. 소대 담당 의사는 정신없이 바쁜 두 위생병에게 지시를 내리고 부지런히 돌아다니면서 부상자들을 돌보았다.

뭔가가 병사들 한복판에 떨어졌다. 매터스는 수류탄이라고 생각했다. 아주 작은 키에 장밋빛 볼을 한 병사가 돌진하더니 수류탄을 배 밖으로 던졌다.

갑자기 붉은 구름이 나타났다. 그것은 피가 묻은 살 조각들이었다. 곧장 복부가 찢어진 시체 한 구가 아수라장이 된 바닥 한가운데에 떨어졌다.

매터스는 숨을 쉴 수 없었다.

그는 누군가 너덜너덜해져서 다가오는 것을 보았다. 찢어진 두 귀, 뜯어진 벽지처럼 늘어진 얼굴. 매터스는 소대 담당 의사를 알아보았다. 얼빠진 모습, 텅 빈 시선.

병사들은 단번에 공황에 사로잡혔다.

모두 상륙용 주정을 기어오르기 위해 가장자리로 달려갔다. 병사들은 짧은 인간 사다리를 만들었다. 몇몇 병사들은 동료들에게 시선 한 번 주지 않고 처참하게 부상당한 동료들을 모른 체하고 해변으로 뛰어내렸다.

매터스는 서서히 충격에서 벗어나면서 퀜틴 트렌턴과 시선이 마주쳤다.

트렌턴은 살 조각으로 뒤덮여 있었다. 붉은 벽돌 색깔을 띤 그의 얼굴은 인디언을 닮아 있었다. 그는 두 손으로 소총을 쥔 채 불안한 눈빛으로 상황을 주시하고 있었다. 이윽고 그는 어깨에 소총을 메더니 피 웅덩이에 쓰러져 있던 병사를 잡아 벽까지 끌어당겼다. 그리고 다른 시체를 끌어당겨 첫 번째 시체 위에 올려놓았다. 그는 이 시체 더미를 밟고 높은 벽을 기어올랐다. 그가 시체를 밟을 때 끔찍한 소리가 들렸다.

매터스는 속이 메스꺼웠다.

두 발의 총알이 무수하게 불티를 일으키면서 연기가 일었다. 소스라치게 놀란 매터스는 무작정 벽 쪽으로 다가갔다. 즉시 빠져나가야 했다.

매터스는 힘껏 뛰어올랐지만 벽의 상단을 붙잡지 못했다. 다시 한 번 시도했지만 성공하지 못하고 헐떡거리기만 했다. 그는 공포에 사로잡혔다. 장비가 어깨를 짓눌렀기 때문에 제대로 움직일 수 없었다.

갑자기 트렌턴이 그에게 무뚝뚝한 얼굴을 들이댔다. 젖혀진 입술 사이로 누런 이가 드러났다.

트렌턴이 손을 뻗으면서 외쳤다.

"손을 내밀어요!"

매터스는 펄쩍 뛰어올라 구원의 손목을 붙잡았다. 두 사람은 모래밭으로 뛰어내렸다. 마침내 지옥에서 빠져나온 것이다.

상륙용 주정이 진동하기 시작하자 포탄이 요란한 금속성 소리를 내면서 반대편 측면을 찢어버렸다.

매터스에게는 한 가지 생각밖에 없었다. 저주받은 상륙용 주정에서 멀어질 것. 그는 땀을 뻘뻘 흘리면서 해변으로 달렸다. 상륙용 주정에 갇힌 동료들의 공포와 고통에 찬 비명이 들렸다. 몇 초 후 그는 걸음을 멈추고 주저앉아서 트렌턴을 바라보며 조용히 말했다.

"고마워……."

트렌턴은 잠시 매터스를 노려보더니 어린애처럼 두려워하는 그에게 깊은 반감을 드러냈다. 트렌턴은 곧장 일어나더니 포탄에 파인 구덩이로 달리기 시작했다. 그가 구덩이 속으로 몸을 날리는 순간 적의 경기관총들이 불을 뿜었다. 모래가 여기저기 튀었다. 100여 명의 아군이 해변의 불안정한 임시 진지에 숨어 있었다. 수많은 시체가 기괴한 자세로 널려 있었다.

멀리서 운전병들이 쓰러져 연기를 뿜는 석 대의 트럭을 버리고 도망치고 있었다.

화약 가루로 포화된 공기는 무거웠고 숨쉬기가 어려웠다.

매터스는 아군의 위치가 유리하지 않다고 생각했다. 지휘부는 적의 방어를 과소평가했을 것이다. 그는 이곳에 오지 않아야 했다. 그가 이 학살의 현장에서 할 일은 없었다. 그는 전투병이 아니라 헌병이지 않은가.

매터스는 귀를 멍하게 하는 소란 속에서도 자신의 이름을 부르는 소리를 들었다. 아주 멀리서. 그는 손으로 얼굴의 땀을 훔쳤다.

환청이야. 정말 가관이로군.

하지만 목소리는 점점 더 커졌다.

프레윈 중위야!

매터스는 주위를 둘러보다가 상륙용 주정의 선미루에서 상관을 발견했다. 중위는 아직도 모래밭으로 내려오지 않았던 것이다.

프레윈은 트렌턴이 숨은 곳을 가리키며 그를 체포하라는 손짓을 했다.

매터스는 호흡을 가다듬고 고개를 끄덕였다.

그는 트렌턴이 두 사람의 손짓을 보았는지 확인하기 위해 구덩이를 바라보았다. 트렌턴은 모두를 지켜보고 있었다. 그는 불안정하게 일어나더니 주위를 살피고는 두 사람에 대한 분노를 숨기지 않았다. 그는 은신처에서 나와 충격으로 황폐해진 해변으로 돌진했다.

모래밭으로 뛰어내린 프레윈은 몸을 굴리더니 지뢰가 걸려 있는, 굵은 통나무로 만든 방어물에 등을 기댔다. 이제 그와 부관 사이는 10미터밖에 되지 않았다.

그때 바다에서 포탄이 폭발하면서 바닷물이 치솟더니 두 사람을 덮쳤다.

중위가 외쳤다.

"그를…… 생…… 해야……!"

매터스가 불안으로 쉰 목소리로 외쳤다.

"뭐라고요?"

프레윈이 반복했다.

"그를 생포해야 해!"

"왜요?"

프레윈은 자신의 의사를 전달할 수 없자 얼굴을 찌푸렸다. 그가 다시 소리치자 매터스가 또렷이 알아들었다. 중위는 계획을 바꾸었다. 그는 한 가지를 소홀히 했다는 사실을 깨달았다. 그가 뛰어내리기 전 상륙용 주정에서 뭔가가 벌어졌던 것이다.

매터스는 모든 생각을 떨쳐버리고 임무에 집중했다. 그는 해변으로 돌진했다. 퀜틴 트렌턴을 생포해야 했다.

포격의 여파는 벽에서 벽으로 전해져서 군함의 가장 깊숙한 곳에 이르는 전류처럼 시걸 호에 차례대로 전달되었다. 앤 도슨은 발꿈치에서 진동을 감지했다. 이윽고 진동은 팔뚝의 황금빛 솜털을 곤두세울 만큼 거세졌다. 시걸 호는 몇 시간 전부터 해변을 폭격하고 있었다.

의무대 부속실은 육지로 옮겨질 붕대, 약, 수술 도구를 보관하는 장소로 사용되었다. 앤은 의무대에서 간호사들과 세 명의 의사와 함께 초조하게 대기하고 있었다. 네 명의 병사가 침대에 누워서 천장을 물끄러미 바라보고 있었다. 두 명은 어젯밤 총검으로 자해했고 다른 한 명은 긴장병에 걸렸다. 마지막 병사는 생명이 위독할 정도로 구두약을 핥아먹었다. 이들 네 명의 병사는 특별군사법정에 세워질 것이다. 모두 사형선고를 받을 수도 있었다. 하지만 앤은 병사들이 이 순간 자신들이 아니라 동료들을 생각하고 있음을 알아차렸다. 그들은 '운명의 서'처럼 펼쳐진 이 해변으로 자신들을 끌고 왔던 용기, 부화뇌동적인 복종, 발광, 무사태평을 생각했다. 이곳에서는 파르카 (생사를 관장하는 세 명의 여신으로 탄생의 신 클로토, 수명과 운명의 신 라케시스, 죽음의 신 아트로포스를 지칭한다—옮긴이) 가 생명의 줄을 끊는 총알로 바뀌었을 뿐이다.

앤은 불안감을 떨쳐내기 위해 손수건을 꽉 쥐고 있던 주먹의 힘을 풀었다. 프레윈 중위는 그녀의 메시지를 받았을까? 그는 이미 임시 막사를 설치했을까? 적의 포화는 받지 않았을까? 어떤 소식도 들려오지 않았다. 의료진은 중대가 새로운 기지를 설치할 때까지 기다리라는 명령을 받았다. 몇 시간이 걸릴 수도 있고 공격이 실패할 경우 상륙은 취소될 수도 있었다. 그렇게 되면 모래밭에서 죽어가는 수천 명의 군인들과 생존한 소수의 의사들을 포기해야 할 것이다.

어젯밤 앤은 너무 긴장해서 잠을 이룰 수 없었다. 어제 오후가 끝나갈 무렵, 즉 출항 직전 앤은 시걸 호에 탑승하기 위해 의료진의 배치를 담당하는 장교를 만나려 했지만 복잡한 절차 탓에 쉽지 않았다. 다행히 담당 장교는 아는 사람이어서 문제는 쉽게 해결되었다. 모든 것이 뜻대로 진행되었다. 그녀는 프레윈 중위와 함께 근무하게 될 것이다. 절호의 기회가 온 것이다.

항해는 순조로웠다. 군함은 폭풍 전야처럼 평화롭게 항해했다. 그런데 한밤중에 경보가 울렸다. 잘못 울린 사이렌이라고 했다. 그녀는 오늘 이른 새벽에 프레윈과 그의 부관이 머무는 선실을 찾아갔다. 그들은 레이븐 중대 3소대 소속의 퀜틴 트렌턴을 용의자로 지목했다.

포격이 시작되기 전에 앤은 알토 중대 소속의 개빈 토머스에 대한 소식을 들었다. 병사들은 그들끼리 소식을 주고받았다. 그가 한밤중에 자살했다는 것이다. 앤은 경보를 떠올렸다. 그리고 프레윈의 부재와 케빈 매터스의 짜증스러운 태도를 떠올렸다. 놈이 다시 살인을 저지른 것이다. 개빈 토머스는 자살하지 않고 살해당했다.

앤은 10분 동안 숙고한 다음 붕대와 모르핀을 챙기고 상관에게 말했다.

"병사들과 함께 상륙할 위생병들이 의료용품을 제대로 챙겼는지 마지막으로 확인하고 싶어요."

앤은 상관이 말할 틈도 주지 않고 문을 쾅 닫은 후 레이븐 중대 3소대가 머물고 있던 구내식당으로 갔다. 그녀는 흥분을 진정시키기 위해 심호흡을 했다.

수백 명의 병사가 그물침대에서 몸을 좌우로 흔들거나 급조된 이층침대에서 소곤소곤 얘기하고 있었다. 앤은 잠시 모든 병사의 시선을 끌었다. 몇몇 병사가 휘파람을 불자 두 장교가 개를 야단치듯 병사들의 이름을 불렀다. 소란은 조금씩 가라앉았다. 앤은 병사들 중에서 철모나 팔에 적십자 문양을 두른 사람을 찾기 시작했다. 아직은 아무도 철모를 쓰지 않았다. 그녀는 한쪽 구석에서 적십자 완장을 두른 두 사람을 발견했다. 앤은 그들에게 다가가서 인사했다.

"부족한 것이 없는지 확인하고 싶어요. 습포, 모르핀, 붕대는 잘 챙겼겠죠?"

두 위생병이 고개를 끄덕였다.

키가 큰 위생병이 뻔뻔스럽게 말했다.

"우리는 행운의 키스 외에는 모든 것을 갖췄어요."

앤은 당황하지 않고 대꾸했다.

"당신 동료가 해줄 거예요. 몇 소대 소속이죠?"

"은밀한 만남을 위해서 묻는 건가요?"

앤은 매혹적인 미소를 머금고 부드럽게 나무랐다.

"계속 그런 식이면 보고서를 올리겠어요!"

"알토 중대의 2, 3소대 소속입니다."

"고마워요. 힘내세요."

앤은 위생병의 음란한 제안을 무시한 채 물러나면서 적십자 완장을 두른, 다른 위생병을 발견하고 그의 짐을 가리키며 물었다.

"보충할 것이 있나요?"

"더 이상 넣을 수 없어요. 고마워요."

"좋아요. 몇 소대죠?"

"3소대요."

"레이븐 중대 소속인가요?"

위생병은 고개를 끄덕였다. 초록색의 날카로운 눈을 가진 그는 상당히 매력적이었다.

앤은 가까이에 아무도 없는 것을 확인하고 위생병에게 몸을 숙였다.

"우리 의료진은 개빈 토머스의 자살이 병사들의 사기에 영향을 미치지 않았는지 알고 싶어요."

위생병이 샐쭉해졌다.

"병사들의 사기를 높였다고는 할 수 없죠. 우리의 심기를 불편하게 한 사건이었어요. 알토 중대에 직접 물어보세요."

앤은 거짓말을 했다.

"내 동료가 물어볼 거예요."

"개빈 토머스가 왜 죽었는지 알아요?"

"몰라요. 당신은 그를 알아요?"

"조금요."

"예측할 수 있는 사건이었나요?"

"결코 예측할 수 없었어요. 지금처럼 긴박한 상황에서는 더욱 그렇죠. 모두 마음이 편치 않아요."

앤은 이런 질문들이 그를 짜증 나게 할 것이라고 느꼈다. 그녀는 주제를 바꾸었다.

"혹시 퀜틴 트렌턴을 아세요?"

"트렌턴? 아, 네. 그는 저기······."

앤은 그가 트렌턴을 가리키지 못하도록 팔을 붙잡았다.

"됐어요. 그냥 그가 잘 있는지 확인하고 싶었어요. 최근에 그가 염려스러운 행동을 했다는 얘기를 들었어요."

"최근에요? 맞아요!"

앤은 우연의 일치에 놀라 고개를 숙였다.

"얘기해줄 수 있어요?"

"쳇! 트렌턴은 성가신 존재예요. 그는 한 시간 전부터 신경이 몹시 날카로워져 있어요. 우리는 그 때문에 사방을 돌아다녔는데 자신은 구석에 처박혀 있었어요. 사회성이 좋다고는 할 수 없죠. 아무튼 그는 머리가 돈 것 같아요."

"갑자기요?"

"한 시간 전쯤 그는 동료들과 카드놀이를 하나가 쪽지를 받고는 아무 말 없이 사라졌어요."

"쪽지를 전달한 사람을 봤나요?"

"나는 게임을 지켜보고 있었으니까 당연히 봤죠. 그는 다른 중대의 병사였어요. 그는 트렌턴의 침대에 그 쪽지가 떨어져 있었다고 했어요."

"트렌턴은 카드놀이를 오랫동안 했나요?"

위생병은 꾀바른 표정을 지으며 히죽히죽 웃었다.

"밤새도록 했어요. 사실은 금지된 일이에요. 쉬라는 지시를 받았지만 아무도 잠을 이룰 수가 없어서 몇 명씩 모였던 거예요. 트렌턴은 밤새도록 카드놀이를 했어요."

"확실해요? 자리를 비우지 않았나요?"

위생병은 잠시 생각을 한 후 장담했다.

"네. 쪽지를 읽을 때까지는 자리를 비우지 않았어요."

그렇다면 퀸틴 트렌턴은 개빈 토머스의 살인자가 될 수 없었다. 앤은 의혹에 사로잡혔다. 만일 추리가 틀렸다면? 만일 개빈이 정말로 자살했다면?

앤이 말을 이었다.

"당신은 정말로 트렌턴을 잘 알아요? 수일 전부터 함께 지냈나요?"

"네."

"트렌턴은 어떤 사람이죠? 평소에 상당히 난폭한가요?"

"다정다감한 사람이라고는 할 수 없죠! 화를 잘 내고 공격적이며 편집광적이에요. 아무튼 그는 전사이지 다정다감한 사람은 아니에요! 그는 기지에 있을 때는 관리해야 할 두통거리지만 싸워야 할 때는 일당백이죠!"

살인범과 일치할 수 있는 성격이었다.

감정을 제대로 통제하지 못하고 사회성의 결여를 폭력으로 만회하는 난폭한 사람.

"출항 전날 트렌턴과 함께 있었나요? 그를 보았나요?"

이번에는 위생병의 얼굴이 굳어졌다.

"왜 묻는 거죠?"

"의사들이 트렌턴을 걱정하고 있어요. 전투 중에 그가 사고라도 칠까 봐요."

위생병은 입술을 깨물면서 눈썹을 치켜 올렸다.

"그 정도로 심각한가요?"

"예방조치예요. 당신은 어젯밤에 그가 무슨 일을 했는지 알고 있죠? 그는 숙소를 비웠나요? 혼자 있으려 했나요? 우리에게 알려줄 만한 것이 없나요?"

위생병은 몹시 난처했는지 한숨을 내쉬었다.

"없어요. 실은 조금······ 예민한 문제예요. 먼저 비밀을 지키겠다고 약속해줘요."

앤은 그러겠다는 의미로 고개를 끄덕였다.

위생병은 그녀의 귀에 대고 속삭였다.

"당직 장교는 우리의 외출 시간을 연장해줬어요. 우리가 곧 전쟁터로 떠난다는 사실을 알기 때문이죠."
"트렌턴이 어제 기지에 없었다는 말인가요?"
"그는 다른 소대에 소속된 세 명의 병사와 함께 새벽에 복귀했어요. 당직 장교가 그들을 찾으러 시내로 갔었죠. 탈영은 아니기 때문에 그다지 심각한 문제는 아니에요. 특히 그 장교가 외출증을 관리할 때는 오후 6시까지 귀대하지 않고 시내에서 좀 더 시간을 보낼 수 있게 배려해주죠. 그는 전쟁터로 떠나기 전에 긴장을 풀어줘야 한다는 사실을 알고 있어요."

그렇다면 퀜틴 트렌턴은 로스데일을 살해할 수 없었다. 프레윈 일행은 용의자를 잘못 짚었다. 트렌턴은 부고했다. 하지만 그는 자신이 오해받는다고 느낄 때는 예기치 않게 반항할 수도 있는, 무뚝뚝하고 난폭한 사람이었다. 앤은 프레윈에게 이 사실을 알려야 했다.

"그리고……"

앤은 말을 끝낼 수 없었다. 포격이 시작되었다. 모두가 두려워하는 전투의 신호탄이었다. 소란은 즉시 멈췄다. 우레와 같은 포성이 상갑판에서 들려왔다. 이번에는 틀림없었다.

이윽고 장교들이 호각을 불자 병사들은 신속하게 군복을 입고 장비를 챙겼다.

위생병은 자신의 침상으로 돌아가 서둘러 소지품을 챙겼다.

앤이 말을 걸었다.

"부탁을 해도 될까요? 혹시 헌병대 장교를 만나면 당신이 방금 했던 말을 반복해줄 수 있겠어요? 앤 도슨이 보냈다고 말하세요. 당신에게 난처한 일은 생기지 않을 거예요. 여러 명의 목숨이 걸린 일이에요. 이상한 일이라는 생각이 들겠지만 그렇게 해줘요."

위생병이 그녀를 바라보지 않고 대답했다.

"알았어요. 하지만 당신은 당장 이곳을 나가야 해요."

\*

　소란 속에서 앤은 프레윈을 찾을 수가 없었다. 10분 만에 600명의 병사가 갑판과 복도에 집결했다. 그들은 해변에 내리기 위해 상륙용 주정에 승선할 것이다. 앤은 의무대로 돌아가서 구석에 붕대와 모르핀을 내려놓았다.
　야전 의무대를 지휘하는 콜온 군의관이 심하게 야단을 쳤다.
　"구급상자는 제대로 준비했어? 지시도 하지 않았는데 그렇게 함부로 돌아다녀도 되는 거야? 더구나 상륙이 임박한 순간에! 한 번 더 그런 짓을 하면 징벌부대로 보낼 거야!"
　앤은 고개를 숙이고 다른 간호사들 옆에 있는 침대에 앉았다. 군의관은 계속 화를 냈다. 모욕에 가까운 꾸지람이었다. 누군가가 대열에서 벗어나면 미치광이가 되는 다혈질의 과격주의자. 앤은 이런 꾸지람에 익숙했다. 그녀는 그런 아버지 밑에서 자랐다. 그녀는 느닷없는 격분, 예고 없이 날아오는 따귀를 수없이 겪었다. 그녀는 누군가가 자신을 나무랄 때 흥분하지 않는 법을 배웠다. 18년 동안. 18년 동안의 발작과 매질. 어느 날 그녀는 마침내 아버지의 입을 다물게 했다.
　군의관은 더욱 까다로웠다. 앤은 예전에 그랬듯이 주근깨투성이의 말괄량이처럼 행동하기로 했다. 그녀는 뇌우가 지나가기를 기다렸다. 그녀는 세 갈래로 길게 땋은 머리를 잡고는 옥수수 이삭을 닮은 끝부분을 만지작거렸다. 군의관은 진정될 것이다. 그는 피곤했고 다른 사람들처럼 긴장하고 있었다.
　하지만 군의관은 쉽게 멈추지 않았다. 고함 소리와 꾸지람은 더욱 커졌다. 앤은 처음에는 못 들은 척했다. 그녀는 나무라는 군의관을 보면서 턱을 치켜드는 실수를 저질렀다. 그녀는 군의관이 손을 들어 뺨을 때릴 거라고 생각했다. 그녀는 자신을 지키기 위해 아이처럼 반사적으로 뒤로 물러나서 어깨를 구부렸다. 군의관은 즉시 멈췄다. 그는 자신이 무슨 짓을 했는지 깨달았다. 그는 잠시 망설였다. 심기가 불편했다. 모두 고개를 숙이고 신발만 쳐다보고 있었다. 군의관은 체면을 구기지 않기 위해 사과도 하지 않고 그 자리를 떠났다.

앤은 주머니에서 손수건을 꺼내 하염없이 흘러내리는 눈물을 닦았다. 억누를 수 없는, 가증스러운 추억들을 떠올리게 하는 눈물이었다. 그녀는 소리 내지 않고 울었다. 아버지를 원망하지는 않았다. 다만 오랫동안 험한 일을 겪으면서도 단련되지 못한, 연약한 자신을 책망했다. 그녀는 승선할 때부터 지니고 있던, 구겨진 종이를 움켜쥐었다. 그녀는 인생이 어두운 밤처럼 고달플 때마다 그 종이를 움켜쥐었다. 글자 하나하나, 단어 하나하나, 문장 하나하나가 뇌에 새겨져 있었기 때문에 다시 읽어볼 필요는 없었다.

"인생에서 변하지 않는 것은 없다. 최소한 인간은 자신의 주인이다."

\*

두 시간이 지났다. 포격으로 흔들리는 침대에 앉아 있던 앤은 두 다리를 가슴에 끌어안았다. 프레윈 중위는 어디에 있을까? 그는 자신이 무고한 사람을 추적하고 있다는 사실을 깨달았을까? 트렌턴은 자신이 추적당하고 있다는 사실을 깨달으면 살인범처럼 위험한 인물이 될 것이다. 그는 전쟁 덕분에 감옥살이를 면했다. 하지만 전쟁터에서 자신의 생명이 동시에 양측으로부터 위협을 받고 있다는 사실을 깨닫게 된다면 그는 어떻게 반응할까? 궁지에 몰린 야수 같은 처지가 아닌가.

그사이 살인범은 자유롭게 활보하고 있었다. 놈은 이 해변 어딘가에 있을 것이다. 놈은 수사진과 트렌턴을 통쾌한 마음으로 지켜보고 있을 것이다. 덕분에 새로운 아이디어를 얻게 되지 않을까? 가령 수사진을 제거하는, 이상적인 방법이라든지…….

앤은 다시 손수건을 불끈 쥐었다. 그녀의 두 눈은 붉게 충혈되어 있었다.

기관총들이 해변을 파헤치며 시체들을 훼손하고 있었다. 매초마다 포성이 천둥처럼 울리면서 모래 기둥이 치솟았다. 포탄이 폭발할 때마다 지옥의 무지개가 반짝였고 구역질나는 회색, 카키색, 붉은색이 치솟았다.

크레이그 프레윈은 움푹 파인 곳에 숨기로 했다. 그는 방금 한 시체의 손에서 기관총을 빼내고 배낭을 뒤져서 예비용 탄창을 찾아냈다. 마침내 그는 안전한 구덩이로 피신했다. 병사 한 명이 웅크리고 있었다. 프레윈은 그가 같은 상륙용 주정에 탔던 병사임을 알아보았다. 호리호리하고 상당히 작은 키에 둥근 얼굴, 장밋빛 볼. 젊은 병사는 매터스를 닮았다.

두 사람 바로 옆에서 총탄이 터졌다.

프레윈이 물었다.

"이봐, 괜찮아?"

헌병 완장을 보고 불편해진 병사가 힘없이 고개를 끄덕였다. 프레윈은 전투 중인 병사가 적만큼이나 헌병을 두려워한다는 사실을 알고 있었다. 헌병은 병사가 전투를 피해 숨었다고 고발할 수도 있

124

었다.

병사는 두려움 탓에 날카로워진 목소리로 대답했다.

"나아질 겁니다."

비스듬히 쓴 철모, 파란색의 커다란 눈, 적갈색 눈썹.

프레윈은 구덩이에서 머리를 내밀고 주위를 둘러보았다. 트렌턴은 보이지 않았다. 앞쪽 어딘가 있을 것이다. 100미터 전방에 덤불로 뒤덮인, 높은 모래언덕에는 웅장한 벙커 하나와 두 개의 기관총 진지가 있었다.

총알이 귓전을 스쳐 지나갔다. 프레윈은 다시 몸을 숙였다.

그는 뒤쪽 해변에 흩어진 병사들을 살피면서 자신을 소개했다.

"프레윈 중위야."

"리스비입니다."

프레윈은 병사에게 손을 내밀었다. 그는 이 상황에서는 이런 엉뚱한 악수가 의혹에 휩싸인 병사에게 용기를 줄 수 있다는 사실을 알고 있었다. 물론 대단한 것은 아니지만 그래도 기분을 나아지게 할 수 있었다. 리스비는 살며시 중위의 손을 잡았다.

"리스비, 자네의 도움이 필요해. 나는 퀜틴 트렌턴이라는 병사를 신문해야 해."

"트렌턴이라고요? 그가 무슨 짓을 저질렀습니까?"

"걱정하지 마. 그를 체포할 수 있게 도와주기만 하면 돼."

두 사람은 요란한 박격포 소리 때문에 고함을 질러야 했다.

"저는 트렌턴을 잘 모릅니다. 그는 까다로운 병사입니다."

프레윈의 부드러운 얼굴이 갑자기 굳어졌다.

"부탁이 아니라 명령이야. 자네는 오른쪽으로 가. 그는 앞쪽 어딘가에 있을 거야. 내가 엄호할 테니 자네는 다음 구덩이까지 달려가."

프레윈은 뒤쪽에서 두 구의 시체 뒤에 숨어 있던 매터스의 실루엣을 보았다. 매터스는 콜린스 의무중사와 함께였다. 프레윈은 매터스가 자신을 볼 수 있게 손을 흔들었다. 그리고 그를 보호하기 위해 엄호사격을 하겠다는 신호를 보냈다.

프레윈이 물었다.

"준비됐어?"

리스비는 마음이 내키지 않는지 어리둥절한 표정으로 중위를 빤히 쳐다보았다.

"자, 뛰어!"

다시 몸을 일으킨 프레윈은 모래 자루가 쌓여 있는 언덕—규칙적으로 총알이 날아오는—을 향해 기관총을 난사했다. 기관총이 떨면서 탄피를 토해냈다. 화약 연기가 피어오르자 그는 바닥에 바짝 엎드렸다. 리스비는 5미터를 뛰어간 후 멈췄다. 프레윈은 리스비를 믿을 수 없다는 사실을 깨달았다. 리스비는 너무 어리고 너무 겁에 질려 있었다.

프레윈은 매터스에게 신호를 보냈다. 하지만 매터스는 대답하지 않았다.

프레윈은 목이 쉬도록 외쳤다.

"매터스! 엄호사격을 해!"

아무 반응이 없었다. 매터스는 보이지 않았다.

*

매터스는 10미터쯤 전진했을 때 뒤쪽에서 휘파람 소리를 들었다. 적십자 문양이 찍힌 철모를 쓰고 완장을 두른 위생병이 그를 부르고 있었다. 위생병은 매터스가 상륙용 주정에서 내릴 때부터 그를 따라왔다. 매터스는 안전한 곳으로 피신해서 그를 기다렸다. 서른 살을 넘지 않은 위생병이 달려왔다. 장신에 초록색 눈과 갈색 머리.

위생병은 숨을 헐떡이며 물었다.
"매터스 중사님입니까?"
"그렇습니다."
"프레윈 중위님이 보냈습니다. 나는 우리가 승선했던 주정의 선미루에서 중위님을 만났습니다. 그리고 중위님께 앤 도슨 간호사의 메시지를 전달했습니다. 중위님은 중사님에게도 그대로 전달하라고 하셨습니다."

매터스는 앤 도슨이 최근에 발견한 것과 상관이 트렌턴을 생포하라던 이유를 알게 되었다. 이제 트렌턴은 용의자가 아니라 잠재적인 증인에 지나지 않았다. 하지만 행동으로 판단한다면 트렌턴은 두려움을 자아내고 경계심을 불러일으키며 악의를 품은 병사였다. 요컨대 살인자가 될 수 있는 인물이었다. 그들은 트렌턴을 신문해서 왜 그런 상태로 내몰렸는지 알아내야 했다.

매터스는 구덩이에 등을 기대고 있는 중위를 보았다. 그는 중위에게 가기 위해 돌진했다. 하지만 곧 땅이 흔들리면서 주위에 있던 수십 개의 버섯이 쓰러졌다. 그는 성벽처럼 쌓인 시체 뒤로 몸을 날렸다. 두 발의 총알이 그의 머리에서 30센티미터 떨어져 있는 시체의 복부에 박히면서 끔찍한 소리가 났다.

위생병은 그에게 바짝 붙어 있었다. 매터스는 호흡을 가다듬고 중위를 찾기 위해 주위를 둘러보았다. 두 무리의 병사가 쉬지 않고 사격하고 있었다. 조금 더 멀리서는 두 병사가 대형 무전기 옆에서 무언가를 외치고 있었다.

갑자기 프레윈 중위가 손을 흔들었다. 중위는 그에게 엄호사격을 요청했다. 매터스는 중위에게 알았다는 신호를 보냈다. 하지만 그에게는 권총밖에 없었다. 그는 무기를 찾기 위해 주위를 둘러보았다. 소총 한 자루가 1미터쯤 떨어진 곳에 버려져 있었다. 매터스는 즉시 팔을 뻗어 끈을 잡아당겼다. 소총은 장전되어 있었다. 그는 전사자들의 가방에서 다섯 개의 탄창을 찾아냈다. 그는 금세 헐떡거렸다. 귀가 윙윙거렸다. 이 모든 짓은 어떤 의미도 없었다. 똑같은 색깔의 군복을 입지 않았다는 이유로 상대방을 해치고 죽여야만 하는 이 광기……. 모래알이 입 안에서 사각거렸다. 그는 몸을 떨었다. 얼마나 잔혹한 짓인가…….

두 구의 시체가 적의 총탄에 맞았다. 한 발은 뼈를 박살 냈고 다른 한 발은 철모에 맞고 튀었다.

매터스는 더 이상 참을 수 없었다. 그는 이곳에 겨우 몇 분밖에 있지 않았지만 벌써부터 한계를 느꼈다. 중위는 일어나서 계속 총을 쏘고 있었다. 매터스는 울고 있었다. 당황한 위생병은 해변에 흩어진 병사들을 둘러보면서 자신이 가야 할 곳을 찾고 있었다. 더 이상 도움이 필요하지 않은 병사들, 도움이 없어도 괜찮은 병사들, 아직은 치료할 수 있는 병사들.

한 부사관이 배를 움켜쥐고 울부짖고 있었다. 아무리 애써도 그는 밖으로 빠져나오는 창자를 어쩔 수가 없었다. 매터스는 참혹한 상황에서 쩔쩔맸다.

한 병사가 수류탄의 안전핀을 뽑고 힘껏 던지려는 순간 중포가 단두대의 날처럼 공기를 가르며 날아왔다. 병사의 머리는 뒤로 젖혀졌지만 목의 힘줄에 의해 몸에 붙어 있었다. 그는 목이 잘린 닭처럼 비틀거리면서 5미터를 이동했다. 이윽고 피가 분출하면서 어깨를 흠뻑 적셨다. 매터스는 그가 쓰러지는 모습을 보았다. 병사의 얼굴에는 고통이 아니라 동물적인 공포가 드러나 있었다. 이윽고 그는 더 이상 움직이지 않았다. 텅 빈 시선. 이미 저승사자는 10미터쯤 떨어진 곳에 있던 또 다른 병사에게 다가가고 있었다.

매터스는 폭력사건을 자주 다루었기 때문에 피를 보아도 어색하지 않았다. 하지만 이곳에서는 뭔가가 잘못되어가고 있었다. 그는 해체된 영혼의 살인적인 광기, 앙심을 품은 자아의 잔인성, 희생자와 살인자 사이의 인과관계는 이해할 수 있었다. 하지만 서로 원한도 없고 알지도 못하는 수천 명의 병사가 어떻게 이렇게 서로를 죽이는 일에 집착할 수 있다는 말인가?

매터스는 총성, 고함 소리, 폭음 가운데서 자신의 이름을 들었다.

프레윈 중위가 고래고래 소리를 질렀다.

"매터스! 쏴! 제기랄! 엄호사격을 하란 말이야!"

매터스는 피가 묻은 손가락과 총을 바라보더니 다시 울기 시작했다.

"매터스! 어서!"

매터스가 이를 악물자 모래가 서걱거렸다. 그는 입 안에 있는 것을 삼키지 못하고 내뱉었다. 영혼까지도 비웠다. 그는 검지를 천천히 방아쇠에 끼웠다. 그리고 한쪽 무릎을 꿇은 채 모래언덕 위에 있는 기관총의 검은 섬광을 조준했다.

첫 번째 총알은 총구가 들리면서 빗나갔다. 그는 총을 더욱 세게 잡고 개머리판을 어깨에 댄 후 적이 한숨을 돌리지 못하게 대충 조준해서 방아쇠를 당겼다. 세 번째 총알이 날아갔다. 그는 흘러내리는 눈물 탓에 표적을 제대로 볼 수 없었다. 네 번째 총알이 발사되었다. 프레윈이 몸을 드러내고 해변을 달리는 모습이 보였다. 다섯 번째 총소리. 청력이 떨어졌는지 귀가 윙윙거렸다. 그는 눈물을 닦고 적의 철모를 조준했다. 조준은 어려웠다. 사방이 흔들리는 것 같았다. 그는 중기관총이 자신을 향하는 것을 보았다.

매터스는 숨을 들이쉬고 호흡을 멈췄다.

적의 총구가 번쩍거리더니 총성이 들렸다.

매터스는 방아쇠를 당겼다.

그가 적의 검은 철모가 뒤로 벗겨지는 것을 본 순간 적탄이 그의 몸을 관통했다. 그는 비틀거리다가 바닥에 쓰러졌다. 구멍을 뚫고 들어온 총탄의 뜨거운 열기가 뇌까지 파고들었다.

매터스는 눈을 깜박거렸다. 기관총이 그를 쓰러뜨렸던 것이다.
미지근한 파도가 그의 오른쪽 허리를 적셨다.
그의 심장은 축축한 모래에 자줏빛 피를 쏟고 있었다.

*

프레윈은 마른 해초 더미, 포탄 구덩, 숨어 있는 병사, 흩어진 살 조각을 이리저리 피하면서 전진했다. 철모를 단단히 묶은 그는 긴장으로 호흡을 멈춘 채 기관총을 껴안고 전진했다. 앞에서 모래가 연기 커튼처럼 일어났다. 적이 그를 표적으로 삼고 있었다.

5미터만 더.

총알 하나가 그의 무릎에서 몇 센티미터 떨어진 곳에서 터졌다. 멀리서 두 개의 검은 공이 윙윙거리면서 다가왔다.

섬광에 놀란 3소대 병사들은 처음에는 대응하지 않았다. 이윽고 그들은 무모하게 돌진하는 프레윈을 보호하기 위해 무기를 들고 쏘기 시작했다. 그는 그들과 같은 제복을 걸치고 있었기 때문이다.

프레윈은 갈지자로 질주하고 있었다.

조금만 더.

그는 병사들 중에서 트렌턴을 찾을 수 없었다.

조금만 더, 몇 미터만 더 가면 돼.

그는 당장 엎드려야 했다.

트렌턴이 널찍한 구덩이에서 고개를 들었다. 프레윈이 그에게 다가가기 위해 방향을 바꾸었다. 트렌턴은 중위가 다가오는 것을 보았다. 그는 중위에게 증오의 시선을 던졌지만 움직이지는 않았다. 그는 전초에서 열 걸음만 더 나가도 분명히 죽는다는 사실을 알고 있었다. 가까이 도착한 프레윈이 외쳤다.

"움직이지 마! 네게 물어볼 게……."

바로 그 순간 거대한 문어 한 마리가 트렌턴의 발밑에서 솟구쳤다. 문어는 먹물을 퍼부어 순식간에 프레윈의 눈을 멀게 했다. 뜨거운 연기가 치솟았다. 동시에 강렬한 충격을 받은 프레윈은 숨이 끊어질 듯했다. 포탄은 귀를 멍하게 하는 저음을 발산했다.

프레윈이 뒤로 벌러덩 넘어진 순간 모래와 함께 불길한 파편들이 쏟아졌다. 트렌턴은 산산조각이 났고 그 일부는 프레윈의 입에까지 들어왔다. 트렌턴은 자신이 알고 있는 모든 것과 함께 사라졌다.

앤은 시간에도 여러 맛이 난다고 생각했다. 지루하고 초조할 때는 레몬 맛과 톡 쏘는 맛, 흥분한 순간에는 양념을 진하게 친 것처럼 강렬한 맛, 매력적인 남자와 함께 있으면 달콤한 맛, 불쾌한 남자들이 있으면 신맛, 여자들을 만나면 경우에 따라 화사한 맛이나 곰팡이 맛이 났다. 지금 흘러가는 시간은 입천장에 쓴맛을 뿌리고 있었다. 무지, 권태, 걱정은 나이를 불문하고 쓴맛이다.

오전이 절반쯤 지났을 때 콜온 군의관이 의료진에게 어떤 경우에도 움직이지 말라는 명령을 내린 후 정보를 구하러 나섰다. 5분 후 앤은 자리에서 일어났다. 그녀는 더 이상 기다릴 수 없었다.

클라리스가 검은색의 짙은 눈썹을 치켜 올리며 나무랐다.

"움직이지 말라잖아! 나는 너를 잘 알아. 너는 가만히 있지 못하지. 하지만 네가 자리를 비우면 콜온한테 따끔하게 혼날 거야. 너도 잘 알잖아. 너는 그의 감시 대상이야!"

앤은 클라리스를 흘겨보고는 무기력하게 고개를 끄덕였다. 그녀를 그렇게 과감한 사람으로 만든 것은 포악한 아버지였을까? 앤은 어떤 생각이 머리에 떠오르면 즉시 실천하는 성격이었다. 콜온이든 누구든 그녀를 막을 수 없었다. 그녀는 문을 열었다.

앤과 가끔 대화를 나누는 젊은 의사가 경고했다.

"나가지 말아요! 혼쭐이 날 거요."

앤은 눈으로 인사를 하고는 이렇게 말했다.

"기계실에 화상 환자가 생겼다고 전해줘요."

앤은 문을 닫고 텅 빈 복도로 나왔다. 그녀는 3소대 숙소로 이어지는 복도를 쉽게 찾았다. 숙소는 별로 멀지 않았다. 숙소는 비어 있었다. 구겨진 시트로 칸을 막은 그물침대와 다층침대뿐이었다. 그녀는 속옷과 찢어진 신문지 사이를 돌아다니다가 곧장 퀜틴 트렌턴에 대해 이야기해주던 위생병의 자리를 찾아냈다. 위생병이 트렌턴을 가리키기 위해 왼쪽을 바라보면서 손을 들려고 했던 일이 떠올랐다. 그녀는 그 방향을 바라보았다. 벽과 가까운 곳이었다. 정확한 위치는 몰랐다. 10여 개의 간이침대가 쌓여 있었다. 아무튼 전혀 모른 것보다는 나았다.

생각하면 생각할수록 트렌턴에게 쪽지를 보낸 사람이 살인범이라는 확신이 들었다. 트렌턴은 왜 쪽지를 읽은 후 돌변했을까? 누군가 그를 개빈 토머스의 살인범으로 몰아붙였기 때문은 아닐까? 진짜 살인범이 3소대 소속이라면 놈은 트렌턴을 알고 있을 것이다. 놈은 트렌턴을 언제든지 폭발할 수 있는 압력솥으로 바꾸어놓았다. 압력을 높이기만 하면 됐다. 놈은 트렌턴의 편집증을 더욱 부추겼다. 아무튼 놈은 트렌턴이 용의자라는 사실을 알았다. 트렌턴의 성격을 잘 아는 범인은 그를 쫓기는 야수로 만들려 했다. 수사에 혼선을 주기 위해. 범인이 아니라면 누가 트렌턴에게 겁을 주겠는가. 범인이 아니라면 누가 그의 공격성과 난폭성을 이용하겠는가. 그럴 사람은 진짜 살인범밖에 없었다. 놈은 개빈 토머스의 자살 소문이 퍼지고 있다는 사실을 알고 있었다.

아무튼 범인은 트렌턴이 용의자라는 사실을 알고 있었어!

누가 이 사실을 알고 있었을까? 매터스였다. 매터스가 그녀에게 이 정보를 주지 않았던가. 프레윈은 당연히 알고 있었다. 또 누가 있을까? 프레윈에게 물어볼 것이다. 앤은 극소수만이 이 사실을 알고 있을 것이라고 확신했다. 프레윈은 유력한 용의자의 이름을 떠들고 다닐 사람이 아니었다. 매터스는 이미 실수를 저질렀기 때문에 그가 누설했을 가능성이 있었다. 앤이 숙소로 찾아갔을 때 매터스는 기분이 좋지 않았다. 그는 앤에 대해 뭔가를 알고 있을까? 그녀에 관해 조사했을까?

아니야. 그럴 리가 없어.

앤은 침을 삼켰다.

트렌턴에게 쪽지를 썼던 사람이 살인범이었다. 앤은 이 쪽지를 찾고 싶었다. 트렌턴은 쪽지를 어떻게 했을까? 몸에 지니고 있을까? 그럴 가능성은 거의 없었다. 앤은 전쟁터에 나가는 병사들은 주머니에까지 전투 장비를 채우기 때문에 반사적으로 쪽지 같은 불필요한 것은 휴대하지 않는다는 사실을 경험적으로 알고 있었다. 따라서 트렌턴은 쪽지를 버렸을 것이다. 어디에? 그녀는 숙소에 들어섰을 때부터 쓰레기통이나 광주리를 찾으려고 했다. 하지만 눈을 씻고 봐도 없었다.

간이침대에 씹다 버린 껌이 덕지덕지 붙어 있었다.

정신에서 턱으로, 그리고 껌으로 전달되는 신경과민. 그리고 병사들은 정신을 집중하기 위해 껌을 버린다. 정신집중.

앤은 이런 식으로 환상적인 이론을 만드는 일을 무척 좋아했다.

앤이 어느 침대에 주저앉자 매트리스가 삐걱거렸다. 그녀는 문제를 곰곰이 생각했다. 트렌턴은 쪽지를 어디에 버렸을까? 그는 밤새도록 카드놀이를 했다. 긴 밤샘으로 짜증 나고 피곤했을 것이다⋯⋯.

앤은 벌떡 일어났다.

화장실! 그는 밤새도록 자리를 비우지 않았어. 그래서 오늘 아침에는 분명 소변을 보고 싶었을 거야…….

만일 그녀의 추측이 옳다면 어떻게 할 것인가? 쪽지를 찾기 위해 남자화장실을 샅샅이 뒤질까? 그럴 수는 없었다. 그렇다면……. 그녀는 발길을 돌렸다. 간이침대. 침대는 병사들의 생활공간이자 휴식처였다. 그녀는 간이침대에 붙은 껌을 떠올리면서 침대가 쓰레기통 대신이라고 생각했다.

앤은 매트리스를 들춰보고 시트를 흔들었다……. 담요에 버려진 카드 한 벌 이외에는 아무것도 없었다. 시간만 낭비했다. 그녀는 병사들의 숙소에 접근했지만 실망스럽게도 단서가 될 만한 것은 하나도 찾지 못했다. 병사들은 개인 소지품을 남겨놓지 않았을까?

앤은 무의식적으로 엄지와 검지로 블라우스의 깃을 비볐다…….

병사들의 개인 소지품…….

병사들은 전투 장비를 챙겨 전쟁터로 나갔다. 하지만 나머지 소지품은 철재 트렁크에 들어 있었다. 트렁크는 나중에 막사가 설치되면 주인에게 전달될 것이다. 숙소 구석까지 걸어간 앤은 갑문에 도착했다. 막다른 통로에 이르자 앤은 발길을 돌려 선반이 있는 곳으로 갔다. 한 해병이 몸을 숙인 채 숨어 있었다. 앤이 나타나자 해병은 놀란 표정으로 일어나더니 아무 일도 없었다는 듯이 그 자리를 뜨려다가 생각을 바꿨다. 앤은 순간적으로 해병이 자신을 염탐하고 있었다고 생각했지만 곧 누구도 자신을 감시할 이유가 없다는 사실을 깨닫고는 그런 생각을 버렸다. 해병은 그녀와 마주친 것이 달갑지 않은 듯이 무표정한 얼굴로 말없이 그녀를 바라보았다. 앤은 그에게 인사했다. 그녀는 간호사복 덕분에 군인보다 자유롭게 돌아다닐 수 있었지만 그래도 최소한의 예의는 지켜야 했다.

앤은 당황하지 않고 말했다.

"전선으로 떠난 병사들의 개인 소지품이 보관된 선창을 찾고 있어요."

해병은 다소 무뚝뚝하게 대답했다.

"하역할 군수품과 함께 있을 겁니다. 2층 아래에 있습니다. 하지만 문이 닫혀 있어서 접근할 수 없습니다."

"열쇠를 갖고 있어요?"

해병은 난간을 놓고 이 매혹적인 여인을 바라보았다.

"그렇습니다만 내게는 문을 열어드릴 권한이 없습니다."

해병은 앤과 눈을 맞추기 위해 디딤판을 하나 내려오더니 갑자기 태도를 바꾸어 짓궂은 미소를 지었다. 그녀는 그런 짓에 익숙했기 때문에 화를 내지 않았다.

"어느 병사의 약을 가져오라는 지시를 받았어요. 급한 일이에요."

해병은 놀라움을 감추지 않았다.

"이상하군요. 왜냐하면······."

앤은 몹시 불안한 표정으로 그의 말을 끊었다.

"당장 그 약을 찾지 못하면 군의관은 나를 혹독하게 야단칠 거예요. 매우 다급한 일이에요. 제발 도와주세요."

해병은 그녀에게 손짓으로 진정하라고 했다.

"좋습니다. 자세히 설명하지 않아도 됩니다. 걱정하지 마세요. 문을 열어드리겠습니다. 어떤 약을 찾는지는 알고 있겠죠?"

앤은 거짓말을 했다.

"그럼요."

놀랍게도 앤은 시걸 호의 밑바닥으로 내려가면서 어떤 승무원과도 마주치지 않았다.

해병이 설명해주었다.

"지금은 비상사태입니다. 통행이 금지되어 있어요."

"그럼 당신은요?"

해병은 걸음을 늦추지 않고 고개를 돌려 그녀를 지긋이 바라보앉다.

"나는 비탄에 빠진 아름다운 간호사들을 담당하고 있죠."

앤은 눈썹을 치켜 올렸다. 그녀는 호색한에게 걸려든 것이다. 하지만 불평할 수 없었다. 적어도 해병은 그녀가 가려는 곳으로 안내해주고 있지 않은가.

두 사람은 서둘러서 계단을 내려간 다음 기다란 복도를 지나갔다. 포성은 점점 멀어졌다.

마침내 그들은 맹꽁이자물쇠로 잠근 문 앞에 도착했다. 해병은 열쇠 꾸러미를 뒤져서 문을 열고는 선창 안쪽의 스위치를 눌렀다.

"서두르세요. 나는 문이 닫히지 않게 여기서 기다리겠어요. 내가 없어도 되겠죠?"

해병이 추파를 보내자 앤은 웃음을 터뜨릴 뻔했다. 하지만 그의 기분을 언짢게 하지 않기 위해 미소를 짓는 것으로 그쳤다.

선창은 다른 홀보다 천장이 훨씬 높고 넓어 보였다. 벽에 고정된 전등이 차례대로 켜졌다. 나무상자들이 그물과 밧줄 뒤에 쌓여 있었다. 상자 위에는 소속 중대와 내용물의 이름이 적힌 꼬리표가 매달려 있었다.

해병이 외쳤다.

"개인 소지품은 더 멀리 있어요. 오른쪽에 있을 거예요. 초록색 철재 트렁크예요."

앤은 통로를 돌아다니다가 곧장 아홉 무더기의 초록색 트렁크들을 발견했다. 트렁크에는 병사들의 이름과 군번이 노란색으로 씌어 있었다. 그녀는 해병의 시야에서 사라졌다. 석판마다 중대와 소대의 이름이 씌어 있었다. 앤은 갑자기 걸음을 멈췄다.

레이븐 중대 3소대.

앤은 밧줄 밑을 지나 3미터 높이의 사각형 블록들 사이로 들어갔다. 가죽 끈으로 블록들을 바닥에 고정시켜놓았다. 이름과 군번. 앤은 트렁크들을 자세히 점검했다. 마침내 그녀는 트렌턴의 트렁크를 발견했다.

제기랄······.

대부분의 트렁크와 마찬가지로 그의 트렁크는 맹꽁이자물쇠가 채워져 있었다. 앤은 잠시 눈을 감았다.

어떻게 하지?

앤은 곁쇠질로 자물쇠를 열 수 없었고 해병에게 도움을 요청할 수도 없었다.

시걸 호의 육중한 선체가 삐걱거렸다. 꼬리표가 좌우로 흔들렸다. 앤은 트렁크들이 흔들리지 않는지 확인하면서 뒤로 물러났다. 무수한 철재 트렁크에 깔려 죽을 수는 없지 않은가. 그녀는 출구가 보이는 곳으로 돌아갔다. 만일 어떤 문제가 있다면 해병이 알려줄 것이다.

앤이 물었다.

"이게 무슨 소리죠?"

입구에는 아무도 없었다. 앤은 입을 열지 않고 가만히 있었다. 그녀는 다시 소리쳐 물으려다가 오히려 이것이 절호의 기회라고 생각했다.

그는 어느 구석에서 너를 기다리고 있을 거야. 너는 이 기회를 잘 써먹어야 해!

앤은 3소대의 트렁크 쪽으로 달려갔다. 만일 사다리나 노루발장도리나 지렛대를 찾을 수 있다면 자물쇠를 부러뜨릴 수 있을 텐데.

앤은 트렌턴의 트렁크를 부술 만한 도구를 찾기 시작했다. 하지만 왠지 마음이 편치 못했다.

살인범은 이 배에서 두 번이나 살인을 저질렀다. 프레윈 중위는 범인이 3소대 소속이라고 추론했다.

만일 중위가 틀렸다면? 만일 범인이 승조원이라면? 살인범이 이 철재 복도 어딘가에 있다면 나는 푸른 수염(샤를 페로의 동화에 나오는 인물로 아내들을 차례대로 살해했다―옮긴이)의 아내 역할을 하고 있는 거야……

하지만 그런 문제를 생각할 때가 아니었다. 프레윈이 정확히 봤을 것이다. 틀림없이. 바로 그때 그녀의 치마에 묻은 붉은 얼룩이 보였다. 그녀는 치맛자락을 들어 올렸다. 피 같았다. 그녀는 피가 얼마나 굳었는지 확인하기 위해 손으로 만져보았다. 그리고 두 손과 팔뚝을 들어 어디서 상처가 났는지를 확인했다. 다친 곳은 없었다. 그녀의 피가 아니었다. 그녀는 화들짝 놀랐다. 그리고 천천히 몸을 돌렸다. 심장이 고통스러울 정도로 날뛰었다.

어느 트렁크의 모서리가 옻칠한 것처럼 반짝였다.

앤이 머리를 숙였다. 피였다.

왜 피가 묻었을까?

트렁크의 테두리에도 피가 묻어 있었다. 트렁크에는 노란색으로 이름이 씌어 있었다. 칼 해리슨.

칼 해리슨, 트렁크에 묻은 이 피는 뭐지?

다행히 트렁크에 잠금 장치는 없었다. 앤은 가죽 띠를 풀고 가장 위에 있는 트렁크를 밀어냈다.

시걸 호가 다시 삐걱거리면서 불길한 신음 소리가 길게 들려왔다. 이윽고 포성이 멎었다.

또 무슨 일이 일어난 걸까?

1분 후 공격이 더욱 거세졌다. 앤은 해리슨의 트렁크에 접근했다. 그녀는 트렁크들 위에서 균형을 잡았다. 그리고 트렁크 문짝을 잡고 열었다.

구겨진 옷들 사이에 책 한 권과 포르노 잡지 한 권이 들어 있었다. 깃에 붉은 얼룩이 묻은, 푸른 셔츠가 묵직한 덩어리를 감싸고 있었다. 앤은 셔츠를 잡아당겼다.

머리털이 나타났다. 약간 곱슬곱슬한 머리.

귀 하나와 머리통 하나.

사람의 머리였다.

앤은 한 손으로 입을 막았다. 그녀는 한 걸음 물러나다가 균형을 잃고 허공에서 허우적거렸다. 그녀는 다시 해리슨의 트렁크를 붙잡았다.

앤은 방금 퍼거스 로스데일의 없어진 신체 부위를 찾아낸 것이다. 그녀는 그렇게 확신했다. 둘둘 말린 티셔츠와 바지는 피로 더럽혀져 있었다. 로스데일은 살짝 눈썹을 올린 채 마른 동공으로 허공을 응시하고 있었다. 피가 빠져나간 피부는 몹시 창백했다.

앤은 마음을 가다듬고 어떻게 할지 생각했다. 그녀는 이곳에 있을 이유가 없었다. 누구도 그녀를 도와주지 않을 것이다. 어떤 병사가 개인 소지품 안에 머리통을 숨겨놓았다. 그녀는 이 증거를 최대한 활용할 방법을 찾아야 했다. 경보를 울리는 것은 좋은 생각이 아니었다.

프레윈은 이런 음산한 시체를 발견했을 때 어떻게 해야 할지를 알 것이다. 따라서 그녀는 기다려야 했다. 누구에게도 말해서는 안 되었다. 트렁크들이 해변으로 옮겨진다면? 그녀는 입술을 깨물었다. 어떻게 해야 할까?

프레윈을 기다리자. 그것이 가장 좋은 해결책이야.

앤은 트렁크를 닫고 제자리에 밀어놓은 다음 아래로 내려왔다. 그녀는 땀을 흘리고 있었다. 해병은 그녀를 의심할 것이다.

믿어줄 거야. 나는 방금 약을 찾기 위해 트렁크를 뒤졌을 뿐이야……

앤은 아무 짓도 하지 않은 것처럼 행동하기로 했다. 해병이 약을 찾았냐고 묻는다면 그녀는 빈손을 내밀 것이다. 그녀는 멈춰 서서 블라우스의 주머니를 만지작거렸다. 아스피린 통이 잡혔다. 그녀는 통의 라벨을 떼어버렸다. 이것이면 충분할 것이다. 그녀는 출입구 쪽으로 나오다가 우뚝 멈췄다. 선창 문이 닫혀 있지 않은가.

해병은 어떻게 됐을까?

앤은 출입문에 달려 있던 육중한 맹꽁이자물쇠를 떠올렸다. 해병이 문을 잠갔다면?

전등이 꺼질 때마다 천장에서 예리한 소리가 들렸다.

모퉁이에서 어둠이 나타나더니 이윽고 모든 것을 삼켰다.

누군가가 방금 전기를 끊었어.

잠시 후 앤은 해병의 손짓을 떠올리고는 두려움에 휩싸였다.

해병은 불을 켜기 위해 선창 안쪽으로 팔을 내밀었었다. 따라서 스위치는 그녀 쪽에 있었다.

그렇다면 선창에 누가 있단 말인가.

바로 그때 앤은 아주 천천히 다가오는 발소리를 들었다.

뒤쪽에서.

총알이 모래밭을 유린하기 시작했을 때 프레윈 중위에게는 트렌턴이 방금 사라진 구덩이 속으로 몸을 굴리는 것 외에는 다른 선택의 여지가 없었다. 프레윈은 혀에 남은 트렌턴의 피를 계속 뱉어냈다. 하지만 트렌턴의 살점이 목구멍 어딘가에 걸려 있는 것 같았다. 그는 격렬한 구토증에 시달리며 몸을 깊숙이 숙였다. 그는 무기를 내려놓고 주위를 더듬어서 수통을 찾았다. 그리고 허리띠에서 수통을 뽑아 고약한 피를 헹구어냈다.

프레윈은 주위를 둘러보았다. 그는 내장과 모래가 뒤범벅된 구덩이 안, 트렌턴의 유해 위에 쓰러져 있었다. 분해된 살덩어리들 중 반쯤 찢어진 한쪽 손밖에 구분할 수 없었다. 그는 수통을 놓고 기관총을 잊어버린 채 구덩이 밖으로 뛰쳐나갔다. 총탄이 자연을 유린하고 있었지만 구덩이 안에서 윙윙거리는 귀를 막고 있었기 때문에 잘 들리지 않았다. 포탄이 쉬지 않고 쏟아졌다. 프레윈은 피로 물든 '무덤'에서 벗어나기 위해 아무것도 보지 않고 포복했다. 손 하나가 그를 잡더니 바위 뒤로 잡아당겼다.

누군가 그에게 말했다.

"당신, 미쳤어요?"

아무것도 듣지 못한 프레윈은 바위에 기대고 호흡을 가다듬었다. 한 병사가 일어나더니 총을 쏘면서 은신처로 들어오는 것이 보였다. 다른 병사는 총을 놓더니 자신의 웃옷을 움켜쥔 채 기절 직전인, 세 번째 병사의 상처난 다리를 누르고 있었다.

사수가 소총을 재장전하면서 자신을 소개했다.

"레지 하사입니다."

"나는 프레윈 중위야."

"중위님, 난처한 상황입니다. 우리는 오래 버틸 수······."

프레윈은 헌병 완장을 보여주면서 하사의 말을 중단시켰다.

"나는 자네의 상관이 아니야. 나한테 보고할 필요는 없어."

수류탄이 폭발하는 가운데 다른 병사가 외쳤다.

"우리 상관은 죽었습니다. 이 난장판에서 다른 상관은 찾을 수 없습니다. 당신은 중위입니다. 어차피 우리에게는 마찬가집니다! 우리가 어떻게 해야 할지 알려주세요. 공격이 멈출 때까지 얌전히 기다립니까?"

네 번째 병사가 전속력으로 달려오더니 몸을 날려 그들 발치에 바싹 엎드렸다. 그리고 황급히 바위에 등을 기댔다. 프레윈에게는 생소한 얼굴이 아니었다. 둥글게 말린 금발, 파란 눈, 뒤로 젖혀진 턱, 툭 튀어나온 광대뼈.

레지 하사가 고함쳤다.

"해리슨! 뭐 하러 이리 왔어? 이곳도 이미 너무 많아!"

"분대장님, 트렌턴이 어떻게 됐는지 보셨습니까?"

"그 머저리는 어리석은 짓을 했어. 혼자 너무 앞으로 나갔어!"

해리슨이 프레윈을 가리켰다.

"저 사람 탓이에요! 헌병이 그를 압박했습니다!"

난처해진 레지 하사는 이야기를 끝내고 싶었다.

"귀찮게 굴지 마. 지금은 때가 아니야!"

프레윈은 해리슨에게 상체를 숙였다. 이 병사를 어디서 보았는지가 떠올랐다. 그렇다. 어젯밤 시걸 호의 복도에서였다. 이 병사는 무슨 일이 일어났는지 보러 왔다가 중위와 매터스가 나누던 대화를 엿들었다. 프레윈은 더욱 신중하게 처신하지 못했던 것을 후회했다.

프레윈은 잘 듣지 못했기 때문에 큰 소리로 물었다.

"무슨 말을 하고 싶은 거지?"

"중위님이 뒤를 쫓았기 때문에 트렌턴이 뛰어나간 겁니다! 우리는 이미 적과 대치하는 일도 벅찹니다. 문제를 더욱 악화시켜야겠습니까?"

"트렌턴은 자신이 용의자임을 알고 있었어. 나는 어젯밤에 너를 봤어. 너는 모든 이야기를 들었겠지. 네가 트렌턴에게 알려주었나? 쪽지를 보낸 건 바로 너야!"

해리슨은 너무 놀란 나머지 입을 다물었다. 헌병들이 쪽지에 대해 알고 있지 않은가. 해리슨은 중위에게 다가와서 소곤소곤 말했다.

"저는 트렌턴에게 위험하니 조심하라고 했을 뿐입니다. 우리는 연대의식이 강하기 때문에 서로 도와줍니다. 우리는 사기를 깨뜨릴 궁리만 하는 비굴한 헌병들과는……."

해리슨이 말을 끝내기도 전에 프레윈이 그의 멱살을 잡고 강력한 팔심으로 바싹 당겼다.

"나를 잘 봐. 잘 보란 말이야. 네 잘못이 드러나면 이렇게 비웃는 것도 마지막일 테니까."

프레윈은 뭔가 단단한 것이 허리에 박히는 것을 느꼈다. 해리슨이 총을 들이댔던 것이다.

해리슨이 놀려댔다.

"중위, 쳐보시지. 당신 몸에 구멍을 뚫어줄까? 오발사고는 순식간에 일어나지……."

프레윈이 해리슨을 제압하려는 순간 콜린스 의무중사가 다리에 부상을 입은 병사를 치료하기 위해 헐떡거리며 나타났다.

의무중사가 소리쳤다.

"여기 너무 많이 모여 있어요! 적에게 발각되면 포탄 세례를 받습니다! 흩어지세요!"

레지 하사는 지휘를 거부한 중위를 흘겨본 후 외쳤다.

"의무중사님이 옳아! 해리슨과 트라우델은 나를 따라와."

프레윈은 해리슨을 놓아주고는 잠깐 노려본 후 거칠게 떠밀었다. 중위가 마지막으로 해리슨에게 경고하려는 순간 의무중사가 털어놓았다.

"중위님의 중사는 '아웃'되었습니다. 한 방 맞았습니다."

"뭐라고? 매터스가?"

해리슨은 두 동료와 함께 후다닥 은신처를 기어나갔다. 콜린스는 이빨로 습포의 포장지를 찢고는 병사의 다리에 올려놓았다.

"네. 심각하지는 않습니다만 정상은 아닙니다. 그는 상륙용 주정 근처에 있습니다. 곧 회복될 겁니다."

중위는 해변을 탐색했지만 연기, 총알, 도망치는 실루엣밖에 볼 수 없었다.

"콜린스, 해리슨을 잘 알아?"

"3소대 소속의 칼 해리슨 말입니까? 네, 압니다. 트렌턴의 단짝이죠! 둘은 같은 부류입니다. 둘 다 거칠죠."

프레윈은 이 긴박한 상황에서는 생각을 정리할 수 없었다. 그래도 해리슨이 이 사건과 무관하지 않다고 느꼈다. 해리슨은 복도에서 매터스가 트렌턴을 수상히 여긴다는 말을 들었다. 트렌턴과 친한 해리슨은 공격적인 기질을 지녔다. 혹시 해리슨이 살인범이 아닐까? 그는 상황을 파악하기 위해 복도에 오지 않았을까? 어쨌든 그는 친구에게 헌병이 의심하고 있다는 사실을 알려주었다.

프레윈은 해리슨을 찾기 위해 머리를 내밀었다.

해리슨은 하사와 다른 병사와 함께 철조망을 부수고 있었다.

적의 기관총들은 상륙하는 새로운 병력에 집중사격을 퍼붓고 있었다. 연기가 나는 뜨거운 총구가 총알을 뿜어댔다. 잠깐 사격이 뜸한 틈을 타서 무전병이 그들이 있는 곳으로 달려왔다.

"프레윈 중위님이시죠?"

중위가 고개를 끄덕였다.

"2소대가 방금 왼쪽의 기관총 진지를 점령했습니다. 그들은 곧 화염방사기로 벙커를 공격할 겁니다. 포로가 생길 겁니다. 헌병이 필요합니다."

"2 소대에 두 명이 배치되었는데."

무전병이 입술을 오므리고 대답했다.

"그들은 살해되었습니다."

프레윈이 놀라서 소리쳤다.

"뭐라고? 그들은 병사들 뒤에 있었을 텐데 어떻게 그런 일이 가능하지?"

"그 일은…… 3소대가 도착했을 때 일어났습니다. 아군의 총에 맞은 것 같습니다."

프레윈은 믿을 수 없다는 듯이 반복했다.

"아군의 총에……."

오발사고. 대규모 전투에서 병력 손실의 1퍼센트는 오발사고 때문에 발생한다.

"그렇게 들었습니다."

"증인이 있어?"

그때 포탄 하나가 그들 옆에서 터졌다. 그들은 구덩이 속으로 몸을 날렸다.

콜린스가 부상자를 어깨에 둘러메고 외쳤다.

"도망쳐야 합니다!"

프레윈이 무전병을 노려보며 다시 물었다.

"증인이 있어?"

중위의 건장한 어깨와 이글거리는 눈동자를 본 무전병은 콜린스와 함께 도망칠 수 없었다.

"제가 알기로는 없습니다. 두 사람은 등에 총을 맞았습니다."

두 번째 폭발이 일어나면서 그들 위로 모래가 퍼부어졌다.

이번에는 추호도 의심할 수 없었다. 살인범은 3소대에 있었다. 범인은 헌병에게 반감을 보였다. 프레윈은 오발사고를 믿지 않았다. 노련한 3소대 병사들이 오발사고를 일으켰을 리가 없다. 고의적으로 사살했을 것이다. 범인이 수사 내용을 알고 있음을 알리기 위해. 범인이 순순히 항복하지 않겠다는 뜻을 나타내기 위해.

세 번째 포탄이 터졌다. 이번에는 바위가 수천 조각으로 흩어졌다. 프레윈과 무전병은 뿌연 연기 속에 갇혔다.

군인들은 지구를 지옥으로 만들었다. 포성의 메아리는 멀리서 들려오는 천둥을 닮았다. 여섯 시간의 포격전은 해변을 죽음의 주홍색이 넘실대는 무시무시한 풍경으로 바꿔놓았다. 수천 개의 포탄을 맞은 해변은 달의 표면을 닮았다. 포격을 받아 파손된 배들이 밀물 속에 반쯤 잠겨 있었다. 호전적인 식물처럼 생긴 체코 고슴도치만이 멀쩡했다. 시체는 도처에 널려 있었다. 도랑을 이룬 피가 되밀려오는 파도에 쓸려가면서 해안은 온통 붉게 물들었다. 바다는 이 중오의 무게를 짊어지기 싫다는 듯이 끊임없이 핏물을 밀어냈다.

200명의 병사가 잘린 팔다리가 널린, 황량한 해변을 돌아다니면서 시체를 들것에 싣거나 자루에 담았다. 자루들은 너무 무거워서 들 수도 없을 것 같았다. 전차가 상륙할 길을 터야 했다.

프레윈의 얼굴과 목에 여러 개의 상처가 생겼다. 볼 아래에서 귀까지 찢어진 부위는 통통 부어올랐다. 그는 150센티미터의 깊은 구덩이 앞에 서 있었다. 헌병 완장을 두른 두 사람이 구덩이 속에 쓰러져 있었다.

프레윈은 두 헌병의 자세를 살폈다. 그들은 아군이 뒤에서 총을 쏠 거라고는 추호도 생각하지 못한 채 정면에서 날아오는 총알을 피하기 위해 몸을 웅크리고 있었다. 등에 다섯 발의 총알이 박혀 있었다. 프레윈은 주위를 둘러보았다. 그들을 이곳까지 싣고 왔던 상륙용 주정은 바로 옆에 좌초되어 있었다. 그와 3소대는 이 주정을 타고 도착했다. 살인범도……. 적의 벙커에서 검은 연기가 치솟고 있었다. 휘발유 냄새와 함께 그을린 살 냄새가 풍겼다.

옆에서 기다리던 위생병이 물었다.

"시신을 옮길까요?"

프레윈이 눈물을 삼켰다. 쌍둥이라고 부를 정도로 서로 닮은 클라우비츠와 포럴이 죽은 것이다. 클라우비츠는 머리가 모래에 박힌 채 손가락을 오므리고 있었다. 눈을 감고 입을 벌린 포럴은 자는 것 같았다. 다만 체중을 이기지 못하고 꺾인 발목만이 그가 잠든 것이 아님을 말해주었다.

프레윈은 천천히 고개를 끄덕이며 그 자리를 떠났다.

"그렇게 해."

\*

전함들이 해변으로 다가오고 있었고 지프차와 트럭이 교대로 수송선에 실린 병력과 군수물자를 하역하기 시작했다. 날아가지 못하도록 줄을 맨 수십 개의 기구들이 30미터 상공에서 나부끼고 있었다. 기구의 역할은 적기의 공격을 방해하는 것이었다.

모래언덕 위에 도착한 프레윈은 거대한 야영지를 굽어보았다. 수백 개의 천막이 천천히 세워졌고, 병사들은 위장망 아래에서 나무상자, 휘발유통, 탄약을 쌓고 있었다. 기갑사단이 곧 남쪽에 철벽을 세울 것이다.

프레윈은 부하들에게 가기로 했다. 몇몇 병사는 서로의 승리와 생존을 축하해주고 있었지만 대부분의 병사는 공포에 짓눌려 침묵하고 있었다. 헌병들이 철모에 두 손을 올린 40여 명의 포로를 임시 감옥이 있는 분지 쪽으로 데려갔다. 몇몇 병사가 달려오더니 웃으면서 포로들의 얼굴에 침을 뱉었다. 하지만 그 웃음으로도 양진영의 공포를 감출 수는 없었다.

프레윈은 이런 소란과는 조금 떨어진 위장망 아래에서 몇몇 부하들이 식량 상자에 둘러싸인 채 '벌통'을 조립하는 것을 보았다. 그리스인의 얼굴에 사각 안경을 쓴 앵거스 도노반, 전형적인 헌병의 기질을 지닌 엘리엇 먼로, 필 콘래드, 헌병대의 두 장사인 존 라르손과 애덤 베이커. 팔에 붕대를 감은 매터스 중사가 세심하게 작업을 감독하고 있었다. 프레윈이 중사에게 다가가서 물었다.

"견딜 만해?"

매터스는 자신의 팔을 바라본 후 대답했다.

"괜찮을 겁니다. 의사는 다음 주에 부목을 뗄 수 있을 거라고 했습니다. 팔을 움직이면 상처가 잘 아물지 않기 때문에 부목을 댔을 뿐입니다."

그들은 서로를 바라보며 망설였다.

중위가 입을 열었다.

"클라우비츠와 포럴이 죽었어."

"알고 있습니다. 우리 수사팀에서 중위님과 저 그리고 라르손이 부상을 입었습니다. 라르손은 복부에 유산탄을 맞았습니다. 부상은 경미한 것 같습니다. (그는 밧줄을 당기면서 말뚝을 세우고 있는 라르손을 가리켰다.) 그는 평소처럼 활기찹니다."

"라르손에게 신경 쓰게. 후유증이 있을지도 모르니까. '벌통'을 세운 다음 우리가 입수한 모든 정보를 종합해볼 거야. 두 살인사건의 정황과 특징, 그리고 모든 것을 분석해야 해. 감시하고 싶은 병사가 있어. 칼 해리슨이야."

15분 후 부하들은 말뚝과 밧줄을 내려놓고 차가운 전투 식량을 먹었다. 음식을 데울 여유가 없었다. 프레윈은 부하들과 함께 점심을 먹었다. 존 라르손은 죽은 두 친구를 위해 기도를 읊었다. 라르손, 베이커, 그리고 잠시 후 매터스가 성호를 그었다. 그런 다음 모두 자신의 임무로 돌아갔다.

프레윈은 소변을 보기 위해 풀밭으로 갔다. 그는 길을 트면서 패티를 생각했다. 그는 오늘 저녁 패티에게 편지를 쓸 수 있기를, 여느 때처럼 잔인한 내용은 빼고 요즘 느끼는 것을 얘기할 수 있기를 바랐다. 새로운 편지. 이 편지는 트렁크 안에 보관되어 있는 이전의 편지들 위에 놓일 것이다.

*

5분 후 막사로 돌아온 프레윈은 야전사령부로 갔다. 토드워스 사단장은 아직 상륙하지 않았다. 3소대의 명단을 입수하는 데 시간이 걸렸다.

한 시간 후 인사장교가 명단을 내밀면서 말했다.

"최근의 명단입니다."

"무슨 뜻입니까?"

"이 명단에는 건장한 군인밖에 없습니다. 사망자와 더 이상 작전을 수행할 수 없는 부상자는 없습니다. 30여 명의 소대원 중 22명뿐입니다. 지금은 시간이 없어서 3소대원 모두의 명단을 찾아드릴 수 없습니다."

"괜찮습니다. 고맙습니다."

크레이그 프레윈이 명단을 보았다.

—로이드 모리스 대위

―애슐리 더링턴 중위

―필립 파이퍼 중위

―클라이브 브레들리 - 다더스 특무상사

―헨리 클라크 특무상사

―피오트르 키즈라르 중사

―가브리엘 라빈 중사

―파커 콜린스 의무중사

―더글러스 레지 하사

―애덤 하우단 하사

―프랭크 가지니 병사

―블라디미르 흐리섹 병사

―마틴 클램프스 병사

―제러미 브로더스 병사

―칼 해리슨 병사

―피터 브롤린 병사

―제임스 코스텔로 병사

―펠리페 곤잘레스 병사

―존 트라우델 병사

―로드니 배로 병사

―스티브 리스비 병사

―존 윌커 병사

이 명단은 살인범을 추적하는 출발점이 될 것이다. 프레윈은 각각의 이름에 대한 정보를 수집하고 추론할 것이다. 이 명단을 길잡이로 용의자를 좁혀나갈 것이다. 살인범을 잡을 때까지.

프레윈은 조립이 끝난 '벌통'으로 돌아와서 자신의 천막에 짐을 풀었다. 그가 야전침대를 펼치고 있는데 그의 이름을 부르는 소리가 들렸다. 천막 밖으로 나가자 여자 간호사가 보였다. 아담한 키, 건강한 몸매, 갈색의 긴 머리, 풍성한 눈썹, 끊임없이 꼼지락거리는 손가락.

간호사가 더듬더듬 물었다.

"프레윈…… 중위님이세요?"

프레윈은 뭔가가 잘못되고 있음을 느꼈다. 그가 고개를 끄덕였다.

"나는 클라리스예요. 앤 도슨의 친구죠."

클라리스는 누가 염탐하지 않는지 확인한 다음 중위에게 다가갔다. 그리고 뜻밖에도 단호하게 덧붙였다.

"말씀드릴 것이 있어요. 당장요."

프레윈은 막사의 문을 열고 간호사를 안으로 들였다.

앤 도슨은 자신이 호되게 당하는 꼴을 상상했다. 콜온 군의관은 앤이 몇 시간 동안 자리를 비웠다는 사실을 알면 그녀를 죽이려 들 것이다. 그녀가 무슨 변명을 늘어놓아도 소용없을 것이다. 콜온은 그녀가 쇄도하는 부상병들을 소홀히 했다고 그녀를 고발하고 해임을 요청할 것이다.

지금은 아닐 거야. 의료진이 너무 부족해…….

앤의 인사자료에는 틀림없이 '명령 불복종, 난폭한 기질, 근무 태만'이라고 기록될 것이다. 하지만 그것이 무슨 상관이란 말인가. 전쟁이 끝난 후 병원에 취직할 때 문제가 될까? 전쟁이 끝나면……. 진짜 골칫거리는 콜온과의 불편한 관계에서 비롯될 것이다. 그는 더 이상 너그럽게 봐주지 않을 것이다. 그리고 그녀가 더 이상 한눈을 팔지 못하도록 옴짝달싹할 수 없는 일을 맡기고 감시의 끈을 늦추지 않을 것이다.

병사들은 개인용 트렁크를 하역해서 중대별로 지정된 곳에 옮기고 있었다. 하역이 끝나면 각 소대는 트렁크를 주인에게 전달할 것이다. 곧 레이븐 중대의 차례가 될 것이다. 앤은 트렁크가 내려지는 모습을 줄곧 지켜보았다.
 칼 해리슨은 자신의 가증스러운 물건을 되찾게 될 것이다. 그는 유해를 버릴 궁리를 할 것이다. 그것이 그의 계획이었을까? 유해를 간직한 것으로 보아 그에게는 아주 구체적인 의도가 있을 것이다……. 앤은 더 이상 어떻게 해야 할지 몰랐다. 그녀는 빨리 프레윈 중위를 만나 그에게 문제를 맡기고 싶었다. 그녀는 이번 일로 상당히 난처한 일을 겪었다. 다섯 시간 전 음흉한 해병은 그녀를 어두운 선창에 가두었다. 해병이 포옹하려는 순간 그녀는 무릎으로 사타구니를 가격했다. 그녀가 출입문까지 달려가서 불을 켜는 동안 놈은 격통으로 허리를 구부린 채 어쩔 줄 모르며 변명을 늘어놓았다. 앤이 선창에 데려다 달라고 했을 때 그는 그 부탁이 은근한 유혹인 줄 알았다는 것이다. 이게 무슨 창피란 말인가.
 클라리스와 프레윈 중위가 식수통들 사이에서 나타나자 앤은 두 사람에게 달려갔다.
 "아무도 접근하지 못하게 감시하고 있었어요!"
 프레윈이 고개를 끄덕여서 인사하고는 의아한 표정을 지었다.
 "대체 무슨 말이죠?"
 앤은 프레윈의 볼에서 상처를 발견하고는 당황했다.
 "전부 말씀드릴게요. (그녀는 놀란 표정으로 두 사람을 지켜보던 동료에게로 돌아섰다.) 클라리스, 고마워. 콜온이 격분하기 전에 의무대로 돌아가. 그리고 나를 찾지 못했다고 전해줘."
 "앤, 콜온이 너를 죽이려 할 거야……."
 프레윈은 손을 들어 클라리스의 말을 끊었다.
 "내가 앤을 징집했다고 콜온 군의관에게 전해줘요."
 클라리스는 고개를 끄덕이고 친구에게 공모의 눈짓을 보낸 후 그 자리를 떠났다.
 중위가 물었다.

"설명해주겠소?"

"당신이 떠난 후 나는 시걸 호에서 줄곧 생각했어요."

앤은 3소대의 개인용 트렁크를 뒤지고 혈흔을 발견한 과정을 털어놓았다. 그녀는 퍼거스 로스데일의 잘린 머리에 대해서만 이야기하고 해병의 수작은 언급하지 않았다.

프레윈이 물었다.

"그 트렁크의 주인이 누구죠?"

"칼 해리슨이에요."

프레윈이 눈살을 찌푸렸다. 앤은 중위가 뭔가를 알고 있다고 느꼈다.

"해리슨을 알아요?"

프레윈은 앤의 팔을 잡고 레이븐 중대 3소대의 야영지 쪽으로 데려갔다.

"알아요. 오늘 아침 해변에서 그와 마주쳤거든요. 해리슨은 트렌턴의 친구예요. 절친한 사이는 아니래요."

프레윈은 트렁크를 찾기 시작했다. 그는 트렁크 더미 위쪽에서 해리슨의 트렁크를 찾아내고는 디딤판을 만들어 올라갔다. 앤은 아래쪽에서 중위가 트렁크를 열고 한참 동안 내용물을 검사하는 것을 지켜보았다. 이윽고 중위는 트렁크를 닫고 내려왔다.

앤이 물었다.

"어떻게 하죠?"

프레윈이 알 수 없는 표정으로 앤을 힐끗 바라보았다. 중위는 만족했을까? 아니면 두려워했을까?

"어떻게 할 거냐고요? 당장 칼 해리슨을 체포해야겠어요."

\*

프레윈은 두 부하—애덤 베이커는 위압적인 체격을, 엘리엇 먼로는 다혈질적인 기질을 지녔기 때문에—를 데리고 3소대 야영지로 갔다. 수사팀의 거인인 존 라르손은 복부에 경상을 입었기 때문에 본부에 남아 있어야 했다. 해리슨은 고집이 세고 난폭하며 규율을 무시하기 때문에 소대원들이 보는 앞에서 그를 체포할 경우 프레윈이 오전에 겪었던 것 같은 소란을 일으킬 위험이 있었다.

3소대 병사들은 헌병대의 두 거인과 힘이 좋아 보이는, 키 작은 남자가 다가오는 것을 보고 무슨 일이 터질 것이라고 직감했다. 헌병들은 야영지 중심으로 갔다. 몇몇 병사가 자유로운 차림—초록색 티셔츠—으로 피곤한 듯이 무기를 손질하고 있었다.

프레윈은 언청이의 흉터가 있는 30대의 작은 사내를 훑어보면서 물었다.

"모리스 대위님? 3소대를 지휘하십니까?"

"맞습니다. 내가 지휘하고 있습니다."

"단 둘이서 얘기를 나눌 수 있을까요?"

"나는 부하들에게 숨길 것이 없습니다."

프레윈이 거칠게 반박했다.

"하지만 동료들 앞에서 자신의 문제가 까발려지는 것을 원하지 않는 병사도 있습니다."

대위는 한숨을 내쉬었다. 그리고 소총을 옆의 중사에게 맡기고는 프레윈을 따라 천막 뒤로 갔다. 대위는 프레윈이 예상했던 것보다 훨씬 작았다. 대신 그는 광적인 병사들에게 존경받을 정도의, 엄청난 팔심을 지녔을 것이다.

"칼 해리슨을 체포하러 왔습니다."

"칼 해리슨? 왜죠?"

"살인 혐의입니다."

대위가 소리를 질렀다.

"살인? 내가 우스운가요? 해리슨이 누구를 죽였습니까? 벙커에 있던 적들이요? 쳇! 가서 체포하시오. 하지만 해변에 30만 명의 병사가 있다는 사실을 잊지 마시오!"

"해리슨의 트렁크에서 퍼거스 로스데일의 머리가 나왔습니다. 그는 어젯밤 나와 내 부관의 대화도 엿들었습니다. 해리슨은 우리의 대화를 트렌턴에게 전해서 그를 불안하게 했습니다. 오늘 아침 트렌턴은 우리를 보고 도망치다가 사망했습니다."

"잘 들으세요. 나는 장교이고 어젯밤에 무슨 일이 일어났는지 알고 있습니다. 개빈 토머스는 자살하지 않았습니다. 그는 그저께 저녁에 죽은 로스네일처럼 살해당했습니다. 정신병자가 날뛰고 있는 것은 사실입니다. 하지만 해리슨은 아닙니다. 분명히 오해입니다. 그를 가두면 안 됩니다……."

"대위님, 나는 당신 의견을 들으러 온 것이 아닙니다. 나는 당신이 소대 책임자이기 때문에 예의상 알려주는 것뿐입니다. 나는 헌병대 장교로서 용의자를 체포하는 겁니다. 대위님의 허가는 필요없습니다."

"어리석은 짓입니다……."

프레윈은 더 이상 설명하지 않고 부하들에게로 돌아갔다. 세 사람은 한쪽 구석에 있던 칼 해리슨을 에워쌌다.

해리슨이 야유했다.

"얼씨구! 헌병이 포로는 감시하지 않고 이렇게 깡충깡충 뛰어다녀도 됩니까? 탈주자들이 생길까 봐 걱정이구려!"

프레윈이 명령했다.

"칼 해리슨, 일어나."

해리슨이 낄낄 웃었다.

"나요? 냉수나 마시고 속 차리시죠!"

"자네를 강제로 데려가고 싶지는 않아."

해리슨의 비웃는 안색이 즉시 변했다. 보조개는 사라졌고 시선은 차가워졌으며 입술은 늘어졌다.

"나를 잡으려고 두 명이나 데려왔습니까? 사내답게 혼자 올 수 없어요?"

해리슨이 벌떡 일어나더니 머리를 숙이고는 프레윈의 복부로 돌진했다. 두 명의 헌병은 뒤로 물러났고 중위의 등은 트렁크 더미에 부딪쳤다. 프레윈은 공격자를 밀어낸 다음 왼손으로 머리털을 잡아당기고 오른손으로 턱을 후려쳤다.

프레윈의 오른손 밑에서 바드득 하는 소리가 났다.

해리슨은 한순간 정신을 잃었다. 프레윈은 부하들의 도움으로 안정을 되찾았다. 정신을 차린 해리슨은 볼을 만지면서 중위를 노려보았다. 그는 말을 하려 했지만 너무 아파서 입을 열 수 없었다. 그는 중위의 가슴을 향해 주먹을 날렸다. 프레윈이 해리슨의 손을 비틀면서 밀었다. 해리슨이 트렁크 더미로 내동댕이쳐졌다. 충격을 받은 트렁크들이 다시 와당탕 소리를 냈다. 해리슨이 고함을 질러댔다.

대여섯 명의 소대원이 동료를 돕기 위해 달려왔다. 한 병사는 야전삽을 들었다. 누구도 자신들의 동료를 그런 식으로 건드린 적은 없었다.

엘리엇 먼로가 그들을 막아서고는 권총을 빼들었다.

"얘들아, 당장 진정해라!"

병사들이 계속 다가오자 먼로가 덧붙였다.

"멈추지 않으면 쏠 거야. 내겐 그럴 권한이 있어. 더 이상 나를 성가시게 하지 마라."

그는 화난 표정으로 입을 비죽이더니 그들의 발치에 두 발을 쏘았다. 하마터면 한 사람을 병원에 보낼 뻔했다. 병사들이 멈췄다.

프레윈은 한쪽 발로 해리슨의 견갑골 사이를 짓누르고는 두 팔을 뒤로 당겨서 수갑을 채웠다.

모리스 대위가 트렁크 위로 올라가서 고함을 질렀다.

"모두 그만해! 헌병이 해리슨을 데려가게 그냥 둬. 그들이 신속하게 사건을 규명할 거야. 우리끼리 싸우려고 이곳에 온 것이 아냐. 해리슨은 곧 돌아올 거야. 오해가 있을 뿐이야. 자, 모두 각자의 자리로 돌아가라. 명령이야!"

항의가 있었지만 거세지는 않았다. 병사들은 중얼거리면서 물러났다. 베이커는 해리슨의 팔을 붙잡고 앞장서서 걷게 했다. 프레원은 해리슨의 장비를 회수했고 먼로는 권총을 허리의 케이스에 집어넣었다.

수사본부에 돌아온 세 사람은 용의자를 천막에 가두었다. 천막 중앙의 콘크리트 덩어리에 부착된 고리는 위장막을 고정시키는 데 쓰였다. 그 고리에 해리슨의 수갑에 달린 쇠사슬을 끼워 넣었다.

프레원은 수사팀의 최고 연장자인 필 콘래드에게 첫 번째 신문을 맡겼다. 해리슨이 너무 심하게 반항해서 프레원은 신문할 수가 없었다. 세 시간 동안 모든 방법으로 신문했지만 아무 소용이 없었다. 해리슨은 격분해 있었다. 아래턱이 부어올랐지만—아마 깨졌을 것이다—해리슨은 불평하지 않았다. 아무도 의사를 부르자고 하지 않았다. 그들은 그의 트렁크 안에 들어 있던, 음산한 내용물과 잔혹하게 살해된 퍼거스 로스데일의 모습에 진저리가 났다. 해리슨이 범인이라면 놈은 다소 고통을 겪어도 쌌다. 만일 그가 무고하다면 이 성가신 인간은 좋은 교훈을 얻을 것이다.

그사이에 프레원은 해리슨의 소지품을 뒤졌지만 살인범이 두 번째 범죄 현장에 버렸던 군용 손전등 외에는 아무것도 찾을 수 없었다.

해리슨은 욕설을 퍼부을 때를 제외하고는 침묵을 지켰다. 그의 트렁크에서 사람의 머리가 나왔다고 하자 그는 깜짝 놀라 소리쳤다.

"나는 적을 죽이면서 쾌감을 느끼기는 하지만 친구는 절대로 죽이지 않아! 헌병대에는 우리 진영을 어지럽힐 궁리만 하는 개새끼들뿐이야!"

초저녁이 되자 전령이 수사본부로 질풍처럼 달려왔다. 토드워스 사단장이 당장 프레윈을 만나고 싶어 했다. 프레윈은 후방을 모래주머니로 둘러싸고 위장막을 두른 사령부로 갔다. 토드워스는 사령부 구석에 설치된 사무실에 있었다.

토드워스의 첫마디는 단호했다.

"크레이그, 당장 칼 해리슨을 석방해!"

프레원은 아연실색했다.

토드워스는 작은 여송연 꽁초를 든 채 희끗희끗한 콧수염을 문질렀다. 그리고 임시로 사용하는 책상을 뒤지더니 라이터를 집어 들고 여송연에 불을 붙였다. 그는 짙은 연기를 내뿜으면서 말을 이었다.

"오늘밤 해리슨이 내무반 동료들과 함께 막사에서 취침할 수 있도록 풀어줘. 그러면 3소대는 평온을 되찾을 거야. 레이븐 중대는 비상이야. 그들은 24시간 후에 최전선으로 떠날 거야. 우리는 진지를 점령하지 못했고 진격 속도도 그다지 빠르지 않아. 우리는 모든 병사와 그들의 신뢰가 필요해."

"해리슨은 살인범일 겁니다."

"아니야. 오늘 오후 모리스 대위가 직접 보고서를 제출했어. 그는 어젯밤 해리슨과 함께 있었다는, 세 사람의 증언을 수집했어. 그리고 두 사람은 그젯밤에도 해리슨과 함께 있었다고 주장했어. 요컨대 해리슨에게는 알리바이가 있어."

"그건 신빙성 있는 증언이 아닙니다. 3소대 병사들은 서로를 돕습니다. 그들이 알리바이를 조작했을지도 모릅니다. 그들의 증언은

민을 수 없습니다. 제 보고서를 읽으셨습니까? 해리슨의 트렁크에서 무엇이 나왔는지 아시지 않습니까?"

"바로 그 점이 수상해. 너무 믿기 어려워. 진짜 범인이 해리슨을 골탕 먹이기 위해서 그의 트렁크에 머리를 넣었을 거야."

"그럴 수도 있습니다. 하지만 우선은 해리슨이 용의자입니다. 그를 신문해야 합니다. 위험이 너무 큽니다……."

"중위! 오늘 저녁 당장 해리슨을 풀어줘. 내가 이렇게 수사 지침을 내려야겠어? 이 가증스러운 살인사건으로 누가 득을 보는지 조금이라도 생각해봤어? 바로 적이야! 이 관점에서 범인을 찾아야 해! 우리 병사들 사이에 간첩이 있어! 자네가 추적해야 하는 것은 우리 부하가 아니라 미치광이 간첩이야. 간첩은 공포의 씨를 뿌려서 우리의 사기를 무너뜨리려는 거야. 부모가 외국인이거나 우리와 전쟁 중인 국가를 여행했던 병사들을 확인해."

프레윈은 고개를 숙였다. 그는 자신의 귀를 믿을 수 없었다.

토드워스가 다시 분개했다.

"내가 수사 지침을 내려야 하다니 어처구니가 없군!"

"사단장님, 그것은 끔찍한 오판입니다. 누가 사단장님께 압력을 가했습니까? 참모본부입니까? 그들이 공격 중에는 아군의 동요를 원하지 않는답니까? 그리고 탈영과 반역이 두렵답니까?"

"아무튼 오늘 저녁에 해리슨을 석방해."

푸르스름한 연기에 둘러싸인 사단장은 명령에 불복할 경우 협박이라도 하려는 듯이 프레윈을 쏘아보았다.

사단장이 말을 이었다.

"살인범은 어쩌면 적의 포탄에 맞아 죽었을 거야."

"그렇다면 살인범이 누구인지 결코 밝혀낼 수 없습니다. 또한 놈은 다른 전사자들과 똑같이 애도받게 될 겁니다. 그런데 만일 살인범이 여전히 살아 있다면요?"

"놈은 잔인한 짓에 싫증나서 더 이상 발광하지 않을 거야."
프레윈이 투덜거렸다.
"살인범은 미친놈이 아닙니다. 놈은 아주 냉정하고 꼼꼼합니다."
"그렇다면 내 추측이 맞구먼! 내가 지시한 대로 간첩을 색출해. 간첩이 아니라면 그놈은 정신병자가 분명하니 잔인한 짓에 지쳐서 더 이상 살인하지 않을 거야."
낙심한 프레윈이 고개를 흔들었다.
"이틀 밤에 걸쳐 두 번의 살인사건이 일어났습니다. 만일 살인범이 이 리듬을 따른다면 오늘밤 세 번째 살인이 일어날 겁니다."

\*

프레윈은 해리슨을 직접 풀어주었다. 해리슨은 중위의 눈에서 낙담한 빛을 읽고는 아주 느긋하게 감옥을 빠져나왔다.
해리슨이 거칠게 외쳤다.
"전쟁에서는 모두가 대가를 치르기 마련이지. 특히 이런 비열한 짓은 톡톡한 대가를 치르게 될 거야. 중위, 다시 만나."
물러나 있던 엘리엇 먼로는 두 주먹을 불끈 쥐었다. 해리슨이 떠나자 그는 프레윈에게 다가갔다.
"중위님만 괜찮으시면 베이커, 라르손과 함께 저 미친놈을 혼내주고 싶습니다. 우리를 존경하는 법을 가르쳐야 합니다."
"안 돼, 엘리엇. 절대로 그러지 마."
어둠이 내리자 두 사람은 수사본부 안으로 들어갔다. 수사팀의 나머지 요원들이 기다리고 있었다.
막사 중심에 접이식 책상과 의자가 있었고 식기대 위에 커피포트가 놓여 있었다. 두 개의 대형 칠판과 코르크 게시판들이 안쪽 면을 차지했고 버팀대에 매달아놓은 여섯 개의 석유등이 전체를 환하게 비추고 있었다. 바닥에는 세 개의 대형 양탄자가 깔려 있었다. 이런 상황에서는 안락의 극치라고 할 수 있었다. 병참부대에 친구가 많은 필 콘래드 덕분이었다. 문 역할을 하는 방수포가 본부와 부속실을 나눠주었다. 부속실에는 야전침대, 보조 책상 그리고 몇몇 생필품이 쌓여 있었다.

두 거인 라르손과 베이커는 보초처럼 입구에 서서 대화를 나누고 있었고 앵거스 도노반은 책상에 앉아 콘래드를 마주 보며 안경을 닦고 있었다. 팔을 붕대로 감싼 매터스가 중위에게 다가갔다.

프레윈이 매터스에게 지시했다.

"의무대로 가서 다시 앤 도슨을 징집한다고 전해. 만일 콜온 군의관이 회의적인 태도를 보이면 그를 토드워스 사단장님께 보내."

"사단장님이 내막을 아십니까?"

"아니. 하지만 사단장님은 내 편을 들어줄 거야. 어찌된 일인지 상황을 파악하시겠지. 나는 더 이상 사단장님을 괴롭히지 않기로 했어."

도노반은 상관들을 난처하게 할까 봐 잠시 주저하더니 불안한 모습으로 고개를 숙이고 물었다.

"무슨 문제라도 있습니까?"

"참모본부는 병사들이 전쟁에 집중하고 헌병이 신중하게 처신하도록 무슨 짓이든 하지. 그들은 아군의 갈등을 원하지 않아."

콘래드가 물었다.

"신문을 하지 말라는 뜻인가요?"

프레윈이 정정했다.

"아주 신중하게 움직이라는 뜻이야. 확증이 없으면 체포하지 말고."

"일이 쉬워지겠군요!"

먼로가 격분했다.

165

"사흘 후면 참모본부가 우리를 방방곡곡으로 쫓아내겠군요! 그들은 문제를 제기하는 부대는 무조건 분산시키잖아요."

프레윈이 고개를 끄덕였다.

"충분히 있을 수 있는 일이야. 그래서 우리는 신속히 움직여야 해. 사단장님과 참모본부가 원하는 것은 병사들 사이에 숨은 간첩을 추적하는 거야. 그래야 병사들의 편집증이 줄어들고 유대가 강화될 수 있어."

도노반이 안경을 쓰면서 반론을 제기했다.

"반대입니다! 간첩이 있다고 하면 병사들은 더욱 불안해하고 더욱 편집광적으로 될 수 있습니다."

"확실하지 않아. 병사들은 동료들 가운데 누군가 미치광이가 있는 것보다는 간첩이 잠입해서 동료들을 죽이는 것을 더 염려해."

프레윈은 천막 자락을 젖히고는 식량이 쌓여 있는 작은 천막으로 들어갔다. 그는 강낭콩과 소시지로 만든 전투 식량을 꺼내서 덥히지도 않고 이미 식사를 마친 부하들 한가운데에서 먹었다. 콘래드가 끓이는 커피 향이 천막을 가득 채웠다.

매터스가 앤을 데려왔다. 모두 그녀의 매끄러운 피부, 장밋빛 입술, 금발, 하얀 블라우스 안에서 부풀어 오른 젖가슴을 보고 입을 다물었다.

프레윈이 소개했다.

"모르는 사람들을 위해 앤 도슨을 소개할게. 간호사 앤은 이번 수사에서 의료 분야를 맡아줄 거야. 또한 그녀는 범죄에 대해 탁월한 분석력을 갖고 있어. 앤, 그렇지 않소?"

불시에 질문을 받은 앤은 더듬거리다가 곧 냉정을 되찾았다.

"나는…… 최근 4년 동안 아주 끔찍한 전쟁터에서 가장 원초적인 본능에 따르는 군인들을 보았어요. 또한 고통, 죽음, 살인명령 혹은 살인본능에 직면한 병사들의 모습을 관찰했어요. 나는 거리를 두고 전투를 지켜보면서 인간과 폭력의 관계에 대해 생각했어요. 또한 병원 침대에서 병사들이 평소에는 털어놓지 않는, 아주 은밀한 생각을 들었어요. 심리학에 관심이 많은 나는 그 모든 것을 마음에 담아두었어요. 내 경험이 여러분의 수사에 다른 시각을 제공할 수 있을 거예요. 여자의 시각 말이에요."

프레윈이 고개를 끄덕였다. 앤은 시험을 잘 치렀다. 그녀는 수사팀에 소속될 자격이 있었다. 프레윈은 앤을 조금 더 파악한 후 그녀가 이 사건에 관심을 갖게 된 이유를 알아낼 것이다.

프레윈은 전투 식량을 먹은 후 칠판으로 향했다. 문 옆에 남아 있고 싶어 하는 먼로를 제외하고 모두 자리에 앉았다. 브레인스토밍이 시작되었다.

"우리가 지난번에 내린 결론은 이미 확인되었기 때문에 다시 언급하지 않겠다. (프레윈은 어젯밤 부관과 나누었던 이론을 설명하면서 매터스와 은밀한 시선을 교환했다.) 살인범은 아주 소심한 외톨이거나 반대로 대단한 수다쟁이야. 우리는 놈이 어떻게 희생자들에게 덫을 놓았는지 알고 있어. 내가 지난번에 설명할 때 자리에 없었던 사람들을 위해 문제의 물건을 보여주지."

프레윈은 어젯밤 시걸 호의 휴게실에서 찾아낸 손전등과 기다란 전선을 들어 올렸다.

"이것은 간단하지만 효과적인 장치야. 어두운 방에 이 손전등을 놓고 잠재적인 희생자가 도착하면 전선 끝에 달린 스위치를 누르는 거지. 손전등이 켜지면 희생자는 불빛 쪽으로 고개를 돌리기 마련이고 그 순간 살인범이 뒤에서 불쑥 나타나서 살인을 저지르지."

도노반이 손을 들었다.

"질문 있습니다! 해리슨이 아직 손전등을 가지고 있는지 확인했습니까?"

"그래. 그는 손전등을 갖고 있지만 그건 의미가 없어. 누구든지 손전등은 쉽게 마련할 수 있어. 살인범은 다른 손전등을 타가면 의심을 받을 수 있기 때문에 출항 전에 기지에서 다른 병사의 손전등을 훔쳤을 거야."

베이커가 제안했다.

"레이븐 중대에 가서 손전등을 분실한 사람을 찾아보면 어떨까요?"

"그건 도움이 안 될 거야. 오늘 저녁 내가 관심을 갖고 있는 것은 범행의 특징이야. 매터스부터 말해볼까?"

중사가 일어났다.

"살인범이 로스데일의 목을 자른 이유가 궁금합니다. 왜 그처럼 잔인한 짓을 했을까요? 왜 피해자를 정육용 갈고리에 걸었을까요?"

도노반이 즉시 덧붙였다.

"목을 자르고 왜 하필이면 숫양의 머리를 올려놓았을까요? 왜 좀 더 쉽게 구할 수 있는 개의 머리가 아니었을까요?"

프레윈이 말했다.

"잘 지적했어. 살인범은 각본에 따라 개빈 토머스를 살해했어. 입 안에 살아 있는 전갈을 넣고 못으로 입술을 봉한 후 테이프로 몸을 둘둘 감았어."

콘래드가 제안했다.

"두 사건의 공통점에 대해 얘기합시다."

"좋아."

프레윈은 칠판에 '공통점'이라고 썼다.

"공통점이 뭘까? 우선 두 사건 모두 동물을 사용했어. 이유가 뭘까?"

앤이 용기를 내서 말했다.

"상징이 아닐까요?"

프레윈이 그녀를 응시했다.

"자세히 말해봐요."

"범인은 구석진 곳에서 살인을 저지르지 않아요. 나는 로스데일의 시신을 봤어요. 범인은 다른 사람들에게 시신을 보여주고 싶은 거예요. 그는 살해 후 시신을 버리지 않고 전시했어요!"

프레윈은 적극적으로 동의했다. 앤이 말을 이었다.

"범인이 자신의 범행을 보여준 거라면 놈은 우리에게 뭔가를 말하고 싶은 거예요. 일종의 표현 방식이죠."

라르손이 놀려댔다.

"상당히 괴상한 표현 방식이군요."

"놈은 시신을 변형시켜서 자신의 뜻을 표현하고 있어요."

프레윈이 덧붙였다.

"혹은 동물을 통해 의사를 전달하고 있어. 숫양의 머리를 가진 인간은 무엇일까? 일종의 미노타우로스?"

콘래드가 쉰 목소리로 물었다.

"그럼 입 안에 전갈이 들어 있는 괴물은 뭐죠?"

프레윈은 모른다는 시늉을 했다.

"아무튼 그것은 유념해야 할 사항이야. 동물과 모종의 관계가 있을 거야. 다른 의견은 없어?"

매터스가 말했다.

"범행의 잔인성을 강조했습니다. 우리는 로스데일이 어떻게 죽었는지 모릅니다. 목이 잘려 죽었을 겁니다. 토머스는 목이 졸려 죽었습니다."

"죽을 정도까지는 아니었어. 토머스는 의식을 잃었을 거야. 아무튼 그는 입 안에 전갈을 집어넣을 때까지는 살아 있었어. 왜 그처럼 잔인한 짓을 했을까?"

천막 안쪽에 있는 먼로가 말했다.

"범인은 두 사내를 싫어했을 겁니다. 레이븐 중대, 골드 중대, 알토 중대는 서로 잘 아는 사이입니다. 갈등이 있을 겁니다."

매터스가 놀라며 물었다.

"살인을 저지를 정도로 갈등이 심했을까? 과장이 심해!"

앤이 끼어들었다.

"나는 상징적인 측면에서 궁리해보겠어요. 그것이 중요해 보여요. 살인범은 영리한 놈이에요. 놈은 아무에게도 들키지 않았을 정도로 능란해요. 어떤 단서도 남기지 않은 것만 봐도 놈은 영리해요. 범인이 영악한 놈이라면 우리의 일상어와는 다른 방식으로, 즉 살인 수법을 통해 뭔가를 말하고 있을 거예요."

베이커가 물었다.

"왜 그런 짓을 하죠?"

"나도 몰라요. 범인은 의사를 자유롭게 표현하지 못하기 때문에 보통의 언어에 욕구불만이 있지 않을까요? 유년기와 청소년기에 심각한 충격을 입었다면 의사를 정확히 표현할 수 없는 경우도 있어요……."

가끔 명민함이 부족한 베이커가 물었다.

"어떻게 그럴 수가 있죠? 놈은 세 단어도 열거할 수 없습니까?"

"아니에요. 비유를 한 거예요. 내가 말하고 싶은 것은 범인이 여러분과 나처럼 성장하지 않았다는 거예요. 그의 몇 가지 감정은 우리와 같은 신경경로를 거치지 않고 때로는 신경경로에 도달하지도 못하죠. 가끔 그는 감정을 표출하지 못해요. 그래서 표출되지 못한 감정은 세월과 더불어 쌓여만 가죠. 감정을 배출할 수 없어 욕구불만 역시 쌓여가죠. 표출되지 못한 감정은 깊숙한 내면에 쌓이고 결국 강박관념이 되고 말아요. 그래서 결국 그를 정신병자로 만들거나 최소한 우리와 다른 길로 이끌죠. 지나치게 강한 욕구불만은 새로운 행동을 부추겨요. 그중에서 살인은 그가 살아남기 위해 발견한, 유일한 수단일 수 있어요. 그에게 살인은 내향성 폭발을 일으키지 않기 위한 안전판이에요."

무거운 침묵이 뒤따랐다. 멀리서 들려오는 포성은 밤에도 공격이 계속되고 있고 전선이 불과 수킬로미터 떨어진 곳에 있다는 사실을 상기시켜주었다.

프레윈은 침묵을 지켰다. 앤은 그가 수년 동안의 경험을 통해 깨달은, 범죄적 일탈의 원인을 거침없이 설명하고 있었다. 그녀는 마치 그를 조사하고 그의 추론을 수집하기 위해 그의 머릿속에 들어온 것 같았다. 그가 피의 언어에 대해 말하자 그녀는 이 두 살인사건을 일종의 의사표현으로 간주하지 않았는가! 똑같은 결론. 그녀는 어떻게 그처럼 잘 알까? 일개 간호사가 아주 희귀하고 잔악한 범죄자들의 정신을 어떻게 그처럼 정확히 파악할 수 있을까?

먼로가 낮은 목소리로 말했다.

"몸을 맞잡고 사람을 죽이는 것은 극히 야만적이고 힘든 일입니다. 끔찍한 일이죠. 살인의 순간에 살인자를 지배하는 것은 가장 원초적인 본능입니다. 그는 다시 동물이 되기 위해 인성을 포기합니다. 그것은 아주 힘든 일입니다. 사람이 어떻게 욕구불만을 이유로 그처럼 쾌감을 느끼며 다른 사람을 죽일 수 있을까요?"

모두 먼로의 격분에 동감했다. 전쟁은 공동묘지에 보낼 희생자를 만들기만 했다.

앤이 말을 이었다.

"인성은 초년기부터 요동치는 강처럼 형성됩니다. 강은 초기에는 산에서 흘러내리는 가느다란 물줄기에 불과하죠. 그리고 합류하는 지류(支流)의 수에 따라서 커지거나 작아져요. 하지만 강이 길을 가기 전에 채워야 할 구덩이, 길을 어지럽히는 크레바스, 바닥에 떨어진 장애물 등과 같은 요소들이 흐름을 바꾸기도 하고 물줄기를 나누거나 지하로 흘러들게도 하죠. 무슨 일이 있어도 인성은 강처럼 계속 전진해야 해요. 전문가들은 이제야 겨우 우리의 행동이 무엇으로 이루어졌는지 알아내기 시작했어요. 그들 대부분이 신경쇠약에 걸리기는 했지만 그래도 규범을 잘 지키는 우리의 행동양식을 연구하기 시작했어요. 하지만 장애물이 너무 많아서 다르게 성장하는 사람들도 있지 않을까요? 아직 연약한 물줄기에 지나지 않은데 너무 많은 구덩이와 크레바스를 건너야 했던 개울이 있지 않을까요? 이 개울은 어떤 상태로 바다에 이르렀을까요? 생존을 위해 어떤 길을 통과해야 했을까요? 복잡한 지하수를 제대로 설명할 수 있는 전문가가 있을까요?"

앤은 숨을 들이쉰 후 결론을 내렸다.

"빛을 보고 성장한 우리에게 살인은 공포, 금기, 금지를 더욱 강화시켜주는, 역겨운 행위죠. 하지만 굴곡이 심한 지하 같은 곳에서 성장한 사람에게 살인은 자기표출을 위한 최상의 행위이고 어두운 자신의 세계에 빛을 들이는 방법일 수 있어요. 그에게 살인은 열정을 표현하는 유일한 방법이에요. 따라서 그는 살인을 통해 여러 감정과 쾌락을 느껴요."

앤은 자신의 설명에 도취되었다. 그녀의 설명은 오랜 숙고의 결과였다. 신비로운 기운이 그녀를 감싸고 있었다. 프레윈은 줄곧 자문했다.

앤은 대체 어떤 사람일까?

프레윈이 다시 말했다.

"아주 잘했어요. 요약하면 우리는 우리와 같은 가치관을 갖고 있지 않고 우리처럼 의사를 표현하지 않는 사람과 싸우고 있네요."

"맞아요. 그에게 살인은 거의 생사가 걸린 문제예요. 만일 그가 이처럼 짧은 기간에 두 번째 살인을 저질렀다면 그것은 좋아서 저지른 짓이라고 생각해요. 범인은 살인이 좋았기 때문에, 살인이 정말로 좋은지 확인하고 싶었기 때문에, 살인할 때 느꼈던 흥분을 되찾고 싶었기 때문에 서둘러 살인했을 거예요."

도노반이 격분했다.

"그 이론이 사실이라면 최악을 예상해야 합니다!"

"범인이 두 번째 살인에서도 똑같은 쾌락을 느꼈다면 우리는 엄청난 위험에 직면해 있어요. 반대로 범인이 실망했다면 자신의 소행에 대해 생각하기 위해 잠복기를 가진 후 다시 살인할 거예요."

매터스는 강렬한 호기심을 갖고 물었다.

"놈이 세 번째 살인에서 만족하지 못하면 어떻게 되죠?"

앤이 솔직하게 털어놓았다.

"모르겠어요. 범인은 살인을 멈추고 다른 표현 방법을 찾을 거예요. 다른 범죄에서 쾌락을 되찾을 수 없다면 격분한 그는 점점 더 잔인하게 살인을 저지를 거예요."

먼로는 이해할 수 없다는 표정으로 물었다.

"왜 놈은 살인을 통해 쾌락을 느낄까요?"

"범인은 자신에게 적합한 표현 방법을 발견한 거예요. 그는 젊은이가 첫 번째 섹스를 꿈꾸듯이 아주 오랫동안 이 순간을 꿈꿨어요. 그는 너무 흥분한 나머지 살인을 자제할 수가 없어요. 그는 오랫동안 갈망했던 쾌락에 매료되었어요. 하지만 이 쾌락은 너무 짧았어요. 그래서 그는 쾌락을 되찾기 위해 살인하고 또 살인하는 거죠."

"그런데 왜 살인이 그의 꿈이죠?"

앤이 어깨를 으쓱했다.

"나도 정확히는 몰라요. 그것은 범인의 인성, 성장 과정, 정신적 외상과 관계가 있어요. 부모의 억압에 짓눌린 인성, 유년기에 강간을 당해 완전히 왜곡된 성 의식 등 여러 이유가 있을 수 있죠. 아무튼 그는 안정된 환경에서 성장하지 않았어요. 그는 고통 속에서 바동거렸어요. 자신의 세계 속에 틀어박힌 그는 자기만족은 느꼈지만 다른 사람들로부터 오는 만족은 거의 느끼지 못했어요. 그는 어쩌면 친구들의 놀림감이었을 거예요……. 그 점은 중요하지 않아요. 지금 그는 타인을 파괴함으로써 해방감과 쾌락을 얻고 있어요. 그는 대부분의 사람에게 활력을 주는 사랑과 공감을 조금도 지니고 있지 않아요. 그의 근본적인 동력은 증오예요. 그는 전적으로 자신의 세계에 틀어박혀 있어요."

수사관들은 앤의 놀라운 지식에 혀를 내둘렀다.

프레윈이 물었다.

"어디서 그런 지식을 얻었는지 물어봐도 될까요?"

앤은 당황했다.

"나는…… 나는 이 주제에 관한 책을 엄청나게 읽었어요."

"책을 읽는다고요? 도슨 양, 당신은 이상한 간호사군요."

두 사람은 몇 초 동안 서로를 바라보았다. 프레윈은 그녀가 숨기고 있는 것을 간파하려 했고 그녀도 그 점을 알고 있었다.

매터스가 물었다.

"범인은 평소에 어떻게 처신할까요?"

프레윈은 앤에게 대답하라는 뜻으로 시선을 돌렸다.

"글쎄요……. 그는 다른 병사들과 크게 다르지 않을 거예요. 나는 두려워요. 영악한 그는 자신이 다른 사람과 다른 티를 내서는 안 된다는 사실을 알아요. 군대 생활이 그에게 적당할 거예요. 그는 지켜야 할 규율을 달게 받아들이고 있어요. 물론 견딜 수 없는 경우도 있겠죠. 그는 '외면적인 인성'을 유지하기 위해 군대 생활을 이용하고 있어요. 그것은 그에게 가면과 같은 역할을 해요. 엄격한 생활을 요구하는 군대의 규율은 그에게 도움이 되죠. 그에게 단체 생활은 도저히 극복할 수 없는 난관이 아니에요. 전우애라는 기준에 맞추기만 하면 되거든요. 그러면 동료들은 그를 조용히 내버려두죠. 그렇지만 그가 정말 편하게 지낼 수 있을 것 같지는 않아요. 그는 동료들과 약간 거리를 둘 거예요. 그는 본성이 너무 다르기 때문에 다른 사람들과 붙어 지낼 수 없어요."

프레윈이 덧붙였다.

"어쨌든 범인은 가면을 쓰고 자신을 숨길 수 있습니다."

그리고 그는 돌아서서 적기 시작했다.

공통점

- 동물 활용
- 범죄의 잔인성
- 연출

살인범 : 고독한 사람? 외향적인 사람?

프레윈이 말을 이었다.

"범인은 사악한 자야. 놈은 잔인하게 살인을 저지르고 범행을 과시하며 동물의 형상으로 우리에게 뭔가를 전달하려 하지. 그로써 자신의 의사를 표현할 뿐만 아니라 장난을 치는 거야. 놈은 가짜 흔적을 남겼고 시신을 변형시켰어. 놈은 우리를 조롱하고 있어."

라르손이 격분했다.

"우리라니요? 헌병 말입니까?"

프레윈이 정정했다.

"다른 사람들. 놈과 같지 않은 사람들. 범인은 사악하고 도전적인 놀이꾼이야. 놈은 레이븐 중대의 모든 병사처럼 우리가 자신을 쫓고 있다는 사실을 알아. 놈은 기회가 있을 때마다 살인을 했어. 오늘 아침 클라우비츠와 포렐은 놈의 세 번째와 네 번째 희생자가 되었어. 놈은 우리에게 말하고 있는 거야. 놈은 우리에게 조금도 호의적이지 않아."

앤이 물었다.

"범인이 당신 부하들을 죽였다고 생각하세요?"

"물론입니다."

콘래드가 물었다.

"범인이 장난을 친다고 했는데 놈이 우리의 추적을 따돌리기 위해 일부러 뿌린 단서들을 말하는 겁니까? 첫 번째 살인 현장에서 발견된 머리글자 O. T. 처럼 말입니다."

"예를 들면 그렇지."

앤이 끼어들었다.

"머리글자를 쓴 사람이 범인인지, 희생자인지는 알 수 없어요!"

프레윈이 어깨를 으쓱였다.

"만일 희생자가 쓴 거라면 어떤 의미도 없어요. 우리는 레이븐 중대의 명단을 확인했지만 그 머리글자를 가진 병사는 없었어요. 매터스의 추론대로 머리글자는 Q. 와 T. 일 가능성이 높아요. 퀜틴 트렌턴. 하지만 그는 알리바이가 있어요. 게다가 그는…… 죽었어요. 그것은 우리를 속이기 위한, 아주 교묘한 수법이에요."

도노반은 희망을 품고 용기를 내서 말했다.

"만일 트렌턴이 살인범이었다면 살인은 더 이상 없을 겁니다."

아무도 대꾸하지 않자 매터스가 말을 이었다.

"우리는 3소대 병사들 중에서 적응은 잘하지만 혼자 있기를 좋아하거나 외향적이고 힘센 오른손잡이를 찾고 있습니다. 이 정도만 알아도 용의자의 범위는 줄일 수 있습니다."

프레윈이 반박했다.

"병사들을 신문하기는 힘들 거야. 그들은 서로를 돕고 있고 이번 사건에서 우리는 악당 취급을 받고 있어. 그들은 우리를 도와서 동료를 감옥에 보내기보다는 거짓말을 지어내서라도 서로 굳게 결속된 모습을 보여줄 거야. 그들은 함께 전투에 참가했고 서로 목숨을 구해주었어. 그들은 다시 전투를 시작했어. 연대의식이 그 어느 때보다 강해."

먼로가 물었다.

"그럼 해리슨은 어떻게 합니까? 그가 범인입니까?"

프레윈은 회의적이었다.

"말하기 어려워. 나는 잠시 그를 범인이라고 생각했어. 하지만 해리슨은 우리가 찾고 있는 범인을 닮지 않았어. 살인범은 신중하고 주도면밀해. 범인이 첫 번째 희생자의 머리를 간직하고 있을 리가 없어."

매터스가 말했다.

"살인범은 사냥꾼을 닮지 않았을까요? 사냥꾼은 전리품을 고이 간직하는 경우가 많습니다. 따라서 희생자의 머리를 간직한 것이 놀라운 일은 아닙니다. 해리슨은 전형적인 사냥꾼입니다!"

앤이 말했다.

"나는 프레윈 중위님의 의견에 동의해요. 살인범은 신중하고 주도면밀해요. 해리슨이 범인이라면 흔적을 지우지 않고 자신의 트렁크에 피를 남겨두었을까요? 내가 트렁크를 조사했을 때 붉은 얼룩이 있었어요. 살인범은 나중에 트렁크가 하역되리라는 사실을 알고 있었어요. 또 사람들이 트렁크에서 피를 발견하고 의심할 것을 알고 있었죠. 범죄 현장에서 그토록 세심했던 범인이 그렇게 허술하게 굴었을 리가 있겠어요? 믿기 어려워요. 그것은 일부러 남긴 흔적일 가능성이 많아요. 우리를 조롱하기 위해서요."

프레윈이 단호하게 말했다.

"우선은 해리슨을 가장 유력한 용의자로 올려놓았어. 단서가 충분히 확보되면 사단장님도 그의 체포를 막을 수 없을 거야. 3 소대에서 믿을 만한 사람을 찾아내 해리슨을 감시하게 해."

콘래드가 반박했다.

"불가능합니다. 그들은 유대가 너무 강해서 누구도 우리를 위해 해리슨을 감시하지 않을 겁니다."

앤이 끼어들었다.

"내가 도와드릴게요. 내가 그들에게 접근할 수 있어요. 그들은 나를 경계하지 않을 거예요."

프레윈이 이를 악물었다. 그것은 얼마 전부터 걱정하던 상황이었다. 결국 이렇게 되다니.

앤이 말을 이었다.

"해리슨에 대해 자세히 파악할 수 있는, 유일한 방법이에요."

프레윈은 쥐고 있던 분필을 부러뜨렸다. 그는 부러진 분필을 은밀히 분필통에 넣은 다음 책상 가장자리에 앉았다.

먼로가 한술 더 떴다.

"이제부터 우리에게는 살인범뿐만 아니라 해리슨도 있습니다. 해리슨이 범인이든 아니든 놈은 우리를 급습할 기회가 있으면 결코 놓치지 않을 겁니다!"

매터스가 눈썹을 치켜 올렸다.

앤이 프레윈에게 물었다.

"어떻게 할까요? 시간이 촉박해요. 이틀 밤에 두 번의 살인사건이 벌어졌어요. 이제 세 번째 사건이 일어날 거예요."

콘래드가 차갑게 상기시켰다.

"네 번째 사건입니다."

프레윈이 한숨을 쉬었다. 앤은 중위를 바라보았다. 그녀는 프레윈이 자신을 걱정하고 있다는 사실을 깨달았다. 그는 앤이 이 사건에 직접 뛰어드는 것을 원치 않았다.

그리고 앤은 그에게 도전하고 있었다. 그녀는 그럴 능력이 있었다. 그녀는 뭔가를 숨기는 것 같았다. 그녀가 추적할 살인범처럼 앤을 별난 여자로 만든 비밀이 있을 것이다.

　세상의 가장자리를 벗어난, 차갑고 하얀 새벽은 마지막 꿈과 함께 사라졌다.
　사람의 형상을 한 유령들이 비틀거리며 기지로 돌아가는 동안 교대조는 잠이 덜 깬 듯이 부은 눈을 비비면서 다른 길을 통해 전선으로 이동하고 있었다.
　병사들은 살을 에는 듯한 냉기와 이슬에 몸을 움츠렸다. 녹차와 커피 잔에서 김이 모락모락 피어오르고 있었고 폭격기와 전투기는 이미 움직이고 있었다.
　강철 탄약통을 깔고 앉은 프레윈은 커피 잔을 든 채 매터스, 도노반, 콘래드의 복귀를 기다렸다. 찬물로 부랴부랴 면도한 턱이 따끔거렸다. 그는 볼 아래쪽에서 귀까지 봉합한 상처 부위를 조심스럽게 피하면서 면도했다. 상처 때문에 마치 얼굴 피부가 부족하기라도 한 듯이 당겼다.
　도노반이 가장 먼저 나타났다. 야전사령부에서 특기할 만한 것은 찾아볼 수 없었다. 이어서 매터스가 달려왔다. 레이븐 중대를 지휘하는 장교들은 어떤 불평도 하지 않았다. 어젯밤 기지는 조용했다.

콘래드가 나타나자 모두 불안한 시선으로 그를 바라보았다. 의무대에도 특기할 사항은 없었다. 전쟁터 밖에서 사망하거나 부상당한 사람은 없었다.

프레윈은 안도의 한숨을 길게 내쉬었다. 그는 부하들과 마찬가지로 잠을 설쳤다. 자그마한 소리에도 잠을 깬 그는 이번 임무를 엉망으로 만든 살인사건에 대해 생각하고 수사팀이 무기력하게 기다리는 동안 살인범이 누군가에게 가하고 있을지도 모를 고통과 죽음을 떠올렸다.

'평화로운' 세 번째 밤은 프레윈을 불안하게 했다. 그는 대체로 안도하면서도 불안감과 음울함을 느꼈다. 살인범은 잠시 자아탐구와 살인을 멈추기로 결심했을까? 놈은 철조망을 빠져나가거나 중대와 소대를 바꿀 수도 있을 것이다. 놈은 전쟁터를 떠났을까? 어제 전투 중에 부상을 당했을까? 고향으로 돌아가서 다시 살인을 저지를까? 이런 모든 가정은 놈을 결코 체포할 수 없다는 쓰라린 사실을 확인시켜주었다. 그렇게 되면 놈은 가증스러운 살인의 대가를 치르지 않을 수도 있지 않은가. 억울하게 살해된 포럴과 클라우비츠 그리고 다른 두 희생자의 영혼은 누가 달래줄 것인가.

프레윈은 뜨거운 커피를 한 모금 마시고 부하들과 함께 수사본부로 들어갔다. 그는 부하들에게 브리핑을 시작했다.

"참모본부가 동요를 일으키지 말고 긴장을 완화시키라고 했기 때문에 토드워스 사단장님은 이 수사로 인해 우리가 다른 임무를 소홀히 하지는 않는지 확인할 거야. 우리가 이 사건에 집착한다는 사실을 알게 되면 사단장님이 제동을 걸 거야. 나는 사단장님을 잘 알아. 그는 우리를 해치는 일은 하지 않겠지만 자신의 이익을 우선시할 거야. 이 점을 명심해."

베이커가 물었다.

"신중하게 처신하라는 뜻입니까?"

"꼭 그렇지는 않아. 눈에 잘 띄는 현장에 가서 각자 맡은 소대의 활동을 잘 감독해. 콘래드와 라르손은 1소대, 도노반과 베이커는 2소대, 매터스와 먼로는 3소대를 맡아. 장교들에게 보고서를 받고 포로수용소를 순찰해. 하지만 새로운 지시가 있을 때까지는 포로들을 신문하지 않아도 돼. 사단장님이 승인했어. 안전지대에서 순찰해. 누구도 당직을 빼먹으면 안 돼. 우리는 다른 중대를 맡은 동료들 몫까지 근무해야 해. 명령과 규율 그리고 보안을 준수해. 그러면 몇 가지 질문을 하는 것은 괜찮아. 서로 잘 아는 병사들은 자기들끼리 얘기할 거야. 외톨이, 수다쟁이, 주변인을 파악해. 파벌이 있는지, 있다면 구성원이 누구인지 알아봐. 퍼거스 로스데일과 개빈 토머스와 관련된 정보를 모두 입수해. 그들이 누구와 갈등이 있었는지, 누가 친구였는지 알아봐. 우리는 살인범이 이 두 사람을 희생자로 선택한 이유를 찾아야 해. 아주 사소한 정보라도 찾으면 곧장 보고해. 나는 이곳에서 정보를 취합할 거야. 자, 일을 시작해."

수사관들이 일어났다. 195센티미터의 거구를 일으킨 라르손은 철모와 군모를 동시에 내밀면서 물었다.

"중위님, 오늘은 어느 것을 씁니까?"

"라르손, 이곳은 여전히 위험해. 철모를 써."

먼로와 베이커는 웃으면서 동료를 놀려댔다. 프레윈이 매터스를 불렀다.

"중사, 잠시 할 얘기가 있어."

깜짝 놀란 매터스가 발길을 돌렸다.

"3소대 구역을 순찰하면서 앤 도슨이 빠져나왔는지 확인해. 알았나? 나는 앤이 늑대의 소굴에 있는 것을 원치 않아."

"틀림없이 그렇게 하겠습니다. 앤은 임무를 잘 수행하고 필요하다면 자신을 방어할 겁니다."

"그럴 거야. 하지만 신중해서 나쁠 건 없지. 이 빌어먹을 소대에는 정신병자가 적어도 한 놈은 있으니까 위험한 짓은 하지 말고 감시나 잘해."

*

오후가 끝나갈 무렵 프레윈은 본부 밖에 놓인 휴대용 타자기로 상관들에게 보낼 보고서를 작성하고 있었다. 고개를 들자 우거진 언덕 너머에서 검은 연기 기둥들이 보였다. 그리고 천둥이 치고 여기저기에서 흰색과 빨간색의 섬광이 반짝거렸다. 끊임없이 해변에 도착한 증원군, 군수물자, 차량이 기지에서 점검을 받은 후 위태로운 목적지로 출발했다.

누군가가 프레윈을 불렀다. 전령이었다.

전령은 제복의 견장을 확인하면서 말했다.

"프레윈 중위님께 전보가 왔습니다! 중위님이 맞습니까?"

프레윈은 그에게 다가오라는 손짓을 하고는 얇은 종이를 낚아챘다. 시걸 호에서 보낸 것이었다.

발견된 조각들을 분석했음. 나일론으로 생각됨. 지금은 장비가 부족함. 최대한 빨리 중위님에게 가겠음. 카르후스 박사.

프레윈은 전령에게 감사 인사를 했다. 전령이 발길을 돌리는 순간 중위는 생각을 바꿨다.

"기다려!"

프레윈은 수사본부 안으로 들어가더니 퍼거스 로스데일의 잘린 머리가 들어 있는 초록색 트렁크를 갖고 나왔다. 그는 어떻게 할지 몰라서 어젯밤부터 이 트렁크를 간직하고 있었다. 그는 의료진에게 맡길까 하다가 생각을 바꿨다.

"이것을 카르후스 박사님에게 전해줘. 아주 급한 거야."

프레윈은 박사에게 이 내용물을 분석해달라는 쪽지를 서둘러 갈겨쓴 후 초조하게 기다리던 전령에게 건넸다.

"누구도 이 트렁크를 열어보면 안 돼!"

전령이 떠나자 프레윈은 다시 자리에 앉아 타자기를 밀어내고는 탁자 위에 두 팔을 올렸다.

나일론이라.

콜온 군의관은 프레윈 중위의 요청을 전해 듣고 깊은 생각에 잠겼다.

앤은 콜온이 프레윈에게 차라리 간호사를 한 명 징집하라고 부추길 핑계거리를 찾고 있을 것이라고 짐작했다. 고릴라처럼 늠름한 프레윈은 모르는 사람에게는 거의 말을 걸지 않았다. 그는 아주 무식한 사람으로 소문 나 있었다. 앤은 몇 차례 그를 만난 후 이 소문을 이해할 수 없었다. 프레윈은 분명 인상적인 체격을 가졌지만 전혀 난폭하지 않았다. 앤은 대부분의 소문이 외모를 근거로 만들어진다는 사실을 알고 있었다.

콜온 군의관은 무엇을 상상했을까? 그는 프레윈이 간호사의 도움이 필요할 정도로 용의자들을 심하게 고문한다고 상상했을까? 그는 기상하자마자 앤을 불러서 헌병대의 일이 잘되고 있는지 물었다. 앤이 교묘하게 질문을 회피하자 콜온은 노골적으로 불쾌한 표정을 지었다. 그는 그날 저녁 프레윈이 보낸 쪽지를 보고 기분이 상했다. 프레윈은 극히 중대한 임무를 수행해야 하므로 앤을 우선적으로 헌병대에 파견해달라고 요청했다. 콜온은 반대하지 않았다. 앤은 활동의 자유를 누렸다. 군의관은 계급을 내세우지 않는 한 아무것도 할 수 없었다. 그는 겁이 많아서 프레윈의 요청을 거절할 수 없었다.

앤은 간호 임무를 그만두고 싶지 않았고 동료들과의 관계도 단절하고 싶지 않다. 그녀는 오전에는 의무대에 들러서 상황을 파악하고 일이 넘쳐서 정신없는 동료들을 도와주었다. 부상병이 끊임없이 몰려왔고 수술실은 언제나 만원이었으며 외과의들은 쉬지 않고 수술에 매달렸다. 바닥에 떨어진 피는 더 이상 치우지 않았고 천막에 튄 붉은 점액은 끈적끈적한 덩어리가 되었으며 피 냄새는 숨을 쉴 수 없을 정도로 진동했다.

정오가 되자 앤은 의무대를 나와 클라리스와 함께 쓰는 천막으로 돌아왔다. 그녀는 아직도 피부에서 느껴지는 '고통의 무게'를 지우기 위해 얼굴에 물을 끼얹고 고양이 세수를 했다. 점심을 건너뛴 그녀는 빵 한 조각을 집어 들고 기지를 횡단하면서 조금씩 뜯어 먹었다. 하프트럭들이 먼지를 일으켰고 병사들은 진지로 떠나고 있었다. 레이븐 중대본부는 기지의 남쪽에 자리를 잡았다. 3소대 막사는 숲 가장자리에 있었다. 앤은 천막에서 졸고 있던 모리스 대위를 발견했다.

"대위님, 실례합니다. 당신 부하들의 건강 상태를 살피러 왔습니다."

"건강 상태라고요? 왜 그런 바보 같은 짓을 하죠?"

입술에서 코까지 찢어진 모리스 대위의 얼굴은 몹시 흉측했다. 앤은 하얀 원에 적십자가 새겨진, 어깨끈이 달린 가방을 가리켰다. 그녀는 가방에 가짜 약을 가득 넣어두었다. 의료진은 죽어가는 병사들이 치료를 받고 있다고 믿게 하고 값비싼 약을 아끼기 위해 가짜 약을 나눠주고 있었다. 전쟁의 경제학.

"대위님의 부하들에게 잠은 잘 자는지, 진정제, 비타민, 아스피린 등은 필요 없는지 물어볼 거예요."

"전투부대에 진정제를 준다고요? 장난쳐요?"

"절대 그렇지 않습니다. 안심하세요. 수면제가 아니라 휴식을 도와주는 약이에요. 레이븐 중대는 오늘 투입되지 않는 걸로 알고 있어요. 분명히 내일 출전할 거예요."

"혹은 모래. 출전 시간은 아무도 몰라요. 그리고 전쟁 중에는 병사들에게 진정제를 주지 않아요!"

"대위님, 푹 쉬면 병사들은 더 잘 싸울 수 있어요. 하지만 알겠어요. 더 이상 고집부리지 않겠어요. 비타민 정도는 줘도 되겠죠?"

모리스가 고개를 흔들었다.

"안 됩니다. 하지만 내게……."

앤은 화가 난 듯이 한 손을 허리에 얹었다.

"잘 들으세요. 나도 사기를 높이기 위한 보모 노릇이 즐겁지 않아요. 대위님이 모든 것을 알고 싶어 하니 말씀드리죠. 진짜 목적은 당신 부하들에게 억지로 약을 삼키게 하는 것이 아니라 우리가 병사들에게 신경 쓰고 있다는 인상을 주는 거예요. 그리고 여자가 나타나면 그들은 암울한 생각을 떨쳐버릴 수 있어요. 이게 문제가 된다고 생각하면 참모본부에 가서 말씀하세요."

앤은 일부러 잠시 침묵했다가 입을 열었다.

"그럼 병사들을 만나도 될까요?"

참모본부가 이런 식의 기분전환을 궁리해냈다는 생각에 당황하고 앤의 자신만만한 말투에 놀란 모리스는 승낙할 수밖에 없었다. 앤은 이른 오후의 태양이 내리쬐는 천막 밖으로 나왔다.

앤은 최고의 협력자나 최대의 적이 될 수 있는 소대 의무중사인 파커 콜린스를 통해 정보를 수집하기 시작했다. 그는 장신에 초록색의 아름다운 눈과 갈색 머리를 지닌 사내였다. 그는 신중하게 구급상자의 의약품을 정리하고 있었다. 기상 이후 세 번째나 네 번째 정리일 것이다. 그는 습포, 모르핀, 붕대를 세면서 불안감을 달래고 있었다.
앤이 물었다.
"부족한 건 없어요?"
콜린스가 소스라치게 놀랐다.
"뭐라고요?"
"구급상자에 부족한 건 없어요? 필요한 의료품을 가져다줄 수 있어요."
당황한 콜린스는 앤의 얼굴을 빤히 쳐다봤다.
"아, 아니에요. 괜찮을 겁니다. 짐이 이미 너무 많아요. (그는 그녀를 자세히 관찰하면서 인상을 찌푸렸다.) 우리 만난 적이 있죠?"
앤이 고개를 끄떡였다.
"지나는 길에 마주쳤겠죠."
의무중사는 웃음기 없이 내뱉었다.
"이상하네."
협력자가 아닐 거야.
앤이 미소를 지었다.
"근거 없는 얘기가 아니에요. 나는 앤 도슨이에요. 우리는 포격 직전 시걸 호에서 마주쳤어요. 나는 몇 가지 알약을 나눠주기 위해 당신 소대에 들렀어요. 우리가 병사들에게 신경 쓰고 있다는 사실을 보여주기 위한 가짜 약이었죠. 진정제가 필요한 병사들을 알려주겠어요?"
콜린스가 눈썹을 긁으면서 생각했다.
"의무대에서 그런 불성실한 계략을 쓰다니 놀랍군요! 클램프스, 리스비, 월커를 만나보세요. 그들이 편해 보이지 않네요."
"어제 공습 때부터요?"
"이 빌어먹을 전쟁이 시작되었을 때부터죠."
"우리는 신병들의 충격이나 의기소침을 예방하려고 해요. 그 중상으로 위축, 고립, 무절제가 있죠. 이런 증상을 보이는 사람이 있나요?"

의무중사는 샐쭉해졌다.

"글쎄요……. 트라우델은 어제 오전에 상당히 충격을 받았어요. 하지만 다시 기운을 차릴 거예요. 나는 트라우델을 잘 알아요. 그는 내면이 강한 친구예요. 나머지 전우들은 잘 모르겠어요."

"소대원들 중에서 고독을 좋아하는 사람은 누구죠?"

"혼자 있기를 좋아하는 사람이오? 레지 하사가 그렇죠. 그는 말수가 적어요. 흐리섹은 말을 하지 않아요. 약간 별난 친구죠."

"별난 친구라니요?"

"네, 흐리섹은 정말로 다루기가 힘든 친구예요! 그는 어렸을 때 닭의 목을 자르는 것이 놀이였다고 떠벌렸어요! 그런 것이 아이의 놀이라니 말이 돼요? 그는 쉽게 찾을 수 있을 거예요. 온몸에 타박상을 입은, 키 큰 금발의 남자예요! 하지만 그는 전선에서는 누구 못지않게 용감하죠."

"다른 사람은요?"

"그 외에 혼자 있기를 좋아하는 사람은 없어요. 아, 장교들이 있긴 해요. 모리스 대위와 더링턴 중위가 있죠. 그들은 말수가 적어요. 그들은 직책상 말이 필요 없어요. 적절한 순간에 고함을 지르면 되거든요. 그들은 존경받을 줄 알아요."

"고집쟁이들 중에는 없나요?"

"선택하기가 난처하네요! 3소대는 다루기 힘든 병사들이 모여 있거든요! 그들은 한 번 이상 참전했기 때문에 서로를 잘 알죠. 또 생사고락을 같이했기 때문에 유대가 깊어요! 모두 혹은 대부분은 이곳에서 얘기하는 것을 좋아해요. 두세 명은 자주 흥분해서 날뛰죠. 가지니도 그중 한 명이죠. 그는 농담을 아주 좋아해요."

"난폭한가요?"

"가지니가요? 천만에요! 나는 전투 중에는 그의 총구 맞은편에 서고 싶지 않아요. 하지만 그건 다른 문제죠. 가지니의 별명이 뭔지 알아요? '2천 개의 농담'이에요. 그에게는 언제나 농담거리가 있죠. 또 항상 거드름을 피우는 코스텔로가 있어요. 그는 무엇이든 자신이 했다고 자랑하는 친구죠."

"그럼 해리슨은요? 헌병에게 체포되었다는 소리를 들었어요."

"칼 해리슨은 분명 까다로운 친구죠. 헌병은 그를 골탕 먹이려고 했어요. 하지만 그는 심술궂지 않아요. 해리슨과 코스텔로에게 가짜 약을 주는 것은 시간 낭비예요. 그들은 어떤 약도 먹지 않을 거예요. 약에 의지하는 친구들이 아니죠."

앤은 고개를 끄덕이고는 간호사 모자가 제자리에 있는지 확인했다.

"당신들은 서로를 잘 아는 것 같군요. 내가 약을 나눠주기 전에 누구와 이야기를 나눠야 하죠?"

"우리가 '작가'라고 부르는 스티브 리스비에게 물어보세요."

"작가라고요?"

"네. 리스비는 글을 잘 쓰거든요. 몇몇 병사는 고향의 가족과 아내에게 편지를 쓸 때 그에게 부탁해요. 그는 시에 재능이 있어요! 그래서 그는 모두에 대해 샅샅이 알고 있어요."

"리스비는 어디 있죠?"

"그의 천막을 알려줄게요. 쉽게 찾을 수 있을 거예요. 그는 작은 새우처럼 생겼어요. 근육이 전혀 없거든요! 하지만 망원렌즈가 장착된 소총만 있으면 그는 백발백중의 명사수죠!"

앤은 콜린스가 알려준 곳으로 갔다. 리스비는 천막 앞의 나무책상에 앉아서 뭔가를 쓰고 있었다. 중키에 20대 초반, 적갈색의 머리카락, 길고 마른 팔다리, 이두박근보다 더 튀어나온 혈관, 둥근 머리. 붉게 충혈된 눈은 지난밤 그가 제대로 잠을 이루지 못했음을 말해주었다.

"스티브 리스비? 나는 앤 도슨이에요."

리스비는 부드러운 필체로 채우고 있던 수첩을 내려놓고는 눈을 깜박이면서 그녀가 다가오는 것을 바라보았다. 그는 만년필도 내려놓았다. 그는 왼손잡이 같았다.

리스비가 날카로운 목소리로 물었다.

"무슨 일입니까?"

앤이 맞은편 의자에 앉았다.

"어제 전투 후 소대원들이 모두 무사한지 확인하려구요. 그래서 동료들을 잘 아는 사람을 찾고 있어요."

"우리는 어제 많은 친구들을 잃었어요. 컨디션이 좋은 사람은 아무도 없죠. 그 점을 생각해주세요."

리스비는 앤의 눈을 뚫어지게 바라보았다. 그는 발뺌하지 않았다. 솔직한 태도가 앤의 마음에 들었다. 게다가 그는 오른손잡이가 아니었다. 앤은 3소대 병사들을 파악하기 위해 신뢰할 만한 지지자를 찾아야 했다. 앤이 솔직히 털어놓았다.

"당신이 작가라는 말을 들었어요!"

리스비는 기쁜 듯이 짧게 휘파람을 불었다.

"당신은 무식쟁이들로 구성된 중대에서 유일하게 세 단어 이상으로 말을 하고 글까지 읽을 줄 아는 사람을 귀찮게 하고 있어요. 중대원들은 그를 작가로 대우하는데도 말이죠!"

"무식쟁이들이라고요? 당신도 그들 가운데 한 명이잖아요?"

"나요? 나를 봤어요? 각자의 역할이 있죠. 나는 멀리서 적과 싸워요. 다른 병사들은 백병전을 하죠."

리스비는 두 팔로 소총을 겨누는 시늉을 했다.

그는 낄낄거리면서 덧붙였다.

"펜과 조준이 중요하죠. 검은 이제 구식이에요."

앤은 티셔츠 소매 부분에 감긴 붕대를 보았다. 거무스름한 얼룩이 어렴풋이 보였다.

"부상을 당했어요?"

"아무것도 아니에요. 총알이 스쳤을 뿐이에요."

"그것만으로도 감염될 수 있어요. 보여줘요."

리스비는 손을 들어서 그녀가 다가오는 것을 막았다.

"내버려두세요. 괜찮아요."

앤은 고집을 부리지 않았다. 그녀는 곧장 본론으로 들어갔다.

"동료들에 대해서 얘기해줄 수 있어요? 며칠 전부터 이상한 행동을 보이는 동료는 없나요?"

리스비가 팔짱을 꼈다.

"찾는 것이 정확히 뭐죠? 컨디션이 좋지 않은 사람을 알려주면 당신이 촐랑촐랑 찾아가서 조악한 약을 줄 건가요?"

앤은 리스비를 끌어들일 가망이 전혀 없음을 느꼈다. 그녀는 즉시 반박했다.

"절대 그렇지 않아요! 그래서 당신에게 도움을 요청하는 거예요! 나는 누구의 기분도 상하게 하고 싶지 않아요. 다만 누구를 피하는 것이 좋은지, 어떻게 접근하는 것이 좋은지 알고 싶을 뿐이에요. 당신이 모든 소대원을 잘 알고 있다는 말을 들었어요."

리스비는 잠시 앤을 바라보더니 머리를 숙이고 은밀하게 말했다.

"당신은 3소대가 왜 그렇게 특별한지 아세요?"

앤이 고개를 흔들었다.

"우리는 단순히 한 중대의 군인이 아니에요. 우리는 전우애로 굳게 맺어진 부대죠. (그는 집게손가락을 흔들었다.) 우리는 특수한 단체예요. 3소대는 일종의 비밀단체예요. 그래서 그 구성원이 아니면 아무것도 알 수 없어요. (그는 그녀의 요청을 거절한다는 의사를 분명히 보여주기 위해 얼굴을 찌푸렸다.) 전혀 알 수 없어요."

크레이그 프레윈은 비어 있는 거대한 벙커에 등을 댄 채 해변을 내려다보고 있었다. 석양은 방현재를 핥는 파도를 보랏빛으로 물들였다. 군함들 위에 펼쳐진 붉은 노을은 대학살을 연상시켰다.

사방에 둘러친 철조망은 적에 대한 공포와 공격적인 분위기를 형상화하고 있었다. 무성한 풀밭에 부드럽게 부는 바람은 썩고 있는 시체 냄새를 내륙으로 밀어내고 있었다.

앤이 야영지의 좁은 길을 따라 다가오는 것을 본 프레윈은 그녀가 적의 그을린 시체들이 썩고 있는 콘크리트 벙커에 접근하지 않도록 달려 나갔다. 기분이 나쁘지 않도록 아부를 가미한 보고서, 관례적인 표현으로 가득한 서류 등 그가 싫어하는 것들로 짓눌린 하루였다. 어젯밤의 긴장감은 다시 사라지고 있었고 프레윈의 마음도 가라앉았다.

해가 지는 동안 그리고 앤이 옆에 있는 동안 프레윈은 처음으로 앤이 여자라는 사실을 절실히 깨달았다. 우아한 자태, 부드럽고 연약한 모습, 관능적인 분위기. 그녀는 아주 아름다운 여인이었다. 앤의 미소와 그녀의 존재 자체가 그의 마음을 따뜻하게 해주었다. 하얀 치아, 축축하고 섬세한 입술. 풀어 헤친 금발 머리는 어깨 위에서 찰랑거렸고 두 줄로 땋은 머리는 목 중간쯤에 늘어져 있었다. 그녀는 하얀 간호사 모자를 쓰지 않았고 초록색 케이프가 블라우스를 일부 가리고 있었다. 흥분한 그녀가 말했다.

"왜 여기서 만나자고 했죠?"

프레윈의 불안은 사라졌다. 그는 앤과 자유롭게 대화를 나누고 싶었다. 오늘 저녁 헌병대의 장교들이 수사본부에 모여서 포로수용소에 대해 의논하기로 되어 있었다. 왜 이처럼 먼 곳으로 앤을 불러냈을까? 트럭이나 모래주머니로 만든, 외진 참호 뒤에 숨어서 이야기를 할 수도 있지 않은가. 프레윈은 감정의 변화를 느꼈다. 그는 이런 변화를 갈망했었다. 그는 이 순간만은 모두에게서 벗어나서 앤과 함께 보내고 싶었다.

언제부터 여인의 체온을 느끼지 못했던가?

프레윈은 자신의 몸과 마음이 참혹한 전투 후 정상적인 생활을 되찾기를 바란다는 사실을 깨달았다.

프레윈은 아주 사무적으로 말했다.

"조용한 곳에서 얘기하고 싶어서요. 새로운 소식이 있어요. 살인범은 나일론으로 토머스의 목을 졸랐어요."

"그게 유용한 단서인가요?"

"모든 가능성을 염두에 두면 그래요. 어디서 나일론을 발견할 수 있을까요?"

앤이 움직이는 풀을 바라보면서 말했다.

"글쎄요. 모르겠어요."

"낙하산은 나일론으로 만들어요. 여러 군단의 장교들에게 물어봤어요. 낙하산부대가 아닌, 다른 부대의 경우 나일론을 본 사람은 없었어요."

"살인범이 낙하산부대원일까요? 그것은 우리의 추론과 전혀 일치하지 않아요. 3소대에는 낙하산병이 없어요!"

"네, 없어요. 하지만 범인은 낙하산 조각을 손에 넣을 수 있었을 거예요. 가끔 구멍 뚫린 낙하산을 오려서 다른 곳에 쓰기도 해요. 범인은 나일론을 한 조각 입수해서 토머스의 목을 조르는 데 썼을 거예요."

"나일론에 대한 수사는 이미 시작했겠죠?"

"그래요. 낙하산부대의 명단을 요청하고 레이븐 중대와의 관계를 물어봤어요. 또 폐기된 낙하산을 관리하는, 모든 사람을 신문했어요. 지금까지 결정적인 단서는 없어요. 또 내 부하들이 희생자들과 관련된 흔적을 추적했지만 어떤 단서도 얻지 못했어요. 로스데일과 토머스는 어떤 소란도 일으키지 않았어요. 그들에게 특기할 만한 점은 전혀 없었어요."

동쪽 하늘이 검푸르게 변하더니 별이 반짝이기 시작했다. 석양의 마지막 반사광이 앤의 얼굴을 어루만졌다.

앤이 말했다.

"오늘 3소대에 다녀왔어요. 수사는 어려울 것 같아요. 그들은 단순한 소대가 아니에요. 그들이 뭐라고 자칭하는지 아세요? 비밀단체! 그들은 모두가 일체가 되어 서로를 돕는, 뜨거운 전우애를 갖고 있어요."

"우리를 도와줄 사람은 찾았나요?"

"글쎄요. 의무중사가 우리를 도와줄지는 확실하지 않아요. 그는 나와 동료이기 때문에 쉽게 친분을 맺을 수 있을 거라 생각했는데 오산이었어요. 모리스 대위는 알쏭달쏭한 인물이에요. 부하들이 두려워서 거리를 두는 건지, 지휘를 쉽게 하기 위해 일부러 부하들과 거리를 두는 건지 모르겠어요. 그에게 도움을 요청할 생각은 없어요. 그리고 리스비라는 병사가 있어요. 상당히 섬세한 유형이에요. (그녀는 미소를 지었다.) 명석한 두뇌를 가졌다는 뜻이에요. 중위님이 한 팔로 감쌀 수 있을 정도로 그는 체구가 작아요!"

앤은 웃기 시작했다. 프레윈은 그녀의 솔직함이 마음에 들었다. 완벽하게 가지런한 치아 중 송곳니 하나만이 약간 비뚤어져 있었다. 애처로워 보이는, 기이한 송곳니. 중위도 미소를 지었다.

앤은 프레윈이 미소에 인색하다고 생각했다.

"리스비는 3소대 소속의 다른 병사들에 비해 개방적이에요. 그는 동료들을 잘 알고 있는 것 같았어요."

"리스비가 당신을 도와줄까요?"

"시간이 필요해요."

프레윈은 실망스러운 듯이 입술을 내밀었다.

"앤, 시간이 없어요. 그들은 조만간 다시 전선으로 떠날 거예요."

앤이 즉시 반박했다.

"중위님은요? 중위님도 그들과 함께 가지 않나요?"

"사단장님이 반대하지 않는다면 그렇죠."

"그럼 나도 갈 수 있을 거예요."

"안 돼요. 당신은 이 수사에서 손을 떼야 해요."

"말도 안 돼요. 나는 이미 중위님과 한 배를 탔어요. 끝까지 갈 거예요."

"앤, 끝까지라니 무슨 말이죠?"

"이 사건의 끝. 범인에게 살인은 쾌락의 원천이에요. 나는 놈을 보고 싶어요."

프레윈은 앤을 설득하기 위해 호흡을 가다듬었다. 하지만 입을 벌리는 순간 어떤 단어도 떠오르지 않았다. 그녀는 어둠 때문에 회청색으로 변한, 그의 두 홍채를 바라보더니 아주 나지막하게 말했다.

"쫓아내지 말아요. 나는 끝까지 가고 싶어요."

앤은 잠시 망설이더니 시선을 떨어뜨리고 덧붙였다.
"내게 중요한 일이에요. 부탁해요."
앤이 애원하자 프레윈은 당황했다. 앤이 냉정을 잃자 그도 불안해졌다. 프레윈은 앤의 어깨에 손을 얹었다. 강건한 프레윈 옆에서 그녀는 아주 연약해 보였다. 그녀에게서 향기가 풍겼다. 정체를 알 수 없는, 동물성의 짙은 향과 바닐라 향이었다.
"앤, 왜 우리를 돕죠? 우리가 살인범의 사악한 정신에 대해 논할 때마다 어떻게 당신은 마치 그를 속속들이 알고 있는 것처럼 이야기할 수 있죠?"
앤은 젖은 눈으로 다시 중위를 바라보았다.
"이제 가야겠어요. 의무대에서 사람들이 기다리고 있어요. 죄송해요."
앤이 그의 손을 떼어내더니 그에게서 멀어지기 시작했다. 당황한 중위는 도망치는 그녀를 바라보았다. 앤이 덧붙였다.
"조만간 3소대 병사들에 대한, 상세한 정보를 입수할 거예요. 믿으세요."
앤은 등을 돌리고 서둘러서 오솔길을 내려갔다.
프레윈이 불렀다.
"앤! 앤!"
하지만 앤은 더 이상 돌아보지 않고 모래언덕에서 사라졌다.
프레윈은 한참 동안 움직이지 않았다. 그는 앤의 만용을 꺾기 위해 수사에서 제외시킬 수도 있다고 말했을 뿐이다. 그녀는 간호사라는 직업을 잃을 수 있고 목숨이 위태로울 수도 있는데 왜 이렇게 이 사건에 집착하는 것일까? 매력적인 앤은 무엇을 숨기고 있는 것일까?
하늘의 유일한 여왕인 달이 반짝이기 시작했다. 위쪽의 벙커는 어둠 속으로 사라진 지평선을 살피는 로봇의 철모를 닮았다.

프레윈은 회의를 느끼기 시작했다.

패티.

아내와는 모든 것이 간단했다.

그는 침을 삼켰다.

그는 자신을 속였다. 그녀와는 모든 것이 간단하지 않았다. 반대였다. 모든 것이 복잡했다. 갈등.

패티.

하지만 프레윈은 아내가 보고 싶었다. 그는 두 주먹을 불끈 쥐었다.

그것은 특별했던 아내와의 관계를 떠올렸다.

프레윈은 다른 사람들과 관련된 모든 것이 복잡하게만 느껴졌다. 그는 어릴 때부터 고독을 예찬했다. 골칫거리를 피하기 위해. 다른 사람들은 골칫거리를 의미했다.

프레윈은 상앗빛 달을 응시했다.

그는 자신이 사람들과 멀리 떨어져 있고 아주 오래전부터 상처를 받은 달같이 느껴졌다.

밤의 피조물.

새벽은 아직 모습을 드러내지 않았다. 기지는 온통 무기력 상태에 빠져 있었고, 멀리서 들려오는 포성에도 병사들은 더 이상 불안해하지 않았다.

프레윈은 조금씩 정신을 되찾았다. 깨어나는 감각들, 이불 밖에서 느껴지는 냉기, 이해하기에는 너무 이른 갖가지 소음들, 야전침대의 소박한 안락. 그의 정신은 다시 현실과 접촉했다. 하지만 왜 그는 깨어났을까? 기상나팔도, 자명종도 울리지 않았다. 게다가 그는 몹시 피곤했다. 그런데 왜 눈을 떴을까?

문득 청각적 기억이 떠올랐다. 특이한 소리. 찌익! 프레윈은 즉시 경계 태세를 취하고는 소리에 정신을 집중했다. 가방을 천천히 여는 것 같은 소리······.

아, 지퍼 소리야! 천막의 문!

그는 천막의 문을 여는 소리를 들었다.

누가 옆에 자고 있지? 매터스. 그리고 조금 떨어진 곳에 콘래드.

프레윈은 경계를 하면서도 어깨 위로 이불을 끌어당겼다. 온기를 잃지 않기 위해서였다. 그는 다시 잠들 수 없었다. 기분이 언짢았다.

잠시 후 그는 부하들이 함지 위에서 찬물로 면도하는 모습을 보았다.

"매터스, 도노반, 콘래드! 간밤에 무슨 일이 있었는지 파악해서 보고하도록."

프레윈은 커피를 끓였다. 잠시 후 매터스와 콘래드가 돌아왔다. 특기할 만한 사항은 없었다. 30분 후 도노반이 나타났다.

"도그 중대에서 일조점호를 했는데 병사 한 명이 사라졌습니다. 그의 천막에도 없습니다. 그가 어제 입은 옷을 제외하면 모든 장비는 그대로 있습니다."

"탈영했을까?"

"그럴 수도 있습니다. 사단장님은 스탠리 대위에게 조사를 지시했습니다."

프레윈이 반문했다.

"스탠리?"

프레윈은 같은 헌병대 장교인 스탠리를 알고 있었다. 스탠리는 출세욕이 강한 사람으로 규정을 엄수하며 현장에서 열심히 근무했다.

"좋아. 그에게 수사 과정을 알려달라고 부탁해야겠군. 다른 것은 없어?"

도노반이 고개를 저었다.

"레이븐 중대는 오늘 출전할 것 같다. 각자 소지품을 확인해. 레이븐 중대가 출발하면 즉시 이곳으로 집결해."

*

이른 아침 프레윈은 철모 옆에 둔 군모를 챙기기 위해 자신의 천막으로 돌아왔다. 그는 군모를 접어서 견장 밑에 쑤셔 넣었다. 그는 모자 쓰는 것을 좋아하지 않았다.

윙윙거리는 소리가 그의 관심을 끌었다.

파리였다. 수십 마리의 파리.

어리둥절한 그는 파리가 들러붙은 천막 자락을 향해 몸을 숙였다. 파리는 가늘고 기다란 얼룩에 붙어 있었다. 자세히 보았더니 곡선 하나에 수많은 점선과 열십자(+)가 보였다.

프레윈은 라이터를 꺼내 석유등에 불을 붙인 다음 등을 들어 올렸다.

갈색 선들은 그림을 이루고 있었다.

피! 지도……

누군가 천막 안쪽에 피로 지도를 그려놓았던 것이다.

프레윈의 머릿속에서 모든 퍼즐조각이 맞춰졌다. 오늘 아침의 지퍼 소리. 그는 살인범의 짓이라고 확신했다. 살인범이 이곳에 들어왔던 것이다. 이 지도를 그리기 위해. 놈이 이곳까지 왔었다니! 이렇게 가까이까지! 프레윈을 조롱하기 위해. 그의 사생활과 잠까지도 웃음거리로 만들기 위해.

살인범은 거칠게 그린 열십자를 통해 프레윈을 숲으로 유인했다. 우글거리는 파리 떼가 그에게 길을 가르쳐주었다.

나뭇가지 사이로 황금빛의 막을 투사하던 태양은 전쟁이 일으킨 듯한 모든 먼지를 포착해서 떠다니는 수정처럼 반짝반짝 빛나게 했다.

프레윈은 나무들 사이에 구불구불 나 있는 오솔길을 쉽게 찾아냈다. 그는 범인이 남긴 지도를 수첩에 그대로 옮겼다. 범인은 반타원형을 그리고 그 안에 '야영지'라고 썼다. 그리고 타원형 아래에 선영(線影)을 넣고 '3 소대'라고 썼다. 3소대에서 시작된 점선은 숲의 경계를 지나 열십자에서 끝났다. 글자는 아이의 필체였다. 프레윈은 즉시 범인의 술책을 간파했다. 오른손잡이가 필적을 숨기기 위해, 진짜 필체를 감추기 위해 억지로 왼손으로 쓴 것이다. 필체를 대조하는 것은 쓸데없는 일이었다. 치밀하지는 않지만 교활한 수법이었다.

프레윈을 당혹스럽게 한 것은 범인의 무모함이었다. 범인은 밤이 끝날 무렵 위험을 무릅쓰고 그의 천막에 침입하지 않았는가. 평소에는 그렇게나 신중하고 꼼꼼한 범인이 경솔하게도 위험한 짓을 감행한 것이다. 만일 프레윈이 깨어 있었다면 범인은 어떻게 했을까? 놈은 무기를 든 채 중위가 깨어나는지 살피면서 지도를 그렸을까? 아무래도 미친 짓이었다. 프레윈은 이번 일을 다행으로 여겨야 할지, 아니면 걱정해야 할지 알 수 없었다. 이것은 살인범이 스스로 무덤을 파고 있다는, 아주 확실한 첫 번째 징조일까? 아니면 범인이 완전히 상황을 장악하고 헌병들을 농락하고 있다는 증거일까?

범인이 점점 더 이성을 잃고 범행에 도취되기 시작했다고 판단한 프레윈은 중무장한 부하들을 데리고 출발했다. 그들은 3소대가 야영하고 있는 남쪽 숲 가장자리에서 출발하여 지도의 점선 방향과 일치하는 오솔길까지 갔다. 이 지도의 용도는 무엇일까? 그들에게 메시지를 전해줄까? 아니면 그들을 함정으로 유인하는 것일까? 팔에 붕대를 감은 매터스는 경기관총을 든 먼로와 함께 프레윈의 뒤를 따랐고 베이커와 라르손은 행렬의 후미에 섰다.

철모와 전투 장비.

프레윈은 한 손에 수첩을, 다른 손에 권총을 쥐고 있었다. 권총 손잡이가 축축해졌다. 여름이 다가오면서 무럭무럭 자라는 초목이 적에게 천운의 은신처를 제공하고 있었다. 바스락거리는 소리, 삐걱거리는 소리, 나뭇가지가 바람에 흔들리는 소리는 의구심과 불안감을 자아냈다. 프레윈 일행은 거미줄을 걷어내며 길을 텄다. 프레윈은 그렇게 많은 거미줄이 있다는 사실에 놀랐다. 행렬의 선두에 선 그는 발자국, 담배꽁초 등 그들보다 먼저 이곳을 지나간 사람들의 정체를 밝히는 데 도움이 될 만한 것을 찾기 위해 바닥을 유심히 살폈다. 하지만 땅은 흔적이 남을 만큼 축축하지 않았고 오솔길은 또렷하지 않았다.

갑자기 풀이 듬성듬성해지고 고사리가 희박해졌으며 길이 넓어졌다. 그리고 축구장만 한 공터가 나타났다. 황폐한 곳이었다. 나무들은 넘어지거나 갈기갈기 찢겨 있었고 강력한 포탄에 맞아 날카롭게 잘린, 수십 개의 나무줄기는 2, 3미터 앞으로 날아가 있었다. 2, 3미터, 간혹 5미터 깊이의 구덩이가 열 개가량 있었다. 검은 흙은 파헤쳐져 있었다. 에메랄드빛 숲은 사라졌고 마른 진흙으로 덮인 '무인지대'만이 남아 있었다. 폭발로 인해 군데군데 분출된 진흙 더미와 사람의 키만큼 높은, 물결 모양의 흙덩어리가 있었다. 다른 곳에서는 순간적인 화력이 치솟은 땅을 구워서 속이 빈 버섯의 형상을 만들어냈다. 뜨거운 유리에 바람을 불어넣어 형체를 만드는 것처럼 거인이 흙으로 작품을 빚어낸 것 같았다.

다섯 사람은 커다란 구덩이가 파인, 황폐한 풍경을 바라보았다. 새가 지저귀는 소리도 들리지 않았고 포격을 받은 곳에서는 아직도 매캐한 냄새가 떠다녔다.

마침내 먼로가 물었다.

"우리가 가야 할 곳이 저깁니까? 저기가 지도의 열십자와 일치하는 지점입니까?"

프레윈이 전진하면서 속삭였다.

"그럴 거야."

프레윈의 발밑에서 흙이 바스락거렸다. 부하들은 후미진 곳, 구덩이, 그리고 거대한 말뚝을 닮은, 훼손된 나무줄기를 살피면서 프레윈을 따라갔다. 매터스의 팔꿈치가 물결 모양으로 굳어진 흙을 스쳤다. 그러자 즉시 흙이 갈라지면서 1초 후 둔탁한 소리와 함께 먼지구름이 빠져나왔다. 흙덩어리는 황갈색 먼지구름을 일으키며 단번에 무너졌다.

베이커가 중얼거렸다.

"이곳이 대체 어디죠?"

프레윈은 가파른 경사와 금속 파편 때문에 위험한 함정이 되어버린, 깊은 구덩이를 우회했다. 다른 파편들은 최근에 해체된 야영지의 흔적을 말해주었다.

프레윈이 대답했다.

"무기고였어. 포격을 당해 산산조각 난 거야."

먼로가 경기관총을 내리고 말했다.

"모든 것이 음산합니다."

프레윈은 다시 발걸음을 떼면서 부하들에게 작은 언덕 위에서 만나자는 신호를 보냈다. 이윽고 프레윈 일행은 지름 30미터, 깊이 15미터의 거대한 구덩이를 내려다보았다. 나무뿌리 하나, 소관목 한 그루 없었다. 생명의 흔적이라고는 전혀 없었다.

매터스가 입을 열었다.

"아무것도 없는 것 같습니다. 이곳이 지도의 열십자라면 우리가 예상했던 것은 보이지 않습니다. 범인이 폐허의 벌판으로 우리를 불러낸 것일까요?"

라르손이 말했다.

"간호사가 뭐라고 했죠? 열십자는 상징적인 것이 아닐까요?"

프레윈이 한숨을 쉬었다. 그는 몸을 돌려 황폐한 곳을 바라보았다.

"나도 몰라. 그럴 수도 있어."

베이커는 기관총을 케이스 안에 넣었다.

"소변을 보고 오겠습니다."

그는 오솔길에서 벗어났다.

먼로는 기관총을 늘어뜨리고 주머니에서 담배를 꺼냈다. 그는 매터스에게 담배를 내밀었지만 중사는 말없이 거절했다. 그는 담배에 불을 붙이고 만족스럽게 연기를 내뿜었다.

"소리가 전혀 들리지 않아 오히려 불안합니다."

프레윈은 살펴볼 만한 것이 없음을 확인하고 자리를 떴다.

라르손이 깜짝 놀랐다.

"우리는 중위님과 함께 있어야 하잖아?"

먼로가 항의했다.

"네가 바짝 따라다니지 않는다며 중위님이 야단친 적 있어? 중위님은 우리에게 휴식 시간을 준 거야. 네가 상징에 대해 말한 것은 틀리지 않은 것 같아. 하지만 해석은 중위님께 맡겨."

라르손은 먼로의 담배를 가리키며 한 개비 달라고 손짓했다. 먼로는 담배와 라이터를 내밀었다.

"고마워, 친구. 그런데 중위님의 부인에 대한 소문은 사실이야?"

먼로가 눈썹을 치켜 올렸다.

"뭐가 뭔지 모르겠어."

매터스가 끼어들었다.

"얘기하지 마."

"아무튼 뭔가가 있어. 혹시 우리가 살인범의 농간에 걸려든 것은 아닐까?"

매터스가 목소리를 높였다.

"다들, 그만해!"

아직 젊은데다가 얼굴에 미숙함이 엿보였지만 매터스는 수많은 전투에 참여한 경험이 있었다. 그럼에도 그는 나이 많은 부하들에게는 권위를 내세우지 않을 수 없었다. 그러나 부하들이 복종하는 것은 그의 권위 때문이 아니라 그에 대한 예의와 프레윈 중위에 대한 두려움 때문이었다.

라르손은 아랫입술을 일그러뜨리면서 중사를 노려보았다.

"알았네. 그냥 이런저런 소문이 있다는 말이었어."

갑자기 비탈 뒤에서 울부짖는 소리가 들려왔다. 공포의 비명 소리.

주먹이 돌처럼 단단한 베이커가 방금 뭔가를 발견했던 것이다. 그에게서 원초적인 공포의 비명을 뽑아낼 수 있을 만큼 끔찍한 뭔가.

205

매터스, 먼로, 라르손이 달려갔다.

베이커는 천천히 뒷걸음질치고 있었다. 극도의 혐오감으로 빨개진 얼굴과 믿을 수 없다는 표정. 그는 편상화의 발소리를 듣고 동료들에게 돌아섰다. 매터스는 '안 돼. 더 이상 오지 마'라고 말하는 것 같은 베이커의 시선을 읽고 발걸음을 늦췄다.

프레윈이 권총을 쥐고 달려왔다. 젊은 중사는 다치지 않은 손으로 권총을 꺼냈고 다른 부하들은 꼭대기를 향해 짧은 언덕길을 올라갔다. 부러진 나무줄기들이 꼭대기를 에워싸고 있었고 한가운데에는 방어진지라기보다는 감시초소에 가까운, 소박한 벙커가 있었다. 그들은 프레윈의 지시에 따라 크게 벌어진 입구를 통해 100제곱미터의 벙커 안으로 들어갔다. 한쪽 벽면을 따라 숲을 굽어보는 총안이 길게 나 있었다.

그런데 벙커 한복판에 벌거벗은, 젊은 남자가 팔다리를 벌린 채 서 있는 것이 아닌가.

다빈치의 〈비트루비우스적 인간〉이 인체 비례에 관한 연구라면 이 사람은 분명히 고통에 관한 연구였다.

희생자는 대형 거미줄을 닮은, 투명한 실로 만든 이상한 그물에 잡혀 있었다. 바닥, 천장, 벽에서 시작된 줄은 희생자의 몸에 박혀 있었고, 줄이 박힌 곳마다 빨간색의 작은 상처가 나 있었다. 줄은 양쪽 발, 장딴지 그리고 넓적다리에 박혀 있었다. 하나의 줄은 항문에, 다른 줄은 곧장 성기에 박혀 있었다. 붉은 귀두는 바닥 쪽으로 팽팽하게 당겨져 있었다. 네 개의 줄이 복부에 박혀 있었다. 그 가운데 하나는 등의 척추와 연결되어 있었고 다른 하나는 양쪽 엉덩이와 연결되어 있었다. 또 하나의 줄은 두 개의 젖꼭지에 박혀 있었다. 비스듬히 들어 올린 두 팔의 이두박근, 팔꿈치 안쪽, 손목, 각 손가락 끝에도 줄이 박혀 있었다. 손가락은 천장 쪽으로 팽팽하게 당겨져 있었다. 범인은 양쪽 손바닥에 비어 있는, 작은 금속 접시를 올려놓았다. 마지막으로 머리는 뒤로 젖혀진 채 하나의 줄이 벌린 입 속에 들어가 있었고 두 개의 줄은 양쪽 눈에 박혀 있었다.

프레윈은 그제야 깨달았다. 두 개의 작은 낚싯바늘이 눈꺼풀을 관통하고 있다는 사실을.

낚싯줄은 바닥, 벽, 천장의 가로장에 나사로 고정되어 있었고 그 끝에는 낚싯바늘이 달려 있었다. 희생자가 1밀리미터라도 움직이면 낚싯바늘이 파고들어 살을 찢었다.

갓 스무 살쯤 된 희생자는 고통에 바쳐진 꼭두각시였다. 그가 앞으로 움직이면 장딴지, 항문, 척추에서 피를 흘릴 것이다. 뒤로 움직이면 두 발, 성기, 배꼽이 찢어질 것이다. 넓적다리는 어느 쪽으로 움직이든 훼손될 것이다. 손목과 팔꿈치 안쪽에 낚싯바늘이 박혀 있었기 때문에 두 팔도 똑같은 위험에 처해 있었다. 희생자가 어느 방향으로든 움직이면 입 속에 들어간 낚싯바늘이 목구멍에 박혀 식도를 찢을 것이다. 이 끔찍한 곤경에서 벗어날 방법은 전혀 없었다.

작은 핏방울이 피부에서 흘러내리면서 자줏빛의 피 웅덩이는 점점 커지고 있었다. 희생자는 몇 시간 전부터 이런 상태였을 것이다.

그는 이미 체력의 한계에 도달했을 것이다. 그는 의식을 잃지 않기 위해 어떻게 했을까? 근육마다 이미 경직되어 있을 것이다.

희생자는 중위를 볼 수 없었지만 프레윈은 손을 들고 천천히 말했다.

"움직이지 마. 절대로 움직이지 마. 우리는 헌병이야. 구해줄게."

지금까지 전혀 움직이지 않았던 희생자가 흔들리기 시작했고 피부에는 닭살이 돋았다. 검붉은 핏방울이 바닥에 부딪치며 부서졌다.

프레윈이 명령했다.

"움직이지 마! 우리는 너를 도와주러 왔어. 움직이면……."

프레윈은 말을 맺지 못했다.

희생자는 떨기 시작했고 두 다리가 후들거렸다.

그러자 손가락과 손목이 찢어지고 두 개의 접시가 요란한 소리를 내며 바닥에 떨어졌다. 팔꿈치는 꺾이고 배꼽 주위의 살점이 떨어졌다. 젖꼭지는 찢겼다. 항문 괄약근으로 피가 줄줄 흘러내리기 시작했다. 희생자가 한 걸음 물러나자 성기에 박힌 낚싯줄이 팽팽해지더니 길이 10센티미터의 붉은 물질이 요도를 통해 빠져나왔다.

노출된 내장에서 혐오스러운 꾸르륵 소리가 올라왔다. 희생자는 옆으로 몸을 비틀며 낚싯줄을 끊었다. 그리고 잠시 비틀거리다가 머리를 들고 프레윈과 그의 부하들을 바라보았다. 두 눈이 무대의 커튼처럼 갈라진 눈썹 사이로 나타났다. 붉은 피가 입에서 흘러나왔다.

이제 모든 낚싯줄은 사람의 손에서 벗어난 꼭두각시의 줄처럼 축 늘어졌다.

그의 몸은 피의 샘으로 변했다.

*

프레윈 일행은 달렸다. 고사리가 얼굴을 후려쳤다. 베이커가 희생자를 업고 달렸다. 그들은 희생자에게 옷을 입히고 출혈을 막기 위해 단단히 졸라맸다. 30여 개의 낚싯바늘이 몸을 갈기갈기 찢어놓았다. 그들이 다가가서 낚싯줄을 제거하자 피부는 뜯기고 붉은 점막이 드러났다. 희생자는 울부짖은 후 아이처럼 칭얼대더니 몸을 떨면서 천천히 의식을 잃었다. 프레윈은 그 증상을 알고 있었다. 피를 잃으면 잃을수록 체온이 떨어지면서 몸을 떠는 법이다. 출혈이 심한 환자는 혹독한 추위를 느끼다가 잠이 들고 결국에는 사망한다. 그의 목숨은 촉각을 다투고 있었다.

구조대가 나타나자 희생자는 정신을 놓아버렸다. 프레윈은 추위, 허기, 피로에도 불구하고 정신력으로 체력의 한계를 극복하고 생존한 중상자들에게서 이런 현상을 자주 보았다. 구조대가 나타나면 부상자는 안심한 나머지 정신을 놓아버리고 생존의 일념으로 버틴 몸은 응급조치를 하기도 전에 쓰러져버렸다.

기진맥진한 베이커가 걸음을 멈췄다. 라르손은 복부에 입은 부상에도 불구하고 황급히 그를 교대해주었다. 피로 옷이 흠뻑 젖었다. 베이커의 등은 까맸다. 그들은 다시 달렸고, 매터스와 먼로는 의무대에 알리기 위해 먼저 떠났다.

숲에서 빠져나온 그들은 작은 언덕을 기어오른 다음 가장 가까운 천막에 도착했다. 병사들이 하얗게 질린 눈으로 그들을 바라보았다.

두 명의 위생병이 먼로와 함께 달려왔다. 그들은 믿기지 않는 표정으로 대충 희생자의 몸을 살폈다. 모든 일이 신속히 진행되었다. 라르손은 희생자를 등에서 내리고 베이커 옆에 주저앉았다. 먼로는 희생자가 의식을 되찾기를 바라면서 위생병들과 함께 의무대로 달려갔다.

프레윈의 눈에 의자가 보였다. 그제야 그는 자신이 숲에서 가장 가까운 3소대 야영지에 앉아 있다는 사실을 깨달았다. 병사들은 적대적인 태도로 말없이 헌병들을 지켜보고 있었다. 20여 명의 병사는 태연한 모습이었다. 저 병사들 중에 살인범이 있을 것이다. 프레윈의 가슴에서 분노가 치밀었다. 그는 그들의 얼굴을 하나하나 탐색했다.

아름다운 초록색 눈의 파커 콜린스 의무중사. 해변에서 마주쳤던 더글러스 레지 하사. 아주 육중한 트라우델, 허약한 리스비, 언청이 모리스 대위, 자신을 날카롭게 노려보고 있는 칼 해리슨. 그리고 금발의 장신에 근육이 발달하고 얼굴에 상처가 많은 사내가 그들 옆에 서 있었다. 그의 명찰에는 흐리섹이라고 씌어 있었다. 흐리섹이 귀에 대고 뭐라고 속삭이자 해리슨이 입을 비죽거렸다. 그의 시선은 위협적이었다. 그들은 이번 범행과 전혀 관계없는 것처럼 보였다. 3소대 병사들은 너무 많은 피를 보았기 때문에 이 정도의 피에는 동요하지 않는 것일까?

앤의 말이 떠올랐다.

"그들은 같은 고치 속에서 생활해요. 그들은 3소대에 속하지 않은 사람에게는 신경 쓰지 않아요. 그것이 그들의 생존 방식이에요. 살인범은 빼놓고요."

프레윈은 생각했다.

희생자는 3소대 소속이 아니야. 그는 이들과 같은 부류가 아니야.

살인범은 죽어가는 희생자가 지나가는 것을 보았어.

놈은 불쌍한 희생자를 보고 몹시 좋아했을 거야…….

프레윈의 눈이 커졌다.

그는 용의자들을 대략적으로 검토했다.

몇 초 후에야 생각이 정리되었다.

그래! 범인은 현장에 남아 있지 않았어……. 놈은 희생자가 고통스러워하는 것을 보지 않았어…….

중요한 조각 하나가 퍼즐에 끼워졌다. 살인범의 새로운 면모가 밝혀진 것이다. 프레윈은 희망을 갖기 시작했다. 신중하게 게임을 해야 했다. 하지만 운이 조금이라도 따라준다면 상황은 그에게 유리하게 전개될 것이다.

3소대 병사들은 배신과 학대를 당했다고 느꼈다. 헌병의 공격은 그들의 유대를 더욱 강화시켰고 긴장감은 분노 그리고 증오와 함께 더욱 높아졌다. 칼 해리슨의 체포와 석방은 그들을 격분시켰다. 소대원들은 '자신들의' 의자에 앉아서 숨을 몰아쉬는 헌병들을 노려보았다.

프레윈은 소대원들의 마음을 진정시키기로 결심하고 부하들에게 지시했다.

"우리 막사로 돌아가라. 매터스와 먼로는 가엾은 병사의 상태를 알아보라고 하고. 나는 벙커로 돌아갈 거야."

라르손이 195센티미터의 거구를 일으켰다.

"제가 중위님을 모시겠습니다."

"안 돼. 나머지는 당장 막사로 돌아가. 나 혼자 벙커에서 생각할 게 있어."

라르손과 베이커는 고개를 갸우뚱거리면서 시선을 나누었지만 상관의 지시를 따를 수밖에 없었다. 부하들이 떠나자 프레윈은 말없이 자신을 지켜보던 소대원들을 잠깐 둘러보았다. 그리고 곧장 모리스 대위에게 다가가더니 그를 따로 불러내서 짧은 대화를 나누었다. 그런 다음 야영지를 떠나 숲 속으로 뻗은 오솔길을 향해 걸어갔다.

가시덤불과 쐐기풀밭 사이로 꾸불꾸불하게 이어진 오솔길은 거대한 송곳니처럼 땅에서 솟아난 바위들을 우회했다. 가파른 오르막길. 수십 년 동안 해풍을 맞아 비틀어진 소나무들과 전나무들이 모래땅에 달라붙어 있었다.

프레원은 황폐한 공터에 도착했다. 지상군이 돌격하기 전에 포격을 받은 적의 탄약고였다. 살인범은 어떻게 이곳을 찾아냈을까? 가능성은 두 가지였다. 하나는 누군가 산책을 하다가 오솔길의 입구가 보이자 이곳까지 둘러본 다음 동료들에게 이야기했을 것이다. 다른 하나는 두 번째 희생자의 몸에서 발견된 단서와 관련이 있었다. 나일론 조각. 낙하산 조각일까? 그렇다면 살인범은 공군과 어떤 관계가 있을 것이다. 어느 조종사가 살인범에게 이 탄약고를 포격할 것이라고 알려주었을까? 프레원은 이 억지스런 가정을 버렸다. 그럴 가능성은 거의 없었다. 3소대 병사들은 긴장을 풀기 위해 혹은 조용한 장소를 찾기 위해 이곳까지 왔을 것이다. 그리고 막사로 돌아와서 살인범에게 말해주었을 것이다. 살인범은 분명 3소대 소속이었다.

프레원은 웅덩이와 부러진 나무줄기 사이를 걸으면서 살인범이 희생자와 함께 이곳까지 오는 과정을 상상해보았다. 범인은 어떻게 희생자를 이곳까지 데려왔을까? 누군가를 어깨에 둘러메고 오를 만한 길이 아니었다. 이는 베이커와 라르손이 잘 알 것이다.

살인범은 아주 건장한 놈일 거야.

살인범은 기지에서 이곳까지 희생자를 업고 왔을까? 가능성은 있지만 매우 힘든 일이었다. 범인은 두 명이었을까? 프레원은 아직 이 가정을 받아들이지 않았다. 두 명의 살인범? 똑같이 사악한 환상을 공유하는 두 사람이 서로를 알아보고 범행을 공모할 가능성은 아주 적었다.

프레윈은 이 가능성을 믿지는 않지만 완전히 배제하지는 않았다. 그는 단독 범행일 것이라고 확신했다.

그렇다면 살인범은 희생자와 함께 어떻게 이곳에 왔을까? 두 사람이 나란히 걸어서? 희생자는 위협을 받았을까? 아니면 자발적으로? 가엾은 희생자의 손목과 발목을 조사해서 족쇄의 흔적이 있는지 확인해야 한다.

공터의 중앙에 위치한 감시초소이자 벙커는 이 일대를 굽어보고 있었다. 문득 자신도, 부하들도 벙커를 조사할 생각을 하지 않았다는 사실이 떠올랐다. 우리는 피곤했어. 그리고 무슨 일이 기다리고 있는지 몰랐어. 특히 그들은 위험을 느꼈다. 그래서 함정이 두려워서 가까이에만 주의를 집중했었다.

하늘에서 날카로운 울음소리가 들렸다. 말똥가리 한 마리가 벙커 입구에서 날고 있었다. 프레윈은 벙커까지 올라간 다음 입구 앞에서 멈췄다. 어둡고 외진 곳이었다. 그다지 아늑한 곳이 아니었다. 한밤중에는 으스스할 것이다. 살인범은 어떤 속임수를 써서 희생자를 벙커 안으로 유인했을까?

프레윈은 벙커 안으로 들어갔다. 희미한 빛을 받아 피 웅덩이가 검게 반짝이고 있었다. 지름은 150센티미터가 넘을 것 같았다. 커다란 파리들이 미끄러운 피 웅덩이에서 알도 낳고 물놀이도 하고 있었다. 프레윈 일행이 구조 과정에서 흘렸던, 더욱 붉은 핏자국도 여기저기 흩어져 있었다.

햇빛은 입구의 반대쪽 벽에 수평으로 뚫려 있는, 긴 관측용 홈을 통해 스며들었다. 프레윈은 벽, 바닥, 천장에 낚싯줄을 고정했던 갈고리와 못을 조사했다. 갈고리와 못은 새 것이었다. 이곳에는 선반이나 전등을 나사로 고정시킬 수 있는 나무 들보가 있었다. 살인범은 나무 들보를 이용해서 낚싯줄을 고정시켰다. 그는 희생자를 고문하기 위해 미리 이곳을 답사하고 범행 도구를 준비했을 것이다. 처음부터 모든 범행 도구를 갖추고 있었을까? 분명히 이곳에서 구할 수 없는 도구였다. 프레윈은 입을 삐죽거렸다. 살인범은 기회가 오면 즉시 범행을 실행하려 했을까? 그랬다면 그는 어딘가에 범행 도구를 숨겨놓았을 것이다. 병사—출전 중에도—는 혼자가 아니다. 중대원과 보급부대가 범행 도구를 숨겨주었을 수도 있다. 아니면 다른 사람의 가방, 탄약통, 비상식량 속에 숨길 수도 있다.

프레윈은 체액 속에 뒹굴고 있는 30여 개의 낚싯바늘을 보았다. 몇몇 낚싯바늘에는 근육조각, 혈관, 인대가 하찮은 미끼처럼 꿰어져 있었다. 파리 떼는 끊임없이 윙윙거렸다.

프레윈은 벌거벗은, 젊은 희생자의 모습을 떠올리고는 다시 오싹해졌다. 희생자는 지독한 공포를 느꼈을 것이다. 그는 입에 고인 침을 삼켜야 했을 것이다. 프레윈은 침을 삼킬 때마다 낚싯바늘이 조금씩 식도 안으로 내려가면서 희생자가 겪었을 끔찍한 고통을, 그리고 입 밖으로 나온, 팽팽하게 당겨진 낚싯줄을 상상해보았다.

네놈은 어쩌면 그처럼 야만적인 짓을 생각해낼 수 있지? 도대체 너는 어떤 놈이냐?

이번 범행에는 형용할 수 없을 만큼 까다로운 작업이 필요했다. 살인범은 어떻게 성기와 항문 깊숙이 낚시를 끼워 넣을 수 있었을까?

프레윈은 벙커 안에서 천천히 걸었다. 모든 일이 순식간에 일어났다. 프레윈 일행은 상황이 너무 급박해서 벙커를 제대로 조사할 수 없었다. 한쪽 구석에 등받이 없는 의자가 넘어져 있었다. 살인범은 이 의자를 이용해서 낚싯바늘을 깊숙이 밀어 넣었을까? 아마도……. 가스등들이 가스통들과 함께 선반 위에 놓여 있었다. 벙커는 포격을 받지 않았지만 적은 비품을 남겨둔 채 도망쳐버렸다.

그때 프레윈은 포격으로 인한 상흔도, 시신도 보지 못했다는 사실을 깨달았다. 적은 포격 직전에 이곳을 떠났을까? 이치에 맞지 않은 일이었다. 적은 포격을 당한 후 사망자들을 매장했을 것이다.

천 조각이 바닥에 둘둘 말려 있었다. 프레윈은 손가락 끝으로 천 조각을 집었다. 두 끝은 묶여 있었다. 눈을 가리는 데 쓴 머플러였다. 프레윈은 3미터 떨어진 피 웅덩이를 관찰했다.

너무 멀어. 희생자는 묶여 있었기 때문에 눈가리개를 벗겨낼 수 없었어. 범인이 떼어냈을 거야.

프레윈은 발치에서 뭔가를 발견하고는 몸을 숙였다. 반투명한 물질로 뒤덮인, 20센티미터 가량의 핀셋이었다.

외과용 기구야. 그리고 이것은 윤활제랑 비슷한데.

프레윈은 방금 한 가지 의문, 즉 '범인은 어떻게 낚싯바늘을 그렇게 깊숙이 밀어 넣었을까?'에 대한 해답을 찾았다.

범인은 의무대에서 핀셋을 훔쳤을까? 아니면 출발할 때부터 핀셋을 가지고 있었을까? 프레윈은 투덜거렸다. 시간만 낭비했다는 생각이 들었다. 20여 명의 3소대 병사 중에서 범인을 가려내려면 우선 이 망나니가 어떤 부류인지 파악해야 했다. 프레윈은 생각하면 할수록 30분 전 야영지에서 관찰했던 것들이 중요한 의미가 있다고 확신했다. 이번 범행은 다른 두 건의 살인사건과 연속성이 없었다. 오히려 이번 살인사건에는 뭔가 근본적인 변화가 있었다.

범인은 희생자를 결박한 후 어떻게 했을까? 지금까지 프레윈 일행은 범인이 만족을 느끼기 위해, 강렬한 감정을 느끼기 위해 살인을 저질렀다고 생각했었다. 하지만 이번에 범인이 범행을 저지른 이유는 고통이었다.

하지만 범인은 희생자의 고통을 감상하지 않고 자리를 떴어. 놈은 나한테 현장을 보여주기 위해 기지로 돌아와서 내 천막에까지 들어왔어. 놈은 현장에 끝까지 남지 않았어. 놈은 고통도, 살인도 즐기지 않았어.

그렇다면 범인은 무엇을 추구했을까? 왜 그는 프레윈을 이곳까지 불러냈을까?

이상하게도 주인을 기쁘게 해주려고 주인의 침대에 죽어가는 생쥐를 물고 온 고양이의 이미지가 떠올랐다.

네놈은 왜 이런 짓을 했지?

프레윈은 벙커를 자세히 살폈다. 그는 밤에 가스등이 켜진 벙커를 상상했다. 살인범은 고문 도구를 준비한 후 희생자의 눈을 가린 채 이곳에 들어왔을 것이다. 희생자를 가운데로 끌고 가서 바닥, 벽, 천장에 설치해놓은 낚싯바늘을 끼워 넣기만 하면 되었다. 희생자는 희망―순종할 경우 살아남을 수 있다는―과 공포 사이에서 옴짝달싹할 수 없었을 것이다. 그것은 일종의 강간상해증후군이다. 희생자는 순종만 하면 살 수 있다는 생각에 장승이 되어버렸다.

이 잔인한 범행은 살인범이 꾸민 작전의 일부였다. 그는 희생자가 더 이상 움직일 수 없도록, 그래서 자신이 좀 더 집중이 필요한 낚싯줄에 몰두할 수 있도록 입부터 시작했을 것이다.

범인은 한 손으로는 희생자의 입 속에 낚싯바늘을 넣고 다른 손으로는 관자놀이에 권총을 들이댔을 것이다. 낚싯바늘이 10여 센티미터 들어가자 살인범은 낚싯바늘이 식도에 박히도록 낚싯줄을 거칠게 잡아당겼을 것이다.

벌거벗은 희생자는 벙커 한가운데에 머리를 뒤로 젖힌 채 서 있었다. 그는 조금이라도 움직이면 식도에서 찢어지는 고통을 느꼈을 것이다. 이번에는 팔이 따끔따끔 아팠을 것이다. 놈은 대체 무슨 짓을 하고 있을까? 희생자는 조금이라도 움직이면 살이 찢어진다는 사실을 깨달았을 것이다. 그래서 고통과 공포가 그를 숨 막히게 했을 것이다. 그가 할 일은 움직이지 않고 가만히 있는 것이었다.

범인은 희생자의 성기를 만졌다. 그는 희생자의 요도에 가늘고 차가운 물체를 삽입했다. 희생자는 고통으로 울부짖었다. 물체가 멈추고 뾰족한 끝이 살에 박혔다. 만일 그가 흔들린다면 강철 바늘이 그의 성기를 손상시킬 것이다.

항문에서도 똑같은 일이 벌어졌다.

이윽고 범인의 작업이 끝났다. 희생자는 움직일 수 없었다. 조금이라도 움직이면 살이 찢어졌다. 그는 이제 망나니에게 복종하는 꼭두각시에 불과했다. 죽지 않기 위해.

범행에는 많은 시간이 걸렸다. 밤은 길었다. 먼저 적절한 장소를 물색한 후 고문 도구를 설치해야 했다. 그리고 기지로 돌아와서 희생자를 물색해 범행 장소로 데려가야 했다. 범인은 어떻게 희생자를 선택했을까? 이미 많이 늦었다. 놈에게는 할 일이 많았다.

범인은 다름 아닌 프레윈 중위에게 자신의 '작품'을 보여주고 싶었다. 따라서 중위에게 길을 알려줘야 했다.

왜 하필이면 프레윈 중위일까? 두 사람은 아는 사이일까?

살인범은 고문 도구를 설치한 후 자신의 꼭두각시를 버렸다.

만일 즐기기 위해 고문한 것이 아니라면 왜 그런 고생을 사서 했을까? 그의 쾌락은 어디로 이동했을까? 범행 동기는 무엇일까?

지배욕? 그렇다면 끝까지 현장에 남아 있어야 했다. 다른 사람에게 죽음의 과정을 보여주기 위해 그렇게 고생을 하는 것은 아무 의미도 없을 것이다. 대체 이유가 뭘까?

붉은 진수성찬에 달라붙은 파리들의 모습은 역겨웠다.

프레윈의 머릿속에 선물이라는 단어가 떠올랐다. 살인범은 프레윈에게 이 광경을 선물했다. 놈은 프레윈이 상대했던, 모든 범죄자처럼 자기중심적이었다. 놈은 그 점을 알고 있었다. 따라서 그렇게 행동한 '즐거운 이유'가 있을 것이다.

프레윈은 이유가 하나뿐이라고 생각했다.

갑자기 벙커 안에 스며드는 햇빛이 변했다.

프레윈이 조금 놀라서 고개를 돌렸다.

그는 더 이상 혼자가 아니었다. 누군가 입구에 서 있었다.

검은 복면을 쓴 사람이 사냥용 칼을 들고 있었다.

그가 칼을 들자 프레윈은 앞에 서 있는 사람이 누구인지 알아차렸다.

프레윈은 용수철처럼 뒤로 펄쩍 뛰었다. 두 발이 피 웅덩이에 닿았다. 그는 미끄러지면서 한쪽 무릎은 바닥에 꿇고 한 손은 끈적끈적한 액체를 짚으면서 균형을 잡았다. 머리를 들자 공격자가 코앞에 서 있었다. 놈은 한 손으로 중위의 머리를 붙잡고 목에 칼을 들이댔다. 살인범은 프레윈의 머리를 비틀면서 속삭였다.

"이젠 끝장이야!"

프레윈은 생각했다.

뒤에서 목을 자르는 게 더 쉽지. 놈은 신속하게 처리할 거야.

살인범이 명령했다.

"움직이지 마. 영웅처럼 굴면 하찮은 돼지의 목을 따듯이 목을 잘라주지. 조심해. 나는 당신을 죽이러 온 게 아니야. 아직은 아니지."

놈은 경고하기 위해 나를 이곳으로 유인했어.

살인범이 뒤에서 속삭였다.

"당신은 너무 꼬치꼬치 캐는 것을 좋아해. 또 지독하게 귀찮게 굴지. 내 말을 잘 들어. 수사를 중지해. 냉정을 되찾고 수사를 포기해. 지금은 날마다 상대방을 죽이는 전쟁 중이야. 이번 사건은 잊어버려. 우리는 어떤 멍청이든 우리를 공격하면 방어할 수 있어."

프레윈은 목소리를 알아들을 수 없었다. 놈은 목소리를 감추기 위해 고른 어조로 나지막이 말했다.

내가 아는 놈이야. 놈은 내가 자신을 알아볼 수 있다는 사실을 알고 있어…….

"이번 전쟁에서 당신은 아무짝에도 쓸모가 없어. 오히려 전우애를 훼손시켜서 병사들을 분열시키지. 우리는 소대원 중 한 명에게 문제가 있다는 사실을 알고 있지만 잘 지낼 수 있어. 하지만 당신이 우리를 차례로 괴롭힌다면 좋지 않은 일이 일어날 거야. 마지막으로 경고하지. 형편없는 수사는 때려치우고 포로들이나 잘 지켜."

칼이 목에 상처를 내고 있었지만 프레윈은 그의 말을 반박했다.

"너희들을 보호하기 위해 살인범을 수사해야 해."

"우리는 보호 따위는 필요하지 않아. 우리는 스스로 문제를 해결할 수 있는 어른이야. 우리를 가만히 내버려둬. 우리가 이런 짓을 한 놈을 찾아서 처리할 거야. 3소대는 출전 명령을 받았어. 우리는 곧 전선으로 떠날 거야. 전선에 가면 우리에게는 당신들이 필요 없어. 당신은 더더욱 그렇고. 3소대는 늑대의 무리야. 늑대는 간섭을 좋아하지 않아. 반복해서 말하지 않겠어. 만일 우리가 다시 마주친다면 그때는 위협으로 끝나지 않을 거야. 알겠어? 우리는 스스로를 방어하기 위해 어쩔 수 없이 당신을 죽일 거야."

프레윈은 등 뒤에서 놈이 위치를 바꾼 것을 느꼈다. 그는 볼에 주먹을 맞았다. 눈앞에서 섬광이 번쩍거렸다. 그는 턱에 날아온 두 번째 주먹을 맞고 고꾸라졌다.

시야가 흐려졌다. 팔다리가 말을 듣지 않았다. 옷은 차갑고 축축해졌다. 그는 출구의 하얀 빛 속으로 놈이 부리나케 도망치는 것을 보았다. 그는 정신을 차리기 위해 눈꺼풀을 깜박거리면서 자신이 피와 파리의 유충 속에 뒹굴고 있다는 사실을 깨달았다.

프레윈은 가슴이 두근거리고 창자가 뒤틀릴 정도로 초조감을 느꼈다. 3소대는 집결 명령을 받고 새벽에 전선으로 떠날 것이다.

프레윈은 기지로 돌아왔다. 그는 부하들을 만나기 전에 속에서 부글부글 끓는 분노를 잠재우려 했다. 목의 상처는 가벼웠지만 주먹에 맞은 볼은 몹시 욱신거렸다. 멍은 숨길 수 없었다. 더구나 봉합한 상처가 다시 벌어져서 피가 줄줄 흘러내렸다. 그는 상처를 다시 꿰매기 위해 의무대에 들렀다가 벙커의 희생자가 사망했다는 소식을 들었다. 의사들은 아무것도 할 수 없었다. 희생자의 신분이 밝혀졌다. 클리포드 해리스, 스물두 살. 도그 중대에서 일조점호 때 사라졌던 병사였다.

앤은 자신을 찾으러 갔던 매터스와 함께 수사본부에 도착했다. 프레윈은 그들이 자리에 앉기도 전에 쌀쌀맞게 말했다.

"살인범의 인성에서 흥미로운 구석이 파악되었어요."

앤은 프레윈의 광대뼈가 부어오른 것을 보고 걱정스레 물었다.

"어떻게 된 거예요?"

"손님이 왔었어요."

깜짝 놀란 간호사가 얼굴을 찡그렸다.

"사…… 살인범이요?"

"아니에요. 칼 해리슨도 아니었어요. 3소대 소속의 병사였어요. 놈은 1인칭 단수가 아니라 복수를 사용했어요."

먼로가 외쳤다.

"놈은 분명히 살인범입니다! 중위님이 어디에 있는지 아는 사람은 살인범뿐입니다!"

"아니야. 나는 3소대 병사들 앞에서 베이커와 라르손에게 벙커로 돌아간다고 말했어. 3소대 병사들은 내가 혼자 가는 것을 보았어. 놈은 들키지 않기 위해 상당한 거리를 유지하면서 내 뒤를 밟았을 거야. 3소대 소속이면 누구든 미행할 수 있었어. 내가 경솔했지. 놈은 내게 경고했어."

도노반이 물었다.

"우리에게 전할 말이 있습니까? 왜 긴급회의를 소집했습니까?"

"3소대는 출전 명령을 받았어. 그들은 내일 새벽에 떠날 거야."

먼로가 물었다.

"그들을 따라갑니까?"

"물론이지. 그전에 살인범에 대해 말해줄 게 있어. 이번 살인은 이전의 살인사건들과 아주 달라. 완전히 딴판이야."

라르손이 물었다.

"뭐가 다릅니까? 범인은 같은 놈이지 않습니까? 제2의 범인이 있다는 말은 하지 마십시오!"

"물론 같은 놈이지. 그 잔인한 광경을 보여주기 위해 내 천막에 지도를 그려서 우리를 비웃었던 작자야. 놈은 분명 잔인한 놀이를 즐기고 있어. 놈은 사악하게도 자신의 능력을 과시하기 위해 우리와 희생자들을 조롱하고 있어. 틀림없어."

"그럼 다른 범행과 다른 점이 뭡니까?"

223

프레윈이 목덜미를 문질렀다.

"오늘 아침 놈은 희생자를 곧바로 죽이지 않았어. 놈은 살인집행을 하지 않았다고."

먼로가 말했다.

"우리가 희생자의 죽음을 재촉한 꼴이 되었습니다."

프레윈이 말을 이었다.

"보통 놈은 습격하고 직접 살인을 저질러. 당연히 우리는 놈이 절대적인 권력, 생살여탈권을 즐긴다고 생각했지. 하지만 오늘 아침의 사건은 그렇지 않아. 이번에는 능력의 과시가 살인보다 더 중요했어. 권력과 살인에 매료된, 사악한 범인이 그처럼 무모하게 위험을 무릅쓸 리는 없어. 놈이 그처럼 열광하는, 생과 사의 중간 단계를 즐기지도 않을 거면서 누군가를 납치하고 그처럼 치밀하게 고문한 게 납득이 되지 않아. 나는 놈이 살인을 통해 성적 쾌락을 느낀다고 생각했어. 그렇다면 놈은 그토록 고생한 후 성적 쾌락을 포기하지 않았을 거야. 만일 살인이 목적이 아니었다면?"

당황한 매터스가 물었다.

"살인이 놈의 본질적인 목적이 아니라고요?"

"아니야. 살인은 결과일 뿐이야. 살인은 놈에게 쾌락의 원천이 아니야. 놈이 좋아하는 것은 통제야. 특히 연출이야. 놈은 자신을 위해 살인한 게 아니야."

모두 프레윈의 다음 말을 추측하면서 표정이 굳어졌다.

"놈은 우리에게 보여주기 위해 살인하고 있어."

앤이 분개했다.

"터무니없는 생각이에요! 놈이……."

프레윈이 앤의 말을 끊었다.

"범인은 서로 다른 방식으로 세 번의 범행을 저질렀어. 참수, 교살과 동물을 이용한 고문, 출혈. 놈은 몇 가지 방법을 테스트한 것 같아. 그리고 마치 적합한 방법을 찾은 것처럼 마지막 범행에서는 희생자가 죽어가는 모습을 지켜보지 않았어."

먼로가 말했다.

"놈은 뒤쪽 숲에 숨어서 모든 것을 보았을 수도 있어요."

"나도 그 점을 생각했어. 하지만 범인은 벙커에서 희생자를 죽이지 않았어. 놈이 희생자가 죽어가는 모습을 보려 했다면 벙커에서 기다려야 했어. 그런데 벙커에는 우리밖에 없었어. 오늘 정오에 모리스 대위를 신문했어. 오전에 부하들 중에 외출한 자가 있는지 알고 싶었지. 그런데 아무도 없었다는 거야. 그는 장담했어. 연대장님이 출전을 앞두고 부대를 검열하러 왔었대. 그래서 점호를 했는데 빠진 병사가 없었대. 우리가 숲에 있는 동안 모두 출전 준비를 하고 검열을 받았다는 거야. 우리가 희생자와 함께 야영지로 돌아오기 직전에 검열이 끝났대."

먼로가 인정했다. 그가 직접 보았기 때문에 그것은 부인할 수 없는 사실이었다.

프레윈이 말을 이었다.

"만일 놈이 살인을 즐기지 않는다면 왜 사람을 죽일까? 세 번의 범행에는 한 가지 공통점이 있어. 연출 능력의 과시. 그리고 일단 공격하면 결코 먹이를 놓치지 않는 강한 의지."

매터스가 물었다.

"놈은 음산한 광경을 예찬하는 걸까요? 놈은 일종의 예술가일까요? 중위님도 저처럼 생각하지 않습니까?"

"살인범은 사회와 사람을 지독히 증오해. 놈은 목숨이 아무 가치가 없다고 생각하기 때문에 살인하는 거야. 하지만 놈은 생명이 다른 사람에게 어떤 의미가 있는지 알지. 놈은 살인이 얼마나 심각한 짓인지 알아. 놈은 영악해. 놈은 자신이 가한 고통—격분의 표시—을 보여주고 있어. 놈은 우리가 고통의 광경을 보기를 원해. 놈은 우리와 사회에 충격을 주고 고통을 안겨주고 싶은 거야. 놈이 헌병인 클라우비츠와 포렬을 살해한 것은 사회에 대한 배척을 나타낸 거야. 헌병은 사회의 연장선, 사회의 무장한 팔이거든."

프레윈은 3소대의 명단이 적혀 있는 칠판에 기댔다.

"따라서 우리는 놈이 분명 부모에게 학대당하고 남자아이들에게 따돌림받으며 여자아이들에게 조롱받고 외롭게 성장한 사람이라고 가정할 수 있지. 놈은 조금도 사회성을 발휘할 수 없었지."

도노반이 끼어들었다.

"잠깐만 기다려주세요. 요약해보겠습니다. 놈은 다른 사람들처럼 성상하지 않았기에 살인범이 되었다는 말이죠? 놈은 버림받고 암울하게 자랐다는 말이죠?"

"그렇다고 할 수 있지."

"내가 도저히 이해할 수 없는 것은 악의 근원입니다! 버림받은 아이가 반사회적인 사람 혹은 사이코패스가 되는 것은 달걀과 닭의 우선순위 문제니까요! 범인이 버림받았던 것은 다른 아이들이 그가 '나쁜' 사람이 될 거라고 느꼈기 때문일까요? 아니면 범인이 나쁜 아이였기 때문에 버림을 받았을까요? 내가 무슨 말을 하는지 알겠습니까?"

모든 시선이 앤에게 집중되었다.

프레윈이 말했다.

"도노반, 내가 냉정하게 말해주지. 나는 이 문제에 어떤 불가사의도 없다고 생각해. 범인의 태도, 욕구, 반응이 지나쳤기 때문에 다른 사람들은 그를 배척했어. 놈의 생활은 이미 망가졌어. 흉악한 세상은 다른 사람들보다 훨씬 더 그를 타락시켰지. 너무 늦었어. 놈은 우리의 기준으로 볼 때 잘못된 길을 따라 성장했지. 흉악한 세상은 그에게 장난감 자동차보다는 죽은 고양이를 갖고 놀게 했지."

이번에는 앤이 끼어들었다.

"중위님은 어떤 것을 '흉악한 세상'이라고 규정하죠?"

"그것은 여러 모습을 가질 수 있어요. 범인의 아버지나 어머니는 난폭하고 잔인하며 어쩌면 근친상간을 저질렀을 거예요. 아이의 정신은 부모의 영향으로 다시 형성되죠. 아이는 어느 순간 고통, 욕구 불만, 치욕과 결부된 자신의 육신과 대인관계를 발견해요. 인성은 무의식적인 모방이나 본능적 반응을 통해 바뀌죠. 대부분의 아이는 시간이 흐르면서 궁지에서 벗어나요. 하지만 일부는 그렇지 못해요. 그들은 모든 것을 유린하는 소용돌이 속에 갇히죠. 예를 들면 동료가 고통을 당하면 그들은 이성을 잃고 흥분해요. 굴욕을 당한 아이는 긴장감을 줄이기 위해 자신의 굴욕을 다른 사람들에게 투사해요. 아이는 곧장 배척당하죠. 따라서 아이는 자기중심적인 세계에서 자라고 내면에 악을 간직한 채 음미하고 키워가죠. 아이는 시간이 지나면서 자신이 다른 사람들과 다르다는 사실, 그리고 자신이 사랑받지 못한다는 사실을 깨닫죠. 그러면서 타인에 대한 증오는 점점 더 커져요. 결국 그는 자신이 느낄 수 있었던, 얼마 남지 않은 공감까지도 버리게 되죠."

앤이 물었다.

"대부분의 아이가 궁지에서 벗어나고 일부는 그렇지 않다고요? 왜 그런 차이가 생기죠?"

"나도 몰라요. 아무도 몰라요."

베이커가 불안한 표정으로 물었다.

"그럼, 우리가 찾고 있는 살인범은 얼간이일 뿐만 아니라 궁지에서 벗어나지 못했던, 가엾은 소년이었겠네요?"

"맞아, 베이커. 바로 그거야. 아이는 다른 사람에게 얼음처럼 차가운 사람이 되었지. 놈이 추구하는 쾌락은 오직 자신만을 위한 거야. 놈은 우리와 다르게 만족감을 느끼지."

앤이 결론을 지었다.

"따라서 우리는 지독히 자기중심적인 사람을 찾는 거군요. 오직 자신만을 생각하는 병사."

"맞아요. 하지만 그것만이 아니에요. 그는 다른 사람의 시선을 끌려고도 애를 쓰죠."

매터스가 팔짱을 꼈다.

"저는 오히려 고독한 사람을 찾는 줄 알았는데요! 범인이 사회에 격분하고 다른 사람을 싫어한다면 왜 인정을 받으려고 하죠?"

"매터스, 놈은 자신의 능력을 과시하고 싶은 거야. 놈은 우리에게 보여주기 위해 희생자들을 전시한 거야. 놈이 분노를 표현하는 방식이지. 놈은 은밀히 살인한 후 시체를 외진 곳에 버릴 수도 있었어. 그게 더욱 합리적이겠지! 그런데 놈은 범행을 은폐하기는커녕 우리에게 보여주려고 했어! 놈은 복잡한 인성을 지녔어. 타인에게는 어떤 감정도 없지만 자신에게는 넘쳐나는 애정. 그는 관심을 구걸하지 않아. 그가 원하는 것은 다른 사람들의 시선에 비친 자신의 모습을 바라보는 거야. 알겠어?"

매터스는 침통한 표정으로 천천히 고개를 끄덕였다.

"알 것 같습니다. 놈은 사람들의 관심을 원한 것이 아닙니다. 놈은 사람들 한가운데 있는 자신을 알고 싶은 겁니다. 놈이 사람들의 시선 속에서 보고 싶은 것은 자신입니다. 모든 것은 자신에게 집중되어 있습니다."

"바로 그거야. 주목받고 싶고 사람들이 자신을 봐주기를 바라면서 동시에 사회에 깊은 증오를 품은 사람. 그런 특징을 활용하는 것은 우리 몫이야. 놈에게서 그것을 박탈하면 어떨까?"

매터스가 불안스레 물었다.

"무슨 뜻입니까?"

"놈에게 관심을 갖지 않는 것. 놈이 우리에게 말하고자 하는 것을 모르는 척하는 거야. 메시지를 모르는 척하면 놈은 격분할 거야.

그러면 놈은 주목받기 위해, 사람들의 관심을 끌기 위해 무슨 짓이든 할 거야. 그러다가 실수를 저지르겠지."

앤이 반대했다.

"그러면 최악의 상황을 걱정해야 해요! 놈은 곧바로 범행을 저지를 수 있어요. 우리가 그렇게 나간다면 놈에게 다시 살인을 부추기는 꼴이 돼요. 놈은 끔찍한 범행을 저지를 거예요."

"틀림없이 그럴 거예요. 예상보다 더 빨리, 더 끔찍하게 사고를 칠 수 있어요. 놈은 계획을 버리고 실수를 저지를 거예요."

먼로는 믿을 수 없다는 표정으로 물었다.

"놈이 다시 살인을 저질러야 한다는 말입니까?"

"여러분에게 놈을 궁지에 몰 수 있는 기막힌 계획이 있다면 수용하겠어. 그런 전략을 세웠다고 나를 비난하지는 마! 내가 생각해낼 수 있는 것은 그게 전부야. 우리에게는 아무것도 없어. 전혀 없어! 어쨌든 놈은 다시 살인을 저지를 거야. 문제는 놈이 무엇을 원하는지 알아내는 거야! 새로운 살인은 우리에게 도움이 되지 않을 거야. 살인은 연달아 일어날 거야. 다음 살인이 마지막이 되기를 바랄 뿐이야."

앤이 격분했다.

"그건 희생 전략이에요!"

프레윈이 거듭 시인했다.

"나도 그러고 싶지 않아요. 하지만 이제는 살인이 일어나기를 기다리는 일만 남았어요. 운이 아주 좋다면 우리는 놈을 체포할 수 있을 거예요."

베이커가 물었다.

"그럴 기회가 올까요?"

라르손은 고개를 끄덕인 다음 프레윈을 바라보았다.

"그건 잔인하고 파렴치한 방법입니다. 하지만 저는 중위님의 해결책에 찬성합니다. 놈은 살인을 멈추지 않을 겁니다. 그러니 다음 살인이 마지막이 되도록 노력합시다."

앤이 물었다.

"별로 바람직하지 않은 그 방법을 어떻게 행동에 옮길 생각이죠?"

프레윈이 잠시 앤을 주시했다. 그는 침을 삼킨 다음 아주 천천히 말했다.

"우선은 당신을 활용할 거예요."

 앤은 너무 놀라서 입을 다물지 못했다.
 "나를 활용한다고요?"
 "그래요. 헌병과 참모본부는 아군이 수행하고 있는 공습에 비해 하찮기만 한, 이번 살인사건을 더 이상 수사하지 않기로 했으며, 헌병은 기본 임무인 야영지의 통제, 포로의 관리와 감시에 전념할 것이라고 3소대에 소문을 퍼뜨리는 거예요."
 앤이 반박했다.
 "아무도 믿지 않을 거예요!"
 "지금은 전쟁 중이에요. 모든 게 가능해요! 더구나 참모본부의 의견도 크게 다르지 않아요. 중요한 것은 살인범이 이 소문을 믿게 하는 거죠. 놈은 영리해요. 하지만 살인을 저지르고 끔찍한 범행을 과시함으로써 사회에 충격을 주는 일에 전념하고 있어요. 놈은 분명 소문을 믿을 거예요. 그리고 그 결정에 몹시 격분하겠죠. 한 가지만 강조하면 돼요……."
 "그게 뭐죠?"
 "이 결정은 내 분석의 결과이며 내가 수사를 포기했다는 것. 나는 가짜 보고서에 이런 결론을 덧붙일 거예요. 처음 두 살인사건의 범인은 미치광이이며 하찮은 범인은 조만간 불안정한 정서와 자살충동 탓에 공습 중 자살할 것이다."

매터스가 놀라며 물었다.

"처음 두 살인사건이라고요? 오늘 아침에 일어난 해리스 사건은 숨길 겁니까?"

"아니. 나는 범인의 살인 명부에서 한 사람을 뺄 거야. 세 번째 살인은 범행 수법, 범행 장소 등 몇 가지 이유로 동일범의 짓이 아니며 단순한 복수극이라고 설명할 거야. 그러면 놈은 사람들이 더 이상 자신을 무시하지 못하게 비상의 무기를 꺼내겠지. 놈이 통제할 수 없을 만큼 끔찍한 수법 말이야."

수사팀의 연장자인 콘래드가 지적했다.

"실례를 무릅쓰고 말씀드리면 중위님이 위험해질 수 있습니다. 놈은 중위님 탓에 다른 사람의 주목을 받지 못한다고 판단하면 중위님을 공격할 수 있습니다."

프레윈은 가만히 있었다. 그의 눈이 반짝였다. 마침내 중위가 인정했다.

"나도 그렇게 생각해."

\*

석유등을 켜둔 프레윈 중위의 천막에서는 기름 냄새가 났다. 그는 앤이 들어오자 도일의 소설을 덮었다.

프레윈이 침대에 앉으면서 말했다.

"다시 와줘서 고마워요."

"중위님이 부탁해서……."

프레윈은 의자를 권했다. 앤이 중위와 마주 보았다.

"야전병원은 어때요?"

앤이 한숨을 쉬었다.

"중위님도 상상할 수 있을 거예요. 부상자들이 끊임없이 몰려들고 있어요. 우리는 조금 전 본국으로 송환해야 할 부상자들을 승선시켰어요. 병실은 이미 만원이거든요. 그리고 중위님도 알다시피 콜온 군의관과 나는 사이가 별로 좋지 않아요……. 내가 수사팀에 합류한 이후로 더욱 그래요."

"우리의 가짜 보고서가 3소대에 소문 나면 놓아주겠소……."

앤은 의자에서 뻣뻣하게 굳은 채 단호하게 말했다.

"안 돼요! 그러지 말아요! 나는 이미 당신에게 붙잡아달라고 간청했잖아요. 날마다 이런 말을 반복해야 되나요?"

프레윈은 오해를 없애기 위해 손을 들었다.

"그런 뜻이 아니에요. 앤, 진정해요. 당신이 그만두고 싶을 때 언제든 그만두라는 소리예요. 다른 의도는 없어요."

앤은 그의 본심을 확인하려는 듯이 중위를 노려보았다. 의심하는 그녀의 모습이 더욱 아름다워 보였다. 얼굴과 눈에 나타난 솔직하고 순수한 감정과 생기 있는 입술이 중위의 마음을 흔들었다. 앤은 하얀 간호사 모자를 쓰지 않았다. 그녀의 금발은 뒤로 묶여 있었고 잔머리는 귀 뒤로 넘겨져 있었다.

앤은 불안감을 누르며 속삭였다.

"죄송해요."

"앤, 한 가지 물어봐도 될까요?"

앤은 코를 치켜들었다.

"대답하지 않아도 된다면 해보세요."

프레윈은 재치 있는 그녀의 대답을 무시하고 물었다.

"왜 당신은 이 수사에 관심이 많죠?"

앤은 눈을 깜박이더니 천막을 둘러보았다.

"중위님, 그럴 만한 이유가 있어요. 나를 믿어줘요. 당신에게 절대 폐를 끼치지 않을게요. 장담해요. 나를 믿어줘요. 조심할게요."

"앤, 무슨 뜻이죠? 당신은 왜 이 사건에 그렇게 열중하죠? 우리가 살인범에 대해 얘기했을 때 당신은 초보자답지 않게 아주 예리하고 타당하게 분석했어요. 솔직히 말해서 나는 아주 총명한 동료와 토론하는 느낌이었어요. 그런 토론은 흔치 않아요. 솔직하게 말해줘요."

"제발……"

"당신은 왜 이 사건에 관심이 많고 이쪽 일에 소질이 있는 거죠? 내가 감히 추측해볼까요? 당신은 심각한 상처를 입은 적이 있고, 그 때문에 나쁜 남자들 사이에서 고통받은 적이 있어요. 그래서 당신은 이처럼 비극적인 사건들을 잘 이해하게 되고 관심을 갖게 된 거죠. 어떤 비극이었나요?"

앤이 머리를 흔들었다.

"당신은 절대 이해할 수 없어요. 제발 더 이상 묻지 말아요."

"앤, 당신을 힘들게 하려는 게 아니에요. 당신을 확실히 믿으려면 알아야 해요. 왜 당신이 느닷없이 내 수사에 뛰어들었는지, 어떻게 그렇게 소질이 많은지 알고 싶을 뿐이에요."

앤은 몸을 숙이고는 프레윈의 무릎에 한 손을 얹었다. 프레윈은 가슴이 두근거렸다. 젊은 여인의 바닐라 향이 그의 코끝에 닿았다. 앤의 피부에서는 정체를 알 수 없는, 보다 복잡한 향기가 풍겼다. 그는 이 향기를 좀 더 맡고 싶었다.

앤은 천천히 애원했다.

"제발, 나를 믿어줘요. 부탁이에요."

프레윈이 입을 벌렸고 앤은 자신의 존재와 말이 중위의 몸에 각인되도록 손을 꽉 붙잡았다.

"내가 수사팀에 남으려면 당신의 신뢰가 필요해요. 어떻게 해야 하죠? 당신에게 다시 애원할까요?"

프레윈이 고개를 저었다. 앤은 일어나면서 프레윈의 손을 놓았다. 그는 가슴 때문에 팽팽하게 당겨진 블라우스에서 눈을 떼지 못했다.

프레윈이 단언했다.

"아니에요. 분명 아니에요."

프레윈은 당혹스러운 친밀감을 깨뜨리기 위해 의자에서 일어나 수통의 물을 마시러 갔다. 그는 알루미늄 수통을 가리키면서 앤에게 물을 권했다. 앤은 머리를 흔들어 거절했다.

프레윈은 갈증을 푼 다음 말했다.

"나는 당신을 믿어요. 믿지 않을 이유가 전혀 없어요. 솔직히 말해서 당신은 아주 총명해요. 그렇지만 상황이 미묘하다는 점을 알아주세요. 모든 것을 확실히 하기 위해 알고 싶어요. 속내를 털어놓으라고 강요하지 않겠어요. 내가 어디 있는지 알죠? 털어놓고 싶을 때 찾아오세요."

앤은 그의 얼굴이 잠시 굳어지는 것을 보고는 괴로웠다. 그녀는 곰곰이 생각한 끝에 자신이 이 남자를 높이 평가하고 있음을 깨달았다.

그때 더욱 분명하고 뚜렷한 생각이 떠올랐다. 앤이 처음부터 두려워했던 생각, 그래서 받아들이고 싶지도, 몰아내고 싶지도 않은 생각. 앤은 스스로 그 생각을 금지했다.

아니야. 그는 안 돼. 그럴 수 없어.

앤은 불안에 떨기 시작했다.

그는 안 돼……. 그건 재앙이야. 절대로 안 돼.

앤은 당장 망상을 억눌러야 했다. 프레윈이 다음 희생자가 되어서는 안 되었다. 그것은 터무니없는 추측이었다.

프레윈은 앤을 바라보면서 눈꺼풀을 깜박거렸다. 그녀는 뜻밖에도 연약한 모습을 보였다.

앤은 자신이 흥분하고 있는 것을 느꼈다. 아드레날린이 뇌에 포자를 퍼뜨리고 있었다. 내장의 온도가 상승하고 심장이 손가락 끝에서 뛰었다.

앤은 손톱으로 손바닥을 찔렀다. 짜릿한 통증이 느껴졌다. 그녀는 격렬하게 자신에게 명령했다.

그는 안 돼!

"앤, 괜찮아요?"

앤은 숨을 몰아쉰 후 대답했다.

"네, 괜찮아요."

주제를 바꾸고 대화를 주도해서 주의를 흩뜨려야 해.

앤이 입을 열었다.

"그에게 의학 상식이 있다고 생각해요?"

"살인범 말이에요? 그건 왜 묻죠?"

"오늘 아침에 일어난 사건에 대해 들었어요. 그런 병적인 범행을 실행하려면 고도의 정확성이 필요해요. 그 점을 고려하면 용의자의 범위를 좁힐 수 있을 거예요. 가령 파커 콜린스 의무중사가 용의자가 될 수 있죠."

프레원이 당당한 흉근 위로 팔짱을 꼈다.

"의학 지식은 필요하지 않아요. 범인은 긴 핀셋과 윤활제를 입수했어요. 특별한 약품은 없었어요. 그리고 상당한 시간이 필요했죠. 용의자의 범위를 한정하지는 말아요. 3소대를 관찰하세요. 그리고 보고 들은, 모든 것을 전해줘요. 특히…… (그는 책상으로 가서 3소대원들의 명단을 들었다.) 내가 밑줄을 그은 사람들을 잘 지켜보세요. D는 오른손잡이들이에요."

―로이드 모리스 대위 D

―<u>애슐리 더링턴 중위 D</u>

―필립 파이퍼 중위

―클라이브 브레들리 – 다더스 특무상사 D

―헨리 클라크 특무상사 D

―피오트르 키즈라르 중사 D

―가브리엘 라빈 중사

―<u>파커 콜린스 의무중사</u> D

―<u>더글러스 레지 하사</u> D

―애덤 하우단 하사

―프랭크 가지니 병사 D

―<u>블라디미르 흐리섹 병사</u> D

―마틴 클램프스 병사 D

―제러미 브로더스 병사 D

―<u>칼 해리슨 병사</u> D

―피터 브롤린 병사

―제임스 코스텔로 병사

―펠리페 곤잘레스 병사

―<u>존 트라우델 병사</u> D

―로드니 배로 병사 D

―스티브 리스비 병사

―존 윌커 병사 D

"그들은 살인범처럼 오른손잡이이자 힘도 좋은 사람들이에요."
"그럼 다른 사람들은요? 그래도 관심을 갖고 관찰해야겠죠?"
"네. 나는 3소대 병사들의 얼굴을 다 알지는 못해요. 자, 받으세요. 이건 토드워스 사단장님께 제출한 것으로 꾸민 보고서예요. 오늘 아침의 범행은 이전의 두 사건과 아무 관계가 없고, 로스데일과 토머스의 살인범은 자살 우려가 있는 정서불안자로 우리 생각과는 달리 정신질병자(사이코패스)가 아니라는 결론이 내려져 있죠. 그리고 놈이 곧 자살할 거라는 말도 덧붙였어요."

"범인은 이목을 끌고 싶어 하는데 중위님이 그를 깎아내렸네요. 그는 당신에게 격분할 거예요."

"내가 바라는 일이에요. 이 가짜 보고서를 그들의 막사에 던져놓아요. 조심해요."

"내일 아침 3소대가 전선으로 떠나면 그들이 무슨 짓을 하는지 알 수 없어요. 살인범은 그들과 함께 떠날 거예요. 우리는 그들이 돌아오기만을 기다려야 하나요?"

"토드워스 사단장님에 따르면 치열한 전투가 벌어질 거예요. 그들은 최전선에서 여러 중대와 합류할 거예요. 우리는 그들 뒤쪽에서 숙영할 거구요. 당신 자리도 마련해놓았어요."

위험한 일인데도 앤의 얼굴이 환해졌다. 적의 포격, 지뢰, 근거리에 있는 살인범.

"고마워요."

앤은 자리에서 일어났다. 그녀는 더 이상 이 천막에 머물러서는 안 되었다. 자칫하면 돌이킬 수 없는 실수를 저지르고 프레윈을 살인범의 살생부에 추가시키며 모든 것을 망가뜨릴 위험이 있었다. 그녀의 얼굴이 빨개졌다.

앤이 보고서를 집으면서 말했다.

"즉시 움직일게요."

앤이 나가려 하자 프레윈이 그녀를 불렀다.

"앤, 솔직히 말하겠소. 나는 당신을 신뢰해요. 당신의 추리는 탁월했소. 나머지는……."

앤은 잠시 그를 바라본 후 눈을 내리깔고는 천막 자락을 놓았다. 몸이 불처럼 뜨거워졌다.

앤에게는 단 1초도 여유가 없었다. 그녀는 천막, 군용 배낭, 그리고 중화기와 탄약 주위에 쌓여 있는 상자와 모래주머니 사이를 거슬러 올라갔다. 천막들 사이에 생긴 통로. 어둠이 내리자 야영지는 더욱 음산해 보였다. 그녀는 미노타우로스가 다음 희생자를 기다리고 있던, 거대한 미로 속을 방황하는 테세우스가 된 느낌이었다.

앤이 자신을 비웃었다.

테세우스는 길을 잃지 않기 위해 실을 갖고 있었어. 그런데 너는 뭘 갖고 있지?

가짜 보고서. 앤이 갖고 있는 것은 살인범의 분노를 일으킬 가짜 보고서가 전부였다. 살인범이 이 보고서를 읽게 되면 프레윈은 한 개 대대의 보호를 받으며 자야 할 것이다. 그녀는 곰곰이 숙고했지만 이번 작전이 타당한지 확신할 수 없었다. 선택의 여지가 없단 말인가. 아마도…….

앤에게 무슨 일이 일어났을까? 그녀는 프레윈 앞에서 원초적인 본능에 따라 움직일 뻔했다. 시원한 공기를 마시자 흥분이 가라앉았다. 그녀는 부끄러움을 느꼈다.

앤은 대부분의 병사들이 천막 안에 있는 것을 확인하면서 발길을 재촉했다. 그녀는 전선으로 떠나기 전에 야전병원에 들러서 클라리스와 작별인사를 하고 싶었다. 하지만 가짜 보고서를 3소대 병사들에게 읽히는 것이 더 급했다. 그녀는 새벽에 친구를 깨워 작별인사를 나눌 것이다.

앤은 첫 번째 진료 천막 앞에서 멈췄다. 입구의 접이식 책상 위에 놓인, 여러 우편함에 각종 진료 신청서가 쌓여 있었다. 앤은 진료 신청서를 한 움큼 집어 들어 전날에 작성된 것을 찾아냈다. 그녀는 긴급한 진료를 요하지 않는 세 장의 신청서를 골라낸 다음 그 사이에 프레윈의 가짜 보고서를 끼워 넣었다.

이 작전에는 약간의 미끼가 필요해. 살인범은 미끼를 좋아해. 누군가 놈에게 이 가짜 보고서를 전해줄 거야.

앤은 알코올 병과 깨끗한 붕대를 찾아 배낭에 쑤셔 넣은 후 서둘러 나왔다. 지금 그녀가 마주치고 싶지 않은 사람이 있다면 그것은 분명 콜온이었다. 군의관은 앤 도슨이 새벽에 전선으로 떠나는 헌병대 수사팀에 합류할 것이라는 프레윈의 쪽지를 받았을 것이다. 그는 틀림없이 좋아하지 않을 것이다.

앤은 축구장의 4분의 1만 한 빨랫줄 사이로 슬그머니 들어갔다. 수건, 시트, 붕대, 들것이 걸려 있었다. 그녀는 펄럭이는 빨래 사이를 갈지자로 걸었다. 피 냄새가 나는 것 같았다. 신선한 부식토, 철, 날고기의 냄새가 뒤섞인, 자극적인 냄새. 어둠 속에서 거무스름한 사각형의 천막들이 수의처럼 바람에 펄럭이고 있었다. 앤은 서둘러 음산한 빨랫줄을 떠났.

앤은 걸으면서 가슴의 윗부분이 드러나도록 블라우스의 위쪽 단추를 풀었다. 오늘 저녁에는 단추를 푸는 것이 도움이 될 것이다.

그래도 낭패를 당하지 않도록 조심해!

3소대는 다른 소대들과 마찬가지로 조용했다. 지주에 매달린 두 개의 등잔이 천막으로 둘러싸인, 작은 마당을 비추고 있었다. 마당에는 식탁, 의자 그리고 소대의 야전 장비가 있었다. 천막 밖에는 아무도 없었다. 공동침실로 사용되는 막사에서 손전등 불빛이 새어나왔다.

앤은 어제 천막의 위치를 확인해두었다. 파커 콜린스는 소대의 모든 부사관들과 장교들처럼 개인 천막을 사용했다. 병사들은 허울뿐인 전우애를 다진다는 명목 하에 천으로 분리한 대형 막사에서 함께 생활했다.

어떻게 할까? 앤은 리스비를 만나고 싶었다. 그는 동료들을 위해 편지를 써주고 있었다. 그가 가짜 보고서를 찾아내면 소문은 아주 빨리 퍼질 것이다. 그녀는 리스비가 3소대의 정보통이라고 생각했다.

3소대 병사들은 그래서 그를 좋아해. 게다가 그는 명사수야. 막사 안으로 들어가서 리스비를 찾아볼까? 아니야…….

앤은 리스비가 있는 막사 주위를 돌았다. 한쪽에서 병사들이 웃고 떠들고 있었다. 그들은 카드놀이를 하고 있었다. 다른 병사들은 비교적 조용했다. 그들은 알아들을 수 없을 만큼 소곤소곤 대화를 나누고 있었다. 조용한 두 막사에 등잔이 켜져 있었다. 천막을 스칠 정도로 가까이 다가간 앤은 책장 넘기는 소리를 들었다.

대형 종이야. 신문일까?

사내가 천천히 웃기 시작했다.

뭔가 재미있는 만화나 삽화가 실린 소설일 거야!

웃음소리는 경쾌하고 상당히 날카로웠다. 맑고 고음인 리스비의 목소리와 일치했다.

앤은 몹시 긴장했다. 그녀는 손톱으로 천막을 긁었다. 건너편에서 사내가 신문을 놓고 다가왔다.

앤이 소곤소곤 말했다.

"앤 도슨이에요. 얘기를 나누고 싶어요."

그림자는 잠시 물러나더니 몸을 숙여 천막 끝을 들어 올렸다. 놀랍게도 작은 구멍이 나타났다. 따라서 어떤 병사든 다른 사람의 눈에 띄지 않고 외출하는 것은 식은 죽 먹기였다. 구멍으로 리스비의 둥근 머리가 나타났다. 그는 탐색하는 듯한 시선으로 나직이 물었다.

"뭐 하는 거예요?"

앤은 누가 보지 않는지 확인한 후 들어가고 싶다는 손짓을 했다. 리스비는 이를 악물고 한숨을 내쉬었다. 그리고 짜증이 나는 듯이 들어오라고 손짓했다.

리스비는 앤이 천막 안으로 들어오자 나무라기 시작했다.

"당신은 조심성이 없어요. 뭘 찾는 거죠? 골칫거리라도 생겼나요?"

앤이 들고 있던 종이 뭉치를 흔들었다.

"장교들에게 보고서 사본을 전하면 내 일은 끝요. 지나가는 길에 당신을 도와주고 싶어서요."

리스비는 걱정스러운 표정으로 입구 쪽을 바라보았다.

"아, 그래요? 다른 사람의 도움은 필요 없어요. 대체 무슨 일이죠?"

앤은 단호한 모습으로 야전침대에 앉더니 보고서를 놓고 작은 배낭을 열었다.

"나는 당신 같은 젊은이들을 잘 알아요. 당신들은 총알이나 수류탄에 불구가 되어도 하찮은 상처라고 생각하고 치료를 받지 않으려 하죠. 하지만 그렇게 방치하다가 팔이나 다리를 잘라야 하는 경우도 생겨요. 티셔츠를 벗고 팔을 보여줘요."

"콜린스가 알아서 할 거예요! 당신은 꺼져요!"

"당신이 치료를 받지 않으리라는 걸 알아요. 당신 소대장님에게 고발할 생각은 없어요. 소대원들로부터 당신을 떼어놓지 않을게요. 당신이 걱정하는 게 그거라면 안심해요. 어제 당신 상처가 곪기 시작한 것을 봤어요."

리스비가 여전히 움직이지 않자 앤이 목소리를 높였다.

"병사, 상처를 보여줘요!"

"소리를 낮춰요! 장교가 당신을 발견하면 내가 곤란해져요!"

"그럼 옷을 벗고 내 말을 들어요."

스티브 리스비는 마지못해 가운데에 거무스름한 얼룩이 묻은 조잡한 붕대를 보여주었다. 앤이 붕대를 풀고 있는데 리스비가 비꼬았다.

"이제는 방문 치료도 해요?"

"내 직업이에요. 오, 고약한 상처네요."

"깊지는 않아요."

"곪고 있어요. 이 속도라면 일주일 후에는 전투에 참가할 수 없어요!"

앤은 가위, 알코올 등 자신이 가져온 모든 것을 꺼낸 다음 젊은이의 빈약한 팔을 치료하기 시작했다. 우윳빛 피부에 큼직한 주근깨가 뿌려져 있었다.

"상처를 잘 보살펴야 해요. 나는 당신들과 함께 전선으로 떠나요. 작전이 끝나면 즉시 나를 찾아와요."

"괜찮을 거예요……."

"아니에요. 좋아지지 않을 거예요. 농담이 아니에요. 소독하고 보살펴야 해요. 가능하면 속히 나를 찾아와요. 알았죠?"

리스비는 자신의 입술을 적신 후 마지못해 대답했다.

"알았어요……."

"내일 전선으로 돌아가는데 불안하지 않아요?"

"불안하냐고요?"

놀랍게도 리스비는 두려움을 부인하기보다는 잠시 생각하는 시간을 가졌다.

"물론 불안해요. 복부에서 경련이 일어나죠. 일단 전선으로 떠나면 전투가 어떻게 끝날지 전혀 알 수 없어요. 나를 가장 두렵게 하는 것은 어떻게 될지 알 수 없다는 거죠."

리스비는 뭔가를 덧붙이고 싶었지만 말을 아꼈다. 앤은 젊은이의 얼굴에 어울리는 상처를 바라보았다. 창백하고 허약한 그는 매력이라곤 눈곱만큼도 없었다. 그는 단숨에 애처로운 사람이 되었다. 앤은 더 이상 그를 예전처럼 바라보지 않았다.

리스비는 운명론자처럼 어깨를 으쓱했다.

"전쟁이 그렇죠. 불확실한 나날이죠."

"그래요. 당신과 나는 같은 시선으로 전쟁을 바라보지 않아요. (그녀는 잠시 침묵하다가 덧붙였다.) 달처럼 말이에요."

"달?"

"네. 전쟁을 하는 것은 지상의 안락한 생활을 버리고 저 달에 은둔하는 것과 같아요. 나는 밝은 부분만 조사해요. 당신은 반대편, 즉 숨겨진 부분에만 몰두하죠."

리스비는 조금 긴장을 풀고는 그녀를 놀렸다.

"멋진 비유군요."

치료는 거의 끝났다. 앤은 리스비의 침대에 자료를 내려놓았다. 그녀가 멀리 가기 전에 리스비가 자료를 발견하면 안 되었다. 그녀는 리스비가 자료를 돌려주지 못하도록 즉시 종적을 감출 것이다.

리스비는 담뱃갑을 돌려줄 인간이 아닐 거야.

앤의 아버지는 자애보다는 술책, 폭력, 강요로써 그녀를 길렀다. 하지만 그녀는 그런 아버지에게서 몇 가지 교훈을 배웠다. 그 가운데 하나가 '담뱃갑'의 교훈이었다. 아버지는 함께 부정한 사업을 할 누군가의 도덕성을 실험하고 싶으면 식탁 위에 담배 한 갑을 남겨놓고 자리를 떴다. 상대방이 그를 불러 담뱃갑을 돌려주면 그와는 사업을 하지 않았다. 너무 정직해서 나쁜 사업을 같이할 수 없었기 때문이다. 상대가 아무 말도 하지 않으면 모든 일이 가능해졌다. 이 방법은 흡연자에게만 적용되었다. 아버지는 이렇게 말하곤 했다. "담배와 악당은 권총과 폭력배처럼 잘 어울리지." 그녀는 아버지의 걸걸한 웃음을 싫어했다. 하지만 오늘 그녀는 아버지의 충고를 떠올려야만 했다. '아버지의 교육'이 유용했던 것은 이번이 처음이었다.

갑자기 천막 문이 열리더니 30대 가까운 남자가 다가왔다. 갈색 피부, 숱이 많은 머리, 큼직한 납작코, 이어진 두 눈썹.

병사는 웃통을 벗은 리스비 옆의 간호사를 응시하면서 휘파람을 불었다.

"아, 스티브……"

리스비가 몸을 숙이더니 그의 멱살을 붙잡아서 좁은 곳으로 잡아당겼다.

"배로, 주둥아리 닥쳐!"

배로는 머리부터 발끝까지 앤을 훑어보았다.

"예쁜 아가씨, 나도 특별 치료를 받을 수 있을까요?"

앤은 그에게 시선조차 주지 않고 붕대를 감은 후 대꾸했다.

"당신 손으로 자위나 하시지."

앤은 유년기를 떠오르게 하는, 상스러운 말을 아주 싫어했다. 하지만 이런 부류의 인간들에게는 생각을 분명히 하는 편이 나았다.

하지만 배로는 물러나지 않았다.

"고분고분한 암평아리가 아니네."

앤은 엉덩이를 움켜쥐는 손을 느꼈다.

앤은 치료를 멈추고 배로의 뺨을 후려치고 싶었다. 하지만 배로는 앤의 손목을 낚아채고 달콤하게 말했다.

"이렇게 짜증 내면 안 되지. 우리는 내일 공격하러 떠나. 그러니 약간의 애정을 받을 권리가 있지 않을까?"

리스비가 명령했다.

"그녀를 놓아줘."

대형 천막 앞에서 병사들은 무슨 일이 일어나는지 모른 채 마음껏 웃고 있었다.

"스티브, 멍청한 소리는 집어치워. 너도 알다시피 이 아가씨는 이 순간을 기다렸어. 한 명의 여자에 멋진 두 명의 사내."

"놓아주라고 했어."

"너는 바보야, 뭐야?"

앤이 갑자기 말투를 바꿔 단호하게 말했다.

"당장 그만두지 못해!"

배로가 실실 웃으면서 놀렸다.

"그러지 않으면 어쩔 건데?"

이번에는 앤이 너무도 재빨라서 배로는 피할 수 없었다. 그녀는 가위를 집어 공격자의 목을 찌를 태세였다.

"어리석은 말을 더 이상 지껄이지 못하도록 성대를 잘라줄까?"

배로는 손을 놓았다.

"그렇게 화내지 말아요. 그냥 장난을 좀 쳤을 뿐이에요……."

앤은 고개를 끄덕이고 무릎으로 음부를 공격했다. 배로는 신음하면서 쓰러졌다.

앤이 똑같은 말로 놀렸다.

"아, 죄송해요. 화내지 말아요. 그냥 장난 좀 쳤을 뿐이에요."

지금이야말로 절호의 기회였다. 앤은 이 혼란을 이용해서 떠나야 했다. 리스비도 그녀만큼 난처할 것이다. 그는 침대에 눕기 전까지는 헌병대 문양이 찍힌 서류를 알아차리지 못할 것이다.

앤은 배낭 속에 비상약품을 던져 넣은 후 천막 밑으로 빠져나가기 위해 몸을 숙였다. 심장이 두방망이질치기 시작했다.
"이만 갈게요."
리스비는 돌발사건에 어쩔 줄을 몰랐다.
"죄송해요. 나는……."
"당신 잘못이 아니에요. 나를 찾아와서 팔을 치료해요."
앤은 흥분한 상태로 천막을 나왔다. 그녀는 궁지에서 잘 벗어났다. 잘된 일이었다.
머뭇거려서는 안 되었다. 리스비는 서류를 발견하면 그녀를 부르며 쫓아올 것이다.
밤이 끝나려면 멀었다. 그녀는 넘쳐흐르는 흥분을 발산해야 한다고 느꼈다.
오늘밤은 아니야……. 마음 내키는 대로 굴지 마.
하지만 앤은 마음속으로 이미 결심이 섰음을 느꼈다. 그녀는 조금 전 프레원과 함께 있을 때 몹시 흥분했었다. 그녀는 더 이상 물러날 수 없었다.
너는 싸워야 해!
앤은 야전병원 쪽으로 걸었다.
오늘밤 흥분을 자제할 수 없다면 적어도 남의 눈에는 띄지 않게 해. 어떤 흔적도 남기지 마. 희생자를 잘 선택해. 쉬운 먹이를 선택해.
달이 검은 구름 사이로 나타났다.
그건 네가 모르는 척하는, 숨겨진 면이야.
앤은 그 점을 알고 있었다. 그녀는 숨겨진 부분에 대해 모르는 게 없었다. 그녀는 아주 어릴 적부터 만물의 숨겨진 부분에 매료되었다. 그녀는 심연을 탐색했고 어두운 영혼을 연구했다. 아주 무서운 사람의 영혼까지도. 그래서 그녀는 자신의 인성을 잘 파악했다.
사람들은 이 숨겨진 부분에 대해 아는 것이 거의 없다. 자신을 특별한 존재―프레윈이 추적하는 살인범처럼―로 느끼는 앤은 그 사실을 분명히 알고 있었다.

갑자기 연약하고 망설이는 목소리가 기억의 밑바닥에서 들려왔다.

"인생에서 변하지 않는 것은 없다. 최소한 인간은 자신의 주인이다."

하지만 그것은 멀리서 메아리처럼 들렸다가 깊은 밤 속으로 사라졌다.

프레윈 중위의 말이 매터스의 머리에서 떠나지 않았다.
"범인의 태도, 욕구, 반응이 지나쳤기 때문에 다른 사람들은 그를 배척했어. 놈의 생활은 이미 망가졌어. 흉악한 세상은 다른 사람들보다 훨씬 더 그를 타락시켰지. 너무 늦었어."
케빈 매터스는 중위의 말을 이해할 수 없었다. 너무 늦었다고? 중위는 무슨 말을 하고 싶었을까?
너는 그게 무슨 뜻인지 잘 알잖아!
매터스는 팔짱을 풀고 야전침대에 누웠다.
프레윈 중위는 살인범에 대해 무엇을 알고 있을까? 심리학에서 미리 정의한 분석 같은 것일까?
매터스는 심리학이란 단어를 아주 경멸했다.
사람마다 다르기 때문에 경우에 따라 다르지 않을까? 일반화할 수 없는데…….
하지만 매터스는 행동 도식을 정의할 수 있다는 사실을 알고 있었다. 심리학은 불확실한 '초과학'이 아니었다.
하지만 누구나 비밀을 갖고 있어! 모두! 프레윈 중위도! 그의 트렁크에 담긴 그 편지들은 뭘까? 중위의 비밀은 뭘까?

하지만 매터스는 즉시 다음과 같은 명백한 사실에 굴복하지 않을 수 없었다. 누구나 비밀을 갖고 있지만 대부분의 비밀은 부끄러운 것도, 심각한 것도 아니었다. 또한 남에게 폐를 끼치지도 않았다…….

나는 누구에게도 고통을 주지 않아!

매터스는 진정하기 위해 눈을 감고는 코로 숨을 들이쉬고 입으로 내쉬었다. 머리를 공백 상태로 만들자. 그러지 않으면 그는 의혹을 불러일으킬 것이다. 그러면 사람들이 의심의 눈길로 그를 바라보고 결국 그의 천막과 사생활을 조사할 것이다. 그리고 그의 정체가 밝혀질 것이다.

심장은 더욱 빠르게 두근거렸다.

숨을 쉬자. 호흡에 집중해야 해. 더 이상 그런 생각을 하지 말자.

매터스는 어깨의 상처를 바라보았다. 상처는 숲을 달리는 동안 다시 벌어졌다. 그는 죽어가는 병사를 야전병원에 데려다준 다음 붕대를 바꿔야만 했다. 클리포드 해리스는 그의 품에서 죽어갔다. 앤 도슨은 그에게 붕대를 감아주면서 그들이 발견한 범행 현장에 대해 질문을 퍼부었다. 매터스는 그녀를 좋아하지 않았다. 그녀에게서 혼란스러운 기운이 발산되고 있었다. 매터스는 이 불편한 기운을 알아보려 했지만 실패했다. 하지만 그는 조만간 그녀가 거북한 이유를 알게 될 것이다.

이제야 흥분이 억제되었다.

하지만 흥분은 먹이를 기다리는 상어처럼 감시 구역에서 어슬렁거리고 있었다.

매터스는 일어나서 자물쇠를 풀고는 트렁크 앞에 무릎을 꿇었다.

충동에 사로잡히고 싶지 않다면 자제할 수 있을 때 멈춰야 했다. 그러지 않으면 그는 오늘밤 천막을 뛰쳐나가 다시 한 번 규율을 깨뜨릴 것이다. 그리고 몇 분의 쾌락을 위해 유혹에 굴복할 것이다.

만일 경계를 강화하지 않는다면 그는 붙잡힐 것이다. 그는 자제해야 했다. 조금만 참으면 모든 일이 풀릴 것이다.

"놈은 이미 망가졌어. 흉악한 세상은 다른 사람들보다 훨씬 더 그를 타락시켰지. 너무 늦었어."

아니야. 아직 늦지 않았어!

왜 중위가 살인범에 대해 했던 말이 그의 머릿속에서 맴도는 것일까?

매터스의 두 눈에 눈물이 가득했다.

아니야, 누구든지 행실을 고칠 수 있어! 그것이 파시스트의 가정이야! 가장 비열한 죄인도 궁지에서 벗어날 수 있어. 누구든 궁지에서 벗어날 수 있어. 숙명 따위는 없어! 나도 할 수 있어…….

매터스는 트렁크 안에 두 손을 넣었다.

눈물이 앞을 가리며 뺨을 따라 흘러내렸다.

나도 할 수 있어!

 이른 아침부터 비가 내렸다. 굵고 차가운 빗방울은 엉큼하게도 목을 타고 내려와서 옷 속으로 스며들었다. 앤은 추워서 부르르 떨었다. 이윽고 하늘이 납빛이 되자 풍경이 지워지면서 흐린 회색으로 바뀌었다.
 8시 30분, 어깨에 가방을 둘러멘 앤은 흠뻑 젖은 채 부들부들 떨면서 헌병대 막사에 도착했다. 모든 것이 이미 사라지고 사각형의 짓눌린 풀밖에 남지 않았다. 필 콘래드와 앵거스 도노반이 지프차 뒤에 마지막 비품 상자들을 던지고 있었다.
 깜짝 놀란 앤이 물었다.
 "프레윈 중위님은 어디에 있죠?"
 도노반이 요란하게 퍼붓는 소나기 속에서 외쳤다.
 "부하들과 함께 떠났어요."
 "중위님이 내게……."
 콘래드가 안심시켰다.
 "걱정하지 말아요. 당신 자리는 있어요!"
 15분 후, 그들은 짐을 잔뜩 싣고 지프차에 올랐다. 콘래드는 운전대를 잡았고 도노반은 조수석에 앉았다. 앤은 뒷좌석에 앉겠다고 고집했다. 지프차의 지붕에 빗방울이 부딪치는 소리가 났다. 앤은 몸을 따뜻하게 하기 위해 담요를 덮었다. 그녀는 천막 더미와 '헌병'이라고 씌어 있는 나무 표지판 사이에 웅크리고 앉았다. 도노반은 안경을 벗어 닦았다. 윤곽이 고르지 않은 코, 화장을 한 듯이 가느다란 입술, 밋밋한 얼굴이 드러났다. 그는 스물다섯 살도 채 되지 않았다. 앤은 그가 헌병대 수사팀의 신참이라는 사실을 떠올렸다. 육중한 콘래드는 날씬한 도노반과 정반대였다. 수많은 주름, 쉰 목소리, 침착함이 여실히 드러나는 몸짓.

두 사내의 머리털이 카키색 웃옷에서 찰랑거렸다.

콘래드가 시동을 걸었다.

"이런 날씨라면 두 시간은 족히 달려야 해요. 푹 주무세요."

앤이 물었다.

"길이 위험한가요?"

"아직은 아니에요. 이동이 끝나면 포격을 조심해야 해요. 하지만 비가 이렇게 쏟아지면 포격할 가능성은 거의 없어요."

앤은 이 기회에 두 사람과 친해지고 싶었다. 어젯밤은 아주 짧았고 당연히 몹시 피곤했다.

진정해. 그러면 잠을 이룰 수 있을 거야!

앤은 앵거스 도노반부터 시작했다. 하지만 그는 사생활에 대해서 거의 털어놓지 않았다. 그는 입대한 지 일 년밖에 되지 않았다. 입대 전에는 아버지가 운영하는 건설회사에서 일했다. 그는 군사훈련을 마친 후 헌병대에 지원했다. 그는 자신이 뛰어난 심리학자라고 주장하면서 헌병대에 들어가기 위해 온갖 노력을 다했다. 초기에는 포로들을 만나려 했다고 털어놓았다. 그리고 병사들을 신문해서 그들의 인성을 파악하고 간첩을 색출하는 일을 꿈꾸었다. 하지만 현실은 완전히 달랐다. 협소한 건물에서 계속되는 야근, 언제나 단조로운 지시로 시작되는 업무. 적과의 접촉은 수용소 복도를 순찰하는 것으로 제한되었다. 2주 전 프레윈 중위가 서류심사와 면접을 통해 그를 선발하기 전까지 그랬다.

앤이 물었다.

"중위님이 신병이 필요한 이유를 말해주었나요?"

"중위님은 우리가 출전하리라는 사실을 알고 있었죠. 그는 많은 부하들이 필요했어요."

콘래드는 운전대 위로 몸을 숙이고는 좌우로 춤추는 와이퍼 사이로 길을 살피면서 무뚝뚝하게 말했다.

"우리는 한 달 전에 포격으로 한 명을 잃었어요. 그래서 앵거스 도노반을 보충한 거예요."

앤이 사과했다.

"오, 죄송해요. 몰랐어요."

뒷자리에 앉은 앤은 두 사람을 자세히 관찰할 여유가 있었다. 무뎌진 면도날과 차가운 물로 대충 면도하는 바람에 상처가 난 볼, 검푸른 멍, 도노반의 목을 장식하고 있는 작은 흉터들.

"목을 다쳤나요?"

"뭐라고요? 아, 이거요……. 청소년 때 생긴 상처예요. 케케묵은 추억이죠."

콘래드가 웃음보를 터뜨렸다.

"뭐, 케케묵은 추억이라고? 너처럼 젊은 놈이? 조금 기다려. 이 고약한 전쟁이 끝나면 너는 진짜 추억이 뭔지 알게 될 거야!"

앤은 이 기회를 놓치지 않았다.

"그러면 당신은 군에 있은 지 오래되었다는 말인가요?"

"9월이면 5년째죠."

앤은 그의 오랜 복무 연수에 깜짝 놀랐다. 하지만 콘래드는 일개 병사에 지나지 않았다. 이유는 두 가지밖에 없었다. 그가 스스로 진급을 거부했던지, 아니면 군 당국이 그의 나쁜 행실을 이유로 진급시켜주지 않았던지.

앤이 물었다.

"당신은 지원했나요? 아니면 소집되었나요?"

콘래드는 천천히 털어놓았다.

"지원했죠. 나는 경찰이었어요."

"경찰? 왜 경찰을 그만두고 헌병대에 들어왔죠? 위험한 일을 좋아하세요?"

콘래드는 두 사람을 슬쩍 바라본 후 말했다.

"난처한 일을 피하기 위해서였어요. 도슨 양, 당신은 왜 간호사가 되었죠?"

앤은 거짓말을 했다.

"천직이라고 생각했어요."

고통의 현장에 최대한 가까이 가기 위해, 부상당한 사람들을 보고 철저히 분석하기 위해, 임박한 죽음을 관찰하기 위해서지.

앤은 질문을 피하기 위해 화제를 바꿨다.

"두 분은 결혼했나요?"

그들은 고개를 저었다. 도노반은 약혼했다. 콘래드는 여러 곳에 여자 친구들이 있다고 털어놓았다. 앤은 헌병대가 이례적인 사람들을 끌어들인다는 사실을 깨달았다. 그녀가 다른 곳에서 만난 대부분의 병사는 나이가 젊더라도 이미 결혼을 했다. 전쟁을 핑계로 결혼을 서두른 병사도 있었다.

"프레윈 중위님을 잘 아세요?"

콘래드가 대답했다.

"거의 4년 동안 같이 근무했어요. 별난 사람이죠."

"나도 그렇게 생각했어요. 중위님은 다른 사람들과 같지 않아요. 그가 살인범들을 파악하는 능력을 어디서 배웠는지 알아요? 어떻게 범행 현장만을 분석해서 그처럼 정확히 범행을 밝혀낼 수 있죠?"

최근에 중위의 수사기법을 배운 도노반이 말했다.

"중위님은 그것을 '피의 언어'라고 불러요."

앤은 콘래드가 입을 비죽이는 것을 놓치지 않았다.

"왜 웃죠?"

콘래드가 앤에게로 고개를 돌렸다.

"웃지 않았어요······."

"살짝 웃는 것을 보았어요!"

콘래드는 즐거운 동시에 생각에 잠긴 모습으로 천천히 고개를 끄덕였다.

"중위님이 다른 사람들과 같지 않은 건 사실이에요."

앤은 다소 크게 웃음을 터뜨렸다.

"조금 더 자세히 얘기해줘요."

콘래드의 표정이 진지해졌다.

"당신은 잘 모르겠죠?"

"뭐에 대해서 말이죠?"

"중위님에게 어떤 일이 있었는지······."

앤은 도노반이 조금도 당황하지 않는 것을 눈치챘다. 그는 콘래드가 무엇을 이야기하는지 알고 있었다.

도노반이 말했다.

"사고였어요."

콘래드는 길에서 눈을 떼지 않고 말했다.

"어떤 사람들은 사고라고 생각하지 않아요."

앤은 중위의 인생에 중요한 사건이 있었음을 깨닫고 깜짝 놀랐다.

"사고라고요? 대체 뭐죠?"

"중위님이 아니라 그의 부인에게 사고가 있었어요. 2년 전이었죠. 중위님이 휴가 중이던 어느 날 저녁 그녀가 계단에서 떨어졌어요.

두 사람은 술을 약간 마셨죠. 중위님이 먼저 계단을 올라갔어요. 잠시 후 그녀가 뒤따라 올라갔는데 비틀거리다가 그만 굴러떨어지고 말았어요. 결국 그녀는 그의 품에서 죽었죠."

앤은 본능적으로 손으로 입을 막았다.

콘래드가 말을 이었다.

"고약한 사건이었어요. 당시에 중위님은 이미 범죄수사에 탁월한 능력을 발휘했어요. 사건이 많았던 건 아니에요. 당국은 그의 재능을 보고 사건이 일어날 때마다 그에게 맡겼어요. 패티가 죽은 후 그는 의심쩍은 살인사건이 발생할 때마다 수사권을 달라고 윗사람에게 부탁했어요. 나는 중위님이 원래부터 허풍이 심한 사람이었다고 생각해요. 아내가 죽자 그의 허풍은 더욱 심해졌어요. 슬픔이 그에게 신념과 능력의 문을 열어준 것 같았어요."

도노반은 이미 이 이야기를 들었다. 하지만 그는 매료된 듯이 한마디도 놓치지 않았다.

"모든 살인범에게 슬픔과 절망이 큰 역할을 하죠. 중위님은 슬픔과 절망을 직접 경험했기 때문에 살인범의 심리를 잘 아는 거예요."

비는 집요하게 앞창을 후려치고 있었다.

앤은 콘래드의 말을 한 단어씩 곱씹었다. 그녀는 자신의 호흡이 멈췄다는 사실을 깨닫고 다시 숨을 쉬었다. 그녀는 빠른 속도로 물었다.

"조금 전 당신은 몇몇 사람들이 그 일을 우연한 사고로 생각하지 않는다고 했잖아요?"

"최악의 것을 상상하고 다른 사람의 명예를 손상시키는 독설가들은 언제나 있기 마련이죠. 전쟁이 계속될수록 인간은 들개가 되는 것 같아요. 누군가 쓰러지면 사람들은 무리를 지어서 그를 공격해요. 부상당한 사람은 쉬운 먹이니까요. 흥분한 그들은 송곳니로 물어뜯는 대신에 야유와 소문으로 그를 괴롭히죠."
"중위님이 부인을 죽였을 수도 있다는 말인가요?"
"가끔 그런 소문이 들려요."
앤은 가슴에서 분노가 치솟는 것을 느꼈다.
"어떻게……."
콘래드가 앤의 말을 끊었다.
"질투 때문이죠. 혹은 내가 방금 말한 것처럼 누군가 쓰러졌을 때 공격하는 동물적 본능 때문이죠. 그들은 중위가 '이상한 지식'을 다른 곳에서 배워온 것이 아니라고 생각해요. 그들은 중위님에게 범죄를 유발하는 썩은 뿌리가 있다고 주장해요. 또 중위님이 감정이입 능력이 탁월하고 심리학을 많이 연구했으며 경험이 풍부하기 때문에 스스로 '이상한 지식'을 터득했을 거라고 생각하죠. 중위님은 인상적인 체격에 언제나 조용한 사람이죠. 그들은 중위님이 억제하고 있던 폭력성이 어느 날 아내를 대상으로 폭발했을 것으로 추측해요."
"확실한 근거도 없이 그런 식으로 판단하는 것은 어리석고 비열한 짓이에요!"
콘래드는 간호사가 격분하자 천천히 머리를 흔들면서 숨을 들이쉬었다.
"중위님과 패티 사이가 항상 좋지는 않았을 거예요. 그들은 말다툼을 자주 했겠죠. 고성이 오고 갔을 수도 있어요. 하지만 다소 다혈질이고 정열적인 부부는 다들 그렇게 살지 않나요? 몇 차례의 말다툼이 살인으로 이어지지는 않아요. 하지만 뒤에서 수군대는 것은 막을 수 없죠."
앤은 약간의 온기라도 지키기 위해 다리를 끌어모았다.
"그럼, 당신은 어떻게 생각하죠?"
콘래드가 놀랐다.

"나요? 내가 대답할 수 있을 거라고 생각해요? 나는 중위님 밑에서 근무하고 있어요! 나는 중위님이 일하는 모습을 항상 봐요. 나는 중위님을 높이 평가하죠. 그런 내게 무슨 말을 기대하는 거죠?"

"하지만 소문이라는 것은 원래 의혹의 씨를 뿌리잖아요. 당신은 의심한 적이 한 번도 없나요?"

콘래드는 비가 몰아치는 앞창 너머로 길을 응시했다. 도노반은 그의 얼굴을 살피면서 대답을 기다렸다.

"중위님은 살인범들에 관해 해박한 지식을 갖고 있어요. 나는 중위님의 능력을 따라갈 수 없어요. 내가 대답할 수 있는 것은 이것뿐이에요. 그는 살인범의 입장에서 생각할 줄 알아요. 나는 그 외의 문제에 대해서는 자문조차 하지 않았어요."

전초기지는 포탄과 폭탄의 피해를 입지 않은 마을에 설치되었다. 면사무소는 사령부로, 마을회관은 야전병원으로 사용되었다. 남은 건물 중 감옥으로 쓸 수 있을 만큼 큰 것은 성당밖에 없었기 때문에 헌병대에는 다른 선택의 여지가 없었다. 제복을 입은 군인들, 군용 차량 그리고 몇 대의 장갑차가 도로를 점령했다. 주민들은 칩거하면서 창문으로 이 호전적인 퍼레이드를 지켜보았다. 몇몇 주민이 승리의 표시로 작은 국기를 흔들었지만 대부분은 남쪽 10킬로미터 지점에서 들려오는 강렬한 포성에 놀라 조심스럽게 처신했다. 가장 경솔한 주민들조차 피를 흘리며 울부짖는 부상병들이 들것에 실려 전선에서 돌아오는 모습을 보고는 황급히 귀가했다. 환희의 약속은 아직 멀었다.

빗줄기는 조금씩 약해지더니 마침내 안개비로 바뀌었다. 콘래드가 운전하는 지프차는 성당 앞에 멈췄다. 열려 있는 정문으로 중앙 홀의 어두운 내부가 드러났다. 촛불이 떨면서 반짝였다.

콘래드가 운전석에서 내리면서 말했다.

"간호사님, 당신의 새로운 거처입니다."

두 헌병은 장비를 내리기 시작했다. 앤은 작은 보따리를 들고 성당 정문까지 올라갔다. 내부는 아주 어두웠다. 앤은 얼굴에 묻은 빗물을 닦아내고 안으로 들어갔다. 스테인드글라스는 조금도 손상되지 않았다. 색유리를 통과한, 희미한 빛이 어슴푸레한 분위기를 조성했다. 여기저기 켜놓은 촛불이 어둠을 뚫고 차가운 벽에 온기를 주었다. 여섯 개밖에 남지 않은, 긴 의자를 한쪽 구석에 쌓아놓고 그 자리에 포도주통만 한 기름통을 놓았다. 50여 개의 기름통.

누군가 앤 앞에서 분개했다.

"참모본부가 실용적인 감각을 잘 보여주고 있군."

프레윈이 앤에게 다가왔다.

"참모본부는 적이 성당은 폭격하지 않을 거라고 생각해요! 우리는 촛불에 둘러싸인 채 생활해야 해요! 다행히 기름통은 잘 밀봉되어 있어요! 우리가 산 채로 구워지지 않는 한 고약한 냄새는 피할 수 있을 거예요."

"포로들은요? 그들 가운데 자살자가 있다면……."

"안심하세요. 포로들은 지하실에 갇혀 있어요. 건물 외부에서 지하실로 들어가는 문이 있어요. 이곳에 있는, 다른 문은 기름통을 쌓아서 폐쇄했어요."

앤은 은근슬쩍 비꼬았다.

"매우 안심이 되는군요. 마을의 신자들이 몹시 기뻐할 거예요."

프레윈은 앤의 손에서 가방을 빼앗고는 따라오라고 손짓했다. 중위의 눈 아래와 광대뼈는 전날의 주먹질로 붉게 부어올랐다.

"별로 안락하지는 않지만 당신이 편히 머무를 수 있도록 약간 떨어진 곳에 숙소를 마련했어요. 부하들은 제의실을 공동침실로 쓰고 있어요. 매터스는 멀리 있지 않을 거예요. 나는 정문 근처의 침대에서 잘 거예요."

"정문 근처라고요? 왜 우리와 떨어져 있죠?"

프레윈은 대답하지 않고 움푹 들어간 벽을 가리켰다.

"저곳이 당신 숙소예요."

네 개의 작은 별실이 예배실과 연결되어 있었다. 두 개의 벽감 앞에 출입을 막기 위해 커튼이 설치되어 있었다. 가구라고는 야전침대 하나와 등잔 하나가 전부였고, 그림, 봉헌물, 거대한 십자가가 각 공간에서 불쑥 나와 있었다. 프레윈은 간호사의 가방을 침대 밑에 놓았다. 침대 위쪽에는 아기 예수를 안은 성모 마리아의 성화가 반짝이고 있었다. 두 개의 촛불이 작은 제단 양쪽에서 보초를 서고 있었다.

"매트스는 맞은편에 있을 거예요. 당신도 보다시피 숙소가 형편없어요. 그래도 습하지는 않아요."

앤은 고개를 끄덕이고 돌아서서는 군에 징용된, 영적 공간을 둘러보았다. 술잔과 향로가 사라진 제단이 보였다. 두 개의 양초가 권총과 수첩 옆에 켜져 있었다.

앤은 화를 내는 대신 프레윈을 놀렸다.

"당신이 얼마나 이교도적인 짓을 했는지 알아요?"

프레윈은 움찔하며 돌아서더니 앤이 무슨 말을 했는지 깨달았다.

"아, 네……. 충격을 주었다면 미안해요……. 그저 여기 있는 물건을 활용했을 뿐이에요. (그는 둥근 천장을 향해 두 손을 올리면서 덧붙였다.) 나는 이 모든 것을 믿지 않아요."

"그냥 한 말이에요."

앤은 더 이상 종교 얘기를 꺼내고 싶지 않았다. 그녀는 고통받은 사람들이 종교에 얼마나 극단적으로 반응하는지를 잘 알고 있었다. 어떤 사람은 신앙에 몰두했고 어떤 사람은 종교를 완강히 거부했다.

종교의 역할은 비틀거리는 사람들을 부축해주고, 아주 가난한 사람들이 존중받으며 살 수 있도록 삶에 의미를 부여하는 것이 아닌

가. 권력자들이 만든 제도에서 벗어나지 않도록…….

"앤, 떨고 있군요. 물기를 닦아요. 그리고 옷을 갈아입고 사무실로 와요."

프레윈은 커튼을 닫았다. 성모 마리아가 앤을 내려다보고 있었다.

\*

프레윈은 제단 앞쪽의 접이식 의자에 앉아 있었다. 그는 만년필을 놓고 일어났다. 프레윈 뒤쪽에서 매터스와 라르손이 포로들의 자료를 작성해서 철재 상자에 담고 있었다. 앤은 그들에게 인사한 후 중위에게 다가갔다. 그들은 방금 칠판을 설치했다. 칠판에는 살인사건과 관련된 모든 내용이 정리되어 있었다. 예배실과 나머지 부분을 분리해주는 난간이, 프레윈의 표현을 빌리면 '피의 언어'를 철저히 분석하는 이곳을 특별구역으로 만들어주는 것 같았다. 빨간색의 무거운 양탄자가 깔려 있는 제단을 희미한 빛으로 감싸고 있는 양초들은 노란색의 긴 손가락을 닮았다. 앤은 보호받고 있는 이 공간을 걸어다녔다. 그녀는 3소대원의 명단이 적혀 있는 칠판을 가리키면서 물었다.

"새로운 소식은 없나요?"

"3소대는 지금 교전하고 있어요. 살인범은 그곳에 있을 거예요. 3소대는 가짜 보고서를 읽었겠죠?"

"모든 소대원을 알고 있는 병사의 천막에 보고서를 놓고 왔어요. 그는 즉시 소문을 퍼뜨렸을 거예요. 다음 작전은 뭐죠?"

"그들이 돌아올 때까지 기다려야죠. 그리고 무슨 일이 일어나는지 두고 봅시다."

"그래서 중위님은 정문 옆에 자리를 잡았나요? 우리를 보호하고 그 정신병자를 유인하기 위해서요?"

프레윈은 반짝이는 눈으로 앤을 바라보았다.

"맞아요. 그게 내 계획이에요. 나는 놈이 올 거라고 확신해요."

앤은 의심스러운 듯이 눈썹을 치켜 올렸다.

"내가 도움이 될 수 있을까요?"

"내 메모를 다시 읽어주었으면 좋겠어요. 당신은 내가 놓친 단서를 찾아낼 수 있을 거요."

앤은 중위의 신뢰에 감격해서 당장 그가 시키는 대로 했다.

"내가 무엇을 할 수 있는지 알아볼게요."

프레윈은 예배실 한복판에 있는 의자에 앤을 앉혔다. 주위에서 촛불이 빛나고 있었다. 칠판에는 사건의 주요 내용이 정리되어 있었다. 중위는 앤에게 따뜻한 우유가 담긴 컵을 내밀었다.

"미안해요. 이것뿐이에요. 녹차도, 커피도 없어요."

"괜찮아요. 고마워요. 중위님은 무슨 일을 할 거죠?"

"부하들과 포로들을 감독해야죠. 그리고 시간이 있으면 시걸 호의 담당 의사인 카르후스를 찾아볼 거요. 카르후스가 개빈 토머스를 부검했어요. 최근 소식에 따르면 그가 상륙하자마자 나를 찾고 있대요."

앤은 곧 예배실에 혼자 남았다. 많은 촛불 덕분에 그녀는 안심이 되었다. 스테인드글라스가 무기력한 빛을 투사하고 있었다. 본격적으로 일을 맡게 된 앤은 시간에도 맛이 있음을 느꼈다. 예를 들면 자극적인 동시에 부드러운 생강의 맛. 그녀는 프레윈의 자료를 읽고 싶어 안달했다. 그녀는 먼저 프레윈의 공식 보고서들을 살펴본 다음 메모를 읽었다. 특히 메모에는 그의 수사기법이 잘 드러나 있었다. 처음에 그는 도식과 크로키를 많이 곁들여서 범행 현장, 피해자의 모습, 발자국을 자세히 기록했다. 그리고 이 자료를 근거로 사건의 순서와 범행 동기를 파악하려고 했다. 퍼거스 로스데일의 살인 사건에서 중위는 참수에 관심을 가졌다. 왜 범인은 희생자의 머리를 제거했을까? 왜 하필이면 숫양의 머리일까? 숫양의 뿔은 악마와 관계가 있을까? 인간의 동물성을 나타낸 걸까? 성경을 암시한 걸까? 아브라함이 아들을 제물로 바치려 했을 때 숫양은 이삭 대신 희생되지 않았는가. 프레윈은 모든 관점에서 이 상징을 검토했지만 어떤 결론도 얻을 수 없었다. 그래도 중위는 이 기괴한 범행에서 한 가지 확신을 끌어낼 수 있었다. 즉 살인범은 희생자의 머리를 제거하고 동물의 머리를 올려놓음으로써 사람들에게 충격을 주고 싶었던 것이다.

앤은 이번에는 개빈 토머스의 사망에 관한 메모를 읽었다. 프레윈은 이번에는 살인 수법의 의미를 파악하는 데 주력했다.

시체는 테이프로 두껍게 감겨 있었다. 발 하나와 팔뚝 하나만 밖으로 나와 있었다. 고치 같은 테이프는 시체를 보호하기 위한 것일까? 그게 사실이라면 왜 사람들이 통행하는 곳에 시체를 전시했을까? 살인범은 시체를 보여주는 동시에 희생자를 보호하고 싶었을까? 중요한 것은 시체가 아니라 그것이 상징하는 것이 아닐까?

아니야. 아니야! 희생자는 극심한 고통을 겪었다. 살인범은 먼저 희생자의 목을 졸랐고 가슴을 짓눌렀다. (놈은 흉골을 부수기 위해 무릎으로 희생자의 가슴을 가격했을까?) 그리고 입 안에 전갈을 넣고 못으로 밀봉했다. 희생자는 극심한 고통을 겪으며 죽었다. 살인범의 사디즘. 분노의 표출과 잔인성. 타인에 대한 지배욕, 생살여탈권, 욕구불만의 해소.

살인범은 고통 속에서 성장했을 것이다. 그는 다른 사람들과 자신이 다르다는 사실을 의식하고 괴로웠을 것이다. 그는 자해를 시도했을 정도로 극심한 고통을 겪었을 것이다. 서른 살이 넘지 않고 자해 흉터가 아주 많은 젊은이일 것이다! 게다가 그의 인성은 와해되었을 것이다. 그는 군대처럼 폐쇄적인 사회에서 눈에 띄지 않고는 생활할 수 없을 것이다. 혹은 그는 다른 사람과 다르다는 사실 때문에 더욱더 고통을 겪었을 것이다. 따라서 그는 냉정하고 극히 자아도취적인 사람일 것이다. 그는 사회제도가 자신에게 맞지 않으며, 오직 자신만이 더할 나위 없이 진실하다고 확신할 것이다. 따라서 그에게 우리는 일고의 가치도 없는 존재이다. 그래서 그는 태연하게 살인을 자행하고 있다.

이 두 번째 가정은 오히려 첫 번째 살인사건에 해당한다. 하지만 살인범은 외향적인 태도를 취함으로써 냉혹한 마음을 숨길 것이다. 모든 것은 착각에 지나지 않는다. 놈은 우리를 비웃고 우리를 조롱하고 있다.

놈은 살인에서 무엇을 원하는 걸까?

감정을 느끼는 것. 그의 성본능은 살인을 통해 피어난다. 적어도 성욕(희생자의 피부와의 접촉, 생명, 피)과 관계가 있을 것이다. 비록 엄밀한 의미에서 성적 행위는 없을지라도. 타인을 고문하는 것은 성욕의 대리 충족이다.


논리적 타당성을 근거로 작성된, 30페이지에 달하는 분석은 프레윈 중위의 폭넓은 지적 능력을 잘 보여주었다. 회의 때마다 살인범의 인성에 관한 설명은 간략했는데 분석한 글은 아주 길었다.

앤은 마지막으로 겨우 스물두 살밖에 되지 않은 클리포드 해리스의 살인사건에 관한 보고서를 읽었다. 그녀가 가죽 수첩을 덮고 기지개를 켰을 때는 이미 점심시간이 가까웠다. 그녀는 칠판들을 훑어보다가 다음과 같은 글을 발견했다.


공통점

- 동물 활용
- 범죄의 잔인성
- 연출

살인범 : 고독한 사람? 외향적인 사람?

정문이 삐걱거리더니 병사가 나타났다. 그는 성당의 아케이드와 기둥을 살피면서 걸었다. 그리고 앤을 보자 인사했다.

"아, 죄송합니다. 사람이 있는지 몰랐습니다. 성당에 파이프오르간이 있다는 말을 들었습니다. 그래서……. 나는 일요일마다 성당에서 파이프오르간을 연주했습니다. 이곳에 성당이 있다는 소리를 듣고 굳은 손가락을 풀 수 있을 거라고 생각했어요. 나는 휴가 중입니다. 그런데 파이프오르간은 어디에 있는지……."

앤이 그의 말을 끊었다.

"나도 몰라요. 찾아서 즐기세요."

앤은 귀찮은 병사를 내쫓는 것으로 만족하고 다시 생각하기 시작했다. 그녀는 얼굴을 하나하나 떠올리면서 3소대 명단을 한 줄 한 줄 읽었다.

흐리섹, 해리슨, 트라우델은 난폭했다. 앤은 전날 배로의 태도를 떠올리면서 그를 추가했다. 리스비가 말리지 않았다면 배로는 그녀를 강간했을까? 그렇지는 않았을 것이다……. 이들 네 사람은 전쟁 중인데도 불안하지 않은 것 같았다. 앤은 경험을 통해 병사들을 세 가지 유형으로 분류하는 법을 배웠다. 전쟁 중에 원초적인 충동을 표출하는 방법을 찾아내는 호전주의자들, 불평하지 않고 적응할 줄 아는 변덕쟁이들, 어쩔 수 없이 전쟁에 연루되어 고통스러워하는 시인들. 흐리섹, 해리슨, 트라우델, 배로는 틀림없이 호전주의자들이다. 전쟁은 그들에게 난폭한 본능을 표출할, 절호의 기회를 주었다.

호전주의자들의 기질은 중요하게 다루어야 할 요소였다. 프레윈 중위는 그들이 어떤 사람인지를 적나라하게 언급했다. 난폭한 사람들!

또 어떤 부류가 있을까?

가지니와 코스텔로는 재담꾼들이었다. 그들은 변덕쟁이들이기도

했다.

모리스 대위, 파커 콜린스 의무중사 그리고 리스비는 아주 교활한 사람들이었다. 그리고 리스비를 제외한 두 사람은 변덕쟁이들이었다.

앤은 지나가는 길에 다른 네 사람을 얼핏 보았었다. 조용하고 관찰력이 뛰어난 클라크 특무상사, 민첩하고 경계심이 많은 클램프스 병사, 시선을 이리저리 굴리면서도 용기가 없어서 말을 걸지 못하는 브로더스 병사, 마지막으로 그녀가 다가가면 슬슬 피하는 월커 병사. 위압적인 체격의 월커는 조사해보면 알겠지만 난폭한 사람으로 분류될 가능성이 많았다.

신원을 확인해야 할 사람이 아직도 아홉 명이나 남았다. 시간이 많이 걸리는 작업이었다.

성당은 갑자기 장중한 파이프오르간 소리로 가득 찼다. 장중하고 강렬한 음이 천장에서 내려오자 앤은 깜짝 놀랐다. 절분법을 활용한, 웅장한 음은 다른 모든 소리를 쫓아내고 성당을 독점했다. 앤은 세상으로부터 자신을 격리시키는 액체 막으로 둘러싸인 것 같았다. 그녀는 음악을 들으며 다시 생각에 잠겼다.

그들이 찾고 있는 살인범은 스물두 명의 소대원 가운데 한 명이었다. 그는 어떤 겉모습 속에 자신을 감췄을까? 그는 그다지 친절하지도, 정중하지도 않을 것이다. 본질적으로 심술궂은 사람이 선량한 겉모습 속에 자신을 숨기는 것은 소설에서나 가능한 일이었다. 현실은 완전히 달랐다. 살인범은 모든 사람에게 항상 거짓말만 하고 있을 수는 없었다. 천성적으로 폭력적인 사람은 강제적으로 대인관계를 맺는다. 흐리섹, 해리슨, 트라우델, 배로는 이 경우에 해당했다. 게다가 이들은 모두 오른손잡이였다.

파이프오르간에서 나오는 강렬한 음의 덩어리에서 한 가지 선율, 더욱 날카로운 선율이 빠져나오기 시작했다.

앤은 칠판을 훑어보고 메모를 다시 읽었다. 상륙작전 중에 살해당한 두 명의 헌병 클라우비츠와 포럴의 이름이 맨 위에 적혀 있었고, 그 아래에 "네 번째와 다섯 번째 희생자. 편히 잠드소서"라고 씌어 있었다. 이 짤막한 조사는 프레윈의 글씨가 아니었다. 누군가가 덧붙인 것이었다. 매터스? 도노반? 신앙심이 깊고 예의가 바른, 이 두 사람 가운데 한 명일 것이다.

다음은 살인 수법이 요약되어 있었다. 범행 장소, 시간, 특징…….

앤은 뒤로 물러났다. 짧은 문장에서 '숫양'과 '전갈'이라는 단어가 유난히 돋보였다. 그녀는 세 번째 살인사건을 자세히 검토했다. 갑자기 그녀의 가슴이 두근거리기 시작했다.

어떻게 이 사실을 깨닫지 못했을까?

세 건의 살인사건 사이에는 관련성이 있었다.

그것은 명백했다.

프레윈 중위는 오전 내내 마을에 설치된 헌병대 시설을 감독했다. 고위급 전쟁포로들은 면사무소의 다락방으로 이송되었다. 헌병들은 사령부 소속의 장교들이 세심하게 지켜보는 가운데 그들을 신문했다. 일반 포로들은 두 그룹으로 나뉘었다. 완강한 포로들은 전쟁 전에 파출소로 사용되었던 건물로 보내졌다. 축축한 감방은 네 개뿐이었다. 다른 포로들은 감옥으로 개조된 성당 지하실까지 걸어갔다.

포성은 쉬지 않고 울렸다.

프레윈은 포로들의 신분을 확인하고 자료를 작성하던 라르손, 베이커와 함께 점심을 먹었다. 통신대 소속의 통역병이 그들의 신문을 도와주었다. 그는 키가 작고 검은 콧수염을 길게 기르고 있었다.

오후가 시작될 무렵 프레윈은 모든 일이 잘 돌아가고 있는지 확인한 후 수사에 전념했다. 그는 도그 중대의 위치를 파악하기 위해 사령부에 들렀다. 도그 중대는 레이븐 중대, 알토 중대와 함께 삼각편대를 이루고 있었다. 한 참모는 도그 중대가 오늘밤 마을에 막사를 설치했지만 상륙작전 동안 집중공격을 받아 많은 중대원이 전사하는 바람에 지금은 쉬고 있다고 알려주었다. 알토와 레이븐 중대는 이미 전선으로 떠나고 없었다. 도그 중대는 180명 중 93명밖에 남지 않았다. 보충병은 몇 주 후에나 도착할 것이다.

도그 중대는 마을 동쪽 변두리에 위치한 농가 세 채의 마당과 축사에 막사를 설치했다. 엠브로스 대위가 도그 중대를 지휘하고 있었다. 그는 농가의 거실에서 프레윈 중위를 맞았다. 그는 벽난로에 불을 피우고 젖은 전투복을 말리고 있었다.

중대장은 농가를 점유한 것이 정당함을 설명했다.

"우리가 도착했을 때 이곳은 비어 있었지. 커피가 있는데 들겠나?"

프레윈이 고개를 끄덕이고 곧장 용건을 꺼냈다.

"클리포드 해리스 때문에 왔습니다. 해리스를 아세요?"

"신병이었지. 솔직히 말해서 나는 그를 파악할 기회도, 여유도 없었어."

"중대장님도 알다시피 그는 어제 아침 이전 야영지 남쪽에서 살해되었어요."

"그래, 알고 있네. 신체가 훼손되었다고 들었는데 정말인가?"

프레윈이 고개를 끄덕였다. 그는 고문에 대해서 자세히 설명하고 싶지 않았다. 정보가 유포될수록 수사는 불리해질 것이다.

"해리스가 실종된 날 저녁 그는 자신의 천막에 있었나요?"

엠브로스가 샐쭉해졌다.

"소대장이나 분대장을 부르는 게 낫겠군. 그들은 해리스가 어떤 사람인지 아니까 질문에 대답할 수 있을 거야."

중대장은 당번병에게 두 부하를 불러오라고 지시한 후 프레윈에게 따뜻한 커피를 주었다.

"포로가 많아 헌병의 임무가 벅차지는 않나?"

"간신히 처리하고 있습니다. 나와 내 부하들이 임시로 관리하고 있습니다. 인원이 충분치 않아요. 조만간 한 팀이 더 올 겁니다."

두 사람이 비에 젖은 얼굴을 닦으면서 들어왔다.

첫 번째 남자가 아주 강한 시골풍 억양으로 내뱉었다.

"빌어먹을 날씨!"

엠브로스 대위가 소개했다.

"이쪽은 프레윈 중위야. 해리스에 관해 몇 가지 물어볼 거야."

프레윈은 그들에게 한 사람씩 따로 얘기하자고 했다. 중대장은 이의를 달지는 않았지만 어리둥절한 것 같았다. 그들의 증언은 모순되지 않고 일치했다. 그들에 따르면 해리스는 상당히 소극적이고 온순했다. 그는 과묵하긴 했지만 어떤 중대원도 두려워할 이유가 없을 정도로 친절했다. 그는 결혼하지 않았고 그들이 알기로는 애인도 없었다. 그는 가족과 친구들에게만 편지를 보냈다. 그저께 저녁 그는 모든 중대원과 함께 식사했고, 여러 증언에 따르면 그는 식사를 마친 후 분대원들이 공동침실로 사용하는 막사로 떠났다고 한다. 그리고 끝이었다. 일조점호 때 그는 나타나지 않았고, 그의 침대는 비어 있었다. 모든 정황으로 보아 그는 침대에서 자지 않았다. 병사가 들키지 않고 자신의 천막을 빠져나가 모든 중대원이 머물던 지역을 벗어나는 것은 어리석고 유치한 짓이었다. 전선이 상당히 먼 남쪽에 있었기 때문에 야영지 주위에 배치된 소수의 초병들은 공격을 걱정하기보다는 형식적으로 근무하고 있었다. 프레윈은 해리스가 레이븐 중대원들, 특히 3소대원들과 자주 어울렸는지 알고 싶었다. 하지만 그들은 대답할 수 없었다. 두 중대가 상륙작전 전에 항구에서 며칠 동안 나란히 대기했기 때문에 서로 친구가 되는 것은 불가능하지 않았다.

프레윈은 메모한 것을 수첩 안에 끼워 넣고 그들에게 고맙다고 말한 다음 마을 중심으로 발길을 돌렸다. 세 명의 희생자는 자발적으로 침대를 떠났다. 침대에 실랑이한 흔적은 조금도 없었다. 그들은 자지 않고 조용해지기를 기다렸다가 천막을 떠났다. 살인범이 그들을 유혹했을까? 아니면 놈은 비밀 약속을 알고 중간에서 그들을 가로챘을까?

살인범이 그들을 유혹했을 거야. 놈은 먹이를 유인하면서 희열을 느꼈을 거야. 놈은 수동적이지 않아. 기회가 오기만을 기다리지 않고 적극적으로 사건을 만들고 있어. 놈은 살인 수법을 계획하고 철저히 준비해. 놈은 희생자를 찾아다니고 있어.

프레윈은 점심시간 동안 더욱 굵어진 빗줄기를 피하기 위해 벽에 몸을 붙이고 걸었다. 병사들은 부대에 합류하기 위해 뛰어다니고 있었다. 남쪽에서 올라온 구급차들이 임시병원으로 쓰이는 마을회관으로 달리고 있었다.

통신대는 마을의 식당 겸 카페를 차지했다. 통신병들은 수많은 대형 무전기 앞에서 교대로 24시간 근무하고 있었다. 프레윈은 하얀 실루엣이 자전거 페달을 밟으면서 행인들의 얼굴을 탐색하는 것을 보았다. 비에 흠뻑 젖은 옷이 몸에 착 달라붙어 야해 보였다. 앤이었다. 그녀는 중위에게 크게 손짓을 하고 다가왔다.

앤은 그의 앞에 서자마자 야단부터 쳤다.

"당신을 찾고 있었어요!"

리본에서 빠져나온 머리카락이 볼에 달라붙었다.

프레윈은 앤의 당당한 태도에 주목했다. 그녀는 몹시 흥분한 것 같았다. 그가 질문을 하기도 전에 그녀가 설명했다.

"찾았어요! 세 살인사건 사이의 연관성을 찾았어요!"

비가 줄기차게 쏟아졌다. 프레윈은 황급히 그녀에게 다가갔다.

"소리치지 말아요. 성당에 가서 자세히 설명해줘요. 알았죠?"

앤의 몸에서 빗물이 줄줄 흘러내렸고 두 눈에도 빗물이 가득했다. 하얀 피부, 빗물로 인해 거의 적갈색이 된 금발 머리. 그녀의 아름다움은 더욱 돋보였다.

프레윈은 2년 만에 처음으로 울렁거리는 쾌감, 뇌에서 가슴과 사타구니 사이로 퍼지는 열기를 느꼈다. 그는 침을 삼켰다. 앤도 그를 응시했다. 그녀는 무엇을 찾았을까? 사악한 병사? 불안한 시선을 지닌, 가련한 병사? 그녀는 난처한 듯이 눈썹을 깜박거린 후 다시 자전거에 올랐다. 그녀가 페달을 밟으면서 말했다.

"먼저 가서 몸을 말릴게요."

프레윈은 알았다고 손짓했지만 그녀는 이미 가고 없었다.

마침내 그의 머릿속에 패티의 모습이 떠올랐다. 그는 당혹감도, 실망감도 느끼지 않았다. 패티는 여전히 그의 아내였다. 지금도. 그와 앤은 직업적인 관계만 맺을 것이다. 설령 앤이 그에게 매력을 발휘하고 프레윈이 그녀에게 환상을 품을지라도. 패티는 그의 아내였다. 죽었더라도.

\*

스테인드글라스에 부딪치는 빗방울이 사람을 매혹시키는 배경음을 만들어내고 있었다. 촛불은 앤이 방금 올라간 예배실 위에 오렌지색 후광을 발산하고 있었다. 프레윈은 지나는 길에 기름통 저장소에 들러서 기름이 새지 않았는지 확인했다. 모두 촛불 때문에 조심스럽게 움직였다.

앤은 깨끗한 블라우스의 마지막 단추를 채우고 중위를 맞았다. 그녀는 여전히 축축한 머리를 빗질해서 뒤로 넘겼다. 메모지가 여기저기에 흩어져 있었다.

앤은 칠판까지 걸어가면서 말했다.

"세 사건의 연관성은 바로 우리 눈앞에 있어요. 클리포드 해리스의 사건을 보세요. 그는 어떤 상태로 발견되었죠?"

"쓰러지기 일보직전이었어요. 여러 곳을 찔렸지요. 그런데 그게 다른 두 사건과 어떤 관련이 있다는 거죠? 살인사건마다 수법은 달랐어요."

"해리스는 엄밀히 말해서 칼에 찔리지 않았어요. 그는 혈관이 터지지 않도록 정확히 균형을 잡아야만 했어요. 균형 하면 무엇이 떠오르죠?"

"앤, 본론부터 얘기해요!"

"저울이에요! 클리포드 해리스는 생명과 고통의 저울에서 균형을 잡아야 했어요. 저울……. 떠오르는 게 없어요?"

프레윈은 두 손을 허리에 얹고 생각에 잠겼다. 그의 시선은 간호사에서 칠판으로 옮겨갔다. 그는 밑줄 친 단어들을 읽었다. 그는 뭔가가 떠올랐는지 이렇게 소리쳤다.

"숫양, 전갈, 천칭……. 맞아요! 황도 12궁!"

"확인해봤어요. 각각은 희생자의 별자리와 일치해요. 퍼거스 로스데일은 양자리, 개빈 토머스는 전갈자리, 그리고 클리포드 해리스는 천칭자리에 해당돼요."

프레윈은 다른 칠판으로 뛰어가서 세 희생자의 이름과 별자리를 기록했다. 그는 흥분된 목소리로 물었다.

"이제 어떡하죠? 놈의 인성에서 중요한 일면이 드러났어요. 왜 놈은 별자리를 사용했을까요? (그는 손바닥에 분필 조각을 돌렸다.) 앤, 잘했어요."

앤은 칭찬을 모른 척하고 말을 이었다.

"놈은 별자리를 확인하고 살인할까요? 그렇다면 이 세 개의 별자리에 속하지 않는 병사들을 선별해야 해요. 그들이 위험해요."

프레윈은 느긋하게 미소를 지었다.

"현실적으로 불가능한 일이에요. 참모본부는 한 개 소대 전체를 격리시키는 일을 허락하지 않을 테고, 더구나 어떤 정신병자가 생일을 따져서 살인을 저지를 위험이 있으니 수백 명의 병사들에게 3소대와는 접촉하지 말라는 지시를 내릴 수도 없어요. (그는 분필로

275

앤을 가리켰다.) 살인이 매일 밤 일어나지는 않았어요. 나는 그게 우연이라고 생각했어요. 하지만 이제 보니 고의적일 수도 있겠어요. 별자리와 관련이 있을까요? 혹시 점성술을 알아요?"

"전혀 몰라요."

"우리는 이 단서를 파고들어야 해요. 점성술을 잘 아는 사람을 찾아야 해요."

앤이 찬성했다.

"괜찮다면 내가 찾아볼게요. 중위님은 카르후스 박사님을 만나야 하잖아요."

"나는 그를 만날 여유가 없어요. 그는 해변 근처의 기지에 있어요. 곧 만나게 될 거예요."

프레원은 칠판을 다시 읽었지만 믿기지 않았다.

"별자리! 머리를 쥐어짜야겠군!"

앤이 놀라서 물었다.

"매터스와 다른 사람들은 뭐 하고 있어요? 그들에게도 알려야 하지 않을까요?"

"그들은 포로의 명단을 작성하고 그들을 관리해야 돼요. 오늘 새로운 헌병대가 도착해서 우리와 교대할 거예요. 우리의 1차 임무는 공식적으로 수사예요."

그는 분필을 내려놓고 군용 파카를 집었다.

"오늘 아침에 클리포드 해리스의 상관들을 만났소. 해리스는 다른 두 명의 희생자처럼 소리 없이 사라졌어요. 그는 그날 밤 외출해야 했지요. 그는 동료들과 일찍 헤어졌지만 잠자리에 들지는 않았소. 살인범이 어떻게 희생자들을 유인했는지도 알아내야 해요."

"한 가지 가정이 있는데 중위님의 마음에 들지 않을 거예요."

"그래도 말해봐요."

"살인범은 여자일 거예요."

앤은 날카로운 시선으로 중위를 바라보며 덧붙였다.

"그것은 군인을 유혹하는 가장 좋은 방법이죠. 여자가 부른다면 군인은 언제든 어디든 달려갈 거예요."

"앤, 살인범이 아주 건장한 사람이라는 증거가 없었다면 당신 말을 믿었을 거요."

"정액은 발견되지 않았어요. 하지만 중위님이 말했던 것처럼 살인범에게 살인은 일종의 성적 행위예요. 흔적이 남았을 거예요."

"분노는 즐길 수 없다는 사실에서 비롯될 수 있어요. 만일 범인이 즐긴다면 옷을 이용할 수 있지요. 혹은 살인의 행위 자체가 성행위를 대신할 수 있어요. 살인 자체가 놈의 쾌락이에요. 그것만으로도 충분해요. 아무튼 우리 중에는 여자가 없잖소."

"통신대와 사령부 비서실에 여자가 있어요."

프레윈이 고개를 저었다.

"앤, 그 가정은 틀렸어요. 여자에게는 그럴 힘이 없어요."

"여자도 흥분할 때는 놀라운 힘을 발휘할 수 있어요."

프레윈은 앤의 눈동자가 이상하게 반짝이는 것을 보고 당황했다. 그녀의 아름다움은 얼굴까지 올라온, 내적인 힘에 의해 변질되었다. 그녀의 내부에서 불안한 그림자가 생동하고 있었다. 그것은 동공 뒤에서 펄럭이는 베일 같았다.

베일 혹은 가면.

프레윈은 돌아서서 파카를 입었다.

"앤, 그 가정은 잊어버려요. 우리에게는 할 일이 많아요."

# 35

앤과 프레윈 중위는 점성술을 아는 사람을 찾기 위해 오후 내내 마을과 막사를 누비고 돌아다녔다. 한 병사가 점성술에 대해 조금 안다고 했다. 하지만 그는 단조로운 일과에서 벗어날 궁리만 하는 병사에 지나지 않았다. 프레윈은 15분 동안 면담한 후 그를 매몰차게 내쫓았다.

저녁식사 시간이 다가올 무렵 젊은 통신병이 헌병대에 찾아와서 사령부에서 군무원으로 근무하는 카타리나 바이스에 대해 얘기해 주었다. 10분 후 프레윈과 앤이 바이스를 찾기 위해 면사무소로 달려갔다. 그녀는 대리석을 두른, 아주 작은 방에서 타자기를 두드리고 있었다. 약간 둥근 얼굴, 아주 큰 키, 단정하게 틀어 올린 새까만 머리카락. 연기가 자욱한 방에서 식은 담배 냄새가 났다.

프레윈이 물었다.

"바이스 양?"

"결혼했어요."

"미안합니다. 나는 헌병대의 프레윈 중위입니다. 부인이 절실히 필요해요. 부인이 점성술 전문가라고 들었어요."

"누가 그런 얘기를 했죠?"

"통신대 소속의 병사입니다. 사실인가요?"

"틀림없이 빈센트겠죠. 그는 아무 얘기나 떠들고 다녀요."

"귀찮게 해서 죄송합니다만 중요한 일이에요. 점성술 전문가가 맞나요?"

"글쎄요……. 전에 한 신문사에서 근무했어요. 점성술로 점을 쳤지요."

"그럼 좀 도와주세요. 저녁에 시간을 낼 수 있습니까?"

"내 상관과 얘기해보세요."

프레윈은 토드워스 사단장을 내세워서 10분 만에 바이스 부인을 설득했다. 그 사이 앤은 좁은 복도와 장교들로 득실거리는 사무실로 사라졌다가 프레윈이 면사무소를 떠날 순간에야 나타났다.

성당의 둥근 천장 아래에 도착하자 카타리나 바이스는 성당 안을 하나도 빠뜨리지 않고 둘러보았다. 그녀는 수천 리터의 기름통 쪽으로, 그리고 허공으로 코를 내밀고는 벌름거렸다. 프레윈은 제의실에서 의자를 꺼내오더니 바이스 부인에게 앉으라고 했다. 그녀는 수첩이 가득한 제단과 칠판들 사이에 앉았다.

프레윈이 시작했다.

"우리는 살인사건을 수사하고 있어요."

"알고 있어요. 모두 알고 있죠! 첫 번째 사건은 항구에서 일어났죠. 두 번째 사건은 처음에는 자살로 알려졌고요. 최근에 세 번째 사건도 일어난 것 같은데……. 그런 소식은 사람들의 관심을 끌 수밖에 없어요."

"그렇다면 곧장 본론으로 들어갈게요. 우리는 황도 12궁과 지난 일주일의 별자리에 대해서 알고 싶어요."

"각각의 별자리에 대해 알고 싶은가요?"

"아니에요. 나는 세 사람의 생년월일을 알고 있어요. 이들이 점성술상으로 어떤 공통점을 갖고 있는지, 이들의 별자리와 지난 일주일간의 밤이 어떤 관련성을 지녔는지 알고 싶어요."

바이스 부인이 눈살을 찌푸렸다.

"그 세 사람은 사망자죠?"

"네, 맞아요."

바이스 부인은 동요하지 않았다. 프레윈은 그녀가 입을 다물자 그녀가 충격을 받았다고 생각했다. 중위가 안심시키려는 순간 그녀가 입을 열었다.

"잘 들으세요. 나는 돈 몇 푼을 벌기 위해 동료들의 천궁도를 그리기도 해요. 내게 아식 도구가 몇 개 남아 있지만 그것으로는 부족해요. 예를 들면 천체력이 필요해요. 구해줄 수 있어요?"

앤이 끼어들었다.

"해군은 천체력을 갖고 있을 거예요. 어쩌면 공군도요."

프레윈이 회의적인 표정을 지었다.

"내가 물어볼게요. 근처에 함대가 있어요. 곧장 알아볼 수 있을 거요."

바이스 부인이 말했다.

"그게 다가 아니에요. 천궁도를 그리려면 자와 각도기가 필요해요. 특히……."

"필요한 도구를 목록으로 작성해주세요. 최대한 구해볼게요. 부인은 정말로 천궁도를 그려줄 수 있어요?"

"네. 생년월일과 태어난 곳은 알고 있겠죠?"

중위가 고개를 끄덕였다.

"그거라면 가능해요. 시간이 좀 걸릴 뿐이죠."

"목록을 작성해줘요. 서둘러야 해요."

바이스 부인이 꼼꼼하게 필요한 도구를 써내려가는 동안 앤은 프레윈을 어두운 회랑으로 데려갔다.

"중위님이 바이스 부인을 설득하는 동안 그녀의 동료들에게 그녀가 어떤 사람인지 알아봤어요."

"결과는 뭐죠?"

"바이스 부인은 말이 많대요. 다소 지나칠 정도로요. 동료들은 바이스 부인이 과장이 심한 사람이라고 했어요."

"병적으로 허황된 말을 하는 사람?"

"그런 것 같아요."

"그 점은 우리에게 도움이 되지 않을 거요. 바이스 부인이 정말로 점성술 전문가였으면 좋겠소. 수다쟁이들은 흔히 자신의 능력을 인정받으려 해요. 그렇다면 그녀는 우리를 속일 수도 있어요."

앤은 육중한 체격의 바이스 부인을 훔쳐보았다. 바이스 부인은 촛불 밑에서 정신 없이 목록을 작성하고 있었다.

"바이스 부인과 얘기를 나눠볼게요. 중위님은 그녀에게 필요한 도구를 구하세요. 나는 더 많은 것을 알아낼 수 있을 거예요."

프레윈은 대답할 시간조차 없었다. 제의실 문이 거칠게 열리면서 매터스가 나타났다. 그는 달려와서 헐떡거리며 말했다.

"레이븐 중대가 오늘 저녁에 돌아옵니다. 그들은 적의 진지를 점령했지만 막대한 손실을 입었습니다. 알토 중대는 현지에 남고, 도그 중대는 지원하러 떠납니다."

앤이 프레윈을 바라보았다.

"살인범이 복귀한다는 뜻이네요. (그녀는 잠시 바이스 부인을 바라본 다음 덧붙였다.) 희생자들과 별자리의 관계를 신속히 파악해야 해요. 놈이 오늘밤 살인을 저지를지 누가 알겠어요."

앤은 제대로 닫히지 않은 정문을 바라보았다.

중위의 침대는 그곳에서 멀지 않았다.

살인범은 공격할 것이다.

초읽기에 들어갔다.

초저녁 카타리나 바이스는 프레윈 중위에게서 도구를 구하면 연락하겠다는 말을 듣고 숙소로 돌아갔다.

프레윈과 앤은 기름통 저장소에서 조금 떨어진, 성당 구석에서 작은 가스버너로 음식을 데운 다음 함께 저녁식사를 했다. 두 사람뿐이었다. 부하들은 여러 곳에서 교대로 순찰을 돌고 있었다. 팔에 붕대를 감은 매터스가 다시 나타나서 레이븐 중대가 방금 복귀해 마을 어귀에 막사를 세우고 있다고 보고했다. 젊은 중사는 레이븐 중대의 피해 상황을 목록으로 작성해서 보고하겠다고 말한 다음 사라졌다.

프레윈은 앤에게 말린 베이컨과 응고된 퓌레를 주고 가방에서 포도주 한 병을 꺼냈다.

"이 마을의 해방을 축하합시다."

"중위님은 형편없는 전투 식량을 주고 이 술을 얻었나요?"

"아니오. 선물받은 거요."

프레윈은 마개를 따고 4분의 1리터 들이의 잔에 술을 따랐다. 그리고 두 사람은 건배했다. 비는 스테인드글라스를 더욱 세게 후려치고 있었다. 밤이 되자 포성은 멈췄다. 그 대신 천둥이 으르렁댔다. 100여 개의 촛불이 반짝거렸다. 번개가 높은 창문을 통해 다채로운 섬광을 투사하면서 하늘을 환하게 비추었을 때 앤은 자신들이 고딕과 로마네스크 양식의 성당에 있다는 사실을 새삼스럽게 깨달았다. 이 모든 것은 꿈이나 악몽에 지나지 않았다. 그녀는 더 이상 뭐가 뭔지 알 수 없었다.

그들은 식사를 끝낸 다음 독한 포도주를 3분의 2쯤 마셨다. 앤은 정신이 약간 풀린 듯이 행동했다. 프레윈은 그녀에게 군병원의 일상에 대해 질문을 퍼붓더니 이제는 더욱 사적인 질문을 던졌다. 앤은 속지 않았다. 중위는 그녀에 대해 모든 것을 알고 싶었다.

"왜 간호사가 되었어요?"

"필요해서요."

"다른 사람들을 위해서요, 아니면 자신을 위해서요?"

"내게도 야망이 있어요. 나 자신을 위해서였어요."

"어떤 야망이죠?"

"출세하고 성숙한 여자가 되어서 가정을 꾸리는 것."

"전쟁이 없었다면 분명히 이루어졌을 거예요."

앤이 두 손으로 술잔을 들고 바라보았다.

"전쟁이라고요? 그건 변명에 지나지 않아요. 전쟁은 항상 있어요. 평시에도요. 의혹과의 전쟁, 너무 많은 시간을 빼앗는, 직업적 야심과의 전쟁, 성장을 방해하는 상처와의 전쟁……."

프레윈이 조용히 동의했다.

앤이 나지막이 털어놓았다.

"자기 자신과 화목하게 지내는 것은 아주 어려운 일이죠. 그래서 어른들이 전쟁을 하는 모양이에요."

프레윈이 보충했다.

"가정을 꾸리려면 자신을 인정하고 미래의 불확실성을 받아들여야 해요. 당신을 방해하는 것은 옛 상처들이죠?"

앤은 그들이 위험한 비탈길에서 미끄러지는 것을 느꼈다. 존재들 사이에 벽을 쌓고 있는 분노, 거짓말 또는 진실이 더욱 가까워지고 있었다. 하지만 그녀는 속내를 털어놓을 수 없었다. 어떻게 자신이 어떤 사람이었고 어떤 일을 했는지를 말할 수 있겠는가.

나는 프레윈이 추적하는 것을 지켜보고 있어. 그가 추적하는 것은 세상을 암흑으로 끌고 가는 그림자들 가운데 하나야. 나의 병적인 악의는 살인을 저지르지는 않아. 하지만 그건 더욱 나쁜 악덕이야. 만일 통제하지 않으면 언젠가는 나 같은 사람들이 저지르는 온갖 악덕이 지구를 카오스로 몰아넣을 거야.

갑자기 프레윈이 그녀 쪽으로 몸을 숙였다.

"앤, 나는 당신이 편히 지내기를 원해요. 무슨 말이냐고요? 당신의 얼굴에서 고통이 보여요. 그것도 뚜렷하게. 당신의 고통이 어떤 것인지는 몰라요. 당신에게 속내를 털어놓으라고 강요하지는 않겠소. 그것은 당신의 고통이고 당신의 신비니까요. 하지만 우리가 함께 있을 때는 나를 믿어줘요. 방어태세를 갖추지 말아요. 이게 내가 당신에게 요구하는 전부요."

앤이 천천히 반문했다.

"중위님의 눈에는 내가 그처럼 이상하고 모호한 사람으로 보였나요?"

"그래요. 그리고 이미 말했듯이 당신의 추론이 타당하기 때문에 당신을 신뢰해요. 당신이 많은 것을 숨기고 있다는 느낌은 들지만요. 솔직히 말하면 나는 당신에 대해 자주 생각했어요. 앞으로도 그럴 거요. 그렇다고 서로를 신뢰할 수 없는 건 아니죠."

앤은 부드러운 흥분 상태에서 당당하게 따지는 태도로 변하면서 어조를 바꿨다.

"중위님이 내 마음을 사로잡고 있다는 사실이 드러나면 우리 사이는 어떻게 바뀌는 거죠?"

프레윈은 말없이 그녀를 바라보았다.

앤은 생각했다.

물론 바뀔 거야! 그건 직업적인 관계를 뛰어넘기 때문에, 다른 사람들의 비밀을 캐고 싶은 게 당신의 본성이기 때문에, 당신은 다른 사람들을 통해 세상을 살펴보아야만 하기 때문에, 다른 사람들의 빛보다 그림자가 당신을 더 매혹하기 때문에 당신은 나한테 대답할 수 없어. 크레이그, 그렇지 않나요? 당신은 불빛에 매료되어 날개를 태우는 나방들과는 정반대겠죠? 당신을 유혹하는 것은 암흑이고 당신은 조금씩 그곳에 빠져들죠? 하지만 왜죠? 당신이 잃은 것을 그곳에서 되찾기 위해서인가요?

앤은 단숨에 내뱉었다.

"중위님에게 모든 것을 말하고 고백하고 털어놓을 준비가 되어 있어요. 다만 조건이 하나 있어요."

프레윈이 고개를 들고 앤의 얼굴을 뚫어지게 바라보았다.

"먼저 내 질문에 대답해줘요. 거짓 없이 솔직하게. 중위님에게 아주 중요한 부분이에요."

프레윈의 입술이 움직이지 않자 앤이 말을 이었다.

"당신의 부인에 관한 질문이에요."

이번에는 프레윈이 즉시 반응했다.

"누가 내 아내에 대해서 말했죠?"

"보다시피 누군가를 신뢰하고 사생활을 털어놓는 것은 그리 쉽지 않아요."

프레윈이 벌떡 일어났다.

"과음한 것 같군요. 내일은 긴 하루가 될 거요. 이제 잠자리에 드는 게 낫겠소."

두 사람은 아쉬운 눈길로 서로를 바라보았다. 앤은 중위의 시선에서 섬광을 감지했다. 그녀는 순간적으로 그의 강렬한 감정을 욕망으로 간주했다. 타오르는 거친 욕망. 타인 속에 녹아들어서 결국 자신의 쾌락에 몰입하고 싶은 욕망.

프레윈은 고개를 돌리고 제단을 내려가더니 촛불을 껐다.

그리고 멀어지면서 말했다.

"앤, 잘 자요."

\*

한밤중에 번개가 격분한 토르(게르만 신화에 나오는 천둥의 신—옮긴이)처럼 격렬하게 성당을 내리쳤다. 천둥은 거대한 망치로 종을 후려치듯이 울렸다. 프레윈은 자지 않고 앤을 생각했다. 그는 앤에게 화가 났을까? 곰곰이 생각해보니 그렇지 않았다. 그녀는 그의 속을 뒤집어놓았다. 프레윈은 자신에 대해서, 그리고 자신이 앤에게 물었던 것에 대해서 숙고하지 않을 수 없었다.

앤은 그와 패티의 관계에 대해서 무엇을 알고 있을까? 그녀는 무슨 얘기를 들었을까? 프레윈은 군대에서는 소문이 오래간다는 사실을 알고 있었다. 그런 일이 비일비재했다. 앤은 헌병대 중위인 크레이그 프레윈이 아내를 죽였다는 소문을 믿고 있을까? 그녀는 조금이라도 의심을 품고 있을까? 프레윈은 바로 이 점이 자신을 혼란스럽게 하고 있음을 깨달았다.

프레윈은 앤을 좋아했다. 그가 좋아하는 사람이 자신에 대해 아주 나쁜 이미지를 가질 수도 있다는 사실을 받아들이기가 어려웠다.

솔직해! 너는 그녀를 좋아하지 않아. 단지 그녀를 원할 뿐이지!

오늘 저녁 앤은 분명히 프레윈의 욕망을 느꼈다. 욕망은 술기운으로 표출되었다. 그는 대리석처럼 무표정한 얼굴 뒤에 욕망을 숨길 수 없었다. 그의 표정에서 뭔가가 발산되었다. 앤은 다른 사람의 결점을 잡아내는 데는 선수였다.

앤은 대체 어떤 사람일까? 그녀는 무엇을 숨기고 있을까?

섬광이 연달아 홀을 비추면서 그림자를 구석으로 몰아내고 순간적으로 저부조의 구슬픈 얼굴들을 드러냈다.

자야 해…….

프레윈은 억지로 잠을 자기 위해 돌아눕는 순간 앤을 보았다.

새로운 섬광이 그녀의 얼굴을 드러냈다.

앤은 담요로 몸을 감싼 채 야전침대 옆에 무릎을 꿇고 있었다. 프레윈은 다시 일어나서 그녀에게 말을 걸려고 했다. 하지만 앤이 두 팔을 벌리자 속살이 고스란히 드러났다. 젖가슴은 풍만했고 피부는 탱탱해 보였다. 연한 장밋빛 유두가 간신히 보였다. 호흡에 맞춰 배꼽이 들썩거렸다. 그녀는 심호흡을 하고 있었다. 치부는 날씬한 넓적다리 사이에서 어렴풋이 작은 삼각형을 이루고 있었다.

프레윈은 한마디도 내뱉지 못하고 침을 삼키기만 했다.

앤은 프레윈에게 머리를 숙이고는 아랫입술에 키스했다. 그녀에게서 바닐라 향과 동물성 향기가 났다. 여인의 혀가 그의 부드러운 입술을 애무했다. 이윽고 앤은 중위의 입 속에 혀를 넣었다. 두 개의 부드럽고 축축한 혀가 서로를 휘감으며 쾌락을 즐겼다. 앤은 한 손으로 침대를 짚고 살며시 프레윈을 쓰러뜨렸다. 곧바로 욕망에 휩쓸린 프레윈은 선과 악을 구분할 수 없었다. 앤은 슬그머니 담요 속으로 들어갔다. 이번에는 그들의 피부가 서로를 탐닉했다. 흉근과 젖가슴이 접촉하자 닭살이 돋았다. 프레윈이 손가락으로 엉덩이를 애무하자 여인은 몸을 뒤로 젖혔고 그녀의 골반은 노골적으로 더 많은 애무를 요구했다. 관능적인 입술이 부드러운 목, 어깨, 손바닥 등을 핥고 가슴을 탐닉했다. 몸이 뜨겁게 달아오르면서 프레윈은 다른 모든 생각을 잊어버렸다.

프레윈은 젊은 여인의 허리를 움켜쥐고 돌린 후 그 몸 위로 올라갔다. 앤은 먼저 다리 하나를 구부리더니 이어서 다른 다리도 접었다. 프레윈은 여인을 끌어당기고 삽입했다. 온몸이 뜨거워지고 감미로운 전율이 뇌까지 전해졌다. 그는 쾌락을 느끼면서 성의 노예가 되었다. 이윽고 그는 축축한 맛에 도취되었다. 그는 앤의 목덜미를 잡았다. 일렁이는 몸은 파도가 되었고 파도는 오목한 곳에서 격렬한 경련으로 변했다. 앤은 손톱으로 프레윈의 등을 꼬집었다. 그녀는 육중하게 흔들리는 근육에 몸을 맡겼다. 두 사람은 번쩍이는 번개에 맞춰 헐떡거렸다. 성인들의 시선 아래에서.

앤은 어깨를 들썩이더니 상체가 프레윈의 가슴에 달라붙을 정도로 머리를 뒤로 젖혔다. 손가락과 발가락이 뻥뻥해지고 온몸이 여러 차례 수축되었다. 그녀는 딸꾹질 같은 거친 숨결을 억눌렀다. 프레윈은 쾌락의 전율이 넘쳐서 퍼지는 것을 느꼈다. 그는 머리를 뒤로 젖히고 희열을 느끼며 사정했다.

이윽고 프레윈은 앤의 몸 위에서 축 늘어졌다. 침대가 비좁아서 두 사람은 착 달라붙었다. 그리고 행복한 시선을 나누며 가쁜 숨을 몰아쉬었다.

천둥이 성당을 내리치자 종이 떨렸다.

천둥의 여운이 한참 동안 울려 퍼졌다.

앤은 천사들에게 미소를 보냈다. 갑자기 모든 강박관념과 도취적인 악덕으로부터 해방된 앤은 자신이 방금 무슨 짓을 했는지 깨달았다. 그녀는 부끄러움과 회한, 그리고 곧 일어날 일에 대한 불안으로 괴로워하며 눈을 감았다.

그녀의 귀에 프레윈이 중얼대는 소리가 들렸다.

"앤, 미안해요. 당신은 당신 침대로 돌아가는 게 좋겠소."

그래야 했다. 앤은 프레윈을 암흑의 세계로 끌고 갈 수 없었다.

앤은 담요를 잡아당겨 몸을 감싸고 프레윈에게 말 한마디, 눈짓 한 번 하지 않고 어두운 홀을 가로질렀다.

 마을은 안개 속에서 깨어났다. 시트는 습기로 눅눅해졌다.
 프레윈은 아주 일찍 일어났다. 앤은 여전히 자고 있었다. 커튼이 걷혀 있었지만 그는 이유를 알려고 하지 않았다. 그는 우유를 약간 데우고 제의실에서 간단히 세수를 했다. 콘래드와 베이커는 야근 후 코를 골며 자고 있었다.
 8시가 되자 프레윈은 모든 일이 잘 돌아가고 있는지, 방금 끝난 일조점호에 부재자는 없는지 확인하기 위해 차례로 중대를 순회했다. 그는 어제 저녁 3소대가 복귀했기 때문에 새로운 범죄가 일어나지는 않았는지 걱정스러웠다. 모든 중대는 똑같이 '특기사항 없음'이라고 보고했다.
 한 시간 후 프레윈은 무전을 통해 카르후스가 해변 근처의 기지에 있음을 파악했다. 그는 매터스에게 자신이 저녁에 돌아올 때까지 부하들을 관리하라고 지시했다.
 프레윈이 출발하기 직전 군용 오토바이 한 대가 전속력으로 달려왔다. 오토바이 운전자는 급한 편지를 전달하기 위해 헌병대 중위를 찾고 있었다.

프레윈은 편지봉투를 열고 토드워스의 짧막한 편지를 읽었다.

자네가 무슨 일을 하고 있는지 잘 알고 있겠지. 자네가 부탁한 것을 같이 보냈어. 신중하게 처신해. 부대의 사기가 최우선이야. 만일 편집증이 나타나면 수사를 중단해. 범인을 찾으면 엄중히 감시하게.

직업 군인의 언어로 '엄중히 감시하다'라는 말은 소란을 최소화할 수 있는 해결책을 찾기 위해 권한을 백지위임한다는 뜻이었다. 서류봉투에는 카타리나 바이스가 요구한 모든 것이 들어 있었다. 프레윈은 서류봉투를 매터스에게 넘겨주고 마을을 떠났다.

*

프레윈은 지프차로 두 시간 동안 이동하면서 어젯밤에 있었던 일을 생각하지 않겠다는 결심을 접을 수밖에 없었다. 운전석에서 꼼짝할 수 없게 된 그는 윙윙거리는 엔진 소리를 들으면서 떠오르는 질문들을 물리칠 수 없었다.
내가 무슨 짓을 했지? 아니야. 그녀가 나한테 왔어!
궁색한 변명……. 사실 그는 자제할 수 없었다. 앤이 자발적으로 다가왔고 그는 욕망에 사로잡혀 있었다. 그는 마치 기다리고 있었다는 듯이 격정적으로 그녀를 탐닉했다. 조금의 망설임도 없이. 그뿐이었다.
앤의 나신이 담요 사이에서 나타나고 그녀가 그에게 달라붙는 모습이 다시 떠오르자 아랫배가 근질거렸다.
프레윈은 욕망에 따랐을 뿐이다. 그는 누구에게도 해를 끼치지 않았다.
패티는 내 아내야.

아내는 2년 전에 죽었어.

무슨 일이 있어도 그녀는 여전히 내 아내야.

세월과 구더기가 그녀의 시신을 부식시키고 갉아먹더라도?

더 오랫동안 지속될 수도 있었던 이런 모순을 프레윈이 종결지었다. 그는 앤과 동침하지 않았는가. 진짜 고민은 이제부터였다. 그가 패티 이외에 다른 여자와 동침할 권리가 있는가. 그들 사이에 일어났던 모든 일은 어떻게 될까? 그는 아내를 더욱 존중해야 하지 않을까? 패티는 생명력과 활기가 넘치는 여자였다. 그가 없었더라면 아내는 인생을 멋지게 즐겼을 텐데.

그녀는 내게 어울리지 않았어.

그는 얼마나 기다려야 다른 여자와 잘 수 있을까?

프레윈은 이 모든 질문을 마음속 깊은 곳에 묻어두었다. 대답이 불가능한 질문이 아닌가. 그는 살아야 했기 때문에 더 이상 이런 문제들을 자문해서는 안 되었다.

프레윈은 단단히 결심했다. 먼저 그는 더 이상 앤과 깊은 관계를 맺지 않기로 결심했다. 그들이 지난밤까지 그랬던 것처럼 직업적인 관계만을 유지할 것. 앤은 이해할 것이다.

어쩌면 이해할 수 없을 거야……. 그녀는 무슨 목적으로 내게 다가왔을까?

아무튼 그것은 실수였다.

아니야, 실수가 아니야. 책임져야 해.

이미 엎질러진 물이다. 그들은 함께 쾌락을 즐겼다. 이제 그들의 관계는 더욱 깊어질 것이다.

앤과 충돌하지 않으려면 말을 할 때도 주의해야 할 것이다…….

나는 순진해. 앤은 나보다 강해!

프레윈은 정말로 그렇게 생각했을까? 아니면 죄의식을 달래기 위해서? 앤과 그는 심각한 상처를 공유하고 있기 때문에 서로 좋아했다. 그들은 언뜻 보아 문명인처럼 보이지만 사실 내면은 상처로 인해 야만인이었다. 그들은 서로 그 점을 알아보고 서로를 갈망했던 것이다.

여기서 멈추는 편이 좋았다.

프레윈은 오전이 끝나갈 무렵 흥분된 상태로 기지에 도착했다. 그는 여러 전선에 대규모의 부대를 파견했음에도 병력이 고갈되지 않았다는 사실을 확인했다. 증원군이 수송선에서 끊임없이 상륙하고 있었다. 게다가 전차들은 이미 멀리 남쪽과 동쪽에서 작전을 수행하고 있었다. 야전병원은 본국 송환을 기다리는 부상자들을 수용하고 있었다. 팔이나 다리기 절단된 사람들과 나리를 절뚝거리는 사람들이 기지를 누비고 다녔다. 막사에서 무수한 신음 소리가 들려왔다.

프레윈은 카르후스를 찾아냈지만 만날 수는 없었다. 그는 수술 중이었다. 프레윈은 오후 3시까지 기다리다가 마침내 관자놀이가 희끗희끗하고 두꺼운 안경을 쓴 카르후스 박사를 만났다. 박사가 바람을 쐬러 막사에서 나오자 중위가 그를 불렀다.

"박사님! 한 번 더 당신의 도움이 필요해요!"

카르후스가 샐쭉해졌다. 그는 기진맥진해 보였다.

"오, 프레윈. 당신을 몰라봤어요."

"어려운 수술이었나요?"

카르후스는 분명하게 시인했다.

"불쌍한 병사는 네 시간 동안 사투를 벌이다가 결국 사망했어요. 성공할 가능성은 없었어요. 다른 부상자들이 필사적으로 치료 순서를 기다리는 동안 우리는 수술을 감행했어요. 결국 실패하고 말았죠."

"시간을 많이 빼앗지 않겠습니다."

"말해봐요. 아무튼 나는 휴식이 필요하니까요. 쉬지 않으면 상태가 양호한 환자를 죽일지도 몰라요. 커피를 마실 건데 함께 가겠소?"

그들은 수십 개의 나무 의자와 탁자가 놓인 대형 막사를 향해 모래밭을 걸었다.

프레윈이 설명했다.

"박사님이 나를 찾고 있다는 메시지를 받았어요."

"네, 맞아요. 내가 확인한 사실을 생생한 목소리로, 말하자면 덜 공식적으로 전해주고 싶었어요. 벌써 며칠이 지났네요. 먼저 중위님이 넘겨주었던 그 머리에 대해서부터 말씀드리죠. 멋진 선물이었어요! 내가 그 상자를 열고서 어떻게 반응했을지 상상해보세요! 나는 어떤 단서도 찾아낼 수 없었어요. 범인은 의사가 아니에요. 놈은 서툴기는 했지만 그럭저럭 생살을 도려냈어요. 분명히 오른손잡이였어요. 목을 자를 때 사용한 흉기는 날이 긴 칼이었어요. 그뿐이에요."

프레윈이 고개를 끄덕였다. 의사는 적어도 범인이 오른손잡이라고 확인해주었다.

카르후스가 말을 이었다.

"우리가 시체에서 찾아냈던 조각을 분석했어요. 그리고 재료의 정체를 파악하자마자 중위님에게 전갈을 보냈죠. 그것은 과학적인 증거예요."

"그럼 경험적인 증거도 있습니까?"

"그래요."

카르후스는 끈으로 구분한 장교 휴게실로 들어갔다. 담당 병사가 커피를 주었다. 두 사람은 약간 떨어진 곳에서 홀짝홀짝 커피를 마셨다.

카르후스가 물었다.

"나일론이 가장 많이 사용되는 물건을 알아요?"

"낙하산?"

"군에서는 그렇죠. 내가 중위님에게 전달하지 못한, 사소한 상황 증거가 있어요. 현미경으로 조각을 관찰했더니 베이지색이었어요. 더 정확히 말하면 살색이었어요."

"스타킹!"

"맞아요, 중위님. 개빈 토머스의 목을 조르는 데 사용된 것은 스타킹이었어요. 남자들의 세상에서 스타킹으로 살인을 하다니!"

프레윈은 당황했다. 그는 한 손으로 컵을 쥔 채 얼굴로 올라오는 수증기에도 개의치 않았다. 그는 천천히 반문했다.

"놈이 스타킹으로 희생자의 목을 졸랐다고요?"

"놈은 수집가이거나 페티시스트예요! 놈은 제 것으로 만든 여자들에 대한 추억을 간직하고 있어요. 그래서 추억의 물건을 살인 도구로 사용하죠."

프레윈은 더 이상 의사의 말을 듣지 않고 큰 소리로 말했다.

"스타킹을 갖고 다니는 사람은 어떤 부류죠? 위험한 부류가 아닌가요? 소지품을 수색하면 꼼짝없이 붙잡힐 위험이 있는데……. 스타킹을 갖고 있는 사람은 분명 비정상적이겠죠? 혹시 범인이 여자일까요?"

앤의 가정이 터무니없는 주장이 아니란 말인가. 하지만 3소대에는 여자가 없었고 모든 정황으로 보아 범인은 3소대에 있었다. 3소대 병사들은 첫 번째 살인사건이 발생하기 직전에 외출 허가를 받았다. 싱싱한 숫양의 머리를 구하려면 외출은 꼭 필요한 일이었다…….

그리고 낚싯바늘, 단단한 낚싯줄, 전갈…….

처음 두 번의 살인사건이 발생했을 때 3소대는 군함에 있었다. 즉 범인은 아주 가까운 곳에 있었기 때문에 들키지 않고 쉽게 살인을 저지를 수 있었다.

하지만 첫 번째 희생자인 퍼거스 로스데일은 시걸 호에 머무르지 않았어. 그는 몰래 배에 기어올랐을 거야! 살인범도 마찬가지였을 거고.

모든 희생자는 3소대 근처에 머물던 중대의 소속이었고 살인범은 그들과 친분을 맺어 살인 당일 유인했을 것이다.

그렇지만 앤이 말했듯이 여자는 아주 쉽게 남자를 유인할 수 있어…….

범인이 레이븐 중대에 소속되어 있지 않다면 어떻게 해리슨의 트렁크에 잘린 머리를 넣었을까? 그것은 수사에 혼선을 빚기 위한, 도발적인 속임수였다.

우리는 3소대를 의심했어! 혹시 범인이 헌병일까? 아니야. 절대로 아니야!

프레윈은 자신의 부하들을 절대적으로 신뢰하고 있었다.

확신하니?

물론이었다…….

하지만 확신은 이미 금이 가고 있었다.

아무튼 체력의 문제가 있어. 여자가 남자를 죽이는 것은 엄청나게 어려울 거야. 희생자들은 저항했을 테고 격투가 벌어졌을 거야. 설령 살인범이 느닷없이 뒤에서 나타나 목을 졸랐다 해도 체력의 문제는 남아. 여자가 체력이 대단히 강하지 않다면 희생자들의 저항을 막아낼 수 없었을 거야. 그리고 어떻게 로스데일을 끌어올려 정육용 갈고리에 매달 수 있었을까? 범인은 휴대용 도르래를 소지하지 않았어! 아니야, 불가능한 일이야. 클라우비츠와 포렐은 3소대가 해변에 도착했을 때 등 뒤에서 총격을 받았어. 그때 해변에는 여자가 한 명도 없었어.

프레윈은 목구멍이 꽉 막힌 느낌이 들었다.

이제부터는 살인범이 여자일 수도 있다는 사실을 고려해야 했다.

프레윈이 처음부터 잘못 생각했을 수도 있었다.
여자.
항구에서 마을까지 이동한 여자는 많지 않았다.
실제로 아주 적었다.

앤과 카타리나 바이스는 온종일 제단 앞에 앉아서 살해된 세 사람의 천궁도를 그리고 지난 일주일간의 별자리와 비교했다. 분석을 끝내지 못한 카타리나는 일을 마치기 전에는 아무 말도 하지 않겠다고 했다. 두 여자는 사적인 대화를 나누었다. 카타리나는 군이 대규모로 군무원을 모집했고 마침 일하던 신문사가 파산으로 문을 닫았기 때문에 지원했다고 털어놓았다. 그녀는 두 번 결혼했고 두 번 이혼했다. 자녀는 없었다. 그녀는 아이가 없는 것은 전남편들의 무정자증 탓이라고 했다. 하지만 앤은 카타리나의 자기분노를 간파했다. 전남편들에 대한 증오는 자기방어에 지나지 않았다. 카타리나는 겨우 서른일곱의 나이에 산전수전을 다 겪었다. 무책임한 부모와 근친상간을 저지른 오빠. 앤은 그녀의 가족 사이에 정숙하지 못한 비밀이 더 있을 것으로 추측했다. 카타리나가 속사포처럼 떠들면서 암시적으로 털어놓았다.

앤은 오전 내내 조용히 지냈다. 어젯밤의 일이 머릿속에서 떠나지 않았다. 왜 그녀는 프레윈에게 다가갔을까? 프레윈이 떠나는 순간 눈동자에서 보았던 이글거리는 눈빛 때문에? 앤은 프레윈의 눈동자에서 그가 자신을 원하는 것을 알아차렸다. 그녀는 자려고 했다. 그리고 끊임없이 떠오르는 영상을 내쫓으려 했지만 쉽지 않았다. 그녀는 눅눅하고 뜨거운 반수상태에 빠졌다. 그녀는 네 시간 후 다시 눈을 떴지만 다른 것은 생각할 수 없었다.

앤은 프레원을 자신의 기나긴, 남성 편력 목록에 덧붙이고 싶지 않았지만 다시 욕망에 빠졌다.

너는 다시 한 번 무너졌어. 내 가엾은 딸, 너는 의지가 약해…….

서로를 갈망하는 두 성인이 사랑을 나누는 게 비정상적인 일일까? 사랑을 나누지 못한 게 어리석지 않을까?

너, 뭐 하는 거야? 그만해! 너는 그게 아니리는 걸 잘 알잖아. 너는 죄의식이라는 고리타분한 감정에서 해방되었어. 네 몸은 오래전부터 네가 원할 때 사용하는 도구가 되어버렸어! 설령 그렇게 생각하는 것이 사회적인 금기라 해도 부끄러워할 필요는 없어. 너는 훨씬 더 교활해. 그렇지 않아? 인정해라……. 그것은 쾌락을 넘어선 거야. 그것은 이제 단순한 쾌락만이 아니야……. 그것은 너와 다른 사람들에게 위험이 되는 암흑이야. 그래서 너는 자신을 용서하면 안 돼. 너는 프레원을 너의 암흑 속으로, 너의 타락 속으로 끌어들이려 했어. 그건 분명한 사실이야. 너는 단순한 쾌락을 추구하지 않아. 네가 추구하는 것은 불결해. 남자들은 너의 도구에 지나지 않아. 너는 정상이 아냐!

앤은 이를 악물었다.

그녀는 무슨 짓을 했는가. 어떻게 더 이상 자제하지 못하는, 욕망에 흔들리는 야수가 되었을까? 오전이 끝날 무렵 상황이 조금씩 분명해졌다. 앤의 어두운 부분은 그녀를 지배하지 않았다. 아직은 아니었다. 프레원을 자신의 심연으로 끌어들이려 했던 것은 분명 앤이었다. 더 이상 혼자 있지 않기 위해. 그녀의 내면에 있는, 불안정한 감정이 프레원의 마음속에서 반응을 감지했던 것이다. 프레원은 이해해줄 것이다. 그는 그녀와 이 무게를 함께 감당할 것이다. 그는 도와줄 것이다. 앤은 프레윈이 자신을 판단하지 않고 손을 내밀 수 있는 사람임을 간파했다.

그와 동침하는 것이 그에게 너를 맡기는 최선의 방법이었니? 그가 너를 이해하고 너를 도와줄 수 있도록? 네가 얼마나 어리석은 짓을 했는지……

다른 사람들과는 달리 프레윈과 앤은 정신적 친교보다 육체적 친교를 먼저 탐색했다. 일반적으로 육체적인 관계를 허락하기 전에 서로를 알고 개성을 파악한다. 하지만 앤은 정신을 지키는 것이 더욱 중요하다고 판단했다. 육체는 많이 참고 견딜 수 있지만 정신은 그렇지 못하다. 육체는 상대방을 탐색해서 그가 장벽이나 가면을 무너뜨릴 수 있는 사람인지를 판단하는 도구로 사용될 수 있다.

스물다섯 살 때 앤은 사람들이 타인을 속일 궁리만 한다는 사실을 깨달았다. 사람들은 상대를 유혹할 때 가장 매력적인 부분만 소개했다. 가식을 꿰뚫기 위해서는 시간이 필요했고 침대에서야 정말로 그가 어떤 사람인지를 파악할 수 있었다. 사람들은 성행위 전에는 결코 가면을 벗지 않았기 때문이다. 그래서 앤은 순서를 바꿨다. "어떻게 나를 사랑할 것인지 말해봐. 그러면 네가 내 남자인지를 말해줄게."

지금 앤은 결단을 내려야 했다. 어떤 태도를 취할까? 프레윈을 더 유혹할까? 아니면 여기서 멈추고 마치 아무 일도 없었던 것처럼 행동할까?

너는 잘 알고 있어……. 시간이 얼마 남지 않았어. 네가 아무것도 하지 않는다면 너는 조만간 파멸할 거야. 그는 네가 심연을 건너는 데 필요한 다리야.

그에게 말해야 해……. 아니야, 지금은 아니야. 먼저 서로 접촉해야 해. 육체적인 쾌락을 통해 서로를 알아야 해.

안 돼. 그건 위험해.
서로 신뢰하려면 한 몸이 되어야 해.
안 돼. 그건 불장난이야. 너는 그런 게 어떻게 끝날지 잘 알잖아!
프레윈은 그녀의 질문에 대한 대답을 갖고 있었다. 그는 도와줄 것이다.
"끝냈어요."
앤은 무거운 잠에서 깨어난 것처럼 깊은 생각에서 벗어났다.
"뭐라고요?"
"끝냈다고요. 천궁도를 완성하고 분석했어요. 그리고 모든 것을 지난밤들의 별들과 비교했어요."
"이번 사건을 밝혀줄 만한 게 있나요?"
카타리나는 손가락으로 종이를 두드렸다.
"내 말이 바보스럽게 들리겠죠. 하지만 당신들이 추적하고 있는 살인범은 사람이 아닌 다른 것을 죽이려 하고 있어요."
앤은 팔짱을 꼈다.
"대체 무슨 말이죠?"
"놈은 사람들이 지닌 행운을 죽이고 있어요."

오후가 끝날 무렵 금빛 햇살이 스테인드글라스를 비스듬히 비추자 성당이 온통 만화경으로 변하면서 성경의 인물들이 돌바닥에서 떠오르는 것 같았다.

앤은 목덜미를 문지르면서 카타리나에게 다가갔다.

"'행운을 죽이다'니 무슨 뜻이죠?"

카타리나는 계산과 메모로 가득한 10여 장의 종이를 가리켰다.

"자세히 설명해줄까요? 아니면 곧장 본론으로 들어갈까요?"

앤은 도표들, 별자리의 이름들, 빨간색·검은색·파란색의 줄들, 상승궁(어떤 사람이 태어났을 때 지평선 위로 떠오른 성좌—옮긴이) 등의 용어를 주시하다가 고개를 저었다.

"핵심만 말해줘요."

"방금 분석한 천궁도에 따르면 살해된 세 사람은 몇 시간만 더 살았더라면 아주 운이 좋은 날을 맞았을 거예요. 그들은 무슨 일을 시도하든 성공의 가능성이 아주 높은, 대운의 날 전날에 살해되었어요."

"우연이 아닐까요?"

"우연이라니요? 이건 명백한 사실이에요! 만일 이들 세 사람이 나를 찾아와서 뭔가를 시작할 날을 물었다면 각자가 살해된 다음 날을 알려주었을 거예요! 그날 그들은 모든 분야에서 운이 좋았어요. 점성술상으로 말하면 그날은 탁월한 기운을 타고난 행운의 날이었어요!"

앤은 주위를 돌면서 생각하기 시작했다.

"행운을 죽일 수는 없어요. 놈은 왜 그런 짓을 할까요?"

"그건 내 소관이 아니에요……."

앤이 걸음을 멈췄다.

"다른 유능한 전문가도 당신과 똑같이 분석할까요?"

카타리나는 약간 공격적으로 대답했다.

"성실하고 세심한 점성가라면 그렇죠. 내 개인적인 해석에는 한계가 있어요. 나는 별의 위치를……."

앤은 카타리나의 말을 가로챘다.

"나는 당신을 믿어요."

그때 프레윈 중위가 성당의 정문을 열었다. 두 여인은 햇살에 눈이 부셨다. 프레윈이 문을 닫고 다가왔다.

그는 앤을 바라보지 않고 물었다.

"새로운 소식이 있나요?"

앤은 카타리나 쪽으로 고개를 돌리고 대답했다.

"중위님도 놀랄 거예요."

점성술사는 간략하게 설명해주었다. 행운을 좇는 살인범이라고? 프레윈은 의심의 눈초리로 카타리나를 바라보았다.

카타리나가 반문했다.

"왜요? 내 설명이 마음에 들지 않나요? 점성술을 황당무계한 신앙으로 간주한다면 나를 찾을 필요가 없었잖아요!"

프레윈은 그게 아니라는 손짓을 했다.

"나는 이번 범행이 점성술과 관련되어 있다는 사실에 놀랐을 뿐이오. 나는 믿지 않았거든요……. 말하자면 우리는 당신처럼 점성술을 아는 범인을 찾고 있는 셈이네요. 혹시 군에 점성술사가 많나요?"

카타리나는 샐쭉해졌다.

"아니에요. 점성술사는 흔하지 않아요."

"당신이 요구했던, 이 모든 도구를 갖고 있을 만한 사람은요?"

카타리나는 천체력을 움켜쥐었다.

"범인은 전쟁터로 출발하기 전에 계획을 세웠을 거예요. 살해하고 싶은 대상을 정확히 알고 있다면 모든 것을 미리 준비할 수 있어요. (그녀는 눈썹을 치켜 올렸다.) 그런데 이처럼 끔찍한 사건에 대해 얘기를 나누게 되리라고는 상상도 못했어요!"

프레원은 본능적으로 앤을 바라보고는 칠판 앞에서 돌아서서 추리하기 시작했다.

"살인범은 무턱대고 죽이지 않았고 더구나 처음부터 살해할 대상을 알고 있었다고요? (그는 얼굴을 찌푸렸다.) 이 점을 조사하고 또 조사해야겠군요. 그리고 놈이 왜 살인을 하는지, 정말로 원하는 게 뭔지 알아야 해요."

앤은 세 살인사건의 일지와 3소대의 일과를 요약해놓은 칠판 앞으로 가서 물었다.

"혹시…… 혹시 놈은 살아남기 위해 살인을 하지 않았을까요?"

앤은 칠판에 씌어 있는 메모를 톡톡 쳤다.

"보세요! 첫 번째 살인은 우리가 승선 명령을 기다리던 동안에 일어났어요. 전투가 임박한 시간이었죠. 두 번째는 공습 몇 시간 전인 항해 중에 발생했어요. 그리고 3소대가 전선으로 떠나기 전날 밤까지 아무 일도 일어나지 않았어요. 매번 살인범은 전투 소대에서 운이 가장 좋은 병사를 제거했어요. 총탄과 포탄이 난무하는 전투에서 살아남기 위해서는 어떻게 해야 하죠?"

프레윈은 일그러진 표정으로 말했다.

"그러니까 살인범은 대운을 얻기 위해, 생존의 행운을 얻기 위해 모든 동료의 일주일치 천궁도를 분석하고 전투 당일마다 가장 운이 좋은 동료를 제거하기로 결심했다는 말인가요? 우리가 추적하고 있는 범인이 더 이상 사이코패스가 아니란 말인가요? 놈은 정신질병자예요!"

카타리나가 반박했다.

"왜죠? 내 점이 중위님에게는 비상식적으로 보일지라도 내게는 일관성 있게 보여요! 황당무게하고 믿기지 않겠지만 분명히 일관성이 있어요! 범인은 가장 큰 행운을 얻기 위해 경쟁자들을 제거하고 있어요. 중위님, 행운은 바람 부는 대로 떠다니는 스티커가 아니에요! 점성술은 수많은 매개변수의 조합이에요. 범인은 다른 사람이 자신보다 훨씬 좋은 운을 지니고 있음을 알고는 그들이 더 이상 행운을 갖지 못하도록 제거한 거예요."

프레윈이 결론을 내렸다.

"범인은 새로운 의미로 '자신의 운에 도전' 한 셈이군요."

새로운 발견으로 신이 난 중위는 3소대의 명단 쪽으로 달려갔다. 여러 명의 이름에 줄이 그어져 있었다.

앤이 설명했다.

"매터스 중사가 오늘 정오에 왔어요. 어제 귀대하지 않았거나 병원으로 간 병사들이에요. 세 명이 전사했고 세 명은 중상을 입었어요."

중위는 소대의 명단을 읽었다.

— 로이드 모리스 대위 D
— <u>애슐리 더링턴 중위 D</u>

- 필립 파이퍼 중위
- <u>클라이브 브레들리-다더스 특무상사</u> D
- 헨리 클라크 특무상사 D
- <u>피오트르 키즈라르 중사</u> D
- <u>가브리엘 라빈 중사</u>
- 파커 콜린스 의무중사 D
- 더글러스 레지 하사
- 애덤 하우단 하사
- <u>프랭크 가지니 병사</u> D
- 블라디미르 흐리섹 병사 D
- 마틴 클램프스 병사 D
- 제러미 브로더스 병사 D
- 칼 해리슨 병사 D
- 피터 브롤린 병사
- 제임스 코스텔로 병사
- <u>펠리페 곤잘레스 병사</u>
- 존 트라우델 병사 D
- 로드니 배로 병사 D
- 스티브 리스비 병사
- 존 월커 병사 D

"이제 용의자는 열여섯 명으로 줄었어요. 우리가 찾고 있는 놈은 이미 떠났을 거예요. (그는 카타리나를 노려보았다.) 이 사람들의 천궁도를 그려주세요. 그들의 생일과 출생지를 알려드리죠. 출전하는 날 운이 가장 좋은 사람부터 가장 나쁜 사람까지 순서대로 명단을 만들어줘요. 만일 이 가정이 성립된다면 범인은 이 명단에 있는 사람들 가운데 한 명일 거예요."

카타리나가 항의했다.

"당신은 뭐가 뭔지 전혀 모르는군요! 그런 식으로 되는 게 아니에요. 점성술은 통계학이 아니라 열두 개의 별자리, 열두 개의 하우스, 일곱 개의 행성의 조합이에요! 중위님이 요구하는 명단은 만들 수 없어요!"

"그럼 불리한 요소들을 지닌 사람들을 말해줘요."

"하지만 그건……."

카타리나는 절망의 한숨을 내쉬었다. 앤이 그녀를 도와주었다.

"며칠간 작업해야 해요."

앤은 중위가 신경질을 내는 것으로 느꼈다. 앤 때문일까? 중위는 빠른 속도로 모든 메모를 훑어보았다.

그는 어느 방향으로 가야 할지를 모르고 있어. 그는 자신의 추리에 대해서, 해야 할 일에 대해서 그리고 그 어떤 것에 대해서도 자신이 없어.

프레윈이 결단을 내렸다.

"그럼 당신의 상관을 만나 해결할게요. 앤, 나는 우리와 교대할 헌병대를 맞아야 해요. 3소대원들의 생일과 출생지를 알아봐줄 수 있겠소?"

프레윈은 앤을 피하고 있었다. 중위는 두 사람이 마주치지 않도록, 서로 말을 섞지 않도록 그녀를 멀리 보내고 싶었다. 앤은 속에서 분노가 치솟는 것을 느꼈다. 그녀는 속내를 털어놓을 준비를 하고 손을 내밀었는데 그는 등을 돌리고 있지 않은가.

이럴 수는 없어. 당신은 이렇게 나를 쫓아낼 수 없어.

앤은 화가 났다. 화는 격분으로 변했다. 그녀는 모든 대인 관계를 똑같은 방식으로 끝냈기 때문에 격분이 얼마나 무서운 것인지 잘 알고 있었다. 그녀는 조금씩 얼음으로 변할 것이다. 프레윈은 그녀의 눈에 더 이상 존재하지 않게 될 것이다. 그는 차가운 무관심만 느끼게 될 것이다.

 태양이 그들의 얼굴에 다채로운 햇살을 비추는 동안 새로운 학살이 준비되고 있었다.

 가장 추악한 범행이 준비되고 있었다.

 앤은 마을 광장의 벤치에 앉아 식당에서 가져온 샌드위치를 먹고 있었다. 태양은 서쪽 숲 뒤로 사라지고 없었다. 세상이 어두워지면서 하늘에서 별이 하나둘씩 나타났다.
 앤은 프레윈을 생각하지 않으려 애썼다.
 군용 트럭들이 큰길에 주차되어 있었다. 몇몇 트럭에 적십자 표장이 새겨져 있었다. 트럭에서 내린 사람들이 전쟁 전에 레스토랑과 술집을 겸한 호텔이었던 건물 안으로 들어갔다. 한 무리의 병사가 건물 입구에서 담배를 피우면서 대화를 나누고 있었다. 앤은 그들 중에서 두 명의 여자를 발견했다. 한 여자가 유난히 그녀의 관심을 끌었다. 머리를 흔들며 웃는 모습, 담배를 쥐고 있는 모양, 뒤로 구부린 손. 어쩌면…….
 앤은 천천히 그들 쪽으로 걸어갔다.
 간호사복. 땅딸막한 여자. 뻣뻣한 머리카락.
 앤은 그녀 앞에 서자 믿을 수 없다는 표정으로 물었다.
 "클라리스?"
 키가 작은 여자는 자기 앞의 여자를 제대로 보기 위해 몸을 숙였다.

"앤? 너야?"

"클라리스! 여기서 뭐해?"

"맞네! 나는 전초로 파견되었어. 우리는 이곳에 짐을 맡겼지. 우리는 오늘밤 휴식이야."

클라리스는 친구와 이야기하기 위해 무리에서 벗어났다.

"어떻게 된 거야?"

"설명하려면 복잡해."

"프레윈 중위님은 어떻게 지내? 헤라클레스의 체격을 지닌 그는 완전히 무식한 사람이야, 아니면 탁월한 수사관이야?"

앤이 손사래를 쳤다.

"그는 자신의 임무에는 아주 뛰어나. 하지만 나는 사람들이 그에 대해 속삭이는 말을 들었어. 그는 약간 별난 사람이야. 콜온 군의관과는 어떻게 지내?"

클라리스가 빈정거렸다.

"모두 정신을 차릴 수 없을 만큼 바빠. 그는 여전히 까다로워. 너를 다시 만나서 기뻐. 그런데 피곤해 보이네. 힘들지?"

앤은 고개를 천천히 끄덕였다.

클라리스가 물었다.

"새로운 사건은 없어?"

"다행히 없어."

"중위는 상당히 매력적이야. 그는……."

앤의 가슴에 고통스러운 구멍이 뚫린 것 같았다.

클라리스가 선웃음을 치며 말했다.

"그는 독신이야!"

앤이 정정했다.

"홀아비지."

"그래. 세월이 흘렀으니 마찬가지 아냐? 중위님이 정말로 영리하다면 독신을 오래 고집하지는 않을 거야! 숨겨둔 애인이 없다면 말이야!"

클라리스는 라디오 성우들을 흉내 내서 재빠르게 말했다.

"너는 숨겨둔 여자를 찾아냈니? 신비스런 프레윈 중위님이 숨겨둔 여자 말이야."

앤은 동료의 음란한 얘기에 제동을 걸고 싶었지만 한마디도 내뱉을 수 없었다. 강렬하게 회전하는 잠재의식이 의식을 압도하고 있었다. 앤은 주위에서 소리를 듣긴 했지만 의미를 분간할 수 없었다.

클라리스가 말을 이었다.

"……가만히 기다리기만 하면 안 돼! 지금은 전쟁 중이야. 도덕을 너무 따질 필요는 없어!"

앤이 물었다.

"뭐라고 했지? 그전에 프레윈에 대해서."

클라리스가 인상을 찌푸렸다.

"중위님에게 숨겨놓은 여자가 있을 수도 있다고. 그렇다면 그 여자를 찾아내야 해……."

앤이 중얼거렸다.

"숨겨놓은 여자……."

생각이 조금씩 정리되었다.

그녀는 속으로 되뇌었다.

숨겨놓은 여자. 그림자 같은 여자. 상징. 처음부터 모든 것은 상징 속에 있었어…….

갑자기 앤은 손으로 목을 만졌다. 그리고 큰 소리로 말했다.

"O.T.는 머리글자가 아냐!"

프레윈이 성당 광장에서 부하들과 함께 저녁식사를 마쳤을 때 앤이 급히 다가왔다.

앤은 계단을 오르면서 말했다.

"보여줄 게 있어요. 안으로 들어오세요."

그들은 모두 벌떡 일어나서 앤을 따라 성당으로 향했다. 매터스와 콘래드는 라이터로 담배에 불을 붙인 후 손전등의 원추형 불빛으로 제단 중앙을 비추었다. 앤은 분필을 쥐고 소매로 별로 중요하지 않은 메모를 지웠다.

프레윈이 항의했다.

"이봐요!"

앤은 그에게 화를 낼 여유를 주지 않았다.

"여러분은 모두 퍼거스 로스데일이 살해된 장소에 그려져 있던 글자를 기억하고 있겠죠? O와 T 말이에요."

앤은 글자를 썼다.

"그건 피로 대충 그린 그림이었어요. 우리는 글자로 판단하고 즉시 수사에 착수했죠."

앤의 입술에 시선을 고정한 헌병들은 앤의 의중을 간파하려고 했다.

"그런데 만일 수사 방향이 틀렸다면요? 우리는 퍼거스 로스데일이 어떤 방향에서 글자를 썼는지는 전혀 생각하지 않았어요."

중위에 관한 소문을 퍼뜨리고 다니는 콘래드가 반박했다.

"분명히 살인범이 쓴 겁니다! 살인범이 우리를 비웃기 위해 거짓 서명이나 가짜 종적을 남기는 것은 불가능한 일이 아니에요. 처음이 아닐 겁니다."

앤은 글자를 지우고 방향을 바꿔서 다시 썼다.

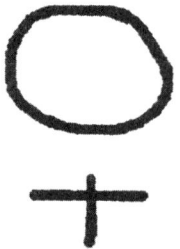

"그럼 이건 어때요? 뭔가 떠오르는 게 없나요? 정확히 표시하려면 종획을 위쪽으로 더 그었어야 했죠. 로스데일은 급하게 이걸 그렸을 거예요. 목에 상처를 입은 그는 몇 초밖에 여유가 없었겠죠. 그래서 두 부분을 이어주지 못했겠죠."

도노반이 놀라서 외쳤다.
"여성의 상징? 왜 여성의 상징을……."
프레윈이 결론을 지었다.
"앤, 잘했어요. 로스데일의 애인을 만나야겠어. 로스데일은 마지막 순간에도 기지를 발휘해서 자신의 피로 이 기호를 그렸어. 이 기호는 살인범이 볼 수 없도록 약간 떨어진 의자 밑에 있었지."
도노반이 지적했다.
"중위님은 의견을 바꾸셨습니까? 목을 찔린 사람이 그럴 수는 없었을 거라고 했잖아요……."
"병사, 나도 내가 무슨 말을 했는지 잘 알아. 그때는 보는 위치가 달랐어. 내가 틀렸어."
도노반은 상관의 날카로운 시선에 당황하여 고개를 숙이고 자신의 편상화를 주시했다.
매터스가 끼어들었다.
"두 가지 해석이 가능합니다. 로스데일은 공격자가 여자였거나 자신이 여자 때문에 그곳에 갔다는 사실을 알리고 싶었을 겁니다."
베이커가 한술 더 떴다.
"세 가지 해석이 가능합니다. 로스데일은 그 순간에 자신의 애인을 생각했을지도 모릅니다."
프레윈은 너그러운 눈길로 부하를 바라보았다. 베이커는 부하들 중에서 가장 감각이 떨어졌다.

먼로가 비웃었다.

"그랬다면 로스데일은 애인의 이름을 썼을 거야. 혹은 심장을 그렸겠지. 아무튼 그건 아니야!"

프레윈이 말을 이었다.

"매터스가 옳아. 어쨌든 문제는 여자야. 로스데일의 애인을 만나보고 싶어. 그녀의 이름이 뭐지?"

매터스가 민첩하게 수첩을 펴고 대답했다.

"리사 하이버그입니다! 그녀는 로스데일의 사망 소식을 들었을 때 신경발작을 일으켰습니다."

"그녀를 찾아봐."

프레윈이 단호하게 말하자 모두 일어났다. 매터스는 뛰어나갔고 도노반이 그 뒤를 따랐다.

\*

저녁에 프레윈의 팀을 교대할 헌병들이 마을에 도착했다. 베이커, 라르손, 먼로 그리고 콘래드가 제의실에서 카드놀이를 하면서 쉬는 동안 도노반과 매터스는 면사무소에 설치된 사령부에 가서 무전으로 리사 하이버그의 위치를 찾았다.

홀로 남은 프레윈은 제단에서 수첩을 살펴보고 있었고, 앤은 적어도 10미터쯤 떨어진 침대에서 역사소설을 읽는 척하고 있었다.

프레윈은 앤을 관찰하기 위해 고개를 돌렸다가 자신을 바라보는 앤의 시선과 마주쳤다.

프레윈이 부드럽게 물었다.

"얘기 좀 나눌 수 있을까요?"

"언제부터 내 허락이 필요했죠?"

빈정대는 말투였지만 앤은 두 다리를 오므리고 그에게 자리를 내주었다. 프레윈이 다가와서 앉았다.

프레윈이 아주 나지막이 말했다.

"오늘 내가 다소 거리를 두는 것처럼 보였다면 미안해요."

"당신은 거리를 두는 것 이상으로 쌀쌀맞았어요."

프레윈은 약간 죄책감이 들었는지 머리를 숙이고 두 손을 무릎에 얹었다.

"앤, 사과할게요. 오늘 아침에 말했어야 했는데……."

앤이 덧붙였다.

"그렇게 간단하지 않았을 거예요. 나도 알아요. 중위님은 그때부터 숙고했나요? 내게 하고 싶은 말이 뭐죠?"

프레윈은 창백한 안색, 자신을 주시하는 이글거리는 눈빛을 살폈다. 그녀는 화가 났을까? 욕망일까? 앤은 이 순간에 무엇을 품고 있을까?

"어젯밤 사랑을 나누기 전에 말했어야 했어요. 앤, 나는 당신의 남자가 될 수 없어요. 우리의 관계는 유지될 수 없어요. 미안해요……."

"내 남자가 될 수 없다는 거예요? 아니면 준비가 되지 않았다는 거예요?"

프레윈은 입을 벌린 채 가만히 있었다.

"어젯밤에 일어난 일은 별로 중요하지 않아요. 나는 당신의 무책임한 행동을 비난하는 여자들과는 달라요. 나는 어른이에요. 그러니 내 행동에 책임을 져야죠. 우리는 서로 쾌락을 즐겼어요. 그뿐이에요. 당신에게 사랑해달라고 강요할 수는 없죠. 그렇지만 어젯밤의 일이 나 때문에 일어난 것인지 직접 듣고 싶어요. 만일 그렇다면 나는 아무것도 할 수 없어요. 당신은 부인 때문에 다른 여자와 살 준비가 되어 있지 않을 거예요."

프레윈은 간에 갈고리가 꽂힌 것처럼 심리적 충격을 받았다. 이윽고 육체는 더 이상 견디지 못했고 정신은 충격을 받았다. 패티…….
제방이 무너지고 여러 감정의 물결이 격류처럼 흘러들었다. 동시에
감정들이 뒤섞였다. 격분이 다른 감정들에 영향을 미치는 것 같았
다. 프레윈은 주먹을 쥐고 잠시 눈을 감았다.
그의 턱이 일그러졌다.
프레윈이 일어나면서 중얼거렸다.
"미안해요. 어쩔 수 없어요."

\*

프레윈은 늦은 시각까지 잠을 이루지 못했다. 그는 앤에 대한 생
각을 떨쳐버릴 수 없었다. 그는 무슨 짓을 했는가. 피할 수도 있는
실수를 저질렀다는, 불쾌한 감정이 그를 괴롭혔다. 그런데 무엇이
실수라는 말인가? 앤과 동침한 것인가? 아니면 끝내 여자를 마음껏
사귈 수 없다는 것인가? 프레윈은 한편으로는 앤을 갈망하고 다시
즐기고 싶었다. 관능적인 쾌락뿐만 아니라 그녀의 따뜻한 피부와
위로를 느끼고 싶었다. 또 더 이상 외로움을 느끼고 싶지 않았다.
너는 결코 그녀와 짝을 이룰 수 없을 거야. 너의 짝은 패티였어.
프레윈은 결국 언제나 똑같은 지점으로 되돌아왔다. 차분하게 추
론하는 것은 불가능했다. 성욕, 두려움, 죄의식, 다시 상황을 나누
고 싶은 욕망, 도덕이 뒤섞였다. 그는 결단을 내릴 수 없었다. 앤을
추억 한쪽에 밀어넣을 수 없었다. 이제부터 그녀와는 전적으로 직
업적인 관계만을 유지하겠노라고 단호하게 결심할 수 없었다. 그는
오전에 그렇게 결심했지만 그것은 착각에 지나지 않았다. 그의 존
재는 이러한 공백을 거절하고 있었다.
끝없는 갈등. 시간이 흐르면서 앤이 감정적으로 멀어지고 모호함
이 사라질 때까지 기다려야 할까? 그것은 겁쟁이가 즐겨 쓰는, 안이

한 해결책이었다. 그렇게 하면 언젠가는 대가를 치르게 될 것이다. 자신을 속여서는 안 되었다. 그는 딜레마나 미해결의 문제에서 벗어나지 못했고, 썩은 뿌리가 더욱 파괴적인 암종을 표면으로 밀어낼 때까지 딜레마와 미해결의 문제를 감추고 있었다.

프레윈은 더 이상 어떻게 생각하고 어떻게 해야 할지 알 수 없었다. 피로, 수사의 혼란. 그는 수사를 어느 방향으로 이끌어야 할지 알 수 없었다. 비록 3소대에 살인범이 있을 거라는 심증과 일치하지는 않지만 범인이 여자일 가능성도 배제할 수 없었다. 군에 여자는 많지 않았고, 더구나 세 번의 살인사건이 일어날 때 근처에 있던 여자는 더욱 적었다. 소수의 군무원과 간호사뿐이었다. 그것은 클라우비츠와 포럴이 3소대의 살인범에 의해서가 아니라 오발사고로 죽었다는 의미였다. 하지만 믿기 어려웠다.

그렇지만……

그때 출입문이 살며시 삐걱거렸다.

프레윈은 머리카락이 쭈뼛 서는 것을 느꼈다. 그는 고개를 돌려 출입문을 바라보았다.

낙낙한 옷을 두른 실루엣이 성당 안으로 들어오면서 무거운 문짝을 닫았다.

그리고 실루엣은 프레윈 쪽으로 걷기 시작했다.

프레윈은 실루엣의 형태와 행동을 알아보았다. 그녀는 어깨에 숄을 걸치고 있었다.

"앤?"

앤은 프레윈이 불쑥 나타나자 소스라치게 놀랐다.

앤이 어둠 속에서 말했다.

"중위님을 깨우러 왔어요. 사고가 났어요."

"뭐라고요? 밖에서요?"

"잠을 이룰 수 없어서 바람을 쐬러 나갔어요. 2분 전에 한 청년이 자전거를 타고 전속력으로 달려왔어요. 공포에 질린 청년의 얼굴은 몹시 창백했어요. 그는 나를 보자마자 황급히 다가오더니 이해할 수 없는 말을 쏟아냈어요. 통역이 필요해요. 심각한 문제 같아요."

프레윈은 희미한 빛 속에서 간신히 앤의 시선을 분간했다.

앤이 덧붙였다.

"청년의 손과 옷은 피투성이예요."

*

청년은 스무 살이 채 되지 않았다. 피부는 거무스름했고 머리는 헝클어져 있었다. 손으로 얼굴을 비볐는지 여러 개의 피 얼룩이 보였다. 프레윈은 부하들을 깨웠고 콘래드가 레스토랑―통신대 병사들이 통역과 함께 거주하던―에서 돌아왔다. 서른에 가까운 통역은 키가 작고 코에 둥근 안경을 걸쳤다. 청년은 자전거를 놓지 않은 채 얼이 빠진 모습으로 서 있었다. 통역이 말을 걸자 청년의 눈은 공황에서 벗어나 생기를 띠었다. 그는 속사포처럼 말을 내뱉기 시작했다. 통역은 두 손을 들어 청년을 진정시키고 자신이 들은 것을 전해주었다.

"몰살당했습니다. 도처에 피가 있습니다. 청년은 마을 어귀에 있는, 한 농가에 대해서 얘기하고 있습니다."

프레윈이 물었다.

"적의 특공대 짓인가?"

통역이 청년에게 질문한 후 대답했다.

"누구의 소행인지 모르겠답니다. 청년은 끔찍한 짓이라고 되풀이해서 말하고 있습니다."

프레윈은 부하들에게 모이라는 손짓을 했다.

"현장에 가서 확인해야겠어. 만약의 경우를 대비해서 무장한 부대가 필요해."

통역이 말했다.

"나는 그 농가가 어디에 있는지 압니다. 한 개 중대가 그 근처에서 야영하고 있고 한 개 소대는 500미터 안에 있습니다."

프레윈이 주먹을 불끈 쥐었다.

"혹시 레이븐 중대인가?"

"맞습니다. 그들은 전투에서 사자처럼 용감하다고 들었습니다. 그들과 함께 있으면 전혀 위험하지 않습니다."

프레윈은 더 이상 지체하지 않고 명령했다.

"도노반, 다른 통역을 찾아서 청년에게 붙여줘. 그리고 청년이 어떤 사람인지, 무엇을 보았는지 자세히 물어봐. 상세한 보고서를 작성해. 그리고 매터스를 깨워. 어깨가 아파도 어쩔 수 없어. 매터스가 자네를 도와줄 거야. 먼로, 중화기를 준비해. 어떻게 될지 모르잖아. (그는 다시 통역에게 돌아섰다.) 청년에게 그 농가에 몇 명이 살고 있었는지 묻게."

통역이 질문을 하고 즉시 대답했다.

"한 가족입니다. 부모와 네 명의 자녀입니다."

"아이들의 나이는?"

통역이 다시 청년에게 묻고 즉시 대답했다.

"막내아들은 열 살이고 장녀는 열일곱 살입니다. 이 청년은 장녀를 만나러 갔던 모양입니다."

"이 시간에?"

통역이 어깨를 으쓱하고는 중위의 질문을 전달했다. 이번 대화는 다소 길었다.

"처녀의 아버지가 그들의 관계를 인정하지 않았답니다. 두 젊은이는 마을이 해방된 틈을 타서 야밤에 도망치기로 했답니다. 그래서 이 청년이 그렇게 일찍 처녀를 찾아간 거지요."

프레윈이 한숨을 쉬었다.

"좋아. 그럼 현장으로 가자. 모두 갑시다. 앤, 당신도."

간호사가 고개를 끄덕였다.

통역이 망설이다가 말했다.

"저…… 다른 통역을 찾으러 갔으니 나는 더 이상 쓸모가 없겠죠……."

중위가 물었다.

"자네 이름이 뭐지?"

"필립 더그맨입니다."

프레윈이 단호하게 지시했다.

"필립, 자네도 가지. 자네의 도움이 필요할 수도 있어."

 검은 밤. 두꺼운 구름이 지평선 위로 솟아 있었다. 프레윈은 손전등을 든 채 시골길을 걸었다. 먼로, 라르손, 그리고 기관총을 어깨에 비스듬히 둘러멘 베이커는 통역을 에워싼 채 중위를 따라갔다. 콘래드와 앤은 손전등의 노란 부채꼴 불빛으로 숲을 비추며 걸었다.
 프레윈 일행은 잔가지가 깔린 채 여전히 빗물에 흠뻑 젖은 땅을 밟았다. 귀뚜라미를 비롯한 야행성 곤충들이 고사리 밑에서 찌르륵거리며 울고 있었다. 더 이상 전투의 소음은 없었고 박격포나 중포가 굴러가는 소리도 들리지 않았다. 그들은 여름이 다가올 무렵 어느 평화로운 들판을 지나가는 것 같았다. 하지만 긴장감은 여전히 감돌고 있었다. 청년이 사소한 일로 공포에 질렸을 가능성은 거의 없었다. 몸에 묻은 피는 청년의 것이 아니었다. 3소대가 마을 근처에 있다는 사실이 최악의 사건을 예고했다.
 10분쯤 걷자 공터에 낡은 벽이 나타났다. 벽은 두 개의 건물—곡물창고와 그보다 작은 집—을 에워싸고 있었다. 높은 대문의 한쪽 문짝은 깊은 안뜰을 향해 열려 있었다. 프레윈은 일행을 멈추게 하고는 혼자 다가갔다. 그는 몇 미터 앞에서 발길을 늦추고는 열린 문으로 고개를 들이밀고 농가를 훑어보았다. 그는 바닥을 살핀 후 부하들에게 다가오라고 손짓했다.

프레윈이 속삭였다.

"나는 먼로와 함께 들어갈게. 나머지는 내 신호를 기다려. 발을 내딛기 전에 바닥을 잘 살펴. 발자국이 여기저기에 있어. 발자국을 건들지 마."

프레윈은 막대기를 줍고는 손전등으로 바닥을 비추면서 살금살금 전진했다. 막대기가 그의 뒤에서 줄을 그었다.

프레윈은 우물을 우회한 후 본채의 출입구에서 멈췄다. 등불이 반짝이고 있었다. 그는 다른 사람들에게 바닥에 그어진 줄을 가리키면서 따라오라는 손짓을 보냈다.

앤은 라르손 옆에서 걸었다. 그녀는 우물가에서 많은 발자국을 발견했다. 손전등을 비추었다. 우물과 집 사이에 사람들이 오고 간 흔적이 무수했다. 사방에 발자국이 있었다. 큼직한 얼룩 하나가 우물 한쪽에서 번쩍거렸다.

앤이 말했다.

"저기를 봐요!"

그들은 한 사람처럼 일제히 고개를 돌려 돌에 묻은 피를 보았다. 프레윈이 지시했다.

"먼로와 나는 집을 맡을 테니 베이커와 콘래드는 창고를 수색해. 다른 사람들은 밖에 남아서 저 우물을 지켜봐. 어떤 것도 지우면 안 돼!"

프레윈이 먼저 집 안으로 들어갔고, 헌병대에서 '뜨거운 머리'라고 불리는 먼로가 뒤따랐다. 프레윈은 집 안으로 들어가면서 자물쇠도, 문틀도 부서지지 않은 것에 주목했다. 그는 청년을 의심하기 시작했다. 청년은 이곳을 알고 있고 어쩌면 열쇠를 갖고 있을 것이다. 하지만 청년은 정말로 충격을 받은 것 같았다. 그는 공포에 떨었다. 또 정신착란을 일으키기 직전이었고 금방이라도 주저앉을 것 같았다.

타일이 깔린 복도는 아직 굳지 않은 진흙으로 뒤덮여 있었다. 프레원은 권총을 꺼내들고 다른 손으로 손전등을 잡았다. 그들은 식당으로 쓰이는 대형 부엌으로 들어갔다. 구석에 두 개의 문과 2층으로 올라가는 계단이 있었다. 등잔은 창백한 불빛을 발산하고 있었다.

회색 타일에서 피가 번쩍거렸다. 피는 계단으로 이어져 있었다.

심장이 뛰고 관자놀이가 울렸다. 조금 전 이곳에서 무시무시한 비극이 일어나지 않았는가. 프레원이 염려하는 것은 학살의 규모였다. 언뜻 보아 범인이 혼자라고 보기에는 집과 우물 사이에 발자국이 너무 많았다. 만일 일가족이 몰살당했다면 범인이 혼자일 가능성은 적었다.

아이들은 2층에 무사히 있을 거야.

프레원은 의자의 위치 등 가구 하나하나를 유심히 살피면서 전진했다. 의자 하나가 복도와 계단이 연결되는 곳에 넘어져 있었다.

저 위에서 사건이 일어났어. 한밤중이라 그들은 자고 있었고.

프레원은 부서지지 않은 문을 떠올렸다.

남을 잘 믿는 가족이었어. 그래서 문을 열쇠로 잠그지 않았지. 모든 문이 열려 있었어. 그들은 어둠이 내려도 문단속을 하지 않았지.

프레원은 손전등으로 2층의 층계참을 비추었다. 완전히 어둠 속에 잠겨 있었다.

자줏빛 별 모양의 피가 벽 상단에 묻어 있었다. 그곳에서 두 개의 핏방울이 30센티미터가량 나란히 흘러내려 두 개의 선을 만들었다. 프레원은 피가 얼마나 굳었는지를 가늠할 수 있었다. 비극은 방금 전에 일어났다. 겨우 한두 시간 전쯤.

뒤쪽에서 문을 열고 돌아온 먼로는 아무도 없다고 손짓했다. 프레윈은 천천히 계단을 올라갔다. 계단이 삐걱거렸다. 그는 계단 꼭대기에 이르자 통로를 비추었다. 10여 개의 작은 피 웅덩이를 통해 사건의 잔인성을 짐작할 수 있었다. 네 개의 문이 살짝 열려 있었다. 프레윈은 먼로에게 오른쪽 두 개의 문을 가리키며 들어가라고 지시한 후 자신은 다른 두 개의 문을 맡았다.

첫 번째 문을 열자 검소한 방이 나타났다. 구석에 장난감 나무상자 하나, 부서진 침대 하나, 마룻바닥에 둘둘 말린 시트뿐이었다. 하나뿐인 베개는 작은 머리에 눌린 듯 움푹 패어 있었다. 아이의 머리 윤곽이 또렷이 드러날 정도로 깃털 베개는 푹 꺼져 있었다. 바닥은 진흙으로 더럽혀져 있었다. 프레윈은 특별한 발자국을 발견했다. 성인용 편상화.

아이는 없었다. 어디에도.

피도 없었다.

막내아들은 자고 있었어. 쉽게 처리할 수 있는 먹이였지.

프레윈은 수사의 원칙에 따라 모든 것을 분석하고 가장 회의적인 시각에서 해석하려 했다. 시트의 일부가 이상하게 꼬여 있었다. 중위는 시트를 보자 불길한 이미지가 떠올랐다.

범인은 담요로 아이의 머리를 둘둘 감았어. 그리고 아이의 목을 졸랐지. 놈은 두꺼운 담요로 아이를 쉽게 질식시킬 수 있었어.

프레윈은 힘센 어른에게 짓눌린 열 살 소년을 상상했다. 이불과 담요로 얼굴을 둘둘 감고 목을 조르는 끔찍한 광경.

프레윈은 인적 없는, 빈 방을 둘러본 후 다음 방으로 이동했다.

먼로가 다가와서 속삭였다.

"다른 두 방도 비었습니다. 흐트러진 침대를 제외하면 특기 사항은 없습니다."

프레윈이 발끝으로 문짝을 밀자 마지막 방이 나타났다. 그가 손전등으로 벽을 비추자 먼저 대형 장롱이 나타났고 이어서 대충 수리

한 서랍장이 보였다. 불빛은 깊은 구석을 비춘 후 벽에 고정된 십자가로 이동했다. 십자가가 다시 어둠 속에 파묻히고 대형 침대가 나타났다.

사람의 발 하나, 또 다른 발, 발목, 다리 하나, 또 다른 다리가 나타났다. 전등은 빠른 속도로 침대 전체를 비추었다.

먼로는 거칠게 숨을 내쉬며 물러섰다.

"아, 제기랄……."

한 여인이 누워 있었다. 잠옷은 배꼽까지 올라가 있었다. 넓적다리 아래의 시트는 피로 흠뻑 젖어 있었다. 그런데 치부에는 유리병이 박혀 있지 않은가. 병의 밑바닥이 깨져 있었고 살은 찢어져 있었다. 복부에는 망치가 놓여 있었다.

부서진 뇌와 머리카락이 뒤엉킨, 주황색과 붉은색의 머리는 더 이상 형체를 알아볼 수 없었다. 100여 개의 작은 핏방울이 벽과 천장에 튀었고, 뼛조각이 엉켜 있었다.

침대 너머로 사각형의 피부 조각이 보였다. 프레윈은 침대를 우회해서 안쪽으로 한 걸음 내디뎠다.

또 다른 여자가 있었다. 처녀였다.

잠옷은 가슴까지 젖혀져 있었다. 그녀는 마룻바닥에 엎어져 있었다. 목은 허리띠로 졸려 있고 무릎은 끌어모아졌으며 궁둥이는 들려 있었다. 범인은 열두어 차례 음부를 난자질한 후 양초를 꽂았다.

프레윈은 몸을 숙여서 처녀의 얼굴을 가리고 있던 천 조각을 치웠다. 그는 잠시 얼굴을 바라보았다. 반쯤 감긴 눈, 텅 빈 시선, 무기력한 윗입술. 그는 다시 일어나서 범행 장소를 굽어보았다.

피가 불빛에 번쩍였다.

첫 번째 여인이 누구인지는 금방 알 수 있었다. 복부는 물렁거렸고 다리에는 정맥류가 가득했다. 그녀는 농부의 아내였다.

프레윈이 부드럽게 물었다.

"다른 방들을 수색했어?"

먼로가 속삭였다.

"네, 전부 확인했습니다."

프레원은 처녀의 항문과 음부에서 끈적끈적한 액체를 보았다. 넓적다리로 흘러내린 다량의 피는 거의 말라가고 있었다. 프레원은 침을 삼켰다. 사후의 상처라기에는 피를 너무 많이 흘렸다. 범인이 난자질할 때까지 희생자는 살아 있었을 것이다.

프레원은 쉰 목소리로 말했다.

"남자들이 없어. 아이의 시체도 보이지 않아."

# 44

프레윈이 집 안으로 사라졌다. 앤은 집의 출입문과 우물 사이에 있는, 무수한 발자국을 손전등으로 비추었다.

라르손이 경고했다.

"발자국을 밟지 말아요!"

앤은 대답하지 않고 어느 발자국 옆에 웅크렸다.

"라르손, 내 말이 틀리면 지적해줘요. 이건 편상화 자국이죠?"

라르손은 통역을 내버려둔 채 그녀에게 다가왔다. 그는 경기관총을 허리 쪽으로 돌리고는 몸을 숙였다.

"맞습니다."

앤은 손전등으로 이곳저곳을 비추더니 천천히 고개를 저었다.

라르손이 물었다.

"괜찮아요?"

"범인이 여러 명인 것 같지는 않아요. 왕래한 발자국이 모두 똑같아요. 봐요!"

앤은 오른손으로 진흙에 새겨진 세 쌍의 발자국을 가리켰다.

"발자국이 같아요. 저 아래 깊이 팬 홈은 청년의 자전거 자국이에요. 청년의 발자국이 보여요. 작은 신발 바닥은 평평하고 닳았어요."

"맞아요. 편상화 자국이 살인범의 것이라고 생각해요?"

앤이 어깨를 으쓱했다.

"프레윈이 집 안에서 어떤 발자국을 찾아내느냐에 따라 달라지죠. 편상화, 한 사람, 피, 그리고 500미터쯤 떨어진 곳에 숙영하고 있는 3소대……."

앤은 팔을 내밀어서 피로 뒤덮인 우물의 가장자리를 비추었다. 가장자리는 마치 두개골을 찧는 데 사용된 것처럼 피가 잔뜩 흘러내려 있었다. 앤은 발자국이 없는 곳을 발견하고 우물로 다가갔다.

앤은 손전등으로 수직 우물을 비추었다. 6미터 아래에 물이 고여 있었다.

라르손이 목소리를 높이지 않고 물었다.

"어때요?"

앤은 특별한 것은 보이지 않는다고 손짓했다.

그때 고른 수면을 뚫고 기포가 올라왔다. 앤은 손을 최대한 아래로 뻗어서 손전등을 비추었다. 물은 움직이지 않았다.

이번에는 더 큼직한 기포가 올라오면서 터졌다. 두 개의 다른 기포가 그 뒤를 따랐다.

앤이 말했다.

"내가 틀렸어요. 뭔가가 있어요."

앤은 우물 바닥을 수색하고 싶었지만 뾰족한 방법이 떠오르지 않았다. 두레박을 비추자 밧줄이 반짝거렸다. 둘둘 말려 있는 밧줄은 튼튼해 보였다.

진상을 분명하게 파악하고 싶다면 한 가지 방법밖에 없어. 우물 속으로 내려가야 해.

앤이 라르손에게 말했다.

"당신은 건장하니까 내가 아래로 천천히 내려갈 수 있도록 도르래의 밧줄을 꽉 붙잡고 조금씩 놓아주세요."

라르손이 앤의 얼굴을 뚫어지게 쳐다보았다.

"저 아래로 내려가겠다고요? 그건 자살행위예요!"

"뭔가가 보였어요. 내려가게 해줘요."

"안 돼요. 차라리 내가⋯⋯."

"당신은 너무 커요! 다른 사람들도 마찬가지예요. 나는 가벼워요. 내가 우물 위로 올라가게 도와줘요."

앤은 그에게 손을 내밀었다. 라르손은 마지못해 기관총을 내려놓고는 앤이 우물 위로 올라가 두레박 안에 두 발을 넣을 수 있게 도와주었다. 그녀는 두려움 속에서 두레박을 확인했다.

다행히 강철 테두리는 튼튼해 보여.

앤이 부탁했다.

"천천히 밧줄을 내려요."

라르손이 도르래에 감긴 밧줄을 풀기 시작했다. 앤이 우물의 가장자리를 붙잡고 있던 두 손을 놓자 라르손은 두 손으로 밧줄을 잡아야 했다. 통역인 필립이 다가와서 몸을 숙이고는 거인에게 밧줄을 풀 속도를 알려주었다.

"자, 준비해요. 줄을 천천히 풀어요."

주위의 모든 것이 위로 위로 움직이더니 앤은 마침내 석벽에 완전히 둘러싸였다. 그녀는 자신이 내려가고 있음을 실감했다. 우물의 직경은 1미터를 넘지 않았다.

앤은 자신이 들어선 공간이 생각보다 훨씬 좁다는 사실을 깨달았다. 제자리에서 회전하는 것조차 힘들 것 같았다. 최악을 상상하지 않는 편이 나았다.

갑자기 공기가 더욱 서늘해졌다. 낡은 지하실 냄새가 떠올랐다. 고개를 쳐들자 필립의 머리와 둥근 하늘이 보였다. 통역의 목소리가 울렸다.

"조금 더…… 더 내려요……. 조금 더……."

앤은 필립으로부터, 세상으로부터 점점 멀어지는 것을 느꼈다.

좁은 우물 아래로 내려갈수록 목소리는 점점 더 작게 들렸다.

앤은 고개를 숙이고 손전등으로 아래를 비추었다.

물이 가까워지고 있었다. 우물의 내벽은 이끼로 뒤덮여 있었다. 몇몇 곤충이 틈 사이로 슬그머니 들어갔다.

"간호사님, 괜찮아요?"

필립이었다. 그의 목소리는 아주 멀리, 좁은 복도 끝에서 들려오는 것 같았다.

앤이 대답했다.

"네, 괜찮아요."

앤은 자신의 목소리가 너무 크게 울려서 불편했다. 하지만 필립은 아무것도 듣지 못한 듯 움직이지 않았다.

앤은 다른 세계로 이동했던 것이다. 이 우물은 그림자들이 구체적인 밀도를 지니고 소리가 처음부터 소멸되며 빛이 어떤 힘도 발휘할 수 없는 세상으로 들어가는 문이었다. 앤은 손전등을 바라보았다. 팔꿈치 모양으로 굽은 카키색 전등은 자신의 존재를 드러내려 애쓰고 있었다.

앤은 내려가고 있었다.

무른 물질이 둔하고 질척한 소리를 내면서 두레박의 바닥을 들어 올렸다.

앤이 외쳤다.

"정지!"

밧줄이 멈췄다. 두레박은 검은 물에 닿아 있었다.

앤이 외쳤다.

"아주 조금만 당겨요!"

라르손과 필립은 밧줄을 당겼고 앤은 일렁이는 물 위 30센티미터 지점에 멈췄다. 밧줄을 놓은 그녀는 왼손으로 손전등을 쥐고 오른손으로 차가운 돌을 만지며 약간의 이끼를 뽑았다.

앤은 몸을 숙이고 싶었다.

즉시 두레박이 흔들리면서 균형을 잃었다. 앤은 오른쪽 손가락을 돌 틈에 끼워 넣고 매달려야 했다. 왼손으로는 손전등을 힘껏 움켜쥐었다. 두레박의 테두리가 반대편 내벽에 부딪쳤다.

위험한 자세였지만 무사했다. 앤은 중심을 잡기 위해 아주 천천히 움직였고 마침내 균형을 되찾았다. 고개를 들어서 올려다보았지만 한 사람도 보이지 않았다. 그녀는 정말 모두로부디 멀리 떨어져 있었다.

앤은 조심스럽게 물을 비추었다.

물은 검고 불투명했다.

아니야, 검지 않아……. 구릿빛이야.

앤은 물을 자세히 보고 싶었다. 무릎이 아프기 시작했다. 두레박의 테두리가 장딴지에 박혔다. 물이 잘 보이지 않았다.

앤은 밧줄을 단단히 붙잡고 웅크린 다음 팔을 뻗어 물을 만졌다. 얼음처럼 차가웠다. 바람이 회오리처럼 그녀를 감싸더니 이윽고 사라졌다.

앤은 손바닥을 오므려서 약간의 물을 떴다.

액체는 붉었다.

피!

앤은 일렁이는 물을 유심히 살폈다.

우물 바닥에서 뭔가가 움직였다.

뭔가가 순식간에 일어났다.

커다란 기포가 꾸르륵 소리를 내며 터졌다.

갑자기 소름끼치는 물체가 수면으로 떠올랐다.

하얀 손 하나가 물을 튀기며 나타났다. 우물 밑바닥에서 돌연히 나타난, 창백한 손가락이 앤을 움켜잡으려 했다.
앤이 울부짖기 시작했다. 동시에 두레박도 흔들리기 시작했다.
모든 것이 빙빙 돌기 시작했다. 앤은 기름이 둥둥 뜬, 차가운 물속에 떨어졌다.

앤은 돌 틈에 손가락을 찔러 넣은 채 반사적으로 밧줄을 붙잡는 데 성공했다. 손톱이 뒤집히면서 끔찍한 격통이 밀려왔다.

손전등이 떨어졌다. 앤은 즉시 균형을 잡는 데 집중했다. 그녀는 잘 견뎌냈다. 겨우 몇 센티미터 떨어진 곳에서 팔 하나가 올라왔다.

손전등은 꾸르륵 소리를 내면서 불그스름한 물속으로 가라앉았다. 반짝이는 불빛이 물속을 비췄다.

다른 팔다리가 나타났다. 몸통에 붙은 다리들. 마지막으로 차가운 안구가 박힌 얼굴들이 보였다.

모든 시체는 훼손되어 있었다.

\*

프레윈은 집에서 나오는 순간 아주 멀리서 앤이 울부짖는 소리를 들었다. 맞은편 창고에서 나오던 베이커와 콘래드도 비명 소리를 들었다. 그들은 잠시 우두커니 서 있다가 우물 쪽으로 돌진했다.

프레윈은 우물 위로 몸을 숙이고 있던 라르손과 필립에게 달려갔다. 그는 쉰 목소리로 외쳤다.

"앤! 앤!"

우물 바닥에서 나오던 빛이 사라졌다.

"앤!"

앤이 우물 속에서 외쳤다.

"나, 여기 있어요! 여기요!"

겁에 질린, 연약한 목소리는 30미터쯤 아래에서 들려오는 것 같았다. 목소리는 완전히 캄캄한 우물 속에서 들려왔다.

앤이 울먹이는 목소리로 말했다.

"꺼내줘요. 물속을 휘저어서 바닥에 깔려 있던 시신들을 풀어줬어요. 나를 올려줘요."

프레원은 앤의 목소리에서 아이 같은 두려움 외에는 어떤 공황도 간파하지 못했다. 그는 라르손과 함께 도르래의 밧줄을 잡아당기기 시작했다. 도르래가 삐걱거리면서 밧줄이 둥글게 감기기 시작했다.

이윽고 앤이 나타났다. 그녀의 입술이 파랗게 질려 있었다.

프레원은 앤을 번쩍 들어 올려 끔찍한 우물에서 빼냈다. 손가락이 피투성이였다. 손톱이 몇 개 뽑혀 있었다.

앤이 나직이 말했다.

"괜찮아요."

하지만 그녀의 두 눈에는 눈물이 가득 고여 있었다.

앤이 반복해서 말했다.

"괜찮아요. 아래에 시신이 있어요. 시신이 많이 있어요. 시신을 건져야 해요."

*

헌병들은 농가의 세 아들—열 살부터 열다섯 살까지—과 아버지를 우물에서 끄집어내서 들것에 눕혔다. 그들의 얼굴은 창백했고 고무 같은 피부는 번들거렸다. 목에는 큼직한 구멍이 있었다. 우물 주위의 피가 증명하듯이 범인은 우물 위에서 돼지를 잡듯이 희생자들의 목을 찌른 후 우물에 던져넣었던 것이다.

헌병들은 시트로 두 여자의 시신을 감싼 후 안뜰로 운반했다. 프레윈은 시신의 은밀한 부분을 가리는 데 특히 신경을 썼다.

프레윈의 요청에 따라 적십자 표장을 단 트럭 한 대가 네 명의 들것병을 싣고 왔다. 그들은 여섯 구의 시신을 차에 실었다. 한 손에 붕대를 감은 앤은 매터스와 프레윈 사이에 섰다.

매터스가 보고했다.

"앤이 말한 것을 확인했습니다. 집과 우물 사이를 왕래한 편상화 자국은 똑같았습니다. 여러 번 확인했습니다."

프레윈은 어두운 표정으로 고개를 끄덕였다.

"살인범은 한밤중에 농가를 덮쳤어. 농부의 가족은 자고 있었지. 문은 열려 있었고. 놈에게는 잘된 일이었지. 놈은 그전에 창고를 둘러봤어. 콘래드는 연장들이 흐트러져 있고 작업대에서 연장 하나가 사라졌다고 했어. 놈은 망치를 훔쳐서 집 안으로 들어갔지. 틀림없이 가장 어린 아이부터 시작했을 거야. 아이의 얼굴에 시트를 뒤집어씌우고 목을 졸라 질식시켰지. 그리고 똑같은 방식으로 다른 두 소년을 죽인 후 처녀를 살해했어. 그리고 마지막으로 부모를 죽였지. 놈은 저기서 망치로 농부의 머리를 후려쳤어. 두개골이 깨지고 망치가 뇌 속으로 움푹 들어갈 정도로 무자비하게."

앤의 얼굴이 일그러졌다. 프레윈은 지나치게 상세히 설명하고 있었다……. 문득 그녀는 프레윈이 첫 번째 추론을 하고 있음을 깨달았다. 그는 아직도 범죄가 일어났던 방에 있는 것 같았다. 탁월한 관찰자인 중위는 범행 위치, 상황 증거, 시체를 토대로 범행을 재구성했다. 그는 학살 당시를 분석했다. 피의 언어.

프레윈이 말을 이었다.

"살인범은 농부에게만 망치를 휘두른 게 아니야. 놈은 잠에서 깨어나 공포에 질린 부인의 얼굴을 가격했어. 망치는 아주 실용적인 파괴의 도구야. 천장과 벽에는 망치를 후려칠 때마다 튄 핏방울이 무수히 흩어져 있어. 부모는 똑같이 망치로 살해당했어. 탁자에 병이 있었을 거야. 놈은 방에 굴러다니는 그 병을 사용했어. 놈은 어머니의 치부에 병을 끼우고 망치로 밑바닥을 쳐서 억지로 밀어 넣었어. 그래서 유리병에 균열이 생겼던 거야."

앤은 혐오감을 쫓기 위해 한숨을 쉬었다. 매터스는 태연했다.

프레윈이 덧붙였다.

"살인범이 그 악랄한 짓을 하고 있을 때 어머니는 살아 있었어. 피가 시트에 잔뜩 흘렀다는 것은 심장이 뛰고 있었다는 증거지. 놈은 어머니를 죽인 후 딸의 방으로 가서 허리띠로 딸의 목을 조르기 시작했어. 딸은 곧장 죽지 않고 의식을 잃었지. 놈은 딸을 부모의 방으로 질질 끌고 가서 허리띠로 목을 조르면서 칼로 능욕했어. 그녀가 죽을 때까지."

앤이 중얼거렸다.

"맙소사……. 놈은 왜 그처럼 집요하게 살인했을까요?"

매터스가 말했다.

"이번 범행 수법은 우리가 지금까지 분석했던 놈의 성격과 일치하지 않습니다! 살인범은 이번에는 전혀 연출을 하지 않았습니다. 놈은 그저 살인에만 몰두했습니다. 놈은 살인의 쾌락만을 추구한 셈이지요."

프레윈은 부하들이 켜놓은 등잔들이 반짝이는 집을 바라보았다.

"놈은 정말로 많은 것을 바꿨어."

프레윈은 피로와 긴장으로 빨개진 눈동자로 매터스의 눈을 바라보았다.

매터스는 반론을 제기했다.

"놈이 혼자서 일가족을 몰살했을까요? 들것병들과 함께 2층에 올라가봤습니다. 계단은 발을 들여놓자마자 엄청나게 삐걱거렸어요! 농가 사람들은 계단이 삐걱거리는 소리를 듣고 잠에서 깼을 겁니다……."

프레윈이 설명해주었다.

"2층에는 요강도, 화장실도 없어. 그들은 밤에 용변을 보려면 1층으로 내려와야 했어. 따라서 누구도 계단이 삐걱거리는 소리를 이상하게 생각하지 않았지. 그건 통상적인 일이었으니까. 살인범은 최대한 살금살금 2층으로 올라가서 아이들을 차례로 질식시킨 후 부모의 머리를 박살 냈어."

매터스는 감탄하며 중위를 바라보았다. 프레윈의 탁월한 장점은 정확한 분석력이었다. 그는 즉시 상황을 파악하고 추리했다. 그는 2층에 화장실과 요강이 없다는 사실에 주목하고 즉시 계단이 삐걱대는 소리가 일상적인 일이었을 것이라고 추리했다. 프레윈은 사소한 일상생활을 파악하고 그것을 범죄 상황에 재구성하는, 타고난 능력을 지녔다. 중위를 중상하는 사람들이 두려워하는 것은 바로 그런 능력이었다. 정확하게 범행을 분석하는 능력. 어떻게 안정을 잃지 않고 그처럼 타당하게 분석할 수 있을까? 어떻게 그처럼 피의 언어를 해석하고 상황을 파악할 수 있을까?

프레윈이 말을 이었다.

"살인범은 두 여자의 음부에 물건을 박았어. 놈은 두 여자를 강간하지는 않은 것 같아. 부검을 하면 밝혀지겠지만 말이야. 우리는 그 문제에 관심을 갖기 전에 이곳에서 일어난 일을 알아야 해. 살인범은 자신을 위해 살인하지 않았어. 놈은 살인 수법과 범행 대상을 바꿨어. 놈은 남자들의 시신을 감추고 여자들의 시신만 남겨놓았어. 놈은 여자들을 싫어해. 시신을 우물까지 옮기는 수고를 하기보다는 치욕스런 자세로 남겨둘 정도로 여자들을 전혀 존중하지 않아. 놈은 이번에는 자신의 환상에 따라 살인을 연출하지 않았어. 이번에는 단지 화풀이하기 위해, 특히 우리를 고통스럽게 하기 위해, 우리를 벌하기 위해 죽였을 뿐이야."

매터스가 물었다.

"우리를 벌하기 위해서요? 우리가 놈을 자극했기 때문에요?"

"그게 걱정이야."

앤은 헤아릴 수 없는 고통이 프레윈을 괴롭히고 있음을 깨달았다. 그는 살인범을 끝까지 밀어붙여서 실수를 저지르기를 기다렸다. 하지만 헌병들의 예상보다 훨씬 더 교활한 살인범은 계획을 바꿨다. 놈은 보고서 작성자를 신체적으로 공격하지 않았다. 놈은 그 대신 중위를 비난하고 자존심을 상하게 했다. 또 무고한 사람들을 죽였다. 이것은 범인이 영악한 놈이라는 명확한 증거였다.

앤은 정정했다.

아주 영악한 놈이야! 주변의 상황과 자신의 행위를 정확히 분석할 정도로! 감정에 휩쓸리지 않고 상대방의 심리와 자존심을 자극할 정도로.

앤이 설명했다.

"우리는 살인범이 단지 치밀한 놈이라고만 생각했어요. 놈을 과소평가한 거죠. 놈은 뛰어난 지능을 가진 인간 백정이에요."

프레윈이 고개를 끄덕였다. 그는 이번 작전에 온 힘을 쏟았지만 실패하고 말았다.

매터스가 말했다.

"우리는 적어도 놈이 보고서를 읽었다는 사실은 알게 되었어요. 따라서 범인은 분명 3소대 소속입니다."

프레윈은 대답하지 않았다. 그는 어떻게 해야 좋을지 몰랐다. 너무 낙심한 나머지 제대로 생각할 수 없었다. 그랬다. 모두 처음부터

3소대를 용의자로 지목했다. 하지만 석연치 않은 요소가 있었다. 여성의 상징물 중 하나인 스타킹. 여성의 실용적인 무기. 스타킹은 개빈 토머스의 살해 장소에서 발견되었다. 살인범은 스타킹을 이용해서 의심이나 경계심을 불러일으키지 않고 희생자들을 범행 장소까지 유인했다. 군에서 여자는 남자를 쉽게 유인할 수 있을 것이다. 그리고 이번에 농가에서 잔혹하게 살해된 어머니와 딸. 왜 살인범은 여자들에게 그처럼 치욕스런 자세를 취하게 했을까? 왜 여자들에게 그토록 집착하는 걸까? 증오? 물론이다. 질투도 작용했을 것이다. 놈은 유난히 심하게 음부를 공격했다. 만일 이 가증스런 범행의 장본인이 여자라면 범인은 무엇을 표현하고자 했을까? 피의 언어…….

성욕을 느낄 수 없어서 격분한 것일까? 아이를 가질 수 없어서 분노한 것일까? 아니야……. 복부나 젖가슴이 아니라 음부를 난자했어……. 오직 음부만.

프레윈은 살인범을 괴롭히고 있는 것이 민감한 문제일 것이라고 생각했다. 그는 아무리 생각해도 그 행위가 무엇을 의미하는지 이해할 수 없었다. 분명히 격분인데 어디에서 비롯된 것일까?

용의자는 아주 많았다. 하지만 여자가 범인이라는 가정은 정황상 일치하지 않는 점이 있더라도 점점 더 무시할 수 없을 것 같았다. 대체 범인은 누구일까? 가짜 보고서를 읽은 사람일까? 아니면 가짜 보고서의 존재를 아는 사람일까? 그렇다면 헌병들도 해당되었다.

아니야. 이들은 아니야…….

하지만 프레윈은 먼로의 말을 잊을 수 없었다.

"만일 범인이 우리 가운데 한 사람이라면."

아, 피곤해…….

콘래드가 다가왔다.

"중위님, 여러 개의 발자국을 재서 신발 치수를 확인했습니다.

285밀리입니다."

"확실하지?"

"물론입니다. 먼로의 편상화와 비교해봤습니다. 똑같은 치수입니다. 285밀리. 범인에게 약간 특이한 습관이 있는 것 같습니다."

"어떤 점이?"

"발자국은 전부 뒤꿈치 쪽이 깊이 파여 있고, 앞쪽은 아주 살짝 파여 있습니다."

프레윈이 말했다.

"시신을 짊어져서 그런 거야."

"저는 그렇게 생각하지 않습니다. 범인이 시신을 버리고 집으로 돌아갈 때도 발자국은 똑같습니다. 뒤꿈치에 힘을 주고 걷는 놈을 찾아야 합니다. 육안으로 구별하기 어려우니까 아주 세심하게 관찰해야 합니다."

프레윈이 지시했다.

"아주 좋아. 3소대에서 이 치수의 신발을 신는 병사들의 명단을 확보해."

앤이 물었다.

"지문은 채취하지 않나요? 지문은 무수히 많을 거예요."

"지문을 어떻게 채취해요? 뭐, 혹시 지문을 확보한다 해도 3소대의 모든 병사와 대조할 수는 없어요. 엄청나게 시간이 걸리거든요. 게다가 최소한의 장비도 없구요."

앤이 말했다.

"범인은 영악해서 장갑을 끼었을 거라는 말이죠? 그럼 이제 어떻게 하죠?"

"우리가 방금 보았던 범죄 현장을 떠올리며 수사해야죠. 살인범은 자신의 흔적을 남기지 않고 여섯 명을 살해할 수는 없어요. 그것을 찾아내고 해석하는 것은 우리 몫이죠. 범인이 남긴 흔적이라면 무엇이든 찾아내야 해요."

프레윈은 시체를 싣고 마을로 돌아가기 위해 시동을 거는 구급차를 바라보며 투덜거렸다.

"이제 마음을 졸이면서 3소대와 접촉하는 것도 지긋지긋해. 아침이 되면 3소대를 깨우러 갈 거야. 토드워스 사단장님과 참모본부가 싫어해도 어쩔 수 없어. 그들의 소지품을 하나하나 조사해야겠어."

그는 매터스에게 돌아섰다.

"리사 하이버그를 찾아와. 로스데일의 애인 말이야!"

앤은 시간을 벌어야 했다. 프레윈이 3소대를 포위하고 조사하는 것을 막아야 했다. 3소대는 전우애와 피해의식으로 유대를 더욱 강화한 채 모든 외부인을 잠재적인 적으로 간주할 것이다. 앤은 여전히 그들과 접촉해서 정보를 수집할 수 있다는 희망을 갖고 있었다. 리스비는 앤에게 할 말이 있을 것이다. 앤은 그의 천막에 자료를 두고 왔기 때문에 그것을 찾으러 왔다고 둘러댈 수 있었다.

태양이 희끄무레한 지평선으로 떠오르자마자 앤은 숙소에서 나와 마을회관에 입주한 야전병원으로 갔다. 그녀는 인접한 집에서 온수로 샤워를 즐겼다. 그리고 날씨가 너무 쌀쌀해서 스타킹을 신고 하얀 블라우스를 걸친 다음 하얀색의 앙증맞은 가죽신을 신었다.

앤은 통신대 장교들이 마을에서 징발한 자전거를 빌려서 숲 기슭까지 달렸다. 그곳에서 흙길로 접어든 그녀는 트럭의 바퀴 자국을 따라 300미터쯤 달렸다. 레이븐 중대는 휴경지에 막사를 세웠고 3소대는 여느 때처럼 정예부대의 전통과 특권에 따라 다소 떨어진 곳에 자리를 잡았다. 냄비는 김을 뿜어대고 있었고 새벽의 쌀쌀한 공기에도 불구하고 여러 병사가 웃옷을 벗은 채 야영지를 돌아다니고 있었다.

앤은 칼 해리슨을 알아보았다. 그는 팔과 등의 바다 문신을 보란 듯이 과시했다. 앤이 브레이크를 잡고 접이식 탁자에 자전거를 기대어놓자 해리슨이 그녀를 훑어보았다. 앤은 당황하지 않고 그에게 다가갔다.

"안녕하세요. 리스비 병사의 천막을 찾고 있어요."

해리슨은 미소를 짓지 않고 가장 가까운 천막을 가리켰다.

"바로 저깁니다. 무슨 일이죠?"

"아무것도 아니에요. 리스비가 보관하고 있는 자료를 찾으러 왔을 뿐이에요."

해리슨의 시선은 무서웠다. 너무도 차가워서 깊은 바다색처럼 보이는, 불투명한 파란 눈에는 생기가 없었다. 앤은 마지못해 고맙다고 말하고 그 자리에서 물러났다. 3소대의 모든 병사는 동료를 잃고 전장에서 돌아온, 다른 병사들처럼 시무룩하고 피곤해 보였다. 앤은 리스비의 천막에서 자신에게 무례하게 굴었던 배로를 알아보았다. 그의 체모는 혐오감을 불러일으켰다. 그는 지나가면서 입을 비죽거렸지만 시비를 걸지는 않았다.

앤은 리스비가 머물던 공동 막사의 문을 만져본 후 큰 소리로 말했다.

"간호사예요. 들어갈게요."

앤은 몇몇 병사의 체온으로 따뜻해진 천막 안으로 들어갔다. 리스비는 구석에서 침대를 열어젖힌 채 군화 끈을 매고 있었다. 그녀는 곧장 그에게로 다가갔다.

리스비는 앤을 보자 벌떡 일어났다. 눈에 띄게 거북한 표정이었다.

"안녕하세요. 내 자료를 회수하러……."

리스비가 앤의 말을 끊었다.

"이미 당신 동료에게 돌려주었는데요. 즉시 마을 중심에 있는 병원에 돌려주었어요. 당신이 보이지 않아서 어떤 간호사에게 줬어요."

앤은 불시에 일격을 당하고 더듬거렸다.

"아, 그래요? 받지 못했는데······."

리스비는 난처한 표정으로 아주 짧은 머리를 긁적거렸다.

"저번에 당신이 찾아왔던 날 배로가 무례하게 굴어서 죄송해요."

"잊어버려요. 그는 불쌍한 백치에 지나지 않아요."

리스비는 볼 안쪽을 가볍게 깨물고는 눈꺼풀을 깜박이더니 어렵게 말을 꺼냈다.

"배로가 당신 자료를 훑어보았어요. 죄송해요. 나는 배로에게 우리와 관계없는 자료라고 말했어요. 하지만 그는 꼴통이라서 내 말을 듣지 않았어요."

"배로가 자료를 전부 읽고 뭐라고 했죠?"

"자료 속에 헌병대 보고서가 들어 있었나 봐요. 해리슨과 헌병 사이에 있었던 일······. 우리는 모두 그 문제로 다소 긴장하고 있어요. 당신을 난처하게 했다면 죄송해요."

앤이 고개를 흔들었다.

"문제될 건 없어요. 오늘 저녁까지만 찾으면 돼요. 그러지 않으면 문제가 복잡해져요. 내 동료에게 돌려주었다고 했죠?"

리스비가 고개를 끄덕였다.

"좋아요. 그럼, 당신 상처는 어때요? 좋아졌나요?"

"아물고 있어요. 고마워요."

리스비는 대부분의 소대원처럼 눈이 빨갛게 충혈되었고 눈 밑이 거무스레했다. 앤은 이 허약한 병사를 응시하다가 갑자기 연민에 사로잡혔다. 그들은 비인간적인 조건을 견뎌내고 있었다. 소음과 공포 속에서 다른 사람들을 죽이기 위해 야영지를 전전하고 있지 않은가. 그들은 지금처럼 휴식하고 있을 때조차 잠을 자지 않았다. 여전히 윙윙거리는 귀, 여전히 피부에서 사라지지 않은 화약 냄새, 여전히 입 속에서 느껴지는 흙과 피의 맛.

앤이 부드럽게 말했다.

"당신 친구들에게 미안해요."

앤은 젊은이의 시선에서 변화를 감지했다. 리스비는 놀라움과 감사의 눈빛으로 그녀를 바라보았다.

앤이 말했다.

"긴장감, 그리고 사방에 편재한 죽음이 병사들의 신경을 날카롭게 하죠. 긴장을 풀면 극한상황을 다소 잊어버릴 수 있어요. 내가 당신을 함부로 판단하지 않는다는 뜻으로 말하는 거예요. 나는 친구가 될 수 없는 배로조차 판단하지 않아요. 나는 그를 미워해도 원망할 수는 없어요. (그녀는 어깨를 으쓱하고 농담처럼 덧붙였다.) 그는 내게 불쾌감을 주었을 뿐이에요!"

리스비는 신경질적인 웃음을 억눌렀다.

"하지만 당신이 배로를 알게 된다면 그를 원망할 거예요! 그는 지독한, 성적 편집광이에요! 불건전한 녀석이죠!"

앤이 악의 없이 물었다.

"무슨 뜻이죠?"

"로드니는 이상한 짓만 골라서 해요. 로드니는 그의 이름이죠. 로드니 배로. 우리는 그를 사디스트라고 불러요. 그러면 녀석은 포복절도하죠!"

"그런데 왜 그가 불건전하다는 거죠?"

"그의 관심사 때문이에요. 그는 벌거벗은 여자에 관해서만 이야기해요. 모든 것을 섹스와 결부시키죠. 그리고······."

리스비가 머뭇거리자 앤이 재촉했다.

"그리고요?"

"배로는 솔직하지 않아요. 그는 지금처럼 쉴 때는 다람쥐를 잡아서 잘게 자르기 위해 다람쥐 덫을 만들어요. 녀석은 그 짓을 즐겨요. 그는 적과 마주치면 똑같이 해주기 위해 연습하는 거래요. 처음에 우리는 까다로운 사람들을 놀려주기 위해, 다른 사람들에게 강한 인상을 심어주기 위해, 자신의 위상을 높이기 위해 그렇게 말하는 줄 알았어요. 하지만 그의 말은 모두 사실 같아요."

"배로는 해리슨과 흐리섹처럼 정말로 까다로운 사람인가요? 그들 세 사람은 자주 어울리나요?"

"다소 비슷한 부류죠. 하지만 그들 사이에는 전우애보다는 남성적인 경쟁심이 강하게 흐르죠. 특히 해리슨은 아주 까칠하죠. 그의 별명은 '반항아'예요. 흐리섹은 더 무서운 녀석이에요. 그는 별로 말을 하지 않아요. 하지만 일단 말문이 터지면 거침없죠. (그는 약간 빈정대는 투로 덧붙였다.) 그는 떠돌이 장사꾼의 기질을 갖고 있어요."

앤이 망설이다가 말문을 열었다.

"당신에게 부탁할 게 있어요. 약간 특별한 부탁이에요."

리스비는 팔짱을 끼고 얼굴을 찌푸렸다.

"아, 그렇게 말하지 말아요. 당신이 저번에 나를 치료해줬고……."

"그건 당연한 일이었어요. 도움이 필요해요. 누구에게 도움을 청해야 할지 모르겠어요."

리스비가 다시 얼굴을 찌푸렸다. 앤은 그것을 긍정적인 신호로 해석했다.

"말해보세요. 부탁하고 싶은 게 뭐죠?"

앤은 오전 9시쯤 성당에 들어섰다. 프레윈은 칠판으로 둘러싸인 제단에 서서 긴 의자에 앉아 있는 부하들에게 말하고 있었다. 앤은 헌병이 3소대의 야영지를 포위한 후 모든 막사를 수색하고 개인 트렁크를 뒤지기 위해 작전을 짜는 것으로 추측했다. 프레윈은 정말로 레이븐 중대에 전쟁을 선포하기 위해 준비를 하고 있을까?

앤은 조용히 뒷자리에 앉아서 중위의 말에 귀를 기울였다. 중위는 수색 작전을 세우는 것이 아니라 어젯밤의 범행을 분석하고 있었다. 프레윈의 목소리가 홀에 울려 퍼지고 있었다. 도노반과 매터스는 보이지 않았다.

"……시간이 흐를수록 살인범은 자신을 추적하지 못하도록 흔적을 흩뜨리고 있어. 하지만 놈은 몇 가지 행동은 자제하지 못했어. 실제로 몇몇 행동은 놈이 어떤 사람인지를 드러냈지."

베이커가 물었다.

"이번에는 구체적인 것입니까?"

"베이커, 개인의 인성은 구체적이지 않아. 따라서 우리의 분석이 구체적일 거라고는 기대하지 마. 나는 자네의 실망감을 이해할 수 있어. 나도 마찬가지야. 하지만 인내심을 가져야 해. 우리가 정확히 분석할수록 범인의 윤곽을 더욱 뚜렷이 파악할 수 있고 결국에는 놈을 체포할 수 있을 거야. 나는 특히 놈이 어젯밤 두 여자에게 저질렀던 소행에 대해 생각하고 있어. 소홀하게 다룰 것은 하나도 없어. 놈이 여자들의 시신을 우물에 던지지 않은 것은 여자에게는 그렇게 수고할 만한 가치가 없다고 판단한 거야."

콘래드가 덧붙였다.

"혹은 우리에게 여자들의 모습을 보여주고 싶었을지도 모릅니다! 놈은 언제나 과시하려고 했습니다."

프레윈이 고개를 흔들었다.

"나는 그렇게 생각하지 않아. 아무튼 이번은 아냐. 두 시신을 배치한 방식에는 어떤 유형도, 시각적 효과도, 독창성도 없어. 예를 들면 테이프로 시신을 감지도 않았어. 이번에는 두 여자의 음부를 능욕하고 유린하고 손상했을 뿐이야. 어머니의 일그러진 얼굴은 엉덩이 뒤에 숨겨져 있었고, 딸의 얼굴은 천으로 가려져 있었어. 살인범은 우리에게 시신의 얼굴을 보여주지 않았어. 놈은 분노를 드러냈을 뿐이야. 놈이 강조했던 것은 걷어 올린 잠옷과 음부였어. 고문을 당해서 훼손된 음부. 대수롭지는 않지만 연출이 있었다면 현장에서 발견된 병과 양초가 전부야. 두 물건이 남자의 성기를 연상시킨다는 것 말고는 특별한 점은 없었어. 물론 그 점도 소홀히 다뤄서는 안 돼. 살인범은 일부러 처녀를 부모의 방으로 끌고 갔어. 이건 특히 중요한 부분이야."

베이커가 물었다.

"그게 왜 중요합니까?"

"처녀의 목을 조르는 데 사용한 허리띠는 그녀의 방에 있었기 때문이야. 서랍장 위에 두 개의 마분지 상자가 열려 있었어. 하나는 비어 있었고 다른 하나에는 낡은 허리띠가 들어 있었지. 살인범은 처녀가 자고 있을 때 방으로 들어가서 뒤졌을 거야. 처녀를 깨우지 않고도 샅샅이 뒤질 수 있었지. 놈은 가장 멋진 허리띠를 골랐어. 그래서 놈은 소년들은 시트와 베개로 질식시켜 죽였지만 처녀는 허리띠를 이용해서 살해한 거야. 놈은 허리띠를 보고 뭔가를 떠올린 거야."

먼로는 용기를 내서 의견을 제시했다.

"놈은 어렸을 때 허리띠로 맞았을 겁니다."

프레윈은 그에게 집게손가락을 내밀었다.

"바로 그거야. 폭력, 성욕 그리고 범죄 사이에 깊은 연관성이 있다는 것은 잘 알려진 사실이야. 소년들을 살해한 직후 처녀의 방에 들어갔기 때문에 살인범의 흥분은 절정에 달해 있었지. 놈은 약간의 여유가 필요했어. 옆방에는 여전히 따뜻한 희생자들의 시신이 있었기 때문에 놈은 정신을 가다듬기 위해 잠시 휴식이 필요했을 거야. 놈은 잠든 처녀를 바라보았지만 어떤 연민도 느끼지 않았어. 처녀는 그에게 분노를 일으키는 물체에 지나지 않았어. 그래서 놈은 가구를 둘러보고 손에 닿는 상자를 열어보았지. 허리띠는 그에게 정신적 외상과 관련된, 고통스러운 기억을 연상시켰지. 놈은 다시 분노에 휩싸였어. 사회의 반항자인 놈은 멋진 나들이용 허리띠를 선택했지. 그것은 아주 유혹적인 상징물이었어. 놈은 처녀가 몸부림을 멈출 때까지 목을 졸랐어. 처녀는 죽지 않았지만 의식을 잃었지. 그러자 놈은 부모의 방으로 이동한 다음 창고에서 가져온 망치로 두 사람의 머리를 후려쳤어. 이번 학살에서 놈의 모든 소행은 즉흥적이었지. 망치, 허리띠, 시트, 병, 양초. 이전의 범행에서 체계적으로 준비하고 기교를 부린 연출과는 대조를 이루지."

콘래드가 나지막이 덧붙였다.

"살인범은 아버지를 무력화시키고 어머니를 제압한 후 처녀를 데리러 갔습니다."

"맞아. 나도 그렇게 생각해. 처녀는 의식을 잃었지만 놈이 난자질하면 비명을 질러서 다른 사람들을 깨울 수 있었기 때문에 처녀를 손보기 전에 모두를 죽여야 했지. 그리고 놈이 그렇게 행동한 이유를 따져봐야 해. 왜 놈은 침대에서 처녀의 목숨을 끝내지 않고 부모의 방으로 끌고 가서 죽였을까?"

콘래드가 말했다.

"부모의 방은 중요한 상징성을 지니고 있습니다."

"그건 실제로 가장 수긍할 수 있는 설명이야. 허리띠, 부모의 방……. 이제 결론은 분명해. 놈은 두 여자에게 성적 흔적만 남겨둔 채 모든 남자를 제거했어. 남자는 그곳에 없더라도 상징물을 통해 존재하는 거야. 남자들은 두 여자의 음부에 박힌 물체를 통해 존재하기 때문에 그들의 시신을 남겨둘 필요가 없었지. 정신적 외상은 분명히 존재해. 범인은 아버지에게 구타와 능욕을 당했어. 의심의 여지가 없어."

라르손이 물었다.

"그럼, 이제는 어떻게 해야 합니까?"

"살인범이 어떤 사람인지 정확히 파악될 때까지 놈을 둘러싸고 있는 사람들을 파악해야 해. 또 놈이 동료들과 상관들에게 어떻게 처신하는지 알아야 해. 계급은 놈이 원하든 그렇지 않든 아버지를 대신하는 역할을 하지. 그건 너무 명백한 사실이야. 놈은 틀림없이 강압과 명령을 달갑게 여기지 않을 거야. 이 점을 염두에 둬야 해."

먼로가 우락부락한 얼굴을 찌푸리자 그의 불쾌한 표정이 더욱 두드러졌다.

"살인범은 이상한 놈입니다. 모두가 알다시피 놈은 전투 당일 자신보다 운이 좋은 병사들의 행운을 죽이고자 했습니다. 그것 또한 놈이 어린 시절 갖지 못한 행운에 대한 복수는 아닐까요?"

프레윈이 눈썹을 치켜 올렸다. '피의 언어'의 분석법을 배운 부하들은 모두 먼로가 방금 그랬던 것처럼 중요한 주제를 건드릴 위험을 무릅쓰고 자신의 어설픈 추리를 늘어놓으려 했다. 중위가 대꾸하지 않고 말을 이으려 하자 베이커가 몸을 숙이고 끼어들었다.

"훌륭한 추리입니다. 하지만 지금까지 우리의 추리는 범인을 파악하는 데 도움이 되지 않았습니다. 매번 우리는 범인의 성격을 추측했지만 용의자는 여전히 줄어들지 않았고 유력한 용의자도 드러나지 않았습니다."

앤이 과장조로 외쳤다.

"지금껏 중위님의 추리를 근거로 하면 용의자를 네 명으로 줄일 수 있어요."

모든 시선이 앤에게 집중되었다. 기둥에 몸을 기대고 있던 그녀는 제단으로 올라가더니 3소대의 명단이 적혀 있는 칠판을 잡아당겼다. 그녀는 일곱 명의 이름 앞에 285라는 숫자를 붙였다.

- 로이드 모리스 대위 D 285
- 필립 파이퍼 중위
- 헨리 클라크 특무상사 D
- 파커 콜린스 의무중사 D 285
- 더글러스 레지 하사 D
- 애덤 하우단 하사
- 블라디미르 흐리섹 병사 D 285
- 마틴 클램프스 병사 D
- 제러미 브로더스 병사 D
- 칼 해리슨 병사 D 285
- 피터 브롤린 병사
- 제임스 코스텔로 병사 285
- 존 트라우델 병사 D

- 로드니 배로 병사 D 285
- 스티브 리스비 병사
- 존 월커 병사 D 285

앤이 설명했다.

"이들 일곱 명의 신발치수는 살인범과 같은 285밀리예요. 이들 중 흐리섹, 해리슨, 배로 그리고 월커는 혼자 있기를 좋아하거나 고집이 센 사람들이에요. 모두 상관들과 문제가 있죠. 여기에 체격이 육중한 트라우델을 추가할 수 있을 거예요. 하지만 그는 겉보기에는 문제를 일으키지 않고 명령에 복종하며 모두와 잘 어울려요."

먼로가 투덜거렸다.

"언제나 똑같은 놈들입니다. 해리슨은 정말 짜증 나는 놈입니다. 망설이지 말고 당장 놈을 체포해야 합니다!"

프레윈이 손을 들어 먼로의 말을 중지시키고 앤에게 말했다.

"당신의 생각을 알겠어요. 복안이 있죠?"

앤은 기꺼이 대답했다.

"정면으로 부딪치면 안 돼요. 그러면 3소대는 더욱 결속할 테고 우리는 아무것도 얻지 못할 거예요. 그들은 나도 의심할 거예요. 그건 너무 위험해요. 더구나 우리는 어디서 무엇을 찾아야 하는지도 몰라요. 기다려요. 수집할 자료가 더 있어요. 카타리나 바이스는 아직 천궁도 작업을 마치지 못했어요. 조금 전에 그녀를 만났는데 모든 일이 순조롭다면 오늘 작업이 끝날 거래요. 중위님은 로스데일의 애인을 신문하고 싶으시죠? 좋은 생각이에요. 우리는 로스데일이 죽기 전에 급하게 그린 여성의 상징이 무엇을 의미하는지 알아내지 못했어요. 그것은 아주 중요한 일이에요. 파고들어야 해요. 보다시피 해리슨 일당을 기습하기 전에 할 일이 많이 남았어요."

프레윈은 차갑게 동의를 표시한 후 부하들에게 물었다.

"살인범이 여자라는 가정은 어떻게 되었지?"

앤은 당황했다. 그녀는 중위가 그처럼 돌연한 가정에 관심을 가질 것으로는 기대하지 않았다. 그녀는 더 많은 것을 알고 싶다는 눈빛으로 자신을 응시하는 헌병들을 한 사람씩 바라보았다.

"그건 모든 가능성을 열어두기 위해 제시한 하나의 가정일 뿐이에요."

베이커가 격분했다.

"살인범이 여자라고요? 불가능합니다……."

프레윈이 그의 말을 끊었다.

"반대야! 살인범이 여자라면 오히려 많은 것이 설명될 수 있어."

깜짝 놀란 라르손이 물었다.

"중위님, 정말로 그렇게 생각하세요?"

"꼭 그렇다기보다는 머리 한구석에 그 가정을 간직하고 있지. 여러분도 그래야 해. 어떻게 될지 아무도 모르니까."

라르손이 반박했다.

"하지만 여자는 거의 없습니다!"

프레윈이 한 손으로 앤을 가리켰다.

"여기 있잖아. 카타리나 바이스도 있어. 그리고 다른 간호사들과 군무원들도 있고. 모두 처음부터 3소대를 지목했어. 여자가 범인이라는 가정은 확실한 증거가 없는 한 불가능해. 하지만 다들 이 터무니없는 가정을 머리 한구석에 간직해두도록."

먼로가 짜증을 냈다.

"그렇다면 범인이 우리 가운데 한 사람이라는 가정은 왜 안 됩니까?"

프레윈이 인정했다.

"먼로, 자네가 이 가정을 언급하는 것이 두 번째군. 자네는 콘래드, 매터스, 도노반 그리고 나처럼 신발치수가 285밀리야. 내가 모두 확인했지."

콘래드가 지적했다.

"그건 군에서 가장 흔한 치수입니다."

프레윈은 갑작스러운 의심에 당황하는 부하들을 응시하더니 그들을 안심시키기 위해 모처럼 다정한 미소를 지었다. 그는 즉시 미소를 거둬들이고 말을 이었다.

"아무튼 앤의 말이 옳을 거야. 우선 오늘 저녁을 기다려본 후 3소대를 수색하자."

먼로가 항의했다.

"또 기다려요!"

프레윈이 단번에 목소리를 높였다.

"나도 그들을 수색해서 명쾌하게 밝히고 싶어. 하지만 도슨 양의 제안은 나쁘지 않아! 자, 흩어져. 어젯밤 농가 근처에서 무엇이든 보거나 들은 사람을 찾아서 증언을 수집해."

프레윈은 휘파람을 불고는 성당 정문을 가리켰다. 앤은 중위가 부하들에게 단호하게 명령하는 모습을 처음으로 보았다. 그는 권위가 도전받으면 즉시 부하들을 제지하고 통제할 줄 알았다. 부하들은 그의 말에 따라 제의실을 지나 신속하게 중앙 홀을 빠져나갔다.

프레윈이 간호사에게 돌아섰다.

"어떻게 병사들의 신발치수를 알아냈죠?"

"정중하게 요청했어요. 때때로 그 방법이 잘 먹혀요."

"당신이 말했던 그 병사인가요? 그가 우리를 도와줄 수 있을까요? 우리에게 다른 정보도 전해줄 수 있을까요?"

앤은 잊어버리라는 손짓을 했다.

"내가 그를 친절하게 대했고 그의 동료 가운데 한 명이 내게 짓궂게 굴었기 때문에 그가 도와준 거예요. 하지만 다음부터는 귀찮게 굴지 말라더군요. 따라서 그에게 더 이상 기대할 수 없어요."

앤은 뜻밖에도 단호한 시선으로 중위를 바라보았다. 프레윈은 그녀가 이 대화에 만족하지 못했다고 느꼈다.

앤은 지금 우리가 맺고 있는 관계에, 요전에 일어났던 일에 대한 침묵에, 내 태도에 만족하지 않아…….

프레윈이 입을 열었다.

"앤, 잘 들어요. 나는……."

그때 문이 활짝 열리면서 햇빛이 쏟아져 들어왔다. 매터스가 달려왔다.

"방금 도노반의 무전을 받았습니다. 그가 해변 기지에서 오고 있습니다. 오후가 시작될 무렵 도착할 겁니다."

젊은 중사는 잠시 숨을 몰아쉰 후 덧붙였다.

"그는 리사 하이버그와 함께 오고 있습니다."

리사 하이버그는 적갈색의 곱슬머리, 선명한 초록빛 눈, 매혹적인 몸매를 지닌 20대 아가씨였다. 병사들이 돌아볼 정도로 우아함과 매력을 갖춘, 아주 세련된 여자였다. 리사는 고딕양식에 경탄하며 성당 내부에서 눈을 떼지 못했다. 매터스, 도노반 그리고 앤은 뒤로 물러나서 30분 전부터 대화를 이끌고 있는 중위를 지켜보았다. 프레윈은 퍼거스 로스데일의 수사와 관련된 주제를 피했다. 지금까지 그는 리사에게 군대 생활, 고향, 입대 동기, 가족에 대해서만 물었다. 매터스는 모든 대화를 메모했지만 관심을 끌 만한 내용은 하나도 없었다. 프레윈은 리사가 긴장을 풀고 말수가 늘어나자 마음의 준비가 되었다고 판단하고 핵심으로 들어갔다.

"아무튼 이렇게 와줘서 고맙습니다."

"천만에요. 별것도 아니잖아요. 내가 이곳에 왔다고 해서 참모본부가 무너지는 것도 아니고. 비서는 상당히 많아요. 장교마다 비서가 여러 명이죠. 요컨대 우리는 요령껏 자리를 비울 수 있어요. 중위님이 로스데일 사건을 수사 중이라는 걸 알아요."

프레윈은 리사를 관찰하면서 천천히 고개를 끄덕였다.

리사는 화를 감추지 않고 쌀쌀맞게 말했다.

"참모본부는 내게 귀국하라는 제안도 하지 않았어요. 또한 그의 시신을 보여주지도 않았어요."

"보고 싶으세요?"

리사는 에메랄드빛 홍채로 프레윈의 두 눈을 주시했다.

"보고 싶으냐고요? 물론이죠! 당신 같으면 사랑하는 사람이 영원히 사라지게 되었는데 작별인사를 하고 싶지 않겠어요?"

프레윈은 질문을 교묘히 피했다.

"두 분은 언제부터 사귀었죠?"

리사가 망설였다.

"열흘 되었어요. 우리는 점심시간에 구내식당에서 만났어요. 나도 알아요. 중위님은 열흘이 별것 아니라고 하겠죠? 하지만 나는 그를 뜨겁게 사랑했어요. 로스데일은 재치가 넘치는 사람이었어요."

프레윈은 고개를 끄덕이며 신뢰감을 주려 했다.

"기간은 별로 중요하지 않아요. 중요한 건 당신의 감정이죠. 나는 몇 가지가 알고 싶어요. 로스데일이 실종되기 전에 다소 이상해 보였거나 달랐던 점은 없었나요?"

리사는 침을 삼킨 후 대답했다.

"없었어요. 출전 명령을 기다리는 다른 병사들과 다르지 않았어요. 전시 상황에는 말하기가 쉽지 않죠. 그런데 그건 왜 묻죠?"

프레윈이 어깨를 으쓱했다.

"로스데일이 한밤중에 시걸 호에 간 이유를 알고 싶어요."

리사 하이버그가 재빨리 눈을 깜박거렸다.

프레윈이 재촉했다.

"혹시 아는 게 없나요?"

"없어요. 당신 부하들이 이미 물어봤어요."

"맞아요. 부하들이 그의 사망을 알려주러 갔던 날 물어봤죠. 하지만 당신은 질문에 대답할 상황이 아니었어요. 이해할 수 있어요. 그래서 만나자고 한 거예요. 로스데일은 당신에게 아무 말도 하지 않았나요?"

"전혀요."

"로스데일이 그날 밤 만나러 갈 만큼 특별한 누군가가 있었을까요?"

"내가 알기론 없어요."

"로스데일은 기지에 친구가 있었나요?"

"중대원들요."

리사는 말수가 줄었고 문장은 더욱 짧아졌다.

그녀는 이 귀찮은 신문에서 벗어나고 싶을 거야.

"로스데일이 슬퍼하거나 침울해하지 않았나요? 그는 의기소침했나요?"

"전혀 그렇지 않았어요……. 공습이 임박해서 약간 불안해했지만 우울해하지는 않았어요! 왜요? 설마 그가 자살했다고 생각하는 건 아니겠죠?"

프레윈은 리사의 정신적인 장벽을 흔들기 위해 거짓말을 했다.

"모든 가정을 고려해야 해요."

"로스데일은 아니에요. 절대로 자살할 사람이 아니에요."

"당신이 그를 모른다는 소리는 아니에요. 하지만 열흘이 누군가에게 애정을 느끼기에 충분할까요? 누군가를 완전히 파악하기에는 다소 짧은 기간 아닌가요?"

"어쩌면 그럴 수도 있죠. 하지만 나는…… 나는 탁월한 직감을 지니고 있어요. 나는 로스데일이 그런 사람이 아니라는 걸 느꼈어요. 그는 우울증 환자가 아니에요. 절대로 그럴 사람이 아니에요."

프레윈은 그녀를 계속 혼란에 빠뜨리기로 했지만 이번에는 심금을 울리기 위해 방법을 조금 바꿨다.

"리사, 이런 질문을 해서 미안해요. 혹시 로스데일이 당신 말고 다른 사람을 만나지는 않았습니까?"

"다른 여자 말인가요?"

"남자라도 상관없어요. 모든 가능성은 열어둬야 하거든요."

리사가 고개를 저었다.

"물론 없어요! 이미 말한 것처럼 나는 그를 사귄 지는 얼마 되지 않았지만 분명히 느꼈어요. 그는 그런 사람이 아니었어요."

"하지만 로스데일은 한밤중에 자진해서 시걸 호에 올라갔는데 당신은 그걸 모르고 있었어요."

"아니에요. 아무튼 중위님이 생각하는, 그런 것은 아니에요. 그에게는 정부가 없었어요!"

"내가 생각하는, 그런 것이 아니라고요? 왜죠? 당신은 나보다 더 많은 것을 알고 있나요?"

궁지에 몰린 여자의 시선, 함정에 빠져 원통해하는 시선에 노기가 서렸다.

프레윈은 침착하고 따뜻한 어조로 물었다.

"당신이 알고 있는 것을 더 이상 숨기지 마세요."

리사가 입을 벌렸다. 그녀는 에메랄드빛 눈동자로 성당의 그림자들을 탐색했다. 아무도 다가오지 않자 프레윈이 그녀에게 속내를 털어놓으라고 재촉했다.

"당신이 도와주면 우리는 진실에 접근할 수 있어요. 그날 밤 구내식당에서 무슨 일이 일어났는지 알 수 있어요. 당신만이 우리에게 알려줄 수 있어요."

리사가 갑자기 공격적으로 대꾸했다.

"로스데일은 좋은 사람이었어요. 중위님은 그를 성급하게 판단했어요. 중위님은 그를 모르기 때문이죠!"

"리사, 당신이 아무 말도 해주지 않는다면 나는 최악을 상상할 수밖에 없어요. 나는 로스데일의 명예를 해칠 생각은 없어요. 당신은 그 점을 염려하는 거죠?"

리사는 다시 침을 삼키고 중위를 뚫어지게 바라보았다.

"로스데일이 살해되던 날 한 남자가 찾아왔어요. 로스데일의 친구였어요. 그는 난처한 표정을 짓더니 비밀을 털어놓고 도와달라고 했어요. 로스데일이 전쟁의 중압감에 시달리고 건강이 좋지 않다고 했어요. 그건 사실이에요. 하지만 로스데일은 자살할 사람이 아니었어요. 중위님, 나를 믿어줘요! 그는 천성적으로 착하고 온순했어요. 전쟁이 그를 아프게 했어요. 그는 전쟁의 중압감을 잊기 위해, 신경을 진정시키기 위해 손대기 시작했어요."

"마약 말인가요?"

리사가 눈물을 글썽이며 고개를 끄덕였다.

"네. 당시에는 믿고 싶지 않았어요. 하지만 그 남자는 로스데일을 잘 아는 것 같았어요. 그는 우리가 로스데일을 도울 수 있다고 했어요. 그는 로스데일을 만나서 얘기하고 싶다고 했어요. 하지만 얼마 전부터 로스데일이 그를 피했대요. 그래서 그가 시걸 호에서 로스데일을 만날 수 있도록 계략을 꾸몄죠."

"당신이? 아니면 그가?"

"그였어요."

"왜 하필이면 시걸 호였죠?"

"그는 시걸 호에서 만나는 게 더 쉬운 일이라고 했어요. 내가 로스데일에게 시걸 호에서 만나자고 해도 그는 의심하지 않았을 거예요. 나는 그 배에 승선해야 했거든요."

프레윈은 의혹의 시선으로 그녀를 살폈다.

"리사, 왜 이 모든 사실을 숨겼죠?"

"중위님이 로스데일을 사람이 아니라 마약중독자로 여길까 봐 두려웠어요. 중위님이 그의 이미지를 더럽힐까 봐 그랬죠!"

프레윈은 대답하지 않고 그녀에게 몸을 숙였다.

"리사, 그날 당신을 만나러 왔던 남자의 이름을 압니까?"

리사의 얼굴이 굳었다.

"물론 그를 알아요. 그는 레이븐 중대 소속이에요. 그의 이름은 흐리섹이죠. 블라디미르 흐리섹. 그는 내게 누구에게도 말하지 않겠다는 맹세를 받아냈어요. 이제 만족하세요? 나는 내 맹세를 깨뜨렸어요. 이제 하느님만이 나를 심판할 수 있어요."

앤은 리사의 얘기를 듣고 있었다. 프레윈은 리사에게 블라디미르 흐리섹을 묘사해보라고 했다. 장신, 금발, 주름진 얼굴, 그리고 앞쪽에 여러 개의 잿빛 틀니. 틀림없이 그였다. 흐리섹은 리사에게 로스데일을 만나서 다음 날 저녁 시걸 호의 C갑판에 있는 구내식당에서 만나자는 약속을 하게 했다. 그래서 로스데일은 불을 켜지 않았던 것이다. 그는 애인을 만날 것으로 기대했기 때문이다.

리사는 약속 장소에 가지 않았다. 흐리섹은 혼자 로스데일을 만나서 마약을 끊으라는 충고를 하겠다고 했다. 그들은 친구였다. 리사는 흐리섹의 거짓말을 믿음으로써 살인범을 도와주게 되었다. 그런데 흐리섹은 초저녁에 다시 리사를 찾아와서 자신이 약속 장소에 나갈 수 없다면서 약속을 취소해달라고 했다. 하지만 너무 늦었다. 리사는 더 이상 로스데일을 만날 수 없었다. 흐리섹은 다음 날 로스데일을 만날 거라고 둘러대면서 그녀를 안심시켰다. 사실 그는 리사를 농락했다. 그는 지정된 통금시간이 지나면 로스데일이 몰래 빠져나가지 않는 한 중대 막사에 처박혀 있어야 하기 때문에 두 사람이 만날 수 없다는 사실을 알고 있었다. 흐리섹은 약속을 취소함으로써 시체가 발견되더라도 리사의 의심을 피할 수 있게 되었다. 그녀는 흐리섹의 음모를 생각하지 못하고 때마침 발생한 난투극이 살인사건으로 번졌다고 생각할 것이다. 그것은 위험천만한 계획이었다. 리사가 정말로 순진하고 로스데일을 사랑하며 애인이 마약중독자로 알려지는 것을 두려워해야 성공할 수 있는 계획이었다. 또한 그녀가 자신이 알고 있는 모든 것을 함구해야 성공할 수 있는 계획이었다. 그것은 전적으로 모든 것을 운에 맡기는 계획이었다.

흐리섹은 우리가 쫓고 있는 살인범을 닮지 않았어. 살인범은 흐리섹보다 더 영악해. 그는 범행을 철저히 준비하지. 수법이 일치하지 않아……

앤이 리사에게 다가가서 물었다. 프레윈은 놀란 눈으로 앤을 지켜보았다.

"당신들이 이 계략을 꾸몄을 때 흐리섹은 혼자였나요?"

리사는 마치 앤이 방금 나타난 것처럼 그녀의 얼굴을 빤히 쳐다보았다. 그리고 마침내 대답했다.

"네."

"그럼 당신은 그전에 흐리섹을 본 적이 없어요?"

"없어요."

"그럼 로스데일과 흐리섹이 친구라는 것을 어떻게 알았죠?"

리사는 피곤한 듯이 대답했다.

"흐리섹이 그렇게 말했어요. 그는 내게 로스데일이 얼마나 스트레스를 받는지 아느냐고 물었어요. 그는 모두 마약 때문이라고 설명해줬어요."

"하지만 당신은 조금 전에 모든 병사가 전투 전에는 신경이 날카로워진다고 했잖아요. 로스데일도 다른 병사들처럼 극도의 긴장 상태에 있었을 거예요……"

갑자기 리사가 신경질을 냈다.

"그래서 어쩌자는 거죠?"

앤은 진정하라는 듯이 두 손을 들었다.

"나는 무슨 일이 있었는지 알고 싶을 뿐이에요. 그리고……."

"대체 당신은 누구죠? 그거 간호사복 아닌가요? 헌병복이 아니잖아요."

프레윈은 앤의 개입을 달가워하지 않는 것 같았다. 그는 리사의 말을 반박하고 자신의 의견을 관철시키기보다는 구경만 하는 것이 낫겠다고 판단했다. 하지만 그는 리사가 참모본부의 누군가에게 영향력을 행사할 수도 있음을 깨닫고는 대화에 끼어들었다.

"도슨 양은 우리와 함께 일하고 있어요. 목소리를 높이지 않았으면 좋겠군요. 여기는 성당 안이잖아요."

앤은 웃음을 터뜨릴 뻔했다. 사실 중위는 신성한 성당을 별로 존중하지 않았다.

앤이 사과했다.

"내가 무례했다면 용서해줘요. 한 가지만 더 물을게요. 더 이상 당신을 난처하게 하지 않을게요."

프레윈이 팔짱을 꼈다. 간호사가 옆에 있어서 신문하기가 편하지 않았다. 그는 앤이 무릎을 꿇고 두 손으로 리사의 손을 잡은 채 뭔가를 속삭이는 것을 보고는 표정이 굳었다. 앤이 아주 나직이 물었다.

"혹시 로스데일 이전에 다른 병사를 사귀었나요? 우리끼리 얘기하는 거니까 솔직하게 대답해줘요. 아주 중요해요."

리사는 당혹스러워 보였다. 그녀는 중위를 곁눈질했다.

앤이 재촉했다.

"리사, 나는 애정 결핍에 대해 잘 알아요. 약간의 애정은 언제나 필요해요. 그의 이름이 뭐죠? 혹시 여럿이었나요? 창피한 일이 아니에요. 간혹 우리는……."

"여러 명은 아니에요. 그전에 병사를 한 명 사귀었어요. 나는 그가 내게 전념하고 다정할 거라고 생각했는데 아니었어요. 그는 바람둥이였죠. 그의 이름은 제임스 코스텔로예요. 한심한 작자죠."

앤은 살며시 미소를 지었다. 그것은 연민의 미소로 보일 수도 있지만 사실은 승리의 미소였다. 이제 모든 것이 설명되었다. 코스텔로는 레이븐 중대 3소대 소속이었다. 해리슨과 흐리섹의 친구인 그는 툭하면 자기 자랑을 하는 '수다쟁이'로 유명했다. 그는 친구들에게 리사에 대해, 그녀의 순진함에 대해, 그리고 그녀를 얼마나 쉽게 배로 데려갈 수 있는가에 대해 떠벌렸다. 흐리섹은 살인을 계획할 때 코스텔로의 얘기를 떠올렸다. 어떻게 실행했을까? 최고의 천궁도를 지닌 병사들의 명단부터 작성했을까? 하지만 퍼거스 로스데일은 흐리섹과 같은 중대가 아니었다.

놈은 첫 살인에서 자신의 중대원을 죽일 수는 없었어. 그들은 시걸 호에서 단체생활을 했기 때문에 눈에 띄지 않고 누군가를 유인하는 것은 불가능했지. 그래서 놈은 함께 승선하기로 되어 있던 이웃 중대의 병사를 죽였어. 놈은 천궁도에서 운이 가장 좋은 병사를 선택했지. 로스데일은 그들 가운데 한 사람이었고. 놈은 코스텔로가 이제는 로스데일의 애인이 된 리사에 대해 떠들어대던 얘기를 떠올렸어. 그래서 리사를 속였던 거야.

흐리섹은 범행을 얼마 동안 준비했을까? 놈은 모든 역량을 로스데일에게 집중하기 전에 몇 명의 잠재적인 희생자들을 지켜보았을까?

하지만 앤은 흐리섹의 유죄를 확신할 수 없었다. 흐리섹은 첫 번째 살인을 위해 엄청난 위험을 무릅썼다. 모든 것은 리사 하이버그에 달려 있었다. 만일 리사가 헌병대에 털어놓는다면 그의 정체는 즉시 밝혀질 터였다. 하지만 살인범은 정말 영악해서 범행의 전모는 쉽게 드러나지 않았다.

누군가 앤의 팔을 붙잡았다.

프레윈은 앤을 따로 데려갔다.

"얘기 좀 할 수 있을까요? 지금 뭐하는 거죠?"

"리사가 남자에게는 털어놓지 않을 정보를 모으고 있어요. 흐리섹의 정체를 밝히는 데 이것만큼 좋은 방법은 없어요······."

"앤, 리사가 방금 그의 신원을 확인해주었어요. 모든 것이 일치해요. 흐리섹은 오른손잡이에 아주 건장해요. 신발 사이즈는 285밀리죠. 또 상관들의 속을 썩이는 난폭한 병사예요. 해리슨의 친구이기도 하구요. 이기적인 정신질병자 흐리섹이 해리슨과 맺은 친구 관계는 피상적인 것에 지나지 않아요. 이제 모든 퍼즐조각이 맞아떨어져요!"

앤은 흥분했지만 목소리를 높이지 않으려고 애썼다.

"로스데일의 살인은 순진한 리사가 침묵해주느냐에 성패가 달려 있었어요. 흐리섹이 정말 살인범이라면 그는 정말 위험한 처지에 놓일 수도 있었어요. 이 사건은 탁월한 지능을 가진 범인이 철저히 준비했던 다른 살인들과 닮지 않았어요!"

프레윈은 리사가 그들의 말을 듣고 있지 않는 걸 확인했다. 매터스가 리사에게 다가가 관심을 돌렸던 것이다.

프레윈이 상기시켰다.

"그것은 첫 번째 살인이었어요. 살인범이 아무리 교활할지라도 처음부터 완벽할 수는 없어요. 놈은 준비를 하고 살인의 환상을 키웠어요. 그리고 기회가 나타나자 범행을 시도했어요. 절호의 기회였어요! 앤, 이런 부류의 사람들은 긴장이 최고조에 다다를 때까지 수년 동안 자제해요. 스트레스를 주는 외적 상황이 조성되면 긴장이 폭발하죠. 그래서 놈은 범행을 저질렀던 거예요. 다소 성공적이었죠. 놈은 다음 살인을 더욱 완벽하게 저지르기 위해 첫 번째 살인을 분석하고 다음 범행을 구상했어요. 실제로 놈은 더욱 치밀하게 다음 범죄들을 저지름으로써 교활한 지능을 증명했어요."

앤은 침묵을 지켰다. 프레윈은 틀리지 않았다. 앤은 흐리섹을 완벽한 살인자로 만들고 싶었다. 그것은 분명 강박관념이었다. 그녀가 흐리섹의 어두운 부분을 조사할 때부터 머릿속에서 떠나지 않는 생각. 흐리섹은 약점을 지닌 인간에 지나지 않았다.

흐리섹은 퍼거스 로스데일을 살해했어. 그리고 다른 사람들도 죽였어. 희생자들이 점성술상으로 전투 당일 자신보다 훨씬 더 운이 좋다는 이유로. 흐리섹은 난폭한 삶과 관련이 있어. 살인은 가장 난폭한 표현 양식이야. 살인은 놈이 느낄 수 있는, 가장 강렬하고 가장 떨리는 감동이야. 그는 분노, 증오 혹은 어린 시절의 치욕 이외에는 거의 아무것도 느끼지 못했어.

갑자기 여러 생각이 떠올랐다. 점성술…… 살인…… 유년기…… 부모…….

흐리섹의 부모는 떠돌이 장사꾼이었어.

앤은 이 정보를 기록해두기는 했지만 곰곰이 따져보지는 않았다.

그들은 떠돌이 장사꾼이었어. 그는 점쟁이나 점성술과 멀지 않은 환경에서 자랐어!

앤이 대답하지 않자 프레윈이 그녀를 내버려두고 리사에게 돌아갔다.

자신감을 가져야 해. 내 정보에 확신을 가져야 해.

앤은 제단에서 멀어졌다. 도노반은 호기심 어린 눈길로 그녀를 바라보았다.

흐리섹이 우리가 찾고 있는 범인일 거야.

앤은 제의실 문을 지나 재빨리 밖으로 나왔다. 오후의 잿빛 햇살이 눈부시게 비쳤다. 강렬한 광채가 반짝였다. 앤은 팔을 들어 눈을 가렸다. 그래서 육중한 실루엣이 다가오는 것을 보지 못했다.

그 실루엣이 그녀의 얼굴을 후려쳤다.

앤은 뒤로 넘어지면서 수세기에 걸쳐 풍화된 석벽에 등을 부딪쳤다. 허파의 공기가 충격으로 빠져나가면서 정신이 아찔해졌다.

앞에서 누군가가 힘겹게 일어나면서 투덜거렸다.

"당신을 못 봤어요! 메모를 읽고 있었거든요."

앤이 햇빛에 익숙해지기 위해 눈을 깜박거렸다. 우람한 체구가 소매의 먼지를 털어내며 앞에 서 있었다. 상대는 담배를 피우는지 여자치고는 목소리가 약간 거칠고 탁했다. 카타리나 바이스였다.

"중위님은 귀국하면 내게 맛있는 저녁을 사야 해요! 그는 이 엄청난 일을 급하게 다그쳤잖아요. 그래도 참모본부에서 일하는 것보다는 즐거워요!"

앤은 아픈 오른팔을 돌렸다.

"3소대의 천궁도는 완성했어요?"

"네. 대강 끝냈어요."

"그럼 3소대가 전투에 참가했던 날 운이 좋은 병사의 명단을 작성했나요?"

카타리나가 고개를 끄덕였다.

"네. 그런데 내가 이미 말했던 것처럼 행운율을 계산하는 건 그렇게 쉽지 않아요. 그건 긍정적인 상황이 모여서 어떤 일을 성공하게 도와주는 거죠. 유리한 상황이 많은 날은 행운의 날이라고 할 수 있어요."

카타리나는 '행운의 날'을 강조해서 말했다.

앤이 가까이 다가갔다.

"보여줄래요?"

카타리나가 메모와 계산으로 가득한 종이를 몇 장 넘기자 각 병사의 이름, 생년월일, 출생지 그리고 해석이 나타났다. 앤은 손을 내밀어서 흐리섹의 이름이 적힌 종이를 잡아당겼다. 해석은 앤이 잘 모르는 행성들의 이름이 잔뜩 섞인, 상당히 전문적인 용어로 적혀 있었다.

"무슨 뜻인지 잘 모르겠어요. 블라디미르 흐리섹에 대해서 알아낸 게 있어요?"

카타리나는 얼굴을 찡그리고는 기억을 더듬기 위해 간호사가 들고 있던 종이를 빼앗았다.

"아, 이 병사요. 분류를 하자면 흐리섹은 운수가 상당히 좋아요. 전투가 있을 때마다 좋았어요. 대운은 아니지만 아무튼 좋은 운에 속해요."

앤은 생각했다.

내 추측과 일치해. 흐리섹은 전투가 벌어지는 날 자신이 소대에서 가장 운이 좋은 사람이 아닐 경우 매번 가장 운이 좋은 사람을 제거했어. 총알, 포탄, 지뢰 그리고 수류탄이 자신을 피해가도록. 흐리섹은 살아남기 위해 다른 사람을 살해하고 있어.

앤이 카타리나와 멀어지면서 말했다.

"고마워요. 자료를 프레윈 중위님에게 건네주세요."

카타리나는 눈을 크게 뜨고 앤이 자전거의 페달을 힘차게 밟으며 빨래터 사거리로 사라지는 것을 바라보았다.

\*

앤은 페달을 밟기 위해 하얀 치마를 무릎 위까지 올렸다. 그녀가 3소대 야영지 근처의 고사리 밭에 자전거를 세워놓았을 때 스타킹에는 진흙이 잔뜩 묻어 있었다. 그녀는 다른 사람의 눈에 띄지 않기 위해 가장 남쪽에 위치한 천막을 지나 스티브 리스비의 천막까지 가기로 했다. 그녀는 고사리와 나무줄기 사이를 걸었다. 팔뚝의 혈관이 튀어나온 리스비는 그루터기에 앉아서 총을 닦고 있었다. 앤이 그에게 다가갔다.
리스비가 소리쳤다.
"또 당신이군요! 수상하게 생각하지 않을 수가 없네요."
"스티브, 미안해요. 당신은 내가 도움을 요청할 수 있는, 유일한 사람이에요. 마지막으로 알아볼 게 있어요."
리스비가 격렬하게 고개를 흔들었다.
"안 돼요. 끝났어요. 스파이 노릇을 하는 것도 지긋지긋해요. 당신이 내 주위를 맴도는 것도 지긋지긋해요. 나를 바보로 여기지 말아요. 당신이 헌병대와 어울리는 걸 잘 알고 있어요. 당신에 대한 얘기가 떠돌고 있어요. 만일 헌병대가 뭔가를 알고 싶다면 내게 와서 직접 물어보라고 하세요."
앤은 입을 다물고 숨을 들이쉬었다. 그녀는 결국 털어놓았다.
"그건 쉽지 않아요. 당신들은 단결해서 헌병대에 맞서잖아요."
"그럴 만한 이유가 있죠! 우리가 해리슨을 좋아하지는 않지만 그가 그런 식으로 체포되는 건 반대예요. 물론 그는 성인군자는 아니에요. 하지만 군대에도, 전쟁 중에도 지켜야 할 도리는 있어요! 우리는 모두 한편이에요. 정확히 말하면 그렇게 생각했죠."

앤은 무릎을 꿇더니 리스비의 두 눈을 똑바로 바라보며 속삭였다.

"헌병대는 그저 여러 병사를 죽인 범인을 찾고 있어요. 이 점을 잊지 말아요. 모든 정황으로 보아 범인은 3소대 소속이에요. 마지막으로 부탁해요. 도와줘요."

"당신은 상냥해요. 그래서 지금까지 당신을 내쫓지 않았어요. 하지만 더 이상 나를 만나러 오지 마세요. 친구들은 당신이 헌병대 중위와 함께 있는 걸 봤어요."

"그건 사실이에요. 하지만 사람들의 말은 믿지 말아요. 당신들 중에 가장 악질적인 살인범이 있어요. 더 이상 당신을 찾지 않을게요. 당신이 원하는 게 그거라면 약속할게요. 그러니 마지막으로 도와줘요. 나는 흐리섹의 부모님이 떠돌이 장사꾼이라고 들었어요. 사실인가요?"

리스비는 소총을 내려놓고 숲을 보면서 한숨을 쉬더니 비웃었다.

"정말 끈질기군요. 잘 들으세요. 흐리섹에 관해서라면 나보다는 코스텔로, 해리슨 또는 콜린스에게 물어보는 게 나아요. 그들은 나보다 훨씬 더 그를 잘 알아요."

"누가 내게 말해줄까요?"

리스비가 눈썹을 치켜 올렸다.

"콜린스죠. 그는 세 사람 가운데 가장 교활해요."

앤이 일어났다.

"당신이 생각하는 용의자는 흐리섹이죠?"

"글쎄요."

"흐리섹이 범인이라면 특별히 기운을 내세요. 그에 비하면 해리슨도 빈혈에 걸린 할머니 같으니까요."

리스비는 다시 소총을 잡고 망원렌즈를 확인했다. 앤은 이 키 작은 병사를 유심히 살펴보았다. 그는 근육은 없지만 아주 침착했고 100미터 이상 떨어진 곳에서도 적을 살해할 수 있었다. 그는 이 전쟁터에서 불행해 보였다. 이제 그녀가 이곳에서 할 일은 없었다.
"스티브, 고마워요. 당신은 좋은 친구예요."
리스비는 빈정거리는 웃음을 지었다.
"내 여자 친구는 매주 편지에다 그런 말을 써요! 이곳에서는 좋은 사람을 우습게 여긴다는 사실쯤은 알 텐데!"

\*

파커 콜린스 중사는 너도밤나무에 등을 기댄 채 맛있게 담배를 피우고 있었다. 앤이 다가갔을 때 그의 얼굴은 연기에 감싸여 있었다.
앤은 그의 앞에 서자마자 물었다.
"담배를 피우는 의무중사가 모범을 보일 수 있나요?"
"전쟁을 선포하는 정치인들이 모범을 보일 수 있나요?"
"한 방 먹었네요."
"무슨 일을 도와줄까요?"
"솔직히 말해서 많아요. 블라디미르 흐리섹을 알죠?"
"그의 상처를 수없이 치료해서 잘 알죠. 흐리섹은 소총광이에요. 그에게는 두려움이 없어요. 그는 총에 맞아도 눈썹 하나 까딱하지 않죠. 그 친구는 운이 좋아요. 늘 찰과상밖에 입지 않으니까요!"
콜린스가 운을 이야기하자 앤의 미소가 사라졌다.
"흐리섹의 부모가 떠돌이 장사꾼인 것 같은데, 맞나요?"
"왜죠? 그에게 반했어요?"
앤이 즉각 반발했다.
"그가 자주 만나는 사람들이 누구인지 알고 싶을 뿐이에요."
"맞아요. 흐리섹의 부모님은 떠돌이 장사꾼이었어요. 그들은 전쟁 초에 사망했어요. 폭격을 당한 것 같아요."
"흐리섹에게는 안된 일이네요. 혹시 그가 점성술 같은 것에 관심이 있나요?"

파커 콜린스가 활짝 미소를 지었다.

"흐리섹에게 손금을 봐달라고 할 건가요?"

"그가 손금을 볼 줄 알아요?"

"생명선에 대해서 그에게 물어보는 소대원들이 있어요! 그건 당연한 일이죠! 흐리섹은 가지니에게 생명선이 손바닥 한가운데에서 멈췄다는 말로, 그의 입을 다물게 했죠. 그리고 그 불쌍한 친구는 사흘 후 전사했어요."

더 이상 의심의 여지가 없었다. 살인에 필요한 체격, 오른손잡이, 신발치수 285밀리, 비사교적인 성격, 비의적인 학문에 대한 관심을 입증하는 수상술. 흐리섹은 코스텔로의 '친구'로, 그가 전 애인인 리사 하이버그의 순진함에 대해 얘기하는 것을 들었다. 그는 칼 해리슨이 이상적인 용의자의 모습을 지녔음을 알고 로스데일의 잘린 머리를 그의 트렁크에 숨겨서 수사에 혼선을 빚었다. 흐리섹은 무모한 병사로 유명했다. 그는 다른 중대에까지 널리 알려져 있었다. 그는 몇 마디 말로 개빈 토머스와 클리포드 해리스를 불러낼 수도 있었다. 그가 부르면 병사들이 찾아올 정도로 그에게는 영향력이 있었다. 흐리섹은 화제의 인물이었다.

앤이 물었다.

"흐리섹은 자신의 천막에 있나요?"

"아뇨. 흐리섹을 비롯해서 몇몇 병사는 모리스 대위와 함께 있어요. 고집쟁이들은 서로 잘 어울려요. 조금 기다려야 할 거요, 귀여운 아가씨."

콜린스는 음란한 어조로 말을 마쳤다.

앤은 그에게 눈짓을 하고 물러났다.

그에게 예절을 가르쳐주는 것보다 더 급한 일이 앤을 기다리고 있었다. 살인범의 천막이 그녀에게 두 팔을 벌리고 있었다.

앤은 트럭 옆에 쌓아올린 모래주머니와 장비 더미 사이를 걸었다. 그녀는 첫 번째 천막과 두 번째 천막 앞을 지났다. 그리고 고개를 돌려 아무도 자신을 보지 않는 것을 확인한 후 천막 안으로 들어갔다.

천막 안은 바깥보다 따뜻했다. 칸막이 천이 침대를 가려주었다. 앤은 흐리섹의 침대가 어디에 있는지 몰랐다. 검은색의 커다란 파리 한 마리가 나부끼는 칸막이 안에 갇혔는지 어디서 윙윙대는 소리가 났다. 앤은 첫 번째 칸막이를 열어젖히고는 야전침대, 그 위에 포개져 있는 군용 조끼, 트렁크 위를 굴러다니는 컵과 수통을 살폈다. 그녀는 침실 안으로 들어가 베개로 사용되는 카키색의 상의를 들어 올리고 트렁크에 노란 글자로 씌어 있는 이름을 읽었다. '마틴 클램프스.' 군번도 있었다.

앤은 다음 침대로 가서 개인 소지품이 들어 있는, 네모난 트렁크에서 이름을 확인했다. 그녀는 그런 식으로 마지막 침대까지 조사했다. 마침내 노란 글자로 '블라디미르 흐리섹'이라고 쓰인 트렁크가 눈에 띄었다. 앤은 한쪽 무릎을 꿇고 트렁크를 연 다음 속옷과 구겨진 편지들을 뒤졌다. 특별한 것은 없었다.

반대편 칸막이에서 지주가 삐걱거렸다. 심장이 두방망이질하기 시작했다. 만일 흐리섹에게 붙잡힌다면……. 그녀는 불길한 생각을 떨쳐버리고 정신을 집중하기로 했다. 그녀 주위에 무엇이 있을까?

아무것도 없네…….

천막은 초라했다.

침대 아래!

앤은 몸을 숙이고 침대 밑의 어두운 공간을 더듬었다. 붕대를 감은 손가락이 작은 철재 상자에 닿았다. 그녀는 상자를 끌어당긴 후 마치 며칠을 굶은 사람이 음식을 발견한 것처럼 탐욕스럽게 뚜껑을 열었다.

매우 두껍고 작은 책이 놓여 있었다.

앤은 제목을 읽었다.

『반세기의 연감, 최근 50년 동안 천문학의 모든 것』. 그리고 접힌 책장이 연달아 나타났다.

천체력이야.

앤이 네 번 접은 목록을 펼치자 이름, 생년월일, 출생지가 빼곡히 씌어 있었다. 레이븐 중대원 모두의 기록이었다.

앤은 깊숙한 곳에서 낚싯줄과 낚싯바늘을 발견했다.

모든 것이 이곳에 있었다. 사람들은 이 물건들에 대해서 어떻게 생각할까? 아마 대수롭지 않게 생각할 것이다. 하지만 사실 이 물건들은 흐리섹을 고발할 증거가 될 수 있었다.

앤은 망설였다. 상자를 제자리에 돌려놓고 프레윈에게 부하들을 데려오라고 할까? 흐리섹이 그 사이에 이 상자를 없애버린다면?

흐리섹이 이 상자를 없애려 했다면 이미 오래전에 그랬을 거야. '행운의 살인자'인 그는 우리가 자신의 술책을 파악했다는 사실을 모를 거야.

앤은 한 무리의 병사가 천막 밖을 지나가는 소리를 듣고 몸을 일으켰다. 그녀는 도망쳐야 했다. 흐리섹이 곧 들이닥칠 것이다.

잠시 후 앤은 천막 중앙을 걷다가 입구에서 다가오는 목소리를 들었다. 그녀는 검은 윤곽이 나타나자 화들짝 놀랐다.

이제 끝장났네. 다른 출구는 없어.

앤은 후다닥 주위를 둘러보고는 천막 밑을 들어 올려 자신을 안으로 들였던 리스비를 떠올렸다. 그녀는 흐리섹의 침대로 달려가서 무릎을 꿇고 천을 들어 올렸다.

병사들이 들어오고 있었다. 만일 흐리섹이 첫 번째 무리에 섞여 있다면, 그래서 그가 곧장 자신의 침대로 돌아온다면 그녀는 붙잡힐 것이다.

앤은 먼저 머리를 내밀었다.

그리고 어깨를.

이제 목소리는 천막 안에서 들렸다. 목소리가 그녀에게 다가오는 것 같았다.

이제 허리 차례였다.

앤은 두 손으로 땅을 짚은 채 네 발로 기었다.

그녀가 천막을 거의 빠져나갔을 무렵 뭔가가 발에 걸렸다.

금속성 소리.

상자야!

발이 상자를 쳤던 것이다. 목소리가 멈췄다.

앤이 발을 모으고 달리는 순간 누군가가 침실 안으로 들어왔다.

앤은 최대한 빨리 몸을 숨기고는 자전거가 있는 숲으로 돌진했다. 그녀는 야영지를 가로지르고 싶지 않았다.

이곳에서 빠져나가야 해. 발각되면 안 돼. 병사들과 마주치면 안 돼.

앤은 고사리를 열어젖히고 뒤를 돌아보았다.

피가 얼어붙는 듯했다.

흐리섹이 그녀가 왔던 길로 오고 있지 않은가. 그는 도망치는 그녀를 지켜보고 있었던 것이다. 그는 소리를 듣고 천막 밑을 지나 그녀를 뒤쫓았다.

뒤로 돌아 달려. 천막 안에 몸을 숨겨. 그리고 다른 병사들에게 도움을 청해!

하지만 앤은 그것이 별로 좋은 생각이 아님을 깨달았다. 그들은 자신들을 누구라고 생각할까? 배로가 동침했다고 자랑하는, 히스테릭한 간호사? 아니면 시선을 피해 그녀와 잠시 조용한 시간을 보내고 싶어 하는, 그들 가운데 한 사람?

앤은 넓적다리에 힘을 주고 전속력으로 달리기 시작했다. 가시덤불 사이로.

숲 속으로.

초목이 점점 무성해지자 불길한 이미지가 떠올랐다. 포식자를 피해 도망치는 먹이의 모습.

사냥이 시작된 것이다.

앤은 기괴한 형상을 한, 커다란 가시덤불 사이를 달렸다.

30미터쯤 달리자 떡갈나무가 보였다. 그녀는 나무 뒤에 웅크리고 앉아서 숨을 몰아쉬었다. 흐리섹이 숲까지 쫓아왔을까?

앤은 숨소리 탓에 다른 소리는 들을 수 없었다. 잠시 숨을 멈추고 귀를 기울였다.

나뭇잎이 바람에 살랑거렸다.

멀리서 나무 두 그루가 서로 부딪치면서 삐걱거렸다.

갑자기 잔가지가 우지끈하는 소리를 냈다.

놈이야!

앤은 발각될 위험을 무릅쓰고 소리가 나는 쪽을 바라보았다.

흐리섹은 그녀를 찾기 위해 머리를 좌우로 흔들면서 달리고 있었다.

냉혹한 얼굴과 흉터.

흐리섹은 몇 초 후면 그녀가 있는 곳에 도착할 것이다.

앤은 몸을 돌리고 달리기 시작했다. 즉시 쫓아오는 소리가 들렸다. 앤은 속도를 높였다. 나지막한 나뭇가지를 밀던 두 팔의 살갗이 벗겨졌다. 추격자의 발소리가 더욱 크게 들렸다. 그는 아주 가까이에 있었다.

바닥에 바퀴자국이 있었다. 숲은 더욱 무성해졌다. 덤불, 사방으로 뻗은 가시넝쿨, 고사리 밭, 그리고 다소 어두운 잎으로 둘러싸인 나무줄기. 흐리섹이 너무 바싹 따라오고 있어서 그녀는 은신처로 뛰어들 수 없었다. 그는 앤의 동태를 놓치지 않을 것이다.

앤은 추격자의 숨소리를 감지했다. 아주 가까이에서.

넓적다리가 아팠고 근육이 경련을 일으키기 시작했다. 치마는 달리는 데 방해가 되었지만 발길을 멈추고 치마를 찢어낼 여유가 없었다. 이제는 숨조차 쉴 수 없었다.

뒤에서 바스락거리는 소리가 들렸다. 바로 뒤에서.

앤은 추격자가 사정거리에 있다고 느꼈다.

그녀는 잔가지를 피하려다가 넘어질 뻔했다.

뇌에 산소가 부족함에도 불구하고 한 가지 생각이 떠오르기 시작했다.

공기는 허파 속으로 들어갔지만 빠져나가지 않았다. 머리가 빙빙 돌기 시작했다. 두 다리가 경직되자 그녀는 속도를 줄이기 시작했다. 근육이 화끈거렸다.

앤은 적당한 높이의 큰 나뭇가지를 발견했다. 그녀는 방향을 바꿔서 나뭇가지 쪽으로 달렸다.

뭔가가 그녀의 머리를 스쳤다.

놈이야. 놈이 내 머리를 잡으려고 해!

앤은 돌진하더니 두 손으로 나뭇가지를 꼭 붙잡아서 뒤로 잡아당겼다. 그리고 시위처럼 팽팽해진 나뭇가지를 놓았다.

나뭇가지가 획획 소리를 내며 공기를 후려쳤다.

흐리섹은 이마 한가운데를 맞았다.

그는 두 발이 지면에서 떨어지더니 뒤로 벌렁 나자빠졌다. 앤은 입을 크게 벌린 채 공기를 들이켰다. 그녀는 풀밭에서 옆으로 미끄러졌다. 두 발은 두려움으로 경직되었다. 그녀는 더 이상 움직일 수 없었다.

흐리섹이 투덜거리면서 다시 일어났다.

앤은 나무에서 나무로 비틀거리면서 걸었다. 더 빨리 걸을 수가 없었다. 움직일 때마다 끔찍한 통증이 넓적다리와 장딴지에서부터 허파까지 퍼졌다. 시력이 점점 흐릿해졌다.

앤은 흐리섹을 고꾸라뜨리지 못했다. 다른 방법을 찾아야 했다. 신속히.

마땅한 방법이 떠오르지 않았다.

앤은 골반에 격렬한 충격을 받고 앞으로 튕겨나가 작은 소나무들 사이에 떨어졌다. 충격으로 가슴에 남아 있던 약간의 산소마저 빠져나갔다. 그녀는 입을 벌렸지만 비명을 지르기 위한 것인지, 숨을 쉬기 위한 것인지는 알 수 없었다.

강력한 체구가 앤에게 달려들었다.

흐리섹은 거대한 뱀처럼 앤의 목을 졸랐다. 그는 엄청난 몸무게로 앤을 짓눌렀다. 앤의 코는 푸른 이끼에 처박혔다. 그는 앤의 허리에 걸터앉았다. 앤이 정신을 차리고 다시 숨을 쉬자마자 그는 앤의 두 팔을 뒤로 잡아당겨서 두 손목을 허리에 바짝 붙였다. 그녀는 옴짝달싹할 수 없었다.

흐리섹이 호흡을 가다듬으면서 물었다.

"이 잡년아…… 내 천막에서…… 뭐 했지?"

흐리섹이 두 팔을 잡아당기자 끔찍한 고통이 어깨부터 퍼졌다.

앤은 비명을 지른 후 짧게 외쳤다.

"놓아줘."

"왜 건방지게 남의 일에 참견하지? 대체 뭘 찾고 있지?"

흐리섹이 치마 밑으로 손을 넣더니 치마를 엉덩이 위로 걷어 올렸다.

"스타킹까지 신었네! 나는 스타킹을 보면 흥분하는데. 지금은 전시야. 스타킹은 남자를 자극하지. 그런 말을 듣지 못했어?"

앤은 굵은 손가락이 속바지 밑으로 들어와서 엉덩이를 만지는 것을 느꼈다. 이제 흐리섹은 한 마리의 짐승에 지나지 않았다. 그녀는 무슨 일이 일어날지 깨달았다.

흐리섹은 속바지를 잡아당겼다. 앤은 바닥에서 꼼짝할 수 없었다.

흐리섹이 더욱 세게 잡아당기자 속바지는 찢어졌고 앤의 두 손목을 잡고 있던 다른 손의 힘이 다소 약해졌다. 앤은 이 기회를 놓치지 않고 힘껏 한쪽 손을 빼낸 다음 즉시 땅을 짚고 분노의 함성을 지르며 돌아서서 공격자를 마주 보았다.

깜짝 놀란 흐리섹은 다른 손목을 놓고 잠시 입을 다문 채 가만히 있었다. 이윽고 불그스름한 흉터가 줄무늬처럼 새겨진 하얀 얼굴에 비웃음이 나타났다. 성적 충동과 지배욕이 결합되었다. 폭발성이 강한 칵테일.

흐리섹이 지껄였다.

"둘이 한 번 신나게 놀아보자고."

앤은 머리 위쪽으로 두 손을 뻗어 풀뿌리를 움켜잡고 흐리섹에게서 빠져나왔다. 순식간에 일어난 일이었다. 신체적 우월감에 사로잡힌 그는 원하면 당장 그녀를 붙잡을 수 있다는 생각에 만사를 쉽게만 여겼다. 그는 앤의 행동을 예상하지 못했다. 앤은 그가 일어나는 순간 무릎으로 사타구니를 힘껏 공격했다.

흐리섹은 즉시 입을 벌린 채 허리를 숙이고 사타구니를 부여잡았다.

앤은 떨리는 두 다리로 일어서더니 발길질을 하며 걸려 있는 속바지를 벗어버리고는 돌아서서 도망치려 했다.

앤이 한 발을 앞으로 내밀었다.

그런데 다른 발이 떨어지지 않았다.

흐리섹이 앤의 발목을 움켜쥐었던 것이다. 그는 느닷없이 앤의 발을 힘껏 잡아당겼다.

앤은 쿵 하고 바닥에 엎어졌다. 팔은 충격을 줄이는 데 도움이 되지 않았다.

턱이 바닥에 부딪치는 순간 하얀 섬광이 두개골 전체로 퍼지면서 온몸에 전기가 흘렀다.

앤은 돌아누우면서 눈썹을 깜박거렸다. 흐리섹이 흐리멍덩한 눈으로 그녀에게 다가왔다. 이마의 혈관은 분노로 튀어나와 있었다. 그는 앤의 멱살을 잡고 일으켜 세우더니 힘껏 뺨을 후려쳤다. 앤의 두개골이 다시 찌릿찌릿했다. 그녀를 쓰러뜨린 것은 무자비하게 모욕당한 뺨보다는 몸을 관통한 전기였다. 흐리섹이 칼을 꺼냈을 때 가장 먼저 떠오른 생각은 목숨이나 강간에 대한 두려움이 아니었다.

구타라는 게 이런 거구나. 이 멍청한 놈이 나를 때렸어.

흐리섹이 칼을 두 다리 사이에 들이대고 치마를 자르자 앤은 살인범이 농가의 여자들에게 저질렀던, 끔찍한 범행을 떠올렸다. 앤은 구토증을 느끼고는 고개를 돌렸다. 그녀는 이를 악물고 숨을 길게 들이쉬었다. 그녀가 할 수 있는 것이라고는 울부짖는 것뿐이었다. 그녀는 악을 쓰고 비명을 지르면서 마구 주먹질과 발길질을 해댔다.

흐리섹이 앤의 얼굴을 후려치기 위해 거대한 두 손을 들어 올렸다. 첫 번째 손이 상처 난 뺨을 후려쳤고, 두 번째 손이 관자놀이를 때렸다. 끔찍한 충격이 뇌로 전달되었다. 앤은 꿈틀거리다가 축 늘어졌다.

시력과 청력은 끔찍한 고통 탓에 떨어졌다. 흐리섹은 그녀의 두 다리를 벌리고 자신의 허리띠를 풀었다. 흐리섹은 앤의 한쪽 무릎을 잡고 장딴지를 깨물고는 요란하게 웃었다.

갑자기 측면에 뭔가가 나타났다. 커다란 그림자.

앤은 사악한 기쁨에 들떠 있던 흐리섹의 얼굴이 불안한 표정을 짓는 것을 보았다.

그림자는 잠시 흐리섹을 노려보더니 한 팔을 들어서 흐리섹의 얼굴을 공격했다. 앤은 무슨 일이 일어났는지 깨달았다.

그림자는 단 한 번 후려쳤다.

하지만 어찌나 강렬하게 후려쳤던지 흐리섹의 머리는 옆으로 돌아갔다. 앤은 누군가가 흐리섹을 자신에게서 떼어놓았다고 생각했다.

후려치는 소리가 도끼질 소리처럼 크게 울려 퍼졌다. 앤이 반의식 상태에서 들을 수 있을 정도로 강렬하게. 흐리섹의 입에서 솟구친, 미세한 조각들이 멀리 앞쪽에 흩어졌다. 앤은 신음 소리를 감지했다. 흐리섹은 마치 즉사라도 한 것처럼 뒤로 벌러덩 쓰러졌다.

실루엣은 흐리섹 위에서 주먹을 불끈 쥔 채 당장 그의 목숨을 끊어버릴 태세였다. 실루엣은 몸을 돌려 앤을 바라보았다.

크레이그 프레윈이 앤에게 손을 내밀었다.

의사가 성당의 종탑과 연결된 계단을 내려갔다. 애덤 베이커는 종탑 2층의 골방에 갇혀 있는 흐리섹을 감시하고 있었다.
의사는 방금 오른손에 붕대를 감은 프레윈에게 말했다.
"흐리섹을 당장 병원으로 이송해야 합니다. 턱뼈에 두 개 이상 골절상을 입었고 광대뼈 끝이 부러졌습니다. 이빨은 다섯 대가 치근이 드러났고 세 대는 부러졌습니다. 상태가 좋지 않습니다."
프레윈이 물었다.
"생명이 위험합니까?"
"그렇지는 않지만 치료가 필요합니다."
프레윈이 고개를 끄덕였다.
"고맙습니다, 의사 선생님. 내가 알아서 하겠습니다."
"이렇게 작살난 것을 보니 당신은 연타를 날렸겠죠!"
앤은 입을 다물었다. 프레윈은 한 번밖에 후려치지 않았다. 단 한 번.
매터스는 의사를 정문까지 배웅했다.
프레윈이 앤에게 물었다.

"정말로 검사를 받지 않아도 돼요?"

"네, 그럴 필요 없어요. 몇 군데 멍이 들었을 뿐이에요."

진홍색 뺨은 여전히 부어 있었다. 그녀는 직접 장딴지의 물린 상처를 소독하고 붕대를 감았다.

프레윈은 마음이 불편했다. 그가 도착하기 전에 앤은 강간을 당했을까? 그는 감히 물어볼 수 없었다. 앤이 어떤 일을 겪었던지 최악의 상처는 마음속에 있지 않겠는가.

프레윈이 설명했다.

"다행히 도노반이 당신의 비명 소리를 들었어요. 우리는 카타리나 바이스에게서 천궁도에 대한 분석을 들은 후 그놈을 체포하러 갔어요. 리스비는 흐리섹이 방금 숲으로 가는 것을 보았다고 알려주었어요."

앤이 고개를 끄덕이고는 화제를 바꿨다.

"놈을 병원으로 데려가서 감시할 건가요?"

"안심해요. 우리가 허락하지 않는 한 놈은 한 걸음도 움직일 수 없어요. 의사가 놈의 생명이 위험하지 않다고 확인해줬어요. 놈을 이곳에 오래 오래 가둬둘 참이에요. 그래야 놈이 내일 아침 신문에 고분고분 대답할 거예요."

앤이 고개를 끄덕였다. 따지고 보면 흐리섹은 몇 시간 동안 골방에서 고통을 겪을 만한 짓을 했다. 지금 이 순간 앤은 그에게 조금도 연민을 느끼지 않았다. 그녀는 잠시 동요했다.

프레윈이 앤을 바라보았다. 물끄러미.

그가 먼저 입을 열었다.

"우리는 놈을 잡았어요. 이제 끝났어요."

앤은 고통스럽게 미소를 지었다. 얼굴의 왼쪽 부분이 완전히 부어올랐고, 반대편 관자놀이에 붉은 반점이 생겼다.

프레윈이 제안했다.

"기분을 전환하는 게 좋겠어요. 우리와 함께 진짜 저녁식사를 하는 건 어때요?"

"우리?"

프레윈이 고개를 돌려 부하들을 바라보았다. 매터스, 콘래드 그리고 먼로가 있었다.

"네, 우리 모두요. 오늘 저녁 놈을 감시해야 하는 베이커를 빼고요."

앤은 거절하려 했다. 그녀는 그들과 함께 저녁식사를 하고 싶지 않았다. 프레윈 중위와 단 둘이서 조용히 식사하고 싶었다. 하지만 그녀는 생각을 바꿨다. 낮에 너무 충격적인 일을 겪어서 이 음산한 성당에 혼자 남고 싶지 않았다.

앤이 걱정스레 물었다.

"놈을 잘 감시하겠죠?"

"놈은 결박된 채 2층 골방에 갇혀 있어요. 유일한 출구는 외부에서 견고하게 빗장을 지른, 떡갈나무 문 하나뿐이에요. 게다가 완전 무장한 베이커가 문 옆을 지키고 있지요. 그리고 헌병대 소속의 초병이 정문 앞에서 항상 보초를 서고 있고, 다른 초병은 제의실 문 앞에서 지하실로 이어지는 뚜껑문을 감시하고 있어요. 지하실에는 열다섯 명가량의 포로가 성탄절 전야의 아이들처럼 얌전히 자고 있죠. 마을 중심부에는 병사들이 가득해요. 놈은 상처 때문에 녹초가 되었을 거예요. 그러니 걱정은 붙들어 매세요."

앤이 샐쭉해졌다.

"좋아요. 함께 가요."

\*

그들은 마을 레스토랑에서 저녁식사를 했다. 레스토랑의 한쪽은 통신대가 차지하고 있었다. 그들은 송아지 고기와 감자 냄새가 떠다니고 연기가 가득한 칸막이 안에 모여서 웃으면서 떠들었다. 먼저 거인 라르손이 승리를 자축하기 위해 건배를 제안했다. 프레윈과 앤은 신중했다. 그들은 포도주를 조금만 마시기로 했다. 먼로, 도노반 그리고 콘래드는 이미 상당히 취했고 매터스는 여느 때처럼 대화에 끼지 않고 품위를 지키려고 했다.

프레윈은 앤의 옆자리인 식탁 끝에 앉아 있었다. 포도주를 마시자 그들의 몸은 따뜻해졌고 거의 2주 전부터 그들을 괴롭혀온 불안감은 사라졌다. 오늘 오후에 겪었던 불상사가 유령처럼 앤의 머릿속에서 맴돌았다. 하지만 이상하게도 외상성 충격은 그녀가 전에 겪었던 것에 비해 그다지 심각하지 않았다. 그녀는 예전에 더 끔찍한 일을 겪었다. 이 모든 것은 그녀의 이론을 확인해주었다. 즉 인간은 모든 것에 익숙해질 수 있다. 가장 나쁜 일은 시간이 흐름에 따라 변질된 상태로 영혼과 육신에 남는다. 그녀는 강간당할 뻔했고 구타를 당했다. 그런데도 이번 충격은 그때보다 심하지 않았다.

그 추악한 놈이 보복을 당했기 때문이야. 놈이 강간 직전 저지당했고 지금은 감옥에 갇혀서 누구도 해칠 수 없기 때문이야!

하지만 앤은 무엇보다 경험과 생활이 자신을 그렇게 만들었다는 사실을 알고 있었다. 추악한 아버지가 그녀에게 가르쳐준 셈이었다. 아버지는 본의 아니게 다른 사람들보다 모욕을 잘 견디는 능력을 그녀에게 주입시켰던 것이다.

앤은 대화에 귀를 기울였다. 이상하게도 누구도 흐리섹에 관한 이야기는 꺼내지 않았다. 그들은 흐리섹을 체포한 오늘 그를 무시함으로써 그의 범행을 잊으려 했다. 앤은 포도주를 한 모금 마셨다. 프레윈은 자식을 바라보는 아버지처럼 부하들을 관찰하고 있었다.

앤이 입을 열었다.

"당신들은 오늘 임무를 훌륭히 수행했어요."

깜짝 놀란 프레윈이 잠시 그녀를 바라보다가 대답했다.
"우리죠."
"흐리섹의 침대 밑에 금속상자가 있다는 말을 하고 싶었는데……."
"나도 알아요. 매터스가 찾아냈어요. 흐리섹은 끝장났어요. 3소대의 동료들도 그를 밀고할 거예요. 그는 특별 군법회의에 회부될 거예요. 그리고 마지막으로 총살 집행반이 도착하겠죠."
앤은 안도의 한숨을 내쉬었다.
"눈에는 눈, 이에는 이와 같은 형벌이죠?"
프레윈이 그녀에게 손바닥을 내밀면서 말을 끊었다.
"더 이상 우리의 소관이 아니에요."
"하지만 흐리섹이 총살되면 우리에게도 일부 책임이 있어요. 우리도 시스템의 일부이기 때문이죠. 시스템은 책임을 극도로 희석시켜요. 더 이상 죄인이 없을 때까지. 결국 진짜 죄인은 법을 어기는 형사범들이죠. 실용적인 시스템이에요."
"무슨 뜻이죠?"
"소요를 가라앉히기 위한, 분노를 삭이기 위한, 욕구불만자들의 손가락질을 막기 위한 실용적인 시스템이죠. 폭동을 없애기 위해 책임감을 희석시켜요. 우리의 개인적인 분노는 폭동으로 이어지지 않고 집단적인 쓰라림으로 남을 거예요. 권력은 혁명 이후로 발전했어요."
프레윈은 폭동에 관한 앤의 장광설을 즐겁게 경청했다.
"그처럼 맑고 밝은 얼굴 뒤에 저항정신이 떠다니는 거요?"
"나는 모든 것에 반대하는 폭도들 틈에서 성장했어요. 아마 그럴 거예요. 가족의 영향도 있죠."
"딸에게 영향을 준, 유토피아적인 꿈을 가진 아버지?"
앤은 포도주 잔을 바라보았다. 정치적으로 이상주의자였던 아버지. 자유를 추구하는 사람.
 누구도 아프지 않게 할 사람이 있을까?
 거북함을 감지한 프레윈은 입을 다물고 다시 음식을 먹었다. 더욱 유쾌한 대화가 오가면서 콘래드가 큰 소리로 웃음을 터뜨리자 라르손과 먼로도 박장대소했다. 도노반과 매터스는 고개를 돌리고 동료들의 유머를 즐겼다.
 프레윈이 앤을 살피면서 넌지시 물었다.
 "이제 당신은 콜온 군의관에게 돌아가겠죠?"
 갑자기 앤은 몽상에서 벗어났다. 주위에서 뭔가가 그녀에게 경고를 보내고 있었다. 하지만 그게 뭔지 도무지 알 수 없었다.
 앤은 불안감이 어디서 오는지 고민하면서 더듬더듬 말했다.
 "아니에요. 나는…… 조금 더…… 있고 싶어요."
 "앤, 나는 당신의 파견 근무를 더 이상 연장할 수 없어요. 범인이 밝혀진 이상 나는……."
 이번에는 불안한 감정이 사라졌다. 앤은 프레윈이 한 말에 집중했다.
 앤은 은밀히 그의 손을 잡았다.
 "부탁이에요. 나는 괜히 이 일에 참여했던 게 아니에요."
 "괜히? 우리는 놈을 체포했어요! 당신은 이번 일과 무관하지 않아요. 당신의……."
 "내가 하고 싶은 말은 신문에 참석하고 싶다는 거예요. 신문에 참석하고 싶어요. 그리고 질문도 하고 싶어요."
 프레윈은 앤의 손을 잡고 긴 의자의 구석에 몸을 기댔다.
 "왜죠? 왜 이 일에 참가했는지 말해주겠소?"
 앤은 레스토랑에 있는 손님들의 얼굴을 살폈다. 그녀의 눈에는 어디에 내려앉을지 모르는 나비처럼 부드러움과 연약함이 서려 있었다. 그녀는 프레윈의 담갈색 눈동자를 바라보았다. 홍채 안에 담긴 담갈색 점. 앤의 입술이 떨렸다. 그녀는 몸을 숙이고 그의 뺨에 속삭였다.

"오늘 저녁 나를 사랑해줘요. 그러면 말씀드릴게요."

앤은 오늘 오후에 모욕적인 일을 겪었는데 이 제안이 좋은 생각일까?

그게 내 대답, 내 힘이야. 원기를 회복하는 데 꼭 필요한 에너지를 육체적인 애정에서 얻어야 해. 나는 언제나 그랬어……. 거짓말쟁이! 너는 이것이 그것보다 더 비뚤어져 있음을 알고 있어.

즉시 앤은 의구심을 피하기 위해 오늘밤은 혼자 있고 싶지 않다고 털어놓고 싶었다. 타인의 존재는 그녀의 방황을 해소해주었다.

앤은 자리에서 일어나면서 목이 짧은 중위의 태연한 얼굴을 보았다.

크레이그, 그건 겉모습일 뿐이야. 나는 이미 당신의 속마음을 파악했어. 당신이 뛰어넘을 수 없는 벽이 아니라는 걸 나는 알아.

프레윈이 반응하지 않자 앤은 자신이 그의 마음을 흔들었다고 판단했다.

앤이 나직이 덧붙였다.

"오늘밤이 아니면 끝장이에요."

앤은 다시 불길한 예감에 사로잡혔다.

이번에는 그것이 무엇인지 파악했다.

반복적인 소리. 웃음 소리와 고함 소리 너머에서, 통신대의 소음 너머에서 들려오는 소리. 식당 입구에서 떠들썩한 소음이 퍼지고 있었다.

거리에서도.

심장의 요란한 박동.

높은 곳에 위치한 종이 울리고 있었다.

1분 전부터 끊임없이.

종소리는 도움을 청하고 있었다.

성당의 종이 요란하게 울리고 있었다. 무거운 종이 비명을 지르는 동안 성당 내부는 불타고 있었다. 거대한 불길이 스테인드글라스를 훤히 비추면서 성화에 선명한 색깔을, 죽어가는 순교자들에게 생기를 부여했다.

앤은 장딴지의 상처에도 불구하고 성당까지 뛰었고 프레윈과 그의 부하들이 그 뒤를 따랐다. 그들은 모두 광장에서 걸음을 멈춘 채 경직되었다.

불길은 둥근 천장을 오르내리고 거대한 턱처럼 요란한 소리를 내면서 중앙 홀을 태우고 있었다. 앤은 여전히 종탑에 갇혀 있는 흐리섹을 생각했다.

지옥의 악마가 하인을 찾으러 돌아왔군. 악마는 하인이 자백하는 것을 원하지 않아.

그들은 모든 것을 잃을 것이다. 흐리섹은 앤이 자신의 암흑을 이해할 기회, 흉악함을 조사할 기회였다. 그 기회가 사라지고 있었다.

앤이 정문 쪽으로 돌진했다.

프레윈이 울부짖었다.

"앤! 가지 말아요!"

앤이 따닥따닥 소리를 내며 불타는 성당 안으로 들어가자 프레윈이 황급히 뒤따랐다.

살짝 열린 문짝은 지옥의 열기를 내뿜고 있었다. 프레윈은 검은 액체를 밟고 미끄러졌다. 피. 흥건히 쏟아진 피. 그는 몸을 돌려 부하들에게 외쳤다.

"의료진을 찾아오고 불이 번질 경우 주변의 주민들을 철수시켜. 즉시!"

부하들이 대답하기 전에 프레윈은 화염 속으로 들어갔다.

기름통들은 붉은 물마루 아래에서 굽이치는, 거대하고 위험한 푸른 바다 한복판에 쓰러져 있었다. 프레윈은 앤을 보았다. 앤은 흠뻑 젖은 천을 머리에 두르고는 활활 타오르는 아치 밑을 지나고 있었다. 프레윈은 부랴부랴 자기 몸에 성수를 뿌렸다. 그는 간호사를 찾기 위해 현기증 나는 소용돌이 속으로 달려갔다. 뜨거운 아치 밑을 지나갈 때 머리 위에서 삐거덕거리는 소리가 들렸다. 프레윈이 고개를 들자 활활 타는 목재 난간이 보였다. 앤은 중앙 홀―정문 출입구 위쪽에서 파이프오르간을 가린, 거대한 널빤지가 중앙 홀을 굽어보고 있었다―의 한가운데에서 반원을 그리며 달리고 있었다. 엄청난 화염이 성당의 상층부를 점령하고 있었다. 발코니 이곳저곳에서 치솟은 불길이 천장에서 합세해서 장엄한 광경을 연출하고 있었다.

불은 요란한 소리를 내면서 건물을 갉아먹었다. 이해할 수 없는 수천 개의 언어로 이루어진 엄청난 소리. 목재는 우지끈 소리를 내며 날아가고 돌은 엄청난 굉음을 내며 쪼개지고 유리는 폭발하고 있었다. 불은 그 무엇도 남기지 않고 모조리 집어삼키고 있었다.

분리된 들보가 수많은 불꽃을 뿌리면서 프레윈 앞에 떨어졌다.

프레윈은 본능적으로 자신을 보호하기 위해 몸을 움츠렸다.

옷이 흠뻑 젖었음에도 뜨거운 열기 때문에 숨이 막히기 시작했다. 프레윈은 빛의 카오스 속에서 앤을 찾아보았다. 그는 자신을 지키기 위해 한쪽 팔로 얼굴을 가려야 했다. 앤은 사라졌다.

프레윈이 헛되이 외쳤다.

"앤!"

불길의 향연이 너무 거대해서 그의 목소리는 화염을 뚫지 못했다. 프레윈이 다시 전진하려는 순간 길쭉한 형체가 나타났다. 사람의 다리였다.

프레윈이 달려갔다. 정문을 지키던 초병이었다. 목이 잘려 있었다. 목 주위는 축축한 피투성이였다.

놈은 밖에서 초병을 죽인 후 이곳으로 끌고 왔어.

프레윈은 즉시 앤이 사라진 안쪽으로 돌진했다. 타오르는 박공은 덜 뜨거웠다. 프레윈은 제자리를 돌며 간호사를 찾기 시작했다. 제단은 아직 불이 붙지 않았다. 불은 측면에서 번지고 있었다. 문 하나가 삐걱거리자 프레윈이 돌아섰다. 문 양쪽으로 종탑과 연결된 두 개의 계단이 보였다. 베이커는 아직 살아 있을까? 프레윈이 가까운 계단을 올라가는 순간 불길한 화음이 성당 전체에서 울리기 시작했다.

장중하고 불길한 선율이 황폐의 피날레를 노래하고 있었다. 파이프오르간이 저절로 연주되고 있었다. 불길이 세찬 바람을 주석 파이프 쪽으로 몰아붙여 다양한 음을 만들어내고 있었다.

프레윈이 계단으로 올라가기 위해 작은 탑에 다가갔다. 얼굴 근처에서 둔탁한 소리가 들리더니 뭔가가 돌에 부딪쳐 폭발했다. 그는 우뚝 멈춰 섰다.

프레윈은 즉시 깨달았다.

총알이야!

그는 바닥에 엎드렸다.

다시 폭음이 들리고 총알이 1미터 전방에 박혔다. 프레윈이 몸을 굴려서 강론대 뒤로 피했다. 강론대의 바깥쪽이 불타오르기 시작했다. 그는 권총을 꺼내 안전장치를 풀었다. 총알은 정면에서 날아오는 것 같았다. 우측에서 뭔가가 연기를 무성하게 피워 올리고 있었다. 그는 위험을 무릅쓰고 고개를 내밀었다. 불길이 성모상을 널름거리고 있었다. 불에 녹은 물감이 성모의 얼굴에 검은 눈물을 그리면서 흘러내리고 있었다.

 총격이 다시 시작되었다.

프레윈이 강론대에 몸을 바싹 붙이는 순간 강론대가 충격을 받아 흔들거렸다. 그는 혹시 앤을 다치게 할까 봐 함부로 반격에 나설 수 없었다. 대체 누가 그에게 총질을 하는 걸까? 이 성당에 불을 지른 방화범일까? 흐리섹은 도망쳤을까? 제기랄.

그는 천천히 일어나면서 제의실과 연결된 문과 예배실을 살펴보았다. 불타는 커튼이 시야를 가렸다.

갑자기 제단 바로 뒤에서 불빛이 반짝이는가 싶더니 총성이 울렸다. 총알은 조각상의 입술을 깨뜨렸다.

프레윈이 권총을 꺼내 제단 모퉁이를 조준하면서 네 발을 쏘았다.

실루엣이 은신처에서 튀어나오더니 제의실 쪽으로 돌진했다. 프레윈이 다시 총을 쏘았다. 그는 움직이는 사람을 맞히는 게 쉽지 않음을 깨닫고 총알이 떨어질 때까지 마구 쏘았다. 그는 사각형의 탄창을 빼내고 다시 장전했다. 그리고 위험을 무릅쓰고 고개를 내밀었다. 아무도 보이지 않았다.

제의실 쪽에서 두 발의 총성이 울렸다. 프레윈이 어깨를 움츠렸다.

집중사격을 한 것으로 보아 틀림없이 군인이야. 놈은 자신을 추격하지 못하도록 조준도 하지 않고 총을 쏘고 있어.

강론대는 빠른 속도로 타고 있었다. 그는 물러나야 했다. 연기가 이미 허파의 기능을 저하시켰는지 기침이 나오기 시작했다. 프레윈은 누가 자신을 조준하고 있는지 확인하기 위해 마지막으로 예배실을 살핀 후 제단까지 달려가서 난간에 등을 기댔다.

파이프오르간은 쉬지 않고 지옥의 음악을 연주하고 있었다. 이 끔찍한 음악에 아주 음산한 합창이 덧붙여진 것 같았다. 사람들의 아우성과 지독한 고통의 비명이 진혼곡에 더해졌다. 중위가 잠시 눈을 감았다.

포로들이야.

프레윈은 지옥의 불길 속에서 지하실 문을 찾기 시작했다. 그는 뜨거운 기름통 아래에서 문을 찾았다. 바닥으로 흘러든 기름이 조금씩 지하실을 채우면서 갇혀 있는, 불쌍한 사람들에게 지옥의 수프를 쏟아 붓고 있었다. 정문의 초병을 죽인 자가 제의실의 초병도 죽였기 때문에 포로들을 풀어줄 사람은 없었다. 프레윈은 당장 뚜껑문을 열고 포로들을 구해야 했다.

그럼 앤은?

그곳에 앤을 내버려둘 수 없었다. 자신의 한계에 분노한 프레윈은 앞쪽에 두 발을 쏘고 제의실 쪽으로 뛰어갔다. 그는 벽에 몸을 붙이고 문까지 다가갔다. 그리고 신속히 몸을 숙이고 총을 들이대며 제의실을 수색했다.

시체 한 구가 야전침대 사이에 누워 있었다. 프레윈은 흐리섹의 실루엣을 알아보았다. 그는 다른 사람이 없는지 확인하기 위해 총을 겨누며 사방을 둘러보았다. 지하실의 바깥쪽 문을 지키던 두 번째 초병 역시 목이 찔린 채 한쪽 구석에 누워 있었다. 프레윈은 흐리섹에게 달려가서 발로 그의 권총을 멀리 치워버렸다. 흐리섹의 팔다리는 경련을 일으켰다. 프레윈이 한쪽 무릎을 꿇고 살폈다.
 흐리섹은 등에 두 발을 맞았다. 총알은 심장을 관통했다.
 프레윈은 한 손으로 붉은 상처가 뒤덮인 얼굴을 붙잡고는 흐리섹의 두 눈을 똑바로 쳐다보았다. 흐리섹의 두 눈에서 당혹감 외에는 어떤 두려움도 찾아볼 수 없었다. 생명이 육신을 떠나고 있었다. 흐리섹은 자신에게 무슨 일이 일어났는지 깨닫지 못했다. 그는 놀라운 팔심으로 박동이 멈출 때까지 심장을 눌렀다.
 프레윈이 말했다.
 "너는 죽어가고 있어."
 프레윈은 이 난폭한 병사에게 어떤 연민도 느끼지 않았다. 흐리섹이 부하들에게, 앤에게 어떤 짓을 했는가. 고통은 너무도 생생했다.
 흐리섹은 천천히 눈을 깜박거렸다. 호흡이 빨라졌다. 한 줄기의 침이 중위의 손바닥에 떨어졌지만 프레윈은 신경 쓰지 않았다. 근육질의 몸이 더욱 격렬하게 떨리기 시작했다. 흐리섹은 말을 하지 않았다. 아니, 할 수 없었다.
 흐리섹은 더욱 천천히 눈을 깜박거렸고 호흡은 더욱 짧아졌다. 프레윈은 이번에는 그의 시선에서 공포의 빛을 간파했다. 마침내 속눈썹이 멈췄다. 흐리섹은 죽었다.
 프레윈은 그의 머리를 거칠게 놓았다.
 그때 중앙 홀에서 엄청난 굉음이 들렸다. 프레윈은 예배실로 돌아갔다. 그가 걱정하는 것은 앤뿐이었다.
 모든 난간이 불이 붙은 파편을 쏟아내면서 붕괴했다. 하지만 더욱 심각한 문제가 있었다. 손상되지 않은 기름통이 뜨거운 열에 녹으면서 수백 리터의 연료가 쏟아지고 있었다. 불길이 예배실을 점령했고, 프레윈은 앤이 빠져나올 수 없을 거라고 판단했다. 불붙은 제단보가 제단과 벽감 쪽으로 천천히 미끄러지는 것이 보였다. 지옥의 불길이 성당을 굽어보는 십자가 쪽으로 달려가고 있었다.

이제 뜨거운 열기 때문에 제대로 숨을 쉴 수 없었다.

지하실에서 올라오던 아우성 소리도 더 이상 들리지 않았고 파이프오르간은 다시 신음하기 시작했다. 주석 파이프가 녹고 있었다.

프레윈이 목청껏 외쳤다.

"앤! 앤! 거기 있어요. 지붕을 통해서 구해줄게요! 내려오지 말아요!"

불의 파도는 촛대, 독서대, 봉헌물을 집어삼키기 시작했다. 요동치는 불길은 모든 것을 태우며 중위 쪽으로 달려오고 있었다. 그는 제의실 구석에 있는 문 쪽으로 돌진했다.

프레윈은 밖으로 나왔다. 아침에 일어나 냉수로 샤워하는 것처럼 시원한 바람이 불었다. 하얗게 달구어진 모든 감각이 마비되었다. 허파가 고통스러워하면서 기침이 발작적으로 나왔다.

프레윈 쪽에는 아무도 없었다. 그림자들이 멀리 광장에서 달리고 있었다. 프레윈은 몇 미터를 비틀거리다가 정신을 되찾았다. 이 불구덩이에서 앤을 구해야 했다.

내부에서 다시 엄청난 굉음이 들렸다. 그가 방금 열어놓은 문으로 불덩어리가 튀어나오더니 하늘로 치솟았다. 그리고 불덩어리는 검은 구름 속에서 해체되었다.

프레윈은 뚜껑문 쪽으로 달려가서 자물쇠를 깨뜨리고 문을 활짝 열었다. 잿빛 소용돌이가 치솟더니 곧장 살이 타는 역한 냄새가 풍겼다. 그리고 푸르스름한 불빛이 치솟았다.

앤, 앤을 구해야 했다. 포로들을 위해서는 더 이상 할 일이 없었다.

프레윈이 물러나려는 순간 제의실에서 둔탁하게 뭔가 부딪치는 소리가 들렸다. 그는 돌아섰다.

인간의 형체가 두 팔을 흔들면서 뛰어오고 있었다. 실루엣은 바람에 펄럭이는 노란 외투와 기다란 천을 걸치고 있었다. 불길이 실루엣을 갉아먹고 있었다. 어떤 비명도 빠져나오지 않았다. 실루엣은 고통을 쫓아내기 위해 달리고 있었다.
  프레윈은 실루엣을 알아보고 무릎을 꿇었다.
  그는 기름으로 덮인 치마가 피부에 달라붙은 것을 보았다.
  머리카락이 뜨거운 열로 녹고 있었다.
  앤이 쓰러졌다. 그제야 그녀가 울부짖었다.
  짧게.
  불은 앤에게 남아 있는 생명을 빨아들이기 위해 그녀의 몸을 덮치고 그 속으로 들이쳤다.

프레윈은 불을 끄기 위해 웃옷을 벗어 앤의 몸을 덮었다. 그는 두 손에 화상을 입었고 티셔츠는 검게 그을리기 시작했다. 그는 간호사의 몸에 남은 불을 끄기 위해 여러 차례 그녀의 몸을 웃옷으로 덮어주어야 했다. 이렇게 심하게 불이 붙은 것으로 보아 누군가 앤에게 기름을 뿌렸을 것이다.

뒤쪽에서 스테인드글라스가 깨지고 있었다. 윙윙거리는 소리, 우지끈하는 소리, 불길이 내뿜는 획획 소리.

매터스가 병사들을 이끌고 왔다. 젊은 중사는 연기가 나는 시체를 보고 두 손으로 입을 막았다.

두 병사가 손전등을 켜고 지하실로 내려갔다. 그들은 금세 다시 올라왔다. 한 병사가 무릎을 꿇고 토했고 다른 병사는 매터스를 바라보면서 고개를 흔들었다.

매터스가 중위에게 물었다.

"애덤 베이커는 어떻게 되었습니까?"

프레윈이 허공을 바라보며 대답했다.

"못 봤어. 나는 2층으로 올라갈 수 없었어. 흐리섹은 감옥에서 탈출했어. 놈이 덫을 놓았어. 그리고 두 명의 초병을 살해했지만 도망치지는 않았지. 놈은 기다렸다가 내게 총을 쏘았어. 내가 놈을 쓰러뜨렸지. 앤은 저 위에서 사라졌었어. 베이커도 저곳에 있을까 봐 걱정이야."

매터스는 하늘을 바라보면서 한숨을 쉬었다.

프레윈은 웅크린 간호사의 검붉은 살과 찢어진 피부를 자세히 살폈다. 불에 그슬린 얼굴, 녹은 입술, 터진 눈꺼풀, 과일나무에서 떨어진 농익은 과일처럼 벌어진 코.

중위가 지시했다.

"시신을 병원으로 옮기고 본국으로 송환해."

"중위님······."

프레윈이 중사 쪽으로 몸을 돌렸다. 매터스가 하늘을 주시하고 있었다. 그는 집게손가락으로 성당의 지붕을 가리켰다. 프레윈은 연기가 나는 흐릿한 덩어리를 탐색했다. 종탑의 반향판 사이로 앉아 있는 실루엣이 보였다. 하얀 옷, 금발.

프레윈은 한마디도 할 수 없었다. 그는 그 실루엣을 알아보았다.

"어떻게 이럴 수가!"

실루엣은 자신의 존재를 알리기 위해 두 팔을 흔들었다. 그러나 고함 소리는 요란한 불 소리를 뚫지 못했다.

매터스가 외쳤다.

"앤 도슨 양이에요!"

앤이었다. 그녀가 살아 있다니! 넘실대는 불길에 갇혀 있었지만 어쨌든 살아 있었다. 갑자기 생기를 되찾은 프레윈이 지시했다.

"매터스; 빨리 공병대에 연락해. 사다리가 필요해. 사다리가 많아야겠어!"

\*

프레윈은 앤이 시시각각으로 원기를 잃는 것을 보았다. 그는 앤이 자신을 발견할 때까지 두 팔을 흔들었다. 이제 그녀는 자신이 구조될 수 있음을 알았다. 검은 연기가 종탑에서 피어올랐다. 프레윈은 젊은 간호사가 끊임없이 기침을 하는 것을 보았다. 시간이 없었다. 지친 앤이 주저앉자 프레윈이 부벽으로 돌진했다. 그는 걸친 벽 아래에 있는 2층 지붕까지 힘들게 기어올랐다. 손톱이 두 개 뽑혔다. 이제 그는 걸친 벽을 기어오르기 시작했다. 이번 시도는 더욱 위험했다. 만일 미끄러지기라도 한다면 그는 5미터 아래로 추락할 것이다. 여러 개의 스테인드글라스가 사라졌고 빨강, 초록, 파랑, 노랑의 예리한 유리 조각만 남았다. 불길은 왕성한 식욕으로 그를 노리는, 굶주린 음몽마녀(잠든 남자와 정을 통한다는 악령─옮긴이)처럼 높이 치솟고 있었다. 프레윈은 첫 번째 석루조에 도달했다. 목이 따끔따끔했다. 빗물받이 위로 올라선 그는 지붕을 밟고 종탑 쪽으로 살금살금 걸었다. 신발 바닥을 통해 뜨거운 기와가 느껴졌다. 손으로 기와를 잡을 수 없었다. 숨쉬기가 힘들었다. 몸 안의 산소가 부족해지기 시작했다. 이윽고 그는 멈췄다.

사다리 없이는 더 이상 올라갈 수 없었다. 앤은 아직도 6미터 정도 떨어져 있었다.

프레윈이 외쳤다.

"앤, 내 말 들려요? 나, 여기 있어요. 사람들이 구하러 올 테니까. 조금만 견뎌요."

간호사의 무기력한 손이 보였다.

매터스가 대형 군용 트럭에서 빠져나왔다. 트럭에서 내린 여섯 명의 병사가 연기에 휩싸인 두 사람을 올려다보았다. 그들은 즉시 부지런히 움직였다. 트럭 뒤로 사다리가 펼쳐지더니 두 명의 공병이 중위가 있는 곳까지 올라왔다. 그들은 그곳에서 다른 사다리를 펼

처서 종탑 구멍에 댔다. 프레윈은 호흡 곤란에도 불구하고 먼저 사다리에 올랐다. 그는 반쯤 의식을 잃은 앤을 발견했다. 그가 앤을 붙잡고 포옹하자 그녀는 끙끙 앓기 시작했다. 공병이 아래쪽에서 그의 허리띠를 붙잡았다. 그들은 다시 내려오기 시작했다. 프레윈은 현기증을 느꼈다. 연기가 눈을 자극하는 바람에 두 눈이 눈물로 범벅이 되어 앞을 볼 수 없었다. 그는 한 손으로 사다리를 움켜쥐고, 다른 손으로 앤을 붙잡았다. 몇 미터가 수킬로미터처럼 느껴졌다.

땅이 흔들리기 시작했다.

프레윈은 사다리를 더욱 세게 붙잡았다.

두 다리는 더 이상 그를 지탱할 수 없었고 근육은 산소 부족으로 고통스러워했다.

갑자기 발작적으로 기침이 나고 격렬하게 경련이 일면서 그는 균형을 잃었다. 프레윈은 사다리에 매달렸다. 잠시 후 기침이 멎었다. 숨 쉴 때마다 휘파람 소리가 났다. 그는 본능적으로 다시 힘을 냈다.

이윽고 발밑으로 지붕이 보였다. 공병이 다른 사다리까지 그를 부축해주었다. 프레윈은 다시 내려가기 시작했다.

주위는 어둠으로 둘러싸였다. 소리는 두꺼운 솜을 뚫고 멀리서 들려오는 듯했다.

불빛이 약해지기 시작했다. 아주 가까이의 화염조차 덜 뜨겁고 덜 위압적인 것 같았다.

앤은 더 이상 그의 어깨를 짓누르지 않았다. 프레윈은 자신도 모르는 사이에 땅을 밟았다. 매터스와 다른 사람이 황급히 달려와서 간호사를 등에 업고 중위를 부축했다. 하지만 중위의 몸은 그들에게는 너무 무거웠다. 프레윈이 털썩 주저앉았다.

프레윈의 의식은 좁아지고 있었다. 그는 죽지 않은 앤과 이미 죽어버린 흐리섹을 생각했다. 모든 것이 끝났다. 그들은 연쇄살인에 종지부를 찍었다.

대립하고 있는 두 진영은 전쟁을 계속할 것이다. 이제 죽음의 화살은 아군의 진영이 아니라 적진에서 날아올 것이다. 이 학살극에는 어떤 의미가 있을 것이다……. 정치인들은 적어도 군인들에게 그렇게 말하고 있었다. 중위는 그것으로 만족했다. 내일 그들은 잿더미에서 검게 탄 시체들을 끄집어낼 것이다. 그들 가운데 하나는 이가 빠진 장신일 것이다. 흐리섹은 자신의 비밀을 간직한 채 죽었다. 프레윈에게 중요한 것은 그가 죽었다는 것이었다. 내일 그들은……. 그런데 그에게 내일이 있을까? 힘이 사라지고 있었다. 프레윈은 더 이상 팔다리가 말을 듣지 않는 것을 깨달았다. 그는 자신의 몸속에서 움직이지 않는, 수동적인 관찰자에 지나지 않았다. 모든 감각이 사라지고 있었다. 그는 어떤 고통도 느끼지 않았고 아무것도 볼 수 없었다.

중위는 자신이 여전히 숨을 쉬는지조차 알 수 없었다. 눈꺼풀이 천근만근 무거웠다.

불타는 소리가 그의 머릿속에서 여전히 들려왔다. 중위는 이 기이한 소리가 어디서 나는지를 깨달았다.

불길이 웃고 있었다.

불은 성당을 파괴하면서 웃고 있었다.

이윽고 하늘의 어둠이 그의 머리에까지 찾아왔다. 프레윈은 의식을 잃었다.

# 6개월 후

"우리는 다른 사람들 앞에서는 품위 있는 모습을 보인다. 하지만 우리는 혼자가 되자마자 내면에서 고백할 수 없는 일이 벌어진다는 사실을 잘 알고 있다."

피란델로의 「작가를 찾는 6인의 등장인물」에서

차갑고 지저분한 참호.

그들은 3주 전부터 참호에서 생활하고 있었다. 언제나 똑같은 상황. 축축하고 울퉁불퉁한 참호, 흙과 뿌리로 이루어진 참호 내벽. 금속상자들은 의자로 사용되었고 나무껍질과 담요가 그럭저럭 땅바닥의 냉기를 차단해주었다. 그들은 비탈에 등을 기댄 채 앉아서 잠을 잤다.

3미터 위쪽의 지표면은 꽁꽁 얼어붙었다.

하얀 벨벳 상자 같은 얼음이 나무줄기를 감쌌고 서리는 무지갯빛 진주처럼 나뭇가지에 늘어졌으며 눈의 양탄자는 지면을 뒤덮은 채 소리를 흡수했다.

프레윈 중위는 손을 따뜻하게 해주는 소형 폭풍우용 전등을 깔고 앉았다. 그의 앞에는 매터스가 경사진 잠자리에 쪼그리고 앉아서 두 다리를 상체에 붙이고는 두 팔로 무릎을 감쌌다. 그는 보급품을 나눠주고 방금 돌아왔다. 그는 중위가 요구하는 것을 구하기 위해 점점 더 멀리 가야 했기 때문에 임무가 갈수록 늘어났다. 그는 떨고 있었다. 다른 헌병들은 여러 소대의 점호 명단을 수집하고 있었다.

이 웅장한 숲 한복판에서 3주간 이어진 대기와 점점 더 참혹해지는 전투는 병사들의 사기를 떨어뜨렸고 마침내 탈영병이 속출하기 시작했다. 프레원은 그다지 멀리 도망치지 못한 탈영병들을 찾기 위해 순찰대를 편성하고 후위진지 주위―주로 농가 쪽―를 수색했다. 탈영병들은 대체로 습하지 않은 은신처와 전투를 치르지 않아도 된다는 사실에 만족했다. 프레원은 그들을 체포해서 후방으로 보냈다.

이틀 전 프레원은 부하들을 데리고 최전선 쪽으로 더욱 전진해서 오래전부터 잘 알고 있던 알토 중대와 레이븐 중대를 맡으라는 명령을 받았다. 이 두 중대에서 탈영이 늘어나고 있었다. 용감하지만 위험한, 이들 중대에 보충병으로 들어간 신병들이 주로 탈영했다. 신병들은 중압감을 견디지 못했다. 추위, 습기, 기다림, 갑작스런 폭발, 새벽 안개 속에 숨은, 적들의 은밀하고 치명적인 그림자들. 특히 활짝 벌린 입처럼 크게 벌어진 상처에서 흘러나오는 고통의 비명 소리. 눈에 뿌려진 피. 요행에 좌우되는 생명의 수레바퀴. 몇 시간의 전투. 그리고 정적과 윙윙대는 귀. 녹은 눈과 창자가 만들어내는, 붉은색과 갈색의 걸쭉한 죽. 마치 생명이 증발하는 것처럼 살에서 연기가 나는 전우들. 신병들은 이런 생활을 오래 견디지 못했다. 특히 전쟁에 익숙해진 이들 두 중대에서는……. 노련한 병사들은 그들끼리 뜨거운 전우애를 나누었지만 신병들은 배려하지 않았다.

매터스는 전투 야상에 목을 파묻고 말했다.

"따뜻한 커피 한 잔을 얻을 수 있다면 살인도 마다하지 않을 겁니다."

프레원이 말없이 고개를 끄덕였다. 매터스가 잠시 기다렸다가 말을 이었다.

"중위님은 금년 여름에 일어난 연쇄살인사건에도 불구하고 우리를 다시 레이븐 중대로 보낸 참모본부가 다소 이상하다고 생각하지 않으세요?"

"매터스, 그들은 일부러 그러는 거야. 특별 중대에 특별 헌병대. 우리는 이미 그들을 상대했어. 높은 양반들은 우리가 이 꼴통들을 다룰 줄 안다고 생각한 거야."

"그래도……. 3소대에는 우리가 일부러 흐리섹을 죽였다고 생각하는 병사들이 있습니다. 그들은 놈이 살인범이었다고 분명히 인정했습니다. 하지만 그들은 우리를 끔찍이 싫어합니다. 자칫하면 소란이 벌어질 수 있습니다!"

프레윈은 그들이 제의실에서 어렵게 끌어냈던, 연기 나는 시체를 떠올렸다. 아래쪽으로 3분의 2는 검게 탔고 상체는 부풀어 올랐으며 피부는 뜨거운 열로 인해 갈라져 있었다. 그래도 흉터로 얼룩진 흐리섹의 투박한 얼굴을 알아볼 수는 있었다. 흐리섹은 지하실에서 발견된 포로들에 비하면 아무것도 아니었다. 포로들은 문자 그대로 완전히 녹아버렸다. 불붙은 기름이 쏟아지는 바람에 지하실은 전소되었다. 비록 전시일지라도 포로들의 운명은 너무 가혹했다. 마지막으로 프레윈이 앤으로 착각했던 여자가 있었다. 그녀는 낮에 그들이 신문했던 리사 하이버그였다. 도노반은 그녀에게 내일 자동차로 데려다줄 테니 성당에서 자라고 했었다.

이번 사건은 자명했다. 흐리섹은 '감옥'에서 빠져나오는 데 성공했다. 그는 베이커를 제압한 다음 1층으로 내려와서 리사 하이버그를 살해했다. 그는 유일하게 그녀의 목을 베지 않았다. 그리고 외부에서 경계근무를 서던 두 초병을 공격했다. 그는 도망치기는커녕 프레윈 일행에게 덫을 놓았다. 복수심에 불탄 흐리섹은 프레윈 일행을 유인하기 위해 성당에 불을 질렀다. 불은 너무 크게 번졌다. 그 역시 깜짝 놀랐을 것이다. 만일 앤이 성당 안으로 들어가지 않았다면 흐리섹의 계획은 실패했을 것이다. 그랬다면 그는 프레윈과의 결투를 연기한 채 도망쳤을 것이다. 다음은 모두가 아는 사실이었다. 프레윈은 기름을 뒤집어쓴 리사가 불을 옮겼을 것으로 추측했다. 그 사이 앤은 2층으로 올라갔지만 흐리섹의 흔적을 찾지 못하고 불길에 갇혀 옴짝달싹할 수 없었다.

프레윈은 더 이상 생각하고 싶지 않았다. 하지만 매터스는 이 문제를 다시 꺼냈다. 그는 코를 훌쩍이면서 신나게 말했다.

"병원에 갔을 때 중위님은 벽난로의 불처럼 뜨거웠습니다! 도슨 양은 운이 좋았어요! 그녀는 큰 피해 없이 궁지에서 벗어났습니다!"

매터스는 간호사 이야기를 하는데도 아무 반응이 없는 상관의 안색을 살폈다.

"그때부터 앤은 보이지 않습니다. 그녀가 어찌 되었는지 아십니까?"

프레윈은 이 질문에서 호기심 이상으로 중위와 간호사의 관계를 알고 싶어 하는 욕구를 간파했다. 매터스는 앤과 프레윈이 성당 참사 이후 오랫동안 대화를 나누는 모습을 목격했었다. 프레윈은 망설였다.

프레윈이 뭐라고 대답할 수 있을까? 사건이 종료된 후 앤에게 더 이상 찾아오지 말라고 했다고? 잔인한 전쟁 중에 잠시 풋사랑에 빠졌지만 곧 이성을 되찾았으며, 그것은 불가능한 관계였다고? 그것이 사실이라면 부관에게 말하지 못할 이유가 있을까? 프레윈은 화재 후 앤을 달래주었고 그녀가 조속히 쾌차할 수 있도록 신경을 썼다. 그리고 그녀가 깊은 관계를 요구하자 즉시 두 사람 사이에 벽을 세웠다. 그는 냉정했고 잔인하기조차 했다. 앤이 포기하지 않을 거라고 느꼈기 때문이다. 그녀는 아주 강인한 성격의 소유자였다. 그녀는 그가 도망치는 것을 용인하지 않았을 것이다. 그녀는 아내와의 추억이 두려워서 인생을 포기하느냐고 면박을 주었다. 그녀가 잘못했을까? 프레윈은 아내와는 무관한 것이라고 대답했다. 또 그녀의 도움을 얻기 위해 아무런 감정 없이 동침했다고 대답했다. 그녀의 눈동자가 이글거렸다. 그녀는 그의 말을 믿지 않았다. 프레윈은 그것을 알고 있었다. 무엇이 그녀를 격분시켰을까? 그녀는 말없이 걸음을 돌려서 천막을 떠났다. 그 후로 프레윈은 그녀를 보지 못했다.

이 문제는 매터스와 상관이 없었다.

프레윈이 퉁명스럽게 대답했다.

"몰라."

차가운 공기가 깃을 통해 척추를 타고 스며들었다. 그는 몸을 떨었다.

프레윈은 손바닥을 따뜻한 유리에 댔다. 유리 안쪽에서 노란색과 빨간색의 불꽃이 춤을 추면서 이 불길한 참호에 후광을 비춰주었다. 1분쯤 지나서야 매터스가 입을 열었다.

"중위님, 무례한 질문을 해도 될까요?"

중위가 부드럽게 대답했다.

"말해봐."

"긴장감, 즉 수사를 위한 아드레날린이 부족하지 않습니까? 제가 말씀드리고 싶은 것은 수사 중에 느끼는 짜릿함 등 여러 감정의 폭발 말입니다!"

프레윈은 전등에서 눈을 떼고 부관을 응시했다.

"아니."

매터스는 실망한 듯했다.

"아, 그래요? 저는 중위님이 수사를 좋아한다고 생각했는데……. 아무튼 중위님의 수사 능력은 아주 탁월합니다. 우연이 아닐 겁니다."

"중사, 무슨 말을 하고 싶은 거지?"

"그러니까……. 저는……."

"편하게 자네 생각을 말해봐. 우리 둘뿐이잖아."

매터스는 고개를 끄덕이고 입을 비죽거린 다음 입을 열었다.
"중위님은 범죄를 수사할 때 가장 즐거워 보입니다. 그 점을 인정한 것은 저뿐만이 아닙니다. 중위님의 명성이 자자합니다. 그래서 악행을 파악하는, 탁월한 능력이 오히려 중위님을 괴롭히는 것은 아닌지 궁금합니다."

프레윈은 잠시 눈을 감았다. 마침내 매터스는 예민한 문제를 거론했다. 그는 틀림없이 중위에 관한 소문을 들었을 것이다. '당혹스러운 프레윈 중위.' 프레윈은 말수가 적고 잘 웃지도 않았다. 그의 아내는 어느 날 밤 계단에서 떨어져 죽었다. 모두 그 사건을 알고 있었다. 패티 프레윈은 남편의 휴가를 축하하기 위해 외출했다. 그들은 술을 마셨고 패티는 2층으로 올라가는 도중 비틀거리다가 계단에서 굴러떨어져 뇌를 다쳤다. 그녀는 몇 분 후 남편의 품에서 죽었다. 그런데 프레윈이 명성을 떨치던 기지에서는 다른 소문이 돌았다. 그는 너무도 정확히 살인범들을 파악해서 일말의 죄의식조차 느낄 필요가 없었다. 언제나 똑같은 말이 돌았다. "프레윈은 나쁜 사람이기 때문에 그처럼 능란하게 범인들을 추적할 수 있는 거야. 그는 범인처럼 생각해." 프레윈은 귀머거리가 아니었다. 그는 이미 소문을 들었다. 어떤 사람은 그가 아내를 살해했을 거라는 암시까지 했다.

프레윈은 두 주먹을 불끈 쥐었다.
"매터스, 자네는 정신과의사가 환자들을 치료하려면 자신이 직접 미쳐야 한다고 생각하나? 의사들이 병을 파악하기 위해서 직접 환자가 되어야 할까?"

"아닙니다. 학교에서 배웁니다……."

"바로 그거야. 그들은 배우지! 나도 마찬가지야. 나는 날마다 사람들을 보고 배워. 나는 관찰하면서 배워. 나는 감정이입을 잘하지. 나는 다른 사람들의 감정과 행동을 분석해. 그리고 이 주제와 관련된 책을 많이 읽었지. 엄청나게 많이 읽었어. 나쁜 의사와 좋은 의사의 차이점이 뭔지 아나? 직업에 대한 열정이야. 매터스, 나는 정열적인 사람일 뿐이야."

중사는 약간 턱을 낮추면서 동의했다. 그는 걱정스러웠다. 질문이 지나쳤을까?

"나에 대한, 아주 터무니없는 소문을 낳은 것이 바로 열정이야. 하지만 그것은 자신의 꼬리를 물고 있는 뱀과 같지. 내가 어두운 사람이라서 범죄에 매료되었을까? 아니면 죄인들과의 접촉으로 어두운 인성이 발전했을까?"

정적은 나무들 사이에서 윙윙대는 바람에 의해 간간이 끊겼다. 아침 햇살은 석양처럼 잿빛이었다.

프레윈이 말을 이었다.

"나는 처음에는 그렇지 않았어. 군대……. 나는 바꿨지. 살아남기 위해, 내 자리를 만들기 위해. 입대 당시에 나는 젊고 연약했어. 남성 사회가 오늘날의 나를 만들었어. 자네도 조금씩 바뀌고 있어."

매터스는 다시 몸을 일으켰다. 하지만 그는 입도 뻥끗하지 않았다. 그는 몰려오는 생각을 표현할 수 없었다.

그들은 추위와 싸우면서 한 시간 동안 그렇게 있었다. 가끔 근처의 참호에서 동료들의 목소리가 들려왔다. 마침내 콘래드가 먼로와 도노반을 데리고 임시 은둔처에 나타났다.

콘래드가 심각한 말투로 보고했다.

"중위님, 문제가 생겼습니다. 라르손을 잃었습니다."

프레윈이 벌떡 일어났다.

"잃었다니 무슨 말이야?"

"라르손은 장교들의 일일 보고를 듣기 위해 레이븐 중대에 갔습니다. 하지만 그는 돌아오지 않았습니다."

콘래드가 철모를 벗고 관자놀이를 문질렀다.

"가서 확인했어?"

"네, 지금 레이븐 중대에서 돌아오는 길입니다. 모리스 대위는 분명히 라르손에게 일일 보고를 했답니다. 그는 우리가 한 시간 전에 만나기로 했던 후방기지로 가기 위해 라르손이 숲으로 들어가는 것을 보았답니다. 저는 중위님께 보고하기 위해 돌아왔습니다."
"잘했어."
매터스가 불안해하는 부하들을 보면서 말했다.
"라르손은 몸을 덥히기 위해 중간에 멈췄을 겁니다. 그는 참호에 있는 병사들을 보러 가지 않았을까요?"
프레윈이 반박했다.
"그럴 사람이 아니야. 그는 우리가 전선에 있다는 사실을 알아. 누군가 늦어진다는 것은 이곳에 우리에게 적대적인 존재가 있다는 의미일 수 있어. 모두 중무장을 해. 라르손을 찾으러 가자."
매터스는 한숨을 쉬고 소총을 잡았다. 그는 전선 근처에서 순찰하는 것을 좋아하지 않았다. 포탄이 예고 없이 쏟아질 수 있었다. 생각조차 하기 싫은 상황이었다.
매터스는 불길한 예감에 사로잡혔다. 최근에 부상을 입은 어깨가 살에 박힌 금속의 따끔한 맛을 각인시키려는 듯이 화끈거리기 시작했다.

편상화는 바드득거리면서 눈 속에 박혔다. 수색대는 어깨에 소총과 경기관총을 메고 일렬로 낮은 나뭇가지 사이를 전진했다. 그들은 숲 속에서 길을 잃은 중기기관차처럼 입김을 내뿜으며 천천히 걸었다.

가끔 죽은 나뭇가지들이 발에 밟혀서 우지끈 소리를 내면 그들은 즉시 걸음을 멈추고 주위의 덤불숲을 자세히 살핀 다음 다시 걷곤 했다. 레이븐 중대는 후방기지에서 10킬로미터 떨어져 있었다. 그들은 한 시간 동안 3킬로미터의 구간을 폭넓게 수색하며 지나왔다. 라르손이 길을 잃을 리는 없었다. 그는 탁월한 방향감각을 자랑했고 이를 여러 차례 입증했다. 프레윈은 걱정스러웠다. 어둡고 무성한 숲이었다. 하지만 그는 라르손을 신뢰했다. 라르손이 습격을 당했을까? 총성이 울렸다면 근처의 모든 중대가 전투태세에 돌입했을 것이다. 라르손은 195센티미터의 장신에 근육이 발달한 병사였다. 누구도 함부로 그를 건드릴 수 없었다. 그런 라르손에게 무슨 일이 일어났을까?

다섯 사람은 움직이는 과녁이 될까 봐 목을 움츠리며 이동했다.

최전방의 중대들과 후방기지를 연결하는 길은 여러 개였다. 그 가운데 하나는 라르손이 사라진 곳과 반대쪽인 남쪽으로 8킬로미터쯤 떨어져 있었다. 라르손이 남쪽으로 내려갔을 리는 없었다. 합리적으로 생각했을 때 그가 이용했을 길은 두 개밖에 없었고 그중 하나는 상당히 멀었다. 프레윈 일행은 첫 번째 길을 수색했지만 아무것도 찾지 못했다. 순찰대는 거구의 헌병과 마주친 적이 없다고 확인해주었다.

프레윈 일행은 두 번째 길을 통해 최전방으로 거슬러 올라갔다. 사방이 고요했다. 어떤 폭발도, 총성도 없었다. 이따금 까마귀 한 마리가 불길하게 까악까악 울어댔다.

월동에 들어간 초목은 하얗고 검었다. 색깔이 빠져버린 채 창백한 햇빛을 받는 풍경은 쓸쓸했다. 그들은 발자국으로 뒤덮인, 침하된 눈밭을 조심스럽게 전진했다. 그들은 커다란 전나무가 가로막고 있는 길모퉁이에서 멈췄다. 사슴 한 마리가 길 한복판에 서 있었다. 장엄한 뿔에 적갈색과 갈색의 털을 지닌 수컷이었다.

사슴은 머리를 치켜들고 입김을 내뿜으며 까만 눈으로 무장한 군인들을 노려보았다. 양쪽 모두 움직이지 않은 채 한참 동안 마주 보았다. 이윽고 사슴은 다리를 펼치더니 가시덤불 사이로 뛰어갔다. 그리고 나무를 피해 갈지자로 뛰더니 이내 사라졌다.

프레윈 일행은 이 아름다운 모습을 간직한 채 다시 걷기 시작했다. 마치 사슴에 대해 얘기하면 신의 가호를 잃어버릴 것처럼 아무도 입을 열지 않았다.

그들은 10분 이상 하얀 눈밭을 성큼성큼 걸었다. 이제 레이븐 중대는 1킬로미터쯤 떨어져 있었다.

선두에 선 프레윈이 흔적을 발견했다. 폭 50센티미터에 깊이 20센티미터의 자국이 길을 벗어나 숲 쪽으로 들어갔다.

콘래드가 무릎을 꿇고 자국을 살폈다.

"뭘까요?"

매터스가 추측했다.

"무한궤도가 지나간 것 같아."

먼로가 놀려댔다.

"별로 무거운 물체는 아닙니다. 무한궤도가 하나뿐인, 가벼운 장갑차가 있습니까?"

프레윈이 콘래드 옆에 한쪽 무릎을 꿇었다.

"이건 기계 자국이 아니야."

콘래드가 주위를 탐색하면서 프레윈의 말에 동의했다.

"맞습니다. (그는 일어나더니 옆에 꽂혀 있던, 커다란 나무 막대기를 붙잡았다.) 이것으로 눈을 파헤친 것 같습니다."

도노반은 동료들이 원인 모를 불안감에 휩싸이는 것을 느끼고 투덜댔다.

"왜 파헤쳤지?"

프레윈이 대답했다.

"발자국을 지우기 위해서야."

프레윈이 경기관총을 들고 눈길로 들어갔다.

그는 방아쇠에 집게손가락을 대고 신경을 곤두세웠다. 그는 상상력이 장난을 친 것인지, 아니면 경치가 갑자기 바뀐 것인지 알 수 없었다. 풍경은 매우 불안한 모습을 띠었다.

거무스름하고 커다란 나무뿌리가 허공에서 몸을 비틀더니 상체를 숙이고 머리를 땅속에 박았다. 마치 흙색의 두꺼운 피부를 지닌, 뚱뚱한 지렁이를 닮았다. 잎이 떨어진 채 갈고리 모양으로 굽은 나뭇가지들이 옷을 움켜잡으려 했다.

노란색의 마른 풀들이 눈을 뚫고 빠져나오고 있었다.

불행을 예고하듯이 검은 가시덤불이 보였다.

더 이상 어떤 소리도 들리지 않았다. 아무리 둘러보아도 새 한 마리조차 보이지 않았다.

초목은 스스로 죽어버렸다.

프레윈은 이치를 따져보았다.

너의 불안이 주위에 전해졌을 뿐이야.

그들 왼쪽으로는 가시와 칡으로 뒤덮인 덤불이 있었다.

이건 당연한 거야. 오솔길에서 벗어나서 황무지로 들어왔으니까.

눈길은 초목 사이로 구불구불 이어졌다.

갑자기 프레윈이 걸음을 멈췄다. 눈길 한가운데에 철모가 뒤집혀 있었다. 주위에는 붉은 핏방울이 퍼져 있었다.

한쪽 구석에 피가 고여 있었다. 프레윈은 뒤쪽에서 퍼지는 긴장을 감지했다. 부하들이 욕설을 해댔고 매터스는 기도를 했다. 모두 라르손의 철모를 알아보았다. 라르손은 자신의 철모에 "누가 영원히 살고자 하는가?"라는 글귀를 써놓았다.

한 줄기의 피가 오른쪽 눈밭으로 이어져 있었다. 상처에서 흐른 것이 아니라 누군가 일부러 뿌린 것이었다.

우리에게 이 방향으로 따라오라는 것일까?

좋은 징조가 아니었다. 전혀. 라르손에게 무슨 일이 일어난 것이다. 중위는 최악의 상황을 걱정했다.

프레윈이 커다란 전나무를 가리켰다.

"먼로, 저 나무에 올라가서 우리를 엄호해. 우리는 이 핏줄기를 따라가겠다."

먼로가 전나무 쪽으로 가다가 돌아섰다.

"중위님, 차라리 저 바위 위로 올라가겠습니다. 탁 트인 시야와 안정성을 확보할 수 있습니다."

먼로는 커다란 회색 바위 쪽으로 종종걸음을 쳤다. 핏줄기가 뻗어 있는, 작은 공터가 내려다보이는 지점이었다.

그사이 프레윈은 길을 안내하는 자줏빛 핏줄기를 따라 파헤쳐진 눈밭을 걸었다. 초목이 듬성듬성해지더니 마침내 지름 20미터의 공터가 나왔다. 프레윈은 콘래드에게 왼쪽을, 도노반에게 오른쪽을 수색하게 했다. 먼로가 바위 위에 모습을 드러냈다. 바위는 6미터쯤 솟아 있었다.

공터의 중심으로 이어진 핏줄기는 갑자기 직각으로 교차하는, 또 다른 붉은 선에 의해 끊어졌다. 프레윈은 더 이상 핏줄기를 보지 않았다. 그의 시선은 정면의 그루터기 위에 놓인 물체에 고정되었다.

라르손…….

라르손은 옥좌에 앉은 왕처럼 비스듬히 절단된 나무줄기 위에 앉아 껍질이 남아 있는 줄기에 등을 기대고 있었다. 소름끼치는 왕.

튀어나온 안구는 시신경에 의해 간신히 붙어 있었다. 범인이 눈썹과 눈 주위의 피부를 잘라버렸다. 양쪽 볼과 입술도 제거되어 턱이 살짝 드러났다. 범인이 그의 얼굴을 전부 벗겨버린 것이다. 치아가 추위 속에서 반짝였다.

프레윈은 바람에 나부끼는 적갈색 종이처럼 턱 가장자리에서 나부끼는 피부 조각을 보았다. 크게 벌어진 목구멍은 몸 속으로 사라졌다. 군복의 윗부분은 피에 젖어 있었다.

목이 베인 라르손…….

매터스가 뒤에서 중얼거렸다.

"아, 제기랄. 제기랄."

바닥의 발자국은 똑같이 지워져 있었다. 훼손되지 않은 하얀 눈밭에서 주홍색의 선과 원을 볼 수 있었다. 피의 흔적으로 보아 난투극은 없었다. 칼이 목의 경정맥을 찔렀을 때 뿜어나온 한 줄기의 피만이 직선으로 눈밭에 뿌려져 있었다. 라르손의 발치에 더 많은 양의 붉은 피가 고여 있었다.

프레윈은 추측했다.

라르손은 무릎을 꿇었을 때 출혈을 멈추기 위해 두 손으로 목을 잡았어. 피는 손가락 사이로 흘러 바닥에 떨어졌지.

누가 라르손을 무너뜨릴 수 있었을까? 어떻게 죽임을 당하지 않고 이 거인을 이길 수 있었을까? 다른 흔적이 없는 것으로 보아 공격자는 피를 흘리지 않은 것 같았다. 살인범은 철모 속에 죽어가는 병사의 피를 받아서 뿌렸다.

먼로가 바위 위에서 외쳤다.

"중위님!"

프레윈이 그에게 돌아섰다. 먼로는 지면을 가리키며 손가락으로 원을 그렸다.

중위가 차갑게 물었다.

"먼로가 뭐라는 거지?"

매터스가 고개를 저었다.

이윽고 그들은 먼로의 말을 이해했다. 먼로는 이곳까지 그들을 이끌었던 핏줄기를 가리키고 있었다. 프레윈은 제자리에서 한 바퀴 돌았다.

핏줄기가 그들을 에워싸고 있었다.

그들은 라르손의 피로 그려진 원의 중심에 있었다. 원은 직각으로 교차하는 다른 선과 맞닿아 있었다.

문득 프레윈은 먼로가 위에서 무엇을 보았는지 깨달았다.

상징.

범인은 라르손의 피로 여성의 상징을 그렸던 것이다. 첫 번째 살인 현장에서 찾아낸 것과 똑같은 상징.

바로 그 순간 총성이 들리면서 먼로가 서 있던 바위 꼭대기가 산산조각 났다.

숲이 으르렁거리기 시작했다.

사방에서 죽음의 총탄이 쏟아졌다.

피 웅덩이로부터 몇 센티미터 떨어진 눈밭에 바싹 엎드린 프레윈은 최소한 세 정의 화기를 확인했다. 따라서 놈들은 세 명이었다. 그들은 북쪽에서 공격하고 있었다.

프레윈은 고개를 돌리고 매터스가 옆에 무사히 엎드려 있는 것을 확인한 후 주위를 둘러보며 부하들을 찾기 시작했다. 도노반이 포복으로 다가오고 있었다. 먼로는 총성이 울리자마자 바위 꼭대기에서 사라졌다. 프레윈은 그가 총격을 받지 않았는지 걱정했다. 콘래드는 보이지 않았다.

매터스가 보고했다.

"놈들은 우리 앞쪽의 덤불 속에 있습니다. 사수는 네 명인 것 같습니다. 경기관총과 소총이 각각 두 정입니다."

프레윈이 추측했던 것보다 더 심각했다.

매터스가 두려움을 감추지 못하고 물었다.

"어떻게 하죠?"

프레윈은 생각을 정리하기 시작했다. 총알이 따닥따닥 소리를 내면서 눈을 흩트렸다. 그는 현명한 결정을 내려야 했다. 콘래드는 여전히 보이지 않았다. 그는 틀림없이 공격자들 근처에 있을 것이다.

놈들은 쉬운 표적인 콘래드와 먼로를 먼저 공격했을 거야.

만일 프레윈이 남쪽으로 후퇴하라는 명령을 내린다면 그들은 바위를 지나면서 먼로를 구할 수 있겠지만 콘래드는 포기해야 할 것이다.

매터스가 재촉했다.

"중위님, 어떻게 하죠?"

두 발의 총탄이 그들 위에 있던 라르손의 몸에 박히면서 둔탁한 소리를 냈다. 빨리 결정해야 했다.

프레윈이 쭈그리고 앉으면서 매터스에게 외쳤다.

"집중사격을 실시해!"

프레윈은 무릎을 꿇고 방아쇠를 당겼다. 총신이 총알을 내뱉기 시작했다. 매터스도 즉시 숲을 향해 총을 쏘기 시작했다. 프레윈은 덤불에 숨은, 잠재적인 표적을 찾기보다는 콘래드를 찾기 위해 공터의 기슭을 유심히 살폈다. 아무도 보이지 않았다. 헌병대의 최고령인 콘래드는 사라져버렸다. 그의 시체조차 보이지 않았다. 프레윈은 땅바닥에 바싹 엎드렸다.

곧장 적의 반격이 시작되었다. 나무줄기에 쏟아진 총탄이 무수한 나무 파편을 날리면서 갈색 먼지구름을 일으켰다. 라르손은 집중포화를 받아 머리털이 날아갔고 두개골 조각이 중사 앞에 떨어졌다. 총탄의 압력으로 라르손의 몸은 앞쪽으로 천천히 움직이더니 퍽 쓰러졌다. 매터스는 몸을 옆으로 굴려서 간신히 그를 피했다. 라르손의 몸이 중위의 등을 쳤다.

즉시 매터스는 자신이 있는 곳이 더 이상 안전하지 않다는 사실을 깨달았다. 첫 번째 총알이 그를 스쳐 지나갔다. 두 번째 총알이 그의 머리에서 10센티미터 떨어진 눈밭에 박히면서 눈덩이가 그의 눈을 세차게 후려쳤다. 젊은 중사는 눈을 감고 반대 방향으로 몸을 굴렸다. 두 발의 총알이 그의 귀를 스쳐 지나갔다.

바로 그때 그의 철모가 종처럼 울렸다. 그의 두개골에 충격이 느껴졌다.

이번에는 강철이 그의 머리에 박혔다. 그는 아직 실감하지 못했다. 이상하게도 그는 고통보다는 공포에 휩싸여서 어쩔 줄을 몰랐다. 은밀하고 원초적인 공포. 매터스는 자신이 죽어가고 있음을 깨달았다. 중위가 라르손의 시체를 밀어내고 그 위에서 경기관총을 흔들며 방아쇠를 당기는 모습이 보였다. 탄창이 연기를 피우며 날아갔다. 화기 앞에서 탁탁 소리를 내며 타오르는 불길. 총알이 따닥거리는 소리가 멀리서 들려왔다. 매터스는 죽어가고 있었다. 청각, 촉각 등 감각이 사라지고 있었다. 그는 더 이상 춥지 않았다. 눈꺼풀이 감기기 시작했다. 이 모든 것은 10초도 걸리지 않았다.

그의 생명은 이 짧은 순간에 사라졌다.

그는 더 이상 아무것도 알 수 없었다.

\*

프레윈이 탄창을 갈기 위해 몸을 옆으로 굴렸다. 누구도 교대를 해주지 않았다. 매터스도, 도노반도. 그는 탄창을 교체한 후 조준하지 않고 몇 발을 쐈다. 그때 도노반이 왼쪽에서 나타났다.

"중위님, 이곳에 있으면 안 됩니다! 모두 학살당할 겁니다!"

프레윈이 다시 총을 쏘면서 외쳤다.

"바위 쪽으로 후퇴해서 먼로를 구출해! 어서 쏴!"

도노반은 중위와 같은 방향으로 총구를 겨누고 300미터 거리에서 개미를 쏘는 것처럼 자신감 없이 두 발을 쐈다.

도노반 바로 앞에서 세 개의 눈 더미가 치솟았다. 그는 당장 무기를 내려놓고 두 팔로 머리를 감쌌다. 프레윈은 다시 총탄을 퍼부으면서 매터스를 찾기 시작했다. 매터스는 뒤쪽 눈밭에 얼굴을 처박고 있었다.

"안 돼, 매터스! 너마저 죽으면 안 돼!"

프레윈은 모두 죽게 될 것이라고 생각했다. 그들은 한 사람씩 쓰러질 것이다. 그는 도노반과 함께 바위로 이동해서 먼로를 구하고 싶었다. 하지만 이제 끝났다.

다시 나무들이 폭발했다.

두 개의 수류탄이 연달아 덤불을 태웠다. 프레윈이 버티고 있던 곳이 섬광으로 환해졌다. 왼쪽 어딘가에서 경기관총이 거칠고 불규칙하게 불을 뿜고 있었다. 적이 즉시 응사하는가 싶더니 세 번째 수류탄이 터졌다. 그리고 조용해졌다.

나뭇가지 사이에서 연막이 솟았다.

1분쯤 지나자 둔탁한 소리가 울렸다. 프레윈이 권총의 둔탁한 소리를 알아들었다. 다시 정적.

두 그루의 전나무가 흔들리더니 쉰 목소리가 들렸다.

"콘래드입니다. 쏘지 마세요!"

콘래드는 가슴에서 경기관총을 어깨에 메고 나타났다. 그는 수류탄의 폭발로 귀머거리가 된 것을 깨닫지 못하고 큰 소리로 외쳤다.

"제가 그 비열한 놈들을 쓰러뜨렸습니다! 부상당한 놈을 포함해서 모조리 쓰러뜨렸습니다! 제가 놈의 두 눈 사이에 총을 쐈습니다!"

콘래드의 어조는 명랑했지만 프레윈은 그의 눈빛을 보고 섬뜩함을 느꼈다.

공포는 가장 강력한 동인이다. 그것은 사람을 변화시킨다. 사람을 무너뜨릴 수도 있고 굳건하게 만들 수도 있다. 정신력을 강화시킬 수도 있고 무기력하게 만들 수도 있다. 공포는 통제 수단이다. 공포에는 한계가 없다. 공포를 제어할 수 있는 사람은 다른 사람이나 군중을 제압할 수 있다.

매터스는 끔찍한 공포를 체험했다. 공포는 육신뿐만 아니라 의식까지 사로잡았고 그를 기절시켰다. 그는 뇌 한복판에 총알이 박혔다고 생각했다. 실은 총알이 철모에 맞고 튀면서 페인트 조각이 벗겨졌을 뿐이었다. 아무튼 그는 살아남았다. 찰과상 하나 없이. 그가 의식을 되찾았을 때는 모든 것이 끝난 상태였다. 콘래드는 적의 정찰대가 동료들에게 불을 뿜기 직전 그들을 기습했다. 그는 정찰대를 피하기 위해 숨을 수밖에 없었다. 만일 먼로가 동료의 피로 그려진 형상을 발견하고 중위를 부르지 않았다면 정찰대는 그들을 보지 못하고 지나갔을 것이다. 깜짝 놀란 적은 곧장 다가왔다. 콘래드는 동료들에게 경고할 여유가 없었다.

두 개의 수류탄이 적의 호전성을 꺾어놓았다. 콘래드는 신음하는 적에게 경기관총을 난사했다. 약간 떨어진 곳에서 한 명이 반격하자 콘래드는 마지막 수류탄을 투척했다. 그리고 시체 사이를 걷다가 생존자 한 명을 발견하고 권총으로 숨통을 끊어버렸다.

콘래드는 적을 몰살한 후 몇 분 동안 극도로 흥분했지만 곧 침통한 침묵에 빠졌다.

프레윈은 생존한 부하들을 야전병원으로 데려갔다. 긴 천막들을 이어놓은 병원은 참호보다 그다지 따뜻하지 않았다. 먼로와 매터스는 진찰을 받았고 프레윈은 드레이크 중대원들을 데리고 공터로 돌아갔다. 그들은 오후가 끝날 무렵 카키색 시트를 감싼 들것을 들고 돌아왔다. 한 시간 후 프레윈은 모든 부하를 임시본부로 소집했다. 전나무 숲 속에 깊이 파둔 토굴이었다.

겨울이 다가왔기 때문에 어둠이 일찍 내렸다. 숲 속에서 오렌지 빛을 발하는 군화의 구멍들, 하얀 피부에서 떨면서 반짝이는 모공들, 추위 속에 생존하기 위해 작은 모닥불 주위에 촘촘히 모여 앉은 병사들. 그들은 모닥불이 희망이라도 되듯이 꺼지지 않기를 기도하면서 물끄러미 바라보았다.

프레윈은 임시본부에 도착할 때까지 구불구불한 길을 걸었다. 그는 경계근무를 서던 병사에게서 경례를 받았다. 토굴 안쪽에서는 두 개의 폭풍우용 전등이 약한 후광을 발산하면서 반짝이고 있었다. 프레윈이 토굴로 내려가자 매터스, 도노반, 먼로 그리고 콘래드의 창백한 얼굴이 나타났다. 그에게 남은 부하는 이들 네 명뿐이었다. 다른 네 명은 이 긴 전쟁의 초창기부터 차례로 사망했다. 클라우비츠, 포럴, 베이커, 라르손. 참모본부는 두 달 전부터 증원병을 약속했지만 묵묵부답이었다. 다행히 같은 연대에 배치된 스탠리 대위의 팀이 업무량을 상당히 줄여주었다.

프레윈은 탁자와 의자로 사용되는 빈 탄약통에 앉았다. 부하들은 담요로 온몸을 포근하게 감쌌다.

"솔직하게 말하겠다. 우리에게 심각한 문제가 발생했다."

프레윈은 부하들이 이미 알고 있다는 듯이 시선을 교환하는 것을 보았다. 그들은 이미 이번 사건에 대해 얘기를 나누었던 것이다.

"라르손이 살해당했다. 적의 총탄에 쓰러진 것이 아니야. 그의 피로 그린 상징은 우연이 아니야. 라르손을 선택한 것도 마찬가지고."

매터스는 침울한 어조로 상기시켰다.

"시걸 호의 로스데일처럼 살해당했습니다."

"맞아. 그 그림을 아는 사람은 많지 않았어."

매터스가 지적했다.

"우리와 도슨 양뿐이었습니다."

프레윈이 걱정스런 표정으로 대답했다.

"맞아."

"선상에 쿨리지도 있었습니다."

프레윈이 고개를 끄덕이며 머리털이 거의 없는 30대의 그를 떠올렸다. 매터스도 이미 생각했던 것이다.

중위가 이의를 제기했다.

"하지만 쿨리지는 이 사건과 무관해."

먼로가 담배를 물면서 물었다.

"이유가 뭡니까?"

"쿨리지는 시걸 호를 떠나지 않았어. 우리가 이곳에서 벌벌 떨고 있는 이 순간에도 그는 수백 킬로미터 떨어진 배에 있어."

매터스가 재촉했다.

"그럼 도슨 양은요?"

비난하는 듯한 말투에 기분이 상한 프레윈이 서둘러서 그녀를 옹호했다.

"앤이 죽이는 것을 봤어? 연약한 그녀가 우람한 라르손을 제압할 수 있다고 생각해? 우리는 심각한 문제에 봉착한 거야."

프레윈은 부하들을 한 사람씩 살폈다. 모두 그의 눈을 피하지 않았다. 그들은 중위가 하고 싶어 하는 말을 이해했다. 범인은 라르손을 죽이지 않고 살육했던 것이다.

먼로가 외쳤다.

"놈을 붙잡아서 대가를 톡톡히 치르게 할 거야! 재판도 필요 없어. 우리가 직접 혼내주자고!"

중위가 설득했다.

"먼로! 그러지 마! 우리는 복수하러 온 것이 아니야."

먼로는 중얼거리다가 담요 속으로 더욱 파고들었다. 프레윈은 부하들의 불쾌한 기분을 알고 있었다. 오늘 치열한 전투 후 콘래드의 적의에 찬 시선, 먼로가 간신히 억누르고 있는 격분, 그리고 다른 두 부하의 무기력이 그를 걱정스럽게 했다. 하지만 이대로 멈출 수는 없었다. 지금은 전시가 아닌가. 비록 다른 병사들처럼 죽지는 않았지만 라르손은 전사자로 처리될 것이다. 누구나 전투를 벌일 때마다 한두 명의 전우를 잃는다.

매터스가 떨리는 목소리로 말했다.

"라르손은…… 전시되어 있었습니다."

프레윈이 그를 뚫어지게 바라보았다. 시신의 상태보다 바로 그 점이 그를 당황스럽게 했다.

"그것은 뭔가를 상기시킵니다."

도노반이 즉시 반박했다.

"흐리섹은 죽었습니다. 그는 이미 구더기의 밥이 되었습니다!"

중위가 인정했다.

"틀림없는 사실이야. 우리 모두 흐리섹의 부은 얼굴, 불에 탄 팔다리를 보았어. 이제 우리에게는 선택의 여지가 많지 않아."

매터스가 담요 밑에서 어깨를 으쓱였다.

"우리에게 선택의 여지는 전혀 없습니다! 대체 누가 라르손에게 그런 짓을 했을까요?"

프레윈이 대답했다.

"여성의 상징에 대해서 아는 사람이지. 흐리섹이 희생자들의 시신을 전시했다는 사실을 아는 사람이지."

목소리가 조금씩 높아졌다.

매터스가 반박했다.

"하지만 우리밖에 없습니다!"

"수사를 다시 해야 해. 선택은 두 가지밖에 없어. 흐리섹이 범인이 아니라면……."

"불가능한 일입니다!"

프레윈은 중사의 말에 개의치 않고 말을 이었다.

"그에게 공범이 있어."

아래쪽에 놓인 전등이 무기력한 빛을 뿜으면서 그들의 그림자가 길게 늘어났고 그들의 얼굴은 음산해 보였다.

이번에는 도노반이 끼어들었다.

"중위님은 두 명의 패륜아가 서로를 인정하고 힘을 합쳐서 그처럼 치밀한 환상을 공유하는 것은 거의 불가능하고 아주 어려운 일이라고 했습니다."

"그래 알아. 하지만 공범의 가능성도 고려해야 해. 물론 그런 가능성은 여전히 희박해 보이지만 내가 틀렸을 수도 있어. 지금까지 모든 살인사건은…… 아주 특이했어. 한 가지 공통점이 있지. 즉 사회와 여성에 대한 증오와 욕구불만. 살인 수법이 너무도 치밀해서 두 사람이 꾸민 짓이라고 볼 수 없었어. 우연히 만난 두 패륜아가 함께 환상적인 범행을 모의한다면 둘 중 한 명이 주도권을 행사할지라도 범행에 대해서 현저하게 다른 견해를 보일 수밖에 없을 거야. 피의 언어! 한 번 더 말해주지. 살인범은 범행에서 인성의 일부와 살인의 동기를 드러내기 마련이지."

장황한 설명에 짜증 난 콘래드가 항의했다.

"그래서요? 공범이 없었다면 흐리섹은 죽었는데 누가 이 짓을 했습니까?"

도노반이 더듬거렸다.

"흐리섹이…… 연쇄살인범이 아니었을 수도 있습니다. 아무튼 진범이 우리를 속인 거지요."

먼로가 이해할 수 없다는 듯이 물었다.

"범인이 여섯 달 동안 살인을 멈췄을 거라고?"

매터스가 추측했다.

"진범을 잡으면 밝혀질 겁니다. 놈은 흐리섹을 범인으로 몰기 위해 위장 술책에 초점을 맞췄을 겁니다. 놈은 우리의 일부를 제거한 후 모든 것이 잠잠해질 때까지 기다렸다가 다시 살인을 시작한 겁니다."

매터스가 프레윈의 얼굴을 살폈다. 프레윈은 다른 가능성을 숙고한 후 지시를 내렸다.

"아무튼 신변에 각별히 주의하기 바란다. 우리는 수가 많지 않아서 단체로 이동할 수 없어. 우리의 임무를 계속 수행하기 위해서는 여러분 모두가 필요해. 혼자 있을 때는 각별히 경계하도록. 나는 토드워스 사단장님에게 즉각 증원병을 보내달라고 요청하겠다. 또 여섯 달을 기다릴 수는 없지. 지금은 신중하게 처신하는 게 최선이야."

도노반이 놀라서 물었다.

"그것이 전부입니까? 라르손의 사망에 대해서는 수사하지 않을 겁니까?"

중위가 설명해주었다.

"나는 이미 그의 사망에 대해서 조사하고 보고했어. 내가 맡을 거야."

매터스가 말했다.

"레이븐 중대는 우리가 라르손을 발견했던 지점과 가장 가까이에 있었습니다. 라르손은 레이븐 중대에서 돌아오는 길이었습니다. 특히 3소대가 아주 가까이에 있었죠."

프레윈은 그의 목소리에서 분노 같은 것을 감지했다.

그들은 숲의 기이한 정적 속에서 잠시 침묵했다. 전투에서 목숨을 건진 동물들은 이미 도망치고 없었다.

먼로가 낮은 목소리로 말했다.

"마지막 가능성이 있습니다. 우리들 가운데 범인이 있을 수 있습니다."

숲의 고요보다 더 기이한 침묵이 흘렀다. 누구도 격분하지 않았다. 그들은 그림자가 드리워진, 뒤틀린 얼굴로 서로를 관찰했다.

괴물들의 얼굴.

새벽이 되자 동쪽으로 수킬로미터 떨어진 곳에서 전투가 재개되었다. 경기관총이 간헐적으로 따닥대는 소리와 수류탄이 폭발하는 소리가 들렸다.

프레윈은 부하들이 각자의 근무지로 떠나기 전에 안전 수칙을 강조했다.

"여러분은 각자 맡은 중대를 방문하고 탈영병들에 관해 장교들과 의논하기 바란다. 숲을 이동할 때는 혼자라는 사실을 명심해. 그리고 검열이나 순찰은 후방기지에 있는 드레이크 중대와 함께 실시한다. 호위대 없이는 어디에도 가지 마라."

먼로가 제안했다.

"상황이 그렇게 심각하다면 각 중대로부터 무전으로 상황을 보고받아도 되지 않습니까?"

"그건 안 돼. 참모본부가 엄격히 금하고 있어. 부대 상황은 민감한 정보야. 중대의 사망자, 부상자, 탈영병 등의 정보가 적에게 노출되면 안 돼. 적이 무전을 감청할 수 있어. 이건 여러분의 임무야. 자, 출발해."

프레윈은 네 명의 부하가 토굴의 미끄러운 비탈길을 기어올라서 각자의 근무지로 흩어지는 것을 바라보았다. 그들은 말은 하지 않았지만 신경이 날카로워져 있었다. 모두 중화기를 휴대했다. 매터스는 경기관총이 잘 장전되어 있는지 거듭 확인한 후 무성한 전나무 숲 뒤로 사라졌다.

프레윈은 초라한 소지품이 들어 있는 작은 트렁크를 뒤져서 속옷을 몇 개 들어 올렸다. 그리고 수첩과 패티에게 쓴 편지 묶음 사이에서 레이븐 중대 3소대의 명단을 꺼냈다. 그때 그 소대원들이었다. 별로 감성적이지 않은 중위는 특별한 이유 없이 이 명단을 간직하고 있었다. 어쩌면 트로피 대신. 구겨진 명단은 네 번 접혀 있었다.

만일 흐리섹이 연쇄살인범이 아니었다면 진범은 우리를 우습게 여기고 능수능란하게 우롱했어!

프레윈은 흐리섹을 범인으로 몰았던 모든 추론을 다시 검토해야 했다. 그는 주머니에 명단을 넣고 토굴 밖으로 나왔다.

프레윈은 먼저 가야 할 곳이 있었다. 모리스 대위를 만나야 했다. 3소대의 야영지는 전선과 600미터밖에 떨어져 있지 않았기 때문에 더욱 팽팽한 긴장감이 감돌고 있었다. 모리스 대위는 일부 부하들을 데리고 전투 중인 2소대를 지원하러 갔다. 프레윈은 천막 사이를 뛰어다니던 파커 콜린스 중사밖에 만날 수 없었다.

프레윈이 그를 불렀다.

"이봐!"

의무중사는 적십자 표장이 찍힌 두 개의 가방을 열어 습포를 채우면서 말했다.

"중위님, 저는 바쁩니다. 배낭을 채워야 합니다."

"3소대는 모두 교전 중이야?"

의무중사가 헐떡이며 대답했다.

"그렇습니다. 저 아래에서 치열한 전투가 벌어지고 있습니다."

"어제 3소대는 이곳에 있었지?"

파커 콜린스가 고개를 끄떡였다.

"레지, 클램프스, 트라우델은 아침에 정찰을 나갔고 클라크, 브로더스, 코스텔로는 오후에 순찰을 돌았습니다. 나머지는 모두 이곳에 있었습니다."

"자네들은 자유롭게 움직일 수 있나?"

콜린스가 눈살을 찌푸렸다. 그는 동작을 멈추고 중위를 살폈다.

"왜죠? 중위님은 아직도 우리를 의심합니까?"

"중사, 대답해."

콜린스의 표정에 분노가 가득했다.

"네, 우리는 자유롭게 움직이고 있습니다. 레이븐 중대는 언제나 고약한 일을 맡습니다. 난처한 일만 일으키지 않으면 상관들은 우리를 귀찮게 하지 않습니다. 중위님도 그들을 본받아야 합니다."

라르손은 아침에 죽었다. 레지, 클램프스, 트라우델은 용의자 명단에서 제외될 수 있었다. 그들 셋이 의기투합해서 라르손을 죽일 리는 없었다. 이번 사건은 단독 범행이었다. 프레윈은 살인범이 단 한 사람이라고 느꼈다.

의무중사는 배낭을 잠그고 발걸음을 재촉했다.

"죄송합니다만 저는 정말로 가야 합니다."

프레윈이 의무중사를 지켜보았다. 콜린스는 뒷걸음질치다가 돌아섰다. 프레윈은 북쪽으로 뻗은 오솔길을 찾아보았다. 라르손이 거쳤던 길이었다. 프레윈은 가시덤불 사이로 들어갔다. 그는 부하들에게 신중하라고 신신당부했는데 정작 자신은 허리띠에 권총밖에 차지 않은 사실을 깨달았다. 중화기도, 수류탄도 없었다.

전투의 소란 탓에 프레윈은 눈을 밟는 소리와 나뭇가지에서 살랑대는, 약한 바람 소리밖에 듣지 못했다. 그는 공터로 돌아가기 위해 살인범이 눈을 치웠던, 직각으로 교차하는 길까지 거슬러 올라갔다.

하얀 '외투'는 여전히 피로 더럽혀져 있었다. 도전적인 그림은 그대로 있었다. 프레윈은 물러나서 그림 전체를 바라보았다.

살인범은 조용한 곳을 찾기 위해 오솔길에서 벗어났다. 라르손은 발버둥치지 않았다. 지워진 발자국이 남긴, 좁은 홈은 그들이 일렬로 걸었음을 의미했다. 프레윈은 라르손을 잘 알았다. 라르손은 고분고분 따라갈 사람이 아니었다. 조금이라도 위험이나 강압을 느꼈다면 몸부림쳤을 것이다. 그렇다면 그는 왜 이곳까지 살인범을 따라왔을까? 프레윈은 한 가지 가정밖에 떠오르지 않았다. 그는 범인을 믿었을 것이다.

살인범과 라르손은 이 나무줄기까지 함께 걸었다. 그리고 살인범은 키가 195센티미터나 되고 근육이 발달한 라르손의 목을 베었다.

이해할 수 없는 일이었다.

라르손이 살인범을 절대적으로 신뢰하지 않았다면 불가능한 일이야. 그럼 우리 부하들 가운데 한 사람이었을까?

프레윈은 이 역겨운 추측을 지워버리고 싶은 듯이 고개를 흔들었다. 하지만 명백한 사실에 굴복하지 않을 수 없었다.

틀림없이 그럴 만한 사정이 있었을 거야.

프레윈은 피로 그린 그림을 응시했다. 도전적인 상징. 범인이 그의 부하 가운데 한 명이 아니라면 그는 로스데일을 죽였던 놈일 수밖에 없었다. 부하들 이외에는 누구도 이 그림의 존재를 몰랐다. 로스데일의 살인범이 이곳에서 다시 살인을 저질렀다면 그것은 순전히 도전을 위한 것이었다.

살인범이 로스데일의 살해 현장에 남겨져 있던 여성의 상징에 대해 알았더라도 굳이 이곳에 이 그림을 남긴 이유는 뭘까? 놈에게 의미가 있었기 때문이지. 놈이 로스데일의 살인범이기 때문이야. 놈은 우리가 리사 하이버그를 신문하도록, 흐리섹이 범인으로 몰리도록 모든 것을 조작했어. 이건 연출이야. 마키아벨리적인 조작.

프레윈은 3소대원의 명단을 꺼냈다. 흐리섹이 살인범이 아니라면 진범은 교묘하게 범행을 조작해서 헌병대를 속인 것이다. 그리고 놈은 여섯 달 동안 움직이지 않았다.

우리가 네놈을 바싹 추적하고 있었기 때문이지? 네놈은 잡히기 직전 흐리섹을 살인범으로 조작했지?

살인범은 첫 번째 살인부터 비열한 술책을 썼다. 살인범은 처음부터 탈출구를 마련해두었다.

하지만 놈은 여섯 달 전부터 살인하지 않았어! 우리와 가까운 거리에 있었기 때문이지. 여섯 달 동안 살인을 자제할 정도로.

살인범은 무엇이 그렇게 두려웠을까? 흐리섹이 잡히기 전에 놈이 발각될 뻔했을까?

프레윈은 3소대에서 범인을 찾고 있었다. 오른손잡이에 285밀리의 군화를 신는 건장한 병사. 프레윈은 다시 명단을 꺼냈다.

네 명의 용의자가 이 조건과 일치했다.

파커 콜린스, 칼 해리슨, 로드니 배로, 존 월커. 앤은 이들을 '육중한 체격'을 가진 병사로 분류하자고 했었다. 이들 가운데 한 명이 어떻게 라르손의 신뢰를 얻었을까? 부사관? 콜린스는 중사였다. 그는 다른 사람보다 쉽게 신뢰를 얻을 수 있었다. 그가 라르손을 따로 데려가서 쉽게 목을 베었을까?

그럴 리가 없어……. 명백한 증거를 찾아야 해! 어제 오후 라르손의 시신을 봤지만 손목에는 족쇄를 찬 흔적이 없었어. 그는 자유롭게 움직였어! 왜 그는 공격자에게 반항하지 않았을까?

급습? 라르손은 스스로 길에서 벗어나서 이 공터로 들어섰을까?

프레윈이 제자리에서 빙글 돌았다. 살인범은 이 넓은 공터에서 라르손의 목을 벴다. 따라서 살인범은 몸을 감출 수 없었다.

아니야. 라르손은 살인범을 보고 있었어. 그는 경계하지 않았어.

프레윈이 머리를 흔들었다. 어떻게 그런 일이 일어났는지 이해할 수 없었다. 여전히 흐리섹이 범인 같았다. 모두 그를 범인으로 지목했지 않은가.

하지만 우리는 그가 어떻게 감옥을 탈출해서 베이커를 살해했는지 몰라.

만일 흐리섹이 살인범이 아니라면 진범은 그날 밤 성당에 가서 그를 풀어주고 도망쳤을 것이다.

프레윈은 한숨을 쉬었다. 그는 명단을 접어서 손에 쥔 채 후방기지까지 40분가량 걸었다.

프레윈은 토드워스 사단장에게 전화를 걸었다. 그는 더 이상 사단장에게 부탁하지 않았다. 이제 그는 헌병대의 충원과 라르손 사건에 관한 수사권을 요구했다.

"살인범은 흐리섹이 아니었던 것 같습니다."

"이미 끝난 문제야. 더 이상 그 얘기는 듣고 싶지 않아! 라르손은 적의 정찰대에게 당했어."

"잔인한 병사들이 아니라 한 패륜아의 소행입니다."

"크레이그, 더 이상 듣고 싶지 않아. 자네에게 증원병은 보내주지. 대신 그 집요한 수사는 그만둬. 명령이야."

프레윈은 사단장이 일이 잘 풀리지 않을 때마다 그렇듯이 이번에도 신경질적으로 가느다란 콧수염을 만지작거릴 것이라고 생각했다. 완고한 토드워스는 좀처럼 의견을 바꾸지 않았다. 프레윈은 더 이상 고집을 부려봐야 소용없다는 사실을 깨달았다.

"좋습니다. 하지만 다른 살인사건이 발생한다면 제 수사를 방해하지 마십시오."

오후가 끝날 무렵 프레윈이 초라한 수사본부로 돌아오자 도노반이 차가운 전투 식량을 먹고 있었다.

"다른 사람들은 돌아오지 않았나?"

도노반이 고개를 저었다.

"먼로는 드레이크 중대원들과 순찰을 돌고 있습니다. 그들은 두 명의 탈영병을 찾고 있습니다. 매터스는 아직도 후방기지에 있습니다. 그는 포로들과 관련된 행정 업무를 처리해야 합니다. 그리고 콘래드는 호출을 받고 나갔습니다."

"어떤 호출이지?"

"모릅니다. 누군가 무전으로 헌병을 보내달라고 했습니다."

프레윈은 망설이다가 의자에 앉아서 몸을 녹였다. 확인하는 편이 나았다. 콘래드에게 상관의 도움이 필요할 수도 있지 않은가.

"무전기는 어디 있지?"

도노반이 대답했다.

"저쪽으로 50미터쯤 떨어진 곳에 한 대 있습니다. 통신병들은 참호 속에 있습니다."

프레윈은 대여섯 명의 병사들이 지키고 있던 2미터 깊이의 구덩이를 찾아냈다. 모래주머니로 에워싸인 곳에 무전기 한 대와 당직 부사관이 있었다.

"헌병대에 온 메시지가 있었나?"

젊은 부사관이 기억을 더듬었다.

"아, 있었습니다. 한 시간쯤 전에요. 레이븐 중대의 무전이었습니다. 그들은 전선에서 돌아오는 길이었습니다."

중대장은 최종 부대 상황을 점검하고 후방기지에 보고해야 했다. 연락병들이 전투 중인 소대 간의 연락에 전념할 수 있도록 헌병들이 부대의 보고를 맡고 있었다. 프레윈이 걱정하는 것은 콘래드가 레이븐 중대 근처에 있는 숲에 혼자 들어가는 것이었다.

콘래드는 어른이야. 신중하게 처신할 거야.

즉시 빈정대는 목소리가 들려왔다.

너는 라르손에 대해서도 그렇게 말했었지?

프레윈은 망상중에 빠지고 싶지 않았다.

"좋아. 이상한 것이 있으면 즉시 연락해."

중위는 수사본부로 돌아와서 식사를 한 다음 날이 저물자마자 담요로 어깨를 감쌌다.

먼로가 돌아왔을 때 하늘은 여전히 흐렸다. 매터스는 저녁이 되어서야 도착했다. 등잔은 황금빛 후광을 내면서 타고 있었다.

저녁 8시가 지나자 프레윈이 자리에서 일어나더니 먼로에게 따라오라고 지시했다. 그들은 콘래드를 찾으러 떠났다.

"콘래드가 떠난 지 네 시간이 지났어. 귀대가 너무 늦어."

매터스가 그를 안심시키려 했다.

"콘래드는 그사이에 다른 임무를 맡았을 겁니다."

"그럴 수도 있지. 그래도 확인해보는 게 나아."

모두 중위가 신경과민이라고 느꼈다.

먼로는 경기관총을 들었고 프레윈은 어두운 숲을 지나기 위해 손전등을 챙겼다. 곧장 추위가 엄습했다. 철모를 썼음에도 매서운 추위가 볼과 귀를 얼얼하게 하며 목으로 파고들었다.

활 모양의 불빛이 그럭저럭 그들을 안내했다. 시야는 초목에 가려 좁아졌다. 교전의 메아리는 황혼과 더불어 잠잠해졌고 전나무와 가시나무가 서로 부딪치는 소리만이 들려왔다.

이곳에서 세상은 식물성 모피로 뒤덮인, 하얀 벌판처럼 보였다. 도시는 사라져버렸고 산과 바다는 증발해버렸다. 전쟁은 끝없이 펼쳐진 캄캄한 숲만을 남겨놓았다.

10분 후 함박눈이 내리기 시작했다. 하늘의 꽃가루는 무희처럼 우아하게 미끄러지면서 땅과 나무를 뒤덮었다.

프레윈은 먼로를 레이븐 중대로 이어지는 오솔길로 데려갔다. 그사이 꽃가루는 더욱 두꺼운 꽃잎이 되어 조금씩 발자국을 덮었다. 이윽고 폭우가 쏟아졌다. 중위의 손전등은 발을 비출 뿐이었다.

먼로가 바짝 다가와서 외쳤다.

441

"돌아갈 수 없을까 봐 걱정입니다. 길을 잃을 수도 있습니다!"

"나도 알아. 하지만 콘래드를 내버려둘 수 없어."

먼로는 전우애로 용기를 되찾고는 고개를 끄덕였다.

그들은 머리를 숙인 채 더욱 천천히 나아갔다. 오솔길은 점점 더 걷기 힘들어졌다.

이윽고 그들은 레이븐 중대의 야영지에 도착했다. 프레윈은 3소대 진영으로 들어갔다. 그는 마른 천막 밑에서 파이퍼 중위, 클라크 특무상사, 파커 콜린스 의무중사와 대화를 나누고 있던 모리스 대위를 발견했다.

모리스는 콘래드가 오후 5시 무렵에 왔다가 보고서를 가지고 후방기지로 떠났다고 확인해주었다.

프레윈이 거듭 물었다.

"그 후로 그를 다시 보지 못했습니까?"

"그래. 그를 다시 보지 못했어."

다른 사람들도 이구동성으로 그를 보지 못했다고 대답했다. 콘래드는 다시 나타나지 않았던 것이다.

"대위님의 부하들은 오후가 끝날 무렵에 뭘 했습니까?"

모리스가 얼굴을 찌푸렸다.

"휴식을 취했지. 왜?"

프레윈은 질문을 무시하고 말을 이었다.

"특별한 점은 발견되지 않았습니까?"

"뭐가? 부하가 돌아오지 않아서 3소대를 찾아온 건가? 중위, 자네는 뻔뻔스럽구먼!"

파커 콜린스가 대화에 끼어들었다.

"실례를 무릅쓰고 한 말씀드리겠습니다. 저는 중위님의 부하가 떠난 직후 무슨 소리를 들었습니다."

프레윈이 걱정스럽게 물었다.

"무슨 소리지?"

"콘래드가 떠나고 30분쯤 지났을 때 둔탁한 폭발음이 들렸습니다. 수류탄 같았습니다. 교전 중인 동쪽이 아니라 우리 뒤쪽에서 들려서 놀랐습니다. 하지만 총성이 들리지 않아서 신경 쓰지 않았습니다."

"콘래드가 들어선 오솔길 쪽에서?"

"네, 그쪽입니다."

프레윈은 마지못해 고맙다고 말하고 서둘러서 추위와 폭풍우 속으로 나왔다. 먼로는 중위의 팔을 붙잡고 호소했다.

"지금 그 오솔길로 가는 건 경솔한 짓입니다!"

"수류탄의 폭음과 콘래드의 실종이 걱정되지 않나?"

"걱정됩니다. 중위님이 가자고 하면 따르겠습니다. 하지만 그리 좋은 생각 같지는 않습니다."

"먼로, 가야 해. 좋은 생각이든 아니든."

그들은 눈으로 덮인 자신들의 발자국을 보았다. 프레윈은 불길한 예감에 사로잡혔다. 그는 콜린스의 얘기를 들은 후 머릿속에서 끔찍한 백일몽을 떨쳐버릴 수가 없었다.

보복의 극치. 도전의 절정.

살인범은 가장 오만한 방식으로 헌병을 비웃으면서 전능을 과시하고 있지 않은가.

그들은 공터까지 돌진해야 했다.

바람은 선풍을 일으키면서 두 사람에게 함박눈을 퍼부었다. 눈이 발목까지 쌓였다. 장갑을 꼈음에도 손가락이 곱았다. 그들은 꼭두각시처럼 걸었다. 살을 에는 듯한 추위에 맞서느라 동작이 점점 둔해졌다.

프레윈은 전날 눈여겨보았던, 비틀어진 나무를 보고 공터로 들어서는 분기점을 알아보았다. 한 걸음 한 걸음이 힘들었다. 차가운 눈은 장딴지까지 쌓였다.
 그들은 검은 바위를 지나갔다.
 갑작스러운 소강상태. 바람이 단번에 멎더니 함박눈이 더 이상 선회하지 않았다.
 손전등이 어둠을 갈랐다. 불빛이 덤불과 나무줄기를 스쳤다.
 그리고 검은 덩어리, 아니 사람의 형체가 보였다. 그는 눈밭에 쓰러져 있었다.
 프레윈은 서둘렀다. 그는 얼음 위에서 미끄럼을 탔다. 그는 불빛에 반짝이는 깃을 잡아당겼다.
 콘래드는 흐릿한 눈을 반쯤 감은 채 입을 벌리고 있었다.
 그의 두 손은 등 뒤에서 수갑이 채워져 있었다. 프레윈은 생기 없는 콘래드를 일으켜 세우다가 끔찍한 것을 발견했다.
 그의 복부가 사라지고 없었다.
 범인이 콘래드의 복부를 제거했다. 모든 내장이 눈밭에 버려져 있었다. 끈적거리는, 무수한 조각들이 도처에 뿌려져 있었다. 수 미터까지 퍼져 있었다. 눈도 혐오감을 느꼈는지 모든 내장을 뒤덮고 있었다.
 야만적이고 야비한 학살이야.
 프레윈은 자신이 미끄럼을 탔던 얼음이 무엇인지 깨달았다. 그는 불쌍한 부하의 얼어붙은 피 위를 걸었던 것이다.
 콘래드는 죽었다.
 라르손이 살해된 바로 그곳에서.
 메시지는 분명했다. 살인범은 프레윈과 그의 부하들을 제거하고 있었다.
 누구도 포식자를 멈출 수 없었다.
 더 이상 누구도.

아침 햇살은 사람들이 서로를 죽이는, 야만적인 세상을 비추기가 싫은 듯이 창백하기만 했다.

프레윈은 후방기지에 맡겨놓았던 지프차를 몰고 있었다. 그는 속도를 늦추지 않고 질주했다. 길은 끝이 없는 것 같았다. 이따금 맞은편에서 달려오는 두세 대의 보급차량과 마주쳤다. 하지만 풍경은 조금도 변하지 않았다. 끝없이 펼쳐진 숲. 그는 세 시간을 달린 후에야 야영지에 도착했다. 이곳의 도로는 눈과 진흙이 뒤범벅이었다. 모든 전선의 부상자들이 이곳에 모여들고 있었고 여러 기계화 부대가 이곳에서 연료를 보급받고 있었다. 피 냄새가 기름 냄새와 뒤섞였다. 프레윈은 격렬한 구토증을 느꼈다. 온몸이 등유의 악취에 거부 반응을 일으켰다. 그는 막사 사이로 달려가서 위장이 아플 정도로 토하기 시작했다. 성당에서 벌어졌던 참사의 기억이 살에 깊숙이 새겨진 채 여전히 생생하게 떠올랐다. 당시 불길은 지옥의 구덩이에서 솟구친 것 같았다.

프레윈은 격납고처럼 길고 높고 넓은 50여 개의 천막으로 이루어진 야전병원에 도착했다. 1000여 명의 부상자들은 상태에 따라 귀국하거나 참호로 돌아갈 것이다. 중위는 30분 동안 누군가를 찾아 헤맸다. 그는 의료진을 담당하는 장교에게 물었다.

"앤 도슨 간호사를 찾고 있습니다. 어디에서 찾을 수 있을까요? 그녀는 콜온 군의관 밑에 있습니다."

장교는 잠시 그를 뚫어지게 바라본 후 말했다.

"생각이 날 듯 말 듯한데……. 아, 그렇지. 콜온 군의관 일행은 오늘 아침에 도착했습니다. B통로에 있는 수술실 근처에서 찾을 수 있을 겁니다."

"고맙습니다. (프레윈은 문득 걸음을 멈추고 물었다.) 그들이 어디에서 왔는지 아십니까?"

"전혀 모릅니다. 그들은 의료진이 필요한 곳, 그러니까 주로 전선 근처로 갑니다. 죄송합니다만 바빠서 이만 실례하겠습니다."

프레윈은 다시 고맙다고 말하고 알려준 방향으로 향했다. 그는 5분 후 앤을 발견했다. 그녀는 한쪽 면이 완전히 열려 있는 천막 안으로 들어가고 있었다. 여전히 아주 아름다웠다. 목덜미 위로 묶은 금발. 부드럽고 발랄한 모습. 정확하고 우아한 동작. 프레윈이 다가갔다. 그녀는 의약품이 보관되어 있는 선반에다 플라스크를 정리하고 있었다.

프레윈이 부드럽고 난처한 목소리로 말했다.

"안녕하세요."

앤은 돌아서지 않은 채 두 팔을 들고 그대로 멈췄다. 이윽고 그녀는 팔을 내리고 돌아섰다. 그녀는 입을 다문 채 머리부터 발끝까지 중위를 훑어보았다. 눈동자는 태연했다. 프레윈은 그녀의 눈에서 놀라움도, 분노도 읽을 수 없었다. 그녀의 성깔을 감안하면 좋은 징조가 아니었다. 초연한 모습보다는 분노와 마주치는 편이 나았다. 말을 하다 보면 감정을 누그러뜨릴 수 있을 텐데.

프레윈이 말했다.

"라르손과 콘래드가 죽었어요."

앤은 불행한 소식을 듣고 눈살을 찌푸렸다. 그녀는 팔짱을 꼈다. 그것도 나쁜 징조였다.

앤이 차갑게 대답했다.

"당신은 그 소식을 전하기 위해 이 먼 길을 달려왔나요?"

"부하들은 살해되었어요. 이번 여름에 저질러진 범행에 대해 많은 것을 알고 있는 누군가의 짓이에요. 혹시 누군가에게……."

"중위님, 당장 입을 다무세요. 나는 누구에게도 말하지 않았어요. 이곳에서는 모두가 나를 미친 여자 취급하면서 피해 다녀요. 내게 여자 친구가 한 명 있어요. 그런데 그녀는 그런 얘기를 듣기 싫어하죠. 우리는 매일 끔찍한 부상자들을 보는 것만으로도 지긋지긋해요. 그러니 당신네 일은 나와는 상관없어요."

프레윈이 천천히 고개를 끄덕였다.

"나도 그렇게 생각해요. 앤, 놈이 다시 움직이기 시작했어요. 똑같은 학살, 똑같은 피의 언어. 분명히 동일범의 짓이에요."

"무엇을 원하죠? 당신에게는 없는 여성적 시각을 보충해달라는 말인가요? 그런 다음 나를 버리겠죠? 한 번 더 나를 농락한 후에?"

"이번에는 놈이 우리를 직접 공격하고 있어요. 놈은 더 이상 우리 주위의 병사들을 사냥하지 않아요. 놈은 자신을 추격했던 우리를 죽이고 있어요."

"그래서요? 무슨 말을 해드릴까요? 유감스럽다고요? 당신 부하들에게 애석한 일이라고요? 그렇다면 삼가 고인들의 명복을 빌어요. 고약한 전쟁."

"앤, 놈은 많은 것을 알고 있어요. 걱정스러울 정도로요. 당신은 우리와 함께 수사했잖소."

"좋아요. 나는 어른이에요. 나는 스스로 방어할 줄 알아요."

"범인은 엄청난 능력을 갖고 있어요. 놈은 무슨 짓이든 할 수 있어요. 앤, 당신은 우리와 함께 있는 게 안전할 거예요."

"나는 당신들과 200킬로미터 떨어진 곳에 있어요. 그런데 나를 숲 속으로 데려가서 살인범 옆에 두겠다고요? 그건 나를 늑대의 아가리 속에 던지는 짓이 아닐까요?"

"놈은 마키아벨리적이고 아주 꼼꼼해요. 놈은 이곳까지 당신을 찾으러 올 수 있어요. 우리와 함께 있는 편이 나을 거요."

프레윈은 앤이 자신들의 사정을 잘 알고 있는 것에 깜짝 놀랐다.

"그런데 어떻게 우리가 있는 곳을 알았죠?"

갑자기 자존심이 무너졌다. 앤은 그런 여자였다. 프레윈은 그녀가 예민하고 고집스럽다는 것을 알고 있었다.

"중위님은 어떻게 생각했죠? 내가 한순간에 모든 것을 단념할 거라고 생각했나요? 물론 나는 알고 있어요. 나는 멀리서도 당신에 대해 알아보고 당신을 지켜보고 있으니까요. 나는 2년 동안 이런 수사에 참가할 기회만 기다렸어요."

"왜죠?"

앤이 웃음보를 터뜨렸다.

"나한테 그걸 물어요? 당신은 정말로 뻔뻔해요! 자기 얘기는 하나도 하지 않는 '신비로운 프레윈 중위님', 당신은 그래서 왔군요. 나와 사랑을 나눈 후 내 속내를 끄집어내기 위해서!"

앤은 믿을 수 없다는 듯이 고개를 흔들었다.

프레윈은 숨을 깊이 들이마셨다. 그는 두 손을 들고 인정했다.

"미안해요. 그래서는 안 되었는데……."

앤은 자연스럽게 돌변했다. 거짓으로 꾸며낸 초연함은 사라졌다.

"최악이 뭔지 알아요? 나는 중위님에게 모든 것을 말할 준비가 되어 있다는 거예요. 대신 중위님은 나와 함께 수사를 해야 해요. 끝까지요. 상황이 어떻든 간에요. 나는 어떤 일이 있더라도 범인의 신문에까지 참가할 거예요."

프레윈은 망설였다. 그는 앤이 추론에 열중하고 핵심을 파고드는 능력이 있다는 것을 알고 있었다. 지금은 수사력을 보강해야 했다. 절대적으로. 그리고 신속히 수사를 재개해야 했다. 설령 앤이 싫어할지라도 프레윈은 그녀를 데려가기로 했다. 그는 살인범이 이곳까지 와서 경계가 느슨한 틈을 타서 손쉽게 그녀를 공격할 수 있다고 느꼈다.

거짓말하지 마. 너는 그녀가 거래를 제안하리라는 사실을 잘 알고 있었어. 그래서 온 거잖아. 그녀를 데려가기 위해서. 너는 그녀를 몹시 그리워했잖아.

프레윈이 말했다.

"소지품을 챙겨요. 당신 상관을 만나서 문제를 해결할게요. 간호사를 징발하는 데 필요한, 그럴싸한 이유를 찾겠소. 걱정하지 말아요. 야영지 입구에서 기다릴게요. 서둘러요. 갈 길이 멀어요."

"내가 직접 얘기하겠어요."

그러고는 과도한 오만과 약간의 불신을 품고 그녀는 이렇게 덧붙이는 것을 잊지 않았다.

"안심하세요. 이번에는 나를 잡아두기 위해 일부러 사랑해줄 필요는 없어요."

지프차는 눈이 녹은 진창 길에서 덜거덕거렸다. 벌써 한 시간 전부터 차창 양쪽으로는 나무가 띠를 이루며 한없이 지나갔다.
앤이 물었다.
"당신 부하들은 어떻게 지내요?"
"다들 몹시 지쳤어요. 전투 식량도 데우지 못하고 그냥 먹어야 하고 목욕도 할 수 없고 춥고 습한 곳에서 새우잠을 자야 해요. 또 언제나 긴장해야 하죠. 하지만 날마다 치열한 전투를 치르는 병사들에 비하면 아무것도 아니에요. 부하들은 그 사실을 알기 때문에 불평하지 않아요."
프레윈은 부하들이 이보다 훨씬 심한 고통을 겪고 있음을 잘 알았다. 클라우비츠, 포럴 그리고 베이커를 잃은 후 라르손과 콘래드까지 죽으면서 고통에 공포가 덧붙여져서 사기가 말이 아니었다. 이제는 팀 자체가 흔들리고 있었다.
부하들의 얼굴이 하나씩 떠올랐다. 젊은 매터스는 보기보다 훨씬 연약했다. 도노반은 고작 일곱 달 전에 합류했지만 이미 조직에 동화되어 능력을 발휘하기 시작했다. 그는 언제나 적극적으로 임무를 수행했다. 프레윈은 이미 오래전에 먼로의 정체를 간파했다. 먼로는 병사라는 신분상의 불안을 극복하기 위해 저돌적으로 행동했다. 그들은 모두 닮아 있었다. 또한 그들은 확신을 품고 서로의 결점을 메웠다. 그래서 그들은 단단히 결속된 팀을 이루었다. 전쟁으로 가족과 헤어지고 상처받은 그들은 그의 밑에서 한 가족을 이루었다. 그런데 살인범이 이 가족을 조금씩 파괴하고 있었다.

앤은 다시 침묵이 지나가기를 기다렸다. 프레윈의 부하들은 차를 출발시킬 때부터 그들의 주요 화제가 되었다.

이윽고 앤이 물었다.

"중위님은 나에 대해 전혀 알아보지 않았죠? 그런 것 같아요."

프레윈이 대답했다.

"당신은 분명 나에 관한 소문을 들었을 거요. 그런 얼빠진 소리를 듣기 위해서라면 무엇 때문에 당신에 대해 알아봐야 하죠? 나는 당신의 인사 카드를 열람할 수도 있었어요. 하지만 나는 당사자에게 직접 듣는 것이 더 좋소."

"중위님은 모든 것을 직감으로 처리하죠?"

"꼭 그렇지는 않아요……. 나는 잡담이나 보고서보다는 시선, 몸짓, 억양을 더 믿을 뿐이에요."

다시 침묵이 흘렀다. 엔진이 윙윙거렸다.

마침내 앤은 길에서 눈을 떼지 않은 채 털어놓기 시작했다.

"나는 거의 2년 동안 기회가 있을 때마다 헌병대가 진행하는 모든 수사를 지켜보았어요. 의무대에 있으면 헌병의 정보를 쉽게 입수할 수 있어요. 당신들은 자주 의무대에 들르잖아요. 조금만 신경쓰면 되죠. 그리고 몇몇 동료들에게 헌병대가 들이닥치면 알려달라고 부탁해놓았어요. 그래서 이상한 소문이 돌기도 했죠……."

프레윈은 운전을 하면서 태연히 듣고 있었다.

앤이 말을 이었다.

"그리고 시걸 호에서 시체가 발견되던 날 밤 중위님을 만나게 되었죠."

앤은 무의식적으로 외투를 잡아당겨 몸을 더욱 단단히 감싼 후 말을 이었다.

"중위님은 내가 왜 범죄에 관심을 갖는지 알고 싶어 온몸이 근질근질하죠? 왜 간호사가 살인사건에 매료되었을까? 어떻게 이렇게 쉽게 수사에 몰두할 수 있을까? 어떻게 이렇게 범인의 심리를 잘 알까?"

앤이 피식 웃었다.

"내가 아주 어릴 때부터 그런 기질을 갖고 있었다고 하면 믿겠어요? 물론 나는 2년 전에야 살인사건에 관심을 갖기 시작했어요. 하지만 살인사건에 대한 관심은 이미 내 마음속에 있었죠."

"왜 2년 전이죠? 그때 무슨 일이 있었습니까?"

앤은 대답하지 않았다. 그녀는 어깨를 으쓱하더니 숨을 들이마시고 말을 이었다.

"아버지는 집에서 절대 권력을 가진 신이었어요. 우리는 아버지가 원하는 것은 무엇이든 군말 없이 했어요. 그는 명령 외에는 의사를 표현할 줄 몰랐어요. 복종하지 않으면 혼쭐이 났죠. 상세한 얘기는 하지 않겠어요. 그래도 우리가 혼나는 장면이 눈에 선할 거예요. 나는 공포와 폭력 속에서 유년기와 청소년기를 보냈어요. 궁지에서 벗어나고 굴욕을 보상하려면 강한 성격이 필요해요. 정말이에요. 궁지에서 벗어나지 않으면 더욱 빠져들 수밖에 없어요. 중위님이 살인범들을 묘사하면 나는 무엇에 대해 얘기하는지 알 것 같았어요. 그들은 지속적인 정신적 외상 속에서 성장했어요. 가끔 나도 그들과 똑같은 것을 경험한 것은 아닌가 하는 생각이 들어요. 물론 그 결과가 좋았다는 점을 제외하면 말이죠."

앤은 침을 삼켰다. 프레윈은 그녀를 힐끗 훔쳐보았다. 그녀는 말에서 느껴지는 것만큼 자신감이 넘쳐 보이지는 않았다.

앤이 말을 이었다.

"얼마 전부터 너도나도 '사이코패스' 라는 단어를 사용하고 있어요. 새로운 성배라도 되는 듯이 말이에요. 심리학, 정신분석학, 과학. 이들 학문은 우리의 유아적이고 종교적인 공포를 멀리 내쫓아서 우리 존재의 불안감을 줄여주려 하죠. 하지만 우리는 공포 속에서 자랐어요. 공포는 인류 발전의 주요한 요소들 가운데 하나예요. 선사 시대부터 우리는 포식자들을 두려워했어요. 포식자들이 더 이상 밤에 숲 밖으로 나오지 않더라도 인간은 계단을 내려갈 때 난간을 붙잡는 것처럼 여전히 이런 공포에 얽매여 있어야 해요. 공포는 원초적인 본능이에요. 인류는 수천 년 동안 공포를 방패로 삼았어요. 순식간에 공포를 없앨 수 있을까요? 우리는 집단기억을 그렇게 쉽게 지울 수 없어요!"

"당신은 사이코패스가 새로운 공포의 전형이라고 생각합니까?"

"괴물은 침대 밑이나 벽장 안에 존재하지 않는다는 것, 불안은 무의식에서 비롯된 것이라는 설명을 하도 많이 들어서 불합리하고 무의식적인 공포는 우리 인류의 필요성을 고려하지 않은 채 은폐되기만 했어요."

프레윈이 놀라서 물었다.

"인간에게 공포가 필요하다고요?"

"네, 공포는 인류를 보호하는 방패예요. 공포가 없으면 인간은 자신을 통제할 수 없을 테고 모든 인류는 미칠 것이며 일부는 더 자제하지 못할 거예요. 그리고 결국에는 가장 비열하고 야만적인 본능이 다시 득세하겠죠. 공포가 우리의 충동을 조절하고 본능을 억제하기 때문이죠. 공포는 지배적이고 강력한 종에게 공동체 생활을 강요해요. 우리는 외부의 포식자들에 대한 공포 때문에 문명의 초기부터 서로를 도와야 했어요. 공포를 없애보세요. 그러면 인간은 첫 번째 본능인 욕망 충족으로 회귀해요. 음식, 섹스, 영토 점령 등 자기중심적인 욕망만을 추구하게 되지요. 타인은 기껏해야 동업자에 지나지 않고 최악의 경우에는 경쟁자일 뿐이에요. 공포가 없다면 상당한 혼란이 일어날 거예요."

"그래서 학자들이 너도나도 행동을 연구한다고 생각해요?"

"나는 그렇다고 확신해요. 벽장의 괴물을 사이코패스로 대체한 거예요. 인간에게는 공포가 필요해요. 우리는 더 이상 침대 밑을 확인하지 않고도 잠들 수 있어요. 따라서 다시 두려워할 만한 것을 찾아야 해요. 그래서 사이코패스가 출현한 거예요. 사이코패스는 중위님과 나처럼 평범한 외모를 가졌지만 상상할 수 없을 만큼 잔인한 짓을 즐겨요. 놈은 욕망과 결핍을 충족시키기 위해서 거리낌 없이 살인을 저질러요. 따라서 어떤 면에서 놈은 괴물이에요. 놈은 우리의 세계와 그의 세계, 즉 피의 세계 사이에 사는 존재죠."

프레윈은 앤이 무슨 말을 하는지 깨닫고 이의를 제기했다.

"사회 내부의 위험을 두려워하게 하면 사회에 혼란이 찾아오지 않을까요? 지나치게 서로를 경계하고 우리 문명을 이루는, 사회적 유대를 약화시키지 않을까요?"

"그것은 분명 공포의 역효과죠. 공포가 우리를 결속시키는 대신 갈라놓았나요?"

"당신은 현재 상황을 별로 낙관하지 않는군요."

돌연히 앤은 숲을 가리켰다.

"그럼 이 전쟁이 중위님을 낙관적으로 만들어요? 우리는 진화되었고 문명화되었어요! 이렇게 많이 진화하고 발견하고 발전했는데도 이처럼 야만적인 전쟁을 통해 문제를 해결해야 할까요? 오늘날에도요? 이 야만적인 행위는 언제까지 지속될까요? 50년 후에도 전쟁을 할까요? 300년 후에도? 1000년 후에도? 우리는 주기적으로 전쟁을 하게 될까요? 아이들이 몰두하는 첫 번째 놀이는 서로를 죽이는 거예요. 그것은 의미심장하죠. 인간은 포식자예요. 모든 생물 중 가장 무서운 포식자예요."

앤은 숨을 가다듬은 후 더욱 낮고 불길한 어조로 덧붙였다.

"정신적, 도덕적 억압과 수세기에 걸친 진화에도 불구하고 온갖 파괴 행위는 계속되었어요. 문명이라는 유익한 굴레에도 불구하고 인류가 그 어떤 종보다 지구에 훨씬 큰 영향력을 행사함에 따라 파괴 행위도 덩달아 커진다면 그만 사태를 직시해야 해요. 모든 것이 명백하게 드러나고 있어요. 사이코패스들, 우리가 쫓고 있는 살인범들은 우연히 출현한 것이 아니에요. 우리는 더 이상 이 사실을 부인할 수 없어요. 그들은 메시지를 지니고 있어요."

앤은 우울한 듯이 하얀 지평선을 응시했다.

"그 메시지는 야만적인 우월성을 통해서만 한 종에 의한 지배가 가능하다는 거예요. 따라서 세상을 계속 지배하려면 우리에게는 괴물들이 있어야 해요."

"내가 제대로 이해한 거라면 공포는 인간에게 이로운 거군요. 하지만 우리가 생존을 위해 발전시키고 있는 공포는 그리 좋은 것이 아니네요. 맞나요?"

"내가 두려워하는 것이 바로 그 점이에요. 수십 년 후 인간은 자신의 동물성을 깨닫게 될 것이고 그런 자각은 일종의 자기부정을 수반할 거예요. 우리가 발전하기 위해서는 희망이 필요해요. 하지만 지금으로서는 희망이 별로 없어요. 우리가 흉악한 존재임을 깨닫게 되면 어떻게 서로를 사랑하고 인류의 생존을 위해 싸울 수 있을까요? 나는 공감이 감소하면서 극단적인 개인주의와 자기중심적인 쾌락이 득세할까 봐 두려워요."

프레원은 어두운 표정으로 결론지었다.

"인류는 우리를 괴롭히고 있는 살인범들과 똑같은 정신 구조를 갖게 될까요?"

"맞아요. 살인범들은 우리의 미래를 보여주고 있어요. 나는 전쟁 초기부터 주위를 관찰하고 있어요. 그리고 이상한 결론을 끌어냈지요. 아니, 명료한 결론이죠. 즉 인간은 심각한 신경쇠약증 환자예요. 우리는 불완전한 세상을 견디며 살아가야 하는, 불완전한 존재에요. 전쟁이 발발하면 인간은 초긴장 상태에 빠져요. 전쟁으로 생긴 노이로제는 간혹 문명인의 소양을 조금씩 무력화시키죠. 전쟁은 본능적인 행동 변화를 일으켜요. 내가 날마다 지켜보는 광경들이 그런 확신을 주죠."

프레윈은 대답하지 않았다. 앤의 주장과 그의 견해는 일치했다.

앤이 눈을 떴어. 그녀는 인생의 풍경이 지나가기만을 기다리지 않는, 열정적인 사람이야. 그녀는 그것을 철저히 분석하고 있어. 그리고 인생의 방향을 바꿀 정도로 분주히 움직이고 있어.

프레윈은 운전대를 움켜쥐었다.

그것이 전부가 아니야. 그녀는 우리 모두를 신경쇠약증 환자라고 했어. 그녀는 자신의 신경쇠약증을 활용할 줄 알아. 그녀는 폭력적인 아버지 얘기가 나오자 화제를 돌려버렸어. 그녀는 감수성이 극도로 예민한 사람이야.

프레윈이 물었다.

"우리 인류도 당신처럼 자신의 외상성 충격에 과감히 맞설 힘을 찾아내서 그것을 활용할 수 있을까요?"

앤은 얼굴을 돌려서 중위의 얼굴을 탐색하더니 차갑게 반박했다.

"그것만으로는 충분하지 않아요. 어두운 부분을 활용하면 명석하게 괴물들의 비밀 언어를 캐낼 수 있지만 암흑에서 벗어날 수는 없어요."

"그러면 어떻게 하죠? 우리는 불치 선고를 받았단 말이오? 당신의 결론이 그건가요?"

앤은 이마를 쓰다듬고는 피곤한 듯이 중얼거렸다.

"먼저 라르손과 콘래드를 죽인 놈을 찾아야 해요. 놈에게서 해답을 찾아낼 수 있을 거예요."

프레윈은 길에서 눈을 돌려 간호사를 바라보았다. 그녀는 비참한 유년기에 대한 얘기를 피하기 위해 화제를 바꿨다. 그녀는 2년 전 살인사건에 매료된 동기도 털어놓지 않았다. 그녀는 결코 얘기하지 않을 것이다. 그것은 그녀의 비밀이었다.

프레윈은 앤의 불안한 태도에서 자신이 처음부터 예감했던 것을 확인했다. 그녀는 살인범들이나 그들의 운명을 이해하기 위해서가 아니라 자신을 이해하기 위해서 살인범을 추격하고 있었다.

자신이 누구인지 알기 위해.

그녀는 살인범의 심연을 통해 자신의 심연을 보고 싶었다.

심연에 무엇이 있든.

문득 프레윈은 자신들이 왜 그처럼 가깝게 느껴지는지를 깨달았다. 그는 이미 그 점을 예감했었지만 한마디도 내뱉지 않았다.

그들은 똑같은 피조물을 추격하고 있었다.

그들의 인성을.

 겨울 석양은 꾸물대지 않았다. 태양은 뜨겁게 숲을 내리쬐더니 차가운 밤에게 자리를 넘겨주고는 부랴부랴 다른 곳으로 물러갔다.
 프레윈의 지프차는 밤에야 도착했다. 매터스는 따뜻한 천막에서 뜨거운 커피를 마시면서 중위를 기다리고 있었다. 그는 간호사에게 대충 인사를 하고 즉시 보고했다.
 "중위님의 지시에 따라 오늘 아침 공터로 돌아가서 현장을 조사했습니다. 눈이 쌓여 있어서 단서가 될 만한 흔적은 찾을 수 없었습니다. 다만 도노반이 콘래드의 발밑에서 구멍을 하나 발견했습니다. 구멍은 눈으로 살짝 덮여 있었지만 막히지는 않았습니다. 누군가가 바닥에 가로 20센티미터, 세로 15센티미터, 높이 10센티미터의 사각형 물체를 놓았었습니다."
 "그게 뭐지?"
 "먼로는 탄약통으로 추측했고 도노반은 대형 성경이라고 생각했습니다."
 "그럼 자네는 뭐라고 생각하지?"
 매터스는 이 분야에 탁월한 직감을 지녔다.

"살인 도구일 것 같습니다. 놈은 살인을 저지를 때마다 작은 상자나 철재 상자 속에 필요한 물건을 넣어 다녔을 겁니다. 놈은 상자에 살인 도구를 넣었을 겁니다."

매터스는 침을 삼키고 숨을 가다듬은 후 말을 이었다.

"우리는 콘래드가 어떻게 죽었는지 압니다. 의사가 꼼꼼히 검시했습니다. 그는 범인이 칼로 배를 갈랐다고 했습니다. 아주 깊숙이 말입니다. 놈은 내장을 꺼내고 안전핀을 뽑은 수류탄을 밀어 넣었습니다. 콘래드는 두 손이 등 뒤로 묶여 있었기 때문에 아무것도 할 수 없었습니다. 의사는 뱃속에서 수류탄 파편을 발견했습니다."

프레윈은 어젯밤 폭풍우 속에서 보았던 광경을 떠올렸다. 뿔뿔이 흩어진 내장 조각들. 손전등의 푸르스름한 불빛을 받아 번들거리던, 구멍 뚫린 복부.

앤이 물었다.

"콘래드는 도망칠 수 없었나요?"

매터스가 고개를 흔들었다.

"그는 범인이 뱃속에 수류탄을 넣을 거라고는 예상하지 못했을 거예요. 얼마나 고통스러웠을까……. 콘래드는 어떻게 함정에 빠졌을까요? 그렇게 당할 사람이 아닌데……. 그는 평소에도 상당히 조심성이 많았어요."

프레윈은 다른 부하들이 보이지 않자 걱정스러웠다.

"먼로와 도노반은 어디 있지?"

"짐을 싸고 있습니다. 중위님, 우리는 떠나야 합니다. 두 시간 전에 이동 명령이 떨어졌습니다. 적이 동쪽으로 15킬로미터 내지 20킬로미터 후퇴했답니다. 아군의 모든 진지는 이미 전진 배치되었습니다. 우리는 오늘 오후에 점령한 숲 속의 성채로 떠납니다. 레이븐 중대는 현장에서 안정화 작전을 수행하고 있습니다. 우리는 오늘밤 따뜻하고 건조한 곳에서 잘 수 있을 겁니다."

*

지프차는 장비를 싣고 네 명의 헌병과 간호사를 태운 다음 기나긴 수송 대열 중간에서 서행했다. 그들은 한 시간 후 여기저기 금이 간 성벽 앞에 도착했다. 삼각형의 작은 성채로, 세 모퉁이에는 탑이 하나씩 솟아 있었다. 한 수도회가 100년 전부터 이곳에 자리를 잡고 있었다. 안뜰에는 소성당 한 채, 곡식창고 두 채 그리고 차가운 핏물이 흘러내린, 길쭉한 외양간 한 채가 있었다.

헌병의 어리둥절한 시선에 당황한 부사관이 설명했다.

"적은 후퇴하면서 이곳을 포기했습니다. 그들은 말을 모두 도살하고 성직자들을 총살한 후 도망쳤습니다."

먼로가 되물었다.

"적이 모든 사람을 총살했다고요?"

"레이븐 중대가 도착했을 때 서너 명이 살아 있었습니다. 그들이 아직도 살아 있는지는 모르겠습니다."

프레윈은 병사들을 배치하고 있던 모리스 대위에게 다가갔다. 20여 대의 트럭이 짐을 내리고 있었다. 모리스는 프레윈을 보고 아는 척했다.

"아, 중위!"

모리스는 들고 있던 수첩을 슬쩍 보면서 말했다.

"프레윈 중위의 헌병대는 장교들 그리고 통신대와 함께 저 탑에 배치되었네."

"3소대가 병참을 맡았습니까?"

"우리는 해가 지기 전에 제일 먼저 도착해서 현장을 정리했지. 나는 자네 팀을 우리 반대쪽에 배치했네. 자네는 또다시 부하를 잃는다 해도 우리를 비난할 수 없을 거야."

프레윈은 대꾸하지 않았다.

"대위님 소대에는 사상자가 없습니까?"

"적과의 교전이 없었어. 우리가 도착했을 때 적은 이미 떠났지. 놈들은 이곳에서 10킬로미터 떨어진 벌판에서 다시 집결했지. 한 개 기갑사단이 훈련할 수 있을 만큼 넓은 곳이야. 그들은 더 이상 물러날 곳이 없어."

프레윈은 모리스에게 인사도 하지 않고 발길을 돌렸다. 그는 부하들과 함께 피로 붉게 물든 외양간 옆에 있는 남쪽 탑으로 들어갔다. 그는 모리스가 일부러 그들을 이곳에 배치했을 것으로 추측했다. 1층에는 구내식당이 있었다. 그들은 하나뿐인 계단을 올라가기 시작했다. 2층에는 의무대가 입주했다. 파커 콜린스는 죽어가는 노인의 머리맡에 있었다. 앤이 들어가자 프레윈이 그녀를 뒤따랐다. 그녀는 도와주겠다고 했지만 콜린스는 고개를 저었다. 그는 일어나서 앤과 프레윈에게 속삭였다.

"다른 사람들은 죽었고 이 사람은 오래 살 수 없어요. 할 수 있는 게 없어요. 저 사람에게 약간의 모르핀을 주사했을 뿐이에요."

프레윈이 물었다.

"그들이 말을 했나?"

"우리 말이 아니라서 전혀 알아들을 수 없었습니다. 이 노인은 영어를 잘하지만 곧장 정신착란을 일으켰습니다. 처음에는 몇 마디를 나누었습니다. 적이 오후가 시작될 무렵 그들을 안뜰에 집결시킨 후 총을 쐈답니다. 우리 병사들이 환영 선물로 숨겨놓은 폭발물이 없는지 확인했지만 아무것도 없었습니다."

프레윈이 불만스럽게 눈짓했음에도 앤이 말했다.

"도움이 필요하면 연락해요."

그들은 다시 계단을 올라갔다. 3층은 통신대가 입주했고 더욱 조용한 4층은 장교들의 숙소로 배정되었다. 벽에 매달린 석유등들이 차가운 돌계단과 복도를 비추고 있었다. 마지막 5층에는 아무도 없었다. 외벽을 따라서 둥글게 뻗은 복도는 줄지어 있는 방문과 연결되어 있었다. 수도회는 수백 명을 유숙시킬 수 있도록 수십 년에 걸쳐 독방을 수리했다. 수도회의 사명은 무엇이었을까? 순례자들에게 숙식을 제공하는 것? 대규모의 영성 모임을 계획하는 것? 프레윈은 어느 방에 들어가 금속상자와 더플백을 내려놓고 침대 위에 걸려 있던 십자가를 떼서 침대 머리맡에 있는 탁자에 넣어두었다. 모든 방은 탑 안쪽에 있었기 때문에 빛이 들어오지 않았다. 책상으로 사용되는 탁자와 머리맡 탁자 위에 양초가 있었다. 떡갈나무로 거칠게 만든 대형 장롱이 벽에 붙어 있었고 천장은 목재로 되어 있었다. 그들은 마지막 층에 있었다. 그들 위에는 다락방밖에 없었다.

프레윈이 차가운 복도로 나왔다. 바람이 총안을 통해 윙윙거리며 스며들었다. 앤은 그의 옆방에 있었다. 그리고 매터스, 도노반, 먼로의 방이 이어졌다. 10여 개의 다른 방은 비어 있었고 아무도 빈방에 등잔을 가져다놓을 생각은 하지 않았다.

먼로가 문지방에서 물었다.

"3소대는 우리를 피하는 겁니까?"

프레윈이 먼로를 쳐다보지 않고 어둠을 응시하며 대답했다.

"그들은 누군가 우리를 공격하고 있는 것을 알아. 누구도 이 비열한 사건에 휘말리고 싶지 않을 거야. 모리스 대위가 괜히 우리를 이곳에 배치한 것이 아냐. (그는 부하에게 돌아서면서 덧붙였다.) 먼로, 사람들은 우리를 페스트 환자 취급해."

"중위님은 우리가 콘래드와 라르손을 죽인 놈을 체포할 수 있을 거라고 생각합니까?"

"최선을 다해야지."

"우리의 안전을 위해 야간 순찰을 합니까?"

"우리는 병력이 충분치 않아. 내일부터 할 일은 태산이고. 적은 인원으로 순찰을 강행하면 며칠 만에 녹초가 될 거야. 그러면 우리는 공격받기 쉬운 먹이가 되겠지. 우리 쪽 복도와 계단 사이에는 출입문이 하나뿐이야. 내가 문 안쪽에 자물쇠를 채우고 열쇠를 보관하겠네. 만일 누군가 들어오고 싶다면 자물쇠를 부숴야 할 거야. 그러면 우리는 잠에서 깨어날 수밖에 없을 테고."

먼로는 확신 없이 고개를 끄덕였다. 프레윈은 그의 얼굴에서 범인과 싸울 의지보다는 걱정을 읽었다. 먼로는 대결을 좋아했다. 그는 조금도 두려워하지 않고 닥치는 대로 공격했다. 그는 상대가 어떤 부류인지 알고 있었다.

프레윈이 결론을 내렸다.

"자, 저녁거리를 찾아보자고. 오늘밤에는 모두 베개 밑에 무기를 내려놓고 취침하기 바란다. 우리는 내일 원점에서 다시 수사를 시작할 거야. 놈이 오랫동안 살인을 멈춘 것은 사람들이 이 사건을 잊어주기를 바라서였지. 우리는 놈과 지근거리에 있어. 아주 가까이."

먼로가 천천히 고개를 끄덕였다.

프레윈이 부하들에 대해 잘 알지 못했다면 그들 가운데 한 명이 살인범이라고 판단했을 것이다.

프레윈은 동이 트기 전인 6시 무렵에 눈을 떴다. 그는 기상나팔을 불기 전에 일어나서 취침 전에 준비해두었던 함지에서 간단히 세수를 했다. 그리고 차가운 복도로 나가 등잔들에 불을 붙였다. 등잔불은 끊임없는 외풍에 흔들렸다.

자신의 방으로 돌아가려던 순간 프레윈은 몇 미터 앞에서 뭔가를 발견했다. 도노반의 방문 앞에 어두운 얼룩이 있지 않은가. 황갈색 불빛이 그 위에서 흔들리고 있었다. 프레윈이 다가가서 한쪽 무릎을 꿇었다. 그는 갑자기 불안감에 휩싸였다. 그는 손가락 끝에 액체를 묻히고 불빛에 비추었다.

피.

프레윈은 벌떡 일어나서 문을 열었다.

캄캄했다. 하지만 프레윈은 자신이 무엇을 발견하게 될지 알고 있었다.

싱싱한 살의 은은한 냄새, 더욱 강렬한 음식 곰팡내, 내장 냄새, 피 냄새.

프레윈은 벽에 걸려 있던 등잔을 들고 방 안으로 들어갔다.

도노반은 침대에 길게 누워 있었다.

그는 아연실색한 표정으로 중위를 바라보고 있었다.

프레윈이 다가갔다. 도노반의 시선은 허공에 고정되어 있었다.

가엾은 병사의 목은 붉은색을 띤 채 너덜너덜해져 있었다. 시트는 피를 흡수해서 새빨갰다.

중위는 즉시 상황을 파악했다.

5층의 문은 여전히 잠겨 있었다. 그는 일어나자마자 분명히 문을 확인했다. 그만이 열쇠를 가지고 있었다.

범인은 이 건물에 있을 수밖에 없었다. 이들 방 가운데 한 곳에. 놈은 어젯밤 이곳에 갇혀 있었다.

프레윈은 권총을 꺼내려고 했지만 아무것도 잡히지 않았다. 그는 권총 허리띠를 차지 않았던 것이다. 가슴이 두근거리기 시작했다. 그는 방을 수색조차 하지 않았다. 등 뒤에, 모퉁이에, 혹은 문 뒤에 무엇이 있는지 알 수 없었다. 프레윈은 돌아서서 등잔을 내밀어 어두운 곳을 비추었다.

어둠은 순식간에 물러나서 방구석과 침대 밑으로 사라졌다.

아무도 없었다.

프레윈은 급히 복도로 뛰어나가 부하들과 앤의 방문을 두드렸다. 말 한마디 없이. 그는 서둘러서 권총을 챙기고는 복도에서 부하들을 기다렸다. 잠에 취해 인상을 찌푸린 얼굴들이 나타났다.

프레윈이 속삭였다.

"옷을 입고 무장해. 빨리."

2분도 채 지나지 않아 모두 돌아왔다. 그는 앤에게 다른 등잔을 들게 했다. 그리고 이번에도 은밀한 목소리로 설명했다.

"도노반이 죽었어. 문은 여전히 잠겨 있어. 다시 말해 범인은 우리와 함께 5층에 있어. 방을 하나하나 수색해야겠어. 먼로, 경기관총을 들어. 서로 떨어지면 안 돼. 앤, 우리를 따라와요."

앤은 망설이다가 고개를 끄덕였다.
프레윈과 먼로가 앞장서서 문을 열고 총구를 들이댔다. 마지막 방까지.
아무것도 없었다.
그들은 아무것도 찾지 못했다. 프레윈과 먼로는 침대 밑까지 샅샅이 수색했고 매터스와 앤은 복도를 막고 이동을 차단했다. 도노반의 살인범은 빠져나갈 수 없었다. 프레윈과 먼로가 마지막 방에서 나왔다. 먼로는 이상한 표정으로 동료들을 바라보더니 투덜거렸다.
"미치고 환장할 노릇입니다."
그들은 걸음을 멈추고 그의 얼굴을 뚫어지게 쳐다보았다.
먼로가 덧붙였다.
"도노반을 죽인 놈은 유령이 아닙니다. 어디서도 살인범을 찾을 수 없다면 범인은 우리 가운데 한 명입니다!"
그는 서서히 경기관총을 들어 앤을 겨누었다.
프레윈이 명령했다.
"먼로! 무기를 내려!"
"중위님, 어쩔 수 없습니다. 범인은 분명히······."
프레윈은 다른 사람들이 전율을 느낄 만큼 단호하게 외쳤다.
"먼로!"
그는 먼로에게 한 걸음 다가갔다. 앤은 그의 근육이 티셔츠 밑에서 꿈틀대는 것을 보았다. 그녀는 최악의 사태를 두려워했다. 만일 프레윈이 강력한 주먹을 휘두른다면 먼로는 끔찍한 부상을 당할 뿐만 아니라 더 불행한 일이 일어날 수도 있었다.
앤이 말했다.
"나는 285밀리의 신발을 신지 않으며 당신 동료들을 살해할 만큼 힘이 세지도 않아요."

프레윈이 거들었다.

"맞아. 살인범이 이곳에 없다면 다른 통로가 있는 거겠지."

먼로가 비웃었다.

"비밀 통로 말입니까?"

매터스는 상황이 누그러진 것을 보고 안도하며 끼어들었다.

"비밀 통로가 없으리라고 단정할 수 없어. 이곳은 성이잖아."

"그럼 살인범이 어떻게 비밀 통로를 알았을까요? 놈은 어제 우리 부대와 함께 이곳에 도착했어요! 그런데 왜 놈은 비밀 통로를 찾았고 우리는 찾지 못했죠?"

프레윈이 추측했다.

"놈은 저녁 내내 비밀 통로를 찾았을 거야. 상관없어. 지금 놈은 이곳에서 빠져나갔어. 도노반의 시신을 수습해야 해. 이제는 특별한 조치를 취할 수밖에 없어. 누구도 혼자서 자지 마."

먼로는 비밀 통로가 있다는 말을 믿지 못한 채 크게 한숨을 쉬었다.

그들은 도노반에게 돌아갔다. 프레윈은 모든 것을 샅샅이 수색하라고 지시했다. 그들은 동료의 피 외에는 아무것도 발견하지 못한 채 2층의 의무대에서 들것을 빌려다가 시신을 안뜰로 옮겼다. 역겨운 냄새가 안뜰을 가득 채웠고 창백한 태양이 구름의 벽을 가로질렀다. 안뜰에서는 대여섯 마리의 말이 소각되고 있었다.

잿빛 수염을 섬세하게 다듬은 40대의 장신인 슈뢰벨 대령이 계단에서 프레윈과 앤을 불러 세웠다.

"중위, 토드워스 사단장님은 후방기지에 계시네. 이곳에서는 내가 자네 상관이야. 포로 관리는 스탠리 대위에게 맡길 거야. 자네는 각 부대의 상황 보고를 맡고 탈영병을 관리하게."

프레윈이 말했다.

"제 부하들 가운데 한 명이 어젯밤 살해되었습니다."

"성에서?"

"네, 그렇습니다."

대령의 얼굴이 일그러졌다.

"자네를 보호할 수단을 모색하겠네. 겐코 참모를 만나 상의하겠네……."

"대령님, 지금은 아닙니다. 제게 좋은 생각이 있습니다. 약간의 시간과 활동의 자유, 그리고 재량권이 필요합니다."

대화는 몇 분간 이어졌고, 슈뢰벨 대령은 프레원에게 권한을 위임했다. 물론 두 사람은 이 사건을 누설하지 않기로 했다.

앤이 계단을 올라가면서 물었다.

"보호해주겠다는데 왜 거부했죠?"

"살인범의 습관을 바꾸고 싶지 않아서요. 놈의 습관을 분석해야 놈을 파악할 수 있어요. 놈이 습관을 바꾸면 우리는 시간을 잃게 돼요. 나는 어서 이 비열한 놈을 체포하고 싶어요."

"그 수사 방식을 고수하는 게 무슨 소용이 있어요?"

"놈의 습관을 분석하다 보면 범인을 붙잡을 수 있어요."

"그러겠죠. 하지만 처음부터 우리가 길을 잘못 들었을 수도 있어요. 놈에 대한 우리의 생각을 재검토해야 돼요."

"놈은 흐리섹을 범인으로 몰기 위해 엄청나게 고생했어요. 그리고 여섯 달 동안 살인을 멈췄죠. 놈은 살인에 도취되었음에도 여섯 달 동안이나 절제했어요! 그것은 우연의 산물이 아니에요. 우리는 놈을 체포하기 직전이었어요. 우리의 추론이 맞았던 거죠. 놈은 위험을 느껴서 여섯 달 동안 조용히 지낸 거예요."

프레원은 진지했다. 이마는 피로로 주름이 파여 있었다. 앤은 나선형 계단 중간에서 그의 손을 잡았다.

"중위님은 뭔가에 골몰하고 있어요. 중위님을 괴롭히는 게 뭔지 말해줘요. 나는 온순한 강아지처럼 중위님을 따라다니려고 이곳에

온 게 아니에요. 어서 말해줘요!"

프레윈이 입술을 축이고 나직이 말했다.

"왜 놈은 어젯밤에 도노반을 죽였을까요? 왜 먼로나 나를 죽이지 않았을까요? 먼로와 나는 가장 외진 방에 있었어요. 지금까지 살인범은 우리 팀에서 가장 건장한 부하들을 공격했어요. 놈은 우리 팀을 조금씩 약화시킬 생각이었죠. 놈은 왜 한동안 살인을 중단했을까요?"

앤이 큰 목소리로 추리했다.

"놈이 정말로 비밀 통로를 통해 침입했다면 먼로의 방이 가장 먼저 눈에 들어왔을 거예요. 사실 놈이 도노반을 공격한 것은 조리에 맞지 않아요."

"하지만 비밀 통로가 도노반의 방과 연결되어 있다면 사정은 달라요. 우리는 오늘 아침 상황증거를 찾아냈어요. 필요하면 돌아가서 확인하죠. 우리는 비밀 통로를 찾아야 해요."

앤이 고개를 끄덕였다. 다시 계단을 올라가는 동안 앤에게 새로운 가정이 떠올랐다.

"다른 설명도 가능할 것 같아요. 먼로가……."

프레윈이 돌아서서 간호사의 눈동자를 노려보았다. 그는 팀 내에 불신이 지속되는 것을 원하지 않았다.

앤은 고개를 숙이고는 아무 말 없이 계단을 올라가기 시작했다.

하지만 어젯밤 사건에서 드러난, 명백한 사실에 굴복하지 않을 수 없었다. 살인범이 먼로의 방을 건너뛰고 도노반을 공격한 것은 아무래도 이상했다. 먼로는 오른손잡이였다. 그녀는 잠시 눈을 감고 그의 신발치수를 떠올렸다. 285밀리!

프레윈의 말에 따르면 라르손도, 콘래드도 살인범을 경계하지 않았다. 그들은 속수무책으로 살해되었다. 결투의 흔적도 없었다.

살인범은 그들이 친구로 여겼던 놈이었을까?

프레윈에게는 미안한 일이지만 앤은 먼로를 감시하기로 했다.
만일 살인범이 내부에 있다면 그들은 오래 살아남지 못할 것이다.
이제는 한 가지 확신밖에 없었다.
모두가 용의자였다.

프레윈은 도노반의 방으로 돌아갔다. 피로 물든 시트는 한쪽 구석에 버려져 있었고, 바닥에 쏟아진 피는 조금씩 검은색으로 변하고 있었다. 프레윈이 장롱을 미는 동안 앤은 우툴두툴한 벽을 쓰다듬었다. 중위는 책상과 머리맡 탁자를 들어 올리고 침대를 뒤로 잡아당겼다. 아무것도 없었다. 둘둘 말린 양탄자 밑에는 아무것도 없었다. 뚜껑문도 없었다. 비밀 통로가 있다 해도 이곳은 아니었다. 프레윈을 괴롭히고 있던 질문이 다시 떠올랐다. 범인은 왜 다른 방이 아니라 하필이면 이곳을 공격했을까? 왜 취침 중인 건장한 상대를 선택하지 않았을까? 도노반은 상당히 호리호리한데다 근시였다. 따라서 그가 설령 잠에서 깨어났더라도 위협적인 존재는 되지 못했을 것이다. 살인범이 계단 쪽으로 침입했다면 프레윈의 방을 가장 처음 발견했을 것이다. 만일 비밀 통로가 빈 방들 가운데 한 곳과 연결되어 있었다면 놈은 먼로의 방을 가장 먼저 찾아냈을 것이다.

매터스와 먼로가 오전 임무를 마치고 숙소로 돌아왔다. 그들은 동료의 시신을 수습한 후 참모본부에 보고하고는 알토 중대와 함께 동쪽 탑에 머무는 스탠리 대위 일행에게 모든 임무를 인계했다. 동쪽 탑은 포로들을 수용할 수 있는 유일한 장소였다.

프레윈은 부하들의 초췌한 얼굴을 바라보았다. 그들은 불평하지 않았지만 단 며칠 만에 세 명의 동료를 잃었다.

그들에게는 숨을 돌릴 시간이 필요해.

하지만 그는 즉시 생각을 바꿨다.

하지만 시간이 없어.

매터스가 보고했다.

"라샹 박사님이 도노반의 시신을 조사하겠답니다. 오늘 오후 중 위님을 기다릴 겁니다. 하지만 부검은 하지 않겠답니다. 박사님은 시간도 없고 부검을 한 적도 없답니다."

프레윈이 말했다.

"알았어. 북쪽 탑에 가서 3소대 병사들을 한 명씩 신문해. 그들이 뭔가를 들었는지, 어떻게 취침했는지, 누가 누구와 있었는지, 모든 것을 알고 싶어."

먼로가 항의했다.

"그들은 쉽게 입을 열지 않을 겁니다."

"그럼 입을 열게 해. 그들이 우리를 별로 좋아하지 않는다고? 우리를 존중하지 않는 진짜 이유를 물어봐. 우편물 압수, 외출 금지 등 그들을 압박할 수 있는 방법을 찾아봐."

매터스가 경고했다.

"그건 선전포고입니다!"

"그들 가운데 한 명이 이미 우리에게 도전했어! 자, 움직여. 나는 슈뢰벨 대령님과 의논할 게 있어."

프레윈은 간호사와 단둘이 남게 되자 책상 앞에 있는 나무 의자에 주저앉았다. 앤은 새로운 양초에 불을 붙였다.

프레윈이 털어놓았다.

"나는 우리에게 이미 결정적인 단서가 있을 거라고 확신해요."

"메모지는 어디 있죠?"

"수첩밖에 없소. 나머지는 성당에 불이 났을 때 타버렸어요."

프레윈은 터부룩한 머리털을 긁적이며 한숨을 쉬었다.

"여섯 달 전 우리는 범인에 대해 무엇을 알고 있었죠? 살인사건을 하나하나 재검토해야겠소."

"살인범은 비열하고 계산적이며 배후 조작에 능란한 놈이에요!"

"맞아요. 놈은 로스데일의 머리를 해리슨의 트렁크에 넣어서 우리를 속였소. 놈은 우리가 흐리섹을 수사하게 했지요. 놈은 흐리섹이 떠돌이 장사꾼들 사이에서 성장한 사실이 알려질 걸로 예상하고 천체력과 점성술 도구를 흐리섹의 소지품 안에 넣었어요. 그전에 놈은 흐리섹과 리사 하이버그를 조종해서 퍼거스 로스데일을 자신의 마수에 걸려들게 했지요. 범인은 당신의 호적수가 될 거요. 놈이 얼마나 교활한지 당신은 그를 의심조차 못했을 거요! 놈은 단 하나의 목적만을 추구해요. 죽이고 또 죽이기 위해 잡히지 않고 계속 죽이는 것."

"중위님, 내가 겁에 질렸으면 좋겠어요? 요약하면 우리는 범인이 3소대 소속이란 것을 알아요. 모든 살인사건은 3소대 근처에서 일어났어요. 중위님은 마음에 들지 않겠지만 또 한 가지 가정을 염두에 둬야 해요. 즉 범인은 우리 중 한 명일 수도 있어요. 헌병은 활동의 자유를 누리는데다 언제든 범죄 근처에 머물죠."

프레윈은 대꾸하지 않고 화제를 바꿨다.

"나는 범인이 정말로 점성술을 믿었는지, 아니면 단서를 흩뜨리기 위해 점성술을 이용했는지 모르겠소. 놈은 처음에는 행운을 얻기 위해 살인을 저지른 것 같아요. 그리고 우리가 자극하자 놈은 농가에서 분노의 살인극을 벌였죠. 이제 놈은 복수를 위해 헌병대의 병사들을 죽이고 있어요."

"혹은 자신의 이익을 위해서죠. 헌병은 놈에게 유일한 포식자에요. 놈이 자유롭게 살인을 저지르려면 헌병을 제거해야 해요."

프레윈이 짜증을 냈다.

"놈이 우리를 두려워한다면 이유는 한 가지예요. 우리가 가까이에 있어서 놈이 발각될 위험이 커졌기 때문이죠. 그런데 우리가 놈에 대해 알고 있는 것이 뭐죠? 놈이 무서워하는 것이 뭐죠?"

앤이 요약했다.

"범인은 오른손잡이고 285밀리의 신발을 신으며 체격이 건장해요."

"그 조건에 맞는 사람은 네 명이오. 의무중사 파커 콜린스, 칼 해리슨, 로드니 배로 그리고 존 월커."

앤은 수집했던 정보를 떠올리며 말했다.

"해리슨, 배로 그리고 월커는 상관들과 문제가 있고 외톨이예요. 특히 월커가 그렇죠."

프레윈이 무릎에 팔꿈치를 대더니 고개를 숙이고 생각에 잠겼다. 잠시 후 그가 몸을 벌떡 일으켰다.

"놈은 우리를 조롱하고 있어요!"

간호사가 중얼거렸다.

"뭐라고요?"

"놈이 범행 장소에 남겼던 상황증거는 모두 가짜예요. 여성의 상징은 우리에게 리사 하이버그를 찾게 하고 흐리섹을 의심하게 만든 함정이었어요. 농가의 발자국도 가짜일 거요!"

프레윈은 일어나서 작은 방을 서성거렸다.

"범인은 라르손을 죽였을 때 발자국을 지웠어요! 발자국이 단서가 될 수 있다고 생각했겠죠. 농가에 찍힌 발자국은 속임수였기 때문에 지우지 않았어요!"

앤이 반론을 제기했다.

"놈은 자신의 범행을 통해 배워요. 농가에는 피가 너무 많이 흘렀기 때문에 발자국을 도저히 숨길 수 없었어요. 그 후 놈은 그 실수에서 교훈을 얻었죠."

프레윈은 동의하지 않았다. 그는 격렬하게 턱을 흔들었다.

"콘래드가 발자국을 조사하면서 뭐라고 했는지 떠올려봐요. 뒤꿈치가 더 깊이 박혀 있다고 했어요. 콘래드는 살인범이 약간 특이한 걸음걸이, 즉 뒤꿈치에 힘을 주는 습관이 있다고 생각했어요."

"우리는 그 말에 별로 귀를 기울이지 않았어요."

"너무 불확실한 증거였거든요. 나는 그것도 함정이라고 생각해요. 발자국에 그런 특징이 있었던 것은 살인범이 치수가 맞지 않은 신발을 신었기 때문이죠. 놈은 범인이 285밀리의 신발을 신는다고 믿게 하기 위해서 신발 앞쪽에 양말 같은 것을 넣었을 거예요. 놈은 그날 밤 친구가 자는 동안 몰래 편상화를 신고 나왔겠죠."

앤이 팔짱을 끼고 말했다.

"정반대일 수도 있어요. 놈은 아주 계산적이기 때문에 중위님이 그렇게 믿을 거라 예상하고 일을 꾸몄을 거예요."

"아니오. 놈은 가능하다면 계속 발자국을 남겼을 거요. 하지만 라르손을 살해한 후 발자국을 지운 것은 선택의 여지가 없었기 때문이죠. 그날 밤은 다른 사람의 신발을 신을 수 없었을 거요. 놈은 동료들의 습관을 잘 아는 3소대원이에요. 놈은 코스텔로가 순진한 리사 하이버그와 사귀었다고 떠벌리는 소리를 들었죠. 또 놈은 가짜 증거를 만들어서 흐리섹을 범인으로 몰았어요. 또 해리슨을 진짜 범인처럼 꾸미기도 했죠. 놈은 그 병사들과 함께 있어요."

앤이 고개를 끄덕였다.

"의무중사 파커 콜린스는 그들을 잘 알아요. 그는 3소대 병사들을 치료하잖아요. 경험으로 볼 때 병사들은 자신을 치료해주는 사람에게 많은 것을 털어놓죠. 콜린스는 흐리섹에 대해 상당히 많은 것을 알고 있었어요! 그는 흐리섹이 어린 시절 닭의 목을 자르는 걸 좋아했다고 털어놓았어요. 마치 그가 범인인 것처럼 말이죠. 하지만 나는 그의 말에 맞장구를 치지 않았어요."

"가능성이 있어요. 콜린스를 엄중히 감시합시다."

"아, 젠장……."

앤이 한 손으로 입을 막고 소리쳤다.

"로스데일의 머리! 우리는 범인이 해리슨을 모함하기 위해 조작했다고만 생각했어요! 하지만 해리슨이 진짜 살인범은 아닐까요? 그는 첫 살인의 추억을 잊지 못하고 또다시 범행을 저지른 게 아닐까요?"

프레윈은 앤이 갈팡질팡한다고 느꼈다.

"동료들이 그의 알리바이를 입증해주었소."

"중위님도 알다시피 그들은 서로를 감싸주잖아요! 그 알리바이들은 조작된 것일 수도 있어요! 해리슨은 병사들에 대해 잘 알고 있고 오른손잡이인데다가 체격이 건장하고 285밀리의 신발을 신어요."

"바로 그 점이 맞지 않아요. 그럼 왜 발자국을 조작했죠? 파커 콜린스도 마찬가지예요."

"중위님이 그렇게 생각하게 하려고요."

프레윈이 심호흡을 하더니 뿌루퉁한 표정을 지었다.

"아니에요. 그건 너무 지나친 추리예요. 놈이 그 정도로 교활할 수는 없어요."

"흐리섹을 범인으로 몰기 위해 꾸민, 모든 것이 교활하지 않았나요? 흐리섹이 범인이 아니라는 소리는 그날 밤 범인이 성당을 찾았다는 의미예요. 범인은 두 명의 초병과 베이커를 죽인 후 흐리섹을 풀어줬어요. 놈은 어쩌면 흐리섹도 죽였을 거예요!"

프레윈은 그 장면을 떠올렸다. 화염의 카오스에서 총성이 울렸다. 그가 표적을 맞혔는지는 알 수 없었다. 흐리섹은 제의실로 사라졌다. 놈은 프레윈이 추격하지 못하도록 집중사격을 했고 곧이어두 발의 총성이 울렸다. 공격자는 집중사격에 능숙한 군인이었다.

만일 살인범이 제의실에 흐리섹이 나타나기를 기다리며 집중사격을 한 것이라면? 그 치명적인 두 발은 흐리섹을 노린 것이었을까? 내가 그 치열한 총격전에서 흐리섹을 명중시킨 것처럼 위장하려고?

완벽한 연출. 살인범의 침착성. 마키아벨리적인 작전.

프레윈은 허리에 두 손을 얹었다. 육중한 체격이 협소한 방을 압도했다.

"파커 콜린스는 죽어가는 신부님들의 머리맡에 있었어요. 신부님들이 비밀 통로에 대해 얘기해주었을 거예요."

갑자기 프레윈이 생각에서 빠져나왔다. 그는 앤을 뚫어지게 바라보았다.

"도노반의 시신을 검시하러 가기 전에 매터스와 먼로를 만나 신문의 방향을 바꾸라고 해야겠어요. 당신은 의무대로 가요. 가서 콜린스에 대해 물어봐요. 그와 신부님들 사이에 무슨 일이 있었는지 아는 사람을 찾아봐요. 오후에 의무대에 들르겠소. 나는 누구든 5층에 혼자 남지 않기를 바라요. 너무 위험해요."

앤이 형식적으로 동의했다.

사실 그녀에게는 다른 계획이 있었다.

 앤은 프레윈과 함께 아래층으로 내려갔다. 하지만 그녀는 2층에서 5분도 머무르지 않았다. 그녀는 프레윈이 안뜰에서 완전히 사라진 것을 확인한 후 돌아섰다.
 계단을 올라갈수록 소음과 활기는 줄어들었다. 2층의 의무대는 부상병들이 도착한 후부터 속삭이는 소리, 명령을 내리는 소리, 힘겨운 신음 소리가 가득했다. 3층에서는 더욱 떠들썩한 소리, 무전병들의 단조로운 목소리, 무전기가 삑삑대는 소리가 새어나왔고 4층에서는 소수의 장교들이 차분하게 대화를 나누는 소리밖에 들리지 않았다. 앤은 5층에 도착하자마자 텅 빈 수사본부의 문을 열었다. 음산하고 단조로운 바람 소리만 들려왔다. 석유등 하나가 복도에 켜져 있었다. 무기력하지만 따뜻한 불빛이 총안으로 흘러드는 회색빛과 대조되었다. 방문은 열쇠로 잠겨 있지 않았다. 앤은 다섯 번째 방까지 걸어가서 문을 열었다. 어두웠다. 열린 문을 통해 방의 윤곽이 흐릿하게 드러났다. 앤은 양초 옆에서 찾아낸 성냥으로 심지에 불을 붙였다. 먼로의 방은 다른 방과 마찬가지로 단출했다. 깔끔하게 정리된 침구와 그가 이곳에 머묾을 증명하는 철재 트렁크뿐이었다.

앤은 불안감을 밀어낼 수 없었다. 프레윈은 동의하지 않겠지만 만일 악행이 내부의 소행이라면? 그녀는 라르손과 콘래드의 죽음을 자세히 알아보기 위해 헌병대 병사들과 대화를 나누었다. 먼로는 번번이 혼자 외근을 나갔다. 그가 정말 외근을 나갔는지 확인한 사람이 있을까? 그는 프레윈의 팀에서 가장 난폭하고 상스러운 인물로 알려져 있었다.

또한 혼자 있기를 가장 좋아하는 사람일까? 아니야, 이 팀의 모든 사람들이 혼자 있는 것을 좋아해!

앤은 잠시 냉소적으로 생각했다.

다들 프레윈 대장을 닮은 거지!

앤은 트렁크 앞에 무릎을 꿇고 뚜껑을 열었다.

완벽하게 접어둔 옷가지.

극도로 세심한 성격일까? 아니면 단순히 군대 생활에 익숙해진 걸까?

앤은 속옷을 들어 구겨지지 않도록 조심스럽게 침대 위에 올려놓았다. 바닥에는 작은 초콜릿 하나와 담배 세 갑이 들어 있었다. 그리고 선정적인 잡지 한 권. 그녀는 혹시 먼로가 책갈피에 뭔가를 숨겨놓지 않았는지 확인하기 위해 책장을 넘겼다. 아무것도 없었다. 그녀는 잡지를 제자리에 내려놓으면서 문득 죄의식을 느꼈다. 그녀는 먼로의 사생활을 캐고 있는 것이 아닌가. 그녀는 그의 가장 은밀한 부분을 침해하고 있었다.

이건 수사를 위한 거야. 나는 관음증 환자가 아니야! 물론 나는 정숙한 여자는 아니지만 관음증 환자 역시 아니야!

앤은 트렁크 밑바닥을 살폈다. 생각에 빠지지 않으려면 움직여야 한다. 편지가 있었다. 먼로의 부모, 여동생, 그리고 두 명의 남자 친구가 보낸 편지였다. 여자 친구에게 온 편지는 없었다.

앤은 한숨을 지었다. 이 편지들을 읽어야 할까? 그녀는 먼로를 의심한 것을 후회했다. 그녀는 무엇을 기대했을까? 잘린 머리? 확실한 고백이 담긴 후회의 일기?

이제 그 정도로 끝내렴.

앤은 편지를 대충 읽었다. 철자가 너무 많이 틀려서 읽기가 힘들었다. 아무것도 없었다. 친지들이 전쟁 중인 병사에게 보낸, 평범한 편지였다.

앤은 앉았다. 무릎이 아팠다.

뒤쪽 복도에서 바람이 부드럽게 윙윙대고 있었다.

앤은 먼로에게 어떤 불만도, 의심도 품을 수 없었다.

갑자기 앤은 몸을 숙이고 침대 위의 옷가지를 집더니 핏방울 같은, 어떤 흔적을 찾기 위해 아주 세심하게 살폈다. 역시 아무것도 없었다. 마른 흙이 붙어 있을 뿐이었다. 그녀는 머리를 숙이고 침대 밑을 살폈다. 역시 아무것도 없었다. 장롱, 머리맡 탁자 그리고 책상은 텅 비어 있었다.

앤은 다시 일어났다.

이제 다른 사람들의 방을 뒤지지 못할 이유도 없잖아?

앤은 작은 촛대를 들고 밖으로 나왔다. 그리고 잠시 망설였다. 프레원의 소지품을 뒤져야 할까? 그게 무슨 소용이 있을까? 중위를 의심하다니 상상도 할 수 없는 일이었다. 하지만 의심은 완전히 사라지지 않았다. 시간 낭비라고 설득하는 논리적인 정신과 이 좋은 기회를 놓치지 말라는 병적인 호기심. 그녀는 중위의 방에 가야 했다.

그건 핑계일 뿐이야!

이것은 중위에게 조금 더 다가갈 수 있는 방법이었다.

안 돼! 내게는 그럴 권리가 없어!

프레원은 그녀에게 정직하지 않았다. 그는 잘못 처신했다. 그녀는 마음의 문을 열었지만 그는 마음의 벽을 세웠다. 이 벽을 뚫고 그에 대해 더 자세히 알 기회가 왔다. 이것은 전적으로 정당한 일이었다.

그에게 내가 어떤 사람인지, 어떤 짓을 했는지를 말했기 때문에? 정말로?

앤은 머리를 흔들었다. 자신이 역겨웠다.

내가 청소년기부터 방탕했다는 사실을 알면 그가 뭐라고 할까? 나는 그때부터 욕망에 빠졌어. 내 욕망? 그것은 동물적인충동이었어! 단 한 시간이라도 내 존재를 느끼기 위해, 사랑받고 있다는 환상을 품기 위해 나는 생면부지의 남자들과 자고 또 잤다. 살인범들의 흉악함에 매료되었기 때문에 그들을 추적하고 싶은 것이라고 털어놓는다면 그는 뭐라고 할까? 나는 살인범들을 이해함으로써 나를 이해하려는 걸까? 나는 왜 충동을 억제할 수 없을까? 나는 왜 남자와 동침하지 않으면 끊임없이 우울증에 빠지는 걸까? 나는 그 정도로 타락했을까? 그렇다. 그러면 이 사실을 그에게 털어놓아야 할까?

앤은 어느새 그의 방문 앞에 있었다.

무엇을 기대하는 거지? 나는 내가 그의 방에 들어가리라는 사실을 이미 알고 있어. 좋은 이유든 나쁜 핑계든 찾을 필요는 없어. 나는 이미 결심했어.

앤은 가슴을 졸이며 방 안으로 들어갔다. 그녀는 자신에게 혐오감을 느꼈다. 청소년기부터 그랬다. 그녀는 악덕을 지니고 있었다. 강렬한 오르가슴과 애정만이 그녀의 비탄을 막아주는 성벽이었다. 하지만 다른 남자와 밤을 보낼 때마다 그녀는 자신이 더욱더 싫어졌다. 이 끔찍한 악순환은 결코 멈추지 않았다. 그녀는 저녁이 되면 어떤 일이라도 할 각오가 되어 있었다.

먼저 지독한 고독감이 몰려왔다. 이윽고 두 넓적다리 사이에서 치솟은 발정은 집요한 강박관념이 되어 뇌를 사로잡았다. 이런 순간이 찾아오면 어떤 대가를 치르더라도 파트너를 찾아야 했다. 그녀는 몇 시간의 망각을 얻기 위해 파트너를 자신의 광기 속으로 끌어들여 조종하고 거짓말을 했다. 그것이 그녀의 악이었다. 그것은 그녀를 세상 밖에서 살도록 강요하는 저주였다. 그녀는 진정할 수 없었다. 새벽이 되면 그녀는 수치심에 시달렸고 옆에 있는 남자에게 애정보다는 연민을 느끼며 달아나곤 했다. 때때로 관계는 여러 날 동안 지속되었지만 언제나 똑같은 방식으로 끝났다. 즉 남자는 그녀에게 혐오감을 불러일으켰다.

수년 후 앤은 그것이 유년기에 대한 반항임을 깨달았다. 또 아버지에 대한 반항이었다. 소녀의 인생은 뒤죽박죽이 되었다. 아버지는 어린 딸을 악의 소굴로 데려갔고 그녀는 변해서 돌아왔다.

청소년기부터 활활 타오르는 육신.

정신적 외상은 악의 문을 열었고 악은 정신 속으로 흘러들었다. 이 우주적인 악은 지각할 수 없는 생명의 불티를 안정시켰다. 진화의 특징이 생명이라면 엔트로피의 특징은 악이었다. 정신적 외상은 혼란스럽게 존재를 파괴하는 데 기여했다.

그래서 앤은 어느 책에서 오려낸 문장에 매달린 채 이 어두운 상처를 극복하려 했다.

"인생에서 변하지 않는 것은 없다. 최소한 인간은 자신의 주인이다."

앤은 이 문구를 믿고 그대로 따르고 싶었다.

앤은 해결책이나 희망을 찾기 위해 밤마다 일탈을 즐기면서 다른 사람들의 생각을 탐색했다. 약간의 휴식을 얻기 위해. 2년 전 얀 다르산을 만날 때까지. 부드럽고 수상쩍은 그는 그녀에게 안식을 주었다. 그녀는 처음으로 충동에 휩쓸리지 않고 '관계'를 유지했다. 그들은 고국과 멀리 떨어진 전쟁터에 있었기 때문에 모든 것이 어려웠다. 그래도 그들의 관계는 몇 주 동안 유지되었다. 얀은 가끔 이상해 보였다. 그러다 갑자기 그가 사라지자 그녀는 걱정이 되었다. 어느 날 아침 누군가 찾아와서 얀 다르산을 아느냐고 물었다. 정보장교와 헌병대 병사들이 차례로 그녀를 신문했다. 얀 다르산은 죽었다고 했다. 그는 지난 석 달 동안 다섯 사람을 살해한 혐의로 체포되자 총기를 난사했다고 한다. 그는 살인자였다. 쾌락을 위해 죽이는 살인범. 앤이 전혀 예상하지 못한 일이었다. 그녀는 그를 추호도 의심하지 않았다. 그제야 왜 얀 다르산이 자신의 두 눈을 똑바로 바라보지 못했는지를 깨달았다. 그때부터 그녀의 강박관념이 시작되었다. 살인범들을 조사할 것. 그들 가까이에 접근할 것. 그것이 그녀에게는 구원의 길이었다. 살인범이 비열하면 비열할수록 어두운 부분은 더욱 클 것이다. 그녀는 심연의 창문인 그들의 시선을 탐색함으로써 자신이 그들과 같은지를 알아낼 수 있을까? 그녀는 정신적 충격을 받은 소녀였을까? 아니면 남자들을 천박한 세계로 유혹하는 나쁜 여인일까?

2년 전 앤은 다른 간호사들에게 헌병이 의료 지원을 요청하면 즉시 자신에게 알려달라고 부탁했다. 그녀는 범죄나 폭력과 접촉하고 싶었다.

최근 2년 동안 앤은 가끔 밤낮으로 밀려오는, 절제할 수 없는 충동에 시달리며 지냈다. 크레이그 프레윈을 만날 때까지. 프레윈을 만난 이후로 그녀의 충동은 완화되었다. 아니, 집중되었다. 프레윈은 그녀의 강박관념적인 욕망을 자신에게로 고정시켰다. 그는 그녀의 이상형이었다. 그녀가 원했던 사람은 다른 누구도 아닌 그였다. 그녀는 욕망을 충족시킨 후에도 그에게 돌아가고 싶었다. 그녀는 평온함, 타인에 대한 애정, 함께 나누는 쾌락을 되찾았다. 그녀는 더 이상 자기중심적인 쾌락을 추구하지 않았다.

앤은 이미 중위의 트렁크를 열고 있었다. 자동적으로 움직이는 떨리는 손. 그녀는 무엇을 두려워하는 것일까? 자신이 살인범에게 끌린다는 사실을 확인하게 될까 봐 두려운 것일까? 만일 그들 모두가 추격하고 있는 살인범이 프레윈이라면? 그 어떤 살인범보다도 교활하고 놀이를 즐기는 살인범. 살인범에게 자신을 추격하는 수사관들을 지휘하는 것보다 더 짜릿하고 즐거운 놀이가 있을까?

이쯤에서 멈춰야 해. 그건 불가능한 일이야. 그는 범인이 아니야.

앤이 두려움을 떨쳐버렸을까? 얀은 그녀를 농락하는 데 성공했지 않았던가.

하지만 나는 예전의 내가 아니야. 그때 나는 아무것도 몰랐어!

상황이 정말 달라졌을까?

프레윈은 읽을거리와 필기구를 가져왔다. 몇 권의 심리학 책과 코넌 도일의 소설이 두 권 있었다.

앤은 바닥에 깔린 편지들을 모두 가볍게 쓰다듬었다. 100여 통의 편지. 편지의 수신자는 한 명이었다. 그의 아내 패티 프레윈.

앤은 철재 뚜껑을 닫았다.

그녀가 어쩌다가 유령을 사랑하는 남자와 사랑에 빠지게 되었을까?

사랑에 빠지다……. 마침내 그녀는 자신이 사랑에 빠졌음을 시인했다.

앤은 한숨을 쉬고는 중위의 방에서 나왔다. 그녀는 대체 무슨 놀이를 하는 것일까? 그녀는 화를 내며 문 앞을 지나갔다. 그녀는 자신에게 화가 난 것인지, 아니면 프레윈에게 분노한 것인지 알 수 없었다.

매터스의 방은 바로 옆이었다.

끊임없이 그녀의 시선을 피하는 젊은 중사.

앤은 그의 방에도 들어갈 것이다.

그는 말랐어. 로스데일의 시신을 들어서 구내식당에 매달 수 없을 뿐만 아니라 라르손이나 베이커같이 육중한 사람들을 죽일 수 없어!

누구도 소홀히 하지 말 것.

앤은 촛불을 들고 그의 방에 들어갔다. 침구는 거의 정리되어 있지 않았다. 그는 아예 침구를 정리하지 않는 것일까? 앤은 이 젊은 중사만이 침대 밑에 트렁크를 감춰놓았음을 알아차렸다. 그녀는 머리맡 탁자 위에 촛대를 올려놓고 트렁크의 철재 손잡이를 잡아당겼다. 작은 자물쇠가 달려 있었다. 다행히 자물쇠는 열려 있었다. 매터스는 이동할 때만 자물쇠를 채우는 것 같았다. 그녀는 트렁크를 열었다. 옷가지, 성경……. 얼핏 보아 이상한 것은 하나도 없었다.
 밑바닥은 나무였다.
 앤은 어렵지 않게 이중으로 된 밑바닥을 들어 올렸다. 아주 이상하게 생긴 물건 하나와 갈색의 가죽수첩이 들어 있었다. 앤은 그가 최근에 트렁크를 정리했음을 알아차렸다. 먼지에 손가락이 찍혀 있었다.
 그것은 일기장과 피가 말라붙은 가죽 채찍이었다.

도노반의 시체를 검시한 의사는 시무룩한 얼굴, 깊은 주름, 곱슬 곱슬한 회색 머리, 짙은 눈썹을 지닌 50대 남자였다.

"내가 말할 수 있는 건 이게 전부예요. 그는 목이 베여 사망했어요. 범인은 목에 칼을 꽂았어요. 칼날이 뼈에 닿을 정도로 힘껏 찔렀죠. 그리고 칼을 잡아당겨 목의 앞부분을 완전히 잘라냈어요."

프레윈이 물었다.

"도노반은 비명을 지를 수 없었나요?"

"그건 불가능한 일이에요."

"엄청난 양의 피가 쏟아졌겠죠?"

의사가 고개를 끄덕였다. 프레윈은 의구심이 들었다. 그는 부하들의 죽음으로 충격을 받아 이 점을 생각할 여유가 없었다. 만일 살인범이 도노반의 배를 깔고 앉아 목을 벴다면 분명히 피를 흠뻑 뒤집어썼을 것이다. 하지만 그들은 방 밖에서 단 하나의 피 웅덩이밖에 찾아내지 못했다. 범인은 어떻게 한 걸까? 피를 닦아냈을까? 그렇다면 바닥에 흔적이 남아 있어야 했다. 범인은 옷을 갈아입지 않았다. 그렇다면 어떻게 복도에 핏자국을 남기지 않고 도망쳤을까?

놈은 기다렸어. 피가 마를 때까지.

그럼 문 앞의 핏자국은?

신발이나 흉기에 묻었던 피겠지.

그것은 살인범이 더럽혀진 옷을 입은 채 자신의 숙소로 돌아갔다는 의미였다. 아무도 범인의 피가 묻은 옷을 보지 못했을까?

의사가 설명했다.

"흉기는 날이 넓고 길쭉한 사냥용 칼입니다."

"병사들의 단도처럼?"

"그렇습니다."

프레윈은 마주 앉은 의사의 어깨 너머로 커튼이 열리더니 앤이 임시 수술실로 들어오는 것을 보았다. 그는 그녀가 흥분한 것을 즉시 알아차렸다.

앤이 말했다.

"할 말이 있어요."

프레윈은 의사에게 고맙다고 말한 후 앤에게 다가갔다.

"무슨 일이죠?"

"가서 직접 봐야 해요."

앤은 중위를 5층까지 데려갔다. 그리고 5층에서 촛불을 챙겨 들고는 아무도 머물지 않는 구석방으로 안내했다. 그녀는 중위를 방 안으로 들여보내고 문을 닫았다. 두 사람의 얼굴이 넘실대는 오렌지 빛 촛불에 번들거렸다.

앤이 촛불을 바닥에 내려놓았다.

"잘 봐요."

그들은 몇 초 동안 기다렸다. 이윽고 불꽃이 춤을 추더니 구석을 향해 기울었다. 촛불이 격렬하게 흔들리면서 당장이라도 꺼질 것 같았다.

프레윈은 앤의 의도를 알아차렸다.

"통로에서 불어오는 바람이군요. 이쪽에 비밀 통로가 있어요."
앤은 더 이상 기다리지 않았다. 그녀는 장롱으로 달려가더니 문짝을 열고 오른쪽 상단을 잡아당겼다. 바닥에서 어둡고 커다란 구멍이 나타났다.
"앤, 정말 대단해요!"
"내 방에서 촛불을 들고 있다가 문득 촛불이 흔들리는 방향대로 다른 방들을 수색해보면 어떨까 하는 생각이 들었어요."
프레윈이 말했다.
"벌써 내려갔다 왔군요."
앤이 살짝 미소를 지었다.
"준비해요. 수도사들은 정말 대단해요."
좁은 계단이 성채의 아래쪽으로 뻗어 있었다. 프레윈은 손전등을 챙겨왔다. 계단은 한없이 이어졌다. 지면과 수미터 떨어진, 습하고 먼지 나는 바닥에 이르렀을 때 프레윈의 두 다리가 욱신거렸다. 벽과 둥근 천장을 뒤덮은 거미줄이 바람에 나부꼈다. 바닥은 다져져 있었다.
프레윈이 손전등을 머리 위로 올려서 멀리까지 비추었다. 굴은 20미터 이상 뻗어 있었고 간간이 다른 통로들과 연결되어 있었다.
프레윈이 속삭였다.
"엄청난 지하도예요!"
"기다려요. 아직 가장 멋진 광경은 나타나지도 않았으니까요."
그들은 통로가 넓어지는 첫 번째 분기점까지 걸어갔다. 내벽은 선반으로 뒤덮여 있었고 선반에는 포도주병이 차곡차곡 쌓여 있었다. 프레윈은 발길을 돌려서 폭 10미터의 홀로 들어섰다. 이곳 역시 술병으로 가득했다. 간혹 하나의 술통, 또는 쌓아올린 여러 개의 술통이 벌집 같은 풍경을 끊어놓았다. 시선이 닿는 곳마다 엄청난 양의 술병이 보였다.

프레윈이 놀라서 물었다.

"수도사들은 이곳에서 무엇을 했을까요?"

"몇 개의 술병을 살펴봤어요. 그들은 모든 연도에 모든 나라, 모든 지방에서 생산된 포도주를 수집했나 봐요."

수백, 수천 병의 포도주를 이곳에 감춰두었다니!

프레윈은 얼마 전까지 적이 이곳을 점령했음을 떠올렸다. 이 저장고를 숨기기 위해서는 엄청난 행운과 신중함이 필요했을 것이다.

앤이 털어놓았다.

"이 이상은 가보지 않았어요. 복도와 홀이 정말 많아요. 우선 각 탑과 연결된 통로를 찾아야 해요."

프레윈이 고개를 끄덕였다.

"수도사 한 명이 죽기 전에 파커 콜린스에게 이곳을 알려주었을 거요. 콜린스가 범인이 아니라면 3소대 병사들에게 이곳을 알려주었겠죠. 다들 포도주를 마시라고 말이에요. 그들은 자신들을 위해 비밀을 지키고 있을 거요. 살인범은 이곳을 알고 있어요."

그들의 목소리가 지하의 미로에서 음산하게 울렸다.

"올라갑시다. 먼로, 매터스와 함께 더욱 철저하게 조사해야겠소."

프레윈이 매터스의 이름을 부르자 앤은 입을 다물었다. 프레윈은 자신의 부하가 용의자일 수도 있다는 가정을 단호하게 거부했다. 아직까지는 매터스를 비난할 이유가 없었다. 앤은 매터스에 대해 더 자세히 알아보기 위해 그의 일기를 훔쳐보고 싶었다. 시간이 촉박했다. 만일 모두가 생각하는 것과는 달리 매터스가 범인이라면 그가 다시 살인을 저지르기 전에 정체를 밝혀내야 했다.

프레윈이 덧붙였다.

"이곳에 대해서는 말하지 말아요. 우리가 이곳에 들어왔다는 사실을 누구도 알아서는 안 돼요."

앤은 흐릿한 손전등 불빛 속에서 중위를 응시했다. 죽은 아내에게 계속 편지를 쓰는, 아주 기이한 남자. 앤은 감정을 드러내지 않은 자신이 자랑스러웠다.

어떤 감정?

그녀는 정확히 알지 못했다. 고통일까? 분노일까?

분노라니? 그는 내게 아무런 빚이 없어. 그는 내게 갚을 것이 없어!

물론 그의 편지들은 앤에게 충격을 주었다. 문득 앤은 그의 입술, 코, 눈, 손을 훔쳐보면서 자신의 감정이 무엇인지를 알아차렸다. 질투. 그녀는 프레윈을 갈망하고 있었다. 오직 자기의 것으로만.

앤은 정신을 차리기 위해 눈을 깜박거렸다.

프레윈은 계획을 세우느라 그녀의 동요를 알아차리지 못했다.

"놈에게 덫을 놓을 거요."

두 명의 초병이 남쪽 탑의 입구를 지키고 있었고 다른 두 초병은 계단에서 순찰을 돌고 있었다. 오늘밤부터는 더 이상 사망자가 없을 것이고 헌병들은 평온하게 잘 수 있을 것이며 건물 출입구는 철저히 통제될 것이라는 소문이 돌았다. 그것은 살인범을 자극하기 위해 일부러 흘린 소문이었다. 놈은 안심하고 지하도로 올라올 것이다. 프레윈은 놈이 다시 헌병을 공격해서 모두를 몰살시키려 할 것이라고 확신했다. 또한 놈은 비밀 통로 덕분에 자신에게 엄청난 능력이 생겼다고 착각하고 공격을 서슴지 않을 것이다. 비밀 통로는 너무나 유혹적인 공격 수단이었다.

프레윈이 상기시켰다.

"살인범은 범행을 과시하고 싶어 해. 놈은 경비가 강화되어 침입이 불가능하다는 소문을 들으면 살인 욕구를 이겨내지 못할 거야. 놈은 자신이 강력한 수단을 갖고 있다고 생각하고 그걸 활용할 거야."

프레윈은 지하의 미로를 누비다가 두 개의 출입구를 발견했다. 동쪽 탑과 북쪽 탑—3소대가 머물고 있는—과 연결된 출입구. 그는 작전이 들통 날 것이 걱정되어 다른 사람들에게 도움을 요청하지 않았다. 작전의 성공은 보안에 달려 있었다. 그들은 셋뿐이었다.

매터스는 살인범의 기습에 대비해서 동쪽 탑의 출입구 옆에 배치될 것이다. 먼로는 범인이 나타날 가능성이 가장 높은 북쪽 탑의 출입구를 감시하고, 프레윈은 중간을 지키기로 했다. 그물처럼 뒤얽힌 복도와 홀이 중앙 광장과 연결되어 있었다. 따라서 한쪽 출입구에서 다른 쪽 출입구로 가려면 이 중앙 광장을 거쳐야 했다. 용의자가 나타나면 먼로나 매터스는 프레윈이 놈에게 총을 겨눌 때까지 일정한 거리를 두고 놈을 추적함으로써 모든 퇴로를 차단할 것이다.

프레윈은 앤에게 방에 남아 있으라고 했다. 놀랍게도 그녀는 얼굴조차 찡그리지 않고 그의 제안을 받아들였다. 대신 그녀는 살인범을 신문할 때 참가하기로 했다.

프레윈은 그녀에게 다른 계획이 있을 것으로는 생각하지 못했다. 그녀는 혼자 있는 기회를 이용해서 매터스의 일기를 훔쳐보기로 했다. 중사가 용의자일 경우 그녀는 그 사실을 즉시 프레윈에게 알릴 방법을 찾아야 했다. 서로 신뢰하는 세 사람이 함께 지하실에 내려간다는 사실에 그녀는 몹시 당황했다. 그녀는 작전이 예상만큼 순조롭지 않기를 바랐다.

*

앤은 한 시간 전부터 혼자였다.

세 사람은 해질 무렵 지하실로 내려갔다. 프레윈은 어떤 위험도 무릅쓰고 싶지 않았다. 그들은 필요할 경우 새벽까지 잠복하기로 했다.

앤은 촛대를 챙기고 차가운 바람이 부는 복도로 머리를 내밀었다.

두 개의 석유등에만 불이 켜져 있었다. 한 사람도 보이지 않았다.

앤은 소리 없이 옆방으로 들어가서 트렁크 밑바닥에 감춰놓은 일기장을 꺼냈다. 그녀는 일어나서 잠시 주저했다.

내 방에서 읽을까? 아니면 이곳에서? 어느 쪽이 더 안전할까?

앤은 그 방에서 읽기로 했다. 그녀는 책상 앞에 앉아서 가죽으로 장정된, 작은 일기장을 열었다. 둥글둥글한 글씨에 L과 J는 길게 늘여 썼으며 필체에는 박력이 없었다.

아이의 필체야…….

첫 부분은 일 년 전으로 거슬러 올라갔다. 그녀는 중사의 인성을 드러내는 단어나 문장을 찾으면서 대충 일기장을 넘겼다. 매터스는 자신의 기분과 어머니에 대한 그리움을 토로했다. 그는 다섯 페이지마다 한 번씩 나태한 생활을 불평했다. 그는 프레윈 중위로부터 임무를 배우는 것을 다행으로 여겼다.

한 시간 후 앤은 매터스가 상관에게 품고 있는 관심이 어떤 것인지 궁금해지기 시작했다. 때로 그것은 매혹에 가까웠다. 이윽고 그 감정은 더욱 수상쩍은 것이 되었다. 그가 프레윈에게 느끼는 매혹은 불건전해 보였다.

앤은 단어들이 자신을 빨아들이고 시간을 흡입하고 있음을 깨닫지 못했다. 그녀는 이제 일기장을 대충 훑는 것이 아니라 꼼꼼히 읽고 있었다. 갑자기 매터스는 자신의 약점을 언급했다. 어느 날 저녁 중사는 울적했는지 절망적으로 속마음을 털어놓았다.

"그것이 다시 시작되었다. 나는 그것에 대해 생각하고 또 생각한다. 나는 머릿속에서, 몸에서 그것을 쫓아낸다. 하지만 그것은 되돌아온다. 맨손으로 모래 방파제를 쌓아서 밀물을 멈추게 하려는 것과 같다……. 그것이 사방에서 넘쳐흐르는 것이 느껴진다. 나는 수치심을 느낀다. 나는 무너지고 싶지 않다. 하지만 그것이 생각난다. 강박관념. 이성을 잃게 하는 욕망. 내 두개골에서 정열적으로 치솟는 이미지. 나는 밤에도 욕망을 열망한다. 욕망을 잠재우기 위해서는 어떻게 해야 할까?"

매터스는 잠시 후 같은 주제를 되풀이했다.

"오늘은 욕망을 진정시킬 방법을 찾았다. 나는 휴가를 이용해서 가죽 채찍을 구했다. 욕망이 솟구치는 밤에는 채찍을 사용할 것이다. 흔적이 보이지 않도록 넓적다리를 때릴 것이다. 나는 가게에 들어가면서 수치심을 느꼈다. 내가 흉악한 생각에 대해서 수치심을 느끼지 않았더라면 당장 가게를 나왔을 것이다. 나는 자제해야 한다. 나는 어떤 종류의 괴물일까? 어떤 종류의 변태성욕자일까?"

페이지를 넘기면 넘길수록 매터스는 자신을 괴롭히는 욕망이나 불길한 일탈에 대해 더 자주 언급했다. 그는 어느 순간 프레윈이나 앤처럼 악에 대해 언급했다. 앤은 중얼거렸다.

악은 실질적인 거야. 악은 생각의 혼돈이야.

앤은 일기에 집중했다. 최근 매터스는 자신이 점점 더 제멋대로 굴고 있음을 깨닫고는 당황했다. 그는 밤에 외출도 했다. 자신의 충동을 따르기 위해.

그때 '치료사'가 나타났다.

그의 욕망을 진정시킬 수 있는 존재.

초기에 매터스는 욕망을 피하기 위해, 욕망에 지지 않기 위해 모든 방법을 동원했다.

하지만 욕망은 그보다 더 강했다. 일 년 전에 그는 이미 여러 차례 불길한 본능을 따랐다. 다행히 그는 악에 사로잡히지는 않았다. 그는 끈질긴 노력 덕분에 몸속의 괴물을 진정시키기에 이르렀다.

하지만 변태성욕은 사라지지 않았다. 변태성욕은 그를 사로잡고 있었다.

그리고 치료사가 나타나서 그의 욕망을 다시 부추겼다.

그러자 매터스는 그에게 자신을 내맡겼다.

매터스는 나쁜 짓을 했다.

그는 가장 비열한 존재가 되었다.

일기를 읽다 보니 열이 났다. 단어들이 바이스처럼 앤을 죄었다. 그녀는 마지막 페이지를 탐독했다.

그녀는 흥분에 사로잡혔다.

그녀는 일기장을 침대에 던지고 문으로 돌진했다.

흙냄새가 습기와 뒤섞였다. 둥근 천장에서 떨어진 물방울이 케빈 매터스의 발치에 작은 웅덩이를 이루었다. 그는 두 개의 지하도가 교차하는 지점에 놓인 둥근 돌에 앉아 있었다.

시간은 나무 지주를 뒤덮고 있는 버섯을 닮았다. 버섯은 작은 틈새까지 촘촘히 퍼져 있었다. 그는 언제부터 이 어두운 지하도에서 잠복했는지 알 수 없었다. 중위는 발각되지 않도록 손전등을 끈 채 통로를 감시하다가 범인이 나타나면 일정한 거리를 유지한 채 그 뒤를 쫓으라고 했다. 하지만 매터스는 더 이상 어둠을 참을 수 없었다. 시간이 흐름에 따라 어둠이 가슴을 어찌나 짓눌렀는지 소리가 실체가 되어 눈앞에 나타났다. 앞에서 떨어지는 물방울 소리를 하도 많이 들었더니 마치 물방울이 보이는 것 같았다. 마침내 매터스는 내벽을 살피고는 지루함과 싸우기 위해 손전등을 켜서 바닥을 비췄다.

누군가 동쪽 탑 쪽에 나타난다면 매터스는 발소리를 듣고 손전등을 끌 수 있을 것이라고 확신했다. 신경을 집중하기만 하면 된다.

정말 살인범이 나타날 때까지 무작정 기다려야 할까? 오늘밤 누가 이 지하실로 내려올까? 그는 의구심이 들었다.

왜 그렇게 생각하지? 살인범이 누구인지 알기 때문에 그래?

기분이 좋지 않은 매터스는 제자리에서 몸을 좌우로 흔들었다. 그는 얼마 전부터 의식의 가장자리에서 나부끼는 이 질문을 회피하고 싶었다.

만일 그가 살인범을 알고 있다면?

그만해. 더 이상 생각하지 마. 헛수고야. 아무 의미도 없어. 네가 어떻게 살인범을 안다는 거야……

매터스는 정말로 그렇게 확신했을까? 그렇다면 왜 의구심을 씻을 수 없을까? 그는 무엇을 느끼고 있을까? 그의 머릿속에는 무엇이 있을까?

내가 어떻게 살인범을 알겠어.

놈의 이름을 말해봐. 어서.

그건 어떤 의미도 없어! 내가 뭐 하는 거지? 생각할 필요조차 없어!

놈의 이름. 놈의 이름만이라도 말해봐.

치료사. 아니야, 아니야, 아니야. 나는 횡설수설하고 있어.

너는 놈을 알고 있어. 뭔가 문제가 있어. 더 이상 판단력을 잃지 마. 너는 오늘 아침부터 의혹을 품었잖아.

매터스는 요란하게 한숨을 쉬었다.

정신을 집중해. 임무 수행 중이잖아.

너는 증거가 쌓이고 있는 걸 알아. 정보는 다름 아닌 헌병대에서 유출되고 있어. 살인범은 마치 프레윈의 의도를 알고 있는 듯이 언제나 선수를 쳤어. 더 이상 판단력을 잃으면 안 돼.

살인범은 아주 영악한 놈이야.

그 정도로 영악하지는 않아.

놈은 악의 천재야.

악? 그것은 우리가 보고 싶지 않은 모든 것, 떠맡을 수 없는 모든 것을 정리하는 데 실용적이잖아? 악이 내부의 악마들로만 구성된 것이라면? 우리는 내부의 악마들을 직시할 준비가 되어 있지 않아.

도대체 어떻게 된 거지? 내가 어떻게 해야 하지?

너 자신을 직시해야 해. 너는 진실 게임을 하고 있어. 너의 의식이 거짓과 맞서고 있어. 이제는 둘 중 어느 것이 우세할지를 알아야 해.

나는 살인범을 몰라!

확신할 수 있어?

나는 네가 무엇을 원하는지 몰라!

너는 놈이 네 속으로, 네 친구들 속으로 들어가게 내버려두었어.

그만해!

너는 너의 비열한 정욕을 충족시키기 위해 괴물에게 문을 열어주었어.

아니야!

너는 잘못을 저질렀어. 너는 정욕에 굴복했어.

아니야······.

하지만 아직 속죄할 기회가 있어.

매터스는 몸을 떨었다.

괴물에게 승리할 기회를 주면 안 돼.

매터스는 뜨거운 눈물을 흘리고 있었다.

그는 이 모든 것을 알고 있었다······.

그가 돌에서 일어나자 그의 이원성이 사라졌다.

그는 자신이 무엇을 해야 할지를 깨달았다.

그는 어둠 속으로 돌진했다.

 먼로는 담배 가루가 떨어지지 않도록 아주 천천히 담배 종이를 벗겨내고는 손가락 끝으로 담배 가루를 어루만진 다음 코에 대고 냄새를 맡았다. 불빛이 없는 지하에 이렇게 오래 갇혀 있다 보니 미칠 것만 같았다.
 결국 먼로는 더 이상 참지 못하고 담배 한 개비를 꺼내 입에 물었다. 이곳에서 담배에 불을 붙일 수는 없었다. 냄새와 불빛으로 그의 위치가 드러날 테니까. 그래서 먼로는 담배를 주물럭거리기만 했다. 그리고 담배를 손바닥에 놓고는 천천히 종이를 벗겨낸 다음 냄새를 맡았다.
 처음에는 경기관총을 허리에 붙이고 언제든지 사격할 태세를 갖췄다. 하지만 시간이 지남에 따라 조금씩 총을 늘어뜨리더니 마침내 벽에 세워놓았다. 그의 주머니에는 손전등이 들어 있었다. 그는 누가 다가오지 않는지 귀를 기울였다. 중위의 작전이 성공할지 말지는 살인범에게 달려 있었다. 만일 살인범이 오늘밤 내려오지 않는다면?
 놈은 올 거야. 중위님이 그랬잖아. 경계를 뚫고 헌병을 죽이는 것은 놈에게 즐거움을 준다고. 그래서 놈은 우리의 초대를 거절할 수 없을 거라고.

그들은 이미 두 시간—어쩌면 세 시간—을 기다렸지만 아무 일도 일어나지 않았다.

만일 살인범이 동쪽 탑을 통해 이미 침입했다면? 그것은 이치에 맞지 않았다. 놈이 머물고 있는 탑에서 빠져나와 안뜰을 횡단한 다음 알토 중대와 스탠리 대위의 헌병대가 머무는 곳으로 들어갈 리가 없었다. 그것은 무분별한 방법이었다. 게다가 그렇게 우회할 이유도 없었다.

아니야. 놈은 이곳을 지날 거야.

혹시 살인범이 오늘 오후에 이미 이곳을 지나가지 않았을까? 만일 놈이 이곳 어딘가에 숨어 있다면 중위와 매터스는 공격을 받을 수도 있었다.

중위님과 매터스는 놈보다 영리해. 그들은 기습을 당할 사람들이 아니야. 아무튼 놈은 여기에 없어. 오랫동안 자리를 비우면 의심을 받을 테니까 일찌감치 이곳에 올 수는 없어.

갑자기 나선형 계단에서 두 개의 돌이 마찰하는 것 같은 둔탁한 소리가 들렸다.

먼로는 벌떡 일어나더니 담배를 버리고 두 손으로 손전등을 쥐었다. 하지만 불은 켜지 않았다.

그는 몸을 숙이고 통로 쪽으로 귀를 기울였다.

아무 소리도 들리지 않았다.

바람 소리뿐이었다.

계단에서 신발이 부딪치는 소리가 들렸다. 누군가 내려오고 있었다. 먼로는 모퉁이로 가려다가 문득 무기를 챙기지 않은 사실을 깨달았다. 그는 어둠 속을 더듬어서 경기관총을 집어 들었다.

먼로는 움푹 들어간 곳에 숨었다.

침입자가 다가오고 있었다. 그는 계단 밑에 도착했다. 먼로는 심장이 격렬하게 두근거렸지만 코로만 숨을 쉬었다. 그는 마음을 가라앉히기 위해 정신을 집중했다.

발소리가 바뀌었다. 침입자가 평평한 바닥을 걷고 있는지 발소리가 거의 들리지 않았다. 먼로는 손전등의 희미한 불빛을 발견했다.

침입자가 다가오고 있었다.

먼로는 경기관총을 움켜쥐었다.

불빛은 5미터 앞에서 더욱 커졌다. 그리고 실루엣이 나타났다.

긴장한 먼로는 언제든 기습할 준비를 했다. 그는 침입자의 발걸음이 빠르다는 사실만을 짐작할 수 있었다.

이곳은 너무 어둡고 나는 너무 긴장했어.

침입자가 15미터쯤 떨어지자 먼로는 은신처에서 나왔다. 그는 돌이나 웅덩이에 걸려 비틀거리지 않도록 아주 천천히 침입자의 뒤를 쫓기 시작했다. 그는 오른손으로 벽을 더듬고 신중하게 걸음을 떼면서 침입자와 적당한 거리를 유지했다.

심장은 여전히 요동치고 있었다.

작전이 개시되었다.

그들이 몇 달 전부터 추적하고 있던 살인범이 마침내 이 지하실에 나타났다.

앤은 트럭과 장갑차 사이를 지나 안뜰을 횡단한 다음 북쪽 탑의 계단을 올라갔다. 그녀는 병사들이 거주하는, 가장 꼭대기 층인 4층으로 올라갔다. 10여 명의 목소리가 아주 나직이 들려왔다. 첫 번째 문은 열려 있었다. 모리스 대위가 파이퍼 중위와 대화를 나누고 있었다.

"대위님, 안녕하세요. 파커 콜린스를 찾고 있어요."

모리스는 얼굴을 찌푸리고 그녀를 쏘아보았다.

"그는 레지 하사와 함께 세 번째 방에 머물러요."

앤이 인사를 하고 그 자리를 떠나려 하자 대위가 소리쳤다.

"간호사, 내 부하들에게 불화의 씨를 뿌리지 말아요!"

파이퍼는 역겹게도 걸걸대며 웃었다. 앤은 세 번째 문으로 돌진했다. 앤은 문을 두드린 다음 대답을 기다리지 않고 들어갔다. 더글러스 레지가 놀란 얼굴로 바라보았다. 그는 여자를 발견하고는 눈을 크게 떴다. 앤은 그에게 다가가면서 다른 침대가 비어 있음을 확인했다.

"파커 콜린스를 찾고 있어요."

"그는 없어요. 왜 그러죠? 당신과 그는……."
앤은 음탕한 목소리를 무시했다.
"그는 어디 있죠? 아주 중요한 일이에요."
레지는 샐쭉해졌다.
"몰라요. 복도에서 어슬렁거리는 걸 봤어요. 누군가와 얘기를 나누고 있겠죠."
앤은 그가 자신을 경계하는 것인지, 3소대의 전우애를 발휘하는 것인지, 아니면 정말로 콜린스가 있는 곳을 모르는 것인지 알 수 없었다.
이들을 신문해서 아무것도 얻어내지 못한다 해도 전혀 놀라운 일이 아니야. 이들은 거짓말을 해서라도 서로를 감싸고 있어. 이들은 서로에게 알리바이를 제공하고 있어.
앤은 비장한 어조로 강조했다.
"그와 얘기를 나눠야 해요. 생사가 걸린 문제예요."
"방금 말했잖아요. 그가 어디 있는지 몰라요!"
앤은 물러났다.
콜린스의 부재는 대수롭지 않은 일이 아니었다. 살인범의 정체가 드러났다. 모든 것이 밝혀지고 있었다.
신속히 조치해야 했다.
그녀가 되뇌었다.
생사가 걸린 문제야.
목숨이 걸린 문제야.

프레윈은 침착해지기 위해 목덜미를 문질렀다. 방금 먼로가 있는 북쪽 지하도에 희미한 불빛이 나타났다. 누군가 경쾌하게 걸어오고 있었다.

프레윈은 권총을 꺼내서 안전장치를 풀고 사격할 준비를 했다. 작전은 순식간에 끝날 것이다. 프레윈은 침입자가 은신처를 찾을 수 없는 중앙 광장에 도달할 때까지 기다렸다가 정지 명령을 내릴 것이다.

프레윈은 주저하지 않고 사격할 것이다. 먼저 바닥에, 그리고 필요하다면 무릎에 쏠 것이다. 그는 어떤 위험도 무릅쓰지 않을 것이다. 살인범은 즉각 항복해야 할 것이다.

실루엣이 더욱 또렷해졌다. 장신에 우람한 체격.

살인범이야.

놈은 오른손에 손전등을 들고 있었다.

놈은 대형 홀에 들어서자 속도를 늦췄다.

프레윈은 즉시 그의 얼굴을 알아보았다.

3소대 의무중사 파커 콜린스였다.

콜린스가 손전등으로 나무 선반들을 비추자 병 밑바닥이 훤히 보였다. 갑자기 선반이 반짝반짝 빛났다.

조금 더 다가와…….

먼로가 뒤쪽에서 모든 퇴로를 끊을 것이다.

콜린스는 놀라운 광경에 탄복하면서 더욱 천천히 걸었다. 그는 프레윈 쪽으로 다가오다가 방향을 약간 틀었다.

이제 중위는 그의 시선을 구별할 수 있었다. 콜린스는 동공을 굴리면서 주위를 탐색했다. 그는 손전등을 흔들면서 간간이 벽을 비추었다.

프레윈은 언짢은 불안감에 사로잡혔다. 그는 뭔가가 잘못되었다고 느꼈다.

이제 콜린스는 중앙 광장에 있었다. 작전을 개시해야 했다.

프레윈은 망설였다.

콜린스는 평온해 보이지 않았다. 그는 손전등으로 주위를 비추고 있었다.

그는 전혀 침착하지 않아. 살인범이 희생자를 기습하고 제압해서 학살할 때 드러내는 침착성이 없어. 그는 범인이 아니야.

이번에도 살인범이 선수를 쳤다.

콜린스는 살인범이 아니었다. 살인범은 이곳에 아무도 없는지 확인하기 위해 그를 보냈던 것이다.

먼로에게 알려야 해! 콜린스는 상관하지 말고 뒤쪽을 조심하라고 알려줘야 해. 진짜 범인은 그의 뒤에 있을 거야!

프레윈은 손전등을 켜고 콜린스를 비추었다.

그리고 천천히 그의 이름을 불렀다.

"콜린스."

의무중사는 소스라치게 놀라면서 공포의 비명을 억눌렀다.

"누구야?"

중위가 다가가면서 대답했다.
"헌병대 프레윈 중위야."
"간이 떨어질 뻔했습니다!"
"누가 너를 이곳에 보냈지? 대답해!"
콜린스의 얼굴이 경직되었다.
바로 그 순간 총성이 울렸다.

초속 700미터 이상의 속도로 공기를 가르며 날아온 총알이 엄청난 충격파를 일으켰다. 총알은 오른쪽 볼에 구멍을 내면서 약간의 피를 분출시켰고 치아를 관통했다. 치아가 박살 나면서 에나멜질이 부드러운 잇몸에 박혔다. 최초의 궤도에서 벗어난 총알은 입천장을 찢은 다음 광대뼈를 뚫고 나갔다. 박살 난 뼈는 이마까지 튀었다. 살점이 뜨거운 금속과 함께 날아가다가 약한 소리를 내면서 먼지 속에 떨어졌다. 다른 총알들은 술병을 박살 냈다.

파커 콜린스는 갑자기 끈이 끊긴 꼭두각시처럼 쓰러졌다. 피가 흐르기 시작했다.

충격의 메아리가 아직도 프레윈의 귀에서 윙윙거렸다.

프레윈은 간신히 바닥에 엎드릴 수 있었다.

포도주의 자극적인 냄새가 콧구멍까지 올라왔다. 10여 개의 붉은 물줄기가 돌을 적시고 있었다. 벽이 피를 흘리는 것 같았다.

프레윈은 정신을 가다듬었다.

누군가 탄창의 절반을 비웠다.

프레윈의 손전등은 3미터 떨어진 중앙 광장에서 나뒹굴었다.

총알이 어느 쪽에서 날아왔지?

분명히 북쪽 지하도였다. 먼로에게는 경기관총이 있었다. 그가 총을 쏘았을까?

프레윈은 포복으로 안전한 곳까지 이동한 다음 벽에 등을 기댔다. 그는 여전히 권총을 쥐고 있었다.

그는 의무중사에게 머리를 돌렸다.

피와 포도주는 점점 더 크게 아라베스크 무늬를 그리더니 서로 만나서 뒤섞였다.

파커 콜린스는 더 이상 존재하지 않았다.

\*

매터스는 숨을 헐떡거렸다. 그는 쏜살같이 달려왔고 불안감에 사로잡혀 있었다. 그가 거의 도착할 무렵 총성이 울렸다. 본능적으로 벽에 몸을 던진 그는 자신이 표적이 아니라는 사실을 깨달았다.

그는 한참 동안 기다렸다가 총소리가 어디서 났는지를 식별하기 위해 머리를 내밀었다. 총알은 오른쪽에서 날아오고 있었다.

그는 권총을 움켜쥐고 총성이 들리는 쪽으로 천천히 움직였다. 긴 지하도. 이윽고 천장이 낮고 술통이 가득한 홀이 나타났다.

매터스는 어둠을 뚫기 위해 모퉁이를 비추었다. 하지만 두려움을 떨쳐버릴 수 없었다. 그는 다음 지하도로 전진했다.

그는 출입구를 지나면서 목젖에서 차가운 기운을 느꼈다. 손이 나타나더니 그의 무기를 빼앗았다. 누군가 사각(射角)에서 벗어난 곳에 있었다.

살인범이 속삭였다.

"이걸 사용할 필요는 없어."

살인범은 그의 목을 찌를 태세였다. 매터스는 놀라지 않았다.

살인범이 소곤소곤 물었다.
"너는 범인이 나라는 것을 알고 있었지?"
"그래."
"언제부터?"
"몇 분 전부터. 모든 것을 다시 생각해봤지. 살인범은 너무 많은 것을 알고 있었어……. 범인은 우리 가운데 한 명일 수밖에 없었어."
"내가 너희 가운데 한 명이라고?"
"그 말이 아니야. 너는 우리를 웃음거리로 만들었어."
매터스는 두 눈을 감았다. 그는 어떻게 해야 할지 알 수 없었다.
살인범은 신속하게 매터스를 처치했다.
목을 베자 꾸르륵 소리와 신음 소리밖에 나지 않았다.

\*

프레윈은 다시 정신을 집중했다. 두 개의 손전등 중 하나가 떨어져 있는 곳까지 기어갈까? 아니면 총알이 날아오는 지하도 쪽으로 갈까?

먼로, 먼저 먼로에게 가야 해.

어떻게 이 지경이 되었을까? 그의 작전은 그럴듯했는데……. 살인범은 그가 뭔가를 결심할 때마다 그의 의도를 간파하는, 비범한 능력을 지니고 있단 말인가. 그가 너무 서둘렀을까? 프레윈은 잠시 두 눈을 감았다. 앤이 발견한 비밀 통로는 이상적인 함정이었다. 그는 살인범의 입장이 되어 생각하지 않고 너무 서둘렀다. 그는 살인범을 과소평가하는, 용서할 수 없는 실수를 저질렀다. 살인범은 출입이 차단된 5층에서 도노반을 살해한 후 헌병이 숨겨진 통로를 찾아내리라고 예상했을 것이다.

프레윈은 이를 악물었다. 어떻게 이런 실수를 저질렀단 말인가. 너무 서둘렀기 때문이야.

살인범이 중위를 이겼다. 그는 공격의 속도를 높여서 프레윈을 초조하게 했다.

다른 가능성이 있었다.

범인은 그들 가운데 한 명일까?

물론 프레윈은 이 가정을 받아들이지 않았다.

두 손이 축축했다. 그는 심호흡을 한 후 아직도 화약 냄새가 빠져나오는 지하도 쪽으로 포복하기 시작했다. 그는 벽에 등을 붙이고는 권총을 가슴에 안았다. 그리고 조용히 호흡을 가다듬었다.

프레윈이 속삭였다.

"먼로!"

그의 부하는 이곳 어딘가에 있을 것이다. 프레윈은 모든 가정을 고려했다. 먼로가 콜린스를 살인범으로 생각하고 총을 쏘았을까?

대답이 없었다. 총알에 구멍이 난 병과 통에서 포도주가 꾸르륵 꾸르륵 빠져나오는 소리뿐이었다.

더욱 불길한, 다른 가능성들이 그를 괴롭혔다.

프레윈은 마지막으로 한 번 더 부하의 이름을 불렀다. 자신의 위치가 발각되지 않도록 목소리를 낮춰서.

"먼로! 먼로!"

1미터도 채 되지 않는 전방의 어둠 속에서 대답이 들려왔다.

침착하지만 슬픈 목소리였다.

"먼로는 죽었어요."

프레윈이 경직되었다. 그는 그 목소리의 주인공이 누구인지를 알아차렸다.

"크레이그, 이렇게 끝나서 유감이에요."

 프레윈은 뒤로 기어갔다. 그 모습은 거미를 닮았다. 목소리는 홀의 문턱에서 들려왔다. 뒤집힌 두 개의 손전등이 울퉁불퉁한 바닥을 비추었다. 희미한 빛 속에서 앤의 모습이 어렴풋이 보였다.
 앤이 반복했다.
 "유감이에요."
 프레윈이 물었다.
 "앤? 거기서 뭐 해요?"
 앤은 그의 질문을 무시하고 말을 계속했다.
 "먼로는 목이 베였어요. 이곳으로 오다가 그의 시신을 봤어요. 매터스도 마찬가지예요."
 프레윈은 믿고 싶지 않았다. 앤은 뒷짐을 지고 있었다.
 그녀는 무엇을 숨기고 있는 것일까?
 갑자기 앤의 목 앞에 칼이 나타났다.
 범인은 오른손으로 칼을 쥐고 있었다.
 속삭이는 소리가 들렸다. 앤은 한쪽 발을 들어야 했다. 범인은 앤의 발밑에 작은 사각형의 물체를 놓고는 간호사의 다리를 붙잡아서 그 위에 올려놓았다.

범인이 외쳤다.

"움직이지 마."

프레윈은 범인의 목소리를 들은 적이 있었다. 별로 씩씩하지 않은 남자의 목소리.

스티브 리스비!

흐릿한 왕방울의 눈과 적갈색의 머리털. 둥글고 작은 머리통이 간호사 뒤에서 나타났다.

그는 만족스러운 표정으로 입을 비죽이며 또렷하게 말했다.

"놀랍군. 중위, 내가 당신을 이겼어. 인정하시지."

프레윈은 더 이상 숨을 쉴 수 없었다.

"자, 무기를 이쪽으로 던져. 그러지 않으면 이 여자의 목을 찌를 거야."

리스비는 앤의 목에 칼을 대고 흔들었다. 프레윈은 피가 얼어붙는 듯했다.

"중위, 더 이상 같은 말을 하게 하지 마. 당신은 내가 얼마나 단호한 사람인지 잘 알잖아!"

그는 팔꿈치를 올리고 앤을 찌를 준비를 했다.

프레윈은 권총을 내려놓은 다음 1미터 앞으로 밀었다.

"잘했어. 나는 당신이 이곳에다 덫을 놓기를 바랐지. 당신이 머무는 탑에 초병을 배치했다는 소문을 듣고 내가 얼마나 기뻤는지 몰라. 그건 당신이 작전을 개시했다는 신호였거든."

중위는 앤이 다치지 않았는지 살폈다. 이상한 점은 보이지 않았다.

리스비가 말했다.

"아, 나는 당신의 시선을 봤어. 당신은 앤이 어떻게 이곳에 내려왔는지 궁금하지? 사실 나도 정말 궁금해."

그는 고개를 돌려 앤을 노려보더니 칼을 살짝 들어 올려 설명을 재촉했다.

앤이 말했다.

"매터스의 일기를 보고……."

"그에게 해결할 수 없는 문제들이 많다는 걸 알고 있었어. 자, 어서 얘기해. 우리뿐이잖아."

리스비가 새된 목소리로 말했다. 저음과 고음을 조절하지 못해 억양이 불안정했다. 그의 얼굴은 사악한 기쁨으로 빛났다.

앤은 머리를 뒤로 젖혔다. 입술이 떨리고 있었다.

리스비가 칼을 휘두르면서 명령했다.

"자, 설명을 계속해. 나는 그런 얘기를 아주 좋아하지!"

앤은 이를 악물더니 머뭇거리는 목소리로 말했다.

"매터스는 동성연애자였어. (그녀는 침을 삼켰다.) 그는 성적 충동이 품위를 떨어뜨린다고 생각하고 자제하려고 했지. 그는 신앙심이 아주 깊었어. 하지만 가끔 충동을 이기지 못하고 다른 병사들을 만났지."

리스비가 놀라서 물었다.

"매터스가 일기에서 나에 대해 언급했어?"

"아니. 그는 '치료사'에 대해서 말했어."

리스비가 활짝 미소를 지었다.

"치료사라……. 매터스는 나를 '영혼의 치료사'라 불렀지."

리스비는 이 끔찍한 상황에서 매우 행복해 보였다. 그는 금방이라도 젊은 여인의 혈관을 자를 태세였다. 그는 바닥에 앉아 있는 프레원에 대한 승리감을 만끽하고 있었다.

리스비는 신나게 말했다.

"내가 3소대 병사들 대신 편지를 써주거든. 나는 편지를 보내는 사람과 받는 사람이 모두 만족할 수 있는, 적당한 표현을 찾아냈지.

매터스에게 편지 대필에 대해 말했더니 그 바보가 나를 영혼의 치료사라고 불렀어!"

갑자기 리스비는 두 사람이 자신을 오해할지도 모른다는 사실을 깨닫고는 표정을 바꾸었다.

"매터스와 내가 동성애를 했다고는 생각하지 마. 절대 아니니까! 나는 그를 이용하기 위해 호감이 있는 척했을 뿐이야. 내 행동을 모방하고 싶으면 모든 가능성에 귀를 기울여야 해. 군에서 동성애자들은 아주 은밀한 공동체를 이루고 있지. 나는 은밀한 것이라면 무엇에든 관심이 있어. 동성애자들의 명단은 입에서 입으로 신속히 전파되지. 매터스의 이름이 귀에 들어오자마자 나는 흥미를 느꼈어. 나는 열흘 전 참호에서 그를 만났지. 만남은 쉽지 않았어. 아무튼 나는 그에게 장밋빛 약속을 해주었지!"

자신의 부관이 언급되자 프레윈은 동쪽 지하도를 훔쳐보았다.

리스비가 말을 이었다.

"당신은 매터스에게 어떤 일이 일어났는지 궁금할 거야. 솔직히 말해서 나는 이곳으로 내려오면서 어떻게 일을 벌여야 할지 계획이 서지 않았어. 그래서 파커 콜린스에게 포도주 저장소를 발견했는데 다른 사람들이 그곳을 비워버리기 전에 내려가서 몇 병을 챙기는 것이 어떠냐고 말해주었지. 그는 내 계략에 걸려들어 당장 이곳으로 내려왔지. 나는 거리를 유지한 채 그의 뒤를 따랐어. 나는 당신 부하가 콜린스를 미행하는 것을 보았지. 덕분에 아주 쉽게 그를 해치웠어. (그는 아주 중요한 생각이 떠올랐는지 집게손가락을 들었다.) 어떻게 쉽게 사람을 죽일 수 있는지 알아? 여기야! (그는 앤의 목을 가리켰다.) 단번에 칼을 찌르고 잡아당겨서 베는 거지. 희생자가 몸부림을 치면 뒤로 물러나서 그가 천천히 고통스럽게 죽어가도록 내버려두는 거야. 빨리 끝내고 싶으면 목숨이 완전히 끊어질 때까지 공격하지. 목을 베는 것은 너무나도 전격적인 기습이기 때문에 희생자들은 방어할 생각을 하지 못한 채 목부터 보호하려고 하지. 얼마나 멍청한 짓인지!

리스비는 바보같이 히죽거렸다. 그는 자신의 설명에 만족하는 것 같았다. 그들이 그처럼 오랫동안 추적했던 범인이 이렇게 우스꽝스러운 젊은이라니! 그는 몹시 실망스러운 악인이었다. 살인범의 기발한 공격을 기대하고 있었기 때문에 리스비가 범인이라는 사실이 여전히 믿기지 않았다.

범인은 바로 이놈이야. 모든 것이 끝났어. 놈은 정말로 하찮고 음란해. 이것이 현실이야.

여전히 바닥에 앉아 있던 프레윈이 그의 말을 끊었다.

"왜 내게 모든 걸 털어놓는 거지?"

리스비는 이 질문에 놀란 것 같았다.

"왜? 왜냐고? (그는 어깨를 으쓱했다.) 당신과 관련이 있기 때문이지! 당신과 나는 형제야. 사냥하는 형제! 우리는 처음부터 서로를 관찰했어. 지난여름, 당신은 나를 대경실색하게 했어. 물론 나는 예상보다 어려울 거라고 생각했지. 아무튼 나는 모든 것을 예측하고 모든 것에 주의를 기울였어! 나는 당신을 가짜 실마리 쪽으로 유인하는 일을 즐겼지. 해리슨과 흐리섹 말이야. 그건 대단한 술책이었지. 나는 퀜틴 트렌턴을 소홀히 처리한 것을 후회해. 매터스는 내가 어설프게 그린 여성의 상징을 성과 이름의 첫 글자인 Q. T.로 추측했다고 말했어. 그 점을 생각했어야 했는데……. 첫날 부두에서 당신이 오른손잡이를 찾는다는 소문을 들었지. 중위, 당신은 운이 없었어. 나는 원래 양손잡이야. 나는 보통 왼손으로 글을 쓰고 다른 모든 일도 왼손으로 하지. 하지만 본능적으로 오른손을 쓸 때도 있어."

그는 환하게 미소를 지었지만 시선은 흐릿했다.

"내가 전우의 신발을 빌려 신고 농가에 갔던 날 당신은 나의 위장을 무조건 믿었어. 나는 신발치수가 285밀리가 아니라 265밀리지! 그래서 매터스는 조금도 나를 의심하지 않았어……. 상당히 마른 체격에 신발은 265밀리를 신는 왼손잡이를 범인으로 생각할 리가 없었지. 당신을 몹시 존경하던 매터스는 당신이 완전히 틀릴 거라고는 생각하지 않았어. 그사이 나는 당신이 3소대의 모든 고집쟁이들을 의심하도록 일을 꾸몄지. 소란의 씨를 뿌리고 우리의 유대를 더욱 공고히 했지. 우리는 모두 헌병에 맞섰어. 동료들을 보호하기 위해 당신들에게 협조하느니 차라리 거짓말을 선택했지. 우리의 연대의식은 대단했어!"

리스비는 행복감에 젖어 있었다.

"내게 안타까운 것은 딱 하나뿐이야. 나는 당신에게 총을 난사하다가 매터스와 마주쳤지. 그는 큼직한 손전등을 갖고 있었어. 그를 제압하는 것은 식은 죽 먹기였지. 당신을 격찬하는 매터스가 체면이 구겨진 당신을 바라보는 모습을 구경하고 싶었는데. 스승이 실패한 꼴을 보여주고 싶었는데. 그것은 대단한 구경거리였을 텐데. 어쩔 수 없지."

리스비가 칼끝을 들어 올리면서 덧붙였다.

"내 총격을 멈추게 한 건 이 여자야. 이 여자가 손전등을 들고 다가오더라고. 얼마나 어리석은 짓인지! 손전등을 들고 있으면 80킬로미터 떨어진 곳에서도 눈에 띄어!"

칼끝이 피부를 누르자 앤은 얼굴을 찌푸렸다.

리스비는 도가 지나쳤다. 그는 필요 이상으로 떠들고 위협을 해댔다. 그는 성격장애를 앓고 있었다. 마침내 그는 자신으로부터 자유롭다고 믿었다. 하지만 그것은 서투른 흉내에 지나지 않았다.

리스비는 마치 친구 사이라도 되듯이 허물없이 물었다.

"당신은 왜 내려왔지?"

앤이 고통스럽게 침을 삼키고 마지못해 말했다.

"콜린스가 사라진 걸 알았어. 나는 그가 지하실로 내려간 걸 알았지. 모든 것이 끝났다는 생각이 들었어. 걱정이 되어 가만히 있을 수 없었지."

격분한 리스비가 눈썹을 치켜 올렸다.

"하여튼 여자들이란……. 이제 진지한 문제로 넘어가겠어. 중위, 나는 당신 부하의 기관총으로 당신을 쏘았어. 이름이 뭐였더라?"

프레윈이 중얼거렸다.

"먼로."

"맞아! 먼로! 이 여자에게 채운 것도 그의 수갑이지."

리스비가 턱으로 앤을 가리켰다.

프레윈이 시간을 벌기 위해 물었다.

"내 부하들을 어떻게 죽인 거야? 라르손과 콘래드 말이야."

리스비는 암묵적인 동조의 미소를 지었다.

"대화란 참 좋은 거야! 아, 이 모든 것을 함께할 사람이 없어서 내가 얼마나 힘들었는지 모를 거야! 가장 힘든 것이 뭔지 알아? 준비나 대비가 아니야. 그것은 유쾌한 일이지. 정말 힘든 건 바로 침묵을 지키는 거야. 성공을 함께 기뻐할 수 없는 것. 탁월한 재주를 발휘해서 승리했지만 누구도 축하해주지 않는 것! 바로 그것이 나를 가장 힘들게 하지."

리스비는 프레윈을 관찰하면서 천천히 고개를 흔들고는 입술을 내밀었다.

그의 시선은 우수에 잠겼다.

"내가 어떻게 살해했는지 말해주지. 실은 아주 간단해."

놀랍게도 리스비는 앤의 목에서 칼을 떼고 중앙 홀로 들어갔다.

바닥에 버려진 두 개의 손전등이 서로 마주 보면서 불빛을 내보내자 포도주가 흐르지 않은, 다져진 바닥에 은빛의 하얀 막이 만들어졌다. 홀의 가장자리는 희미한 빛 속에 잠겨 있었다. 스티브 리스비는 보이지 않는 진흙탕에 실루엣을 감춘 채 걷고 있었다.

"중위, 어리석은 짓은 하지 마. 첫째, 내가 무기를 들고 있고, 또한 명사수라는 점을 잊지 마. 둘째, 당신이 나를 짜증 나게 하면 이 여자의 두 다리와 두 팔을 날려버릴 테야. (그는 앤에게 돌아섰다.) 내가 당신에게 쥐어주면서 떨어뜨리지 말라고 한 것 있잖아. 그거 수류탄이야. 이게 안전핀이고."

리스비가 던진 안전핀이 프레윈의 발치에 떨어졌다.

"손에서 힘을 빼면 수류탄이 펑 하고 터질 거야! 그러면 팔뚝과 엉덩이가 날아가겠지. 그리고 만에 하나 당신이 도망치거나 덤벼들면 두 다리가 순식간에 사라질 거야. 조금 전에 내가 당신 발밑에 뭔가를 놓았잖아. 그건 지뢰야. 내가 안전핀을 뽑아버렸지. 당신은 신관을 밟고 있어. 당신이 움직이면 순식간에 펑 하고 터져버리겠지!"

리스비는 명랑하고 초연하게 설명했다. 그는 능력을 발휘할 수 있는 상황이 오면 즉각 냉정을 되찾았다.

리스비는 어둠에서 빠져나오더니 프레윈에게 다가갔다. 그들은 서로를 쩨려보았다.

"죽이는 것은 아주 간단해. 나는 당신 부하들에게 동일한 수법을 썼지. 나는 라르손이 출발하는 것을 보고 숲 속의 지름길을 통해 그보다 조금 빨리 공터에 도착했지. 길에서 떨어진 곳으로 그를 유인하기 위해서. 라르손이 다가오자 나는 공포에 사로잡힌 사람처럼 굴었어. 그는 의심하지 않았지. 나는 상당히 뛰어난 배우거든. 나는 그에게 말을 걸고……."

별안간 리스비가 뭔가를 감지했는지 고개를 돌렸다. 자신에게 붙잡힌 프레윈을 어떻게 처리할지 결정할 시간은 1초밖에 없었다. 무슨 일이 일어났을까? 누가 뒤쪽으로 들어왔을까?

리스비의 머리가 제자리로 돌아왔다. 그는 누런 이를 드러내고 활짝 웃더니 조롱했다.

"나는 당신들을 속였어. 나는 라르손에게도 똑같이 했지. 라르손은 무슨 일인지 보기 위해 고개를 돌렸어. 그 순간 그의 목에 칼을 꽂았지. 젖 먹던 힘을 다해서. 나는 반격을 피하기 위해 펄쩍 뒤로 물러났지. 하지만 라르손도 다른 사람들처럼 두 손으로 상처를 감쌌어. 그래서 나는 그에게 달려들어 다시 찌르고 또 찔렀지. (끝까지 리스비는 우스꽝스러웠다. 그는 관자놀이의 혈관이 튀어나올 정도로 희생자의 모습을 흉내 냈다.) 피가 여기저기에 튀었지. 나는 눈으로 피를 대충 닦아냈어. 하지만 이곳은 전쟁터이기 때문에 군복에 묻은 얼룩은 사람들의 이목을 끌지 못했지. 당신의 두 번째 부하를 유인하기 위해 나는 적의 지뢰를 밟은 척했어. 그는 폭탄 전문가를 불러오겠다고 했지. 나는 더 이상 버틸 수 없다고, 발을 움직일 수만 있다면 나도 뇌관을 제거할 줄 안다고 말하면서 그를 붙잡았지. 우리는 아주 조심스럽게 발을 움직여서 자리를 맞바꿨지. 그가 꼼짝할 수 없게 되자 나는 그에게 수갑을 채웠어. 그가 어찌나 놀라던지! 당신이 그 꼴을 봤어야 했는데!"

리스비는 어색하게 웃기 시작했다. 프레원은 그들이 범인에 대해 정확하게 분석했다는 사실을 확인했다. 리스비는 자신이 느낄 수 있는 유일한 쾌락을 위해 살인을 저질렀다. 그는 피만을 채울 수 있는 조개껍데기처럼 속이 텅 빈 존재였다.

그의 두 눈은 수면 부족으로 빨갛게 충혈되었다.

프레원이 짐작했다.

사악한 짓을 하느라 저런 거지.

"나는 그의 두 손을 등 뒤로 묶었지. 그는 지뢰가 터질까 봐 꼼짝하지 않았어. 나는 그를 진정시키기 위해 감언이설로 속였지. 나는 속이는 것을 아주 좋아해. 일순간 그는 누가 누구인지, 누가 왜 무엇을 하는지 전혀 이해하지 못했어. 누군가를 움직이지 못하게 하는 가장 좋은 방법은 정신을 혼란시키는 거지. 그러면 그는 더 이상 어떻게 해야 할지 모른 채 온갖 모순된 생각을 동시에 떠올리며 어떤 결정도 내리지 못하지. 나는 그에게 우리 가운데 살인자가 있으며, 그가 살인자인지 아닌지를 확인하고 싶다고 말했어. 그는 어찌할 바를 몰랐지. 내가 죽어가는 희생자에서 별안간 살인자로, 다시 위선적인 심판자로 변했기 때문이야. 그는 잠시 항의하더니 횡설수설했지. 그가 조롱당했다는 사실을 깨달았을 때는 이미 늦었어. 나는 칼을 꺼낸 다음 그가 눈치채지 못하게 배를 찔렀지."

리스비가 다시 물러나더니 어둠 속으로 사라졌다.

"아주 간단한 일이지!"

리스비는 조용히 걸었다. 그리고 술통 앞에 도착하자 칼을 꽂았다. 붉은 포도주가 터져 나왔다. 그는 고개를 숙이고 포도주를 조금 마신 다음 다시 걸었다.

왜 이 절박한 순간에 짬을 내서 술을 마실까?

프레윈은 조금도 이해할 수 없었다.

모든 것을 신속히 재검토해야 해. 범행 하나하나를 떠올리고 분석해서 돌파구를 찾아야 해!

그러려면 시간을 벌어야 했다. 대답을 듣지 못한 질문이 남아 있었다. 그래서 프레윈이 물었다.

"어떻게 그처럼 힘센 사람들을 죽일 수 있었지?"

"내가 별로 건장하지 않아서 그런 말을 하는 거야? (그는 말투를 바꿨다. 그는 자신을 깎아내리는 말을 좋아하지 않았다.) 내가 말해주지. 당신 부하들은 '어깨'들이야. 하지만 그들은 목이 찔린 돼지처럼 징얼거렸어. 중위, 멀리서 이유를 찾을 필요는 없어. 아드레날린이 혈류에 분비될 때 어떤 일을 할 수 있는지를 알면 당신도 깜짝 놀랄 거야. 어머니는 자식을 구하기 위해서라면 자동차도 들어 올린다잖아. 당신은 살인할 때 분비되는, 이 호르몬에 대해 모를 거야. 아드레날린의 힘은 굉장하지. 단순한 체력은 분노와 아드레날린이 결합된 것에 비하면 아무것도 아니야!"

프레윈은 생각했다.

놈은 속내를 털어놓는 걸 아주 좋아해. 놈은 우리를 죽이기 전에 속내를 최대한 털어놓을 거야.

하지만 여전히 이곳에서 빠져나갈 방법이 떠오르지 않았다.

시간, 시간이 필요해!

프레윈이 물었다.

"그럼 상징은?"

리스비는 반감을 드러내며 반문했다.

"상징? 무슨 말을 하는 거지?"

"먼저 별자리에 따른 자네의 살인들, 그리고……."

리스비가 그의 말을 끊었다.

"설마 그 모든 것을 무조건 믿지는 않았겠지? 그때는 상징에 따라 살인했는데 지금은 아니라는 말이야? 그때는 일이 틀어질 것 같아서 당신의 관심을 흐리섹이나 다른 사람에게 돌리기 위해서 상징을 꾸며냈을 뿐이야!"

리스비는 다시 다른 술통에 칼을 꽂고 포도주를 맛보았다.

놈은 희생자들을 전시했어. 놈은 우리에게 충격을 주고 자신의 범행을 과시하는 것을 즐겨. 놈은 범행을 자랑스럽게 생각해.

이 추론에는 뭔가 중요한 것이 있었다. 프레윈은 그게 정확히 뭔지 알 수는 없었지만 그렇게 느꼈다.

리스비가 물었다.

"뭘 상상하지? 내가 행운을 얻기 위해 살인하는 것? 그것은 여러 달 전에 떠올랐던 생각이야. 멋진 생각이었지. 그런데 내가 정말로 행운을 얻기 위해 살인할 것 같아? 살인할 때 무엇을 느끼는지 생각해봤어? 당신은 그 느낌을 알아? 그건 성적 만족이 아니야. 훨씬 더 복잡한 것이지."

놈은 자신을 사랑해. 자신의 인생을 사랑해. 놈은 온전한 육신을 지키기 위해 어떤 위험도 감수하지 않을 거야. 놈은 뒤에서 기습해서 희생자들을 죽였어. 놈은 어떤 위험도 감수하지 않을 거야…….

프레윈은 앤의 발밑에 설치된 지뢰를 생각했다. 콘래드가 살해된 곳에서 작은 사각형의 구멍이 발견되었다. 그는 콘래드를 죽이기 전에 뇌관을 제거했을까? 그렇게 신속히? 놈에게 그런 능력이 있을까? 만일 여기서 앤이 움직여서 지뢰가 폭발한다면 파편은 상당히 멀리 퍼질 것이다. 그런데 리스비는 너무 가까이 있었다.

조금 전 놈이 옆에 조금만 더 오래 붙어 있었다면 앤이 예고 없이 지뢰를 폭발시켰을 수도 있었어!

이것은 맞지 않았다. 리스비에게는 자살 성향이 전혀 없었다. 그는 자신의 인생을 사랑하고 있었다. 지뢰에는 뇌관이 없었다. 수류탄은 터질 수도 있지만 지뢰는 아니었다. 그는 결코 위험을 감수하지 않을 것이다.

"죽이는 것은 악한 양상을 초월하고 자신의 본래 모습을 되찾는 거야. 그것은 우리가 본래 사냥꾼이라는 사실을 무시하는 사회의 통제에서 벗어나는 거지. 사냥 본능 덕분에 우리 인간은 수백만 년 동안 생존해왔고, 외면적으로 더욱 잔인한 포식자들을 이겨내고 먹이 피라미드의 정점에 오를 수 있었어. 우리는 단 몇 세기 만에 자신을 표현하는, 이 뜨거운 성향을 잠재울 수 있을까? 피는 단어만큼 많은 것을 표현하지. 더구나 피는 진화의 핵심이야. 피가 없다면 우리는 닳고 닳은 해골에 지나지 않을 거야. 피에는 눈에 보이는 '범죄'보다 훨씬 많은 것이 들어 있지. 죽이는 것은 자신의 뿌리를 되찾는 것이고 우리 유전자의 충만한 잠재력을 표현하는 것이며 꼭두각시의 끈보다는 우리의 본능에 호소하는 거야. 그래서 살인은 극도의 희열이지! 초기에는 두려움이 가득해. 아직 우리 사회에는 도덕적 굴레가 너무 많거든. 하지만 우리는 조만간 그것으로부터 벗어날 거야. 그리고······."

리스비는 과장된 몸짓으로 한 손을 들어 올리더니 깃발처럼 칼을 휘둘렀다. 프레윈은 사방을 둘러보았다. 두려움이 몰려왔다. 그의 무기는 바로 옆에 있었다. 모든 것은 순식간에 끝날 것이다.

망설이면 안 돼. 정신을 집중해야 해. 단호하게 대처해야 해. 사라지는 자신감을 되찾아야 해.

리스비의 헛소리가 이어졌다.

"살인은 우리 인생의 절정이야. 우리가 지구에 존재하는 이유가 바로 그거지. 왜 사람들이 종교를 만들었다고 생각해? 우리를 두렵게 하기 위해서야! 우리에게서 야만적인 살인 본능을 떨쳐내기 위해서! 종교는 조작과 노예화일 뿐이야. 일단 살인을 해봐. 당신은 혐오감을 느끼면서 어쩔 줄 모를 거야. 두 번째 살인에서는 더욱 혼란스러워지겠지. 세 번째 살인에서는 자신이 다르게 느껴지고. 돌아서기에는 너무 늦지. 더 이상 물러설 수 없어. 정말이야!"
 프레윈은 지금 움직여야 했다. 만일 그가 정확히 판단했다면 앤이 수류탄을 놓지 않는 한, 지금 당장은 위험하지 않았다. 리스비는 그에게 무기를 겨누고 있었다.
 만일 내가 정확히 판단했다면…….
 그의 관심을 돌릴 방법을 찾아야 했다. 몇 초면 충분했다. 프레윈은 권총을 집을 수 있을 것이다.
 교란 작전을 시도한 것은 앤이었다.

앤은 조금씩 냉정을 되찾았다. 손에 쥐고 있는 수류탄이 또렷이 보였다. 손잡이는 손바닥에 고정되어 있었다. 더욱 걱정되는 것은 지뢰였다. 근육은 공포로 더욱 긴장되었다. 그녀는 다리에서 힘이 빠질까 봐 두려웠다.

눈물이 넘칠 정도로 가득 고였고 목은 고통스러울 정도로 메었다. 이윽고 리스비가 멀어졌다. 마치 그가 공포와 비탄을 떠안고 멀어진 것처럼 앤은 진정되었다. 그녀를 도와주는 척하면서 순진한 모습으로 그녀를 우롱했던 작은 사내. 앤은 추호도 그를 의심하지 않았다. 언젠가는 자신의 심연을 알아보기 위해 살인범의 시선 속에 자신의 시선을 담아보겠다는 강박관념은 공포로 사라져버렸다. 그녀는 전에 순수하면서도 차갑고 쓸쓸한 리스비의 시선을 보았다. 지금은 어떤 광채도 없었다. 텅 빈 영혼에 혈관이 터진 두 개의 하얀 안구밖에 없었다. 그것은 그녀가 기대하고 있던 악이 아니었다. 그것은……

아니야, 너는 방금 그것을 보았어. 그게 악이야. 생명의 부재. 타인에 대해 어떤 공감도, 어떤 감정도 없는 것. 악은 극단으로 몰아붙인 자기중심주의야. 악의 시선 속에는 생명이 없어.
 불안과 질문이 저절로 떠올랐다. 앤은 이미 오래전부터 자신의 번민을 알고 있었다. 하지만 그녀는 번민을 직시하지도, 약점을 인정하지도, 변명을 늘어놓지도 않았다. 그녀는 결코 자신을 용서하지 않았다.
 어느 날 어린 앤은 아버지의 요구를 거부했다. 그리고 장작개비로 아버지의 두개골을 후려쳐서 식물인간으로 만들었다. 소녀시절 그녀는 아이답게 자신의 뜻을 표현한 적이 없었다. 정신적 외상이 그녀를 그렇게 만들었다. 생존하기 위해. 언제나 쾌락을 추구하고 남자들에게 몸을 내맡기는 것은 자신을 용서하지 않고 타락하는 방법이었다.
 그런데 살인범이 앤에게 치료법을 제시했다. 공포를 통한, 강렬하고 순간적인 치료법. 그녀는 죽을 준비를 했다.
 앤은 어둠 속에서 리스비가 칼로 다른 술통을 찌르는 모습을 보았다. 프레윈과 그녀가 그렸던 살인범의 여러 초상화들이 떠올랐다. 살인범은 너무도 교활하고 유능했기 때문에 그들이 내린 결론은 상당 부분 휴지 조각에 지나지 않았다. 하지만 농가에서 일가족을 살해한 범행은 리스비가 어떤 사람인지 잘 보여주었다.
 리스비는 농가에서 가장 야만적인 모습을 보여주었다. 그는 자신의 가족을 그 가족에게 투영했던 것이다!
 범인을 궁지로 몰아넣는 프레윈의 전략은 리스비의 계획을 틀어지게 했다. 범인이 몹시 조심했음에도 불구하고 그날 그의 진짜 본성이 표출되었다. 앤은 더욱 떨리는 목소리로 물었다.
 "스티브 리스비, 너는 어떤 아이였지? 아버지가 너를 강간했어?"
 긴 침묵.
 이윽고 리스비가 전속력으로 다가왔다.
 "나쁜 년. 감히 그런 말을 입에 올리다니!"

"나는 매터스의 일기를 읽었어. 그는 네가 단순한 친구라고는 하지 않았어……. 그는 애무에 대해 말했지……."

리스비가 앤 옆에서 소리쳤다.

"매터스는 거짓말을 한 거야!"

"그는 '치료사'와 음흉한 성벽에 빠졌다는 생각에 죄의식을 느꼈어."

"어리석은 말이야! 그 남색가는 거짓말을 했어!"

앤은 리스비가 자신을 때릴 것이라 생각했다. 리스비는 노발대발했지만 그녀에게 손을 대지는 않았다. 앤은 아직 그를 궁지에 몰아넣지 않았다.

"하지만 아버지가 너를 방으로 끌고 가서 강간과 채찍질을 반복하는 바람에 너의 성본능은 많은 혼란을 겪었을 거야."

리스비는 혐오감으로 얼굴을 찌푸렸다.

앤은 멈출 수가 없었다. 설령 리스비에게 맞을지라도 그녀는 그를 모욕하고 쓰러뜨리고 싶었다. 그에 대한 증오심이 점점 커졌다. 그녀는 자신과 리스비의 차이점을 충분히 의식했다. 그녀는 오랫동안 자신이 악에 사로잡혀 있다고 생각했다. 그녀는 자신이 타락을 자제하지 못한 채 다른 사람들을 악행으로 이끄는, 사악한 피조물이라고 확신했다. 지금 그녀는 악의 화신인 리스비를 주시하면서 그가 발산하고 있는 기운을 혐오했다. 두 사람은 달랐다. 그녀는 그와 어떤 공통점도 없었다. 그녀가 저질렀던 악은 스스로를 향한 것이었다. 그녀는 자신을 용서하지 않았다.

"그래서 여자들을 싫어하는 거야! 너는 조작자야! 너는 여자 친구 이야기를 했지만 사실 그건 거짓말이었어. 너는 여자들을 몹시 싫어해! 왜냐고? 아버지가 너를 괴롭힐 때 어머니와 누나들이 도와주지 않았으니까. 그녀들이 네 신경에 거슬렸겠지?"

앤은 리스비의 얼굴이 격분으로 떨리는 것을 보고 자신이 핵심을 찔렀음을 알았다.

"그래, 맞았어! 아버지가 너를 때리고 강간했을 때 그녀들은 꼼짝도 하지 않았어. 게다가 잠자리까지 넘겨주었지! 너는 쉬운 먹잇감, 집안의 놀림감이었어. 여자들을 증오하는 너는 성적 욕망을 남자들에게로 돌렸어. 당신과 매터스는 단순한 사이가 아니었어."

리스비가 울부짖었다.

"입 닥쳐!"

하지만 너무 늦었다. 격분한 그는 무의식적으로 칼을 들어 올리더니 앤의 목을 향해 팔을 뻗었다.

그녀의 목을 베기 위해.

그녀의 얼굴에 피가 튀는 것을 보기 위해. 감히 자신을 모욕한 여자의 피를 마시기 위해.

공격은 전격적이었다.

젊은 여자의 목에서 피가 배어나기 시작했다.

앤은 여전히 고통도, 치명적인 상처도 느끼지 못한 채 눈을 깜박거렸다. 리스비는 그녀의 귀를 찔렀다. 고막까지. 어쩌면 뇌까지…….

이윽고 앤은 깨달았다.

앤의 얼굴에 묻은 피는 그녀가 아니라 리스비의 것이었다.

두 귀에서 휙휙 하는 소리가 들렸다. 총성이 그녀의 의식에까지 전해졌다. 포도주는 꾸르륵 소리를 내면서 홀 바닥에 번지고 있었다.

프레윈은 여전히 바닥에 있었다. 그는 권총이 있는 곳까지 포복했다. 그녀 쪽을 겨냥한 총구에서 연기가 나고 있었다.

앤은 고개를 돌렸다. 리스비는 믿기지 않는다는 표정으로 그녀를 바라보았다. 그는 칼을 놓고 손을 들어 자신의 피로 뒤덮인 앤의 얼굴을 바라보았다.

리스비가 뭔가를 중얼거렸다.

그는 아주 나직이 반복했다.

"안 돼, 안 돼."

갑자기 앤이 앞쪽으로 튕겨나갔다. 리스비가 그녀를 프레윈 쪽으로 밀었던 것이다. 그녀의 두 발이 지뢰에서 떨어졌다. 그녀는 머리를 앞으로 숙이고 2미터 앞에 쓰러졌다. 두 팔이 등 뒤로 묶여 있었기 때문에 가슴이 바닥에 부딪쳤다. 충격으로 숨이 끊어질 듯했다. 프레윈이 두 팔을 들어서 그녀의 충격을 줄여주려 했다. 그녀와 부딪치는 바람에 프레윈의 권총이 미끄러졌다.

두 손에서 빠져나온 수류탄이 그녀의 넓적다리 사이로 굴러갔다. 앤은 입을 크게 벌렸지만 숨을 쉴 수 없었다.

수류탄!

프레윈은 권총을 되찾기 위해 움직였다. 리스비가 먼저 총을 잡았다. 그는 발로 프레윈을 걷어찼다. 프레윈은 공격자의 다른 발목을 붙잡았다. 그는 리스비의 발목을 잡아당겼다. 강건한 육신의 모든 근육이 수축되었다.

날아간 리스비는 점점 커져만 가는 포도주 늪에 떨어졌다.

프레윈은 리스비에게 몸을 날렸다. 육중한 몸이 그를 덮치자 리스비의 표정이 일그러졌다. 공포의 주인이 바뀌었다. 이번에는 리스비의 얼굴이 공포에 질려 있었다. 리스비는 다른 사람들에게 공포를 일으키고 희생자들의 시선을 즐기지 않았던가.

마침내 앤은 모로 누웠지만 여전히 숨은 쉴 수 없었다. 울퉁불퉁한 바닥을 비스듬히 비추는 불빛 속에 수류탄이 놓여 있었다. 그녀는 수류탄과 멀어지기 위해 두 다리로 땅을 밀었다.

앤은 곁눈질로 리스비가 프레윈 아래로 사라지는 것을 보았다. 살인범은 권총을 들고 있었다. 앤이 공기를 빨아들이려 애쓰는 동안 시야가 흐려지고 있었다. 프레윈은 두 손으로 상대의 목을 들어 올렸다. 그는 몸을 일으키더니 분노의 함성을 억누르면서 머리를 뒤로 젖혔다.

프레윈은 눈 깜짝할 사이에 리스비의 머리를 돌려버렸다.

목이 부러지는 끔찍한 소리가 들렸다.

리스비의 두 눈은 놀라움과 공포로 움직이지 않았다.

앤은 짓눌린 가슴으로 공기가 들어오는 것을 느끼고는 즉시 수류탄을 바라보았다. 수류탄은 멀리 있지 않았다.

등 뒤로 수갑이 채워진 그녀는 누워서 수류탄 쪽으로 다가갔다.

앤의 몸이 수류탄을 스치는 순간 찰카닥 하는 소리가 났다.

수류탄은 순식간에 폭발할 것이다.

앤은 몸을 뒤집어 온몸으로 수류탄을 덮었다. 프레윈을 지키기 위해.

생각할 시간이 없었다.

그녀는 두 눈을 감았다.

충격은 없었다. 폭발도 없었다. 리스비의 입에서 나오는 숨소리뿐이었다. 앤은 눈을 떴다. 살인범의 오른쪽 발이 경련을 일으켰다. 이윽고 그는 꼼짝하지 않았다.

프레윈이 일어났다. 옷에서 붉은 액체가 방울방울 떨어졌다. 그의 두 손은 포도주로 흠뻑 젖어 있었다.

수류탄은 폭발하지 않았다.

지뢰도 폭발하지 않았다. 어떻게 된 일일까?

앤은 몸을 일으키고는 둥근 수류탄을 바라보았다.

술통에서 흘러나온 포도주가 수류탄을 적시고 있었다.

프레윈은 앤을 일으켜 세우고는 수갑을 풀어주었다.

앤은 울지 않았다. 두려움에 떨지도 않았다.

충격 때문일까? 아니면 방금 경험한 공포와 살아 있다는 행복감

사이의 일시적인 균형 때문일까? 잠시 후 그녀는 쓰러지거나 주저앉을 것이다. 마음의 준비를 해야 했다. 어느 정도 쉬어야 몸을 추스를 수 있을 것이다.

앤은 손목을 흔들었다. 그녀는 프레윈에게 다가가서 포옹하고 싶었다. 프레윈은 뭔가를 기대하면서 그녀를 살폈다. 그는 성냥개비를 부러뜨리듯이 손쉽게 리스비를 죽였다. 머리털이 터부룩한 거인은 앤이 먼저 다가와주기를 기다렸다. 그는 그녀의 두 눈동자를 주시했다.

앤은 중위가 순식간에 리스비의 목을 부러뜨리고도 양심의 가책을 전혀 느끼지 않는 것을 알았다.

이 육중한 근육질의 사내를 동요시키고 있는 것은 금발의 작은 여인이었다. 그는 긴장하면서 앤의 반응을 기다렸다.

중위는 동물적인 뭔가를 발산하고 있었다. 앤은 가슴이 뭉클해졌다. 프레윈이 자신을 구해주었기 때문일까? 리스비의 말, 그리고 그보다 더욱 음험한 생각이 떠올랐다.

중위는 방금 살인을 했다. 그는 원초적인 뭔가를 발산하고 있었다. 동물적인 기운. 성욕처럼 원초적인 것.

아니야. 그건 바보 같은 생각이야. 프레윈은 살인자가 아니야……

앤은 그를 포옹하고 싶었지만 참았다.

편지.

프레윈이 아내에게 쓴, 그 편지들이 떠올랐다.

앤은 중위의 **뺨**을 어루만지고 고개를 숙였다.

그리고 출구로 돌아섰다.

앤은 순찰로 사이에 앉아서 두 발을 허공에 늘어뜨린 채 성의 발치에 펼쳐진 숲을 바라보았다.

하늘은 그녀의 마음처럼 온통 잿빛이었다. 이 순간 계절의 풍미를 전해주는 것은 라벤더 향기뿐이었다. 라벤더 향기는 처음 몇 분 동안은 감미로웠지만 이윽고 메스꺼워졌다.

리스비가 죽었다.

이 문장은 열광적인 환호성처럼 울려 퍼져야 했지만 이 젊은 여인의 가슴에는 쓸쓸함만이 남았다. 리스비는 그녀 자신이 정말 어떤 사람인지를 깨닫게 해주었고 자아탐구, 즉 어렸을 때 겪은 정신적 외상에 대한 탐구를 멈추게 해주었다. 앤은 악에게 문을 열어주지 않았다. 그녀는 자신의 암혹 세계에서 아무것도 끌어내지 않았다. 그녀는 인생의 길에서 방황하고 비틀거리는 소녀였다. 그녀는 오늘까지 방황했다. 상처 입은 소녀는 남자들에게 몸을 내맡기면 아버지에게 받지 못했던 사랑을 받을 수 있다고 생각했다. 그리고 지금 그녀는 아버지의 머리를 후려친 죄책감을 털어버리려 했다. 식물인간이 된 아버지는 이미 죽었을까? 앤은 아버지의 생존 여부를 몰랐고 관심조차 없었다. 아버지 탓에 인생은 순조롭지 못했다. 그녀는 다시 일어나야 했다. 그녀의 내면에 괴물은 없었다. 리스비는 그녀에게 그 사실을 알려주었다. 그녀는 적어도 한 가지 사실에 대해서는 잘못 생각하지 않았다. 즉 그녀는 살인범의 영혼을 응시함으로써 자신의 본성을 파악했다. 리스비와 그녀에게는 어떤 공통점도 없었다.

역설적으로 앤은 리스비를 이해할 수 있는 기회를 잃게 되어 씁쓸했다. 그녀는 리스비의 자백을 듣고 당황했다. 사회가 인간을 노예로 만든다는, 그의 시각은 앤의 견해와 비슷했다. 그것은 상처 입은 아이들의 공통점일까?

리스비는 비밀을 간직한 채 떠났다. 그들은 더 이상 리스비의 실체를 파악할 수 없게 되었다. 그는 그토록 여자를 싫어하면서 왜 스타킹으로 개빈 토머스의 목을 졸랐을까?

도발하기 위해? 자신이 그 짓을 할 수 있는지 알아보기 위해? 아니면 단순히 헌병의 추격을 따돌리기 위해? 그는 어떻게 토머스와 해리스를 유인했을까?

수사가 진전되면 밝혀지겠지만 리스비는 그들의 동성애 성향을 이용해서 그들을 자신이 선택한 장소로 유인했을 것이다. 하지만 이 부분에 대한 수사는 제지당할 것이다. 군 당국은 병사들, 특히 '용감한 전사들'에 대해 왈가왈부하는 것을 허용하지 않을 것이다. 아직도 개선해야 할 관습이 많았다.

무수한 질문이 떠올랐다.

멀리서 포성이 울리고 있었다.

그들에게 전쟁은 어떤 중요성을 갖고 있을까? 리스비 같은 살인범들이 있을까?

물론이지.

전쟁이 리스비의 정신에 영향을 끼쳤을까? 분명 근본이 불안정했기 때문에 그 정도로 몰락했을 것이다. 하지만 전쟁의 야만적인 부조리가 그를 더욱 타락시켰을 것이다.

많은 군인이 살육전에 임하면서 자신의 존재가 동요하는 것을 느낀다. 처음에는 전쟁터에서 죽는다는, 근원적인 공포가 떠오르면서 그들은 동족을 죽이는 것을 주저한다. 이윽고 살인은 기계적인 행동으로 변한다. 전쟁은 살인의 산업적인 의례화이다. 전쟁은 문명이 사람들의 마음속에 어렵게 설치한 가드레일을 파괴한다. 그리고 전쟁은 군인들이 '생존'이라는 원초적인 충동과 싸우게 한다. 살기 위해 죽이는 것. 병사들은 수많은 갈등을 겪는다. 그리고 그 결과 사회가 수세기에 걸쳐 인간의 동물적 본능을 극복하고 본질적인 기준으로 삼았던 것들을 묵살하는 법을 배운다. 인간은 사회생활에서는 충동을 억제해야 한다. 욕망을 자연적인 흐름에 내맡기면 안 된다. 화, 두려움, 격분을 자제해야 한다. 전쟁은 더 이상 의문을 제기하지 않고 적을 죽이기 위해 이 빗장들을 부순다. 즉각 원초적인 본능들이 다시 나타난다. 죽음과 삶, 공포와 용기, 격분과 욕망은 떼어놓을 수 없다.

리스비는 병약한 사람들처럼 모든 것을 뒤섞었다. 앤은 흐리섹을 생각했다. 그는 전쟁터에서 주저하지 않고 사람을 죽일 수 있었다. 그러나 그의 다른 부분들도 굴레를 벗어나버렸다. 그는 호기심과 분노 때문에 앤을 추격했다. 그리고 신앙심 깊은 매터스 중사는 동성애를 이유로 자신을 증오하지 않았던가. 그것은 인간의 복잡성을 부인하는, 이 시스템이 지닌 끔찍한 결함이 아닐까?

앤은 자신이 매터스처럼 반응했음을 깨달았다. 그녀는 다른 사람들처럼 행동하지 않았기 때문에, 자신의 욕망이 사회의 욕망과 같지 않았기 때문에 자신이 괴물이라고 생각했다. 그녀는 매터스처럼 두려움과 더불어 자신에 대한 증오심을 느꼈다. 만일 그것이 다른 사람들에 대한 분노였다면 그녀도 리스비처럼 되었을까?

인간은 진화의 단계에서 '아이'에 지나지 않는다. 자신이 진화되었다고 믿는 미개한 짐승. 주입식 교육 탓에 모든 인류는 자신이 탁월한 힘을 가졌다고 확신한다. 하지만 인류는 일시적으로 먹이 피라미드의 정상에 오른 포식자 중 하나에 지나지 않는다. 문명은 인간의 본능을 가라앉혔지만 동물적인 전쟁은 인간의 본능을 일깨운다. 인류는 화약통 위에서 자고 있다. 어느 날 원초적인 본능이 다시 나타난다면? 문명이라는, 도덕의 방패가 모순 탓에 깨져버린다면 어떤 일이 일어날까? 인간은 서로를 물어뜯을 것이다. 이제 연약한 인류가 지구상의 다른 종들을 지배하고 있지만 언젠가 지금은 조용한 포식자들이 다시 부상할 것이다. 포식자들의 부활은 불가피할 것이다. 얼마나 걸릴까? 수십 년? 수세기? 진화의 장구한 세월에 비하면 짧은 시간이지만 그 결과는 참혹할 것이다. 세계적인 차원의 학살. 한 종의 지배가 끝장날 것이다.

모든 문명은 자부심, 자신의 이익을 추구하는 소수에 의해 조종되는 시스템, 그리고 권력에 따라 형성된 피라미드식의 질서 위에 세워져 있다. 문명은 처음부터 전쟁을 통해 보호받았다. 문명은 자신의 모순을 제대로 보지 못한다. 즉 문명은 자신의 가치를 확고히 지키기 위해 가장 비열한 본능들을 이용해서 사람들의 능력을 최고치로 끌어올리려 한다. 인간의 왕국에는 분명히 부패한 부분이 있다. 보편적으로 존재하는 지배욕구과 통제욕구. 다른 사람들을 짓밟고 최고의 지위에 오르려는 욕구. 인간은 이런 욕구들을 품고 있다. 모든 문명은 어느 순간 이런 개인주의적 결점을 가진 사회로 바뀌었다.

그렇다. 리스비는 전쟁 때문에 타락했을 것이다.

그것은 일종의 경고이다.

집단에 주입된, 잘못된 활력을 경고하기 위한 개인의 메시지.

앤은 이제 어떻게 생각해야 할지 알 수 없었다. 확실한 것은 하나도 없고 막연한 예측뿐이었다. 리스비처럼 충동적으로 행동하는 사람이 적지 않은 것 같았다. 그녀는 충동적 행위를 많이 관찰해보지는 않았지만 이런 일탈행위의 내부에도 긍정적인 활력이 있을 것이라고 추측했다. 독성이 너무 강한 식물은 살아남을 수 없다. 너무 공격적인 동물은 지상에 설 자리가 없다. 사물마다 존재 이유가 있는 법이다.

리스비 같은 유형의 포식자들은 일종의 경고이다.

인류가 이 경고를 계속 무시한다면?

앤은 바람에 휘날리는 머리카락을 귀 뒤로 넘겼다.

이번에 그녀는 프레윈과 함께 움직였다. 덕분에 그녀는 외로움을 덜 느꼈다. 그녀는 동반자를 찾은 것이다.

하지만 그는 아내의 유령에 사로잡혀 있어.

앤은 오열을 억누르면서 한숨을 쉬었다.

미래는 무엇을 닮았을까? 그녀는 의심과 불안 속에서 여전히 비틀거릴까?

둘이 함께 있으면 안정될 거야.

하지만 앤은 프레윈을 사랑할 수 없었다. 죽은 아내에게 편지를 쓰고 신앙에는 관심이 없는 프레윈을 사랑할 수 없었다. 둘의 긴밀한 관계에도 불구하고 그녀는 그를 사랑해서는 안 되었다.

그녀의 가슴에서 작은 불덩어리가 터졌다. 실낱같은 희망이 생겼다. 프레윈은 그녀에게 오늘밤 숲에서 만나자고 했다. 그가 무슨 말을 할까?

어떤 눈빛으로 그녀를 바라볼까?

앤이 가장 두려워하는 것은 두 사람의 미래였다. 전쟁, 인류 그리고 잠재적인 위험을 넘어서…….

네 개의 손을 가진 미래.

더 이상 침묵을 두려워하지 않기 위해.

나의 패티에게

이게 마지막 편지야. 이 편지들은 영혼의 실체를 이루고 있는 영기(靈氣)를 통해 당신에게 도착할 거야. 그러면 당신은 단숨에 이 편지들을 읽어버리겠지. 어쩌면 당신은 이미 이 편지를 읽고 있겠군.

이 편지들을 보내는 데는 시간이 필요했어. 나는 용기를 내서 말하는 거야. 우리가 함께했던 삶에 대해 털어놓고 싶어. 제발 끝까지 읽어줘. 당신에게 내가 내린 결론을 이야기하게 해줘. 부탁이야.

내 인생은 분노와 실수로 가득해. 나는 그것이 수많은 사람들의 운명이라고 생각해. 변명하지 않을게. 내가 저지른 짓에는 변명의 여지가 없어.

나의 패티, 악이 뭐지? 나는 이제 당신에게 대답할 수 있어. 내 인생은 2년 전에 멈췄고, 그때부터 나는 연옥에서 방황했어. 악은 충동을 통해 퍼져. 악은 멈춰 있지 않아. 모든 인간은 중립 상태야. 때로는 열정적인 선의를 느끼고 때로는 사악한 충동을 느끼지. 악은 정신을 제압하고 맹목적으로 복종하게 하는 섬광처럼 단숨에 사악한 충동으로 변하지. 악은 일단 영혼에 침투하면 욕망이 충족될 때까지 끊임없이 정신을 사로잡은 후 부글거리는 내장 속으로 돌아가 버리기 때문에 성본능과 관계가 있어.

나의 패티. 다른 사람들에게 너무 많은 고통을 준 사람들, 또는 영혼과 육체가 분리될 정도로 망가진 사람들은 세상을 다른 누구와도 공유하려 하지 않아. 그들은 연옥에서 살고 있는 거야. 연옥은 분명 이 지상에 존재해. 나의 연옥은 이 전쟁이야. 나는 나를 이해하기 위해, 내 존재의 깊숙한 곳, 내 심연 속으로 내려가기 위해 이 전쟁을 내 안으로 끌어들였어.

나는 인성이 거대한 우물이라고 생각해. 성장 중인 아이는 자신의 체험을 이 우물 속에 감추지. 흉악한 체험은 가능한 한 가장 밑으로 떨어뜨리고 가장 좋은 체험은 가장 위쪽에 간직하지. 어른이 되면 모든 추억을 압축하고 소멸시키기 위해 이 우물을 폐쇄해버려. 어른이 되면 어린 시절의 자신이 폐쇄된 우물 위에서 펄쩍펄쩍 뛰노는 모습을 상상하지. 그것은 기쁨의 원동력이자 영원한 환희이기도 해. 어린 시절의 자신이 폐쇄된 우물 위에서 펄쩍펄쩍 뛰놀고 있는데도 그 모습을 보지 못한다면 정말 공허하고 서글플 거야.

안타깝게도 우물 바닥이 너무 질퍽해서 균열이 생긴다면 아이는 그 위에서 뛰놀 수가 없어. 또 우물 바닥이 악취를 풍기며 무너지면 아이가 우물에 떨어져서 익사하기도 하지. 그러면 어른은 어린 시절을 되찾을 수 없어. 나는 솔직하게 말한 거야. 나는 오랫동안 나도 그들 중 한 명이라고 생각했거든.

내 우물은 당신이 죽을 때 열렸어.

내 우물이 너무 갈라져 있었기 때문에 당신이 죽은 거야. 내 안의 아이는 오래전부터 펄쩍펄쩍 뛰놀지 못했어. 어른이 된 나는 우울증에, 회의에, 번민에 시달렸어. 악의 충동을 향해 열린 구멍만큼. 나는 악이 하나의 실체라고 확신해. 영혼을 구성하는 화학적 물질로 이루어진 끔찍한 실체. 비틀거리는 영혼을 먹고사는 실체. 악은 나를 황폐하게 했어. 나는 악이 내 안으로 들어오게 내버려두었거든. 나는 내 충동을 충족시켰어.

나는 계단에서 당신을 밀었어.

대화의 부재로 우리의 신경에는 피로가 쌓였고 계속되는 부부싸움으로 욕구불만은 늘어만 갔지. 욕구불만은 격분으로 변했어. 격분만이 단번에 욕구불만을 드러내고 이를 비워줄 수 있었기 때문이야. 그날 우리의 약속은 사라지고 우리의 분노가 맞붙었지. 그래서 나는 돌이킬 수 없는 죄를 저질렀어.

나는 당신을 죽였어.

나는 이 연옥에서 방황하면서 내 우물로 내려갔어. 거기서 익사하기 위해. 그런데 나는 죽지 않았어. 나는 그곳에서 세상과 내 존재의 공포를 봤어. 나는 수렁 속으로 천천히 빠져드는 대신 이 불운을 다시 지상으로 올려 보냈지. 나는 내 우물을 다시 막았어. 내 안의 아이는 아직 그 위에서 뛰놀지 않아. 아이는 다시 거기에 빠질까 봐 두려워하고 있어. 하지만 언젠가는 다시 그 위에서 뛰놀겠지. 시간이 필요해. 내 안의 아이는 언젠가 어른이 된 나를 신뢰하게 될 거야. 꼭 그렇게 되어야 해.

패티, 당신에게 용서를 구하지는 않을 거야. 내가 당신에게 했던 짓은 용서받을 수 없으니까.

나는 내가 어떤 사람인지 말하고 싶었어. 내가 왜 그런 짓을 했는지 당신은 알아야 해. 내 악행에 합리적인 이유는 없었어. 나는 어느 순간에 이성을 잃고 당신을 죽였어.

왜 우리는 흉악함과 불안정으로 우물을 가득 채울까? 아이는 무엇이든 닥치는 대로 붙잡잖아. 아이는 좋은 것과 나쁜 것을 선별하지 못해. 그저 분별없이 모든 것을 받아들이지. 내가 나쁜 것을 너무 많이 받아들였던 모양이야. 변명이 아니야. 단지 아이들이 정말 연약하다는 사실을 당신에게 상기시키고 싶을 뿐이야. 우리는 아이들이 얼마나 연약한

541

지 몰라.

종교가 들려주는 말이 진실이라면 내가 그 악행으로 심판받을 날이 올 거야. 내가 받을 징벌이 어떤 것이든, 그 징벌이 영원한 것이든 아니든 나는 당신이 그곳 어딘가에 있기를 빌어.

나는 이제 죽음이 두렵지 않아. 만일 저승이 존재한다면 나는 평온하게 그곳으로 갈 거야. 나는 죽음이 두렵지 않아. 이 세상이 나를 괴롭히기 때문이야.

사람들을 쓰러뜨리는 이 전쟁은, 인류가 이성을 잃은 채 벌을 받는 연옥을 닮았어. 우리는 다시 만나게 될까? 얼마 동안이나? 나는 잘못 형성된, 황폐한 인성을 확인하고 인류에 대해 자문하기에 이르렀지. 폭력 속에서 형성된 인류는 이미 오래전에 이성을 잃지 않았을까?

인류 전체는 정신이상자가 아닐까? 전쟁이 이를 반영하는 것은 아닐까? 우리는 어디로 가고 있는 걸까?

우리 아이들, 그 연약한 아이들의 미래는 어떤 것일까?

나의 패티, 나는 곧 심판을 받을 거야. 나는 심판을 기다리는 동안 살 거야. 회의로 가득한, 이 이상한 세상에서.

나는 살 거야.

용서해줘.


크레이그 프레윈은 살며시 만년필을 내려놓고는 편지를 집어서 정성스럽게 접었다. 그리고 상자를 열고 자루 속에 편지를 넣었다.

성의 안뜰에서 야행성 곤충들이 찌르륵 찌르륵 울고 있었다. 각자는 한 조각의 땅을 차지하기 위해 자기 방식대로 울어대고 있었다. 프레윈은 쓰러진 통나무에 앉아서 자루를 땅에 쏟았다. 그리고 방금 쓴, 마지막 편지에 라이터를 갖다댔다. 아직 잉크도 마르지 않았다. 불꽃이 편지지를 타고 올라갔다. 새로운 요리를 맛보려는 탐욕스런 혀처럼.

편지지의 한쪽 모퉁이가 건조되면서 딱딱해지더니 하얀색이 노랗게 변하기 시작했다. 가느다란 연기가 긴 수염처럼 둘둘 휘감겼다. 그리고 이윽고 불이 붙었다.

몇 초 만에 원소들의 연금술은 단어를 보이지 않는 분자로 바꾸면서 단어의 의미를 우주의 에테르 속에 퍼뜨렸다. 패티를 향해.

순식간에 붉고 노란 불꽃 다발이 나타났다. 한 조각의 생각을 기록한 문장들이 하나씩 사라졌다. 물리와 화학 시간에 프레원은 우주에는 사라지는 것이 없다고 배웠다. 그때부터 그는 의미도 그럴 것이라고 확신했다. 글은 생각을 그림으로 바꾸는 화학적인 조작이다. 이 단어들을 태우는 것은 종이를 없애고 문장의 의미를 다른 곳에 퍼뜨리는 일이다.

프레원은 불꽃이 탁탁 튀는 동안 아내가 어딘가에서 이 의미들을 걸어가기를 바랐다.

이 세상에서 사라지는 것은 없다. 기쁨도, 사랑도, 뉘우침도.

앤이 나무 그늘에서 나타났다. 그들이 서로에게 자신을 조금도 감추지 않으려면 많은 얘기를 나누어야 할 것이다. 그들에게는 기회가 있을 것이다. 프레원은 그렇게 믿고 싶었다.

멀리서 폭음이 울렸다. 지평선은 불그스름한 불빛으로 반짝거렸다. 사라지는 것은 없다. 증오도.

전쟁이 인간의 땅을 흔들고 있었다.

인류는 정신이상자일까?

프레원의 생각은 다음 문장에서 메아리치는 것 같았다.

"우리 아이들, 그 연약한 아이들의 미래는 어떤 것일까?"